AQUITAN
ASCONES
Libica/Llivia
Pompaelo/Pamplona
Batalla de Osca/Huesca 720 d.C.
Urgelis/Seu de Urgel
alagurris/Calahorra
TARRACONENSE
Barcinona/Barcelona
Ilerda/Lérida
Tarracona/Tarragona
Masilia/Marsella
REINO DE LOS FRANCOS
EL REINO DE PELAYO, EL SUR DE LAS GALIAS Y AL-ÁNDALUS
A partir de los testimonios de las fuentes primarias
Divisiones provinciales
Batallas y asedios principales
Territorios no controlados totalmente por el Valiato
AURARIOLA
CARTAGINENSE
MAR MEDITERRÁNEO
IFRIQIYA

PELAYO

JOSÉ SOTO CHICA

PELAYO

ESPASA

Espasa, sello editorial de Editorial Planeta, S.A.
Avda. Diagonal, 662-664
08034 Barcelona

Primera edición: mayo de 2025
Quinta edición: diciembre de 2025

Preimpresión: MT Color & Diseño, S. L.

Depósito: B. 7.318-2025
ISBN: 978-84-670-7679-0

Espasa, en su deseo de mejorar sus publicaciones, agradecerá cualquier sugerencia que los lectores hagan al departamento editorial por correo electrónico: sugerencias@espasa.es

www.espasa.com
www.planetadelibros.com

Impresión: Unigraf, S. L.
Impreso en España - *Printed in Spain*

Para Inmaculada Rueda Martín

Inma, son ya casi cuarenta años de amistad y quiero darte las gracias con este libro. ¿Por qué? Porque ya me tocara ganar o perder, tú siempre has estado a mi lado, apoyándome y confiando en mí cuando otros me dejaban solo. Eso, en verdad, es una gesta casi tan grande como la de Pelayo.

«En aquel tiempo el rey Rodrigo perdió la gloria del reino. Con razón se mantuvo la espada árabe. Cuya plaga, por tu diestra, Cristo, expulsaste por medio de tu siervo Pelayo. El cual al principio, haciéndose con el poder, victoriosamente golpeó a los enemigos que combatía y, alzándose victorioso, defendió al pueblo de los astures y de los cristianos».

TESTAMENTO DE ALFONSO II, BISNIETO DE PELAYO
(originalmente redactado en 812)

Prólogo

Febrero de 783 en un pequeño monasterio de los Pirineos

A García le duelen las manos de frío. Con la diminuta llama de una lucerna descongela la tinta solidificada en el tintero de hierro. Sabe que se está demorando más de lo necesario en ese menester, pues la tinta ya fluye de nuevo y, sin embargo, sigue aplicando la vacilante llama al metal que la contiene, con el inconfesable propósito de calentarse las ateridas manos. Y es que García se ha propuesto mortificar su cuerpo y someterlo al frío y al hambre, pero está comprobando, una vez más, que una cosa es proponerse algo y otra muy distinta cumplirlo. Por suerte, bien lo sabe él, la conciencia de un hombre es tan acomodaticia como lo es la tinta sobre el pergamino: la misma tinta cuenta una cosa y la contraria, la misma conciencia reniega de algo y luego lo justifica con vehemencia.

Pero los hombres no son ángeles y, además de la voluntad, también tienen frágil la memoria. Por eso Dios quiere que haya personas como él que escriban sobre el pasado. Un pasado hecho de pecado.

Pecado... Por su culpa se perdió el reino de los godos. Pues sin duda fue un castigo divino el que asoló Hispania y la sometió al imperio de los árabes.

Pero se está extraviando en pensamientos oscuros y tiene mucho trabajo por delante. Pues, ahora que ha completado la historia de cómo la ruina se abatió sobre los godos, debe narrar cómo Pelayo reunió a los últimos de ellos y, sumándolos a las gentes de las montañas del Norte, sostuvo, contra toda esperanza, un último estandarte de rebeldía en Hispania.

Disciplinado, García anota las fechas y repasa lo ya escrito. Fue en el año 749 de la era hispana, el año 711 desde el nacimiento de nuestro señor Jesucristo, cuando el rey Rodrigo sucumbió con su gran ejército ante el poder de las armas de árabes y moros... Pelayo sobrevivió a esa batalla y, durante un tiempo, cabalgó junto a la reina de Hispania, Egilona. Fue esta última mujer seductora y pecadora, que terminó casándose con Abd al-Aziz, el hombre que había dado muerte a su primer esposo, Rodrigo, pero que, loado sea nuestro Señor, recibió al fin justo castigo por sus faltas.

En cuanto a Pelayo, vagó mucho tiempo por Hispania, combatiendo unas veces, huyendo otras, hasta terminar en Asturias. Allí creyó poder olvidarse del mundo y vivir tranquilo, pero el emir Munuza, el mismo que se había casado con su hermana, le tendió una trampa para darle muerte y así poder apoderarse de sus tierras. Para sobrevivir y librar a su gente de la servidumbre, Pelayo subió a los montes y vagó por ellos peleando sin cesar, acosado como una fiera y soportando hambre y penalidades sin cuento ni medida.

Al cabo, pasados cinco años, y cuando ya hacía siete desde que llegaron a Hispania los conquistadores enviados a ella por el califa de Damasco, las gentes de la montaña eligieron a Pelayo como a su *princeps*,* pues ya no querían seguir viviendo bajo el pesado yugo que los árabes habían puesto sobre su cerviz.

En ese punto, García se detiene. Una racha de viento helado abre el postigo del ventanuco que airea la pequeña estan-

---

*Título de origen romano que las fuentes más antiguas dan a Pelayo y que, en este contexto, siglo VIII, es equivalente a soberano, jefe supremo o rey.

cia. La luz vacila primero, y luego se aviva e ilumina el cuenco de piedra que hay junto al tintero de hierro. Lleva más de sesenta años sin separarse de aquel pequeño y excepcional recipiente, pues parece preservar su vida y aliviar su atormentada conciencia de traidor. Es un objeto precioso que desentona en la celda de un monje, pues está hecho con una ágata translúcida tallada y pulida en forma de sencillo cáliz con la maravillosa habilidad de los días antiguos y que, acunada, traspasada por la luz, libera su mágico misterio avivando el blanco de sus vetas y desplegando entre ellas cálidas tonalidades que peregrinan por el rojo, el castaño y el dorado.

Acaricia el cuenco con doloridos dedos castigados por la artritis y de inmediato cree recibir alivio. Los retira y sonríe cansadamente, pues sabe que esa piedra semipreciosa, finamente trabajada, vale más que un reino. ¿Quién conoce su valor? Solo él y sus cinco hermanos, y a ellos, a los otros monjes, se lo reveló tras hacerles jurar, sobre el Evangelio de san Juan, que guardarían el secreto.

De hecho, García está convencido de que sus hermanos en Cristo lo tomaron por loco y no lo creyeron. En cualquier caso había de hacerlo, pues de un día para otro morirá y ellos tendrán entonces que preservar y custodiar el cuenco.

¿Qué hace pensando en estas cosas mientras el viento gélido entra en la celda y se empeña en congelarle el encogido cuerpo y en apagarle la lucerna? Se levanta haciendo un gran esfuerzo, pues no en vano son ochenta y seis años los que tienen sus condenados huesos. Hubo un tiempo, uno muy lejano, en que podía correr durante horas cargado con su armadura y, a continuación, sin pausa alguna, entablar batalla sin que le flaquearan las fuerzas... ¿Para qué lamentarse recordando esas cosas? Para nada.

Cerrar la exigua ventana le roba el aliento y tiene que quedarse un momento allí, apoyado en el postigo, antes de juntar de nuevo suficiente energía como para dar los tres pasos que lo separan de la mesa donde estaba escribiendo.

Cuando logra sentarse de nuevo, está tan fatigado que cree estar a punto de perder el sentido. Murmura una oración y, poco a poco, su agitado pulso recupera el débil ritmo de un corazón viejo.

¿En qué andaba? Ah, sí, con Pelayo se hallaba antes de que el viento frío abriera la ventana.

Pocos conocen por entero la gesta de Pelayo. Es una historia violenta, plena de aventura y sembrada de acontecimientos extraños. Una de esas historias que muchos prefieren olvidar y que otros adornan con leyendas o sepultan bajo mentiras, condenas y maledicencias.

Sí, se cuentan muchas cosas sobre Pelayo y los extraños días que le tocaron vivir... Pero contar la verdad, la verdad de lo que realmente hizo y vivió Pelayo, eso es otra cosa y solo alguien como él, un viejo monje medio loco y cansado de vivir, puede atreverse a hacerlo.

¿Valdrá la pena el esfuerzo? Probablemente no. Pero le pesan mucho los años y presiente que la muerte se apresura ya a buscarlo y, quizá por todo ello, se ha propuesto cumplir al fin el último juramento que tantos años atrás le hizo a Pelayo.

Pelayo... fue su hombre y, antes que él, lo fue su padre. Ambos combatieron por Pelayo y lo obedecieron en todo. ¿En todo? Bueno, él, nunca se lo ha confesado a nadie, lo desobedeció, le falló, lo traicionó. Sí, traicionó a su Señor y lo hizo dos veces y por dos mujeres distintas. Primero por una que movió la tierra bajo sus pies y que le demostró que nada, nada dentro de él, era tan fuerte como el deseo que sentía por ella.

Ella... ¿Cómo es posible que aún recuerde tan vivamente su hermoso rostro? La amó más que a su vida y, sin embargo, nunca supo su nombre. Cuando se fue, solo quedó tras ella un vacío que nadie pudo llenar. Por ella mató, por ella arriesgó cien veces la vida, por ella traicionó...

Sí, y otro tanto hizo por la segunda mujer que era para él tan querida como una hermana pequeña y de la que siempre recibió cariño, amistad y comprensión. Ella le sanó las heridas que tenía por dentro, ella fue su confidente, su cómplice... sí, esa última palabra, «cómplice» es la que más le cuadra y la que más le atormenta a él el alma. Y el recuerdo de la desobediencia, de la traición, es a su vez tan fuerte como el que le dejaron esas dos mujeres y quizá por eso es a su vez tan fuerte como el que ella le dejó y tal vez por eso García se ve obligado a fijar de nuevo la mirada en el cuenco de piedra que, guardián de maravillas, sigue haciendo danzar colores y luz en el interior de su alma pétrea y perfecta.

—Ojalá hubiera sido como tú —murmura con infinita tristeza, y ni siquiera él sabe si se dirige a la tallada ágata o al espíritu de Pelayo.

Primera parte

Covadonga

«No quedaba aldea alguna por conquistar, si se exceptúa la comarca en la que se había refugiado con trescientos hombres un rey llamado Pelayo a quien los musulmanes no cesaron de combatir y acosar».

AJBAR MACHMÚA (siglo XI)

«Cuando los sarracenos supieron de la rebelión de Pelayo, enviaron a por él a Asturias, al frente de un innumerable ejército, al general Alqama».

Crónica de Alfonso III (ca. 883)

He aquí que la cohorte de los cristianos
vuelve la espalda a sus crueles enemigos
y, agotada, huye temblando
por laderas abruptas y parajes impracticables.

Tempore Belli, himno hispanogodo (ca. 718)

«Y subió Pelayo al monte Aseuua y se reunieron con él los astures y los condujo en batalla contra los sarracenos».

Crónica de Alfonso III (ca. 883)

I

Monte Auseva, madrugada del 27 de septiembre de 718

El lobo aúlla. Su canto es prolongado y fiero, y solo lo acompañan las sombras de la noche. Pues no hay manada que recoja el llamado del gran cazador, ni luna que lo aliente. La noche y el mundo parecen estar habitados solo por silencio y malos presagios. Pero en la ladera del monte Aseuua*, ante la boca de una cueva, un hombre vela y, al oír el aullido, desenvaina la larga espada para saludar con ella al invisible lobo, en el implacable hierro los apagados fulgores de los astros. Después, con una cansada sonrisa, desea suerte al animal y mira abajo; busca entre las sombras nocturnas a los trescientos hombres que, tumbados en el suelo, duermen acunados por el mágico y acuático canto de la cascada que brota de la cueva sagrada.

Entonces, un nuevo aullido se alza desde la lejanía y el hombre, alto y recto como lanza de fresno, se tensa, alerta, atento a los ruidos y quehaceres de la noche en la montaña. Es un guerrero en la plenitud de los años. Largos y rubios

---

*Así era llamado en el siglo VIII el actual monte Auseva, que no adoptó esta última forma de su nombre hasta los siglos XII-XIII. El nombre, además, parece que no solo designó al lugar donde hoy se halla Covadonga, sino también a las demás estribaciones próximas a Cangas de Onís.

son sus cabellos, poderosos sus hombros y ancho su pecho de toro, y cuando alza el rostro en busca de las estrellas, para así conocer la hora, la tenue y estelar luz lo muestra franco y algo anguloso. Es el semblante de un hombre acorralado. Quizá por ello medita, se siente tan cerca de la bestia que, solitaria, aúlla envuelta en tinieblas. Pues al guerrero le inquieta la llegada del inexorable amanecer, que con su luz los obligará a mirar de frente al oscuro rostro de la muerte.

—No has dormido, ¿verdad, mi señor?

El alto guerrero se gira y sonríe al viejo bucelario* que se le aproxima. Conoce a Silo desde hace tanto tiempo que podría decir, sin mentir, que siempre lo ha tenido a su lado.

—Mañana será el día, Silo. Cuando caiga la tarde, daremos inicio al plan de batalla que decidirá el destino de esta tierra: o los buitres y los lobos se saciarán con nuestra carne o se alimentarán con la suya. A eso terminará reduciéndose todo.

Silo asiente. ¿Qué puede añadir? Nada. El hado, inmune a ruegos y temores, se posará sobre el filo de las espadas y a ellos, a los mortales, solo les quedará una cosa: empuñarlas con salvaje desesperación.

Silo ama a su señor y ya estaba a su servicio cuando, siendo Pelayo apenas un muchacho, lo enviaron a Toletum para que se educara en el *palatium*.** Fueron aquellos años tiempos de intriga y peligro. Años en los que Pelayo fue golpeado por terribles noticias: la de que a su abuelo, el duque Teodofredo, le habían sido arrancados los ojos por orden del rey; y la de que a su padre, Favila, lo había matado a garrotazos el depravado príncipe Witiza. Silo se estremece al recordar

---

*Guerrero al servicio de un señor. El nombre procede de *bucellum*, el pan doblemente horneado que solían comer los soldados durante las campañas militares.

**Toletum es la actual Toledo y el *palatium* es el palacio real.

cuánto dolor, cuánta rabia pudo ver en aquellos días colmando el rostro de Pelayo cuando le llegaron tan infaustas nuevas y fue humillantemente expulsado de la corte para ser desterrado a la pobre y lejana tierra de los astures.

Allí, en las montañas de Asturia,* terminó Pelayo de hacerse hombre, y cuando su tío Rodrigo fue promovido al puesto de *dux* de la Bética, abandonó su destierro y regresó a la corte, en donde fue admitido como espatario del asesino de su padre: el ya rey de los godos, Witiza.**

¿Qué recordar de aquellos años? ¿Las humillaciones? ¿Las burlas crueles del disoluto Witiza? ¿El deseo de venganza ardiendo en las entrañas del joven Pelayo cada vez que tenía que agachar la cabeza ante el asesino de su padre? Fueron días que herían hasta en lo más profundo del alma y, por eso, bien lo sabe él, lo forjaron para ser caudillo de gente bronca. Pues ¿qué son ellos, sus hombres, sino eso: gente feroz y acorralada?

Pero toda humillación, todo dolor, toda desesperanza cede si uno se mantiene firme y, pasados ocho años, Witiza murió y Rodrigo, el tío de Pelayo, subió al trono.

Muchos fueron los que, con ocasión de la extraña e inesperada muerte del rey, contaron extrañas historias. ¿Quién puede saber la verdad? Silo no, desde luego. Lo único cierto es que su señor Pelayo, hijo de Favila, era el sobrino del nuevo rey de los godos y, como tal, uno de los hombres más po-

---

*Asturia, en singular, ocupaba una extensa área que se extendía a ambos lados de la cordillera Cantábrica, ocupando la actual Asturias y la mayor parte de lo que hoy son León y Zamora. Asturias, en plural, solo aparece en el siglo IX para significar las dos partes principales del reino: las Asturias de Oviedo y las Asturias de Santillana.

**Miembro de la guardia palatina. Sus *comes*, sus condes, no solo eran importantes oficiales militares, sino también hombres de gran influencia política por su cercanía al rey, al cual custodiaban en palacio y acompañaban en sus viajes y campañas; Witiza, hijo de Égica, fue rey de los godos de 702 a enero de 710.

derosos de Hispania. Así que fue promovido a *comes spatarius** y de esta guisa fue como, siete años antes, marchó hacia el Mediodía para enfrentarse junto a su tío, el rey Rodrigo, a las huestes de invasores árabes y moros que asolaban el sur de la Bética.

La batalla que se libró entonces, encajonados los dos ejércitos, el godo y el musulmán, entre la laguna de La Janda y los montes Transductinos**, ha quedado para siempre en la memoria del viejo Silo como la perfecta representación del final de los tiempos. Fue la muerte encarnada y vestida de rabia y terror; fue la tierra retumbando bajo el galope de ocho mil caballos de guerra; fue el deslumbrar mortífero de millares de lanzas árabes aguardando como un muro de acero a los caballeros godos que contra ellas cargaban; y el aire saturado de flechas, venablos y tiros de honda; y la rabia, la furia y el relampagueo de aceros cobrándose vidas; sí, y la sangre derramándose, en tal cantidad que la tierra, ansiosa, se atragantaba al querer beberla. Fue, en fin, la derrota y el fin del reino de los godos.

¿Y luego? La huida y en ella, como una leona, Egilona infundiéndoles nuevo valor. ¿Y después? Una segunda batalla tan recia como la primera: la de Astigi,*** en la que fueron nuevamente derrotados por el invencible jefe de los agarenos, Táriq ibn Ziyad. ¿Y tras la nueva derrota? La dispersión y una errante e interminable huida que los llevó por toda Hispania hasta terminar en los confines de Asturia y Cantabria.

---

*Conde de los espatarios, uno de los siete oficiales superiores de la guardia palatina del rey visigodo.

**Este fue, según los últimos estudios, el verdadero lugar de la batalla llamada erróneamente de Guadalete, que se libró entre el 19 y el 26 de julio de 711. El sitio exacto se halla entre el actual cerro de Torrejosa y las orillas occidentales de la hoy desecada laguna de La Janda, en el término de Facinas, pedanía de Tarifa.

***Écija.

Y aquí están, en el corazón cavernoso y sagrado de la norteña tierra de Hispania. En la cueva donde se veneró a la diosa de los antiguos y ahora se rinde culto a la madre de Cristo para rogar una fuerza, una protección, que sin duda necesitan convocar para poder enfrentarse a los hijos de Ismael.

Pues ellos, los árabes y los moros, llegan con la lanza y la antorcha, devastando la tierra, dando muerte a gentes y ganados, con los ojos cargados con el feroz deseo de asolar las aldeas y las granjas que orlan los cauces del Salia* y del Enna.**

—Aquí ya está todo hecho. Hemos cumplido con la costumbre de estas tierras y subido hasta aquí para implorar la protección de la divinidad. Los hombres necesitan sentirse acompañados por los cielos cuando se disponen a combatir contra otros, y los de estas tierras, sean cristianos o paganos, veneran esta cueva del mismo modo en que lo han venido haciendo sus antepasados desde innúmeras generaciones. Eso está bien... Respetar las viejas costumbres siempre es bueno y si, además, sirve a un propósito más práctico, mucho mejor aún. Pues, sin duda, la noticia de que he venido hasta esta cueva escoltado por trescientos hombres no pasará inadvertida.

—¿Crees, señor, que hay espías entre nuestra gente?

—Creo, Silo, que la guerra sigue basándose en lo mismo en que lo ha hecho siempre: en el engaño y la astucia, y que esa noticia, la de que yo subí hasta aquí al frente de una hueste, para luego regresar apresuradamente al valle del Salia, hará que pensar a muchos y desorientará a nuestros enemigos.

---

* Río Sella.

** El actual Güeña, afluente del Sella, al que se une en Cangas de Onís.

Silo asiente muy despacio. Solo él conoce por entero el plan de batalla de Pelayo. No sabe si resultará, pero sí que se van a jugar el todo por el todo.

—En cuanto amanezca, dejaremos en los bosques y las alturas que rodean el Aseuua a los trescientos hombres que han subido con nosotros y regresaremos a toda prisa a Canicas* para sumarnos al grueso de la hueste —añade ahora Pelayo con voz muy queda, como si le hablara al solitario lobo que aúlla en la lejana negrura y no a su viejo y taciturno bucelario.

Silo, turbado un tanto, sale de sus pensamientos, da un paso hacia la cornisa que desde la cueva se precipita al abismo y, colocándose junto a su señor, asiente y se arrebuja en su manto. Permanecen así largo rato en silencio, acunados por el hipnótico sonido del agua que, impetuosa, mana de la roca de la cueva y que, no lejos de ellos, cae con fuerza en la copa de un pequeño lago para luego ir a precipitarse a un riachuelo al que los pastores del lugar siguen llamando del Buscus Iana,** para recordar así que en aquella sagrada cueva se había rendido adoración a la diosa Xana, la Diana de los romanos y la Deva de los antiguos astures.

Pensar en la vieja diosa, a la que él mismo todavía adoraba cuando era niño, lleva a Silo a recordar al eremita que, apenas unas semanas antes, se había instalado en la Cova Donnica, «la cueva de la fuente», para rebautizarla como Cova Dominica, «la cueva de la Señora», declarando así que la diosa pagana había sido definitivamente reemplazada por la madre de Cristo. Un «reemplazo» iracundo y expeditivo. Pues el monje no había dudado en arrojar al abismo que se abría ante la boca de la cueva la tosca estatua de madera de

---

*Cangas de Onís.

**El actual arroyo de Riega de la Gusana, a donde va a parar el chorrón que mana del interior de la santa Cueva de Covadonga. *Buscus Iana*, en latín tardío, significa «bosque de Diana».

Xana, pese al disgusto de muchos de los montañeses que aún se resisten a abandonar del todo a los dioses a los que ahora los cristianos llaman «demonios». En cualquier caso, Opiano, que así se llama el monje, no bien se enteró de que los agarenos venían, se presentó ante Pelayo y se ofreció a ayudarlo en la consumación de su desesperado plan de batalla.

—No creo que esta vez podamos ganar —se sincera Silo, como si no pudiera retener la verdad que se le ha asentado en el alma. Avergonzado por la manifiesta falta de fe en su señor, no mira a Pelayo, sino que clava los ojos en la insondable negrura de la lejanía vestida de noche a punto de perecer herida por las primeras luces del alba.

Pelayo tarda en contestar. Durante largo rato, observa a su bucelario. Silo es ya un anciano..., ¿cuántos años tiene? Cincuenta y tres, recuerda. Se lo ve un tanto encorvado y con el pelo y la barba medio teñidos de canas tan blancas como las rocas de los altos montes que se alzan en derredor suyo. Pero allí está, a su lado, como siempre, empuñando la lanza y dispuesto a pelear y morir.

—Yo tampoco lo creo, Silo, viejo amigo. Pero ¿qué importa lo que creamos o dejemos de creer? Importa que hemos decidido combatir y que no retrocederemos. Ahora ya no somos gentes acosadas que huyen para salvar su vida. Ahora somos los que no se rinden. Es mejor morir siendo eso y no perecer entre estas peñas como fieras privadas de toda esperanza.

Silo asiente muy lentamente, saboreando y repitiendo, quedamente y para sí, las palabras de su señor: «Los que no se rinden». Sí, eso, en verdad, es lo que son. Un grupo de gentes desesperadas a las que solo les quedan dos cosas: el orgullo y la fe en un noble, un antiguo *comes spatarius* que eligió estar a su lado y no a salvo y rodeado de riquezas. Pues Pelayo, hijo del duque Favila y sobrino del malhadado rey Rodrigo, podría haber disfrutado de una buena y placentera vida si se hubiera plegado a los conquistadores. Sí, pero no lo hizo.

Por tercera vez aúlla el solitario lobo y su canto está tan cargado con la infinita ferocidad y melancolía de la oscuridad que ambos hombres se estremecen.

Aullido de lobo y noche impenetrable. Silo no puede evitar pensar en su hijo, Hartz, tan joven, tan audaz, tan insensato como lo son todos los jóvenes. Sabe, porque tiene muchos años de guerra a las espaldas, que lo más probable es que esté viviendo los últimos momentos de su corta vida y que con la luz de la nueva mañana le llegue su hora. A él, tan viejo, no le pesa la avariciosa muerte, pero pensar en la de Hartz es otra cosa... Sí, una cosa que le duele en lo más hondo hasta un punto insoportable. El dolor, la angustia incontenibles lo llevan a clavar, tozuda e inútilmente, los ojos en la sombras que envuelven la garganta, las colinas y el lejano valle, como si la noche pudiera retroceder ante la necesidad que tiene un padre de poder ver, por última vez, a su hijo.

Pelayo mira en la misma dirección y, como conoce bien a Silo, aguarda en silencio su siguiente pregunta.

—Entonces, señor, ¿seguirás el plan que te has propuesto?

Pelayo asiente sin mirar a su bucelario. Dedica un pensamiento al irascible ermitaño Opiano y musita una oración para que no lo traicione y cumpla con su parte en aquel disparate que se empeña en llamar «plan».

—Es nuestra única, minúscula, posibilidad de victoria. Pues esta vez los enemigos no se conformarán con perseguirnos hasta los abismos y las cumbres del monte Vindius* para luego regresar a Gigia o a Asturica Augusta,** sino que se fortificarán en las ruinas de Canicas y nos obligarán a someternos, a huir hasta las tierras que aún domina Pedro, *dux* de Cantabria, o a

---

*El macizo de los Picos de Europa.

**Gigia, Gegione o Gegio, la actual Gijón, y Astúrica Augusta, la actual Astorga.

perecer de hambre. ¡No! Necesitamos vencer y solo podemos hacerlo conduciendo a los agarenos a una trampa.

—Y toda trampa necesita un cebo...

—Sí, y por eso hemos subido hasta aquí rodeados por trescientos hombres y simulando llevar con nosotros pesados fardos, y por eso también Opiano, el monje eremita, ha dejado esta santa cueva y ha marchado en busca del ejército sarraceno. Cuando se halle ante su emir, le contará que aquí, en esta caverna sagrada, se guardan grandes tesoros: cruces de oro cuajadas de perlas y gemas, coronas consagradas por antiguos reyes, ofrendas de plata hechas por los *loci seniorem** de estas tierras... ¡Riqueza suficiente como para tentarlo y hacerle perder el buen sentido hasta tal punto que se meta entre estas peñas al frente de sus guerreros!

Silo menea la cabeza sin poder evitar que a su rostro aflore la falta de confianza en aquella estratagema.

—Ningún guerrero experimentado se adentraría con su hueste entre estas montañas —sentencia con la sencillez y la rotundidad de un hombre que lleva treinta y cinco años guerreando.

—Lo sé, Silo, y por eso, viejo soldado, cebaremos también la trampa con un segundo y buen trozo de carnaza, y a la codicia sumaremos la rabia, que siempre nubla el buen juicio.

—A veces, señor, el oso muerde con tanta fuerza el cebo dispuesto en el cepo que lo arranca.

—Y es lo más probable que ocurra —le concede Pelayo—. Pero, aun así, lo intentaremos. Según informan nuestros espías y exploradores, el ejército enviado por el valí de Hispania, al-Hur,** ha salido ya de Gigia. Por ende, cuando el sol se alce dos

---

* Literalmente, «señores del lugar»; esto es, la nobleza local.

** Valí significa gobernador y al-Hur lo fue de al-Ándalus o Hispania desde 716 a 719.

veces, estará ya avistando el puente del Salia y a punto de meterse de lleno en nuestra trampa... Será entonces el momento de constatar si tengo razón y triunfamos, o si mi trampa no basta para acabar con ellos y somos nosotros los que perecemos.

La trampa... Silo conoce cada uno de sus detalles. Desde hace días, cada vez que se quedan solos, Pelayo no hace otra cosa que repasar con él, una y otra vez, cada uno de los pasos y pormenores de su plan de batalla. Pero, aunque su señor es un hábil guerrero y un hombre astuto como pocos, Silo sigue sin convencerse. Aun así, Pelayo es su señor y lo seguirá a la batalla y a la muerte segura, a donde los llevará, no le cabe duda de ello, esa estrategia que están poniendo en marcha. ¿Por qué Silo se dirige sin vacilar hacia la muerte? Porque Pelayo va hacia ella y él nunca abandonará a su señor. Lleva sirviéndolo veinticuatro años y, por si eso no bastara, nunca olvida que tres años atrás, en Gigia, Pelayo se jugó la vida por salvar la suya.

—Señor, aunque el ermitaño les cuente que aquí, en esta cueva, se guardan grandes tesoros, ¿cómo creerán semejante disparate? Este es un lugar perdido, dejado de la mano de Dios, enclavado en la región más pobre de Hispania... ¿Cómo creerán entonces que los reyes de antaño acumularon riquezas en tan desolado y olvidado santuario?

Son buenas preguntas las que hace Silo. Pelayo se ha hecho exactamente las mismas una y otra vez desde que el plan apareció en su mente. No tiene una buena respuesta para contestarlas, pero le responde al viejo Silo.

—¿Y por qué no? ¿Qué han hecho esos bárbaros desde que invadieron Hispania sino descubrir tesoros ocultos en los más inverosímiles y apartados lugares? ¿Recuerdas el *castellum* de Firas,* en los montes situados a dos días de Toletum?

---

*Se cita en una de las fuentes árabes más antiguas que han llegado a nosotros, de la mano de al-Hakam, quien, en 860, escribe que en

Silo lo recuerda. Aquel era el castillo donde los godos guardaban su legendario tesoro del que tantas maravillas se contaban. Pues se decía que de los abovedados techos de una de las cámaras sepultadas entre sus pétreos cimientos colgaban veinticuatro coronas votivas de oro cuajadas de perlas, esmeraldas, granates y zafiros que daban testimonio del reinado en Hispania de los sucesivos reyes de los godos, mientras que, apilados contra las paredes, se amontonaban los cofres colmados de monedas de oro, los vasos sagrados y toda suerte de objetos maravillosos. Sí, y entre ellos, destacando en el centro de la oculta cámara del tesoro, los tres más sagrados y magníficos: la mesa del rey Salomón, el libro de áureas páginas de los Salmos del rey David y el *lapis exilis*, una mágica piedra en forma de cuenco que, según se contaba, otorgaba sabiduría, larga vida y curación.*

Y es que el reino de los godos había sido el más próspero de Occidente antes de que la sequía, el frío y la peste lo arruinaran. Además, librando cien guerras desde Escandinavia a Hispania, habían saqueado numerosos reinos y, entre ellos, el más poderoso imperio: el de los romanos. Hasta la mismísima vieja Roma cayó bajo los golpes de Alarico y sus huestes, y en ella hallaron los tesoros que antaño los romanos se lleva-

---

él se guardaba el tesoro de los godos. La fortaleza de Firas suele ser identificada, erróneamente, con lugares como el castillo de Frías, en Burgos, o con el de Guadalajara, ignorando que al-Hakam especifica que se hallaba a dos días de Toledo y que, por ende, es imposible situarlo en esas localizaciones. *Firas*, en árabe, indica «astucia», «nobleza» y «valor».

*Muchas son las noticias transmitidas por las fuentes árabes sobre este tesoro y sus maravillas. El primer autor en darnos testimonio fue Ibn Jurradasby en 847 y, tras él, al-Hakam. La descripción más detallada de su contenido nos la ofrece Ibn Idari, que menciona los objetos arriba citados.

ran del Templo de Jerusalén, que terminaron guardando en las rocosas entrañas de Firas.

—Y si el ejemplo de Firas no te convence, Silo, piensa en el portentoso tesoro que los monjes enterraron junto a la basílica de Santa María in Sorbaces,* o recuerda las docenas de monasterios, iglesias, basílicas y demás templos que han saqueado los agarenos. ¡Hasta en el más pequeño y apartado de ellos hallaron riquezas!

—Eso es cierto, mi señor, y, al fin y al cabo, esta cueva santa no carece por completo de tesoros —concede Silo encogiéndose de hombros y ofreciendo una cansada y cómplice sonrisa a Pelayo, a la par que señala en dirección al fondo de la pequeña gruta en donde se halla la losa de piedra que sirve de altar al monje Opiano.

Y justo en ese momento los dos hombres se percatan del que el lobo ha dejado de aullar. Pelayo, creyendo entender una arcana y sacra señal, se queda mirando fijamente en la dirección que le señalaba Silo y, de súbito, como si una incontenible fuerza lo poseyera, se gira y a grandes zancadas se aproxima al troglodítico altar del santuario sobre el que pende, asida con una correa de piel de toro, la argéntea cruz con la que el ermitaño consagró a Cristo y a su madre aquella arriscada y casi inaccesible caverna, a la que, durante siglos, quizá durante milenios, habían subido las gentes del lugar para desde ella arrojar ofrendas a las sagradas aguas de Xana, la diosa de la fecundidad y de los bosques.

—Nos llevamos la cruz —dice Pelayo con voz súbitamente enronquecida—. Será nuestro estandarte de batalla

---

*Yacimiento de Guarrazar, en Guadamur, Toledo. En *Egilona, reina de Hispania,* Pelayo es testigo de cómo es ocultado el tesoro que, ya en el siglo XIX, sería casualmente hallado y que hoy, en parte, puede admirarse en el Museo Arqueológico Nacional.

cuando, alzados sobre la tumba del rey de los gigantes,* disputemos a los agarenos el puente de madera que cruza el Salia.

Silo está turbado, percibe en Pelayo una emoción y una fuerza que no estaban antes y, como es un hombre sencillo, tiene la sensación de que una semilla de milagro ha sido sembrada.

—¿Sabes, Silo? Hace cuatrocientos años, allá lejos, en la vieja Roma, un emperador llamado Constantino también batalló contra los paganos por el puente de un río y lo hizo bajo la protección de una cruz como esta.

—¿Existió realmente la vieja Roma, mi señor? Quiero decir que he oído muchas historias sobre ella y sobre cómo la saqueó el viejo rey Alarico, pero nunca las he creído por completo... ¿Realmente era tan grande y tan rica?

Pelayo sonríe ante las dudas de su viejo bucelario. ¿Cómo no van a preguntarse semejantes cosas los hombres de este tiempo sombrío? Después de todo, el mundo, su mundo, se ha derrumbado ante ellos haciendo que hasta aquello que vieron con sus propios ojos les parezca un sueño. Pues ¿dónde está ahora la espléndida Toletum? ¿Dónde la áurea corte del rey de los godos? Su gloria pereció bajo los cascos de los caballos de los conquistadores. Así que no es extraño que los hombres sencillos como Silo duden de esplendores tan lejanos en el tiempo y el espacio como son los de la vieja Roma.

—¡Existió, Silo, por Cristo que la vieja Roma existió! En un libro antiguo de la biblioteca del Palacio de Toletum,**

---

*Es una alusión al dolmen de Cangas de Onís. Para las gentes de la Antigüedad y la Edad Media, las construcciones megalíticas eran obra de cíclopes y gigantes.

**Al contrario que en otros reinos y lugares de Occidente, en la Hispania visigoda, la realeza y la nobleza continuaron siendo letradas y conservaron la cultura clásica legada por Roma y Grecia. Obras de

leí que sus murallas la circundaban a lo largo de diecinueve mil pasos y que eran más altas que nueve hombres alzados unos sobre los hombros de otros; y en otro, que en ella había un circo de piedra donde se celebraban carreras de carros para que las disfrutaran doscientas mil personas.

—¿No me engañáis? —le responde Silo con la vacilante incredulidad del niño que quiere creer.

—Eso fue lo que leí, y te diré otra cosa que me contaron unos comerciantes griegos llegados a Toletum en los días en que mi tío Rodrigo fue proclamado y ungido como rey de los godos: que la gloria de la vieja Roma es solo una menguante llama comparada con el esplendor de Constantinopla.

—Si es así, tanta riqueza atraerá sobre ella el infortunio —murmura Silo con el pesimismo de quien ha contemplado la ruina de su reino—. ¿No habrán destruido ya los agarenos la Nueva Roma de Oriente?

—Quizá —conviene Pelayo, pues hace meses que no recibe noticias del mundo exterior y las últimas que hasta ellos llegaron anunciaban que la ciudad estaba siendo asediada por un número incontable de naves y hombres de guerra enviados contra ella por el califa de Damasco—. Pero te puedo

---

época visigoda, como las *Etimologías* de san Isidoro, siglo VII, eran auténticas enciclopedias del saber de griegos, hebreos y romanos, y los nobles que como Pelayo eran educados en el palacio real accedían a una cuidada educación. El rey Sisebuto, por ejemplo, no solo era un excelente poeta y hagiógrafo, sino un consumado astrónomo capaz de calcular con precisión los eclipses lunares, y consciente de que la Tierra era esférica. El recuerdo de la geografía y de las maravillas del mundo se conservó también en el Reino de Asturias fundado por Pelayo, y así lo acredita la *Crónica albeldense*, escrita en 881, en donde se describe la Tierra y las maravillas del mundo y, muy particularmente, las dejadas por griegos y romanos.

asegurar algo, Silo: siga en pie Constantinopla o yazga reducida a escombros pisoteados por las botas de los lanceros árabes, eso no alterará nuestro destino. Pues de ese, de nuestro destino, solo se ocuparán Dios y nuestras lanzas —le responde mientras, tomando la pica que había dejado apoyada en la pared de la cueva, sujeta al asta de fresno la cruz de plata, usando para ello la tira de cuero de toro de la que había pendido del techo.

—¡Ya está! —anuncia al terminar su tarea y, adelantándose al saliente, alza su tosco estandarte hacia un firmamento pleno de desvaídas estrellas.

Mientras la cruz de plata desafía a la oscuridad, Pelayo busca con la mente a sus implacables enemigos. Los ve, los imagina abandonando, confiadamente, su base principal en el noroeste de Hispania, Asturica Augusta, para cruzar después las llanuras y las colinas con sus bélicos pasos resonantes por las silenciosas calles de la arruinada Legio, y, a continuación, ir hasta las cercanías de la despoblada Lancia y, dejando atrás campos y colinas, subir penosamente, lancero tras lancero, jinete tras jinete, a los altos montes, padeciendo allí el rigor de un camino de roca, frío y silencioso, y el arbóreo y hechicero castigo del oscuro bosque que agobia a la sinuosa vía Carisa y parece aliado con roquedales y helados páramos para infundir pavor a moros y árabes conforme van pasando por Memorana y Lucus Asturum, desde donde, aliviados, dejan las cumbres y descienden hasta contemplar las infinitas y grises olas del Oceanus Cantabricum, para luego entrar en la menguada Gigia y, tras reabastecerse y recibir noticias frescas, retomar su camino hacia el sureste a través de una tierra esmeralda, sorteando el Nora y el Nalonio, para penetrar, a continuación, en un universo de montañas y valles con la sola compañía del rumor de los ríos y del canto de las cascadas, y luego emerger de los hayedos, descubrir el puente del Salia y caer sobre Canicas a fuego y espada.* ¿Cuán grande será su ejército? No lo sabe... Pero sí sabe una cosa: será demasiado grande como para que puedan derrotarlo. ¿Para qué combatir entonces? Es otra maldita pregunta que se hace de continuo y que de continuo se responde para no perder la razón y el valor; porque está harto de retroceder, porque esta es su tierra, porque es un hombre libre y porque, aunque se someta la tierra toda, ellos, Pelayo y su gente, no se rinden y combatirán contra toda esperanza. Pues esta vez, sin duda, se verán desbordados por el número, la calidad y la veteranía de las tropas que el valí de Hispania ha enviado contra ellos y ante las cuales sus hombres, una pequeña hueste compuesta de desesperados refugiados godos y acorralados pastores de los montañosos confines de Asturia y Cantabria, no podrá hacer otra cosa que morir...

Pero a veces, y esta es una de esas veces, morir es lo único bueno que un hombre libre puede hacer y él, Pelayo, hijo de Favila, tentará la suerte del acero una última vez y perecerá con la espada en la mano y el desafío en los labios. Así que no se engaña: antes de que el sol se alce tres veces, estará muerto, pero sin haber cedido un ápice de su dignidad de guerrero y hombre libre.

El porvenir es, pues, oscuro. Pero el agua los envuelve con su música hechicera y en aquella intimidad compartida y he-

---

*Legio, León; Lancia estaba próxima a la actual Mansilla de las Mulas, a 14 kilómetros de León capital; Memorana estaba cerca de Castiello de Lena; Lucus Asturum o Luco Astorum es la actual Lugo de Llanera; el Nora mantiene su nombre y es afluente del Nalonio, que es el actual Nalón; el Salia o Sella contaba con dos vados: uno más dificultoso, situado donde hoy se alza el puente de Cangas de Onís, y otro más accesible, a unos cuatrocientos cincuenta metros aguas abajo, que queda frente a la iglesia de la Santa Cruz y que en época de Pelayo es probable que contara con un puente de madera.

cha a base de sombra nocturna y canto de agua pura, los dos hombres se sienten muy cerca el uno del otro. Silo sabe que pronto despertarán los demás y que entonces Pelayo volverá a ser un jefe de hombres y él, su viejo bucelario. Pero ahora, además de su señor, es también su amigo.

—Ha sido bueno servirte, señor.

—¿Te estás despidiendo? —le responde Pelayo con una sonrisa que pretende ser desenfadada.

—No es mal momento para hacerlo, *princeps* —le contesta el viejo soldado dándole el título que, unos meses atrás, le otorgó una muchedumbre de pastores y campesinos en un *conventus rusticorum** convocado a toques de cuerno en un cruce de caminos. Un título, el de *princeps*, que es similar al de *rex* y que han ido confirmando todos los nobles godos refugiados en Asturia y muchos de los *seniores locorum* de las tierras que se extienden entre los cauces del Nalonio y el Deva, haciendo de Pelayo el soberano de un pequeño reino que abarca las bravías y pobres comarcas orientales de la Asturia Transmontana.** Pues en los últimos meses se han multiplicado las aldeas y los señores que se niegan a seguir pagando tributo a los árabes y que, por el contrario, envían a Pelayo hombres, armas, víveres y plata para que siga sosteniéndose en rebeldía contra el emir de Gigia, el gobernador impuesto en Asturia por el valí musulmán que gobierna Hispania desde

---

*Así define y describe san Isidoro, hacia 630, las asambleas de campesinos y pastores que se reunían para dirimir pleitos y afrontar peligros.

**Asturia se solía dividir en Cismontana, *grosso modo* León y Zamora, y Transmontana, más o menos lo que hoy es Asturias. En la segunda mitad del siglo VII se creó el ducado visigodo o provincia de la Asturicense, que en su parte Transmontana se extendía desde el actual río Eo, que en el siglo VIII era llamado Egoba, hasta el Deva.

Corduba* en nombre de su lejano y supremo señor: el califa de Damasco**.

—No, no lo es, Silo. Y por eso, ahora, también ha llegado el momento de darte las gracias —le responde tendiéndole el brazo.

Se aferran con fuerza. Dos hombres: el viejo Silo que, aunque no se ha dado cuenta, está llorando, y Pelayo, un noble godo acorralado que se ha convertido en el *princeps* de unos centenares de rebeldes que, inconscientes e indomables, desafían al imperio más grande que los tiempos hayan contemplado.

Se quedan nuevamente en silencio. Abajo, junto a los hombres que comienzan a desperezarse antes de que el lucero del alba susurre el nombre del sol, uno de los guardias apostados en el sendero que lleva al pie de la gruta se apoya mejor en su lanza y lucha contra el sueño que lo embarga.

—¿Te fías del monje, señor?

Pelayo medita su respuesta. Nunca ha sido un hombre confiado..., ¿para qué engañarse? De hecho, solo confía en Gaudiosa, su esposa, en el viejo Silo y en los treinta hombres que nunca lo han abandonado y que, libremente, cuando solo podía ofrecerles hambre y peligro, decidieron permanecer junto a él.

---

* Córdoba.

** El Califato Omeya de Damasco estaba regido desde esta ciudad por un califa de la familia y se dividía, administrativamente hablando, en valiatos o grandes provincias gobernadas por un valí que, a su vez y si el territorio era muy amplio, delegaba parte de su poder en valíes menores. Así, por ejemplo, el valí de Egipto, nombrado por el califa, tenía autoridad sobre el de África y este, a su vez, sobre el de al-Ándalus, pero todos quedaban sujetos en última instancia al poder supremo del califa. Cada una de las provincias mayores, o valiatos, se subdividía a su vez en coras o provincias menores, sobre las que gobernaba un emir allí destacado por orden del valí.

—Confío en él —responde al fin—. Es un hombre extraño. Puede que un santo o puede que un loco. A veces no hay diferencia entre una y otra cosa.

—Cuando nos presentamos aquí, nos maldijo y nos acusó de paganos por mancillar el santuario con nuestras armas. Los hombres le tienen un poco de miedo y también le profesan un poco de odio. Pues a nadie le gusta que lo maldigan justo antes de librar una batalla.

—Sí, todo eso es cierto. Pero también lo es que luego, pese a que me mostré inflexible, al confirmarse que el ejército de los ismaelitas había llegado a Gegione y que en breve iniciaría la marcha hasta Canicas, me ofreció su ayuda para engañarlos y llevarlos a la ruina. Si cumple con lo que ha prometido, puede que los agarenos pierdan el buen sentido, se lancen contra nosotros como fieras rabiosas y suban hasta aquí en busca de botín —concluye un Pelayo que sabe que su plan, en no poca medida, depende de la capacidad de convicción del ermitaño y de su habilidad para alentar la confianza del jefe enemigo.

Y entonces se derrumba la oscuridad nocturna. Pues a oriente el cielo clarea ya y pronto el penúltimo sol que verán los ojos de Pelayo hiere las tinieblas y la tierra, verde y hermosa, despierta en un canto de bosques, prados y rocas que roba el aliento. Y él, contemplando aquello, se pregunta por qué el mundo parece tan hermoso cuando la muerte viene a buscarte.

II

Pelayo y Silo abandonan la cueva utilizando una escala para descender hasta donde los aguardan los trescientos hombres que han subido con ellos hasta el monte Aseuua y que ahora los rodean aguardando sus órdenes.

Pelayo se sitúa entre aquel círculo de rostros barbados y duros, alzando, bien alto, el improvisado estandarte de la lanza y la cruz. La plata brilla junto al afilado hierro y, a su vista, todos guardan silencio, como si algo sagrado, mágico, les estuviera aconteciendo.

Son buenos hombres, bien lo sabe Pelayo: criados entre aquellos montes, habituados a lidiar con bandidos de ganado, con lobos y con osos; gente curtida por el hambre, el frío y la dureza que impone aquella tierra remota y bravía. La mayoría son pastores y cazadores que conocen aquellas peñas mejor de lo que su fiera sangre conoce sus venas.

Solo treinta de los trescientos que los rodean van provistos de armadura, escudo, lanza, espada y *scramasax*. Son los treinta que nunca abandonaron a Pelayo y que ahora constituyen su comitiva guerrera, su guardia personal. El resto no lleva cota de malla ni yelmo ni ninguna otra protección, pero cuentan con lanzas, hachas y venablos, todos llevan hondas, algunos portan arcos y casi todos, cuando llegue el momento de la matanza, empuñarán brutales *scramasax:* los largos cuchillos de un solo filo y aguda punta que cuelgan del cinto como señal de la condición de hombre libre de su portador.

Estas gentes son sus gentes. Lo eligieron como caudillo y se debe a ellas... hasta el final. Así que Pelayo se encomienda al belicoso estandarte que empuña y se dispone a vivir las últimas horas de sus últimos días.

—Anoche, en la cueva sagrada, oré por la victoria... ¡Por nuestra victoria! Sé que muchos de vosotros os preguntáis por qué debéis luchar y si no sería mejor hacer lo que otras veces hemos hecho: adentrarnos en las soledades y abismos del *Mons Vindius* y aguardar a que los moros se cansen de buscarnos y se vayan... Si alguno quiere hacer eso, que lo haga. Que baje a los valles, recoja a su mujer, a sus hijos, a sus ancianos padres y a su ganado y que corra monte arriba en busca de salvación. ¡No le reprocharé que salga corriendo! No, no lo haré. Pero yo, escuchadme bien, no voy a correr esta vez. ¡No! ¡Yo no voy a salir huyendo de esos perros! —Y entonces, antes de seguir hablando, lenta, muy lentamente, busca con sus ojos los de los pastores y los campesinos que lo rodean y que permanecen muy quietos, en silencio, con la primera luz del nuevo día arrancando breves y diminutas centellas del hierro de sus lanzas—. ¿Sabéis por qué? —les pregunta ahora desafiante, acentuando cada una de las palabras—. ¡Porque soy un hombre! ¡Un hombre que no va a correr! ¡Un hombre que defenderá su tierra, que luchará por su mujer y sus hijos, que matará por ellos y, si es necesario, que morirá por ellos! ¡Por ellos y por vosotros! Pero si queréis huir..., ¡hacedlo y dejadme solo peleando contra quienes quieren quemar vuestras casas, robar vuestro ganado, violar a vuestras mujeres y esclavizar a vuestros hijos! ¡Yo me quedo a combatir! ¿Quién se queda conmigo y quién sale corriendo?

Ante aquella pregunta, cargada con la ferocidad de unos ojos claros y fríos que parecen taladrar el alma de todos y cada uno de ellos, solo hay una respuesta posible, sí, y llega en forma de gritos, de rugidos, de agitar y entrechocar de lanzas y *scramasax*, de rítmico pateo del suelo que los sustenta en una atávica demostración de compromiso y ferocidad que hace retumbar con bélicos ecos las peñas que los rodean y que apresa el pecho y la garganta de Pelayo con una emoción que brota en lágrimas de orgullo por mandar a hombres como aquellos.

—¡Vamos a vencer! ¡Vamos a matarlos! ¡Vamos a echarlos de nuestra tierra! —grita ahora con voz enronquecida, y a su grito se siguen sumando los alaridos, los aullidos, el griterío de los montañeses, que ya no retrocederán cuando el enemigo se adentre en su tierra.

Aguarda entonces a que retorne el silencio y, cuando este llega, se puede oír cómo un cuervo grazna y, volando pesadamente, cambia de árbol, mientras el agua que cae desde la santa cueva sigue añadiendo música a la luz del nuevo sol y los bosques y prados escuchan, expectantes, inmutables, añadiendo su juramento a las gentes que los habitan.

—¡Escuchadme ahora bien, pues conozco la forma en que aniquilaremos al enemigo! Quiero que os quedéis aquí, escondidos entre las rocas, ocultos en los bosques. Aguardando el momento en que regresemos de Canicas corriendo en dirección a la Cova Dominica con esos perros hambrientos pisándonos los talones. ¡Oídme bien! ¡No quiero que disparéis un solo tiro de honda, ni que lancéis un venablo hasta que su vanguardia alcance este lugar y se alce el clamor del cuerno de batalla! Por supuesto, antes nos veréis pasar simulando terror y derrota. ¡No vaciléis! Pues será parte de la trampa..., ¡la trampa con la que los mataremos por centenares al pie del Aseuua!

El plan entusiasma a los montañeses. Pues aquella, desde la noche de los tiempos, ha sido su forma de hacer la guerra: emboscar, engañar y masacrar a cuantos enemigos tengan la osadía de adentrarse en sus montañas.

—Nosotros, por nuestra parte, bajaremos al valle de Canicas y organizaremos allí al grueso de la hueste. Pero recordad: escondeos y aguardad. ¡Que nadie lance un venablo, ni dispare su honda, ni acuchille a ningún moro hasta que su vanguardia llegue ante la santa cueva y retumbe en las montañas la llamada de mi cuerno de guerra! ¿Entendido?

Cientos de rostros barbudos, curtidos de sol y frío, serios y decididos asienten. Eso es todo lo que Pelayo puede conseguir y tendrá que bastar.

Media hora más tarde, a paso vivo y encabezando a Silo y a sus treinta guardias, desciende por el estrecho camino que lleva desde la santa cueva hasta Canicas. Atrás, dispersos en pequeños grupos que buscan resguardo aquí y allá, y que se disponen a esperar hasta la tarde del día siguiente, dejan a casi trescientos hombres que sueñan con una matanza.

La trampa ha sido preparada. Ahora se aproxima el momento del hierro afilado y del valor necesario para empuñarlo.

III

Horas más tarde, mientras se aproxima el crepúsculo, Hartz, hijo de Silo, se halla encaramado a una enorme haya. El gran árbol forma parte del bosque que envuelve el viejo camino que va de Gigia a Canicas y que desde esta, aguas abajo del Salia y girando hacia el Deva, sigue hacia Portus Victoriae.*

En torno al escondite de Hartz se amontonan hayas seculares, robles centenarios y castaños imponentes, pero por detrás el bosque va cediendo paso, paulatinamente, a praderías, sembrados y sotos, hasta alcanzar las riberas del Salia, tras el cual se halla Canicas, que, más que una gran aldea, es un conjunto disperso de ellas. En cualquier caso, es ahora su hogar y, en unas horas, será destruido.

Inmóvil entre las grandes ramas del haya, Hartz parece haberse vuelto tan de madera como ellas. Pero aunque la luz del nuevo día empieza a menguar y las tinieblas pronto acudirán a amortajar el bosque, el peligro se aproxima. Pues de entre las copas de los árboles que tiene de frente, ve alzarse una negra columna de humo. Es la primera prueba de que el enemigo se aproxima y que lo hace quemando cuantas casas de campesino, chozas de pastor o campos de cultivo halla en su camino.

Sin apartar los verdes ojos de la espesa humareda, Hartz se obliga a quedarse muy quieto, respirando pausadamente,

---

*Santander.

escondido, casi fundido con la otoñal copa del haya. Es así como ve la segunda columna de humo alzándose, más negra y más cerca de su escondite. De inmediato, como si de la tierra herida por los enemigos en lugar de sangre fluyeran espesas humaredas, se eleva la tercera a tan solo unos cientos de pasos de su refugio.

En ese momento cree oír, como si fuera un eco apagado, gritos de hombres y relinchar de caballos, mientras siente en las entrañas, agazapado como un demonio, el punzante miedo. Pues por mucho que uno tiente al peligro, cada nueva batalla lo renueva y alienta.

Pero domina su pánico y se mantiene abrazado a una de las grandes ramas de la centenaria haya, mientras que, otea en dirección a Canicas con una rápida mirada hacia atrás. Allí, a resguardo de las aguas del río Salia, dispuestos a combatir por el puente y el vado, deben de estar ya Pelayo y su padre. Los dos hombres a los que más admira y quiere en este mundo.

Entonces, un caballo relincha. Hartz se tensa y aferra con todas sus fuerzas el largo cuchillo de un solo filo que le sirve de rústica y corta espada. Al poco, se ve salir del bosque a un jinete que, casi desnudo y con la cabeza rapada, excepto por un largo mechón castaño rojizo, talonea a un pequeño y brioso caballo tordo. El moro, pues un moro es, lleva dos venablos sujetos con la mano derecha y guía a su montura con la izquierda, mientras que una corta y recta espada de dos filos le cuelga de un correaje sujeto al hombro. Es un explorador.

Hartz también lo es. Por eso da la señal de alarma a los demás jóvenes que se hallan agazapados en el bosque: el canto de un petirrojo. Eso es fácil. Lo difícil vendrá ahora: quedarse allí y tratar de averiguar cuanto se pueda del enemigo. Luego, si no lo descubren y sigue vivo, correrá entre los bosques hasta Canicas para contarle a Pelayo lo que haya averiguado.

Esas son sus órdenes y las va a cumplir. Así que sigue embridando su miedo, contiene la respiración y aguarda.

No espera mucho tiempo. El jinete semidesnudo, de morenos y nervudos miembros, cabeza rapada y ojos azules y fieros, termina por detener a su ágil y nervioso caballo justo debajo del árbol donde se esconde.

Durante largo rato, el moro se queda allí, quieto, alerta, observando el bosque y las colinas, concentrando su atención en el camino que, sin dificultad alguna, lleva al puente del Salia y a Canicas.

Hartz, inmóvil, no le quita los ojos de encima al guerrero mauri que tiene debajo de él. Está casi seguro de que el solitario jinete es el primero de una partida de exploradores y que sus compañeros no andarán lejos. ¿Debe matarlo? Durante un breve instante sopesa esa posibilidad y aferra con fuerza su largo cuchillo con la intención de caer sobre el moro y acuchillarlo. A sus pies, el jinete, ajeno a la muerte que lo ronda y cansado por largas horas de cabalgar alerta por aquellas peligrosas tierras, se seca el sudor de la frente con la mano y se deja caer sobre el cuello de su montura para descansar un poco la dolorida espalda y recuperar el aliento. Luego, irguiéndose de nuevo y girándose, emite un largo y penetrante silbido y, al poco, aparecen otros dos jinetes y, tras ellos, en formación de irregular media luna, diecisiete más.

Todos son moros de cuerpo de bronce y ojos de fuego, armados con venablos ligeros, espadas cortas de dos filos y dagas sujetas al brazo izquierdo. No llevan armadura de ninguna clase, ni tampoco yelmos, y solo tres o cuatro portan escudos de cuero y se cubren con extravagantes mantos que semejan alas al viento.

Durante un momento que a Hartz le parece un siglo, los veinte exploradores mauri terminan por congregarse bajo el árbol que le sirve de escondite. Pero entonces, el que parece el jefe, el moro de ojos azul intenso, nariz aguileña y largas piernas de cazador, desmonta y examina el suelo en un amplio círculo debajo y en torno al haya. Algo lo ha alertado y está buscando huellas o señales que confirmen su sospecha. Él ha puesto sumo cuidado en borrar cualquier rastro, pero el moro parece conocer bien el oficio de rastrear y el miedo, ahora insoportable, asciende nuevamente por el pecho y la garganta del hijo de Silo. Lo van a descubrir. Sí, y mejor será prepararse para morir.

Y entonces, de detrás de unos acebos, surge Opiano, el ermitaño de la Cova Dominica y, al verlo, el jefe de los rastreadores moros y con él todos sus hombres se olvidan de lo que están buscando y concentran toda su atención e interés en el monje. ¿Qué ven? Un hombre extremadamente delgado y viejo que se cubre con lo que parece un hábito raído, que lleva sobre el huesudo pecho una cruz de bronce bien lustrado y que se detiene en seco al verlos para sonreírles y, levantando en alto el crucifijo, bendecirlos.

—¡Que Cristo os proteja! —les grita desde los arbustos y acompaña su bendición con una sonrisa aún más amplia, si cabe, que la primera—. ¡Venía en vuestra busca, valerosos soldados del gobernador! ¡Tengo cosas importantes que contar a vuestro general!

—¡Cogedlo! —grita a su vez el jefe de los exploradores musulmanes, y dos de sus jinetes, taloneando a sus inquietas monturas bereberes, salen tras el ermitaño que, asustado por la violenta reacción de los moros, y pese a sus muchos años, se ha dado la vuelta y ha echado a correr con la agilidad de un venado.

De nada le sirve. Los dos jinetes lo alcanzan al poco y lo derriban golpeándolo con el asta de sus venablos para, a continuación, echando pie a tierra, amarrarlo con fuerza a la cola de uno de los caballos y arrastrarlo hasta donde los esperan sus camaradas.

Hartz, desde su escondite, respira aliviado y se siente culpable. Sabe que es parte del plan, desde luego, pero también que aquel viejo ermitaño está afrontando una prueba que pocos osarían arrostrar.

Por lo pronto, a no más de diez pasos de donde él se esconde, lo están moliendo a palos mientras el desdichado trata de convencerlos de sus buenas intenciones y los bárbaros, por su parte, lo ignoran y lo interrogan intercalando preguntas con golpes y amputándole tres dedos de una mano de manera salvaje. El suplicio no dura mucho, pues el ermitaño parece haberles dicho ya todo lo que quieren saber y pronto el jefe de los exploradores imparte órdenes que ponen en marcha a los miembros de su partida que, taloneando a sus briosas bestias, se despliegan y se encaminan hacia donde aguardan Pelayo y los suyos.

No todos. El jefe y tres de sus jinetes se dan la vuelta y galopan en dirección a la columna principal de su ejército llevándose con ellos al pobre ermitaño de la sacra cueva.

Se hace el silencio nuevamente. Hartz recupera el sosiego. El plan de Pelayo, aparentemente, ha comenzado a cumplirse. Entonces, pasados unos minutos, un sostenido y amortiguado trueno invade la paz de la floresta y, al mirar a lo lejos, allí donde la senda que va hacia Canicas deja el bosque para atravesar un ancho prado, ve la vanguardia de la larga columna enemiga: una serpenteante hilera doble de caballeros excelentemente armados, seguida por filas y filas de infantes portando largas lanzas, revestidos con cotas de malla y montados a lomos de recias mulas, y flanqueados por centurias de arqueros, honderos y escaramuzadores bereberes que corren junto a ellos con pies ligeros que parecen devorar el camino.

¿Cuántos? Como poco, el total debe de subir a tres mil... No, se corrige de inmediato, deben de alcanzar los cuatro mil y puede que, incluso, los pasen de largo. En cualquier caso, demasiados. Pero aún están lejos, a casi un cuarto de milla de allí, y las vueltas y revueltas de la senda le impiden contarlos bien. Así que es hora de correr y, descolgándose de la rama a la que se hallaba abrazado, se deja caer entre las enormes raíces y se encamina, todo lo deprisa que se lo permite la tarea de borrar sus propias huellas, en dirección al Salia y a Canicas.

IV

Diez minutos más tarde, en el camino, el emir principal del ejército invasor, Alqama al-Aurabi, bebe un largo trago de agua, se enjuaga la boca y escupe. Delante de él, con el caballo cubierto de polvo espesado por el sudor, tiene al jefe de sus exploradores. El hombre, un guerrero de la tribu bereber de los banu ifran, una de las muchas que componen la confederación zenata, es el mejor rastreador que conoce y el hombre con los ojos más azules y penetrantes que parieran la montaña y la estepa. Si un hombre así afirma que el enemigo aguarda a cuatro millas de donde ahora se hallan, defendiendo un arruinado puente de un río al que las gentes de aquel maldito país llaman Salia, y tras cuyo cauce y entre los montes deben de haber resguardado a sus mujeres, niños, ganados y riquezas, uno ha de tenerlo muy en cuenta y sopesar que, después de todo, quizá valga la pena ir hasta allí para matar a esos condenados rebeldes y encadenar a sus familias para llevárselas lejos, a los mercados de esclavos de Ishbiliya y Qurtuba.* Y como es un hombre inteligente, además de avaricioso, para qué negarlo, Alqama no puede evitar hacer números: ¿cuántos cautivos podrá tomar y cuánto le reportará su venta? Sin duda, medita sin poder reprimir una soñadora sonrisa, puede que atrape a dos o tres millares de aquellos

---

*Nombres en árabe de Sevilla y Córdoba, respectivamente.

perros infieles y eso, a razón de cinco dinares de oro por muchacha, tres por hombre sano y dos por niño terminará siendo una bonita suma.

Sin embargo, como se suele decir, antes de vender la piel del león hay que cazarlo y, para poder hacerlo, primero hay que cuidarse de no perecer bajo sus garras.

—¿No has visto hombres en el acceso al río?

El jefe de los rastreadores se toma su tiempo en contestarle. Luego, rascándose la afeitada cabeza, mira directamente a los negros y pequeños ojos de su emir y responde:

—Esta tierra no es mi tierra. Pero he recorrido los bosques y las colinas en busca de huellas de enemigos y no he hallado ninguna. Solo en Canicas vi hombres armados, poco más de un millar, así como muchos cientos de mujeres, niños y ancianos arreando ganados y corriendo en dirección a los montes por un estrecho sendero. En cuanto a los hombres de guerra que parecen dispuestos a disputarnos el paso del Salia, la mayoría diría que son simples pastores y campesinos armados con lo primero que han tenido a mano y el resto, quizá la cuarta parte del total, parecen auténticos guerreros. Eso es lo que puedo decirte.

Alqama asiente. No es un novato en las lides de la guerra. Sabe que cuando la victoria se presenta fácil, hay que desconfiar de ella. Pero también sería de necios pecar de excesiva prudencia y dejar escapar la oportunidad de acabar con la rebelión del tal Pelayo y, de paso, hacerse con un buen botín humano.

De nuevo los números, siempre los números, bailan en su cabeza: un millar de enemigos y solo doscientos cincuenta de ellos, poco más o menos, bien armados. Addi, el jefe de sus exploradores, lleva quince años combatiendo. Es un veterano que sirvió bajo las órdenes de Musa, Táriq y Abd al-Aziz.* Un

---

*Musa ibn Nusair, gobernador del África omeya y conquistador de la Hispania visigoda; Táriq ibn Ziyad, liberto de Musa y general del

hombre así sabe contar... Él, Alqama, también es un veterano. A veces, lo confiesa, echa de menos a Táriq ibn Ziyad, el vencedor del rey de los godos, pero se acuerda de que el viejo y feo pelirrojo* vive ahora cómodamente en Damasco junto a su bella mujer, la sabia y misteriosa Umm Hakim.** A él también le gustaría poder retirarse a un lugar bello y magnífico y disfrutar de su esposa y sus dos concubinas sin más preocupación que la de arrancar nuevos placeres a cada nuevo día. Pero para eso, bien lo sabe, hace falta mucho oro. ¿Cuánto podrá sacar por su parte del botín? Con un poco de suerte, tras el reparto, le corresponderán un centenar de muchachas y otros tantos hombres jóvenes y fuertes, y eso representará mucho oro, sin duda. Además, en Ishbiliya conoce un mercader judío que pagará bien por las esclavas más bellas.

—¿Y a dónde crees tú que corren a esconderse las mujeres y los niños de esos desgraciados? —pregunta ahora en un renovado intento de no dejarse llevar sin freno por codiciosas ensoñaciones.

El jefe de los exploradores se vuelve a rascar la cabeza afeitada antes de responder a la nueva pregunta de su emir principal. Esa maldita costumbre de tardar tanto en contestar

---

primer ejército musulmán desembarcado en Hispania, amén de vencedor del rey Rodrigo; Abd al-Aziz, hijo de Musa, esposo de la reina viuda Egilona y gobernador de la Hispania omeya entre 713 y 716.

* Táriq ibn Ziyad, medio persa y medio bereber, tenía un curioso aspecto conforme a lo describen las fuentes árabes: cargado de espaldas, pelirrojo, velludo, bizco de un ojo y con el otro nublado, amén de con una mano, la izquierda, algo contrahecha. No es, en verdad, el aspecto que se presupone a un conquistador, pero a él le bastó para ser uno de los grandes generales de la historia universal.

** Poco se sabe de ella, pero su importancia para Táriq fue tal que el vencedor de los godos dio su nombre a la isla que dominaba el puerto de Algeciras y al río que atravesaba el campo de batalla donde obtuvo su más señalada victoria.

una simple pregunta está empezando a sacar de quicio a Alqama.

—Corren monte arriba para esconderse cerca de una cueva. Es un lugar santo para ellos. Dicen que está consagrado a la madre del profeta Isa y que allí guardan también sus más preciados tesoros.

¿Tesoros? Esa palabra, bien bonita en árabe, despierta todo el interés de Alqama. ¿Interés? Bueno, es una forma como otra cualquiera de llamar a la ambición y de esta última, de la dichosa ambición, es mejor desconfiar. Sí, un hombre sabio no debe arrojarse como un necio sobre la ambición, o al menos de eso trata de convencerse Alqama al-Aurabi.

—¿Por qué estás tan seguro de que sus mujeres y sus niños corren en dirección a esa cueva que, según dices, es un santuario colmado de tesoros? —se obliga a preguntar para evitar ceder por completo a la tentación que ya anida en su mente.

Addi hace entonces una señal con los venablos que empuña y, al poco, dos de sus jinetes arrastran hasta ellos a un hombre ensangrentado y lo arrojan a los pies de Alqama.

—Lo capturamos a cuatro millas del puente de Canicas. Es uno de los sacerdotes de esos malditos rebeldes. Un ermitaño que vivía en la cueva santuario de la que te he hablado y hacia la que huyen las mujeres y los niños. Dice que habitaba en la caverna y veneraba en su interior a la madre del profeta Isa, al que los perros de esta tierra llaman Jesús el Cristo.

Alqama contempla a sus pies al hombre que, con la nariz y los labios partidos a base de golpes de asta de venablo, le devuelve la mirada con ojos enfebrecidos de puro pánico. Es un hombre viejo, de calva cabeza y barba blanquísima ahora manchada de roja sangre. Alqama, con la punta de la lanza, lo obliga a levantar la barbilla y alzar la cabeza para que no aparte ni un instante los ojos de su inquisidora mirada de halcón.

—¿Qué hacías cuando mis hombres te capturaron? —le pregunta en la lengua del país.

El ermitaño se apresura a contestar. Le tiembla la voz y el terror, sin freno, le baila en los oscuros ojos.

—Yo... Yo iba en vuestra busca, señor... Sí, os buscaba para...

—¿Para qué?

Y el monje, mirando con desesperación a los implacables ojos que lo interrogan, se desmorona un poco más:

—¡Es una trampa, señor! ¡Os juro que es una trampa! ¡Ese maldito de Pelayo me convenció de que fuera a vuestro encuentro y os engañara propagando la noticia de que en mi santa cueva se atesoran montañas de oro y a sus pies se refugiarán centenares de mujeres y niños! Pero ¡es mentira! ¡Él me obligó, señor, os lo juro! Yo acepté el encargo porque quería la fama del martirio... Pero soy débil, y cuando tus hombres me golpearon, primero les dije lo que convine con Pelayo y luego, cuando me cortaron los dedos —y aquí levanta la mano izquierda mostrándola salvajemente mutilada—, me derrumbé y les conté la verdad... ¡Os juro que ahora no os miento, señor! ¡Os aguardan junto al puente del Salia, allí os plantarán cara y os darán batalla. Luego, fingiendo terror, correrán tras sus familias en dirección a mi santa cueva, pero estarán fingiendo... ¡Se tratará de una trampa! ¡No quiero morir, no quiero! ¡Perdonadme la vida! ¡Os digo la verdad! —concluye, tratando de limpiarse, una vez más, la sangre que le sigue brotando de la boca y la nariz rotas.

Alqama no entiende nada. El monje parece aterrorizado y sincero. ¿Por qué se contradice? ¿Por qué contó primero una cosa y ahora afirma la contraria? Lo prudente, sopesa el sabio Alqama, es no precipitarse y desconfiar, siempre desconfiar... Eso es lo que aprendió de su maestro en la guerra, Táriq ibn Ziyad. Pero hay palabras que impiden pensar con sosiego, palabras molestas que aplacan la necesaria desconfianza.

«Montañas de oro» ha dicho el ermitaño y, como un molesto eco, sigue repitiéndose en la mente de Alqama.

Y ya no ve al ensangrentado ermitaño, ni al explorador banu ifran, ni al resto de su ejército, sino que, cegada la mirada por un fogonazo de la imaginación, la mente de Alqama lo muestra en un rico palacio, erigido junto al de su añorado Táriq, allí en Damasco, disfrutando de sus bien ganadas riquezas.

Pero el emir es, se lo repite por enésima vez a sí mismo, un hombre sabio, así que menea la cabeza y se impone, nuevamente, prudencia, y busca los metálicos ojos azules de Addi en demanda de una conclusión que ponga fin a aquel embrollo.

El explorador banu ifran escupe al suelo, asqueado, molesto con el viejo monje que lloriquea a sus pies y que no deja de decir tonterías.

—Cuando capturamos a este perro en los bosques y comenzamos a golpearlo, nos confesó en primer lugar que la cueva de la que te habla y que le servía de morada está repleta de tesoros. Dijo que los reyes y los nobles de los godos de antaño profesaban una gran veneración por el santuario y que lo colmaron de riquezas: coronas de oro y piedras preciosas colgadas sobre el altar, arquetas de plata y marfil para guardar objetos preciosos, cálices de plata dorada... Ya sabes, todas esas cosas que los politeístas cristianos acumulan en sus templos. El perro lloroso afirmó también que las mujeres y los niños corren hacia la cueva de la Virgen porque creen que la madre del profeta Isa los protegerá de nosotros.

Alqama sonríe mezclando satisfacción y desprecio en los labios: ¿librarlos de ellos? ¡Necios!

—Prosigue, Addi —le ordena al jefe de exploradores que, para compensar la engorrosa tarea, propina al descuido una patada al ermitaño antes de cumplir con lo que se le ha pedido.

—Nos dijo también que el jefe de los rebeldes, Pelayo, es un hombre impío que lo expulsó a patadas de su lugar santo.

Temeroso e indignado, huyó para buscar tu protección, emir del ejército. De hecho, cuando nos tropezamos con él, nos bendijo y sonrió. Luego, al ver cómo ordenaba a dos de mis jinetes que lo apresaran, trató de huir. Todo esto, emir, me hace creer en su primera versión: que la cueva está llena de riquezas y que a sus pies, buscando el amparo de la madre del profeta Isa, se han congregado las mujeres, niños y ganados de los hombres de estas tierras. ¿Por qué iban a ofrecernos batalla en el puente del Salia sino para defenderlos? Pues si cruzamos el río, emir, no solo saquearemos su aldea, Canicas, sino que también podremos subir hasta la cueva para capturar a sus familias y profanar su santuario.

Alqama asiente y con la madera de su lanza propina, a su vez y como para distraerse, un doloroso golpe en la boca al lloroso ermitaño que le hace saltar dos dientes.

—Puede que tengas razón... Pero ¿por qué cambió luego su versión?

—Para engañarnos. Sin duda, emir, ha sentido remordimientos por traicionar a los suyos.

—¿Y no habrá sucedido al contrario? ¿No habrá dicho primero la mentira y luego la verdad?

—Creo en lo que mis ojos ven, emir. Y es que solo hay un millar de enemigos ante nosotros y que todos ellos se disponen a defender a sus familias que, monte arriba, corren en dirección al santuario de la cueva.

Alqama vuelve a asentir, se acaricia la perfilada barba teñida con aleña y sopesa todo con calma: por un lado, al monje que sangra y llora a sus pies, jurando y perjurando que en la cueva y en sus alrededores no hay tesoros ni mujeres que cautivar, que todo es parte de la trampa que les ha tendido Pelayo; y, por otro, a Addi, su jefe de exploradores, el astuto veterano de quince campañas, que le asegura lo contrario: que no hay trampa que valga y que solo tendrá que librar una escaramuza para apoderarse del puente del Salia, quemar Canicas y ascender luego unas pocas millas hasta una cueva repleta de grandes riquezas. ¿Qué hacer?

—¿Dices que buscabas el martirio? —pregunta entonces al lamentable y lloriqueante monje, que, instalado en un pavor incontenible, asiente de inmediato—. ¿Y que tu expulsión de la cueva no es sino una artimaña convenida con Pelayo para que avancemos confiados y nos metamos de lleno en una emboscada?

—¡Así es, mi señor! ¡Primero te darán batalla y tratarán de causaros gran daño para enfureceros, luego fingirán huir en dirección a la cueva, y cuando os halléis entre las peñas, acuchillando sus espaldas con el frenesí de la venganza y la promesa de haceros con un rico tesoro, caerán sobre vosotros desde todas partes para daros muerte!

Alqama está un poco asqueado. No le gusta este viejo monje traidor y cobarde. Él, bien lo saben Dios y su santo mensajero, Mahoma, es un hombre amante de la sabiduría, la justicia y la piedad que desprecia a los cobardes y a los mentirosos.

—Eres una mierda de mártir.

Al oír aquel inesperado exabrupto pronunciado en tono bajo, casi confidencial, el monje se sobresalta y, encogiéndose aún más si cabe, esconde el destrozado rostro en la hierba mientras sus lloriqueos se tornan aún más irrefrenables.

—Han bastado unos pocos golpes y la mutilación de tres dedos de una de tus sucias manos para quebrar tu espíritu. —Alqama niega, pesaroso y defraudado, con la cabeza antes de continuar—. Verás, hace seis años, no lejos de Caesaraugusta,* contemplé, admirado, como un sacerdote cristiano desafiaba al poderoso valí Musa ibn Nusair. El valí, airado, ordenó que lo crucificaran. ¿Sabes qué hizo mientras lo clavaban a la

*Zaragoza.

cruz? ¡Cantar salmos del profeta David! ¡Así, y no como tú, se comporta un verdadero mártir, miserable despojo!

El ermitaño no responde, sigue llorando. Ya no trata de limpiarse la sangre que le empapa el rostro y la barba. Solo llora y se mece a los pies de los hombres que, altivos y sobre caballos de guerra, lo interrogan sin piedad.

Alqama escupe de nuevo mientras reflexiona con pesar sobre lo triste que es este perro mundo, en el que un hombre como él, justo y misericordioso, solo puede sentir náuseas ante la debilidad, la mezquindad y la maldad de sus semejantes.

—¡Eres solo estiércol! ¡Mierda que, ante la promesa de una muerte dolorosa, decide traicionar a su señor Pelayo para salvar su sucio pellejo! ¿Es eso lo que ha pasado? ¿Es eso lo que estás haciendo ahora? ¿Traicionar a tu señor, a tus hermanos de fe, para salvar la vida? ¿Es por librarte de ese martirio que tanto decías desear por lo que nos estás revelando los planes de tu gente?

—Sí, lo confieso... Soy débil. —El ermitaño solloza, totalmente quebrado por el miedo y el dolor, con la mente trastornada, abrazándose el escuálido pecho y meciéndose como un chiquillo—. Soy débil y Dios me condenará al fuego eterno... ¡Perdóname, Cristo! ¡Intercede por mí ante tu hijo, Virgen María!

—Está loco —asegura, harto de todo aquello, uno de los guardias de Alqama.

—No, no está loco —interviene, de nuevo, Addi—. Estoy seguro de que decía la verdad cuando lo encontré y que ahora miente.

—Dame alguna otra razón. Una más segura que tus propios ojos —lo interpela un Alqama que sigue debatiéndose entre la ambición y la prudencia, y al que las dos contradictorias versiones del ermitaño tienen enredado por completo.

Addi chasquea la lengua y se gira de nuevo en su caballo para dar una seca orden que, de inmediato, cumplen sus exploradores: arrastran a un segundo desgraciado, un muchachito de no más de trece años, que arrojan junto al ermitaño.

—¿Y este quién es?

—Un yegüero que mis hombres atraparon en el camino de Canicas mientras trataba de juntar unos caballos que pastaban libremente para luego arrearlos hacia el puente de madera del Salia —responde Addi.

Alqama mira al muchacho que, al igual que el monje que tiene a su lado, tiene el rostro reventado a golpes, pero no llora, ni gimotea, sino que lo mira desafiante y en silencio.

—¿Quién eres?

El chico se toma su tiempo en contestar —parece que es el día propicio para desesperar a Alqama—, pero lo hace sin apartar la mirada.

—Valerio, hijo de Aurelio. Soy de Canicas y mi padre me había enviado a juntar la docena de thieldones* que nos pertenecen, cuando tus hombres me apresaron.

Alqama sonríe satisfecho: el mozo es valiente y tiene aplomo. Decide, en ese preciso momento, que se lo quedará como parte de su lote del botín.

—¿Conoces a este ermitaño?

El pastor mira al lloroso monje que tiene al lado y no puede evitar que a su rostro suba el desprecio.

—Sí, es un cura gruñón que habitaba en la cueva sagrada hasta que hace unos días Pelayo lo echó de allí.

—¡Lo ves, emir? —apostilla Addi.

Alqama asiente, pero, concienzudo como es, continúa con el interrogatorio.

—¿Y qué hay en esa cueva, muchacho?

---

*En el norte de Hispania destacaban dos razas de caballos: los thieldones, de mayor alzada, paso seguro y característico conocido como «ambladura» y aptos tanto para la guerra como para el trabajo; y el asturcón cantábrico, más pequeño, rápido, muy resistente y frugal.

—Un santuario, señor. Allí se veneraba a la diosa Xana hasta que este ermitaño nos la arrebató y puso en su lugar a María, la madre de su Dios.

—¿Eres pagano?

El muchacho vacila y pierde su aplomo ante las duras miradas de cuantos le rodean.

—¡Sí, señor, es un maldito pagano! —grita, recuperando la palabra, Opiano el ermitaño.

Y no debió hacerlo, pues la patada que Alqama le da en la boca lo derriba violentamente y le rompe otro par de dientes.

—¿Quién te ha dado permiso para hablar? ¡Maldito, cállate, cobarde asqueroso! —Y es que a Alqama, por muy sabio y prudente que sea, se le está acabando la paciencia.

Volviéndose de nuevo al pastorcillo, que ahora tiembla un poco y se muerde los labios, fija en él su dura mirada oscura antes de sonreírle alentadoramente.

—¡No tengas miedo, muchacho, mejor que seas pagano!

—¿Cómo decís, señor? —pregunta el chico desconcertado ante el alegre entusiasmo de Alqama.

—Que es mejor que seas pagano, así te podré convertir de inmediato a la verdadera fe.

—¿Convertir?

—Es fácil, ya verás. Mi ley, la del mensajero de Dios, te da dos opciones como pagano que eres: o te conviertes al islam o mueres. Elige.

El pastor es un chico listo. Uno de esos espíritus prácticos que nunca se enreda en disquisiciones vanas. Mira a un lado y a otro, sopesa la situación, se vuelve hacia el poderoso hombre que tiene ante sí, revestido con una brillante armadura y montado sobre un brioso caballo espléndidamente enjaezado con arreos de fino cuero rojo y reluciente plata, y toma su decisión.

—Conversión.

—¿Habéis escuchado? ¡Este chico es salvo y lo es gracias a mí! —exclama Alqama contento. Luego, inesperadamente, rápido como pico de águila, posa la punta de su lanza sobre la garganta del niño yegüero y un hilillo de sangre brota de ella—. Y ahora, como buen musulmán que vas a ser, dime la verdad: ¿hay tesoros en la cueva? ¿Se dirigen hacia ella las familias de los hombres de tu pueblo?

El muchacho traga saliva con dificultad y decide que va a contarle a aquel hombre lo que haga falta y más.

—Ayer, señor, Pelayo, al que mi gente y la de todas las aldeas eligieron como a su rey, partió para la cueva al frente de trescientos hombres armados. Los vi salir temprano, cargando pesados fardos y cuidándose de apresurarse. Eso es lo que puedo deciros. ¡Os lo juro! Eso y que antes de emprender el camino a la cueva de Xana en el Aseuua, ordenó que recogiésemos ganados y pertenencias y que hoy nos dispusiésemos a subir al monte para hallar refugio. Por eso, señor, mi padre me envió a recoger los caballos. Teníamos una docena de buenos thieldones pastando en...

—Es suficiente, muchacho, es suficiente. No tengas miedo. Nada malo te ocurrirá. Es más, si me sirves bien, tu familia será salva y hasta os devolveré los caballos. Sí, pues todos entrareis a mi servicio y la ley del mensajero de Dios os protegerá. ¡Lleváoslo con mis libertos y esclavos! —ordena, y el chico, sin dar crédito todavía a su buena suerte, se apresura a seguir al soldado que se acerca a llevárselo.

Alqama al-Aurabi sonríe satisfecho. Todo apunta a que se va a hacer con un estupendo botín.

—Mi señor emir —balbucea entonces el ermitaño disolviendo el momento de pura satisfacción de Alqama—. Ese chiquillo ha sido engañado, como todos los demás, por Pelayo —concluye el monje haciendo añicos, definitivamente, la recién cobrada seguridad del emir principal.

Alqama resopla. ¿Por qué Dios permite que existan sabandijas como esta?

—¡Cortadle otro dedo a este perro!

Un lancero se apresura a cumplir su orden mientras Opiano grita, aúlla, llora y se revuelca de dolor sobre la hierba tinta con su sangre.

El emir asiente satisfecho. ¿Qué queda por hacer? ¿Desecha ya las últimas dudas o sigue aferrado a la prudencia?

—Y bien, Addi, ¿qué opinas sobre todo esto?

El explorador banu ifran está un poco cansado de sus vacilaciones. «¿Qué necesita este pusilánime para decidirse de una vez a dar batalla a los infieles?», se pregunta, en silencio, claro, pues es un veterano y, como tal, sabe que uno no puede mostrar, al menos con manifiesta claridad, su desprecio por un general.

—¿Qué decía este hombre desear por encima de su propia vida? —pregunta al cabo, como respuesta para su dubitativo emir principal.

—El martirio —responde Alqama.

—¡En efecto! ¿Y qué mejor forma de obtenerlo que salvando su santuario de nuestro saqueo y, de paso, permitiendo escapar a ese irreductible asno salvaje de Pelayo? Por eso ha cambiado su versión. Ahora quiere hacernos creer que, cuando forcemos el paso del Salia y obliguemos a correr a esos perros cristianos, no valdrá la pena perseguirlos. Es más, quiere convencernos de que será harto peligroso darles caza en las montañas. Máxime cuando ahora jura y perjura que allí arriba, entre las cumbres, no hallaremos riqueza alguna, sino tan solo peligro. ¿Para qué arriesgarse entonces? Para nada. Así que con sus lloriqueos y sus contradicciones, con sus mentiras en suma, pretende que, tras librar una escaramuza por Canicas y quemar ese miserable lugar, nos volvamos a Gigia sin haber masacrado a los rebeldes, cautivado a sus mujeres y, lo más importante para este cerdo de ermitaño, sin haber profanado y saqueado su maldito santuario. Eso es lo que pretende este miserable, sabio emir Alqama: convencernos de que nos volvamos por donde hemos venido sin haber cumplido por completo las órdenes que nos dio el valí al-Hur: aplastar la rebelión y llevarle la cabeza de esa víbora de Pelayo. Por eso, y no por otra razón, nos mete miedo con supuestas emboscadas. Pues sabe que si estamos seguros de que en su santa cueva se amontonan grandes tesoros y de que a sus pies se refugiarán centenares, quizá miles de mujeres y niños, no nos detendremos en Canicas, sino que subiremos a los montes para matar, profanar, cautivar y saquear hasta quedar ahítos de gloria y botín. Para evitar todo eso, sabio emir, es por lo que este condenado trata de confundirnos y engañarnos.

Alqama asiente. Sin duda, todo lo que acaba de exponer Addi tiene lógica... Una lógica que, habiendo sido además reforzada por el testimonio del pastor de caballos, no desanima a su ambición.

Así que se vuelve, con el semblante cargado de reproche, hacia el viejo que llora en el suelo.

—No te creo, impío ermitaño. ¡No te creo! —le grita, golpeando con el asta de su lanza, nueva y más duramente aún, la desprotegida cabeza del eremita.

—¡Os juro por Cristo que os digo la verdad y que no hay tesoro alguno en mi cueva! —grita con desesperación. Pero solo recibe un nuevo varazo en la cabeza que le abre una tremenda brecha—. ¡Una cruz, una cruz de plata es todo lo que encontrareis en la Cova Dominica! ¡Os lo juro por Cristo y su santa madre!

—¡Cállate, perro! —le espeta Alqama, cansado de todo aquello mientras hace una señal para que sus hombres muelan a palos al monje.

Opiano el ermitaño se enrosca y llora en el suelo mientras llueven sobre él golpes y patadas. Luego, el emir hace un segundo gesto y dos de sus guardias desmontan, toman al desvanecido ermitaño por los hombros y lo suben a una mula, donde lo atan a la silla de montar para que no se caiga.

—¡Vamos! —ordena ahora un decidido Alqama a su hueste—. ¡Ahí delante, defendiendo patéticamente el paso del Salia, tenemos a un puñado de perros que se creen guerreros! ¡Vamos a aplastarlos! ¡Sí, y cuando hayamos matado a cuantos podamos, los perseguiremos hasta un lugar colmado de tesoros! ¡Plata y oro, muchachos, y en cantidad suficiente para saciar vuestras hambrientas bolsas! ¡Ja, y también cientos de bellas cautivas! ¡Todas esas riquezas y placeres os están esperando!

Se ponen en marcha. Una larga columna de jinetes e infantes moros y árabes, que suman cuatro mil cuatrocientos setenta efectivos y que saben que nada, nada en esta tierra pobre y agreste, puede oponérseles sin ser aplastado.

V

Pelayo, Silo y su escolta de treinta hombres han bajado a paso vivo desde la Cova Dominica hasta Canicas. Es un trayecto de siete millas que se cubre en poco más de dos horas, siguiendo un sendero sinuoso que no es apto para carros y que en no pocos lugares obliga a pisar con cuidado, pero que no presenta dificultades insalvables ni para un lancero a pie ni para un jinete experto.

Pronto, saliendo de los montes, se adentran en un paisaje de prados y sembrados salpicados con frecuencia de casas y cabañas que, agrupándose aquí y allá, no terminan de conformar un único y gran núcleo, sino que se dispersan a lo largo de las riberas del Enna y del Salia. Pues Canicas no es, en modo alguno, una ciudad, sino un *vicus viarium** que prosperó gracias a los ricos prados y a ocupar un emplazamiento en donde los caminos se cruzan. Es un buen lugar para criar vacas, caballos y ovejas, sembrar escanda y cebada, trabajar el hierro en las fraguas, aprovechar la madera de los bosques cercanos, recibir a los mercaderes cántabros de Octaviolca,**

---

*En el libro XV de las *Etimologías* de san Isidoro de Sevilla, el gran sabio de la Hispania visigoda, el término *vicus* sirve para designar tanto a un barrio situado a extramuros de una ciudad como a una aldea. En general, y en los siglos VII y VIII, un *vicus* era una gran aldea.

**Cabezón de la Sal. Asturias carecía de salinas de cualquier tipo y necesitaba importar sal para conservar los alimentos y para asegurar la salud del ganado.

que llevaron sal a Asturia, y comerciar con las gentes de la costa, que traen pescado y se llevan grano y carne; y con las de la montaña, que bajan de sus valles y montes para vender en Canicas sus reses y ofrecer pieles de lobo y oso a cambio de harina, sal y pescado seco.

Allá, en el sur de Hispania, Canicas solo podría aspirar a ser una aldea dispersa y grande, un lugar insignificante, pero allí, en Asturia, es el corazón de una comarca rica que controla caminos y recursos sin los que Pelayo y su gentes no pueden pretender sobrevivir como pueblo libre.

Por eso ha congregado en ella a todos los hombres capaces de portar armas. Y han llegado. Centenares de ellos: señores provenientes de toda Asturia pertrechados con vetustas armas que pertenecieron a sus padres o a sus abuelos; nobles godos excelentemente pertrechados y que, llegados desde el sur, buscan refugio y una oportunidad para seguir combatiendo a los árabes; campesinos de los valles empuñando hoces, hachas y rústicas lanzas; pescadores de la costa del Sinus Cantabricus armados con lo primero que tenían a mano y pastores y cazadores de la montaña que aferran buenas lanzas matadoras de osos se ciñen con buenas hondas y cargan arcos de tejo. ¿Cuántos en total? Mil cien, quizá mil doscientos, y todos lo están mirando ahora, cuando al frente de sus treinta guardias revestidos de hierro y cuero se adentra entre las dispersas casas de Canicas.

El sol brilla ya alto. En derredor, todo es ajetreo: las mujeres, los niños y los ancianos se afanan en reunir todo lo que tienen, en arrear el ganado y en enfilar la senda que los llevará a los más altos y lejanos valles del *Mons Vindius*. Allí, donde solo habitan las águilas y las fieras, permanecerán escondidos hasta que les llegue la improbable y feliz noticia de que sus hombres han vencido y expulsado a los enemigos, o la probable y terrible nueva de que han perecido en combate y que a ellos, a las mujeres, a los niños y a los viejos solo les queda ya el camino que los conduzca, como refugiados, a la asediada Cantabria del viejo duque Pedro.

Al frente de las mujeres que reúnen niños y auxilian ancianos mientras arrean ganado y cargan con lo que pueden está ella, Gaudiosa. La más serena y, a un tiempo, valiente mujer que uno pueda soñar.

Pelayo lleva «soñándola» seis años. Desde que la vio por primera vez allá, en Asturica Augusta, la ama con toda su alma y sabe, porque esas cosas se saben, que la amará hasta en la muerte y que, cuando resuenen las trompetas del juicio final y vuelva de nuevo a la vida, buscará su níveo rostro con la desesperación del sediento.

La ve, con su piel tan clara como la nieve, sus cabellos rubios y rebeldes, sus ojos semejantes a exóticos zafiros y su sonrisa alumbradora de serenidad que ahora, en mitad del torbellino de madres que tratan de organizarse para huir a los montes, es más necesaria que nunca. Pues Gaudiosa es fuerza que se opone al miedo y que les regala una esperanza que se aviva en sus corazones.

—¡No os detengáis! ¡Deprisa y sin cargaros en exceso! ¡Si tenéis que decidir, elegid los alimentos y dejad el resto! —va diciendo Gaudiosa moviéndose de continuo de un grupo de mujeres a otro.

Dando ejemplo, lleva cogida a sus faldas a la pequeña Ermesinda, que, a sus casi seis años, abre mucho sus inmensos ojos azules para contemplar como la apacible Canicas se disuelve en la tarde, mientras su madre, con su pequeño hermano Favila en brazos, parece una piedra magnética que atrae la atención de todas las mujeres, que la obedecen porque en ella ven la determinación que necesitan para afrontar el salto al vacío que para todos representa abandonar sus hogares y huir a las montañas en busca de un futuro que puede ser inexistente.

Favila, el hermano pequeño de Ermesinda, tiene casi cinco años, el pelo castaño y mucho miedo. No llora, aunque no sabe por qué y, puesto que no lo sabe, esconde la cabecita entre el cuello y el hombro de su madre que, sin dejar de dar consejos y órdenes, recorre toda Canicas.

Entonces Gaudiosa se gira y los ojos de Favila se topan con su padre. El niño abre la boca para gritar, pero tarda un instante en hacerlo. Pues aunque lo ha visto muchas veces armado para la guerra, siempre lo impresiona verlo así: tan terrible, tan alto y magnífico.

—¡Padre! —grita al fin Favila señalando con tanto entusiasmo a Pelayo que casi se cae de los brazos de su madre.

Pelayo no reprime la sonrisa que le provoca su hijo y corre hacia ellos para tomar al niño con el brazo derecho, alzar a Ermesinda con el izquierdo y, a la par y haciendo equilibrios, besar a una Gaudiosa que, asombrada, se topa con su esposo, que, mandando al infierno cualquier amago de decoro o apariencia, no parece dispuesto a dejar de besarla.

Durante un largo momento, mientras los niños preguntan mil cosas sin que ellos puedan responderlas, Pelayo y Gaudiosa permanecen en silencio, mirándose a los ojos con la intensidad de quien sabe que pronto puede separarlos el más largo adiós que pueda concebirse: el de la muerte.

—¿Por qué siempre me quedo sin palabras cuando te miro? —le pregunta él con una sonrisa que ella no se resiste a besar.

—Porque nunca dejarás de ser un tonto —le contesta echándose un poco hacia atrás y dándole a él la oportunidad de hacer otro tanto con su sonrisa.

Sus besos, sus sonrisas, son instantes de luz en mitad de la oscura ruina. El amor, cuando es como el de ellos, es capaz de hacer esos pequeños milagros.

Pero en estos infortunados tiempos que les ha tocado vivir, ni tan siquiera los «pequeños milagros» evitan que se tengan que decir cosas que ninguno de los dos querría jamás decir ni oír.

—Si en tres días no tienes noticia de mí, lleva a los niños a Causecadia junto a tus padres y tus hermanos. Allí, en el corazón de Cantabria, estaréis seguros.

Ella no dice nada, sino que vuelve a besarlo. ¿Para qué añadir otra cosa que no sean besos? Los dos saben que es una despedida y que el camino a Liébana, en Cantabria, será una senda de lágrimas y muerte. Pues si Gaudiosa tiene que emprenderlo será porque su hombre está muerto y sus asesinos corren montaña arriba para esclavizarla a ella y a sus hijos.

—Nunca nos cogerán con vida —dice al fin, con la cabeza ahora apoyada en el pecho de Pelayo.

Lo dice con esa forma suya de hablar: dulce, serena, pero tan firme como una roca. Y Pelayo no tiene duda alguna de que cumplirá lo que ha dicho y de que antes de dejarse coger por los moros matará a los niños y luego se dará muerte a sí misma cortándose el cuello o saltando al vacío.

—No será necesario —murmura Pelayo mientras los abraza con más fuerza a los tres—. ¡Juro por Dios que ni uno solo de esos malditos se acercará a vosotros! ¡Ni uno solo! Pues sembraré la tierra con sus cuerpos rotos y ensangrentados... ¡Lo juro; mientras yo viva, nadie podrá seguiros!

Gaudiosa sabe que el juramento de su hombre no es vano, que Pelayo combatirá hasta el final por protegerlos. Pero también sabe que esta vez no puede triunfar. Así que vuelve a besarlo con la cara bañada en lágrimas y, sin hacer caso de las protestas de los niños, lo descarga de ellos. Mira alrededor para hacerse de nuevo cargo de la situación y se pone a dar voces de nuevo a las mujeres para llevarlas a la seguridad de las montañas.

Eso es todo: una mujer valiente que se ha despedido para siempre del hombre que ama y que, como una loba con su manada, sigue ocupándose de la gente que le ha sido confiada, mientras lleva consigo a dos niños pequeños que, sin saber muy bien que está pasando, han recibido el último y apresurado beso de su padre, antes de partir, camino arriba, hacia un refugio incierto en el país de las águilas.

Pelayo se queda un instante viendo como su esposa se aleja. Sabe que Gaudiosa no se girará ni una sola vez para mirarlo. Lo sabe porque la ama y lo hace porque no hay nadie en este mundo del que se sienta más orgulloso que de ella, y porque es la persona en la que más confía: velará por sus hijos y por las familias de todos sus hombres y, si la derrota los aniquila, mantendrá viva la llama de la resistencia.

Pelayo parpadea para evitar las lágrimas y luego se obliga a sonreír pensando en sus tíos: los orgullosos reyes Rodrigo y Egilona. ¿Qué le habrían dicho si, en los buenos tiempos, se hubiera presentado en la corte de Toletum con Gaudiosa, la hija de un tratante de caballos? Habrían arrugado la nariz. «Tú llevas sangre de reyes, Pelayo», le habría dicho su malhadado tío, disgustado por la ocurrencia de su sobrino.

—¡Al infierno con los linajes y la sangre de los viejos reyes! —exclama Pelayo desechando aquellos pensamientos tan ridículos como inoportunos y soltando una liberadora carcajada que deja perplejos a cuantos lo rodean, que, sin duda, se preguntan si su señor no habrá perdido la cabeza.

—¿Qué decís, *princeps?* —le pregunta Silo para dar voz a la extrañeza de todos.

—¡Que no hay mujer como la mía! —Y exclamando esto, aparta la vista de la espalda de una Gaudiosa que se pierde en la lejanía llevándose con ella todo lo que él ama y venera.

Pero el destino es imparable y un hombre sensato no se detiene si tiene que enfrentarse a él. Así que se gira para comenzar a poner orden en el caos que en breve debe convertirse en un campo de batalla.

—¡Vamos, hombres, tenemos que disponer una matanza de enemigos! —anima a su comitiva y con ella tras de sí se adentra en Canicas.

Llegan junto a la gran casa, casi una villa, que se alza no lejos del que llaman «pequeño vado»: el que permite pasar el rápido cauce del Salia, aunque con dificultad, aprovechando que allí se estrecha. Sí, se estrecha, pero la corriente aún es fuerte y, además, si uno pasa por allí accede a Canicas, es cierto, pero a no más de doscientos cincuenta pasos tendrá que abordar también el cruce del Enna que, apresurándose, va a juntar sus aguas a las más nutridas el Salia. No obstante, para hombres y caballerías que no se arredren, es posible pasar y, por tanto, aunque Pelayo va a concentrar sus fuerzas en la defensa del cercano y vetusto puente de madera que, aguas abajo, salva el Salia y permite esquivar el Enna, debe vigilar también cualquier posible intento que el enemigo haga de pasar el río por el «pequeño vado». Pues, de lograr vadear el Salia por allí, los moros podrían abrirse camino entre las casas, pasar también el Enna y atacar por la retaguardia a Pelayo y a los hombres que con él defiendan el puente.

Así que, siguiendo las órdenes que impartió antes de dirigirse a la santa cueva, un grupo de hombres se afana en plantar «lirios»: puntas de aguzado hierro empapadas en veneno que colocan en hoyos excavados al efecto, y que luego son cuidadosamente tapadas con tierra suelta y hojas para que el enemigo no las advierta y se las clave bien hondo para quedar mortalmente herido.

Pelayo ha decidido también no atraer la atención del enemigo sobre el «pequeño vado», esperando que la fuerte corriente motive que los moros no lo descubran y pasen de largo camino del puente. Pero, por si acaso, en la gran casa y en otras próximas al vado, esconderá grupos de arqueros y honderos que, llegado el momento, tratarán de impedir que los enemigos crucen por allí.

Salia abajo, a unos cuatrocientos cincuenta pasos del vado en donde sus hombres plantan «lirios», un viejo puente de madera salva un segundo tramo practicable del río. Dicen que el puente lo levantaron los guerreros del rey godo Sisebuto cuando, cien años atrás, sometieron por completo a los astures. ¿Quién puede saber si eso es verdad? Pelayo tiende a creerlo, pues los godos, su pueblo, nunca fueron tan buenos ingenieros como los romanos y por eso, desconfiando de las rápidas aguas del «pequeño vado», habrían elegido el segundo paso, más ancho pero de aguas más calmas, como lugar donde erigir un puente que, estrecho y poco airoso, es más una pasarela para no mojarse los pies que otra cosa.

Pero viejo, estrecho y poco elegante como es, el puente cruza de todos modos el Salia y desemboca frente al túmulo del rey de los gigantes; en torno a él, otros grupos de hombres se afanan en preparar el campo de batalla y en bloquear el puente.

¿Por qué Pelayo no ha ordenado simplemente que lo derriben o incendien? Pues porque le permitirá quebrar el ímpetu de los asaltos enemigos y equilibrar su número con la estrechez del paso que deberán afrontar. No se hace ilusiones, desde luego: sabe que, aunque los árabes y los moros paguen un alto precio por apoderarse del puente, terminarán lográndolo. Pues allí el Salia se vuelve más lento y su profundidad, cuando no ha llovido demasiado en la montaña, no suele sobrepasar la altura de un hombre. Así que, al cabo, la superioridad numérica de los musulmanes se impondrá.

Sí, pero a un alto coste. Uno que se paga en sangre y que será vertida ante la tumba de un rey de los días antiguos y paganos: el que yace, desde hace milenios, bajo la hierba y los cantos rodados que ocultan el dolmen que le sirve de sepultura y que domina Canicas alzándose, como una plataforma de combate, sobre sus prados, sembrados y casas.

Pelayo apresura el paso sin apartar la vista del túmulo que, elevándose sobre una suave colina, la corona al alzarse por encima de la altura de dos hombres. Con sus cuarenta pasos de largo y sus veinte de ancho, el túmulo es, en su posición dominante, un lugar ideal para cerrar el paso al enemigo si este último, habiendo al fin controlado el puente y el vado que se extiende entre sus toscos pilares de troncos, pretende hacerse con Canicas y perseguir luego a las mujeres y los niños que han corrido a refugiarse en los montes.

En la aldea todos dicen que aquel dolmen sepultado bajo el túmulo es la tumba de un gigante de los días antiguos. Puede que tengan razón, pero Pelayo ha decidido que, cuando llegue el momento, alzará su improvisado y sacro estandarte, la cruz de plata sujeta con piel de toro al asta de su lanza, sobre la megalítica sepultura del gigante, pues domina lo que al día siguiente será el campo de batalla, al que los agarenos solo podrán acceder o conquistando el puente, o descubriendo el «pequeño vado», y enfrentándose allí a los temibles y ocultos «lirios», y a los escondidos grupos de honderos y arqueros dispuestos dentro de las, aparentemente, abandonadas casas de Canicas.

La llegada de Pelayo apresura, exalta a los hombres: el *princeps* va de un lado a otro gritando órdenes, ayuda a derribar chozas que se alzan demasiado cerca del túmulo, se afana en verificar que hasta el último de los niños, las mujeres y los ancianos se va monte arriba en busca de seguridad, arreando vacas, bueyes, ovejas y caballos. El ganado es la principal riqueza de su gente y, si todo va mal, si los derrotan, será la última oportunidad de supervivencia para los que no perezcan en la matanza.

Entonces, alguien grita con fuerza. Es un grito de alerta, pero que no puede disimular el miedo que lleva consigo, pues no muy lejos de allí, quizá a cuatro millas de Canicas, se eleva una negra columna de humo: el enemigo se aproxima. Sí, y llega antes de lo que esperaban.

—Señor, sus exploradores a caballo deben estar a punto de alcanzarnos y, tras ellos, antes de que caiga la noche, llegará el grueso del ejército ismaelita —dice Silo, y Pelayo asiente antes de escupir a un lado. Su plan está empezando a irse al diablo: se suponía que los árabes y los moros no llegarían hasta traer la noche consigo o, mejor aún, hasta la mañana siguiente.

Pero la vida está para esto: para sorprenderte, para pillarte con los calzones bajados o para darte una bofetada bien grande y que no te esperas.

—¡Reuníos junto al túmulo! —grita a sus hombres y muchos replican la orden y se apresuran a cumplirla.

Pelayo les da el tiempo que ya les falta. Pues en una hora, quizá un poco más, tendrán a los primeros moros encima. Pero ha de aparentar calma, así que camina despacio, rodeado por Silo y sus treinta hombres, los que nunca lo abandonaron y que ahora, veteranos de años de lucha sin esperanza, forman su guardia personal que, fiera, decidida, se encarama a la pequeña y artificial altura que cubre el antediluviano dolmen.

El *princeps* ya está sobre la tumba del gigante. Con un gesto firme y decidido, clava sobre la cima aplanada del túmulo el estandarte. La plata de la cruz brilla ferozmente al ser bañada por la luz del atardecer que, en poniente, parece desafiar al negro humo que se alza, no ya en una solitaria columna, sino en tres de ellas, inquietantes en su ominoso papel de mensajeras de la ruina que el enemigo pretende dispensarles.

Pronto, a sus pies, en torno al amplio túmulo, se congrega el poco más de un millar de hombres que ha reunido. Cada uno de los que ahora lo miran espera que les muestre el coraje, la resolución, el valor que necesitan para no salir corriendo detrás de sus mujeres y quedarse allí, aguardando el combate, las heridas espantosas, la muerte...

Pelayo busca la fuerza que debe darles. La busca en la fe de sus padres, en el inquebrantable deseo de seguir siendo un hombre libre y, sobre todo, en su feroz voluntad de pelear por la vida de su esposa, de sus hijos y de cuantos lo siguen.

Pues todos y cada uno de ellos son su familia, su gente, y tienen miedo, y él se debe a ellos y por ellos luchará, matará y, si es necesario, morirá.

Así que mira al cielo, acaricia, levemente, la cruz de plata con la mano izquierda, como pidiéndole la victoria, y se encomienda a Dios murmurando una oración que nunca le enseñaron. Una sin forma, no sujeta a palabra alguna, que le brota de lo más hondo, y, mientras lo hace, contempla los prados, las casas, los hórreos y diminutos sembrados que, sobre las riberas del Salia y del Enna, y apretujándose entre sus aguas, forman Canicas; luego, sus ojos claros y duros, como golpes de rayo, repasan la multitud de hombres que tiene a sus pies y que le han jurado obediencia, y que, siguiendo sus órdenes, se disponen a pelear para defender el puente y los dos vados que permiten cruzar el Salia y que serán, a la par, cebo para el enemigo y fortaleza para los que han decidido no rendirse.

—¡Ha llegado el momento de quedarse y luchar! —les grita Pelayo y aguarda a que el silencio se les meta a todos bien hondo, en las entrañas. Él lo romperá y lo sustituirá por rabia y determinación—. Llevamos siete años corriendo como gallinas asustadas; sí, desde que nos derrotaron, primero junto a los montes Transductinos y luego frente a Astigi, no hemos hecho otra cosa que huir o rendirnos. Han venido para conquistarnos, para quedarse con vuestra tierra y llevarse a vuestras esposas, a vuestras hijas, para echaros de vuestras ciudades, de vuestras casas. ¡Cruzaron el mar y cayeron sobre Hispania como una plaga de destrucción y muerte! ¿Y sabéis por qué? ¡Porque se lo consentimos! —Aquella acusación de cobardía hace que muchos de cuantos lo escuchan bajen la cabeza y que otros rechinen los dientes en espera de que continúe—. ¿Dónde están los innúmeros ejércitos de los godos? Yo os lo diré: ¡huyeron o se rindieron! ¡Cayó Corduba, cayó Hispalis y Toletum, Emerita, Caesaraugusta, Tarraco y cien ciudades más! ¿Sabéis por qué? ¡Porque no contaban para defenderlas con hombres como vosotros!

La inesperada y alentadora conclusión con la que Pelayo los halaga desata el entusiasmo y la aclamación de los hombres. Pero ese clamor es aún demasiado primario e inseguro para tornarse tormenta imparable. Pues conoce a su gente y sabe que, mientras gritan, se preguntan una sola cosa: ¿serán ellos capaces de hacer lo que no hicieron los poderosos ejércitos del rey Rodrigo o las huestes del usurpador Agila? *

—¿Sabéis qué clase de hombres sois vosotros? —les pregunta ahora, dispuesto a darles el fuego que necesitan para vencer a sus vacilaciones y miedos—. ¡Hombres acorralados! ¡Hombres que matan o mueren! Los grandes ejércitos que los árabes y los moros derrotaron estaban integrados por hombres que podían retirarse, huir, esconderse. ¿A dónde iréis vosotros, detrás de vuestras mujeres? ¿Os agazapareis en un valle estéril y umbrío a esperar a que mueran de hambre vuestros niños? ¿Es eso lo que estáis dispuestos a hacer con tal de evitar la batalla? Alguno, lo sé bien, podrá llamarlo a «prudencia». Yo lo llamo igual que nuestros padres: ¡cobardía! ¡Y yo no soy un cobarde! ¡No voy a consentir que mi mujer y mis hijos mueran de hambre, allí arriba, en los montes, porque no tuve los arrestos de empuñar la lanza y defenderlos!

---

* En 711 dos reyes se disputaban el trono de los godos: Rodrigo y Agila II. El primero dominaba la capital del reino y la mayor parte del mismo, y murió el 26 de julio de 711 combatiendo a Táriq ibn Ziyad. El segundo, que controlaba la Tarraconense y la Galia Narbonense, moriría en el verano de 712 o a inicios de 713 sin que tampoco él pudiera sostenerse frente a los conquistadores árabes. A Agila II lo sucedería un último rey godo, Ardón, quien se mantendría combatiendo en la Galia Narbonense hasta 719 o 720.

Las palabras, pronunciadas con la convicción del buen orador, han vuelto locos a los hombres que lo escuchan. Pelayo siente la energía, el vendaval ardiente que brota de las entrañas encendidas de cuantos lo rodean. Los está ganando para la locura de un combate sin esperanza y gritan ahora con más fuerza, con rabia, con desafío. Ya son suyos.

—¿Seréis prudentes? ¿Os iréis detrás de las mujeres para salvar el pellejo y ver cómo vuestros niños se mueren de hambre porque no fuisteis lo bastante hombres como para defenderlos? ¿O por el contrario os quedareis aquí, junto a mí, para pelear por vuestras familias y vuestra tierra? ¡Para luchar por vuestra libertad!

Es la locura. La locura transformada en ira, en ascuas que, sepultadas por cenizas, de súbito, al soplo de sus palabras, se han reavivado, se alzan y aguardan, ansiosas, para cebarse en el enemigo y consumirlo por completo.

—¡Escuchadme! No hay lugar adonde huir, pero aquí tenéis uno donde combatir, un buen lugar: los obligaremos a combatir en el puente y su número será impotente frente a nuestras lanzas. ¡Mientras nos mantengamos firmes y defendamos el puente no podrán vencernos!

Si pensaran con lucidez tan solo un momento, convendrían en que no van a conseguir victoria alguna, sino, con suerte, unas paladas de tierra sobre el rostro muerto, pero ninguno de ellos está ya dispuesto a ser racional, sensato, prudente. No, ahora solo quieren ser una cosa: hombres que luchan y que no van a dejar que los humillen sin plantar cara, hombres de Pelayo, hombres que no se rinden.

—El enemigo llega, ¿veis el humo de los incendios? Vienen como siempre, con la antorcha y la lanza! Pero tendrán ante sí a guerreros que les plantarán cara y que derramarán su perra sangre infiel. Pues aquí y ahora os juro que si os mantenéis firmes, si lucháis con valor y si cumplís mis órdenes, ¡abonaremos nuestras tierras con sus huesos y volveremos rojas las aguas de nuestros ríos!

Ahora es el trueno. El trueno de mil gargantas, el rugido de una bestia de mil bocas y dos mil manos dispuestas a pelear y matar. Y ese trueno, esa bestia, sirve a Pelayo.

—*¡Rex, rex, rex!* —gritan, enardecidos, aclamando a Pelayo como a su rey.

Y él, exultante, desclava el rústico estandarte y alza bien alto la cruz de plata: una cruz de batalla y victoria. Pues allí, ante él, un millar de hombres y, un poco más allá, un insignificante puente donde combatirán con valor. Un puente... Sí, como el que, cuatrocientos años atrás, contempló la victoria y el trofeo obtenidos por otra cruz, por otro estandarte improvisado: el que portaban los legionarios de Constantino el Grande en el puente Milvio.*

Pelayo piensa en esto mientras sus guerreros van quedándose en silencio, aguardando nuevas palabras.

—Son muchos los que vienen. ¿Cuántos? Aún no han vuelto nuestros exploradores para decírnoslo, pero serán miles y, sin duda, nos triplicarán o cuadruplicarán... Pero ¡los derrotaremos! ¡Por Dios bendito y su santa madre que los derrotaremos! ¿Sabéis por qué? —Y aquí hace una pausa—. ¡Por esta —y alza la cruz anudada a la lanza— y con la fuerza de nuestros brazos!

El bramido que escapa entonces de las gargantas de aquellos hombres parece capaz de derribar los montes que acunan Canicas.

Ha sido una buena arenga, desde luego. Pero la tarde sigue declinando ajena a la euforia guerrera de los hombres de

---

*La batalla del puente Milvio se libró el 28 de octubre de 312 entre Constantino el Grande, primer emperador cristiano, y su rival Majencio, emperador pagano que fue derrotado y muerto.

Pelayo y el sol se muere, mientras las sombras de una nueva noche se apresuran a sumar su oscuridad al negro humo de los incendios que provoca el enemigo que, inexorable y terrible, se aproxima al puente del Salia.

En ese momento, Pelayo dedica un pensamiento al joven Hartz, el jefe de sus exploradores e hijo de Silo. ¿Dónde estará el muchacho? Debería estar ya junto a ellos, rindiéndole su informe. Pelayo mira de reojo a su amigo y advierte la preocupación del bucelario. Pero no hay tiempo para distracciones: una vez enardecidos los guerreros, hay que explicarles la estrategia.

—Además de con valor, contaremos con otra cosa para vencer al enemigo, algo de lo que disponen los lobos de estas montañas: ¡astucia! Quiero que ahora me escuchéis bien: vamos a defender el puente. Aquí, en este túmulo, en la tumba del rey de los gigantes, clavaré esta cruz y, en torno a ella, os dispondréis para apoyar al flanco izquierdo en el Enna, mientras que yo, al frente de los lanceros mejor armados, defenderé el puente apoyado por los arqueros y honderos que, a un lado y otro del paso, desgastarán las filas sarracenas. El puente es estrecho y viejo, así que tendrán que pisar con cuidado y venir de tres en tres, o de cuatro en cuatro a lo sumo, y se estorbarán entre ellos.

Aúllan como lobos, como fieras poseídas por el *daimon* del combate,* y entrechocan sus armas levantando un bélico tumulto que apaga el silente murmullo de las aguas de los dos ríos, el Salia y el Enna, que se juntan a poca distancia de donde ellos se hallan.

—¡Hoy no pasarán! Y mañana... ¡Mañana volveremos a detenerlos en el puente y, si los descubren y se atreven, en los vados!

---

* Los *daimones* eran espíritus, buenos o malos, con influencia sobre los seres humanos. El *daimon* del combate poseía a los guerreros y los llevaba a realizar grandes hazañas.

De nuevo el bronco rugido de un millar de gargantas pidiendo combate y muerte. Pelayo cierra un momento los ojos y, cuando los abre, los eleva al cielo, que demanda ya las estrellas que la noche traerá con ella.

—Pero cruzarán, sin duda que lo harán. Nos empujarán, nos sobrepasarán echándose a las aguas del Salia y pasándolas a nado, aferrados a las crines de sus caballos, tratando de no perder pie mientras tantean el fondo del río con sus lanzas. ¡Cruzarán, sí, pero los detendremos nuevamente al pie del túmulo! Cerraremos escudos y levantaremos un muro de lanzas para combatir como héroes. ¡Sí, lo haremos! Y cuando su número nos haga vacilar, tocaré el cuerno que llevo al cinto y entonces obedeceréis sin dudar la orden que ahora os doy: retrocederéis, simularéis pánico, correréis camino arriba, siguiendo primero el curso del Enna y luego, atravesando los bosques, hasta la santa cueva.

Silencio. No esperaban aquello. Pues solo unos pocos están al tanto de partes del plan de Pelayo y solo Silo lo conoce por completo. El *princeps* los ha llevado al éxtasis guerrero y ahora, incomprensiblemente, les habla de huida.

—¡No os engañéis, será una trampa! ¡Quiero que esos perros rabiosos corran tras vosotros con espuma en los labios! ¡Que corran maldiciendo vuestros nombres y a vuestras madres! ¿Sabéis por qué irán con tanta rabia tras vosotros? Porque aquí los habréis herido, pisoteado, matado durante horas. ¡Por eso os perseguirán con los ojos cegados por la sangre y el deseo de venganza, y será así como los llevareis a la perdición y la matanza! Allí, arriba, en el monte Aseuua, al pie de la Cova Dominica, donde la madre de Cristo vela por todos nosotros, he dispuesto a trescientos hombres para que caigan sobre los moros, y cuando se abalancen sobre ellos arrojándolos a los abismos, acuchillándolos, desmontándolos a tiros de honda y punta de lanza, y los ismaelitas se vean sorprendidos, sin orden y repartidos a lo largo del estrecho y empinado camino, nos daremos la vuelta... ¡y caeremos sobre ellos como lobos hambrientos! ¡Y los mataremos, ni uno solo de esos paganos saldrá vivo de nuestras montañas! Ante esta cruz que trae la victoria a quien la sirve, ante la madre de Cristo que se venera en la santa cueva, os lo juro. ¡Os lo juro!

Y de nuevo son suyos. Vuelve el trueno, regresa la bestia de mil bocas y dos mil manos prestas a matar en su nombre. Lejos, sobre colinas atestadas de bosques o tapizadas de prados, se alzan los picos del *Mons Vindius* y se abren los abismos insondables que fueron engendrados por los dioses de los gigantes que ya no pueden ser nombrados, pero que contemplan con orgullo a aquellos hombres de corazón bravo.

Entonces, al otro lado del río, a unos centenares de pasos sobre una pequeña loma, aparecen los primeros jinetes moros.

Se quedan allí, formando una línea de hombres a caballo que empuñan venablos y los observan, impasibles, amenazantes, sin moverse, sin gritar, simplemente mirándolos como lo haría un halcón que contempla a su presa.

—¡Mis treinta lanceros conmigo a cerrar el puente y el resto a los lados, para impedir que el enemigo vadee el río! —ordena Pelayo en respuesta a la ominosa presencia que los acecha y la última luz de aquel día acompaña su ronca voz, y sin esperar más, desciende a grandes pasos, rodeado por su comitiva armada, y se encamina al puente para encabezar su defensa.

La vieja madera, medio podrida aquí y allá, cruje bajo las botas de los treinta hombres cubiertos de hierro y cuero que, con su rey a la cabeza, cierran escudos en el extremo del puente para cortar el paso al enemigo.

La vetusta construcción es estrecha: lo bastante ancha como para que un carro, no demasiado grande, pase con sumo cuidado, o para que dos hombres a caballo, rodilla contra rodilla, la atraviesen, o, en fin, como para que tres guerreros, embrazados los escudos y dispuestas las lanzas, avancen por ella dispuestos a combatir.

Por aquel puente que quizá levantaron los godos en tiempos del rey Sisebuto, pasan todos los días carros tirados por dos bueyes y diestramente guiados por sus boyeros; mulas bien cargadas, algún que otro jinete atento a que su montura no se quiebre una pata al ceder una tabla medio podrida, pastores que arrean a su ganado y labriegos camino de sus campos, pero nunca pasaría con facilidad un ejército extranjero. Es, pues, un lugar excelente para que pocos peleen contra muchos.

Pelayo dispone su pequeño muro de escudos y lanzas: tres hombres de frente y cuatro filas de profundidad. Doce hombres. Tras ellos, dejando un espacio de tres pasos para que los que forman el muro puedan recular un tanto, dispone al resto de sus treinta guardias, que, atentos, irán adelantándose para ir rellenando los huecos que abran las lanzas enemigas.

Él se coloca en el centro de la primera línea de tres escudos. A su diestra, como siempre, está el viejo Silo; a su derecha, un joven noble de la tierra, Suero de Praviana,* que abandonó sus posesiones para poder unirse a Pelayo. Abajo, y a los lados del puente, se han desplegado, en primera línea, dos centenares de lanceros, arqueros, honderos y escaramuzadores que impedirán que los moros eviten el puente y crucen directamente el río lanzándose a sus aguas.

Pelayo está orgulloso de sus hombres. La mayoría de ellos nunca fueron guerreros ni pretendieron serlo, pero hoy no cederán un palmo de tierra sin pedir sangre por ella. Satisfecho, embraza el escudo, empuña la lanza, mira en torno comprobando, una vez más, que sus órdenes se cumplen correctamente y respira el aire de esta tierra rebelde que se dispone

---

* Pravia.

a desafiar a uno de los muchos ejércitos del más poderoso imperio del orbe.

El *princeps* de Asturia se ha revestido de toda su gloria guerrera con sus magníficas armas de conde de los espatarios, las que cargó tantas veces en los días de Rodrigo y Egilona. Cierto es que han sufrido mucho en esos años de combates y continuo vagar por los montes, pero aún las mantiene en orden y bien bruñidas, y aún le dan el aspecto de un señor de hombres. Relucen su vieja cota de espatario y su yelmo recubierto con láminas de plata y coronado por plumas de águila. Y el moribundo sol arranca de su armadura chispas de atardecer que parecen ir a juntarse con el malévolo acero de su larga espada de doble filo que aguarda, impaciente, en una vaina ilustrada con las verdes *lapis obsidianus,* las enigmáticas gemas que se recogen en las playas de Gallaecia cuando se retiran de ellas las tormentas.

Ciertamente, cuantos contemplan a Pelayo admiran sus armas y su porte. Es un hombre alto y fuerte como pocos y sus largos cabellos dorados señalan que es un noble godo educado desde la cuna para guerrear. Sí, y por eso lleva una lanza de fresno de potente y afilada moharra a la que ha sujetado una cruz de plata como estandarte guerrero que ahora cede a Lupo, el joven que lo asiste, de cuyas manos, a su vez, toma una segunda lanza presta a derramar las entrañas de cuantos enemigos se le opongan.

Y aguarda en el puente. Junto a sus mejores hombres y con los ojos fijos en los exploradores moros que, inmóviles sobre sus briosos caballos, guardan silencio, inmunes a los gritos de desafío y a las maldiciones que profieren los hombres de Pelayo.

Pero él no grita. Observa, reza y se encomienda a la argéntea cruz que lleva colgada del cuello y en cuyo centro brilla una ceraunia, la mágica piedra roja que protege del rayo y de los golpes del enemigo.

Como si la oración que eleva en silencio fuera contestada, desde un grupo de hayas, a los pies de la suave colina donde permanecen inmóviles los jinetes moros, Hartz y sus muchachos echan a correr hacia el puente.

—¡Mirad! —grita Suero, que está a la siniestra de Pelayo, y su grito levanta un clamor de aliento y emoción. Pues, a la vista de los jóvenes que corren hacia el puente, los exploradores moros cobran vida y, taloneando sus ágiles monturas, descienden para perseguirlos.

Hartz corre rápido como un ciervo, pero no tanto como podría. Pues Pelayo lo puso al mando del pequeño grupo de jóvenes exploradores astures y un jefe nunca deja atrás a sus hombres, sino que los cubre y protege.

Y lo va a hacer: el más rápido de los jinetes bereberes ya galopa a seis pasos por detrás, aprestándose a lanzarle uno de sus venablos mientras dirige al caballo con la presión de las rodillas y acorta distancias buscando el momento justo para matar.

El momento llega: el moro, echándose primero hacia atrás y luego violentamente hacia delante, imprime al dardo una mortal potencia y lo hace volar hacia la indefensa espalda de Hartz.

—¡No! —grita Silo a la derecha de Pelayo al ver cómo le llega la muerte a su hijo y aquel, sabiendo que el muchacho está perdido, cierra un instante los ojos para no tener que ver su final.

Sin embargo, no lo ve, pues Hartz, rápido como una centella, se ha dejado caer y el venablo le pasa justo por encima y, tras él, el caballo del moro que lo persigue.

En el suelo, entre los cascos del corcel bereber, se queda quieto, echo un ovillo, pues sabe que un caballo lanzado a galope evita pisar a un hombre si este tiene el temple suficiente para no moverse y mucha suerte.

Y él tiene las dos cosas. Sí, y también reflejos de lince que manifiesta poniéndose de pie no bien le pasa por encima la bestia y enfrentando, *scramasax* en mano, a un segundo jinete amazig* que, asombrado por lo que acaba de ver, olvida que lleva un venablo preparado para ser lanzado.

Olvidarse de algo así teniendo en frente a Hartz es invitar a la muerte. Una invitación que la Pálida acepta de inmediato: echándose a un lado con un quiebro de la cintura, el explorador clava su largo cuchillo de un solo filo en los riñones del moro que, pasando a su lado como un rayo, es desmontado por la feroz cuchillada. Ni siquiera lo mira, sino que, con un nuevo quiebro, evita un venablo lanzado por un tercer explorador bereber, gira sobre sus talones y corre oblicuamente para alcanzar la orilla del Salia aguas arriba del puente que defienden su padre y Pelayo.

—¡Dios bendito! —exclama Pelayo asombrado.

—¡Corre, Hartz, corre! —le grita su padre.

Corre, sí, tan rápido como pocos en Asturia pueden hacerlo y mientras dos jinetes amaziges dirigen sus caballos hacia él y le lanzan sus venablos para darle caza o, al menos, detenerlo.

Pero él no se detiene y está ya a solo unos pasos del Salia y, un instante después, sus aguas, frías y claras, le besan los pies.

—¡Salta, Oso! —gritan los hombres del puente usando el significado del nombre del muchacho. Pues Hartz, en la lengua de la madre vascona del muchacho eso significa.

Salta sin soltar su *scramasax* y de cabeza, se hunde en las aguas y emerge un poco más allá para tomar aire y nadar hacia la otra orilla.

Uno de los moros que lo persiguen refrena el caballo cuando el agua le llega al pecho al noble bruto, pero el otro, furio-

---

*Amazig, amaziges en plural, es como se denomina a los pueblos bereberes del norte de África a los que los romanos llamaron mauri o maurusios, de donde deriva la denominación de moros.

so, se arroja de su montura y se zambulle en persecución de Hartz.

Él oye los gritos de aliento de su padre, de Pelayo, de sus amigos, y nada con todas sus fuerzas. Pero el bereber que lo persigue es más rápido y su implacable mano de cazador lo aferra por un pie desequilibrándolo. Un momento, uno muy breve, y el amazig ya está encima, pugnando por clavarle su espada corta, mientras Hartz se revuelve y trata de desviar las mortales cuchilladas del moro con el antebrazo y su *scramasax*.

Se hunden en las aguas del Salia, dejando un rojo rastro de sangre que, durante un parpadeo, marca de carmesí el lugar que ocuparon los dos hombres.

Después el silencio, pues los demás exploradores enemigos han detenido su galope a treinta pasos del puente y miran, expectantes, en dirección a donde su camarada acuchillaba al enemigo al que tan porfiadamente perseguía y alcanzó; y en el extremo contrario del puente, Pelayo, Silo y los demás también guardan silencio y contienen el aliento mientras las sangres se confunden primero y luego se disuelven en las aguas del río.

Hartz emerge con un grito de triunfo y desafío y una desesperada necesidad de aire. Y a su grito, el hechizo de silencio e inmovilidad que a todos parecía apresar se quiebra y los moros rompen en aullidos de rabia, talonean a sus caballos para acercarse a la orilla y lanzan sus venablos contra él, y todo ello a la par que los astures hacen brotar de sus gargantas una tempestad de júbilo guerrero.

—¡Cubridlo! —grita Pelayo y, a su orden, dos docenas de honderos y arqueros disparan contra los exploradores bereberes obligándolos a retroceder a todo galope hacia la pequeña altura que momentos antes habían ocupado.

—¡Mirad! —grita alguien detrás de Pelayo, y cuando el *princeps* aparta los ojos del río y los fija sobre la pequeña colina hacia donde galopan los moros, sobre su chata cresta ve alzarse estandartes de guerra y, bajo ellos, en apretadas filas, una negra nube que ya no es de humo, sino de hombres hechos para dispensar muerte: el ejército del emir Alqama ha llegado y, fila tras fila de lanceros, grupo tras grupo de escaramuzadores y escuadrón tras escuadrón de caballería se va desplegando en apretados haces ante Canicas y su viejo y pequeño puente de madera.

VI

—¡Hartz, aquí, hijo mío, aquí! —grita Silo tendiéndole el asta de su lanza para ayudarlo a salir del río y, un instante después, está junto a su padre y Pelayo, que lo abrazan y le palmean la espalda, mientras los hombres en derredor lo vitorean con entusiasmo y repiten su nombre rítmicamente como si fuera un canto guerrero, pues ahora Hartz el Oso astur es un paladín.

—¡Dejadlo respirar, muchachos! —ordena Pelayo con una amplia sonrisa aposentada en los labios y mirando, orgulloso, al joven guerrero, al que conoce desde la cuna y al que quiere como si fuera de su propia sangre.

—¡Señor, son miles! —dice Hartz a su vez, a gritos y con urgencia, recordando para qué corría a toda prisa hacia Canicas y olvidando que ya no hace falta que informe de nada.

Pues ante los ojos de todos sus camaradas se ha desplegado el gran ejército.

—¿Dices que son miles? ¡Mejor así, más mataremos! —replica Pelayo tratando de transmitir una confianza que no puede decaer entre sus hombres—. ¡Por muchos que sean, no podrán cruzar este puente todos a la vez!

Tiene razón, desde luego, una de esas que todos comparten. Sí, incluso el emir Alqama que, montado sobre un hermoso bayo, ricamente enjaezado con arreos adornados de plata, mira, reflexivo, a lo que tiene delante: un río caudaloso, un puente estrecho y necesitado de reparaciones y, al otro lado, un millar de salvajes que parecen dispuestos a plantarle cara.

—¿Acampamos aquí y atacamos por la mañana?

La pregunta que le hace el emir que manda a sus *al-fursan*, jinetes reunidos en un *qatibu* de cuatrocientas lanzas, solo obtiene de él un negativo meneo de cabeza. Y es que el sol ya desaparece bajo la línea del poniente, pero aún debe de quedar media hora o más de luz que aportará visibilidad más que suficiente para matar enemigos.

—¡Que se apresure un *amir al-Ašūr* al frente de sus cien lanceros a despejar el maldito puente! —ordena, y de inmediato uno de los jefes de centena se dispone a cumplir su voluntad: ordena a sus hombres que desmonten de las mulas y lleva a los cien lanceros contra los treinta bárbaros montañeses que defienden el ruinoso puente.

—¡Cincuenta arqueros y honderos para cubrirlos! —añade Alqama a voz en cuello y los arqueros y honderos corren tras los lanceros y, tomando posiciones, comienzan a batir a los cristianos.

—¡Escudos! —grita a su vez Pelayo en el destartalado puente y delante de ellos se alza un pequeño muro de paveses sobre los que, de inmediato, golpean los glandes de plomo lanzados por los honderos y se clavan las largas y negras flechas árabes.

—¡Hondas, arcos y venablos! —ordena a continuación.

A la orden de su *princeps*, los guerreros que se hallan tras los que defienden el puente del Salia lanzan descarga tras descarga de proyectiles contra el centenar de lanceros que avanzan con disciplina impecable.

La tarde agoniza a la par que lo hacen muchos hombres. Pues, aquí y allá, entre los árabes y los astures por igual, las flechas, los venablos, los tiros de honda encuentran hombres a los que matar.

Pero nada detiene a un *muqātila** omeya: disciplinados, veteranos de muchas campañas, armados con largas lanzas de madera de morera y afilada moharra de buen acero yemení, cubiertos con yelmos y cotas de malla, los *muqātila* avanzan, imparables bajo la lluvia de proyectiles astures y enfilan el estrecho puente dispuestos a despejarlo de enemigos.

Que se dispongan a lo que quieran, pues Pelayo se dispone a otra cosa.

—¡Lanzas y bríos! —grita imponiéndose al estruendo y, un instante después, las dos pequeñas masas de hombres, la musulmana y la cristiana, chocan en el puente con terrible estruendo.

Es la hora de cebar a los cuervos, Pelayo es generoso con ellos: su lanza, blandida por su brazo derecho, es mordedura mortal de hierro que atraviesa el rostro de un lancero árabe, le destroza el nasal del yelmo, le quiebra los huesos de la cara, le sale por la nuca y le aventa los sesos en un macabro estallido carmesí. Antes de que se disipe por completo, Pelayo recoge la lanza, la retira y embiste de nuevo, golpeando ahora el pecho de otro guerrero árabe, cuya cota de malla cede ante la bien forjada moharra y el poderoso brazo que la gobierna.

—¡Matad! ¡Matadlos a todos! —grita, exultante y poseído ya por el *daimon* del combate, y a su lado, como siempre, Silo sostiene el escudo y suma su lanza a la de su señor; tras ellos, vigilante, atento, Hartz el Oso, tan alto como Pelayo, se dispone a matar a quien se atreva a acercarse a los dos hombres que más ama.

Se acumulan a sus pies los cadáveres horriblemente mutilados y los heridos pisoteados, y la noche se apresura a hacer aún más horrenda la matanza. Pues Alqama, al ver que el

---

*Soldado profesional al servicio del califa de Damasco.

centenar de lanceros que ha enviado por delante no basta para ganar el puente, envía a un segundo, y luego, furioso, a un tercero, que llega acompañado de antorchas, pues para ese momento los hombres necesitan ya de luz para matarse mejor.

—¡Resistid! ¡Aguantad! —grita Pelayo sin cesar y, como él se mantiene firme, los guerreros que caen combatiendo son prontamente sustituidos por otros. Pues nadie dejaría solo a un caudillo tan valiente.

No lo dejan solo, desde luego, pero mueren a su lado: Suero, el noble astur llegado desde Praviana, se derrumba herido de muerte por una lanza omeya, pero el hueco que deja es ocupado por Hartz que, pasando con decisión a la primera fila del muro de escudos, ruge como un auténtico oso mientras avanza empujando con el escudo y envasando su lanza en las entrañas de un *muqātila* que, ensartado, recibe a continuación una tremenda patada de su asesino que lo desclava violentamente y lo arroja al río.

Ahora, con el joven Oso a su siniestra y Silo a su diestra, Pelayo, cubierto de sangre enemiga, se yergue ante los árabes como un demonio salvaje devorador de vida mientras las lanzas de Silo y Hartz cosechan sin cesar vida y espanto entre los agarenos.

—¡Avanzad! —ordena entonces Pelayo, que siente como el valor de los lanceros omeyas vacila.

Pisoteando muertos y heridos, dan un paso primero, y luego otro y tres más, hasta sentir bajo sus pies de nuevo madera y no cuerpos destrozados a lanzazos.

VII

—¡Condenado asno salvaje!* —maldice Alqama a un Pelayo al que apenas vislumbra desde su posición. Está fuera de sí, tanto que hace amago de bajar al puente para enfrentarse personalmente al jefe de los rebeldes.

Pero recordadlo: Alqama es sabio y piadoso, sí, y todas esas cosas que continuamente se repite a sí mismo y que convienen a un hombre como él, uno que sabe siempre dónde debe estar y su sitio, ahora, es detrás de donde se lucha, dirigiendo a sus hombres a cubierto.

—¡La noche se cierra! —grita refrenando a su caballo—. ¡Retirada! ¡Ya los mataremos cuando salga el nuevo sol!

Y así, haciendo que sus emires de diez, de cien y de un millar repitan su orden, Alqama lleva a su ejército a una posición resguardada y segura donde poder pasar la noche, ordena cavar zanjas de protección y elevar terraplenes en torno al

---

* En la tradición persa y oriental, el epíteto «asno salvaje» tiene un doble y complementario significado, a la par un elogio y un insulto, que podría equipararse con términos como indomable, poderoso y salvaje. Por eso fue llevado con orgullo por héroes y reyes como Bahram V de Persia, cuyo sobrenombre fue el de Asno Salvaje. Por lo demás, en la Biblia representa la fuerza, lo indomable, la libertad, y por eso Ismael, hijo de Abraham y padre de los árabes, «es como un asno salvaje entre los hombres»; mientras que en el Corán, sura 74, 50-51, es símbolo de incredulidad.

campamento que sus hombres levantan de inmediato, y en cuyo interior pronto se alzan cientos de tiendas.

—¡Quiero centinelas cada veinticinco pasos y retenes de guardia cada centenar de ellos! ¡No quiero sorpresas! —sigue gritando el emir principal mientras sus hombres se afanan a la cambiante luz de las antorchas.

Y así sigue hasta la madrugada: yendo de un lado a otro, dando órdenes sin parar y revisándolo todo. Pues Alqama será prudente, sabio, misericordioso y todas esas cosas que le gusta repetir y que tan poco se corresponden con la verdad, pero no es un necio y aprendió bien el oficio de la guerra de su maestro y mentor: Táriq ibn Ziyad, el vencedor del rey Rodrigo, y no se irá a la cama hasta asegurarse de que sus hombres lo hacen todo conforme a lo que es costumbre en un buen ejército omeya.

Mientras, entre las sombras de la bienvenida noche, sobre el puente, Pelayo se quita el yelmo y se limpia la sangre del rostro. Está sonriendo. Está orgulloso de sus hombres: han resistido la primera feroz embestida del enemigo: su plan, después de todo, parece estar cumpliéndose.

Entonces recuerda a Opiano el ermitaño, y llama a voces a Hartz, que, presto, acude junto a él mientras termina de vendarse el largo corte que le hiciera el moro en el río y al que acompaña una segunda herida superficial dejada en el brazo por una lanza agarena.

Pelayo le sonríe cálidamente. Fuera de las tierras ocupadas por los fieros vascones, el pueblo de la madre del muchacho, su nombre se pronuncia como Garcés o, con más frecuencia aún, como García. Se pronuncie como se pronuncie, quien tenga delante de sí a Hartz pensará enseguida en un oso, pues el hijo de Silo es el hombre más fuerte de cuantos sirven a Pelayo. Fuerte y bien plantado: de largos cabellos castaños, grandes ojos de un verde aceitunado que se aclara con el sol, rostro bien proporcionado, gobernado por una boca sensual y presta a sonreír, amplio pecho, brazos de hierro y potentes piernas, el joven se ha ganado fama de valiente y ha realizado ya muchas hazañas dignas de ser cantadas.

—¿Y el ermitaño, qué puedes decirme de Opiano, Hartz?

—Cumplió con lo prometido, *princeps*: avanzó hasta encontrarse con los exploradores moros y se dejó capturar por ellos. Lo molieron a palos y le cortaron varios dedos de la mano, pero, entre gritos y alaridos, creí oír que les hablaba de la Cova Dominica.

—¡Bien! ¡Bendito sea ese santo varón! Si lo matan, lo honraremos como mártir.

Pelayo está satisfecho. A veces, aunque parezca increíble, la fortuna se porta bien con uno y favorece los planes que ha trazado. El suyo, gracias a Dios, ha dado un paso con acierto. Feliz, intercambia una sonrisa con Hartz y, agotado, abandona el puente, donde ya montan guardia una veintena de sus mejores hombres al amparo de la noche.

VIII

Al amanecer, Addi descubrió el pequeño vado del Salia y el emir principal puede ahora plantear la batalla de forma más conveniente para sus tropas.

—¡Vamos a atacar en dos puntas! —explica a los emires subordinados que, rodeándolo, contemplan desde la pequeña altura el ancho río—. Trescientos lanceros y dos centenares de escaramuzadores tratarán de cruzar el río por el vado que Addi ha descubierto. Si se encuentran con resistencia, no se retirarán, sino que mantendrán la presión para distraer cuantas tropas enemigas puedan; si logran pasar, comenzarán a incendiar las casas de Canicas y vadearán el segundo río, el Enna, para atacar por la retaguardia a los enemigos que defienden el puente del Salia.

Los emires asienten. Alqama se toma un momento antes de proseguir y aprovecha para buscar el sol naciente y calcular el tiempo que sus tropas necesitarán para desplegarse e iniciar el ataque que está planeando.

—¡Bien! Mientras atacamos el vado, la fuerza principal caerá de nuevo sobre el puente. Por lo que Addi ha logrado averiguar, en ese punto, justo a la derecha de la construcción, algunos hombres arrojados pueden cruzar el río. —Y al decir esto, hace una pausa para mirarlos a todos a los ojos, como esperando que alguno de los presentes confiese que no es hombre tal. Pero se ve que todos son valientes, pues asienten y aguardan a que Alqama prosiga con su plan de batalla.

—Según nos dice Addi, justo en ese lugar, las aguas del Salia, como mucho, llegan a la barbilla. Será difícil cruzar, desde luego, pero posible. Sobre todo para los jinetes. —Y aquí mira directamente al emir que manda a sus cuatrocientos *al-fursan*—. Quiero que tú, Omar ibn Yusuf, lleves a todos los jinetes al vado y que, cuando la batalla por el puente esté en su punto álgido, te eches al río y lo pases. Los arqueros y los honderos os cubrirán y eso os permitirá haceros con el control de la otra orilla. Mantened la posición mientras os van reforzando los lanceros que cruzarán detrás de vosotros. ¿Entendido? —De nuevo todos asienten. Y es que, ciertamente, es un buen plan de batalla—. En ese punto —prosigue Alqama—, la defensa del puente se habrá derrumbado y los cristianos estarán ya corriendo Enna arriba en pos de sus mujeres. Si no fuera así y pretendieran seguir oponiendo resistencia, quiero que no os precipitéis y que, ganada la otra orilla, aguardéis mis órdenes antes de proseguir el ataque.

—¿Y cuáles serán esas órdenes, emir principal? —pregunta uno de sus *umarā al-Tabiya*, jefe de millar, impaciente ante las retóricas pausas a las que tan aficionado es su general.

—Si los cristianos resisten, lo harán apoyándose en la altura, esa suerte de túmulo que se atisba tras el puente. Si su jefe es buen soldado, lo aprovechará, junto a la cercana orilla del Enna para disponer su línea de batalla. Nosotros formaremos la nuestra oponiendo a la suya nuestros lanceros y la desbordaremos por su flanco derecho colocando en nuestra ala izquierda a la caballería. Si se empeñan en luchar, tendrán que hacerlo con la amenaza de ser envueltos por nuestros jinetes y vigilando de continuo su retaguardia, pues, antes o después, la fuerza que he destacado para tomar el pequeño vado cruzará el Salia primero y luego el Enna. En semejantes circunstancias es imposible resistir mucho tiempo y los enemigos se verán obligados o a huir, o a morir.

Alqama deja entonces que una gran sonrisa aflore a sus finos labios: su plan es, sencillamente, perfecto.

El círculo de *umarā al-Tabiya* y *umara al-Ašūr* que lo rodea comentan los detalles y las fases de tan magistral plan: todos están satisfechos y de acuerdo con el emir principal. Así que todo está claro y todo apunta a que será una batalla rápida y fácil de ganar. Entonces, Alqama, que siempre gusta de guardarse una sorpresa en la manga, remata la estrategia con un último y genial detalle y, para ejecutarlo, busca con la mirada los ojos azules de su cobrizo jefe de exploradores:

—¡Tú, Addi, te pondrás al mando de cinco *irafa** de exploradores y con esos cincuenta jinetes ligeros cumplirás la orden que ahora te doy: pasa el río por el pequeño vado que has descubierto esta mañana. Hazlo siguiendo a los lanceros y los escaramuzadores que irán abriéndote paso e incendiando Canicas. Cuando los rebeldes rompan filas y huyan hacia los montes, busca a ese perro sarnoso de Pelayo y tráemelo para que pueda mearle encima antes de llevárselo, cargado de cadenas, al valí de al-Ándalus. Y añadiré otra cosa: quiero que, tras apresar a ese asno salvaje, te adentres en los montes todo lo que sea necesario para buscar a su mujer y a sus hijos. A la perra me la traes viva, que quiero que caliente mi cama, da muerte a los niños y tráeme sus cabezas para que se las cuelgue del cuello al cerdo de su padre. ¿Entendido?

Addi, fiel a su costumbre, tarda en responder, mientras deja fijos en los oscuros ojos de Alqama sus penetrantes y metálicos ojos azules.

—Entiendo y cumpliré con lo que me ordenas, emir principal del ejército.

---

*Unidades integradas por diez hombres y mandadas por oficiales llamados *umara al-Urafa*, emires de decena.

—¡Bien, quiero haber terminado con todo esto antes del mediodía! —concluye Alqama girándose un tanto en la silla de montar para poder ver bien los rostros de todos los asistentes al consejo—. ¡Y no quiero excusas! ¡Los superamos en número! ¡Cuatro de nosotros por cada uno de ellos!

Los hombres asienten. Por muy fuerte que sea la posición que han ocupado los rebeldes, la superioridad numérica del ejército enviado por el valí a Asturia debería imponerse de forma arrolladora.

—Bien, ya tenéis un plan. En cuanto crucemos el río y aplastemos a la fuerza principal, los supervivientes saldrán corriendo hacia las montañas. Ya sabéis que Addi y sus exploradores zenatas capturaron al sacerdote de los rebeldes y que ha confesado que el último refugio de esos malnacidos será allí arriba. —Y diciendo esto último, Alqama señala en dirección al monte Aseuua que, como el resto de colinas y cimas, permanece medio velado por la niebla—. En la ladera de la montaña hay una cueva que les sirve de santuario —prosigue—. Todos lo sabéis ya, desde luego, pero os lo repito: ¡al pie de esa cueva nos estarán esperando las mujeres de los rebeldes para que las convirtamos en nuestras esclavas y en el interior de la gruta nos aguardan tesoros dignos de un rey!

Eso exalta el ánimo de sus oficiales. ¿A quién no le pone contento la perspectiva de regresar a casa con la bolsa llena de oro?

Alqama está satisfecho. En Canicas, al contrario que en los montes, la mañana luce espléndida para ser un día de fines de septiembre, y allá abajo, al otro lado del río, los hombres de Pelayo son solo una molestia con la que ellos, los guerreros del califa, acabarán.

—¡Escuchadme bien! —grita ahora sujetando el júbilo que habían desatado sus últimas palabras—. ¡Que nadie corra tras los fugitivos hasta que yo dé la orden! Ya sabéis cuál es mi ley: ¡prudencia! ¿Entendido?

Todos asienten satisfechos, pues parece que será una buena mañana para los soldados del califa Omar II que, en la lejana Damasco, ignora que en Asturia, una tierra de cuya existencia jamás tendrá noticia, hombres que han jurado servirlo se disponen a matar y morir a casi cuatro mil kilómetros de los jardines por donde, sin duda, debe de estar paseando en ese mismo momento acompañado de poetas y cortesanos.

—¡Eso es todo! ¡A vuestros puestos y que comience el combate!

Y los guerreros que han sido enviados a un confín del mundo del que su santo y justo señor no tiene noticia alguna se aprestan para iniciar la batalla.

El califa de Damasco gobierna desde las lindes de China al océano Atlántico y desde los glaciares del Cáucaso a las ardientes costas de Yemen, y bajo su blanco estandarte sirven centenares de miles de hombres enrolados en docenas de ejércitos que combaten de continuo en todas las fronteras del imperio y contra tantos y tan diversos enemigos que es imposible tener noticia de todos ellos.

Pero aunque el califa Omar II, de la casa de los Omeyas, tenga muchos enemigos y muchos ejércitos, Pelayo solo tiene un enemigo y un ejército: el primero lo conforma una hueste de hombres feroces que lanzan alaridos de guerra en árabe, mientras enarbolan estandartes de batalla a los que denominan *rāya;* y el segundo está integrado por hombres que se disponen a enfrentarse al enemigo mientras esperan órdenes.

IX

Pelayo está rodeado por sus espatarios y por los jefes que han sumado sus comitivas para formar su hueste, constituida por señores, hombres libres y siervos provenientes de los valles del Salia y del Enna, del Piloña, del Noreña, del Nora y del Nalonio, del Cares, del Deva y de todos aquellos lugares y montes de Asturia que se niegan a seguir sometidos a la voluntad de los árabes.

El *princeps* los conoce bien. Sabe de sus miedos, de sus esperanzas, de su valor... Algunos proceden del meridión: de Asturica Augusta, de la vieja Legio y de la bien amurallada Lucus Augusta, de Caurium, Salmantica y de Emerita Augusta, de Segovia y Toletum,* y de lugares situados aún más al sur, y han llegado allí atraídos por las noticias de la rebelión de Pelayo con el deseo y la esperanza de sumarse a ella para seguir resistiendo a los conquistadores bajo el estandarte del nuevo caudillo de los astures; otros proceden de allí mismo, de las comarcas de Canicas, Gigia, Praviana, Lucus Asturum y de todas las demás regiones y aldeas transmontanas del antiguo Ducado Asturiciense;** otros, en fin, llevan

---

*Lucus Augusta, Lugo; Caurium, Coria; Salmantca, Salamanca; Emerita Augusta.

**El Ducado Asturiciense fue una de las grandes provincias visigodas. Surgió en la segunda mitad del siglo VII y abarcaba la actual Asturias y buena parte de las actuales León y Zamora.

tanto tiempo vagando por los caminos de Hispania que ya no dan importancia alguna a su origen.

—¡Silo!

—Ordenad, mi señor.

—Quiero que te pongas a la cabeza de un centenar de hombres y te prepares para acudir en socorro de los que hemos dejado escondidos en las casas de Canicas para caer sobre los enemigos que traten de cruzar el pequeño vado. Pues estoy seguro de que, si los sarracenos no lo han hecho ya, no tardarán mucho en descubrirlo y, entonces, su general enviará tropas a cruzarlo para caer sobre nuestras espaldas y aniquilarnos. Si eso sucediera, si vadearan el Salia por ese punto, aguantad con firmeza, sin dejaros distraer por lo que pase en el puente, pues eso será cuestión mía. Así que mantén la posición cueste lo que cueste y cuando oigas la llamada de mi cuerno y veas alzarse tres veces la cruz de plata sobre el túmulo, para luego girar y quedarse señalando al monte Aseuua, será la señal para que os preparéis a abandonar la posición. Cubridla hasta que nos veáis correr en dirección a la Cova Dominica y, de inmediato, sumaos a nuestra retirada sin deteneros un momento, hasta que, ya en el Aseuua, oigáis de nuevo el sonido del cuerno de batalla. Ese será el momento de detenerse y pelear de nuevo.

Silo asiente. Sabe que Pelayo le está confiando un mando que será decisivo en la batalla y se siente honrado. Los dos hombres intercambian una larga mirada de reconocimiento mutuo. Pues ambos han peleado ya mucho y en muchos lugares y saben que hay algo más: lo que Pelayo le está confiando a Silo no solo es un honorable mando, sino también una misión suicida.

—Lo haré bien, señor —dice Silo, y en sus ojos hay valor, firmeza y serena aceptación.

—Siempre lo haces bien, Silo. Confío en ti más que en mi propia sangre.

Y las palabras que Pelayo acaba de pronunciar son más ciertas que la tierra que pisa.

—¿Puedo pediros algo?

—Cuenta con ello, Silo.

—Llevaos a mi muchacho.

Hartz, sorprendido por la petición de su padre, hace amago de protestar, pero Pelayo comprende, asiente con la cabeza y, dando un paso, abraza a su viejo bucelario y amigo.

—¡Te vienes conmigo, Hartz! —ordena el *princeps* mientras se separa de Silo—. Como tu padre no estará esta vez a mi diestra, necesitaré a alguien con buen temple que ocupe su sitio en la fila de escudos.

El joven asiente. Debería estar feliz de combatir en un lugar destacado, una posición de honor, pero hay algo que lo turba y, cuando a su vez abraza a su padre para despedirse, no se sorprende de estar llorando.

—Mantente firme junto al rey. Recuerda que no eres bueno con la lanza y que la espada larga no es arma adecuada para un muro de escudos. Así que cuando pierdas la lanza, que la perderás, no eches mano de la espada larga, sino de la corta, pues con esa no tienes rival.

Hartz sonríe, su padre siempre le explicará lo que ya sabe y siempre se preocupará por él. Claro, que por eso es su padre. Lo ha aprendido todo de él: cómo usar la lanza, las espadas larga y corta, el arco y la honda, cómo arrojar plumbata* y venablos, cómo rastrear hombres y fieras, cómo esconderse del enemigo y cómo acecharlo, cómo domar un caballo y cómo montarlo con destreza para combatir desde su lomo... Todo. No puede imaginarse la vida sin él y por eso, porque no puede, siente un escalofrío de terror de solo pensarlo y

---

*Dardo lastrado por un peso de plomo que lo hacía caer siempre de punta. Se arrojaba con la mano y en parábola.

con él, con ese miedo a perder a su padre, lo deja atrás y echa a correr tras Pelayo, que ya se dirige a paso rápido hacia el puente del Salia seguido por muchos hombres de guerra.

Silo, por su parte, tampoco se entretiene: escoge a sus cien hombres y, vadeando el Enna por un punto en donde unos fresnos se apretujan como para ocultarlo, cruza la pequeña corriente y se interna en Canicas tomando posiciones con la esperanza de que los enemigos no adviertan sus movimientos ni su presencia.

Mientras, Pelayo, ya en el puente, echa una última y rápida mirada en dirección al pequeño vado, que se halla cuatrocientos cincuenta pasos aguas arriba. Aparentemente y por ahora, el enemigo sigue sin dar muestras de haber descubierto aquel paso del Salia.

—Suerte, viejo amigo —murmura al fin deseando con toda su alma que sus temores no se cumplan y que Silo salga con vida de Canicas.

¿Suerte? Sí, es bueno tener suerte. La misma que él va a necesitar de inmediato, pues la fuerza principal de los musulmanes se dispone ya a tomar posesión del puente.

—¡Hombres! —grita imponiéndose a la bélica algarabía—. ¡Al puente!

Y treinta de sus mejores guerreros forman un profundo muro de escudos en su extremo del puente.

En el otro ya se aprestan a pasar un centenar de lanceros árabes y, tras ellos, en apretadas formaciones, hay centenares más esperando su turno mientras una miríada de arqueros, honderos y escaramuzadores árabes y bereberes comienzan a disparar sobre los rebeldes que les niegan el paso de aquel río insignificante de una tierra lejana y pobre que, sin embargo, van a someter, pues así lo disponen su valí, su califa y la ley del Dios único, clemente y misericordioso, al que todos sirven y en cuyo nombre van a matar y, si así lo ha dispuesto, a morir.

En el puente, sobre maderos viejos y crujientes como macabros huesos de olvidados cadáveres, chocan escudos y arremeten lanzas, y los hombres, cristianos y musulmanes por igual, derrochan valor y vida, mientras los hierros de sus armas dejan de brillar al empaparse de sangre y los cuerpos de sus camaradas comienzan a estorbarles el paso, dificultándoles el combate.

Es una lucha salvaje y despiadada sin espacio, excepto el que se pueda ganar matando al enemigo o el que te ceda el compañero que muere fulminado por el inmisericorde acero. Y así, acuchillando, alanceando, empujando con el escudo, descargando tajos de espada, los dos muros de lanzas que se disputan el puente perseveran en aquella batalla en la que ni un bando ni otro retrocede o avanza, sino que, apretando los dientes, rugiendo, maldiciendo, aullando, se muere y se mata, mientras sobre ellos caen mortíferas lluvias de flechas, venablos y proyectiles de honda que agrandan el horror y la matanza.

En el caos, emergiendo de la mortandad como un ángel exterminador, parando con el escudo botes de lanza y estocadas de espada, desafiando las silbantes flechas y los tiros de honda se yergue Pelayo, al que eligieron rey para esto: para ser roca contra la que se estrellaran los enemigos de su pueblo y brazo poderoso que descargara sobre ellos ruina y espanto.

Pero aunque Pelayo y Hartz no ceden, y aunque ante ellos se eleva, cadáver tras cadáver enemigo, un muro de horror, los lanceros del califa no cejan y sus fuerzas, continuamente refrescadas, se van imponiendo a las de los astures que, palmo a palmo, ahora sí, van retrocediendo.

—¡Son nuestros! —grita, lejos del puente y exultante, Alqama al-Aurabi.

Parece cierto, pues aunque Pelayo y los suyos aún no han sido expulsados del todo del puente, es evidente que no tardarán mucho en cederlo por completo a los *muqātila* del califa de Damasco.

Es un momento adecuado para desequilibrar, aún más si cabe, la batalla, y Alqama, aventajado discípulo del gran Táriq ibn Ziyad, lo percibe de inmediato.

—¡Adelante con la caballería! —ordena con la celeridad del buen táctico y, a su grito, cuatrocientos jinetes expertos se lanzan a las aguas del Salia.

Son hombres bien montados y mejor armados: protegidos con yelmos y cotas de malla de excelente factura, blanden negras lanzas y esgrimen brillantes espadas, espolean a sus bestias de guerra y, cuando el agua del río llega al pecho de estas últimas, desmontan con pericia y se aferran con una mano a la perilla de la silla de montar para facilitarles el paso pateando junto a ellas, mientras que con la otra sujetan la espada o la lanza.

Mientras centenares de jinetes musulmanes tratan de vadear el río, Pelayo, sobre el puente, recibe una lanzada en el costado. El hierro destroza varias anillas de su cota y penetra hasta la carne. Aunque la sangre brota, la herida no interesa ningún órgano, ni rasga profundamente el músculo y, al instante siguiente, el rey elegido por los rebeldes de Asturia devuelve el golpe y destroza con su lanza la garganta de su oponente.

—¡Atrás, atrás, nos van a desbordar! —grita con furia que transforma el dolor en energía homicida. Y con ella, con esa energía mortífera gobernándole el brazo, desenvaina la larga espada de dos filos y, con un paso adelante, arroja a un lado el destrozado escudo y se dispone a cubrir a sus hombres mientras se retiran del puente.

Sí, pero no lo hará solo. Pues Hartz el Oso astur, tras estamparle el escudo en la cara a un *muqātila* egipcio y arrojar su lanza contra un sirio, ha echado mano de un *segur*,* aban-

---

*Hacha de mango largo y contundente hoja que se usaba para talar árboles y partir troncos.

donado en el suelo por vete tú a saber quién, y ahora, junto a su rey, hace girar la gran hacha sobre su cabeza como una centella segadora y la descarga con devastadora eficacia, una, dos, tres veces sobre los escudos y las cabezas de quienes acuden a matar a Pelayo.

Que acudan, que él, Hartz, hijo de Silo, tiene muerte para todos. Y canta. Una lenta melodía de muerte del pueblo de su madre, en la vieja lengua de los vascones, aquella que, siglos atrás, hablaron también los íberos que desafiaron a la Roma de Escipión y de Catón el Censor.

Pelayo, por cuyas venas corre sangre de los antiguos godos llegados desde Escandinavia, mezclada con la de los hombres que parieron las montañas de Hispania, no canta, sino que ríe a carcajadas. Pues ya no es rey, ni guerrero, ni hombre, sino azote de hierro hecho carne y maldición codiciosa que de continuo reclama sangre.

Es tal la furia, la locura, el valor de aquellos dos que los invencibles *muqātila* del califa de Damasco vacilan, retroceden, se espantan. Pues ¿qué disciplina te puede sostener ante semejantes demonios? Ninguna.

Pero uno de los «demonios» es, además, jefe de hombres y ha percibido la oportunidad.

—¡Atrás, Hartz, atrás te digo, muchacho!

Aunque el hijo de Silo ha perdido la cabeza y solo piensa en matar, de algún modo obedece y, paso a paso, abandona el puente junto a su rey, dejándolo colmado de cadáveres destrozados y heridos que se desangran entre lamentos y llantos.

Justo a tiempo. Pues los jinetes lajmíes, sirios, yemeníes y egipcios se han abierto paso a través de las aguas y de la lluvia de proyectiles que los guerreros de Pelayo les han lanzado y ahora, montando de nuevo sus caballos, y a fuer de lanza y espada, disputan ya la orilla a los astures y godos, mientras grupos de lanceros musulmanes se enfrentan a su vez a la corriente para pasar al otro lado y acudir a reforzar a sus *al-fursan*, a sus camaradas jinetes que, peleando como leones, consiguen apoderarse de más y más suelo embarrado para que los hombres del califa tengan espacio suficiente para reordenar sus filas y lanzarlas sobre la desdichada Canicas.

Al otro lado del río, un cada vez más impaciente Alqama acerca su caballo a la orilla escoltado por su guardia. Sabe que en breve controlará las dos orillas del río y que luego solo quedará hacer dos cosas: matar y saquear.

Pero el saber es, a veces, algo muy frágil. Sí, sobre todo cuando Pelayo está por medio.

Pues ahora, habiendo cedido el puente a los musulmanes, el rey de los rebeldes corre en socorro de quienes defienden el vado y lo hace a la cabeza de centenares de hombres que forman una densa cuña de lanzas y escudos.

Y llegan, y barren a los jinetes y lanceros árabes que trataban de hacer pie en la orilla, empujándolos de nuevo a las aguas del Salia, matándolos por decenas y convirtiendo la orilla del río en una pesadilla.

—¡Deteneos y atrás! —grita ahora Pelayo, que no quiere que sus hombres se arrojen tras los enemigos que buscan su salvación en la acuática huida que les facilita el ancho río.

Y con supremo esfuerzo, pues la sangre cobrada al enemigo siempre nubla la razón, logra imponer su voluntad y hacerlos regresar a la orilla y luego, en buen orden, los conduce hasta el cercano túmulo del rey de los gigantes que, a cien pasos de la orilla, domina el campo.

—¿Es que mando un ejército de mujeres? ¿Sois perros u hombres? ¡Maldito sea todo el que dé la espalda al enemigo! —maldice Alqama que, a resguardo en la otra orilla, ha visto cómo su primer asalto al vado ha fracasado.

—¡Al río, volved al maldito río! —ordena a sus hombres, desgañitándose, mientras se pasea entre los fugitivos golpeándolos con el plano de la espada—. ¡Cien dinares de oro para el primer hombre que haga de nuevo pie en la otra orilla y se sostenga en ella! —aúlla ahora animando a sus hombres para que vuelvan a la refriega.

Regresan en apretadas filas que las aguas hacen vacilar, pero que no detienen, como tampoco lo hacen las flechas, venablos, cantos rodados y glandes de plomo que les lanzan los rebeldes capitaneados por Pelayo, que de nuevo han acudido al río para defender el vado y que, de nuevo, retroceden.

—¡Más lanceros al río! —clama Alqama que olfatea, una vez más, la victoria.

A su orden, cuatro centenares más de lanceros se suman a los cinco que ya combaten en el río y a las tres centenas largas de jinetes pesados que han alcanzado de nuevo la orilla y pelean con salvaje desesperación.

Pelayo percibe la presión insoportable y no se deja arrastrar por ella.

—¡Atrás, todos atrás! ¡Atrás os digo! ¡Escudos, lanzas y, paso a paso, retroceded hasta la tumba del rey de los gigantes! —ordena, y logra que sus hombres aguanten hasta regresar al túmulo.

—¡Son nuestros! —grita a su vez, jubiloso, Alqama, y hace descender su enjoyada espada para que crucen el río el resto de sus infantes.

Poco a poco, hostigados aún duramente por los arqueros y los honderos astures, los musulmanes consolidan su posición y extienden sus filas para desbordar por su flanco derecho a los hombres de Pelayo que, con el túmulo como centro de su línea de batalla, apoyan su ala izquierda en el cauce del Enna, mientras que su ala derecha, sin resguardo alguno, se muestra, tentadora, a la caballería árabe.

Sobre la cumbre achatada del túmulo, Pelayo pide a gritos su estandarte de batalla y Lupo, su escudero, se apresura a tendérselo para que lo alce, y elevándose sobre las cabezas de los que nunca se rindieron, la cruz sujeta a la lanza con una tira de cuero de negro toro, recoge radiantes rayos solares y a su vista, contra toda esperanza, el pueblo guerrero cobra nueva voluntad de lucha.

Justo en ese instante de gloriosa desesperación, Alqama brama una nueva orden y cualquier posibilidad de resistencia se quiebra:

—¡Ahora, ahora, al pequeño vado y caed sobre ellos por la espalda! —Su grito es repetido por muchas gargantas y Salia arriba cientos de guerreros musulmanes obedecen de inmediato y se precipitan al río y, arrostrando sus agitadas aguas, lo cruzan.

Entre ellos, Addi, sobre su valiente caballo bereber, conduce a sus cincuenta hombres a la otra orilla con la misión de prender a Pelayo, cautivar a su esposa y matar a sus hijos.

X

Addi, cuyo nombre en lengua bereber significa «lobo», es astuto como la bestia feroz que le da nombre. Así que advierte el peligro antes de que su caballo pise la orilla contraria.

¿Cómo sabe que les acecha el peligro? Porque ha advertido que de frente la orilla se les ofrece casi despejada de obstáculos. Es como si se los invitara a pasar por allí y, en la guerra, toda invitación debe ser rechazada.

—¡Deteneos, deteneos, es una trampa! —grita a sus hombres y, al ver cómo los refrena, muchos que van junto a ellos se detienen a su vez.

Sí, pero no todos, y los que no lo hacen caen en la trampa: sus pies pisan sobre los ocultos lirios que los atraviesan de parte a parte esparciendo veneno mortal por las venas y convirtiendo aquella orilla del Salia en un infierno. Pues a los alaridos de dolor de los infortunados que se clavan a los lirios se suman los gritos de guerra de los hombres que Pelayo dejó escondidos en las casas de Canicas y que ahora surgen de ellas arco, honda, lanza y espada en mano para sumar muerte al horror que ya han provocado las mortíferas trampas dispuestas a la salida del pequeño vado.

Addi refrena su montura en la orilla, justo sobre el lugar que ocupan dos desgraciados lanceros heridos por los lirios allí dispuestos y que ahora, con el veneno ya corriendo por las venas, se revuelcan de dolor en el barro ensangrentado.

—¡Sobre los heridos y los muertos, pasad sobre ellos! —ordena Addi a gritos a sus hombres y, picando espuelas, hace brincar a su caballo sobre los dos que agonizan a sus pies.

Es un buen consejo, pues allí donde los musulmanes se retuercen entre estertores de muerte mientras el veneno paraliza sus músculos y los priva de aire, los lirios que los han matado han quedado ya a la vista de todos.

Los exploradores de Addi, los lanceros *muqātila* y los escaramuzadores bereberes se enzarzan en una salvaje batalla con los hombres que capitanea el viejo Silo. Y las irregulares y escasas calles de Canicas se transforman en laberinto donde se extravían cien combates sin más conexión entre sí que el que, generosamente, les dispensan el horror y la muerte.

Mientras, junto al puente y frente al túmulo del rey de los gigantes, Alqama, rodeado por su guardia y con la totalidad de sus fuerzas ya dispuestas para ofrecer combate a los rebeldes, contempla la línea de batalla que ha dispuesto contra él Pelayo.

El emir principal del ejército enviado a Asturia es un hombre que sabe reconocer méritos a otros: ese asno salvaje sabe combatir, sin duda, pero él, Alqama al-Aurabi, bebió más leche de las tetas de la guerra que la que ningún condenado godo pueda medir siquiera y va a derrotarlo. ¡Por Dios y su Mensajero que va aplastar a este patético rey norteño!

Con una mirada profesional, repasa sus líneas: evalúa a los casi cuatrocientos caballeros que tiene consigo. Hombres criados para matar a caballo y que proceden de Siria, de Egipto, de Yemen y de Iraq. Hombres que saben cómo cargar en masa y romper un muro de lanzas mediante el expediente de resquebrajarlo con el terror.

—¡Caballeros! —grita, y atrayendo así la atención del emir de sus *al-fursan* señala con su espada a Pelayo y da la orden de cargar.

El emir forma a sus trescientos setenta jinetes revestidos con yelmo y cota de malla corta, mientras otro centenar largo de bereberes semidesnudos, armados a la ligera y montados sobre briosos y pequeños caballos amaziges se les suman engrosando sus flancos, para hacer así más potente la carga de caballería.

Grita la orden y quinientos caballos se lanzan al galope a través de los poco más de cien pasos que separan el arruinado puente del Salia de la cima del túmulo del rey de los gigantes.

Pelayo sabía que esto iba a pasar. Saber algo así no da consuelo alguno, pero al menos tener razón fortalece la voluntad y esta, asegurada por la advertencia, dispone a sus hombres para aguantar o morir.

—¡Mantened la línea! —ruge dejándose la garganta—. ¡Mantened altas las lanzas y esos caballos se detendrán en seco!

Pues Pelayo sabe también que ninguna carga de caballería, por terrible que parezca, superará jamás un muro de lanzas sostenidas por hombres que se mantengan firmes y no vacilen.

Nueve segundos. Eso es lo que tardan los caballos de la primera línea de carga musulmana en alcanzar el muro de lanzas que sostienen los hombres de Pelayo. Nueve segundos de trueno, de temblor de la tierra bajo sus pies, de ver como las grandes bestias y los hombres que las montan crecen ante sus ojos a cada desbocado latido de su corazón; nueve segundos de pánico que dominan, que embridan y que vencen.

Cuando los nueve segundos pasan, la masa de caballería musulmana se estrella contra las lanzas que empuñan los hombres de Pelayo.

Justo antes de estamparse contra las lanzas astures, la mayoría de los jinetes árabes refrena violentamente a sus monturas; mas no son pocos los caballos que, perdiendo pie, se van al suelo arrojando a sus caballeros, o los que, al resbalar sus cascos sobre la húmeda hierba, chocan con el muro de lanzas y escudos, y se ensartan en las primeras y aplastan los segundos para abrir en las filas astures brechas terribles. Los nobles animales perecen en una horrible agonía en la que se revuelcan quebrando los huesos de sus jinetes y arrollando y coceando a no pocos hombres de Pelayo.

El estruendo, la confusión, la matanza, el caos, en suma, desconcierta a todos y a todos ensordece y confunde.

A todos menos a Pelayo.

—¡Cerrad filas y avanzad! —ordena, exultante y dispuesto a aprovechar la confusión que reina entre la caballería ismaelita.

Así, decidido y a grandes zancadas, baja del túmulo empuñando la lanza y clavándola en el caballero árabe que tiene más cerca y que, tratando de dominar a su enloquecido caballo, sucumbe ante el rey de los rebeldes de Asturia.

El ejemplo de Pelayo es seguido por muchos de sus hombres y varias docenas de jinetes perecen antes de poder volver grupas y regresar al vado, en donde, desorganizando también a sus infantes, provocan una confusión que Pelayo esperaba y que puede ser promesa de triunfo.

—¡Tenemos ahí delante la victoria! ¡Avanzad! ¡Avanzad! —Y gritando así, con la convicción de que la jornada, contra toda esperanza, puede ser suya, carga al frente de los seiscientos hombres que forman su cuadro de lanzas y de los trescientos arqueros y honderos que las refuerzan.

Cuando caen sobre el gentío confuso que son ahora los árabes y los moros del emir Alqama, la masa de sus enemigos vacila en un bélico apocalipsis: caballos destripados, hombres desmontados a lanzazos o abiertos en canal por los *scramasax* o, simplemente, empujados a las aguas del río y destrozados allí a hachazos.

Pero la fuerza musulmana está aún formada por miles de guerreros y, aunque durante un instante parece a punto de disgregarse ante el salvaje empuje de Pelayo y los suyos, la disciplina omeya se mantiene e impone, y bajo las órdenes que continuamente grita Alqama al-Aurabi, los lanceros árabes y egipcios, los escaramuzadores bereberes y los *al-fursan* sirios, lajmíes y yemeníes restablecen sus filas y contraatacan con brío. Tanto que, lenta pero inexorablemente, obligan a los cristianos a retroceder, paso a paso, hasta que sus pies regresan al túmulo del rey de los gigantes.

Para entonces, llevan ya casi tres horas de batalla y el sol está a punto de alcanzar su cénit. El prado que desde el túmulo se extiende en dirección norte hasta las orillas ensangrentadas del Salia, y que hacia el este limita el pequeño cauce del Enna, está alfombrado en su totalidad de cadáveres de uno y otro bando. ¿Cuántos? Cientos. Centenares de hombres que yacen sin vida, o la pierden a cada segundo mientras se desangran sobre la hierba o agonizan en el barro.

Mientras, al este de la posición de Pelayo, al otro lado del Enna, entre las casas de Canicas que arden con fuerza, Silo y sus hombres combaten con desesperación por frenar a los enemigos que pugnan por desbordarlos, cruzar el río y atacar a Pelayo y a los suyos por la espalda.

XI

Addi logra hacer girar a su caballo justo a tiempo: la choza junto a la que se hallaba se derrumba, envuelta en llamas, vomitando una lluvia de ascuas, y de ella, también ardiendo, sale un astur chillando mientras muere, pero no sin tratar de llevarse consigo a Addi, que por poco evita al desgraciado, quien, agotado por el fuego que lo consume, cae al fin.

—¡Matad e incendiad! —vuelve a ordenar a los suyos y arroja una segunda antorcha a otra casa antes de inclinarse para evitar una lanzada, a la que replica con una diestra estocada de su corta espada que se lleva la vida de un guerrero enemigo con cara de niño y que seguramente aún no ha cumplido los quince años.

Entonces Addi ve a Silo. ¿Y qué ve? A un viejo guerrero, señor de hombres, que arenga a los suyos y pelea como un león acorralado que defiende a su manada. Si logra dar muerte a un hombre como ese, la defensa se desmoronará. Sin duda, así que talonea a su caballo y, soltando el grito de guerra de los ifran, su pueblo, carga sobre el viejo.

Silo lo ve venir. Un guerrero moro semidesnudo, con la cabeza afeitada, montado sobre un magnífico caballo bereber y soltando un venablo sujeto por una correa a la escueta silla de montar, mientras que con la otra mano alza su espada corta de dos filos.

Y se miran: los azules y metálicos ojos de Addi, el lobo, y los castaños de Silo, un viejo oso con treinta y cinco años de guerra sobre los hombros. Habilidad contra experiencia; astucia contra fuerza; rapidez contra bélica serenidad.

¿Quién gana? El venablo que Addi le lanza a Silo es mordedura de serpiente en rápido vuelo, pero él no se mueve, sino que, elevando el abollado umbo del escudo, lo desvía golpeándolo casi con desprecio. El jefe de exploradores maldice y pasa como una exhalación junto al costado de Silo dejando caer la espada sobre la cabeza del viejo guerrero, pero este detiene el golpe con su larga espada y se gira para aguardar el segundo asalto.

Addi refrena a su caballo. A su alrededor arden casas, se matan hombres, se gritan maldiciones, se aúlla de dolor, pero ahora, él, el lobo de los ifran, tiene su propia y solitaria batalla contra aquel hombre viejo al que no conoce de nada, pero al que ahora rinde la admiración debida al buen enemigo.

Bueno o malo, lo va a matar. Así que se lanza de nuevo a la carga, inclinándose sobre el cuello del caballo y mirando fijamente a Silo.

Lo ve venir. Silo no aparta los ojos. Calcula, espera y golpea en medio de un torbellino rojo en el que se confunden los resplandores del sol del mediodía y de los incendios, los gritos de los hombres que matan y mueren en torno a él, el caballo de Addi y las armas de ambos: la espada goda y la mora.

La mora, rompiendo la guardia de la hoja norteña, abre el hombro izquierdo de Silo y la sangre del viejo bucelario de Pelayo brota en un largo y rojo chorro enmarcado por el horror del bestial combate en el que desaparece Canicas.

Sí, y con ella la vida de Silo que, prendida a la sangre que se le escapa, se derrama sobre la hierba.

A cuatrocientos pasos de donde él se desangra, Pelayo, agotado, con varios cortes superficiales, pelea con desesperación para mantener en orden las filas de su hueste. No es fácil; de hecho, es imposible. Pues la superioridad numérica del enemigo es como una roca inmensa que los aplasta y lenta, pero inexorablemente, los astures y los godos retroceden, y los árabes y los moros van apoderándose del empinado túmulo y desbordando la línea de batalla del ejército rebelde.

Van a perder. Lo percibe, lo sabe. De un momento a otro el valor de sus hombres va a quebrarse. Entonces, gritando de pura frustración, Pelayo se gira y arrebata el estandarte de la cruz a su escudero y lo alza bien alto mientras arremolina acero haciendo girar su larga espada y, adelantándose a todos, se arroja contra los moros mientras los escupe y maldice.

—¿Vais a dejar que me cojan estos perros? —pregunta a voces a sus hombres que, al ver como su rey se mete, a fuer de golpes de espada, entre las filas del enemigo, lo siguen como posesos recuperando el valor.

Su fiereza y su afán suicida por no dejar solo al loco de su *princeps* restablece la línea de batalla y, por increíble que pueda parecer, empuja de nuevo a los musulmanes en dirección a la orilla del Salia.

Jadeantes, empapados de sangre, Pelayo y sus hombres no persiguen esta vez a los ismaelitas, sino que, retrocediendo un tanto para rehacer sus mermadas filas, permanecen sobre el túmulo y a sus costados, disfrutando del tiempo que Alqama, el general enemigo, necesita para reordenar, a su vez, sus quebradas filas.

Pelayo siente que el corazón le va a estallar en el pecho. Pero se obliga a seguir pensando con calma, pese a que su cuerpo está al límite y su mente, forzada hasta lo indecible, le grita que no quiere seguir allí. Sabe que está a un palmo del pánico, de la locura, de salir corriendo abandonándolo todo. Sin embargo, ha sentido antes lo que ahora siente y hace años que aprendió a dominarlo.

Girándose sobre la cima del túmulo, busca con la mirada a Silo y a sus hombres, que, a levante de donde se halla, combaten entre las ruinas de Canicas para impedir que la segunda fuerza musulmana cruce el Enna y caiga sobre sus espaldas. No podrán aguantar mucho más tiempo. Las casas arden, los pocos guerreros astures y godos que aún combaten entre ellas retroceden hasta la orilla del Enna y pronto se verán desbordados, superados y perecerán.

—¿Dónde estás, Hartz? ¿Dónde estás, muchacho?

El joven acude a él sin yelmo, con los largos cabellos castaños encostrados de sangre propia y ajena, con los ojos verdes desorbitados y con la espada corta tan mellada, tan chorreante de sangre, que uno no se equivocaría si le atribuyera veinte víctimas sacrificadas al inmisericorde hierro que empuña el hijo de Silo.

—¡Aquí estoy, mi señor!

—¡Toma cincuenta hombres y ve a reforzar a tu padre! ¡Rápido, no podemos permitir que nos ataquen por la espalda!

Hartz no vacila, sino que, dando grandes voces, reúne a cincuenta jóvenes y los conduce a la carrera hasta la otra orilla del Enna, sumergiéndose con ellos en el laberinto de fuego y matanza que ahora es Canicas.

Un laberinto es horror en el que extraviarse, pero Hartz jamás hubiera imaginado nada tan terrible como aquello con lo que se topa cuando sale de las aguas del Enna y, pasando por entre dos casas reducidas a pavesas, contempla una escena que nunca debió ver: su padre, con el hombro izquierdo partido, asomándole el quebrado hueso, chorreando sangre, vacilante, pero aún de pie, enfrentándose a un rápido jinete moro que, asintiendo con la afeitada cabeza en un justo reconocimiento al valor del viejo guerrero, se dispone a rematarlo.

—¡No! —grita Hartz desgarrándose la garganta.

¿Para qué? Para nada. El moro, el mismo que él vio en el bosque capitaneando a los exploradores enemigos, carga ya sobre su padre.

Silo oye el grito de Hartz y sonríe. Será su última sonrisa y es para él: para su hijo.

Alza la larga espada forjada por un herrero godo y trata de no perder el sentido. Quiere morir así, con la espada en la mano y peleando. Sí, morir como ha vivido: combatiendo y sirviendo a su señor, Pelayo, hijo de Favila.

Addi suelta las riendas y gobierna el caballo con las rodillas; entonces, justo antes del choque, cambia la espada de la mano derecha a la izquierda y con ese movimiento centelleante rompe la guardia del viejo guerrero y la hoja, afilada, brutal, le destroza el rostro a Silo.

—¡Padre! —grita de nuevo Hartz mientras corre y la pena es tan grande que la rabia que le llena el pecho no logra sofocarla.

Silo cae, agonizando, oyendo, sin verlo, como su hijo lo llama a voces. En torno a él oye también el cascabeleo de los cascos del caballo del enemigo que acaba de herirlo de muerte y el rugido de las llamas que consumen una casa, tan próxima que el calor que despide el incendio parece capaz de hacerle hervir la sangre. Se muere entre sonidos de batalla. No es mala forma de irse de un mundo donde ha pasado la mayor parte de la vida combatiendo.

Addi aparta un instante la vista del viejo guerrero que yace a sus pies y mira en dirección al joven gigante que corre hacia ellos, y, como conoce bien la lengua del país, comprende que ha matado a su padre y que la furia que trae consigo le dará imparable impulso. Así que le sonríe con fiereza y desdén, y con un rápido movimiento, se inclina sobre el caballo y, decapitando a Silo, toma su cabeza y se la lanza a Hartz antes de hacer recular a su montura y, taloneándola, cargar sobre su nuevo enemigo.

El Oso ve volar hacia él la cabeza de su padre y el horror es tan grande, tan fuerte, que se detiene. Se queda quieto, inmóvil en mitad del caos de la batalla. Sí, quieto y llorando. Como un niño desvalido. Pues la cabeza ha rodado hasta sus pies y los ojos muertos lo miran muy abiertos.

Alza las manos al cielo, impotente, con la mente deshecha, perdida la fe, aniquilada la voluntad de vivir. Baja de nuevo los ojos y ve como Addi, el explorador moro, carga con su caballo para arrollarlo y darle muerte. No vale la pena defenderse... Padre ha muerto. Sí, como también antes murieron madre y su pequeña hermana. Todos muertos. Todos y ahora también morirá él.

Todo acaba. La rabia, al fin, se impone a la pena desoladora y, cuando la espada de Addi silba en el aire para decapitarlo, Hartz se agacha y, girándose, golpea con el *scramasax* y el filo mellado alcanza a Addi en el costado abriéndole un largo corte en las costillas.

—¡Hijo de puta! —estalla Hartz a la par que se gira y corre hacia el herido jinete bereber.

Pero Addi, sorprendido por lo que ha pasado, no se detiene, sino que, llegando a la orilla del Enna, hace brincar a su caballo y se arroja a las aguas.

Hartz maldice y mata. A su encuentro salen nuevos enemigos y son ellos los que cargan con el insoportable peso de su ira. Ira encarnada en hierro que acuchilla hombres, destripa caballos, decapita, quiebra huesos, desparrama entrañas...

Es tanto el horror que inspira aquel demente guerrero astur que pronto los lanceros musulmanes lo evitan y así, contra toda probabilidad, los escasos supervivientes de la pequeña fuerza que Pelayo había destacado para defender Canicas y su pequeño vado se retiran en buen orden.

Pelayo advierte aquello desde su elevada posición. Ha llegado la hora de huir. Ya no pueden seguir allí, sobre el túmulo y frente al puente. Así que alza el estandarte de la cruz y señala con él el camino que lleva al monte Aseuua, y suelta el cuerno, lo lleva a los agrietados labios para hacerlo resonar con fuerza. El bélico bramido busca ecos en los montes y sobrevuela el valle, declarando que la batalla por Canicas ha terminado y que la carrera por la vida comienza ahora. En esa carrera, quien se detenga un instante perecerá.

—¡Corred, corred, corred!

Ordena a gritos Pelayo y sus hombres, agotados, obligados a huir cuando aún se sostenían frente a un enemigo que los cuadruplicaba en número, se vuelven y corren hacia los montes perseguidos por algunos jinetes bereberes que, si dar aún crédito a lo que ven, inician una desmañada persecución de los rebeldes, que se alejan ya por un amplio sendero que, aparentemente, lleva sin dificultad alguna al corazón de las cumbres donde se esconde el magnético misterio de una cueva sagrada supuestamente atestada de tesoros.

XII

Pelayo corre tan rápido como se lo permite el peso de sus armas. El sendero está abarrotado de hombres que tratan de alejarse de la matanza y que, allí donde el terreno lo permite, se dispersan por los campos y bosques que atraviesa la senda que, en sus primeras dos millas, es ancha y con poca pendiente. Tan fácil de transitar que un carro tirado por dos bueyes podría avanzar por ella sin dificultad alguna.

Pero está atestada de fugitivos y pronto, cuando los ágiles jinetes bereberes y los arqueros árabes se meten entre ellos, se colma también de muertos y heridos que, alcanzados aquí por un venablo, cayendo allí con la cabeza abierta por un golpe de espada, detenidos en seco por una flecha bien dirigida, van sembrando el duro suelo con sus cuerpos y haciendo tropezar a no pocos de sus compañeros que, cada vez más azuzados por el terror a ser muertos por la espalda, corren como ciervos monte arriba, mientras el rumoroso Enna los acompaña y el camino serpentea abandonando el valle e internándose entre pequeños bosques salpicados de abiertos prados, a la par que, casi de forma imperceptible, se va volviendo más empinado y estrecho.

Una milla más y cualquier pretensión de orden hace tiempo que se ha disipado como niebla bajo el sol. Pues ahora Pelayo ya no corre escoltado por su guardia personal, sino que lo hace en esa soledad tan desoladora que uno experimenta cuando, rodeado de una enloquecida multitud, todos se olvidan de todos y todos abandonan a todos, en una vorágine de pánico incontrolable que corta lazos de responsabilidad, de hermandad, de camaradería y los sustituye por las cadenas del miedo.

Siguen corriendo, cada uno ocupándose de sí mismo y atendiendo solo a un imperativo: seguir vivo. Y la caótica carrera deja atrás, definitivamente, los últimos campos de cultivo, los últimos prados y se adentra, más y más, entre hayedos y robledales espesos y salvajes, mientras la senda por la que antes habría podido avanzar un carro ahora solo permitiría progresar a dos hombres que caminaran juntos.

Silba una flecha rozando el yelmo de Pelayo y, a su vera, el hombre que junto a él corría emite un apagado gruñido y se desploma con los pulmones destrozados.

Pelayo no se detiene. Nadie puede hacerlo. El ejército enemigo aún no parece haber marchado al completo hacia el Aseuua, pero sus jinetes moros, rápidos como panteras a caballo, y su infantería ligera sí acosan a los rebeldes y tienen orden de no darles cuartel.

Trescientos pasos más y Pelayo busca aire. Le duele el costado. Tiene treinta y cuatro años y lleva todo el día combatiendo y tres millas corriendo, está al límite de sus fuerzas. Gira la cabeza y busca a sus guardias. No los ve. Está solo. Solo entre una multitud de hombres que se hallan tan solos como él y que, al igual que él, corren para no morir.

Otros doscientos pasos más y mira al horizonte. En la lejanía, el sol muestra ya, sin recato ni niebla, las cumbres abarrotadas de bosques y en ellos, ruega a Dios y a la Virgen que así sea, se hallan escondidos trescientos de sus hombres esperando su señal para cerrar la trampa que debe otorgarles una victoria en la que nunca ha creído, pero por la que se está jugando la vida y entregando la de muchos de sus guerreros.

Corre una milla más y el camino se torna un poco más abrupto, más envuelto por bosques, más frecuentemente interrumpido por diminutos riachuelos y asaltado por pequeñas cascadas, mientras se va viendo flanqueado, más de continuo, por profundas barrancas y cerrado por roquedales y empinadas laderas que, o ascienden o se abisman, sin permitir ya abandonar la senda a quien por ella transite.

Pelayo no puede más y se concede un respiro. Se dobla en dos, jadeando, con las manos apoyadas en las rodillas y tratando de recuperar aliento y fuerza, mientras deja pasar a docenas de fugitivos que huyen monte arriba con los ojos desorbitados por el miedo. Se incorpora, se gira y mira senda abajo con la esperanza de ver subir por ella a Silo y a Hartz, pero la muchedumbre de gente asustada que aún colma el estrecho camino, la confusión que los perseguidos llevan consigo le impide ver otra cosa que no sea hombres que huyen y otros que los persiguen y matan allí donde los alcanzan.

Mientras, todavía en Canicas, sobre el túmulo del rey muerto, Alqama contempla su conquista: la gran aldea que servía de capital a Pelayo es ahora solo cenizas. Sí, y cementerio. Ha dado orden a sus hombres de que no respeten la vida de ningún herido y de que no tomen cautivos, sino que, de inmediato, pasen a cuchillo a cuantos hombres caigan en sus manos.

¿Por qué? Pues porque la conquista de aquella aldea de dispersas cabañas y miserables casas le ha costado más de seiscientos muertos y otros tantos heridos. ¿Cómo explicará semejante número de bajas a su señor, el valí al-Hur? ¿Qué le dirá cuando se presente ante él en el palacio de Qurtuba?

Sus ojos echan chispas solo de imaginar la posible conversación que sin duda mantendrá con él: «Así que la conquista de una asquerosa aldea te costó seiscientos muertos y otros tantos heridos. Espero que al menos me hayas traído a ese perro de Pelayo y un botín que justifique tal dispendio de vidas de verdaderos creyentes». Sí, sin duda algo así le dirá al-Hur.

—¿Qué hacemos, emir principal? ¿Perseguimos a los rebeldes con el grueso de la fuerza o esperamos aquí a que regresen nuestras tropas ligeras?

La pregunta de Hisham, uno de sus emires de millar, lo sobresalta. Alqama mira en torno a él: al otro lado del Enna brillan los rescoldos de las casas de Canicas que han ardido hasta los cimientos y a cuyo calor se asan los cuerpos de los infieles que murieron peleando entre ellas; por delante, Enna arriba, en la lejanía, huyen cientos de asquerosos politeístas. Sí, los mismos que han peleado como demonios durante casi cuatro horas y dado muerte a seis centenares de sus hombres... Seis centenares de vidas cuya pérdida no va a poder explicar... A menos que... A menos que acompañe la explicación con un Pelayo encadenado y quebrado, con su esposa reducida a servidumbre y con las cabezas de sus hijos curadas en sal y arrojadas a los pies del valí al-Hur.

—¿Que qué vamos a hacer? ¡Pues perseguirlos hasta que no dejemos vivo ni a uno solo de esos cerdos, y hasta dar con sus mujeres para gozarlas hasta que quedemos ahítos de placeres! ¡Eso haremos! ¡Sí, y cuando ya estemos saciados de esas perras, las venderemos junto a sus hijos en el más asqueroso mercado de esclavos que podamos encontrar! —estalla, fuera de sí, con espuma en la comisura de los labios y el cuerpo temblando de pura rabia.

El emir de millar que hizo la pregunta a Alqama, acostumbrado a las vacilaciones, a las prudentes reflexiones de su emir principal, se queda un poco desconcertado. Luego, sin atreverse aún a contestar, mira hacia la senda por donde, en la lejanía, se ve correr a los últimos fugitivos rezagados y que, al principio sin mucha pendiente, se va alejando del valle y encumbrando a los montes.

—Quizá no sea lo más prudente, emir principal.

Alqama se vuelve hacia él y lo fulmina con la negra mirada. ¿Prudencia? ¡Al infierno con la prudencia!

—¿Dónde está el emir de los *al-fursan?* —llama a gritos, y el jefe de sus caballeros aproxima su cansada montura al pie del túmulo para aguardar órdenes—. Únete a los moros que ya están acosando a esos hijos de puta que corren hacia sus asquerosos montes. Detrás de ti iremos los demás en cuanto organice a los lanceros.

El emir de los *al-fursan,* dirigiendo una rápida y furtiva mirada de alarma a los demás oficiales, termina por asentir, talonea a su montura, va al trote por el campo de batalla convertido en matadero y cementerio, reúne a los caballeros supervivientes y los lleva después por la senda que sube al monte Aseuua para sumarse a aquella alocada persecución.

Alqama lo ve alejarse. Por delante de sus *al-fursan,* donde no alcanza su mirada, no solo deben de correr los últimos fugitivos, sino también, mezclados con ellos, los moros de Addi. Pensando en aquel hombre diestro e implacable, Alqama eleva una silenciosa súplica a Alá y ruega para que el moro de ojos azules cumpla con sus órdenes y le traiga a Pelayo, a su zorra y las cabezas de sus pequeños.

Venganza y botín... Antes de que comenzara la batalla, el segundo le importaba mucho; ahora, con seiscientos muertos que explicar, la venganza le parece a Alqama más necesaria.

—¡Vamos, vamos, hay que reunirse y subir por esa senda hasta donde se esconden esos malditos rebeldes! —grita a sus lanceros para que se apresuren y, mientras lo hace, desea, una vez más y con todas sus fuerzas, que Addi, el explorador ifran, tenga éxito en su homicida misión.

Justo en ese momento, una bocanada de humo asciende y envuelve a Alqama, y en la súbita y oscura tiniebla, sus ojos, cerrados para no irritarse, imagina las cabecitas cortadas de los hijos de Pelayo. Cuando el viento disipa la negra nube, está sonriendo, abre los ojos y se lame los labios como si saboreara la sangre de su enemigo. ¡Dios, cómo desea tener esas pequeñas cabezas! Las quiere porque quiere ver la cara de ese asno salvaje cuando se las muestre.

XIII

Lejos de Canicas, por encima del monte Asseuua, junto a unos lagos de heladas aguas, al abrigo de una pequeña colina, Gaudiosa aguarda sentada sobre la corta hierba, abrazando a sus dos pequeños.

No ha querido internarse más en los abismos y cimas del *Mons Vindius*, pues no quiere alejarse tanto de su hombre. ¿Seguirá vivo su Pelayo? No hay hombre más diestro en el combate que él, ni más valiente... Pero la muerte siempre vence y quizá, le duelen el pecho y la garganta de tanto pensarlo, quizá hoy sea el momento en que la pálida Segadora se lleve consigo a Pelayo.

—¿Por qué lloras tanto, madre? Padre es el más fuerte. No tengas miedo.

La pregunta y el amago de consuelo de Ermesinda no hallan respuesta. Gaudiosa se limita a abrazarla con más fuerza mientras Favila, el pequeño de ojos tan brillantes que parecen beberse la luz del mediodía, sigue tratando de disimular que llora tanto como ellas.

Gaudiosa, Ermesinda y Favila están rodeados por diez o doce docenas de mujeres, niños y ancianos que, habiendo arreado hasta allí sus ganados, no quieren tampoco seguir huyendo, sino que, esperanzados, prefieren aguardar allí noticias de los hombres que pelean allá abajo, en los valles del Salia y el Enna.

—Madre, no llores más —dice ahora Favila que, aunque aún no ha cumplido cinco años, es más alto y despierto que la mayoría de los niños de su edad—. Si los enemigos suben hasta aquí, les haré frente. ¿Sabes? Papá me está enseñando a pelear, pero me pidió que no te lo dijera. Bueno, ya lo he dicho...

Gaudiosa trata de sonreír y fracasa. Así que se limita a besar a su hijo en la frente y a mirar, por enésima vez, en dirección a donde, Dios así lo quiera, Pelayo debe de seguir vivo y combatiendo.

XIV

Addi ha dado muerte ya a cinco fugitivos. Su caballo está muy cansado y él, ¿para qué negarlo?, también. Además, le duele el largo corte que le hizo en las costillas la espada del joven guerrero a cuyo padre decapitó en Canicas. Es una herida superficial, pues la hoja resbaló sobre el hueso y se la ha vendado con una tira cortada de la túnica de un muerto, pero le palpita como un infierno y, sin duda, le traerá fiebre.

Tiene órdenes que cumplir y desde allí, detenido como está en una revuelta del camino, puede ver cómo, dejando el valle y subiendo a los montes, marchan ya los *al-fursan* y los lanceros del ejército. No es tiempo de detenerse.

Se vuelve a girar y mira hacia arriba, hacia donde la senda, cada vez más estrecha y empinada, se mete de lleno en espesas selvas atravesadas aquí y allá por pequeños riachuelos y cortadas por pendientes cada vez más profundas.

No, no le gusta lo que está pasando. Una persecución así, en una tierra como esta... ¿Miedo? Siempre es bueno contar con él, pues se ocupa de meterte un poco de sensatez en la sesera.

Escupe al suelo y, de casualidad, sus ojos tropiezan con un muerto: un rebelde que, alcanzado en la espalda por un venablo, se ha despeñado por la barranca que tiene a la izquierda y, rodando, ha terminado por enredarse en unos setos de avellano. La visión del cadáver le recuerda la muerte del viejo guerrero al que venció y decapitó en las calles de Canicas. Fue un buen enemigo. Un hombre valiente y honorable. Debería haber conservado su cabeza.

XV

Hartz está muerto. O eso cree. Es cierto que sus pies corren y que sus manos, cuando llega el momento, aún saben matar, pero el corazón y la mente le gritan que está muerto y que debería estar allí abajo, en Canicas, junto al cadáver decapitado de su padre.

Su padre... Hartz perdió a su madre y a Flavia, su hermana pequeña, cuando tenía seis años. Se las llevó la peste. Puede recordar sin dificultad sus rostros... Sí, y algo más que no debería poder evocar: sus cuerpos hinchados y ennegrecidos, deformados por las bubas y las llagas. También puede recordar la desesperación que se asentó en el rostro de su padre, que, desde aquel día, fue todo para él: padre, madre, amigo y maestro... Sí, todo eso a un tiempo y todo, por completo, está ahora muerto.

Una flecha silba e impacta en la espalda del hombre que corre dos pasos por delante de él. La punta de hierro le rompe la columna vertebral y el herido, boqueando, cae al suelo mientras la sangre mana de su boca abierta. Hartz pasa a su lado sin detenerse. Pues los muertos, cuando corren, no se detienen.

Un poco más arriba, donde la senda, flanqueada por una barranca, gira y se empina aún más, Pelayo, cansado de correr, se detiene y, separando las piernas, empuña la espada y se enfrenta a dos jinetes moros que cabalgan y matan metidos de lleno en la corriente de desesperados fugitivos para los que ahora su rey es promesa de salvación.

El sendero se vacía de gente un instante cuando pasa el borbotón de fugitivos y sus perseguidores refrenan sus monturas al verlo allí: parado, retador, con la espada desenvainada. Pelayo mira entonces de frente a los moros con gesto desafiante y se coloca junto al borde de la barranca. La pendiente no es un abismo, pero sí lo bastante profunda y abrupta como para que un jinete y un caballo que se despeñen por ella se rompan el cuello.

Los bereberes miran a la barranca y luego a Pelayo. Son hombres duros y él sabe que no retrocederán. Sigue el duelo de miradas y, de súbito, el más delgado escupe y talonea a su montura que, brincando, carga sobre el rey elegido por los astures.

Pelayo parece de roca pero, cuando ya tiene a la bestia y a su jinete encima, gira sobre su pie derecho, esquiva a la bestia y, completando el círculo de su giro, descarga, como un rayo, la espada sobre la espalda del jinete que pasa a su lado como una centella y que, al recibir el latigazo de hierro afilado, cae del caballo y se precipita barranca abajo.

El segundo jinete moro no se ha movido. Su caballo, cansado, tiene el cuerpo cubierto de sudor apelmazado y tiembla un poco. Su dueño también tiembla, pero no de cansancio ni de frío.

—Y tú ¿no quieres intentarlo? —lo desafía Pelayo alzando la espada enrojecida con sangre fresca.

El bereber baja los ojos, los vuelve a alzar y, dando un largo alarido, se decide a intentarlo y lanza su caballo contra aquel hombre alto y desafiante, tratando de acertarle con el venablo que lanza con rápida destreza. Pelayo esquiva el dardo y, saltando hacia delante, aferra al pequeño caballo moro por el bocado, a la par que se deja caer a un costado para ser llevado en volandas por el impulso de la bestia. Todo pasa en un segundo. No necesita más: mientras sus pies rebotan contra el suelo y se aferra con una mano al bocado del noble bruto, libera la mordedura acerada de la larga hoja de su espada y la pierna del bereber queda medio cercenada. El caballo, desequilibrado por el brusco movimiento, pierde pie y tropieza cayendo sobre las rodillas de sus patas delanteras, y los tres, hombres y bestia, ruedan, patean, relinchan y gritan en completa confusión. Pero solo uno de los tres se alza de nuevo: Pelayo.

Ahora, bloqueando el camino, yace un caballo con las patas rotas y un guerrero amazig que agoniza mientras la sangre arterial brota sin freno de su pierna medio cortada y busca con los ojos desorbitados a su asesino. Sin embargo, Pelayo no le devuelve la mirada. Sigue allí, espera a que otro grupo de fugitivos astures pase saltando sobre la bestia, que relincha agónicamente, y sobre el moro que se muere, y desafia, nuevamente, a los perseguidores, que llegan y al verlo se detienen.

No todos. Pues entre ellos está Addi, y es un hombre que nunca se ha detenido frente a otro que lo desafíe.

—Puedo llevarte entero ante mi emir o arrojarle a los pies tu cabeza. Tú decides, godo —le espeta al rey, al que reconoce por su yelmo coronado con plumas de águila.

Pelayo mira al nervudo guerrero moro que ha detenido su caballo a seis pasos de él. El hombre tiene los ojos tan azules, tan intensos que parecen de metal pulido. Ojos de depredador. Sí, uno que ya tiene presa y que no dedica ni la más mínima atención al grupo de tres astures que en ese momento le pasan al lado buscando salvación.

Pelayo no les pide que se detengan. Los deja pasar saltando sobre el caballo que, enloquecido de dolor, sigue agonizando en el suelo con las patas rotas junto a su ya muerto jinete, cuya sangre ha embarrado el camino. Aquellos tres astures, medita el rey, deben de ser de los últimos fugitivos con vida. Con ese pensamiento, evalúa a Addi que, a su vez, mide a Pelayo con ojos de cazador. La luz del sol, filtrándose entre las hojas otoñales, saca chispas de sus armas. Sin duda, el astro rey, allá arriba, declina lentamente. Pero Pelayo calcula que aún quedan cuatro horas de luz. Suficiente si la fortuna le es propicia.

—Ven a por mi cabeza. Puedes llevársela a tu emir. ¿Tendrás el valor de cogerla? —responde al fin a la bravata del moro.

Addi sonríe. Es un hombre valiente el que tiene en frente. Pero él ha matado a muchos hombres valientes y hoy matará a este. El venablo que empuña sale volando y lo ha hecho tan rápido, tan certeramente, que Pelayo no tiene tiempo de esquivarlo. Pero sí de golpearlo de revés con la espada y desviarlo.

—¿Te atreves con la espada, moro? —lo desafía Pelayo con la voz templada y serena.

Addi asiente lentamente y, desenvainando la corta espada, hace avanzar a su caballo. Sí, pero no lo hace brincar, sino que obliga al bruto a dar pasos cortos, a usar sus casi mil libras de peso* como si fueran una mano gigante con la que acorralar al cristiano que se enfrenta a ellos en el camino.

Pelayo blande su arma tratando de herir a la bestia o a su jinete, pero Addi es bueno con la espada y detiene todos los golpes mientras azuza a la bestia, presionándola con las rodillas, empujando al rey de los rebeldes hasta ponerlo de espaldas a la barranca. Un poco más y lo despeñará.

Es el momento de hacerlo: con habilidad de consumado jinete, Addi consigue que su bien adiestrado caballo se ponga de manos y se disponga a caer sobre Pelayo pisoteándolo u obligándolo a saltar al abismo.

En ese momento, Hartz, el muerto que corre, aparece rugiendo como un oso y el empellón que propina al caballo al-

* Unos trescientos veintiocho kilogramos.

zado es tan fuerte que la bestia se desequilibra, manotea en busca de tierra firme y jinete y montura se despeñan.

—¡Hartz! —exclama Pelayo, sorprendido por la inesperada aparición del hijo de Silo.

Él no responde. Tiene el rostro desencajado y los ojos vacíos de expresión. El muchacho se limita a quedarse quieto, mirando al fondo de la barranca por donde se ha despeñado Addi, el asesino de su padre.

—¿Qué te pasa, muchacho? —le pregunta Pelayo tomándolo por los hombros y sacudiéndolo.

Hartz gira la cabeza, busca sus ojos y una chispa de cordura se aviva en su torturada mente.

—Le cortó la cabeza y me la arrojó —dice, como si ya solo pudiera habitar en aquel momento de pesadilla.

Pelayo comprende. Sí, y no evita las lágrimas que, medio ocultas por el yelmo, le ruedan por la agotada cara. Con ellas, con las lágrimas y la pena, abraza al muchacho en mitad de aquel horror.

Mientras esto hacen, el cielo se oscurece un tanto y los árboles del empinado bosque se mecen lentamente con el susurro de la brisa del atardecer. Por delante, los hombres siguen corriendo en busca de salvación; por detrás, otros se apresuran a seguir matando. Todo es horror. Todo menos el abrazo de dos hombres que lloran a un tercero.

—Tu padre te quiere entero y cuerdo, Hartz —le murmura Pelayo al oído, manteniendo con fuerza el abrazo y acompañando así el incontenible llanto que, al fin, liberador, agita el pecho del hijo de Silo.

No es lo más adecuado, ni lo más hermoso que Pelayo puede decir, pero sí es lo único que importa. Y Hartz así lo entiende.

Llega hasta ellos la algarabía de la persecución y un nuevo borbotón de fugitivos, quizá el último al fin, dobla la curva del sendero y pasa junto a ellos gritando que se apresuren.

Los dos altos guerreros no les hacen caso. Se separan un poco, se miran a los ojos y asienten. ¿Qué han de hacer? Hacer caso de la implacable vida que les pide que sigan siendo lo que son: los protectores de su pueblo. A él se deben y por él deben de seguir viviendo y combatiendo. Por él y por el viejo Silo, que tantas veces los protegió a ellos.

—Vamos. Tenemos que seguir luchando. Tu padre siempre lo hizo. Se lo debemos. A él y a cuantos han muerto ya —dice Pelayo, muy tranquilo, en tono muy bajo.

Dándose la vuelta, sin comprobar si Hartz lo sigue o no, echa a correr camino arriba hacia el monte Aseuua.

Mientras corre, mientras salta sobre diminutos riachuelos, mientras pasa junto a pequeñas cascadas que se precipitan, entre el verde y la roca, para acompañar a la senda, sabe que hay ojos en el bosque y que esos ojos aguardan la llamada de matanza y victoria que ha de salir de su cuerno de guerra.

—Sonará por ti, viejo Silo, el cuerno llamará por ti y tu espíritu se alegrará con la victoria —murmura mientras corre llorando y escucha, tras él, los rápidos pasos de Hartz.

XVI

Addi, el explorador de la tribu de los ifran, se lleva la mano a la afeitada cabeza y la retira empapada de sangre. Su sangre. A su lado, con el cuello roto, yace su caballo estampado contra el tronco de un fresno que, vete tú a saber cómo, logró echar raíces en aquella pendiente imposible.

Con movimientos lentos pero precisos, Addi comprueba que no se ha roto nada. Luego rebusca entre los matorrales y arbustos y halla su espada forjada con acero indio. La limpia y la envaina antes de mirar a su alrededor: arriba, a unos treinta pasos de empinada ladera, está el camino, y de él le llegan sonidos de persecución y matanza; de abajo, por donde corre el riachuelo que durante milenios talló las paredes de la barranca, le llega el murmullo del agua y de algo más...

Agazapándose como una fiera, se desliza entre arbustos y desciende hasta las orillas del minúsculo riachuelo. ¿Y qué ve? Una niña. Una que no tendrá más de nueve años y que parece extraviada. La chiquilla está asustada y mira en torno a ella con el rostro desencajado. Luego se oye el silbido melódico de un pájaro y la niña se detiene y presta oído. El pájaro sigue cantando y ella, aliviada, sonríe. Decidida, confiada, se gira y camina en dirección al canto del ave.

Addi también lo sigue. Al canto y a la niña. Camina despacio, midiendo cada paso para no hacer ruido y así avista de nuevo a la niña reuniéndose con una mujer que la abraza con fuerza y que, tomándola de la mano, se apresura a internarse en el bosque que, alzándose sobre la otra pared de la estrecha barranca, parece ofrecer otro oculto e ignorado camino para ascender a las cumbres.

El explorador sonríe. Ahora sabe dónde se esconden las familias de los rebeldes. Sin apresurarse demasiado, desanda el camino, pasa junto a su caballo muerto y trepa la barranca. Cuando llega arriba, no distingue fugitivos astures, pero sí a nueve jinetes moros que, al verlo, lo reconocen y refrenan sus monturas.

—¡Seguidme! —ordena, y como todos conocen a Addi, el lobo, nadie replica.

Con extremo cuidado, descienden llevando a sus monturas por las riendas y pasando junto al caballo muerto, hasta llegar a la orilla del riachuelo que susurra agua en el fondo del barranco. Allí, Addi les muestra las huellas dejadas por la madre y la niña. Todos ellos son hombres de la montaña, la estepa y el desierto, así que no necesitan preguntar nada, todo está dicho: por delante, siguiendo el rastro, hallarán mujeres y botín.

—¡Tú! —dice Addi señalando a uno de los nueve guerreros que lo han seguido—. Dame tu caballo y regresa al camino para buscar más hombres que puedan venir tras nosotros. No traigas contigo árabes, solo moros. Necesito gente que sepa cabalgar y andar por los montes y no a presuntuosos inútiles incapaces de trepar por la ladera de una colina. ¿Entendido?

El guerrero sonríe y asiente y Addi, de un salto, sube al lomo de su nuevo caballo, tironea de las riendas y lo pone al paso por el estrecho y empinado sendero que siguieron la madre astur y su pequeña. Es un camino oculto por el denso bosque y por el que solo podrán avanzar de uno en uno y con dificultad, pero que, girando y girando, subiendo y subiendo, se encarama a los altos montes para llevarlos hasta las indefensas familias de los rebeldes.

Addi está satisfecho. La brecha que se hizo en la cabeza al caer por la barranca ya no sangra. Ni siquiera se ha molestado en limpiarse la sangre de la cara y, a pesar de ello, sonríe.

XVII

Muy por arriba de donde los hombres huyen y matan, Gaudiosa ha dejado de llorar. Quizá, piensa, su corazón presienta un soplo de esperanza... Sea lo que sea lo que ha secado sus lágrimas, su mente tiene obligaciones que cumplir y las lleva a cabo con metódica determinación: recorre los grupos de mujeres, niños y ancianos y los anima, los conforta, apacigua sus miedos, trata de ofrecerles chispas de cercanía, fugaces visiones de un futuro que les permita afrontar este presente de infortunio.

Gaudiosa también se ocupa de cosas más prácticas: se asegura de que ninguna de las familias allí reunidas encienda fuego o de que alguno de sus miembros se aleje en dirección al Aseua en busca de leña, frutos silvestres, o que hagan cualquier otra cosa que pueda delatar al enemigo dónde se ocultan.

Cuando termina de recorrer los pequeños grupos de mujeres asustadas, de niños llorosos y de ancianos con la mirada perdida, piensa en los otros: los que han ido a buscar refugio aún más arriba. Por encima de ellos, en lugares aún más remotos y secretos, se halla la mayoría de los habitantes de los valles del Salia y del Enna. A esos otros grupos de gentes asustadas, Gaudiosa envía pequeños emisarios: muchachitos de doce o trece años, aún no lo bastante mayores como para combatir, pero sí para cumplir con la tarea de transmitir noticias y órdenes y mantener así comunicados a los dispersos grupos de refugiados.

Cuando termina con sus tareas, regresa al lugar donde están sus hijos. Los halla dormidos de puro agotamiento, acurrucados, abrazados, buscando calor y abrigo contra el frío que dispensa la menguante tarde. Septiembre está presto a terminar y allí arriba, pronto, tal vez mañana mismo, caerán las primeras nevadas. Y cuando eso ocurra, ¿qué harán si, como teme, Pelayo y los demás hombres han muerto y a ellos, a las mujeres y los niños, solo les queda el duelo y la montaña? ¿Cuántos pequeños perecerán entonces de frío, de hambre, de enfermedad en aquellas cumbres implacables? Muchos. Quizá también mueran sus hijos...

Con ese miedo royéndole las entrañas, Gaudiosa se sienta junto a sus pequeños dormidos y los contempla como solo una madre que teme perderlos puede mirar a sus hijos. Acaricia sus cabellos, los rubios de Ermesinda y los castaños de Favila. La niña, tan parecida a ella, duerme profundamente, con un gesto concentrado, casi serio, pero el niño luce en su sueño una sonrisa confiada, plena, perfecta.

—No permitiré que nada ni nadie os haga daño —susurra Gaudiosa al viento frío de la montaña. Pues sus hijos, dormidos, no la oyen.

Se echa entonces junto a los pequeños y los abraza para entregarles lo único que puede darles: su calor.

Y así, abrazada a sus niños, cierra los ojos y evoca el rostro de su esposo, y por enésima vez ruega a Dios que se lo devuelva vivo.

—Vuelve, amor, vuelve —murmura, y las lágrimas regresan.

XVIII

En ese mismo momento, Pelayo llega con Hartz a la entrada de la garganta del pequeño valle que forma el diminuto riachuelo que mana de la Cova Dominica. La corriente, cayendo desde la gruta en una cascada, corre hasta alimentar las aguas del Deva que, a su vez, van a fluir a las del Enna.

Allí, ante él, el paisaje se torna grandioso: el monte Aseuua se alza, imponente, cubierto de vegetación, asomando sus blancos y pétreos huesos aquí y allá, mientras sus hermanos, los otros montes, se apretujan en torno a él, quebrándose y alzándose alternativamente, albergando un desordenado cosmos de bosques, prados, barrancos, peñas, roquedales y abismos donde podría esconderse para siempre un ejército.

Y eso está haciendo el suyo... O lo que queda de él.

—¡Señor, al fin llegáis, loado sea Dios todopoderoso!

Quien saluda a Pelayo es el viejo Turismundo, un noble cuyas tierras se hallan no lejos de Lucus Asturum y que, al frente de toda su gente, se le sumó cinco semanas atrás.

Pelayo no responde de inmediato, sino que se queda, de manera incomprensible, perplejo, mirando fijamente al viejo y valiente noble que lo saluda. ¿Cuántos años tiene Turismundo? Es la inútil, inoportuna pregunta que, persistente, se ha colado en la mente de Pelayo. Y mientras mira el arrugado rostro del noble, comprende, súbita, dolorosamente, por qué se hace esa pregunta: tiene la misma edad que tenía su bucelario, su amigo Silo, cuyo cuerpo decapitado debe ahora yacer, abandonado a los cuervos, entre las calcinadas casas de Canicas.

—¿Han pasado ya todos los supervivientes? —le pregunta para no seguir imaginándose el cuerpo decapitado de Silo.

—Todos. Aquí solo aguardamos tres centenares de hombres que nos negamos a seguir huyendo hasta tener noticias vuestras. Sé que nos ordenaste que no nos detuviéramos hasta que el cuerno de guerra resonara entre los montes... Pero el repliegue ha sido más desordenado y duro de lo que nadie hubiera podido imaginar y temíamos por ti, señor..., por ti y por la posibilidad cierta de que todo hubiera salido mal y la retirada fingida fuera ahora desesperada huida sin más propósito ya que salvar la vida.

Pelayo asiente, pues Turismundo tiene razón: la pronta persecución que emprendieron las tropas ligeras del enemigo los ha desordenado por completo. Si no se detienen ya, nunca lo harán y su trampa, si queda algo de ella, no tendrá ni la más mínima posibilidad de éxito.

—Bien hecho. Sois los mejores hombres, los que mantienen el temple aún en el momento más terrible —dice en reconocimiento a la sensatez y al valor de Turismundo y de los demás hombres que, apelotonados tras el viejo noble, lo observan agotados, heridos, pero decididos a seguir combatiendo. Son los mejores, sin duda: los que han elegido dejar de correr y detenerse, arriesgándose a morir a cambio de tener noticia cierta de si su rey seguía vivo o si por el contrario yacía en el camino.

—Mi señor, os perdimos en la retirada... Os abandonamos...

Pelayo se vuelve hacia quien ahora le habla en tono avergonzado. Es Orosio, uno de los miembros de su guardia personal. El hombre, sin yelmo y con una aparatosa herida en la cabeza, no es capaz de mirarlo a los ojos de tanta vergüenza que siente. Él le pone la mano en el hombro y le sonríe con calidez antes de contestarle:

—La confusión fue más grande de lo que nadie hubiera esperado. Ni siquiera yo fui capaz de mantener un poco de orden... No hay nada que pueda reprocharos, nada de lo que avergonzarte, Orosio. No me abandonasteis; simplemente, y al igual que a mí me pasó, fuisteis arrastrados por el caos.

El hombre levanta entonces los ojos, devuelve la sonrisa a su rey y experimenta de nuevo lo que sienten muchos de los que siguen a Pelayo: amor, veneración, respeto por el hombre alto, fuerte y valiente que los manda, que los defiende y que nunca les exige nada que no sea capaz de hacer él mismo.

Pelayo se gira a continuación hacia Hartz. El muchacho sigue con el rostro desencajado, pero la locura que vio en su mirada cuando se encontraron en la senda, ya no lo habita y eso es para el rey un ligero toque de bálsamo para su atormentada mente, que lo descarga un poco del insoportable peso de sentirse responsable de la muerte de Silo. Sin duda, medita, el muchacho necesita sacarse aún mucho horror, mucho dolor, mucha rabia del alma y de la mente, pero sanará.

Entonces, al volver a contemplar el salvaje paisaje que tiene de frente y a los acorralados hombres que lo rodean, evoca con más fuerza aún el noble rostro de su amigo y decide que ya no va a correr más y que, como planeara con él, será a la sombra de la peña donde se halla la Cova Dominica donde hará resonar su cuerno de batalla.

«Siempre creíste que este plan era una locura», murmura entonces Pelayo para sí y para el espíritu de Silo, recordando las dudas que su viejo bucelario siempre tuvo al respecto.

Pues Silo siempre consideró que el plan de su señor era pura locura. Y tenía razón. Pero, cuando has cometido una locura, a veces puedes salir de ella alzándote sobre los hombros de otra aún más grande, y Pelayo, un rey de campesinos y pastores, que con unos pocos centenares de seguidores se ha atrevido a desafiar al más grande imperio de la tierra, es un hombre que no teme seguir sumando locuras y decide en ese mismo momento que se va a quedar allí, plantándole cara al enemigo y cobrándose tal venganza por la muerte de su amigo que los buitres y lobos de la montaña quedarán saciados de carne humana.

—¡No vamos a seguir huyendo! —grita al fin Pelayo, sobresaltando a Turismundo, Orosio, Hartz y los demás.

—¿Qué decís, señor?

Pelayo, ante el desconcierto del hijo de Silo, ensancha la cansada sonrisa y abarca, con un amplio gesto de la mano el escaso espacio que se abre a los pies de la empinada ladera del monte Aseuua.

—Voy a esperarlos aquí —comienza a explicar—. Cuando nos vean formados para darles batalla, en este estrecho lugar, los moveremos al asombro y a la risa. ¿Qué verán? Yo os lo diré: a trescientos hombres enfrentándose a un ejército diez veces más numeroso. ¿Acaso eso no los hará reír? Y será bueno, pues les otorgará aún más confianza si cabe en la victoria.

Sus hombres, los que lo rodean, se miran unos a otros sin tenerlas todas consigo. Pues una cosa es ocultarse y caer por sorpresa sobre el enemigo y otra muy distinta esperarlo a pie firme y ofreciéndole combate.

—¡Quiero que volváis a empuñar vuestras armas, hombres! ¡Les daremos de nuevo batalla bajo la protección del santuario de la madre de Cristo!

—Es una locura —murmura alguien.

Pelayo, al oírlo, conviene que así es y lanza una nueva carcajada de desafío mientras recuerda que solo los locos logran lo imposible.

XIX

Addi, el explorador, se queda muy quieto. Tanto y durante tanto tiempo que hasta las rocas entre las que se ha tendido creen que es una de ellas.

Pero no lo es. Él es el lobo y ya tiene presa que cazar: debajo de donde está, a un centenar de pasos, en el prado verde que se ofrece en una pequeña hondonada situada no lejos de dos lagos se puede ver a un centenar y medio de mujeres y niños aguardando. ¿A qué? A sus hombres, sin duda. Pero sus hombres están muriendo allí abajo, en una senda que ya no los llevará a ninguna parte, excepto a la aniquilación.

Echa una última mirada a las familias de los rebeldes y luego, reptando sobre la hierba y la roca, regresa junto a sus hombres, que lo aguardan a resguardo de unas peñas entre las que crecen, densamente, arbustos y helechos.

El círculo de rostros de bronce que aguarda sus noticias haría temblar al mismísimo Satán: veinticinco guerreros amaziges curtidos en más campañas de las que puedan recordar. Hombres criados para la guerra allá lejos, en el sur, en el país de los moros. Allí donde la montaña, el bosque, la estepa y el desierto forjan a la gente más fiera de la que el mundo pueda tener noticia. Proceden de muchas tribus: de los gomara, de los ifran, de los maguera, de los miknasa..., pero los une la misma vida errante y brava que un día los hizo pastores, al siguiente guerreros de sus tribus, y al otro, soldados del califa, pasando así de ser humillados conquistados a orgullosos conquistadores. Con hombres como estos, aunque sean tan pocos, Addi se ve capaz de todo.

—Están ahí. Al menos un buen grupo de ellos: mujeres, niños, algún que otro anciano y rebaños de bueyes, ovejas y caballos —les dice en un tono confiado y bajo. Justo el que necesitan oír: el tono de un jefe que les ofrece riqueza con una mano y, con la otra, la certeza de que en apenas unos momentos será suya.

—¿No hay guerreros? —pregunta un gomara de ojos verdes y piel de bronce, pronunciando la única pregunta que a todos ronda.

—No. Los que nos desafiaron allí abajo, en Canicas, han muerto en el camino por el que trataban de huir o aún no han podido llegar hasta aquí. Así que si caemos sobre sus familias, nadie podrá impedírnoslo.

Todos asienten, satisfechos e intercambiando sonrisas de triunfo, mientras imaginan cuánto oro podrán obtener por la venta de los cautivos que se disponen a hacer y cuánto placer podrán obtener de las mujeres antes de venderlas a los nobles árabes o a los mercaderes judíos.

—¡Montad! —ordena ahora Addi, y veintiséis depredadores dirigen sus pequeños y rápidos caballos por una empinada pendiente en la que, paso a paso, los arbustos dejan sitio a la hierba.

Así coronan la cresta y se quedan un instante allí: su siniestra silueta recortándose a la última luz de la tarde, y contemplando, con regocijo de conquistadores, el botín humano sobre el que van a caer.

Y en ese momento, una mujer astur los ve y señala en su dirección; y Gaudiosa, alarmada, se incorpora y también los ve: veintiséis torvas figuras silueteadas por el crepúsculo y la muerte. Sí, la de sus hijos y la suya.

XX

Mientras, en el camino que desde Canicas lleva al monte Aseuua, Alqama avanza ya a la cabeza del grueso de su ejército: en largas filas marchan, al trote, los caballeros, y tras ellos, con paso firme, los lanceros del califa. Por delante, acometiendo la persecución de los rebeldes, se destacaron en su momento los ágiles jinetes moros y los escaramuzadores, y se ve que están haciendo bien su trabajo, pues la senda que siguen Alqama y sus soldados se halla continuamente salpicada con los cadáveres de docenas de hombres de Pelayo cuyo infortunio, lejos de amansar, desata aún más si cabe la cólera del emir principal del ejército.

«¡Que Dios los maldiga a todos! ¡Juro que acabaré hasta con el último de esos perros!», se dice, una y otra vez, un Alqama que sigue hirviendo de cólera.

Pero la prudencia, ay, la prudencia, está volviendo a su pensamiento: de continuo mira a un lado y otro del camino y una y otra vez concluye, para tranquilizarse, que, después de todo, internarse en las montañas no es, en absoluto, tan peligroso como les habían advertido. Y es que la senda que siguen ha sido hasta ese momento un camino estrecho pero fácil, que discurre entre colinas donde se intercalan bosques y prados con áreas de arbustos de grosella y avellano, y que los ha llevado hasta la garganta en donde, ahora sí, se amontonan cerros y espesuras tras los que se advierte que, a casi dos millas de la entrada, se alza una montaña que cierra el paso.

Allí mismo, siguiendo las prudentes órdenes del emir Alqama, los están aguardando, agotados pero triunfantes, los jinetes moros y la infantería ligera. Al verlos, el emir asiente satisfecho, pues nadie podrá nunca acusarlo de imprudente. Cualquier otro general, en el calor de una persecución, habría dejado libres de disciplina a sus soldados para que dieran rienda suelta a su ansia de matanza y botín. Pero Alqama no. Sabe que, por muy fácil que parezca una persecución, siempre puede esconder una trampa mortal.

¿Una trampa? Ha de convenir que no han dado con ella y que ahí en frente, tras penetrar en la garganta, se atisba ya la gran peña, el monte que los lugareños llaman Aseuua. Sí, el lugar donde debede estar aguardándoles la cueva sagrada atestada de tesoros y a cuyos pies deben también de estar, temblando de miedo, las mujeres y los niños de los malditos rebeldes. ¿Demasiado fácil? Quizá, pero Alá, clemente y misericordioso, se complace a veces en ayudar a los verdaderos creyentes y, si la fe no bastara, Alqama puede sumarle el hecho incontestable de que a lo largo de las cinco millas que ya llevan cubiertas desde Canicas solo han visto dos cosas: rebeldes huyendo a la desesperada y rebeldes muertos. Sí, y a todo lo largo de una senda que, vuelve a repetírselo, no ha albergado peligro alguno para los musulmanes.

Así que ahora Alqama solo tiene que dar una nueva y última orden a sus soldados: la de entrar en la garganta y avanzar a buen paso para cubrir otro par de millas más y llegar así al monte Aseuua y, con esa orden, todo habrá terminado. Sí, y con buen final, por cierto. Uno con oro, mujeres y cautivos que repartir.

Pero prudencia... Con ella, con la prudencia acompañándolo, examina a las tropas ligeras que se han encargado de la persecución hasta ese momento y las interroga. Todos sus oficiales afirman lo mismo: los rebeldes no han ofrecido resistencia alguna digna de ese nombre, sino que siguen huyendo, sin orden, presas del pánico.

—¿Alguno habéis visto a Addi, el jefe de los exploradores? —pregunta a continuación.

Las respuestas que le dan son confusas, contradictorias: algunos afirman que ha sido muerto mientras perseguía al rey de los rebeldes; otros, por el contrario, que lo vieron ponerse al frente de una pequeña partida de jinetes moros para tomar un camino secundario y cortar así el paso a los que huían. Alqama, al cabo, se encoge de hombros, ordena a las tropas ligeras que se dispongan en buen orden entremezclándose con los caballeros y lanceros. Es hora de entrar en el último refugio de esos condenados cristianos y de acabar con los que aún queden, antes de arrebatarles riqueza, familia y libertad.

Entran en aquella garganta, que no es sino un pequeño valle cada vez más encajonado entre montes y peñas. Más de tres mil guerreros del califa de Damasco deseosos de cobrarse venganza por los seiscientos camaradas que perdieron allá abajo, en Canicas, y por los centenares de heridos que los aguardan entre sus ruinas maldiciendo el nombre de Pelayo y el de todos y cada uno de sus seguidores.

Así se van internando más y más en el estrecho valle, marchando junto a un sonoro y pequeño riachuelo que las gentes del país conocen como del Buscus Iana, y que alimenta al Deva. Aunque poco a poco el terreno los obliga a estrechar aún más la delgada columna que forman al avanzar, no tienen temor alguno, puesto que los escasos enemigos que deben de haber sobrevivido a la batalla y de la persecución deben de estar huyendo aún, delante de ellos, internándose más y más en las elevadas cumbres que se avistan en una lejanía tan dilatada, tan inmensa, que uno podría creer que la vista nunca se detendrá y que hasta podrá atisbar, incluso, el futuro.

Pero Alqama vive el presente y tiene prisa. El sol ha dejado ya su cénit y se dirige a su ocaso; entonces, de súbito, tras una nueva revuelta del camino, bajo la luz, cálida y limpia, se sorprende al ver delante, desplegada al pie del monte Aseuua, a una diminuta línea de batalla enemiga cerrándole el paso: los últimos hombres de Pelayo que, por lo visto, han decidido pelear hasta la muerte para defender su cueva sagrada y preservar del cautiverio a sus familias.

XXI

Gaudiosa logra gritar. Durante un instante que le pareció un siglo, su boca se negó a hacerlo y sus ojos, fijos en los moros que cargan sobre su gente, parecieron volverse de piedra.

Pero ya no. Dando un salto, aferra por las manos a sus hijos, aún medio dormidos, y echa a correr.

Todos lo hacen: mujeres, niños, ancianos... ¿Hacia dónde? Hacia donde pueden y, en algunos casos, como el de una madre atravesada de parte a parte por un venablo mientras corría con su bebé en brazos, ya no pueden hacerlo, excepto en una única dirección: la de la muerte.

El pánico es ahora algo tangible. Gaudiosa lo siente, lo respira, lo puede tocar. Nota como la envuelve, como le llena los pulmones, como se le clava en cada poro de la piel. Pánico al ver que los moros se meten con sus caballos entre los grupos de niños y mujeres para derribarlos o para arrearlos, como si fueran ganado, hacia lugares sin salida y así poder echar pie a tierra y amarrarlos con las cuerdas que llevan enrolladas colgando de las sillas de montar; pánico, terror más bien, al ver, al oír como asesinan a los viejos que tratan de interponerse en su camino o que, simplemente, no merecen el esfuerzo de ser capturados; pánico al escuchar los alaridos de una joven a la que están violando. Pánico, terror, horror, locura y ella, Gaudiosa, madre de dos niños, corre como una cierva perseguida por lobos.

El más astuto de todos ellos, Addi, la ve. ¿Qué ve? A una mujer de rubios cabellos, delgada y de piel tan blanca como la nieve, y que cuando, con el rostro desencajado de puro miedo, cruza con él una mirada, le muestra unos ojos más azules que los zafiros de la India. Una mujer así vale mucho en los mercados de esclavos del sur y él, que en su tierra pasó muchas penurias y vio morir de hambre a su esposa y a su único hijo, es uno de esos hombres que hace tiempo se juró que nunca volvería a ser pobre.

Así que dirige a su caballo con las rodillas y se inclina para asestar a la mujer un golpe con el plano de la espada en la cabeza. Gaudiosa cae fulminada. Un zumbido le llena los oídos y su cuerpo parece haberse vuelto de agua. Los ojos no la obedecen y los oídos, desde muy lejos, aunque están a su lado, solo parecen capaces de recoger los gritos de pánico de sus niños.

Los oye, sí, pero no los ve, y cuando Ermesinda y Favila, llorando sin freno, se echan sobre ella, besándola, sacudiéndola en un frenético intento de devolverle el sentido, sus ojos, ahora abiertos, siguen sin verlos.

Addi refrena la montura. Ha abatido a la mujer. La golpeó fuerte, pero con el plano de la espada, así que solo debe de estar conmocionada. Ha sido una buena idea, pues sus pequeños, como cervatillos desvalidos, se quedarán junto a ella y podrá apresarlos a los tres. Encamina su montura hacia ellos sin apresurarse mientras a su alrededor sigue la cacería, y aquí y allá sus hombres matan a cuantos tratan de resistirse.

Gaudiosa regresa del todo. Los ojos responden a su voluntad y su cuerpo vuelve a ser suyo. Haciendo un esfuerzo titánico, se incorpora y, quitándose a los niños de encima, se enfrenta a su enemigo como una leona acorralada.

Addi frena al caballo. No esperaba que la mujer se recuperase tan pronto. Le gusta el valor y, además, es muy bella. Sonríe y desmonta muy despacio. Suelta la cuerda que lleva atada a la silla y camina hacia la joven y sus hijos.

Gaudiosa desenvaina el largo cuchillo que llevaba bajo el manto. Con un ademán protector, empuja a Ermesinda y a Favila detrás de ella y se dispone a defenderlos. El jefe de exploradores ensancha la sonrisa y sigue caminando. Ni siquiera hace intento alguno de desenvainar la corta espada, tan seguro está de su triunfo. Tres pasos, dos pasos y tiende la mano para aferrar la muñeca de aquella madre acorralada. Ella lanza una rápida cuchillada al rostro de Addi, pero el moro es rápido como meteoro y la esquiva, a la par que con una mano aferra la de Gaudiosa y con la otra le propina tal bofetón que la mujer cae desmañada sobre la hierba y deja caer el cuchillo que blandía. Se inclina sobre ella y la agarra del pelo, sacudiéndola mientras la alza. Los hijos de la desdichada gritan y tratan de defender con sus puñitos y a patadas a su madre. Él ni siquiera les presta atención, sino que, llevando el rostro de la mujer muy cerca del suyo, clava sus ojos en los de ella.

—Estate quieta si no quieres que te mate y luego dé muerte a tus hijos —le dice muy despacio en tono firme y bajo.

Addi grita de dolor. Favila, con tan solo cuatro años, ha recogido el cuchillo del suelo y con sus manos torpes se lo ha clavado en el muslo al moro que aferra a su madre. Apenas lo ha herido, desde luego, pero sí lo justo para que afloje un poco la presión y eso le dé a a la mujer una pequeña oportunidad. Y la aprovecha: su mano se dispara y agarra los cojones del moro retorciéndolos y, cuando su captor se dobla, alza la rodilla y le golpea con ella la cara.

Gaudiosa corre de nuevo arrastrando con ella a sus hijos. Veloz, determinada a no dejarse apresar de nuevo.

Addi se levanta maldiciendo. Está admirado. Admirado del valor de la mujer y del de su pequeño. Pero, admirado o no, nunca pierde una presa. De modo que salta de nuevo sobre el lomo de su montura y la pone al galope tras Gaudiosa, que escucha tras de sí los cascos del caballo y lágrimas de desesperación se le agolpan en los ojos, pues, cargada con los niños que lleva en volandas, no puede escapar.

No en este mundo, pero sí en el otro. Sí, escapará de esta tierra, de esta vida que ya no le ofrece sino desolación y desesperanza. Pues a pocos pasos por delante se abre un abismo y va a saltar a él llevándose con ella a sus hijos.

Addi comprende la intención de la mujer y, silbando entre dientes de puro asombro, reacciona: suelta un corto venablo de los que van sujetos a la silla, lo agarra por la contera y, haciéndolo girar como un palo, lo lanza con fuerza. El venablo gira y gira sobre sí mismo y golpea la espalda de Gaudiosa cuando se hallaba a cuatro pasos del abismo haciéndola caer sobre la roca que pisaba en ese momento y dejándola tendida a menos de dos pasos del precipicio.

Un parpadeo más tarde, Addi desmonta de un salto y, de nuevo con la larga cuerda en las manos, se dispone a maniatar a Gaudiosa y a sus hijos.

Es entonces, cuando el sol enrojece el poniente, que resuena la bronca llamada de un cuerno de batalla.

XXII

Unos momentos antes, montaña abajo, frente a la Cova Dominica, mientras su ejército va colmando el estrecho espacio que los cerros dejan libre, Alqama se solaza contemplando a los escasos guerreros de Pelayo que se les oponen. Los tienen ahí, delante de él, atrapados, con la pared de la gran peña a sus espaldas.

Los hombres, los pocos rebeldes que aún quedan, son suyos. Ni siquiera merece la pena ya matarlos para seguir cobrándose venganza... ¿Para qué? Para nada. Todo el camino desde Canicas, siete millas enteras, es un matadero: docenas y docenas, quizá cientos de esos perros yacen sin vida sobre la senda. Además, ¿para qué negarlo? Aunque Alqama puede a veces ser apresado por una ira incontenible, lo cierto es que, en el fondo, es un espíritu práctico y, si eso no bastara, recordadlo: los números, siempre los números, pesan mucho en su mente y en su frío corazón.

Los benditos números le susurran al oído que ya está bien de matar y que ha llegado el momento de tomar cautivos. Sí, todos los que pueda. Por poco que valgan estos desgraciados, algo le darán por ellos los mercaderes de esclavos. Además, de esa forma, se dará el gusto de arrojar a su miserable reyezuelo a los pies del valí al-Hur.

¿Qué sucede con los niños y las mujeres? ¿Dónde están estas últimas? ¿Dónde están los ganados? No se los ve por ningún lado. Ahí delante solo están Pelayo y un puñado de sus hombres.

Sin duda, medita el sabio Alqama, las mujeres, los niños y los rebaños se encontrarán detrás de sus últimos defensores, ocultos en alguna depresión del terreno, o vete tú a saber dónde... Lo que sí ve claramente es la condenada cueva sagrada: la tiene ahí delante, elevándose sobre un estanque a donde va a caer una pequeña cascada que brota de sus entrañas.

No lejos de la cascada y la cueva, sobre el escaso terreno abierto que queda, se han dispuesto los últimos seguidores de ese asno salvaje de Pelayo. Al evaluar su fuerza, a Alqama se le anima el corazón al hacer cuentas: menos de trescientos rebeldes contra más de tres mil verdaderos creyentes. ¿Puede haber números más prometedores? En modo alguno, y por eso un gran júbilo se le aposenta en las entrañas y una amplia sonrisa le endulza el gesto.

—¡Vamos, los politeístas están esperando a que les pongamos cadenas! —grita ahora a sus soldados para animarlos y, al recordar al patético ermitaño que capturaron antes de caer sobre Canicas, decide que todavía puede serle útil.

—¡Qué alguien traiga al maldito monje! —ordena. Pues se le pasa por la cabeza que, si quiere coger con vida a Pelayo, quizá sea bueno contar con un cura que lo inste a rendirse.

—Esos perros cristianos siempre hacen caso de sus curas —le aclara al oficial que cabalga a su lado, antes de clavar de nuevo sus negros ojos en los rebeldes, hacia los que siguen avanzando.

Pelayo ve venir al ejército enemigo. Sin apresurarse, suelta de sus respectivas vainas la larga espada de dos filos y la corta provista de uno solo. A continuación, desclavándola de la húmeda tierra que tiene a sus pies, empuña con fuerza una lanza de asta de fresno y afilada moharra. De nuevo está listo para el combate y, si Dios así lo dispone, para morir como debería hacerlo el primero y, probablemente, el último de los reyes de los astures.

—¡Mirad ahí, mi señor! ¡Opiano, el monje de la Cova Dominica, cabalga ahora junto al emir principal del ejército musulmán! —le advierte Hartz, que tiene vista de halcón.

Pelayo asiente, satisfecho ante lo que parece una señal de que su plan, convenido con el ermitaño, aún se esfuerza en dar frutos. Pero aun así, no se confía, pues hasta allí han llegado tres mil o más enemigos. ¿Cuántos le quedan a él? Los doscientos ochenta que tiene ahora consigo, los trescientos que todavía aguardan, escondidos entre los bosques y las peñas que flanquean a los árabes y moros y, como mucho, otros trescientos que, habiendo continuado su aparente huida, han pasado de largo para dar confianza al enemigo.

El enemigo... Sí, lo tienen delante y sigue superándolos, desmedidamente, en número. Demasiados... Sí, aunque, en apariencia, se estén metiendo de lleno en la trampa. Pero los dados de la guerra siguen rodando y solo queda aguardar el resultado.

—Después de todo, señor, ese loco de Opiano ha resultado ser un santo que ha ofrecido su vida para darnos una oportunidad —dice ahora Hartz con la voz cargada de lástima y admiración por el ermitaño.

Pelayo está de acuerdo y se dice a sí mismo que confiar en un desconocido, como lo era aquel ermitaño, fue una buena idea. Luego, una vez más, repasa con la vista su última línea de batalla: un centenar de hombres revestidos con cota de malla y yelmos, dispuestos en un patético muro de escudos de tres filas de profundidad que protege el acceso a la pared en la que se abre la boca de la cueva y a cuya vista deben de estar riéndose los moros. A izquierda y derecha de sus hombres fuertemente armados, un total de ciento ochenta honderos, arqueros e infantes ligeros prestos a disparar sobre los musulmanes cuando se lancen ladera arriba.

Eso es todo. Y eso es lo que ven Alqama al-Aurabi y sus oficiales. Por esta razón, cuando se detienen a poco más de cien pasos de los cristianos, la confianza, exultante, parece brincarle en los corazones.

El valle está ya totalmente cercado por las peñas y cerros, así que los tres mil hombres de Alqama no pueden desplegarse, sino que permanecen formados en una larga columna que se extiende a lo largo de más de ochocientos pasos.

Pero no importa. Delante no tienen ni a trescientos locos. Bastará con echarles encima la vanguardia de los verdaderos creyentes para destruirlos y apoderarse de las riquezas que custodian en su santa cueva y luego, pisoteando sus cadáveres, buscar a sus familias hasta sacarlas del infecto agujero donde se hayan ocultado para conducirlas hasta los mercados de esclavos del sur.

Pero ¿para qué gastar sangre y energías en vano? Para nada. Por eso Alqama, siempre tan prudente, ordena que dos de sus guardias se adelanten con el ermitaño para que este último exija a Pelayo que se entregue sin lucha.

Opiano, el viejo monje que buscó las soledades para hallar en ellas la santidad, el mismo que creyó estar listo para el martirio, no da crédito a lo que le está ordenando el emir Alqama. Las horas pasadas han sido horribles. Cierto es que lo han curado y vendado la mutilada mano, y restañado con vinagre las heridas que le infligieron en la cabeza y el rostro, pero ha visto el horror de la batalla, de la matanza, y cada muerto, cada herido agonizando entre alaridos de dolor y miedo ha reavivado en él, hasta más allá de lo imaginable, el pavor a la muerte.

Con ese miedo y dos severos guardias de Alqama, avanza, temblando, hasta quedar a cincuenta pasos de Pelayo y sus últimos guerreros.

—Diles que se rindan —lo conminan sus guardias.

Opiano traga saliva y alza los ojos para enfrentarse a los rebeldes y al alto rey que los manda.

—¡Señor! —comienza a gritar, y cuando cree tener la atención de Pelayo, continúa—. ¡El emir Alqama os ordena que os rindáis!

—¿Qué dice ese loco? —pregunta Turismundo, el viejo guerrero que ahora guarda el flanco izquierdo de Pelayo.

—Supongo que es parte del engaño —le responde Pelayo, dubitativo y comenzando a recelar al percatarse de las múltiples heridas y moratones que colman el rostro del ermitaño.

—¡Escuchadme todos! El emir Alqama respetará vuestras vidas, ¡confiad en lo que os digo, hermanos! Nadie recibirá muerte y el cautiverio que os espera como justo pago por vuestra rebeldía no será duro. Además, para aquellos que no alzaran las manos contra la autoridad de los verdaderos creyentes habrá paz a cambio de los tributos debidos al califa.

Silencio. Esa es la respuesta que recibe el ermitaño. El silencio de doscientos ochenta hombres que empuñan sus armas y lo miran torvamente desde las alturas, mientras lejos, en las blancas cumbres, sobrevolándolas, chillan las águilas, como si así quisieran enmarcar el silencio que, tozudo, parece decidido a acompañar al declinante sol hasta que se apague en el invisible horizonte.

Opiano el monje se está poniendo muy nervioso. Siempre quiso ser un santo. De veras que siempre quiso serlo. Soñó, incluso, con ser un mártir de Cristo... Pero ahora, tan viejo, tan lleno de miedo ante el dolor, solo aspira a salir vivo de aquel lugar que creyó su santuario y última morada.

—¡Debéis ser sensatos! Los agarenos respetarán vuestras vidas y las de vuestras mujeres e hijas. ¡No temáis por vuestras familias! Servirán como esposas o concubinas a estos guerreros, es cierto, pero su vida no será dura —insiste con toda la convicción que da el pánico a sufrir la muerte más atroz si se fracasa en el empeño.

Pero decir aquello último, que las mujeres y las hijas de los rebeldes se convertirán en esposas y concubinas de los conquistadores, quizá no haya sido buena idea y, como para corroborárselo, un hondero astur, rabioso, hace girar su honda y lanza una piedra que pasa silbando junto a la oreja izquierda de la mula torda que monta el nervioso Opiano. El animal, asustado, rebuzna y retrocede bruscamente, y el ermitaño se hubiera ido al suelo si uno de los guardias moros no hubiera sujetado a la bestia por el bocado.

—Haz un último intento de que se rindan —le insiste, severo, el guardia, en un tono que expresa más impaciencia que temor.

Opiano, encomendándose a la Virgen, lo intenta recurriendo a la verdad.

—¡Mi señor Pelayo! ¡He fracasado, os he traicionado y les he dicho a los agarenos la verdad!

—¡Será hijo de puta! —El exabrupto que entonces suelta Hartz resuena y se replica a lo largo de la primera línea del muro de escudos astur.

Pelayo menea la cabeza con pesar. Una vez más, la vida le demuestra que no es posible confiar en quienes te prometen auxilio. Solo el acero cruel puede ayudarte a mantenerte libre y vivo. Solo la espada es de fiar.

Abajo, ajeno a los torvos pensamientos de Pelayo, Opiano, al borde del pánico por los posibles resultados que le acarreará su fracaso como emisario de Alqama, insiste.

—Sí, fracasé y traicioné el juramento que os hice, pero el emir Alqama y sus hombres no me han creído y siguen convencidos de que en la santa cueva guardáis vuestras riquezas.

—¿Ordeno a los honderos que lo desmonten a pedradas? —sugiere ahora Hartz, preso de la rabia y la indignación.

—No, deja que termine de hablar.

—¡Son demasiados! ¡Demasiados para vuestros hombres! —les advierte ahora el ermitaño—. ¡No llevéis esta locura adelante! ¡Rendíos y salvad vuestras vidas y la de vuestras familias!

—Hay algo que no encaja —murmura entonces Pelayo sopesando las últimas palabras del monje.

—¡Pues claro, mi señor, y se llama negra traición! —exclama, furioso, Hartz.

Sin duda, piensa Pelayo. Pero también piensa que hasta en la más sucia traición puede anidar el desastre para quien la trama y que, a veces, la verdad y la mentira se confunden de tal suerte que de la una puede brotar la otra y viceversa. ¿Quién puede saberlo? Él no, desde luego. Pero sí sabe que no puede demorarse más.

Da dos pasos adelante y mira directamente al herido y amoratado rostro del ermitaño, en cuyos oscuros y pequeños ojos se ayuntan el miedo, la desesperación y una brizna de locura.

—No sé cuán traidor eres, Opiano. Tampoco sé qué creen o no creen los infieles paganos que has conducido hasta nosotros. Sin embargo, ¡sí sé una cosa! —grita adelantándose un tercer paso y apuntando al viejo ermitaño con la punta de la lanza—. ¡Que Dios está con nosotros y que no vamos a rendirnos!

Ante esas palabras, sus trescientos gritan su desafío y su férrea voluntad a permanecer allí con las armas en la mano, defendiendo su libertad y su tierra.

Opiano se lleva las manos al huesudo pecho y las cierra en torno a la cruz de bronce. Reza con fervor, pues sabe que, después de todo, va a morir, y que la muerte, además, lo recibirá llamándole traidor y no santo.

Se calman entonces los clamores de guerra y desafío de los trescientos de Pelayo y la luz del atardecer parece haberse amortajado un poco más. Eso es todo. Eso y que él, después de lanzar su desafío, se siente bien. Pues todo está dicho y hecho y ya solo hay tiempo para la batalla y, tras ella, pase lo que pase, vendrá la paz. Sí, la que trae la victoria o la que deja tras de sí la muerte.

—¡Guerreros! ¡Hombres! ¡Es hora de volver a cebar con carne y sangre pagana el hierro de nuestras armas! —grita ahora Pelayo con todo el salvajismo que alimentan siete años de ir de un lado para otro siempre acosado por un enemigo que parece invencible.

Y con aquel brutal alarido recupera su puesto en el muro de lanzas mientras sus doscientos ochenta hombres parecen enloquecer y aúllan como lobos, aporreando con los pies la tierra que tienen bajo ellos y golpeando el metálico umbo de los escudos con las lanzas y las espadas, en un frenesí que promete una feroz pelea a los enemigos que los observan en silencio.

Mientras tanto, Opiano y sus guardianes se retiran adonde está el emir Alqama. El jefe musulmán no se inquieta por el desafío de los últimos rebeldes, sino que ordena a varias docenas de sus honderos que monten sus fundíbulos, largos bastones de madera a cuyo extremo se sujetan las hondas, para así lanzar piedras más pesadas y con más fuerza.

—¡Disparad! —grita, y sus fundibularios lanzan una mortífera y pétrea lluvia sobre Pelayo y los suyos.

El *princeps* aprieta los dientes. Un esférico canto de piedra impacta con fuerza en su escudo, pero ha ido a dar en el umbo de hierro, que lo rechaza con un metálico sonido. Otros no han tenido tanta suerte y las piedras y los glandes de plomo salvajemente propulsados por los fundíbulos les destrozan los escudos o los yelmos, para, a continuación, reventarles el cráneo, fracturarles las costillas o astillarles los huesos de brazos y piernas.

Alqama da entonces su segunda orden:

—¡Adelante, arqueros! —grita, y seis docenas de guerreros provistos de arcos de curvatura simple más largos que altos son ellos se disponen al pie de la ladera, empulgan negras flechas y tensan sus formidables armas—. ¡Disparad! —ordena Alqama, y sesenta largas saetas con puntas de tres filos vuelan hacia los astures.

Es un vendaval de hierro lo que ahora soportan los hombres de Pelayo.

—¡Aguantad, aguantad! —les grita su rey.

Y lo hacen. Sí, pese a que muchos ruedan por el suelo con una flecha clavada en el rostro o atravesada en la garganta, y pese a que los honderos musulmanes se suman a los arqueros y que los fundibularios vuelven a hacer girar sus ingenios de guerra.

—¡Cargad sobre esos perros! —aúlla a continuación Alqama y su grito, pese a la ensordecedora tormenta de flechas y piedras que cae sobre la línea astur, es escuchado por Pelayo.

—¡Preparaos! ¡Lanzas! —manda a su vez a los guerreros astures y godos que aún se sostienen, mientras que por encima del escudo puede ver como dos centenares de lanceros árabes, fuertemente armados, avanzan en columna y a la carrera en busca de los rebeldes que, pese al castigo recibido, los aguardan a pie firme.

Y tras los lanceros, ágiles como leopardos, saltan los bereberes armados a la ligera y pronto son cuatro centenares de soldados califales los que ascienden en dirección a Pelayo y los suyos.

—¡Tocad el cuerno, mi señor! —le ruega Hartz justo antes de que el enemigo llegue.

—¡Aún no es el momento! ¡Aguantad, aguantad! —responde Pelayo alzando tanto la voz que le duele la garganta.

El enemigo llega. Es un choque brutal y despiadado que pone en maligna relación el acero de las lanzas árabes con la madera de los escudos astures y godos. Astillas que saltan, sangre que brota, huesos que se quiebran, hombres que gritan de furia, de miedo, de agonía, mientras dan muerte o la reciben y empapan la tierra con su sangre.

La lucha se ha tornado en una tempestad desordenada y rugiente, y el muro de escudos de Pelayo se comba primero y retrocede después.

—¡Tocad el cuerno, señor, por Dios y su santa madre! —vuelve a pedirle Hartz mientras se esfuerza en rechazar los golpes de lanza que le propina un guerrero yemení.

Sin embargo, Pelayo se toma su tiempo. Mira a un lado y a otro a la vez que detiene, con el escudo astillado, una lanzada, y clava la suya propia en la boca abierta de un bereber que, desnudo, pugnaba por meterse por debajo y clavarle su venablo en el muslo; y entonces, en una fracción de segundo, logra enfocar el valle y comprueba que toda la atención de la hueste musulmana y buena parte de sus efectivos están ya por completo metidos de lleno en la trampa.

Así que ha llegado el momento. Todo se ganará o perderá en los siguientes instantes. Pelayo, arrojando su lanza a un guerrero árabe que carga con el arma en ristre, se descuelga del tahalí un cuerno de toro engastado en plata y se lo lleva a los labios.

Entonces el bramido del cuerno se alza, ronco, poderoso y desafiante. Es un llamado imperioso que infunde valor y hace arder los corazones de los hombres que siguen a Pelayo y que, ocultos en las laderas de los cerros cercanos, agazapados entre los arbustos de avellano, o escondidos tras los robles, responden gritando su rabia y su odio y se precipitan sobre los alargados flancos del ejército omeya y su desprevenida retaguardia.

Al oír la cornífera llamada, Alqama abre mucho los ojos y mira en torno y detrás de él: cientos de guerreros astures se están abalanzando desde todas partes sobre las extendidas filas de sus hombres, abatiéndolos, despedazándolos a golpes de lanza, hacha, espada y cuchillo.

—¡Emboscada! —grita Alqama—. ¡Emboscada! ¡Atrás, atrás, y sin perder la cara al enemigo!

Gritar eso sirve de poco. Pelayo lo sabe y sonríe como lo haría la mismísima guerra si pudiera encarnarse.

—¡Cargad, hermanos, cargad! —grita a su vez recogiendo una lanza del suelo, y a su grito el muro de escudos astur avanza cuesta abajo a paso de carga llevándose por delante a los asombrados lanceros árabes que se le oponen.

Uno de ellos, de rostro moreno y guapo que se adivina bajo su yelmo cónico, es el primero en alimentar la nueva lanza de Pelayo: la afilada moharra le atraviesa la garganta. El rey astur, empujando con fuerza, propulsa al desdichado contra el agareno que tiene tras él y, al quedar este desequilibrado, puede soltar la lanza y echar mano de la corta espada para acuchillar con ella el pecho de su segundo enemigo que, echando sangre por la boca, se viene también abajo.

En torno a Pelayo, sus hombres matan y pisotean enemigos caídos. Hartz, tan joven como diestro, asesina con saña, cubriendo el costado de su señor y dedica cada víctima, con maniaca exaltación, al espíritu de su padre. Y su señor, desenvainando ahora la larga espada, da dos pasos adelante y la descarga sobre un arquero musulmán. El tajo es tan fuerte que parte el arco tendido para dispararle y casi secciona a continuación la cabeza del árabe.

—¡Avanzad, avanzad, avanzad! —se oye gritar asimismo el rey de los astures mientras sigue matando enemigos y rechazando sus golpes.

Son muchos. Sí, los enemigos siguen siendo muchos, pero el miedo los ha confundido. No se esperaban aquello: estar rodeados por cientos de rebeldes que caen sobre ellos por todos lados y les dan muerte sin tregua.

Alqama está paralizado. Su mente, siempre tan dada a imaginar, evoca su soñado palacio en Damasco. Es un pensamiento absurdo, desde luego, y lo sabe. Pero la mente es así y no suele estar sujeta cuando a uno lo van a matar.

Lo matan. Sí, de dos golpes de espada. El primero lo desmonta del caballo y el segundo lo decapita en el suelo. El guerrero que le ha dado muerte, un antiguo gardingo* del malhadado rey Rodrigo y ahora un refugiado en los picos y

---

*Noble ligado con un vínculo personal al rey, de cuyo séquito militar formaba parte prestando diversos servicios, entre ellos, el de guardia personal.

valles del albo *Mons Vindius* se apresura a llevarle la cabeza recién cortada a su *princeps*.

Pelayo toma la cabeza, pide a gritos una lanza y la clava en ella para luego alzarla bien alto. Es el macabro y feroz estandarte de la primera victoria de un nuevo reino. Uno alzado sobre los cimientos de otro que pereció bajo los golpes de quienes ahora sucumben en la angostura de un valle olvidado de Asturia.

—¡Matadlos a todos! —grita, jubiloso, terrible, Pelayo.

Sus hombres obedecen. No hay tregua para el enemigo, que ya huye en desbandada en busca de salvación.

Algunos escapan hacia el sur y el este, ignorantes de que allí solo los aguardan altísimas cumbres y valles abismáticos; otros se dan la vuelta y tratan de romper las líneas astures para buscar el cauce del río Enna y bajar por él hasta el valle de Canicas y, desde allí, sin resuello, seguir hacia Gigia, en donde el emir Munuza se quedó al frente de una pequeña reserva.

Pocos lograrán salvarse. La mayoría serán acosados como fieras y serán atrapados junto a diminutos arroyos, o asesinados junto a embrujados lagos helados, o sacrificados en el fondo de barrancos profundos donde el sol no podrá siquiera blanquear sus huesos, o serán abatidos en bosques neblinosos para que los lobos se ceben con sus cadáveres insepultos, o yacerán abandonados sobre prados siempre verdes que se teñirán de rojo con su sangre.

Pues la rabia y el miedo se han apareado en el corazón de los astures que los persiguen y han parido destrucción para los hijos de Agar.

Con el tiempo, narración a narración, se olvidará que la batalla se inició en Canicas y que allí arriba, en la Cova Dominica, en Covadonga, solo se consumó la genial trampa de un rey de rebeldes: Pelayo. Y con el tiempo, relato a relato, los cuatro mil cuatrocientos setenta hombres del ejército de

Alqama serán elevados a ciento ochenta y siete mil, y los mil quinientos con los que en total contaba Pelayo serán reducidos a trescientos; con el tiempo y las ganas de milagro, los fundíbulos de los musulmanes se convertirán en catapultas y sus glandes de plomo en grandes piedras rechazadas, milagrosamente, por las de la santa cueva consagrada a la Virgen María; y con los años y el deseo de grandeza de todo reino que narra sus orígenes, el ermitaño Opiano, el monje que quiso ser mártir y terminó siendo traidor, se tornará de monje solitario en poderoso obispo y mudará su nombre por el de Opas, para así reencarnarse en un célebre y más notable traidor: el más grande y odiado felón, aquel hermano de Witiza que abandonó al rey Rodrigo en la batalla de los montes Transductinos y que después se sumó a los conquistadores para auxiliarlos en la conquista del reino de los godos; con los siglos, en fin, aquella pequeña batalla se convirtió en la más grande y decisiva jamás librada en Hispania.

Sí, todo eso pasaría con el tiempo... Pero ahora, y como si lo hubieran parido las entrañas de la cueva de Covadonga, ha surgido un nuevo reino: Asturias, y su rey, Pelayo, cubierto de sangre de los pies a la cabeza, esgrime una larga espada y siente el corazón apresado por un gozo guerrero y fiero.

XXIII

El cuerno resuena y la sorpresa y la amenaza que retumban con él son tan grandes, tan inesperadas, que Addi y sus hombres se quedan muy quietos, alzadas las cabezas, como fieras que percibieran el peligro en el aire frío y en el ocaso que se les echa encima.

Es un instante, uno muy breve, pero Gaudiosa lo aprovecha y, apresando con la mano una piedra, golpea con ella la cabeza rapada de su captor. El jefe de los exploradores la suelta y cae hacia atrás, revolviéndose, echando mano a la espada, sin perder el sentido, pero aturdido y dando a la esposa de Pelayo la oportunidad de ponerse en pie y, aferrando de nuevo las manos de sus pequeños, echar a correr, zigzagueando y evitando el precipicio, apresurándose en busca de salvación. Pero la mano de Addi es más rápida y apresa el tobillo de Favila, y el niño, gritando, se suelta de la mano de Gaudiosa, que debe elegir: entregar a sus dos hijos y entregarse ella misma, o salvar al menos a uno de ellos.

Elige, rota el alma, desgarrado el corazón; elige y corre llevándose con ella a Ermesinda y dejando atrás a Favila que, apresado por la mano de hierro de Addi, chilla, se revuelve y llora.

El bereber ve alejarse a Gaudiosa arrastrando a su pequeña, internándose en la montaña, mientras el cuerno de batalla sigue sonando, y allá lejos, a su derecha, de repente, aparecen guerreros astures que, después de todo, no se hallaban lejos, sino que parece que aguardaban ocultos para tenderles una mortífera trampa.

—¡Montad y seguidme, hermanos; tenemos que salir de aquí, es una emboscada! —grita, y mientras lo hace agarra con una mano al pequeño, que patalea como un diablillo, lo echa sobre su caballo, monta tras él y, rodeándolo con los brazos, talonea salvajemente los ijares del caballo en busca de una salida de aquella ratonera.

—¡Suéltame, maldito, suéltame, soy Favila, hijo de Pelayo, y mi padre me ha enseñado a pelear! ¡Si no me sueltas, te daré una paliza! —grita el chiquillo, y la sorpresa de Addi es tan grande que deja de espolear a su montura.

—¿Qué dices?

—¡Qué si no me dejas volver con mi madre te daré una paliza! ¡Y luego, mi padre, Pelayo, te cortará la cabeza y entonces lo pasarás muy mal!

Addi sonríe. No puede evitarlo. Asiente, aún desconcertado, mientras sus hombres llevan al trote y tras de sí, tan rápido como pueden, a las cuerdas de cautivos que han hecho y que se resisten a soltar.

—Sin duda, joven león, tu padre me hará mucho daño si me corta la cabeza —le responde al niño y, soltando una carcajada como gozosa bienvenida a su inesperada fortuna, retoma la huida—. ¡Vamos a ver ahora si logra atraparme para poder darse el gusto de decapitarme!

Se mete en lo más recio y fragoso del monte en busca de una ruta de escape, pues Addi nunca se da por vencido y ahora, en la cruz de su caballo, lleva al hijo de un rey.

Cierto es que el emir Alqama le ordenó que atrapara a la esposa de Pelayo y diera muerte a sus hijos. Sí, y que le llevara sus cabezas. Pero el cuerno de guerra astur sigue resonando con fuerza allá lejos y eso quiere decir que el ejército musulmán ha caído en una emboscada y que es muy posible que el emir sea ahora un ensangrentado cadáver. Ya se sabe: nadie tiene por qué obedecer las órdenes de un muerto. Además, si el niño que lleva consigo es el hijo de Pelayo, sin duda será un preciado cautivo. ¿Cuánto podrá valer? Mucho. Su padre, sin duda, estará dispuesto a dar mucho oro por recuperarlo. Sí, y aún más le ofrecerá, sin duda, el valí al-Hur, que se alegrará mucho de tener en sus manos al hijo del hombre que emboscó y aniquiló a uno de sus ejércitos.

Gaudiosa, tras unas rocas, ve cómo el moro de la cabeza afeitada y los ojos azules se lleva a Favila. Los guerreros astures que van apareciendo logran rescatar a algunos cautivos y dar muerte a varios de los hombres de Addi, pero el jefe de los exploradores logra huir y ella, que no aparta los ojos del jinete y de su pequeño cautivo mientras la noche y la montaña se los tragan, se siente morir, mientras entre sus brazos Ermesinda llora y llama entre lágrimas a su hermanito.

XXIV

La noche reina. La matanza ha sido salvaje, pero no completa: aquí y allá, a la luz de las antorchas, grupos de vengativos astures buscan, hallan y dan muerte a fugitivos árabes y moros que, incapaces de salir de aquel laberinto de montes y valles, perecen bajo el hierro o se despeñan por caminos imposibles.

A la luz de una antorcha, una que demanda amor y no venganza, Pelayo busca a su esposa y a sus hijos.

Largas se le vuelven las horas preguntando aquí a un grupo de mujeres, allí a uno de guerreros, interrogando a algún que otro apresado musulmán que, sin dar crédito a su fortuna, no ha sido asesinado, sino tomado prisionero. Y al fin, en la madrugada, en un prado helado, junto a docenas de familias aún conmocionadas por el terror vivido, Pelayo halla a su familia.

O a lo que queda de ella... Ve a Gaudiosa con la mirada perdida en las llamas del fuego que la calienta y, entre sus brazos, como acunándola, ve a Ermesinda. La niña, aferrada al cuello de su madre, esconde el rostro, pero el de la mujer muestra un labio partido, un tremendo moratón y sus rubios cabellos están apelmazados con sangre seca que le brotó de una brecha que tiene en la cabeza.

—¡Gaudiosa! —grita Pelayo presa de una desazón que le quema la garganta y el alma.

Ella se levanta y corre hacia él sin soltar a su niñita y los tres, bajo frías estrellas, se abrazan, se besan, se entregan lágrimas, consuelo y preguntas.

—Se ha llevado a Favila —dice al fin ella, rota de dolor y miedo.

—¿Llevarse? ¿Qué dices? ¿Quién se ha llevado a mi hijo? —pregunta, casi ruge, él, apartándose un tanto y mirando a su mujer.

—Un grupo de moros nos encontró antes de que tu cuerno diera la señal. Luché..., ¡por Dios que luché con todas mis fuerzas! Pero ¡se lo llevó, Pelayo, se llevó a Favila!

Eso le explica y él, desfondado, herido en su sangre, en su alma, se deja caer al suelo y se aferra la cabeza, escondiendo luego el rostro y echándose a llorar como un niño. Pues así lloran los hombres cuando pierden a sus hijos.

XXV

Abajo, en el valle del Salia, Hartz, a la luz de otra antorcha, busca el cuerpo decapitado de su padre. Rebusca entre los muertos, remueve las cenizas, las vigas de las casas a medio quemar... y lo encuentra.

Se sienta entonces junto al mutilado cuerpo y con infinita ternura pone su gran mano de guerrero sobre el pecho de Silo: el mejor padre que un hombre pudiera haber deseado.

Pasa allí mucho tiempo. ¿Cuánto? No hizo falta saberlo. Pero, cuando el lucero del alba asoma en los cielos, Hartz busca de nuevo entre los muertos y halla la cabeza de su padre. Después, cuando el sol regala al mundo nueva luz, termina de cavar una profunda sepultura y deposita en ella los restos de Silo, y arroja sobre ellos espadas, lanzas, yelmos y escudos tomados al enemigo, y cuando lo cubre todo con sagrada tierra, hace una tosca cruz, la clava sobre la tumba y extiende la recia mano sobre ella para hacer un juramento que sella con la sangre que brota del corte que se ha hecho en la mano.

—Nunca les daré paz, padre. Nunca.

Luego, junto a la tumba reciente, se agacha y recoge la larga espada de su padre. Sopesa la magnífica arma mientras medita lo que realmente representa: su legado. Un ejemplo de vida honorable forjado en acero bien templado y que ahora él tiene que honrar. Limpia con mimo la manchada hoja, la besa y la envaina para ceñirla a su costado.

Horas más tarde, con el sol buscando coronar el azul, Hartz ve llegar a las ruinas de Canicas a Pelayo. Viene al frente de su pueblo, montando un thieldón gigantesco, lleva sobre la cruz de la gran bestia a Gaudiosa y a Ermesinda, y en el rostro muestra una expresión tan llena de dolor, ira y deseo de venganza que espanta a cuantos lo miran.

El rey elegido por los astures conduce el caballo hasta Hartz y durante un largo instante las miradas de ambos se lo dicen todo sin pronunciar palabra alguna. Los ojos de Oso se posan en la cara magullada de Gaudiosa y en el rostro aterrorizado de la niña y no hallan al pequeño Favila; y los de Pelayo se paran sobre la tumba nueva.

—Se llevaron a mi hijo. Se lo llevaron...

Hartz asiente. Percibe el dolor, la desesperación del hombre que ya no es rey, sino solo padre. Sí, como el que acaba de enterrar. Entonces se siente muy próximo a él y extiende la mano para posarla en la de su señor.

Pelayo no la retira. Pero baja la mirada, agobiado por tanto dolor, por tanta impotencia coronada de sufrimiento que tiene que exigirse un esfuerzo sobrehumano para mantenerse cuerdo y no rendirse a la desesperación más absoluta. Pero se sobrepone y, cuando alza de nuevo los ojos, ha tomado una decisión.

—Tengo que seguir batallando, Hartz. Se lo debo a mi pueblo. Hemos vencido hoy, pero tenemos que completar la victoria expulsando por completo a los enemigos de Asturia. ¡No debe quedar ni uno de ellos a este lado de los Pirineos!* Si no es así, todo, la muerte de tantos hombres y la de tu padre habrán sido en vano.

---

*Para los antiguos romanos y para las gentes de la Hispania altomedieval, los Pirineos abarcaban los actuales montes de ese nombre y los de la cordillera Cantábrica, de modo que se extendían desde Gerona a Galicia.

Hartz asiente de nuevo. Sabe que Pelayo está sobrellevando un peso, una herida insoportables, y sabe también que tiene razón, pero que se está desgarrando entre su deseo imperioso de cabalgar tras las huellas del secuestrador de su hijo y su deber como rey de permanecer junto a su pueblo, consolidando la libertad que tanta sangre ha costado.

—Por eso, te pido que seas tú quien vaya tras las huellas de mi hijo. Eres el mejor de mis guerreros. El hombre más fuerte que conozco y el más diestro explorador. Ve y tráeme a mi hijo. ¡Por dios, Hartz, y por la memoria de tu padre, tráeme de vuelta a Favila!

XXVI

Dos días más tarde en Gigia, a cincuenta millas al norte y al oeste de Canicas, una mujer, Marina, hermana de Pelayo y esposa de su peor enemigo, el emir Munuza, duque de Gigia y Asturia,* se deja llevar por una maliciosa melancolía mientras contempla el infinito verde aguamar del Cantábrico. Es aquella una tarde hecha para la nostalgia y el anhelo. ¿Qué anhela Marina a sus cuarenta años? Anhela venganza. Sí, tan sencillo como eso. Desea con toda la fuerza arrolladora de su corazón de mujer inflexible vengarse de su propio hermano, Pelayo. El mismo que ahora, según le cuentan, se hace llamar rey de los astures. ¿Se puede ser más pretencioso y necio? Probablemente no.

Marina se arregla los cabellos que el viento le ha desordenado y a lo lejos una gaviota chilla infinita nostalgia sobre las playas de Gigia; ella, involuntariamente, baja la mirada hasta su mutilada mano.

—Pelayo, siempre Pelayo —murmura con rabia enredada en los dientes.

---

*Con este título, *dux*, duque, aparece designado en las crónicas asturianas y no es extraño, pues por los mismos años, en Egipto, los papiros administrativos conservados demuestran que el emir musulmán que gobernaba la provincia de la Tebaida era denominado de la misma forma, pues los títulos y las fórmulas de los sometidos convivieron con los que traían los conquistadores.

Pues fue su hermano quien se la atravesó con una lanza dejándola convertida en un garfio arruinado y horrible que ella oculta bajo un guante de piel de corzo y, cuando le es posible, bajo la manga de la túnica.

Siente el odio y el rencor quemándole las entrañas. Pues la vida no ha sido justa con ella. Su hermano pequeño la mutiló y la reina a quien servía, Egilona, terminó echándolo todo a perder y ahora, según cuentan, es una sombra que se extingue en el harén del califa de Damasco. Algo que, por otra parte, no le importaría lo más mínimo si no fuera porque, con la caída de Egilona, vino también su propio exilio en este desolado lugar en donde su esposo, el muy perro de Munuza, parece divertirse amargándole la vida.

Pero ya se ocupará de él cuando a su tiempo... Ahora es el momento de ajustar cuentas con Pelayo. Y es que se muere de ganas de tenerlo allí, a sus pies, vencido, ensangrentado y suplicando clemencia para él y su familia. ¿Clemencia? No la habrá ni para su hermano, ni para esa perra plebeya de su esposa. ¿Cómo se llama la maldita cántabra? Gaudiosa. Sí, ese es su bárbaro nombre. Si acaso, medita Marina, si acaso se quedará con los niños..., con sus sobrinos, Favila y Ermesinda. Será un acto piadoso por su parte y le vendrá bien tener un par de sirvientes de confianza.

La existencia de Marina siempre ha estado gobernada por la ambición, el rencor y la impaciencia. Pero ahora, ya en su madurez, ha aprendido a esperar. Quizá, piensa sin apartar los ojos de la playa, su esposo no se equivoque esta vez y pronto, en cualquier momento, vea entrar en Gigia, de regreso de las montañas, al ejército del emir Alqama arrastrando tras la cola de su caballo a Pelayo, o mejor aún, portando su cabeza cortada en la punta de su lanza. No es un pensamiento muy fraternal, no lo es, y pensar en eso hace que le aflore una cruel sonrisa a los labios.

Munuza, sin que lo advierta Marina, la está contemplando desde la ventana superior del edificio que él se empeña en llamar palacio. Así, con una sonrisa malvada en la boca, Marina es, verdaderamente, una mujer tentadora y bella. Nunca la ha amado, desde luego, pero siempre la ha deseado y, de nuevo, viéndola allí, con la mirada ausente y regodeándose en vete tú a saber qué maliciosos pensamientos, vuelve a sentir la punzada del deseo. Sin duda, esa noche le hará el amor.

Entonces, oye los primeros gritos de alarma y consternación. Levanta la vista y mira en dirección de las arruinadas murallas romanas de Gigia. Desde allí, desde una de las desvencijadas puertas, llega corriendo uno de sus guardias haciendo frenéticos aspavientos. El hombre aún está lejos de Munuza. «¿Qué está gritando ese estúpido?», se pregunta mientras observa que el resto de sus guerreros también está alarmado. Entonces, al acercarse aún más, entiende lo que grita:

—¡Alqama ha sido derrotado!

Sí, eso es lo que el muy necio está gritando mientras corre. ¿Derrotado? ¡Imposible! Llevó a los montes a casi cuatro mil quinientos guerreros mientras que Pelayo, como mucho, puede haberle opuesto un millar o, a lo sumo, mil quinientos... Sí, pero Pelayo es peligroso... Una punzada de miedo se le clava en el pecho a Munuza.

Marina también mira al guardia que corre. Sabe suficiente árabe como para entender lo que dice y la sonrisa maliciosa que imaginar la cortada cabeza de Pelayo le había puesto en los labios se le borra de inmediato.

—¿Qué estás diciendo? —grita a su vez Munuza, justo en ese momento, al guardia que, sin aliento, se ha detenido bajo su ventana y a seis pasos de donde se halla Marina.

El hombre, un berawata, una de las tribus de la confederación de los mashmuda, tiene el rostro desencajado y no acierta a responder. En su lugar, se gira y señala tras él.

Munuza los ve: hombres que penetran justo en ese momento en Gigia con las ropas hechas jirones, con las armas sucias y melladas o, directamente sin ellas, y con los rostros cubiertos de polvo y sangre seca; soldados musulmanes que montan caballos desfondados y mulas reventadas, que caminan a trompicones o que arrastran con ellos, penosamente, a compañeros heridos. En suma, ve los restos vencidos de un ejército aniquilado.

Uno de los supervivientes, un emir de los *al-fursan*, de los caballeros al servicio del califa, dirige su agotado caballo árabe hacia donde se halla Munuza que, para entonces, ya ha bajado de la estancia desde donde observaba a Marina. El jefe de los caballeros ha perdido el yelmo y lleva la cota desgarrada, embarrada, y un largo tajo le cruza el rostro desde la frente a la mandíbula dejando en su horrible camino un ojo arruinado y una herida que da signos ya de estar infectándose. Cuando detiene su montura, está a dos pasos del emir y lo mira fijamente con su único ojo sano, aguardando sus preguntas.

—¿Y el emir Alqama?

El emir de los caballeros se lame los resecos labios antes de contestar.

—Muerto. Él y la mayor parte del ejército. Nos emboscaron...

Munuza no dice nada más. ¿Para qué? Le basta con mirar y contar: mirar a los pobres diablos que han sobrevivido a la ruina y la matanza y contarlos. ¿Ocho docenas? Diez como mucho.

—¿Y el resto de los supervivientes? —pregunta al fin al oficial que, agotado, se mece en su caballo y parece a punto de caerse de él.

—Todos muertos..., o eso creo. Nosotros, los que aquí ves, somos los que quedamos de cuantos lograron huir hacia el norte y el oeste. Hubo otros que lo hicieron hacia el sur y el este, adentrándose aún más en los montes o afrontando los abismos del Cares para ir en dirección a Causecadia, en el valle de Liébana. De esos, teniendo en cuenta que ante ellos se alzaban las cumbres más salvajes del *Mons Vindius* y que los aguardaban los guerreros cántabros del *dux* Pedro, no creo que haya quedado vivo ni uno solo.

No hace falta más. Munuza es un hombre cruel, taimado, astuto, valiente si es necesario, pero, ante todo, es un hombre realista.

—¡Coge todo lo que creas de valor! —ordena, girándose, a su esposa Marina—. ¡Salimos de Gigia en una hora!

Marina tarda en reaccionar. Él no se queda a esperar a que lo haga. En torno a ella corren hombres que sacan de la gran casa muebles, bolsas, enseres de todo tipo. Un poco más allá, los hombres de Munuza y los supervivientes del destruido ejército de Alqama reúnen provisiones, abrevan sus caballos, se arman... Sí, y de paso, malhumorados y vengativos, comienzan a incendiar las cabañas de los lugareños y a robarles lo poco que tienen. Las gentes de Gigia, pescadores, campesinos, pastores y artesanos, no oponen resistencia al principio. Pero, cuando uno de los supervivientes de la hueste de Alqama sale de una de las cabañas arrastrando a una joven astur por los cabellos, el padre de la muchacha se lanza sobre él y lo acuchilla.

Es el inicio de una locura. Y como toda locura forjada con el martillo del odio, estalla cuando, alzándose sobre el caos, resuena un cuerno de guerra.

Munuza también lo oye y el miedo lo paraliza un instante. Uno muy breve.

—¡A los caballos!

Con ese grito termina la dominación del Califato Omeya en Gigia. Pues Munuza conduce a todo galope por sus escuetas calles a los tres centenares de hombres que ha logrado reunir y entre ellos, asustada y llorosa, va Marina, hermana de Pelayo.

A mediodía del día siguiente, dejando a su izquierda imponentes cumbres, se adentran en una estrecha garganta. Los montes que los cercan están cubiertos de robles, castaños y hayedos y, aunque Munuza y los suyos están rotos de cansancio y sus caballos tropiezan a cada paso, comienzan a tener esperanzas de salvar sus vidas. Pues al otro lado la tierra desciende y podrán llegar a la calzada que los llevará hasta Asturica Augusta y la salvación.

Marina no puede más. Solo la acompaña una doncella y nunca le habían dolido tanto la espalda y las posaderas. Llevan veinte horas cabalgando casi sin descanso y la noche tampoco les trajo reparo alguno. Pero no se ha atrevido a protestar. Primero porque no deja de imaginarse a su hermano empuñando la lanza, una como aquella con la que le destrozó la mano, y luego, porque ha visto como han ido dejando atrás, sin remordimiento ni auxilio alguno, a los heridos y a cuantos caían al suelo agotados. Así que reza y aguanta. Es curioso, medita, lo que una puede rezar cuando tiene miedo y ella, podría jurarlo por la tumba de su madre, tiene más miedo del que nunca logró juntar.

Entonces un venablo mata a su caballo. Marina se desploma con la bestia herida de muerte y el golpe contra el suelo la deja sin aliento.

Vuelan más venablos, silban las flechas y los proyectiles de honda impactan con fuerza en los guerreros musulmanes atravesando sus cabezas y quebrando sus huesos.

Y caen sobre ellos. Hombres de la tierra y hombres llegados desde el conquistado sur. Hombres que ayer eran pastores, leñadores, cazadores, campesinos, nobles acomodados... y que ahora son, ante todo y por encima de todo eso, los guerreros de Pelayo.

Marina ve desde el suelo a su hermano. Lo ve erguido sobre su caballo de guerra y lo reconoce por el yelmo adornado con plumas de águila. Y Pelayo ve a su hermana y le sonríe fieramente mientras despacha a un moro de un lanzazo.

—¡Esposo! —grita Marina suplicando auxilio.

Munuza se gira. Tiene los ojos desorbitados por el terror y blande su espada tratando de reordenar a sus hombres y salir así de la emboscada con vida.

—¡Munuza, esposo mío! —vuelve a gritarle Marina presa del más absoluto pánico y él, al fin, logra enfocarla.

La ve en el suelo, tratando de librarse del caballo muerto; se pone trabajosamente en pie y echa a correr hacia él tendiéndole los brazos. Y tras ella ve a Pelayo, indomable, fiero, empuñando la lanza y taloneando a su caballo de batalla.

—¡Considérate repudiada! —le grita dedicándole una perversa sonrisa a la par que, tironeando de las riendas, gira a su montura y la pone al galope para huir de Asturia, a donde nunca volverá.*

---

*Según las crónicas asturianas, Munuza fue muerto en este encuentro. Pero la contemporánea y mucho más fiable *Crónica mozárabe del 754*, en su entrada 79, lo sitúa, años más tarde, en Llivia, Gerona, en los Pirineos orientales.

XXVII

Horas más tarde, lejos de allí, en los abismos y cerros que en la montaña talló el río Cares, la noche amortaja las cumbres. Está helando y unas nubes, cada vez más espesas y bajas, amenazan con arrojar sobre la montaña la primera nevada del otoño. Addi alza la cabeza y paladea el viento y percibe, porque se crio en el alto Atlas y algo sabe de estas cosas, que arreciará el frío, pero que el viento dispersará las nubes y le dará un corto respiro, postergando la caída de la nieve hasta el día siguiente.

Tiritando, pero alerta, detiene a su caballo, descabalga y, con sumo cuidado, casi con ternura, baja del lomo de la bestia al niño, que se ha quedado dormido entre sus brazos. Durante un instante, ignorando los alaridos de terror y muerte que se oyen no lejos de donde ellos se encuentran, contempla el guapo rostro del pequeño. «Se parece tanto a...». Y ese pensamiento, esa frase que no se atreve a concluir, es lo único que, una y otra vez, desde que se apoderó del niño y lo miró detenidamente, baila en su mente.

Entonces, un aullido de terror, emitido por una garganta antes de ser cortada brutalmente, lo obliga a salir del doloroso recuerdo que ha despertado aquel niño en su corazón de pedernal.

El pequeño está tan agotado que no se despierta y Addi da gracias por ello. Lo estrecha contra su pecho con un brazo y lleva las riendas con el otro; y al paso largo del cazador, se interna en la espesura que allí ofrece un denso brezal y, un poco más adelante, tras subir tirando del caballo con suma dificultad por una empinada ladera sembrada de helechos, desciende por otra desprovista por completo de vegetación y llega frente a una enorme roca, tan alta como dos hombres, a cuyo costado han ido a crecer unos avellanos y un espeso zarzal. Las plantas dejan, eso sí, un pequeño hueco entre sus ramas y la piedra y en él, con pericia, Addi oculta el caballo, le ata las patas delanteras con una traba de cuero y lo deja en aquel menguado refugio. Luego corta unos helechos y los echa sobre el suelo del fondo, prepara con ellos una yacija y con delicadeza que nadie le conoce, deposita sobre ella a un Favila tan dormido, tan agotado, que de nada se percata.

El viento frío arrecia un poco más y sobre sus cabezas vuelan las densas nubes llevándose a otro lugar la nieve que amenazaban dejar caer. Addi, una vez ocultados el caballo y el niño, se queda un buen rato inmóvil, escuchando la noche, alerta como un lobo. A lo lejos, siguen oyéndose gritos de desesperación y de triunfo: aunque han pasado varios días desde la emboscada, los astures continúan cazando y dando muerte a fugitivos musulmanes que, vagando sin rumbo, habían buscado amparo en aquellos remotos lugares. Ni siquiera la noche a puesto fin a la matanza y deben de ser muy pocos los árabes y moros que hayan logrado salir con vida de aquella gigantesca trampa en la que se ha convertido el *Mons Vindius*.

Pero Addi es más fuerte, resistente y astuto que cualquier otro hombre y está dispuesto a ser uno de esos pocos que salgan con vida. Sí, y además llevando consigo a un valioso cautivo: el hijo de un rey.

Es hora, pues, de seguir actuando como un verdadero hombre de la montaña: con concienzuda concentración, regresa por donde ha venido y va borrando huellas para luego dar un amplio rodeo y, saltando de roca en roca, o haciendo desaparecer cuantas señales dejan sus ligeros pies, retorna al escondrijo donde trabó al caballo y dejó dormido al niño.

Se mete junto a ellos en aquel espacio estrecho y largo que dejan la roca y los avellanos, sentándose en el suelo, entre las patas del caballo y el dormido Favila y, con la espada desenvainada y sobre el regazo, deja que el tiempo pase sin rozarlo.

Pero una hora más tarde, en la madrugada, se oye un nuevo alarido de muerte, más cerca, mucho más cerca de donde ellos se encuentran escondidos.

Con calma y habilidad, Addi se pone en pie y ata el hocico de su caballo con un trozo de tela para asegurarse de que no relinchará inoportunamente. Y aguarda con todos los sentidos alerta, temiendo, a cada latido de su corazón, que los enemigos que lo buscan lo encuentren y le den muerte en aquella madrugada de hielo y viento.

Pero no se oye nada más y está solo. Solo con aquel niño que dice que es hijo de Pelayo y que es casi igual a... Garmul, su hijo, al que tanto amaba y que se le murió de hambre en los brazos. ¿Por qué los antiguos dioses de su pueblo permitieron tal horror? ¿Por qué lo permitió el clemente y misericordioso Alá, cuya fe le impusieron, nueve años atrás, los conquistadores árabes? Addi no lo sabe. Lo único que sabe es que, tras la muerte de su esposa y de su pequeño, no le quedó ni una migaja de bondad en el alma.

Lo que sí le queda es habilidad para sobrevivir y matar. Por eso, apartando la tristeza y el recuerdo, presiente de nuevo la cercanía del peligro y se tensa al oír los casi inaudibles y ligeros pasos de los cazadores que lo rondan.

Entonces los ve: nueve astures, pastores que conocen mejor que nadie esos montes desolados, que rastrean a los últimos supervivientes del gran ejército del malhadado emir Alqama.

Addi, desde su escondite, aferrado con fuerza al hocico del caballo y rogando para que el niño no se despierte, los ve acercarse más y más a su refugio. Advierte, impasible, que dos de ellos llevan colgando del cinto cabezas de moro recién cortadas, pues todavía chorrean sangre. Quizá se cobren también la suya...

Entonces, Favila se mueve en sueños y murmura una única palabra:

—Papá.

Los cazadores astures se detienen, pues creen haber oído algo. Petrificados a seis o siete pasos del refugio de Addi, los cristianos alzan las cabezas, como si olfatearan a su escondida presa, o como si aguardaran una nueva señal que los guíe hasta una nueva víctima.

—Papá —vuelve a decir en un susurro, pronunciado en mitad del agitado sueño, el pequeño Favila.

Y Addi desenvaina la daga dispuesto a degollar al crío para que no lo delate.

—Papá —murmura, por tercera vez el niño y Addi apoya la daga en su pequeña garganta.

Los nueve astures que lo buscan están seguros de haber oído algo y, como lo están, murmuran entre ellos para organizar la búsqueda; a continuación se separan y se despliegan en abanico, buscando huellas, afinando el oído, rebuscando entre brezos y rocas, entre raíces de avellanos y zarzales.

Favila se agita de nuevo en su sueño y Addi decide que no puede arriesgarse más.

O sí. Uno siempre puede arriesgarse más. Sobre todo cuando el rostro del niño que te dispones a asesinar te recuerda, golpeando tu alma con más fuerza que el martillo con el que los ángeles forjan el destino de los hombres, que aún te queda algo de humanidad en el reseco corazón. Así que envaina la daga y toma al niño en brazos, corta la traba de cuero que ata las patas del caballo y monta en él en silencio, acomodando al niño entre la cruz del noble bruto y su pecho. Y aguarda, serenando pulso y respiración, con la espada en la mano y los ojos clavados en la negrura de la noche.

Favila abre los ojos en ese preciso momento. Atontado, somnoliento, mira a un lado y a otro sin saber aún dónde se halla ni con quién. Entonces, a tres pasos por delante, tras la pantalla de ramas de avellano y enredadas zarzas que los oculta, ve a un hombre, un pastor astur que rebusca entre los arbustos pinchándolos con la lanza, y abre la boca para gritar.

Addi apaga el grito de Favila con un alarido, golpea la grupa del caballo con el plano de la espada y surge, como un demonio, desde detrás del muro de vegetación que lo resguardaba, para arrollar al sorprendido pastor astur. Pasa entre sus compañeros blandiendo la espada como si fuera un rayo destructor que descargara furia centelleante a izquierda y derecha, mientras ruega para que su montura no resbale o se quiebre una pata y los venablos de sus cazadores buscan su espalda.

Pero la noche es su amiga y la montaña le habla mientras las estrellas infinitas, liberadas ya de las nubes por el gélido viento, se multiplican para señalarle el camino.

XXVIII

Tres horas más tarde, con la mañana, Hartz llega a ese mismo lugar y se detiene junto a los cazadores y pastores. Entre ellos hay dos hombres heridos: uno que pisoteó un caballo moro y otro que recibió un tajo de espada cuando trataba de sujetar a la bestia enloquecida del fugitivo musulmán que la montaba.

Los nueve hombres, que al amanecer se reunieron con un segundo grupo, lo saludan sin apartarse de la hoguera en la que están asando un buen trozo de costillar de caballo: el de otro moro al que dieron muerte junto con su montura y cuya cabeza cortada, junto con la de otra docena de árabes y bereberes, se puede ver macabramente depositada a los pies de los pastores, convertidos en cazadores de hombres, que comen con apetito sin sentirse cohibidos por el sanguinario testimonio que ofrecen aquellos restos humanos.

Hartz desmonta y se acuclilla junto a los hombres de su pueblo. Uno de ellos, un hombre viejo, con más de cincuenta años a sus espaldas, que no ha querido perderse la cacería, corta un buen trozo de carne de caballo y se lo ofrece. Hartz lo toma agradeciendo la comida con un gesto de la cabeza y come despacio, mirando, de forma alternativa, a los ojos de los pastores y a los de las cabezas cortadas dispuestas a sus pies.

—¿Cómo era el moro que se os escapó? —pregunta al fin, sin emoción alguna, como quien se interesa por un ternero, a la par que arroja al fuego el hueso de la costilla de caballo que acaba de devorar.

El viejo se rasca la enredada y blanca barba y se encoge de hombros antes de explicarse.

—Era de noche. Una noche espesada por unas nubes que aún no había logrado dispersar del todo este viento que sopla ahora y que me está helando los huesos. Pero juraría que ese cabrón tenía la cabeza afeitada excepto por un largo mechón de pelo que le crecía en la coronilla, y que llevaba consigo un niño pequeño, pues lo oímos gritar antes de que el demonio que se lo llevaba hiciera brincar al caballo y nos lo echara encima.

No es mucho pero basta. Hartz no necesita más. Se limpia la grasa en el pernil de los calzones y se gira para dar los cuatro pasos que lo separan del magnífico thieldón que le sirve de montura.

—¿Es cierto que ese niño es el hijo del rey? —le pregunta entonces el viejo pastor metido a cazador de hombres.

Hartz no contesta hasta que se acomoda sobre el poderoso caballo. Luego, tras revisar que todas sus armas están en orden, mira al hombre y asiente.

—Es cierto y yo, Hartz, hijo de Silo, encontraré a ese moro, le cortaré la maldita cabeza y traeré de vuelta al hijo de Pelayo.

Y lo dice con un tono tan firme, tan seguro, que nadie puede ponerlo en duda.

Una hora más tarde, reencuentra el rastro dejado por Addi. El moro es un experto en el arte de rastrear y de borrar huellas, pero él también conoce el oficio y ha advertido que, pese a que el otro ha hecho pasar a su montura por un pedregal para no dejar huellas, no ha podido impedir que los cascos de la bestia voltearan alguna que otra piedra que, al ser separada de la húmeda tierra por el empuje de las pisadas del caballo bereber, muestra una de sus caras manchada, y marca así la dirección seguida por el astuto mauri.

Hartz desmonta junto a una de esas piedras, la toma y pasa el pulgar y el índice por el barrillo aún adherido a ella.

—No me vas a engañar, maldito cabrón. Así que vete despidiendo de tu perra vida porque te la voy a quitar —murmura para sí antes de arrojar la piedra y subir al caballo.

Un poco más adelante, el camino se hace aún más difícil. Con cuidado, Hartz lleva a su caballo al paso, pues la montaña es tan quebrada y la senda tan estrecha que no se puede ir más aprisa.

Durante tres horas cabalga cuando puede, o camina cuando la senda se vuelve tan difícil que se ve obligado a arrastrar tras él al caballo llevándolo por la brida a través de un mundo de roca, abismo, tumultuosas corrientes, valles abismáticos y selvas arriscadas. De tanto en tanto, un diminuto prado, una abandonada choza de pastor y la soledad, siempre la soledad, reina de aquel territorio tan hecho de lejanía, tan bronco, tan ajeno al hombre que uno podría creer que Dios arrojó allí los restos sobrantes de la creación.

Al fin, cuando corona una cresta, lejos, de frente, en la desolada ladera contraria del estrecho valle que se abre a sus pies, ve a Addi: el moro asciende con dificultad por la pendiente. Tira de su caballo por las riendas y sobre los hombros lleva una diminuta figura: Favila, hijo de Pelayo.

—Te tengo —murmura Hartz y la sangre parece arderle en las venas, pues pronto dará alcance al hombre que decapitó a su padre y raptó al hijo de su señor.

Addi se gira aprovechando una exigua terraza de la pared opuesta del encajonado valle y, al hacerlo, ve la recortada silueta de un jinete que lo mira fijamente. Es el hombre que lo sigue desde hace horas. Es buen cazador, sin duda. Pero él, el lobo de los ifran, no teme a ninguno porque él es el mejor de todos.

—¿No tienes frío? —le pregunta el pequeño subido sobre sus hombros.

Y es que Addi va casi desnudo y su piel, curtida y cobriza, está fría como escarcha.

—Nací con frío, niño. Con frío y con hambre he vivido. Estoy acostumbrado.

—A mí no me gusta pasar frío —le replica Favila tiritando.

Addi se detiene, palmea el cuello de su agotado caballo y, a continuación, rebusca en el pequeño saco que cuelga de la silla de montar para extraer de él un amplio y extraño manto con el que envuelve al pequeño, dejando que el resto de la prenda le abrigue a él la espalda.

—¿A dónde vamos?

—Haces muchas preguntas, niño.

—Me llamo Favila. ¿Cómo te llamas tú?

—Ya no tengo nombre. Me deshice de él. Jamás debieron ponerme uno.

—Eres muy malo, ¿verdad? ¿Sabes? Te odio. Le pegaste a mi madre y te he visto matar gente... Cuando sea mayor, dentro de un año o así, seré ya lo bastante fuerte y grande como para castigarte. Ese día te daré una paliza y la tendrás bien merecida porque eres malo.

—Sí, tienes razón, soy malo.

—¿Más que el diablo del que nos hablaba el cura de Canicas?

—Mucho más. No hay demonio peor que yo.

—¿Y por qué entonces no me haces daño?

—Porque hasta un diablo tiene recuerdos y a veces esos recuerdos convocan a los ángeles.

—No te entiendo...

—No te preocupes, niño, yo tampoco me entiendo.

Así corona la ladera contraria del valle y, echando una última mirada hacia atrás para comprobar que mantiene la distancia con su perseguidor, Addi baja a Favila de sus hombros, lo acomoda en la cruz del caballo y monta a su vez para poner a la bestia al trote y conducirla al interior de un bosque que parece alzarse ante ellos para hacerlos desaparecer para siempre.

XXIX

En ese mismo momento, en Gigia, en una de las estancias de la gran casa que Munuza se empeñaba en llamar palacio, Pelayo abraza con fuerza a Gaudiosa. Así abrazados, dos son uno y su unión es más real, más intensa, de lo que sus cuerpos pueden sentir. Pues son dos almas las que se funden en esos momentos. Dos almas que se suman en amor y que, sumadas, sufren juntas una pérdida que las hiere profunda, dolorosamente.

A cuatro pasos de ellos, dormida sobre una piel de oso está Ermesinda, de la que Gaudiosa no quiere separarse ni un instante pues, en cuanto pierde a su hija de vista, se le acelera el pulso y un peso insoportable le aplasta el pecho y la priva de aliento.

Pelayo lo sabe y sabe, sin lugar para duda alguna, que su mujer ha sido herida en lo más hondo y que no sanará hasta que le devuelva a su hijo, al pequeño Favila. ¿Podrá conseguirlo? ¿Hallará Hartz el rastro del secuestrador? ¿Logrará rescatarlo?

Lo desea, desea que así sea con tanta fuerza, con tanta intensidad, que siente ese fuego quemándole las entrañas y arrasándole las venas. Pero Pelayo no se engaña: por mucho que anhele recuperar a su hijo, por mucha fuerza que ponga en desear que Hartz tenga éxito en su empresa, sabe que será difícil, quizá imposible, que el hijo de Silo dé con el rastro del guerrero moro que raptó a Favila; o, peor aún, tiene que hacer frente a la idea, casi certeza, de que, aunque tenga éxito, aun cuando logre dar con el niño y su secuestrador, será harto improbable que consiga rescatarlo con vida.

Imposible... La imagen de un Favila, de su niño, yaciendo sin vida sobre el duro suelo, con la garganta abierta por la cruel cuchillada de su captor, le rompe el corazón y, para alejarla de su torturada mente, abraza todavía con más fuerza a su esposa que, percibiendo la nueva oleada de dolor, alza el rostro y lo besa con reparadora dulzura.

—Dime, por Dios te lo pido, que Hartz lo logrará —le pide ella con la voz enronquecida por la emoción.

Como él no se atreve a mentirle, ella lo vuelve a besar; apoya la cabeza en su ancho pecho de guerrero y se lo pide de otra manera.

—Miénteme, pero dame una esperanza a la que aferrarme para no volverme loca.

—Hartz es el mejor cazador de estas tierras. Si alguien puede dar con su rastro es él.

Eso basta. Gaudiosa sabe que es lo único que tienen y Pelayo, que nunca le ha vuelto la espalda a ninguna batalla, sabe que esta, la que ahora libran por recuperar a su hijo y por no ser aniquilados mientras aguardan a que ello ocurra, será la más difícil, la más terrible para ambos, y que, como Gaudiosa combate junto a él, dará todo lo que tiene por mantenerse junto a ella y sostenerla.

No, no desesperará. No, se mantendrá cuerdo y firme. Se lo debe a Gaudiosa, se lo deben a Ermesinda y se lo debe a su gente.

Pues aunque el triunfo obtenido sobre el enemigo, por muy grande e imprevisto que haya sido, no lo compensa en modo alguno de la pérdida de su pequeño —¿qué podría?—, no fallará a su gente. Y es que ser rey obliga, y Pelayo es un hombre que siempre ha cumplido con su palabra, y cuando las gentes de aquella tierra verde se reunieron para elegirlo como a su caudillo guerrero y lo aclamaron como *rex asturum*, les juró que los defendería contra el enemigo y que los gobernaría con justicia. Así que se debe también a ellos, pues ser rey es ser pastor de un pueblo y un pastor no abandona a su rebaño. Eso es lo que le enseñaron, en eso creían los godos y eso pusieron por escrito en las actas de los grandes concilios en los que se reunían nobles y obispos para elegir a sus reyes, que, si querían ser ungidos como monarcas, tenían que jurar que no se volverían tiranos y que gobernarían, no en su propio provecho, ni en el de su familia o facción, sino en el de todo el pueblo de Hispania.*

—Todo irá bien, amada mía. Todo irá bien —susurra besando los cabellos de Gaudiosa.

Su mujer se estremece de puro agotamiento físico y mental: no ha comido nada en tres días y apenas si ha dormido. Tan grande es su pena, su dolor de madre...

Pelayo, con infinita ternura, la toma en sus brazos y la lleva a la gran piel de oso que sirve de lecho a su pequeña hija. Gaudiosa, comprendiendo lo que Pelayo pretende, hace amago de protestar, pero él la silencia con un beso y una sonrisa tan triste como sincera y reparadora.

—Ermesinda necesita que estés bien. Se lo debes a ella, me lo debes a mí —le dice mientras la deposita junto a la niña, que sigue enredada en su profundo sueño infantil.

Gaudiosa, tan agotada, recibiendo el amor que él le entrega con cada gesto, con cada palabra, con cada beso y caricia,

---

*Desde la celebración del IV Concilio de Toledo el 5 de diciembre de 633, la monarquía era electiva y el rey estaba sujeto a un juramento que implicaba reinar con justicia y conforme a derecho, y siempre en favor «de la salud de la patria y del pueblo de Hispania». En caso de incumplir su palabra y tornarse un tirano, los nobles y los obispos, en cuanto «representantes de los pueblos de Hispania», podían alzarse contra el monarca y deponerlo legalmente.

cierra los ojos y se va quedando dormida mientras él sigue acariciándole los cabellos y susurrándole palabras dulces y hermosas.

Lentamente, contemplando a las dormidas, Pelayo se incorpora y abandona la estancia. ¿A dónde va? A erigir un nuevo reino y a seguir haciendo lo que siempre ha hecho: pelear por los suyos.

XXX

En ese momento, en otra estancia de la gran casa, Marina, hermana y enemiga de Pelayo, llora en el suelo. Sus lágrimas, ¿para qué engañarse?, no son de pena, sino de rabia por haber sido vencida de nuevo por su hermano, porque Munuza la ha abandonado, por verse reducida a la impotencia en aquel cuartucho frío y oscuro en el que acaban de encerrarla.

Le duelen todos los huesos y, sobre todo, le duele el corazón de puro odio. ¡Dios santo, cómo odia a Pelayo! Sí, lo odia con todas sus fuerzas.

Pero hace frío y tiene hambre. ¿Cuándo la sacarán de allí? ¿Acaso no van a darle de comer ni un pedazo de pan duro? Frustrada, hambrienta, poseída por la rabia incontenible que entrega a las mentes el odio más descarnado, Marina se incorpora y grita maldiciones, insultos, puro rencor puesto en palabras. Sí, y, de paso, aporrea la puerta de roble que la mantiene encerrada.

Para su asombro, esta se abre y Pelayo entra alumbrado por una antorcha. Ella retrocede, asustada más allá de lo imaginable, sin dejar de mirar a Pelayo, hasta un rincón en donde se encoge como una bestezuela: temblando de puro pánico y gimiendo.

—No temas —le dice Pelayo, pero con una voz fría y dura que no parece prometer nada bueno mientras se le acerca alzando la antorcha y dando lentos, amenazantes pasos.

—¡No me hagas daño! ¡Soy tu hermana! —grita Marina tratando de fundirse con las paredes y alzando las manos, como si temiera que su hermano fuera a prenderle fuego.

Pelayo sonríe y menea la cabeza mientras acerca la llama al rostro empavorecido de Marina.

—¿No te bastó con mutilarme la mano? —le reprocha entonces ella quitándose el guante y mostrándole el destrozado miembro.

—¿Y a ti, hermana, no te bastó con tratar de asesinarme? ¿Acaso no proclamaste que querías danzar con mi cabeza entre las manos? ¿Acaso no ibas diciendo por Gigia que humillarías a mi esposa y convertirías en sirvientes a mis hijos?

—¡Munuza me obligó! ¡Ese maldito me amenazaba, me aterrorizaba y fue él quien me obligó a traicionarte!

—No te creo.

—¡No me hagas daño! ¡Por nuestros padres te lo pido, no me hagas daño!

Pelayo aparta la llama y se yergue ante ella: duro, orgulloso, invencible.

—Y por ellos, por su memoria, te voy a liberar.

—¿Liberarme?

—Eres mi hermana, y aunque no pueda comprender cómo es posible que un ser tan traicionero como tú lleve mi sangre y se haya criado bajo el techo de nuestros buenos padres, les debo a ellos este gesto de misericordia; a ellos, no a ti.

—¡Bendito seas, Pelayo, bendito seas! —le grita ella llorando, aferrándose a sus piernas como una suplicante.

—Mas una cosa te juro ahora, Marina: si vuelves alguna vez a Asturia, te cortaré la cabeza por muy hermana mía que seas. Y aún añadiré otra más: si vuelves a tratar de hacerle daño a mi esposa, a mis hijos o a mi gente te colgaré como a una maldita asesina. ¿Has oído lo que acabo de jurarte?

Ella le suelta las rodillas y se retira un poco. Alza el rostro, duro, afilado, y aún hermoso; durante un instante el odio que siente por su hermano es más fuerte que el terror que le inspira y a sus labios vienen palabras desafiantes, hirientes. Pero es astuta. Puede que no sabia, pero sí astuta. Así que sabe cuándo callar y calla.

—¿Has entendido, hermana? —insiste Pelayo.

—Entiendo. Déjame libre y marcharé de Asturia.

Él no dice nada más, ni hace gesto alguno; se da la vuelta y se aleja, y con él, la luz de la antorcha. Marina se queda de nuevo sumida en la oscuridad y en ella, en la penumbra de la celda y de su alma, aflora una maligna sonrisa a sus labios.

—Idiota —murmura en tono bajo y cargado de desprecio.

Luego, tras armarse de valor, se pone en pie y abandona la celda. Afuera no la espera Pelayo, sino dos guardias armados que la conducen a la calle. En ella la aguardan una mula y un extraño compañero: un ermitaño viejo y escuálido que, como ella, tiene una mano mutilada.

—Este será vuestro compañero de viaje —le aclara uno de los guardias de su hermano.

Marina no entiende nada. Se vuelve a un lado y a otro, buscando el séquito que la conduzca fuera de Asturia. Pero no hay nadie más: solo ella, el ermitaño y una mula.

—El viejo caminará a vuestro lado y la mula lleva alimentos para cuatro días y un manto abrigado. Eso es todo lo que el rey os entrega y es más de lo que os merecéis. —Y, diciendo aquello, el guardia la alza, la pone sobre el lomo de la bestia y palmea la grupa del animal, que emprende la marcha.

Marina llora lágrimas de amarga humillación y ardiente rabia. A un lado y a otro de la calle, las gentes de Gigia se han reunido y, cuando una mujer quiebra el silencio y la maldice, se rompe un invisible dique y los insultos, las burlas, las maldiciones llueven sobre ella sin freno mientras avanza. Sí, y también llueven los puñados de estiércol, la fruta podrida, los escupitajos...

—¡Traidora! —gritan algunos.

—¡Maldita seáis, ojalá que perezcáis de hambre y frío en los montes! —aúllan otros.

—¡Que Dios os maldiga! —repiten todos.

Así, con Opiano a su lado, Marina sale de Gigia y es arrojada, pobre y maldecida, al mundo y sus peligros.

A ellos va jurándose, una y otra vez y mientras le escupen, mientras la cubren de mierda, que se vengará de su hermano y de toda esa miserable gente que la maldice.

XXXI

Ese mismo día, en el alto Cares, en las montañas, Addi baja a Favila de la silla de montar y, echando una manta al suelo, lo sienta sobre ella y lo abriga con el manto. Luego, recoge leña, prepara un fuego y, al poco, para alivio del chiquillo, las llamas brotan y él extiende las manitas para recibir el calor.

Hace un frío terrible y pronto, sin duda, caerá nieve. El explorador sabe que está haciendo una tontería y que aquel fuego será para su perseguidor como un faro que lo alerte y guíe hasta él, pero el niño se le muere de frío y no está dispuesto a arriesgar su vida. ¿Qué por qué? Bueno, trata de convencerse de que lo hace para preservar su botín, pues ¿quién pagaría por un príncipe muerto? Se pregunta y se lo repite, una y otra vez, para tranquilizarse. Pero en el fondo —Addi nunca se ha llevado bien con la mentira— sabe que lo hace porque se ha encariñado con el mocoso y, sobre todo, porque, por mucho que se empeñe, no logra quitarse de la cabeza el recuerdo de su propio hijo, de su niño, tan parecido a este que ahora, aliviado, se calienta junto a la candela.

Él, inmune al frío —¿a qué no es inmune?—, se aleja unos pasos y otea el horizonte en busca de su cazador. La tierra es allí aún más bravía si cabe: un territorio sombrío y afilado en el que se alternan precipicios y montes que parecen empeñados en llevarse la contraria entre sí: unos aparentan hundirse hasta el infierno y se elevan los otros hasta las grises nubes; más allá, y donde pueden crecer, se asoman bosques impenetrables, y donde no, prados pobres y ásperos, y también extensiones tristes de brezales alternándose con pedregales yermos.

Addi pasea su aquilífera y azul mirada lenta, escrutadoramente, sobre cada cima, sobre cada abismo; la adentra en los bosques, sobrevuela con ella los brezales y el yermo rocoso en busca del enemigo. Lo halla allá lejos, coronando una loma sembrada de peñas tras las que pretende camuflarse. Sonríe satisfecho: ¿quién puede esconderse de sus ojos? Nadie.

Con paso firme, regresa junto al niño que, pegadito a la lumbre, levanta sus inmensos ojos para mirarlo con curiosidad.

—¿No te acercas al fuego? —le pregunta Favila con una tímida sonrisa porque, pese a todo, es un niño que aún no ha cumplido cinco años y no resulta, pues, extraño que olvide a menudo que Addi es su secuestrador, ya que el moro lleva días cuidando de él y es tan extraño, tan callado, que lo fascina.

El hombre está a punto de devolverle la sonrisa al niño. ¿Qué diablos le está pasando? ¿Acaso ya no es el implacable guerrero, el cruel Addi? Le pase lo que le pase, protegerá a ese chiquillo y no dejará que se lo quiten... Lo necesita. Esa idea, la de que necesita al niño, le asalta de improviso y lo descoloca. Bueno, más bien, lo golpea. Para tranquilizarse, para conseguir la serenidad que necesita para combatirla, rebusca en la bolsa que ha dejado junto al fuego y extrae de ella el último trozo de cecina que les queda y que entrega a Favila.

El niño tiene mucha hambre, pero no la coge, sino que vuelve a mirar, interrogador, al moro de ojos azules y metálicos que se empeña en cuidarlo.

—¿Y tú no comes?

—Ya te dije que no tengo frío, ni sueño, ni hambre. Recuérdalo: soy un demonio y los diablos no comen.

—No te creo —le replica el chiquillo que, incapaz de seguir resistiéndose al hambre que le araña el estómago, coge el pedazo de cecina y comienza a devorarlo con apetito—. No te creo porque un demonio no cuidaría de un niño —añade mientras mastica con ganas.

—Soy un demonio muy raro.

Favila deja de masticar y mira al moro con los ojos muy abiertos, como si de repente cayera en la cuenta de que, en efecto, Addi, después de todo, puede ser un demonio, por muy raro que sea y por mucho que cuide de él.

—No te creo —termina diciendo. Tozudo.

El explorador no puede reprimir más la sonrisa y Favila, a través de las danzantes llamas de la lumbre, la ve y se la devuelve.

Espera a que el pequeño termine de comer. Luego, con la ternura que siempre le mostró a su hijo, lo toma en brazos y lo pone de nuevo sobre la silla de montar. Después, con esa agilidad propia de pantera que gobierna todos sus movimientos, sube también al caballo y, tirando de las riendas, echa una última mirada a Hartz que, en la lejanía, trata de seguir aproximándose a ellos sin que lo vean.

Vana empresa. Addi, alza la mano derecha en un inequívoco gesto de desprecio hacia el joven gigante astur que los persigue desde hace días, pone al trote a la bestia y se interna en el bosque que, pendiente abajo, lo llevará a la meseta.

Hartz maldice al ver al moro alzar el brazo. ¡El muy perro sabe que se le estaba acercando!

Veinte minutos más tarde llega junto a la hoguera y examina las huellas: muestran que el bereber prendió la lumbre para que el niño recuperara el calor. Sí, y una minúscula porción de cecina que recoge del suelo evidencia que le ha dado de comer. Las llamas le calientan los pies como si se burlaran de él: el moro ni siquiera ha apagado la hoguera. Es como si lo invitara a sentarse allí o como si le dijera: ¿para qué seguir persiguiendo a alguien a quien nunca apresarás? Pero por muy astuto y diestro que sea ese maldito lobo africano, él, Hartz, hijo de Silo, lo atrapará.

—¡Te arrancaré la piel, moro del infierno! —maldice y jura y, sin darse descanso alguno, monta de nuevo y espolea a su agotado caballo tras Addi y Favila.

Lleva días tras ellos y siempre, como en un juego, el mauri mantiene la distancia justa para que no pueda alcanzarlos, pero, a la par, la suficiente como para que cada día, al caer la tarde, los tenga a la vista. Solo cuando llega la noche, el secuestrador se distancia y aprovecha las sombras para cambiar la dirección de su huida y alargar el espacio que los separa. Cuando amanece, Hartz tarda horas hasta reencontrar el perdido rastro, y cuando lo halla y se esfuerza hasta la extenuación para alcanzarlos, allí están de nuevo: tan cerca y, a la par, tan inalcanzables como lo estuvieron al atardecer del día anterior.

Todo hombre tiene un límite: uno que se alza ante él como un muro y que le impone la derrota. Pero aunque así sea, aunque todos los hombres tienen un límite, la diferencia entre ellos estriba en que algunos se enfrentan a ese muro porque no aceptan la derrota y, contra toda lógica, logran sobrepasarlo. Hartz es de esta última clase de hombres: nunca se rinde. Nunca.

Segunda parte

El niño y el grial

«Encontró los Salmos del rey David escritos sobre hojas de oro valiéndose para ello de una tinta conseguida a partir de una solución de rubíes; allí también se hallaban la Mesa del rey Salomón, veinticuatro coronas reales ofrendadas por los reyes godos de Hispania y un maravilloso recipiente que contenía elixir alquímico».

Ibn Idari (siglo xiii,
citando un texto del siglo x)

«El califa Omar, suspendida toda actividad bélica, se mostró tan bondadoso y tolerante en el gobierno que, incluso hoy, se le concede un honor y gloria tales que no solo sus súbditos, sino también los extranjeros lo elogian más que a todos los soberanos anteriores. Pues se le reconoce una virtud tal como jamás la logró nadie del linaje de los árabes».

Crónica mozárabe del 754

«Poco tiempo después vino a Asturias Alfonso, hijo de Pedro, duque de los cántabros, de regio linaje. Tomó por esposa a la hija de Pelayo. Alfonso, junto con su suegro y también después, logró muchas victorias».

Crónica de Alfonso III (ca. 883)

I

Damasco, diciembre de 718

Umm Hakim enjuaga de nuevo la frente enfebrecida de Táriq. Su amado se muere y ella lucha por impedirlo. Sabe, porque su padre la educó en las artes de la hechicería, que la enfermedad que combate no es natural y que la magia, una negra y demoniaca, está detrás de su desgracia. Si tuviera aún el anillo de Salomón que halló entre los tesoros del rey de los godos, todo sería más fácil... Pero se liberó de él y, pese a todo, no se arrepiente de ello.

Toma de un frasquito rojas amapolas, abre otro y de él saca raíces frescas de caña, de las que crecen en las orillas de los ríos, y de un tercero extrae hipérico y, entonando un canto lento y monótono en una lengua que ya era vieja cuando los egipcios erigieron las pirámides, comienza a majar las plantas con la argéntea mano de mortero que tiene junto al lecho de Táriq.

Mientras trabaja, recuerda las enseñanzas de su diabólico padre: «La magia —le decía aquel hombre tan bueno para ella como maligno para el mundo— se basa en la acumulación de "iguales" para suscitar o repeler los principios. Así, por ejemplo, el león, el hipérico, el oro y el sol están enlazados entre sí porque cada uno de ellos ocupa idéntica posición en su reino o ámbito. El león es igual al sol, pues entre los animales ocupa la misma posición que el astro solar entre los cuerpos celestes.

Y del mismo modo, el hipérico, la llamada "hierba de San Juan", es similar al oro, puesto que ambos son reflejos solares en sus respectivos reinos: el vegetal y el mineral».

Sí, así funciona la magia... Pero ahora debe recordar las proporciones y fórmulas precisas y evoca, una vez más, la voz y las enseñanzas de su padre, muerto dos años atrás, y que ahora debe de estar en el infierno: «Si se maja en agua raíz de caña con jugo de adormidera y se esparce la mezcla, se expulsa a los espíritus de ese lugar y se destruye a sus espectros. Pues la adormidera concita al sueño y al descanso y, en su color rojo vivo, la vida late con fuerza y, al latir, ahuyenta la esencia de los muertos. Mientras que la raíz de caña quiebra su voluntad y deshace las ataduras que los mantienen sujetos a nuestro mundo. Si deseas potenciar su efecto, añade hipérico a la mezcla. Pues el hipérico atraerá a la luz que disuelve las tinieblas que son hogar de los espíritus malignos».*

Ahora, Umm Hakim vierte un poco más de agua en la mano de plata y vuelve a moler su contenido hasta obtener una mezcla densa y olorosa, una pasta que ella recoge con los dedos y con la que unta los labios, la frente, los ojos y el pecho de su amado mientras murmura un hechizo por el que, si alguien la escuchara, la condenarían a muerte por bruja. ¿Por quién si no por Táriq arriesgaría ella la vida? Solo por él y por su hijo, el pequeño Jalid.

La estancia, decorada lujosamente con tapices persas y muebles indios de exóticas maderas de ébano y sándalo con incrustaciones de marfil y nácar, se llena con la mágica fragancia.

---

*Estos ingredientes, su mezcla y sus supuestos efectos, aparecen citados, una y otra vez, en textos antiguos y medievales de magia y medicina. A menudo, en aquellas épocas, magia, medicina y alquimia se practicaban de forma conjunta y se relacionaban entre sí.

Pasada otra hora de esfuerzos y desvelos, Umm Hakim tiene claro que está perdiendo una invisible batalla contra un poderoso enemigo del que solo sabe dos cosas: que existe y que quiere llevar a la muerte a su amado. Desesperada, al borde de la impotencia, debe hacer un esfuerzo titánico para no dejarse llevar por el pánico y seguir contando con la cordura y la concentración necesarias para mantenerlo vivo. Así que con los labios temblando de puro miedo entona nuevos cánticos, fabrica nuevas pócimas, ensaya hechizos aún más peligrosos, ofrece sacrificios... Sí, incluso el de su propia vida a cambio de la de él. Inútil. El tiempo sigue pasando, la fiebre sigue atenazando a su hombre y el invisible y diabólico enemigo al que combate desde hace días sigue tirando con su garra inflexible de la vida, del alma de su hombre para arrancarlo de este mundo.

¿Quién puede estar haciendo eso? ¿Quién les desea tanto mal y tiene tanto poder oscuro? No lo sabe: desde hace casi tres años, viven retirados del mundo y ajenos por completo a las luchas de poder que, entre las sombras y como en el seno de cualquier otro reino, se libran en el imperio de los árabes.

Entonces, sin aviso alguno, él gime de dolor y su cuerpo, arrasado por la fiebre, se convulsiona espasmódicamente. Ella reacciona con premura untando sobre sus agrietados labios, sobre sus cerrados ojos, sobre su agitado pecho, la nueva pócima que acaba de obtener y, ya sea por su efecto, o por simple casualidad, su amado se calma y su entrecortada respiración se serena.

Esperanzada, posa su morena mano sobre la frente de Táriq mientras ruega con todas sus fuerzas para que esté un poco menos caliente. Inútil, vencida, comprueba que, lejos de remitir, el calor que estraga a su amado es aún más ardiente si cabe. Nadie soporta una fiebre así... Ella, experta en las artes de la sanación, lo sabe. Y porque lo sabe y no puede seguir engañándose, siente como el miedo se le agolpa en el pecho y pugna por escapar de ella en un grito de pánico al tener la dolorosa certeza de que no va a lograr retener a su hombre.

Entonces, para su asombro y alivio, inesperadamente, él murmura su nombre en sueños y sonríe. Luego, abre los ojos, el velado y el bizco, y la enfoca.

—Si muero, que sea ahora, con la mirada llena de ti —le dice.

Umm Hakim sonríe entre lágrimas e, inclinándose, besa a su esposo. ¡Dios, cómo ama a este hombre bueno y feo!

Pero el regreso a la vida de Táriq es como un relámpago en mitad de una noche de tormenta: un fogonazo de luz entre dos abismos insondables de oscuridad.

—Amada mía... He conseguido liberarme un instante —murmura con extremada dificultad—. Él no quería soltarme, pero yo tenía que verte antes de partir... Tenía que decirte, una última vez, que te amo, que te quiero... ¿Sabes, amada? Mi vida no fue fácil de vivir, pero valió la pena, pues te encontré... Ahora, ahora no tengo miedo, pues tú siempre estarás conmigo... Sí, siempre a mi lado, me lleve a donde me lleve el mal que me arrastra a la oscuridad —concluye con un hilo de voz casi inaudible. Luego, con un nuevo esfuerzo de su voluntad de hierro, hace aflorar una nueva sonrisa y con ella su verdadero nombre, que solo a él reveló—. Te quiero, Umm Hakim. Mantente viva. Jalid te necesita y yo, amada, también necesito que tú vivas.

—¿Quién es él? ¿Qué quiere? —pregunta ella con desesperación.

—No lo sé..., no puedo resistir más..., me lleva a la oscuridad —balbucea Táriq con su último aliento.

Y ante aquellas palabras, Umm Hakim siente ahora el miedo en sus venas como si por ellas avanzara una afilada cuchilla que pugnara por abrirse paso hasta su corazón.

—¡No te vayas! ¡No me dejes sola! ¡Sigue luchando! ¡Lucha por mí, lucha por nuestro hijo! —grita ella con empavorecido frenesí mientras abraza a su amor en un fútil intento por retenerlo junto a ella.

Pero él ya no la ve. Sus ojos ya no volverán a ver. Nunca volverá para abrazarla, para besarla, para reír con ella, para soñar a su lado, para amarla. Nunca.

Umm Hakim lanza entonces un largo alarido. ¿Qué puede ponerse en un grito? La vida entera y por completo si en ese grito se encarna el dolor más grande que uno pueda sentir.

Sigue gritando mientras llora, gime, balbucea palabras sin sentido, se mesa los cabellos, se araña el rostro y, al fin, como si le faltara el aire y solo de él pudiera obtenerlo, se abraza a Táriq, al cuerpo del hombre que tanto amó. Y así, sumida en una agonía cruel, a cada segundo va sintiendo el cuerpo de su amado cada vez más frío, cada vez más rígido. Pues él, sea quien sea, se lo ha llevado lejos de ella.

Lejos. Ella también se ha ido lejos. ¿A dónde? A la bendita locura. Pero ni siquiera la locura la pone a salvo del dolor, de la pérdida. ¿Cuánto tiempo está así? ¿Y qué importa eso? Hay cosas que es mejor no medir, no saber, y el dolor, en esa proporción y tan terriblemente puro, es una de esas cosas.

Pero aunque el tiempo no importa ya, sigue pasando y, al cabo, Amra, el gigantesco liberto negro de Táriq, la encuentra así: rota, deshecha, hundida en las profundidades de una enajenación provocada por el dolor que, más allá de toda medida, la ha usado como recipiente y forma. Pues Umm Hakim ya no es una mujer, sino tan solo sufrimiento.

Amra es un hombre bueno y más sabio que la mayoría, y por eso sabe lo que debe hacer: con dulzura, pero con firmeza, y sin hacer caso de sus protestas, la toma entre sus brazos y la aparta del cadáver de Táriq. Luego, mientras ella grita y llora, la lleva a la estancia que queda junto al patio de la fuente blanca, la que ocupa el pequeño Jalid.

El niño de dos años duerme tranquilo, ajeno a la muerte y al dolor y, al verlo, ella deja de resistirse y, soltándose de los musculosos brazos del negro, abraza llorando a su pequeño, y pone en aquel abrazo la misma desesperación que antes pusiera en el último que compartió con el padre del pequeño. El niño, al despertar bruscamente y ver a su madre llorando, enloquecida de dolor, se suma a ella, y así, mezclando lágrimas, la infantil incomprensión y la torturada enajenación terminan alumbrando una brizna de consuelo. Pues Umm Hakim comprende que, mientras tenga a su hijo, retendrá a su lado parte de Táriq.

Entonces, un nuevo terror la envuelve: ¿y si él, ese del que habló su amado, regresa para llevarse también a su niño?

Rápidamente, sin soltar al pequeño, vuelve a su habitación y, abriendo cofre tras cofre, cajita tras cajita, bolsa tras bolsa, junta, fabrica, formula talismanes y protecciones para su hijo e invoca a Dios para que extienda su brazo poderoso sobre la vida de Jalid que, de nuevo asustado, vuelve a llorar mientras ella, acurrucándose con el pequeño entre sus brazos, le canta una nana, le acaricia los cabellos, lo acuna, y así, juntos, se quedan dormidos.

II

Enterraron a Táriq a la sombra de los naranjos de la huerta de la casa. Él amaba esos árboles. Lo enterraron tal y como vino al mundo: desnudo.

Cuando depositaron su consumido cuerpo en el húmedo seno de la tierra del huerto, Umm Hakim arrojó sobre él pétalos de flores y un pequeño objeto cuyo significado y poder nadie podía conocer. Luego, Amra cubrió la fosa y Táriq ibn Ziyad, el hombre que había derrotado al rey de los godos y a su gran ejército, aquel que había sometido Hispania al frente de un puñado de hombres, fue sepultado en una sencilla tumba sin más lápida que las lágrimas de su esposa.

Ella no se apartó de la sepultura en todo el día. Tampoco lo hizo cuando cayó la noche. No comía, no bebía, no dormía. Tan solo hacía una cosa: recordar. Recordar el día en que él la compró en el mercado de esclavos de Túnez, cuando ella era una muchacha desnuda e indefensa a la que habían dañado y humillado más allá de toda medida; recordar cuánta ternura, cuánto cuidado, cuánto amor le entregó y cómo todo eso, lentamente, la sanó y le devolvió la cordura; recordar los días, las noches, los momentos de gozo y complicidad, los años de alegría, los sueños, las penas, los peligros afrontados y superados juntos... Siempre juntos: Táriq y Umm Hakim.

Pero ahora está sola. Sola. La noche le canta una triste tonada y Damasco, hermosa, brillante en torno a ella, le sabe en la boca a muerte.

En la madrugada, dos horas antes de que el sol despierte, vienen a buscarla. Umm Hakim oye sus pasos acercarse a través de los jardines y el huerto: los pasos de dos hombres. No quiere volverse para verlos. Se queda quieta, junto a la tumba de su esposo, deseando, rogando para que se apiaden de ella y la dejen en paz.

Amra, es uno de ellos y el primero en hablar; ella escucha su voz profunda y sus palabras de respeto y ternura, pero no le contesta. Entonces habla el segundo hombre:

—Señora, el califa quiere veros. Siento vuestro dolor, pero tenéis que venir conmigo a presencia del emir de los creyentes.

Es una voz educada pero acostumbrada a ser obedecida, la voz de un hombre poderoso de la corte del más poderoso señor de este mundo. Pero poderoso o no, ella no contesta. Su pequeña mano morena sigue posada sobre la sepultura de Táriq y su mente... ¿Dónde está su mente? No lo sabe, no le importa.

—El califa siente vuestro dolor, señora, pero os ordena acudir a palacio. Hay asuntos que no pueden esperar y que requieren vuestra presencia.

Silencio. Ella se aferra al silencio. Sí, y a la tumba de su hombre. Su mano, frágil, diminuta entre las sombras de la madrugada, se hunde un poco más en la removida tierra de la sepultura.

—No podemos hacer esperar al califa. Mi señor, el emir de los creyentes, es un hombre piadoso, pero debe velar por el imperio y para ello os convoca. Si no obedecéis, señora, me veré obligado a ordenar cosas que no quiero. —La voz del emisario se ha tornado un poco más dura, más impaciente, menos respetuosa.

Pero Umm Hakim sigue ignorándolo. Sin esperanza, alza los ojos al cielo: ya no hay Luna, Júpiter ha muerto, Venus no llega y el Sol permanece amortajado por las tinieblas. ¿Por qué insiste este hombre? Un fogonazo de rabia la saca de su dolor y los labios, prestos ya a maldecir, le tiemblan anticipando la ira. Pero Amra se agacha junto a ella y le susurra la única palabra que sabe capaz de reclamarle cordura.

—Obedeced, señora. Jalid os necesita. Mi señor Táriq os diría lo mismo que yo os digo ahora: obedeced, vivid, proteged a vuestro hijo.

¿Por qué los hombres son tan brutales? ¿Por qué tienen que seguir señalándole que se debe a otros y no a su dolor?

Aparta la mano de la tumba y se levanta del suelo. Encara al enviado del califa y clava los ojos hinchados, arrasados de lágrimas y dolor, en los del emisario que, avergonzado, los aparta de inmediato. Ella no dice nada. ¿Para qué? Se gira y camina hacia la casa bajo las ramas de los árboles, entre las cerradas flores, y desaparece de la vista de los hombres que la aguardan.

En el interior, en los baños, derrama las últimas lágrimas y se lava. El agua, cálida, la serena y, cuando entra en su habitación, se concentra en escoger las ropas que ha de vestir. Luego, en silencio, entra en la estancia donde duerme su hijo. Besa al niño en los cabellos y murmura para él dos frases: una bendición y una protección, antes de confiárselo a Fátima, la joven niñera bereber.

Cuando Umm Hakim vuelve a presentarse ante el emisario del califa, el sol ya engalana los cielos de Damasco y ella vuelve a ser una mujer hermosa. Sí, pero ahora su belleza está como tallada en obsidiana, y cuando el cortesano la contempla, siente un escalofrío.

Así, hermosa, sin más vida que la que se le exige para mantener vivo y a salvo a su hijo, sale a la calle y se encamina hacia el palacio donde la espera el hombre más poderoso del orbe: Omar, segundo de su nombre entre los califas de los árabes.

III

También en Damasco, esa misma noche, pero unas horas antes y justo cuando Táriq agonizaba, un hombre asustado se apresura entre las sombras.

Lorenzo es esclavo del califa, pero sueña con ser monje. Antes de que la luz de la fe se manifestara con fuerza en él, tuvo una vida muy diferente a la que ahora lleva, pues era el hijo del *comes civitatis* de Osca* y, por ende, un hombre rico y poderoso. Pero tras marchar con su padre al valle del Iberus para sumarse a la hueste del rey Agila II con el propósito de enfrentar a los árabes y, a continuación, ser derrotados por ellos en un encuentro que se transformó en espantosa debacle, en la que perecieron el rey, su padre y otros muchos nobles varones de las provincias Tarraconense y Narbonense, fue capturado y reducido a la esclavitud, y arrastrado, junto con miles de jóvenes nobles y muchachas de la aristocracia goda, por medio mundo para luego ser arrojados a los pies del califa Walid I en la fastuosa Damasco.** Fueron aquellos

---

*Conde de la ciudad de Huesca.

**Agila II fue rival del rey Rodrigo por el trono de los godos y controló, entre el verano de 710 y septiembre de 712, buena parte del valle del Ebro, el Iberus, y de la Narbonense, el sureste de la actual Francia; Walid I reinó como califa desde 705 hasta 715 y fue a él a quien Musa ibn Nusair, conquistador de Hispania, presentó los inmensos tesoros que robó a los godos y, entre ellos, la Mesa de Salomón y otros objetos sagrados y mágicos apresados en Hispania.

años de infortunio y lamentos, en los que las penurias de un viaje de más de tres mil ochocientas cuarenta y tres millas* acabaron con su vanidad, su soberbia, su avaricia y su ambición, limpiándolo de pecados y preparando su alma para el Señor.

Lorenzo de Osca es ahora un buen y humilde hombre; cuando sus obligaciones como esclavo del califa se lo permiten, corre de inmediato a orar a la pequeña iglesia que en la capital del imperio de los ismaelitas frecuentan los latinos provenientes de Hispania, Galia, Italia, África o, incluso, de las lejanísimas Britania e Hibernia,** que, ya por la guerra, ya por el azar, las peregrinaciones o el comercio, viven en la opulenta y populosa Damasco o pasan por ella.

Fue en ella, en aquella pobre iglesia, tan pequeña en comparación con aquellas otras que frecuentan los cristianos sirios, ya sean jacobitas, maronitas o melquitas,*** donde Lorenzo conoció al piadoso Dámaso, antaño, obispo en Hispania y ahora, tras ser también llevado en cautiverio hasta Damasco y lograr luego la libertad, un pobre y humilde sacerdote que se ha transformado en confesor de Lorenzo y en su guía hacia la santidad.

Por eso, cuando Dámaso le pidió que arrostrara el peligro de llevar a cabo una sagrada misión, Lorenzo no dudó y ahora, muerto de miedo, habiendo salido a hurtadillas del palacio del califa, está apresurándose por las calles de Damasco

---

*Aproximadamente 5690 kilómetros, la distancia recorrida si se viaja desde Huesca a Tánger y de esta a Damasco por las rutas caravaneras habituales en el siglo VIII.

**Gran Bretaña e Irlanda.

***Los jacobitas son monofisitas sirios; los maronitas surgieron en el siglo VII como una escisión de la ortodoxia; forman casi la mitad de la población de Líbano y mantienen comunidades en Siria; los melquitas son los sirios, palestinos y egipcios fieles a la ortodoxia.

llevando en una bolsa oculta bajo la túnica y el manto un precioso objeto robado de las cámaras del tesoro del Califa.

Se trata de un cuenco o cáliz tallado en una preciosa ágata de tonos dorados, castaños y granates atravesados por vetas blancas. No fue difícil robarlo pues forma parte de los esclavos encargados del tesoro desde que llegó como cautivo a la ciudad hace tres años.

Damasco, de noche, es peligrosa. Demasiada gente de demasiados lugares diferentes y deseando medrar a cualquier precio. Así que Lorenzo de Osca, el hispano, se apresura un poco más, y cuando se cruza, a la vacilante luz de la antorcha que llevan consigo, con un par de nobles árabes y su escolta, se encoge contra una pared y baja, respetuosamente, la cabeza, mientras ruega a Cristo que no se detengan, le hagan preguntas y descubran lo que lleva bajo las ropas.

—¿Qué haces ahí, perro? —le pregunta con la voz cargada de prohibido vino uno de los nobles.

Lorenzo se encoje un poco más y rehúye los ojos del hombre que lo interpela.

—Sirvo al califa y me apresuro a cumplir un encargo —dice con la esperanza de librarse de aquellos hombres que, amenazadores, lo siguen evaluando mientras le arriman, hasta casi quemarlo, la antorcha.

—¡Al califa servimos todos, perro esclavo! —le replica el borracho, y le propina un fuerte golpe en la cabeza que lo derriba y lo deja indefenso ante las patadas que, a continuación, le dan aquellos nobles violentos y malvados que se ríen a carcajadas mientras lo atormentan.

Pero se cansan pronto y se alejan de él riendo, lanzando gritos que provocan que una vecina de la calle donde se hallan se asome a la terraza de su casa y los maldiga.

Lorenzo no los maldice. Está demasiado asustado para poder hacer otra cosa que no sea temblar y rezar. Preocupado, ansioso, se saca la pequeña bolsa que oculta bajo las ropas y desenvuelve el cuenco de ágata para examinarlo. Respira aliviado: no se ha roto. A la escasa luz de una luna menguante, el pequeño cáliz parece palpitar en su mano y transmitirle un consuelo que, eso le parece sentir, disipa el dolor de los golpes recibidos. Con gesto rápido, lo envuelve, lo guarda de nuevo y, asustado, corre de nuevo por las calles de Damasco.

Un cuarto de hora más tarde está frente a la puerta de la casucha en la que habita el piadoso Dámaso; cuando la puerta se abre y el santo lo inspecciona a la luz de una diminuta lucerna, Lorenzo refleja en el rostro todo el pánico que siente. Pero el sacerdote, por muy santo varón que sea, es un hombre inflexible y no tiene para él palabra alguna de acogida, sino una pregunta.

—¿Lo traes contigo? ¡Muéstramelo! —le ordena de inmediato.

Lorenzo, con manos trémulas, saca la bolsa, libera del paño que lo envuelve al cáliz y lo muestra. Entonces la luz juega con la piedra semipreciosa y los tonos granates, dorados y castaños del cuenco parecen llenar la pequeña estancia de una milagrosa presencia.

—¿Es esto lo que me pediste, verdad, bendito Dámaso?

Él, que llegó a ser obispo allá lejos, en Hispania, aprendió muchas cosas y vio otras aún más extrañas si cabe. Pues siempre fue amigo del saber y, muy particularmente, del que debe permanecer oculto. Pero sobre aquella maravilla solo tenía noticia de que se hallaba en el tesoro real de los godos, y que, como el resto de su contenido, ahora debía hallarse en el del califa.

—Había dos cuencos, dos cálices antiguos, los dos de piedra... Pero estoy seguro de que este es el que estaba en el tesoro de los godos —balbucea Lorenzo, inseguro, temeroso.

Al oírlo, a Dámaso le dan ganas de estrangularlo. ¿Por qué Dios permite que existan necios como este desgraciado?

Lorenzo, al ver el rostro airado de su confesor, el piadoso Dámaso, se estruja las manos y está a punto de echarse a llorar.

—No podía llevarme los dos —se excusa—. Solo disponía de un instante. Además, tú, santo Dámaso, no mencionaste que fueran dos, sino que insististe en que solo tenía que llevarme el cuenco de ágata.

A Dámaso no se le pasan las ganas de asesinar de inmediato a aquel imbécil, pero, aunque en secreto tiene un corazón duro y afilado, también es astuto, y por eso, precisamente, sabe que ahora toca sonreír y mostrarse comprensivo.

—Has hecho lo correcto, Lorenzo, no temas. Dime, ¿de qué piedra era el otro cuenco?

El esclavo parece aliviado por el amable tono de voz que acaba de usar con él y por la calidez que muestra su rostro anguloso y pálido.

—De murrina,* bendito Dámaso. Los otros esclavos que trabajan en el tesoro del califa dicen que proviene de Alejandría de Egipto y que el santo apóstol Marcos la usaba como cáliz.

—¿Eso dicen? —pregunta, y para mayor sorpresa de Lorenzo, se muestra aliviado a la par que indiferente a lo que le está contando sobre el otro precioso cáliz.

—Sí, me lo contó un viejo sirio y un griego, muy docto, me lo confirmó.

—¡Que se queden con él! —murmura, ensanchando la sonrisa y dejando traslucir una extraña mezcla de triunfo y desprecio.

—Entonces, bendito Dámaso, ¿no erré y este es el cáliz que deseabas tener?

---

*Así era conocida la fluorita en época romana y medieval. Era muy apreciada por su belleza y se la tallaba y pulía para hacer cálices y copas que alcanzaban precios desorbitados.

—Este es, Lorenzo. Tienes en las manos un tesoro tan sacro, tan grande, que el emperador de los romanos o el papa de Roma pagarían una fortuna por poder rozarlo siquiera con los dedos.

—¿Es el santo cáliz con el que Cristo instituyó la eucaristía?

Dámaso casi se echa a reír ante la inocente pregunta de su ingenuo discípulo. ¿Para qué explicarle lo que realmente es aquel increíble objeto? ¿Podrá entender este lerdo lo que es un elixir alquímico, la piedra filosofal, el verdadero y geminado grial que los hombres más sabios de todas las épocas y tierras siempre han buscado y deseado poseer?

—Sí, Lorenzo, este es. Así que póstrate, pide perdón por tus muchos pecados y ora en su presencia.

Lorenzo, sin dar crédito a lo que acaba de oír, con el corazón lleno de asombro y gozo, se arrodilla ante el cáliz que Dámaso deposita en la mesa y cierra los ojos mientras siente un éxtasis perfecto y dulce. Con arrebato religioso, con esa dulzura colmándole el espíritu, muere. Pues el piadoso Dámaso, el antiguo obispo, se ha situado tras él, lo ha tomado brutalmente por los cabellos para dejarle expuesta la garganta y se la ha abierto, de oreja a oreja, con un diestro movimiento de la daga que tenía escondida bajo la manga del raído hábito que viste.

Luego, indiferente al agonizante Lorenzo que, con ojos de total incomprensión, lo mira desde el suelo mientras trata de impedir que la sangre se le escape, a la par que se afana, patéticamente, en que el aire llegue a sus pulmones, toma de nuevo el cáliz de piedra, lo guarda en la bolsa de piel y lo esconde bajo la túnica.

El joven noble hispano precipitado al cautiverio, el hombre al que la fe había transformado, el que buscaba la santidad y se sentía discípulo del piadoso Dámaso escucha el portazo que su asesino y maestro da al salir y ese, ese es el último sonido que oye en este mundo.

Una hora más tarde, Dámaso, a lomos de una mula, sale de Damasco camino de Jerusalén. El naciente sol baña su rostro afilado y se entretiene pensando en la montaña de oro que logrará conseguir por el cáliz. ¿Que quién le dará tanto oro? Desde luego no los misteriosos extranjeros que, a cambio de sesenta sólidos áureos,* le hicieron el encargo de hacerse con tan precioso objeto. Pues ¿acaso no sería un necio si se fiara de traicioneros espías? Sin duda. Seguramente, en cuanto les entregara el cuenco, los muy cabrones harían con él lo mismo que él ha hecho con ese tonto de Lorenzo y, mira tú por donde, le desagrada muchísimo que alguien tenga la secreta intención de cortarle el cuello. Así que dejará la capital de los Omeyas y emprenderá un largo viaje. ¿A dónde? Bueno, primero irá a Roma. Sí, está decidido, pues allí podrá encontrar un poderoso amigo, un protector que lo ayudará y protegerá en el peligroso negocio de completar, descifrar y vender el elixir alquímico: Sinderedo,** el ambicioso, pervertido y cobarde obispo primado de Toletum, quien, años atrás, huyó de su sede episcopal a Roma abandonando a su pueblo y llevándose con él inmensas riquezas con las que ahora dicen que se permite llevar una vida regalada. Dámaso también quiere llevar ese estilo de vida y ahora, dueño del grial, podrá permitírselo.

De hecho, si todo va bien, podrá permitirse muchas cosas... Sí, incluso regresar a Hispania Y, ¿por qué no?, volver a ser obispo. El oro lo hace todo posible y sin duda lo conseguirá. Pero,

---

*El sólido áureo era la moneda de oro por excelencia. Creada por Constantino I a inicios del siglo IV, fue utilizada en el gran comercio internacional hasta el siglo XI. Tenía una pureza de más del 96 por ciento y un peso de 4,5 gramos de oro de 22 quilates.

**Sinderedo, obispo metropolitano de Toledo desde 710 hasta su muerte en 737. A fines de 711 o inicios de 712, huyó a Roma abandonando a su pueblo. En 721 seguía en Roma y suscribió con su firma las actas de un concilio allí celebrado.

como en el fondo es un hombre piadoso, le dará su parte al pobre Lorenzo. ¿Que qué parte se le puede dar a un muerto? Bueno, contará que murió mártir por salvar el santo cáliz. ¿A que es una buena historia? Con aquella idea en la cabeza, lanza una perversa carcajada y azota a la mula para que aligere el paso.

De esta manera se va. El oasis de Damasco se retira ante él y pronto es el desierto el único que lo acompaña.

Pero cuatro horas más tarde, en las soledades que lo han visto pasar, aparecen dos figuras envueltas en mantos oscuros que, cabalgando a lomos de negras monturas, se detienen sobre el rastro dejado por Dámaso. El sol está ya bien alto y el calor, pese a que se aproxima el invierno, es algo sólido, asfixiante, que resquebraja piedras y atormenta a los escasos arbustos espinosos que crecen en aquellos desdichados lares. Sin embargo, el calor no parece afectar a las dos figuras que, envueltas en sus pesados mantos negros, parecen estatuas talladas en piedra volcánica.

Estatuas que se mueven. Una de las figuras desmonta y, echando pie a tierra, se agacha junto a las huellas de la mula que cabalga Dámaso y las examina. Su mano, huesuda, de largos dedos, se detiene durante largo rato en una de las pisadas y, tomando una pizca de polvo, lo aprieta con fuerza cerrando el puño. Luego, se alza, se gira hacia la otra oscura figura y, al hacerlo, la capucha se le retira un tanto y deja entrever un rostro afeitado y pálido, casi albino, de labios finos y crueles.

—Ha escapado. Ese perro traidor ha huido y, al hacerlo, ha trastocado nuestros planes —se lamenta en un tono cargado de rabia—. Pasó por aquí hace cuatro horas. Debimos anticipar su traición. De todas formas, monta una mula y, si forzamos a los caballos, le daremos alcance a lo largo de la próxima madrugada o, en el peor de los casos, durante las primeras horas de la mañana —añade con una voz que es susurro helado.

El otro, que no ha descabalgado, asiente muy despacio y, sin dejar de mirar al horizonte, como si pudiera ver, allá lejos, al fugado, no mira a su compañero cuando le contesta:

—No podemos ir los dos tras ese cerdo, pues aunque hemos eliminado a Táriq, el califa ha sobrevivido y, además, ya lo sabes, ellos han descubierto y capturado al estúpido de Simón; cuando lo sometan a tormento, hablará, y entonces sabrán qué tramamos y qué deseamos obtener. Así que el califa y sus hombres de confianza reaccionarán y contraatacarán. Nuestro deber es frustrar sus intentos de reacción. Es, pues, conveniente que uno de nosotros permanezca en Damasco para vigilar acechando, para golpear sin piedad desde las sombras.

La voz que ha hablado es de mujer. Una voz timbrada, cálida, bella y, cuando al fin sus ojos abandonan el horizonte y se giran hacia su compañero, el rostro que en parte cubre la capucha es de increíble belleza, moreno y de ojos inmensos y, extraña y aparentemente, de dulce, compasiva mirada.

—¿Qué quieres hacer entonces? —pregunta el encapuchado a la mujer oscura.

—Tú irás tras Dámaso, le arrebatarás el cáliz y le arrancarás la piel y el alma. Quiero que te asegures de que sufre mucho. Es una orden: quiero que su dolor sea inenarrable. ¿Entendido? Luego, no te detengas ni un instante más, ve a Constantinopla. Yo, por mi parte, regresaré a Damasco. La viuda de Táriq puede ser peligrosa, pues su padre, ya lo sabes, le enseñó muchas cosas que nunca debió aprender. Eso ya no tiene remedio..., pero al menos podremos enderezar el error cometido por ese pobre diablo dando muerte a su hija y a su nieto. ¿Sabes? En esa perra y en su hijo hay poder y me estremezco de placer solo de pensar en lo que podré obtener cuando ofrezca su sangre a Chamunda.*

---

*Chamunda, la «diosa bebedora de sangre humana», deidad de la destrucción y la muerte en el mundo hindú, recibía sacrificios humanos de sus devotos. Se la representa como a una mujer escuálida, de ojos hundidos y rasgos feroces, sentada sobre un cadáver y con la lengua fuera de la boca en un afán impúdico por beber sangre humana. Se

El hombre que la escucha es un malvado, desde luego. Un ser despiadado y maligno, pero hasta el mal tiene grados y el que habita a la mujer que le habla y a la que debe obediencia es de una cifra que él nunca podrá igualar. ¿Habrá algún ser que pueda hacerlo? Si lo hay, él, sabio como es, no lo conoce.

No hay más palabras. El hombre monta sobre su negro caballo y, sin despedirse, galopa tras las huellas de Dámaso, y la mujer, tirando de las riendas de su montura, se encamina de nuevo a Damasco y, mientras cabalga, se lame los labios como una fiera que anticipara sangre fresca.

---

adorna con un collar de cabezas cortadas, una corona de calaveras y una falda de brazos humanos amputados. Los rituales de sacrificio a esta diosa se hallaban relacionados con los llamados «cultos tántricos de mano izquierda», y se conservan textos de los siglos VII a XI en los que se detallan.

IV

En ese momento, Umm Hakim, precedida por el emisario del califa, flanqueada por media docena de guardias y acompañada por el gigantesco Amra, camina en dirección al Qasr al-Jadra, «el palacio verde», la espléndida sede regia de los califas de Damasco que se alza, imponente, junto a la Gran Mezquita de los Omeyas y que, con su enorme cúpula recubierta de mosaicos vidriados de un luminoso y profundo color verde, semeja una inmensa esmeralda refulgiendo bajo el sol naciente de la mañana, mientras se empeña en transformarse en paraíso. Sí, uno de paredes, bóvedas y cúpulas recubiertas con mosaicos verdes y dorados y pleno de salas decoradas con un lujo indescriptible, entre las que se abren patios sombreados por naranjos y perfumados por jazmines, mientras fuentes de mármol cantan su melodía de agua y frescor.

Y hacia ese «paraíso», hacia esa gigantesca «esmeralda» donde habitan el poder y el peligro, se encamina Umm Hakim y, mientras lo hace, Amra, al que tres años atrás Táriq concediera la libertad, la observa con suma preocupación. Al verla caminar junto a él, tan débil, tan agotada, tan trastornada por el cansancio y el dolor, teme que en palacio diga o haga algo que la condene. Pues, aunque el califa Omar tiene fama de bondadoso, es el soberano más poderoso del orbe, y el poder, por muy santas que sean las manos que lo esgrimen, siempre es afilado y letal como una buena espada.

Umm Hakim se da cuenta de que el negro la observa con preocupación. El coloso es un hombre extraño: titánico, casi brutal en su aspecto y por su fuerza, es, sin embargo, un hombre de corazón noble que, de forma natural, entrega protección y cariño a cuantos considera más débiles que él. Sabe, porque lo ha visto, que es capaz de vencer, con las manos desnudas y a la par, a cuatro hombres, pero sabe también que nunca dañaría a una mujer, a un niño o a un anciano.

—Quiero pedirte una cosa —le dice en un susurro y sin apartar los ojos del emisario del califa que camina delante. —Amra asiente para darle a entender que la escucha con atención—. Si algo me pasara, si el califa me retuviera o me alejara, quiero que cuides de Jalid hasta que sea un hombre y pueda valerse por sí mismo. ¿Obedecerás a esto que te pido?

Él no es un esclavo, dejó de serlo cuando, tras convertirse al islam, fue liberado por Táriq, pero es leal y siempre los ha servido con devoción. Si un hombre así vela por Jalid, su hijo podrá crecer sin peligro, o eso espera.

—El califa es un hombre bueno, señora. Un hombre así no os haría daño alguno ni os separaría de vuestro hijo.

Ella se muerde los labios, pues, aunque sigue siendo una mujer joven, ha vivido mucho y sabe que los poderosos de este mundo se gobiernan por razones que nada tienen que ver con el corazón o la moral.

—Aunque así sea, júrame que protegerás a Jalid si a mí me ocurriera algo —insiste.

Amra la mira entonces con esos ojos suyos tan intensos, tan cargados de fuerza y bondad y le sonríe.

—Protegeré a Jalid estéis o no con él. Os lo juro por Alá y por su Mensajero, el santo profeta Mahoma.

Es suficiente, Amra nunca juraría en falso. Así que le devuelve la sonrisa y con un gesto rápido y cálido le aprieta el brazo en señal de agradecimiento.

—Si algo malo me sucediera, has de saber que en casa, bajo el granado que tanto cuidaba mi esposo, hallarás, enterrado entre sus raíces, un gran cofre que contiene miles de monedas de oro, piedras preciosas y perlas. Toma cuanto puedas y llévate al niño lejos, a Axum, a Taprobana, a Yawatvipa o a cualquier otro reino remoto donde nadie os conozca.*

El coloso negro afirma con la cabeza y ella se siente un poco más aliviada. Ahora que su amor, su Táriq, ya no está a su lado, velar por su hijito es lo único que retiene la cordura en su mente y una chispa de calor en su corazón.

Táriq... ¿Podrá alguien entender alguna vez cómo se amaron? No, nadie puede entender esas cosas, pues el verdadero amor, al igual que la verdadera sabiduría, no se puede explicar, sino tan solo experimentar.

Piensa en eso mientras camina bajo el sol y entre la muchedumbre. Damasco es el mundo: sus amplias calles ortogonales, herencia de su largo pasado helenístico y romano, están flanqueadas por ricos y grandes edificios donde ahora se combinan, con abigarrada belleza, los antiguos estilos y maneras de griegos y romanos con los creados en la corte omeya que, cosmopolita y amiga de novedades y lujos, ha tomado lo mejor de Bizancio y Persia para sumarlo al gusto árabe por la poesía y los jardines; ha erigido urbanísticas ensoñaciones de azulejos, mármoles, acequias, fuentes, flores y árboles frutales que atrapan los sentidos y aderezan una ciudad tan plena de vida, tan abarrotada de gente, que parece increíble que haya florecido allí: en pleno desierto.

Pasan junto a un gran *hammam*. El hermoso edificio toma las aguas que necesita de un viejo acueducto romano y ofrece

---

*Axum era un poderoso reino cristiano enclavado a caballo entre las actuales Eritrea y Etiopía; Taprobana es la actual Sri Lanka o Ceilán; Yawatvipa es la isla de Java, que en este periodo contaba con varios reinos budistas e hindúes.

sus baños tanto a hombres como a mujeres; a esas horas, las de la mañana, son las féminas quienes lo frecuentan. Un poco más allá se abren las calles de un zoco cuyos puestos ya están abarrotados de mercancías llegadas desde los países más lejanos y desde todos los rincones del inmenso imperio árabe, repleto de vendedores y compradores igualmente diversos: árabes, persas, griegos, judíos, turcos, negros abisinios, cristianos sirios, caldeos y egipcios, indios, cingaleses, francos y godos e, incluso, anglos, germanos, sogdianos de Samarcanda y chinos. Todos se afanan en hacer dinero: en vender sedas y brocados, en comprar piedras preciosas y marfil, en ofrecer oro en polvo traído desde los países de los negros o acero forjado en India, en Yemen o en Persia; en mostrar maravillosas perlas pescadas en el golfo Pérsico o en el océano Índico, en pujar por esclavas bereberes, eslavas, godas o abisinias; en proclamar las virtudes de perfumes hechos con canela, sándalo y almizcle o de pequeños muebles tallados en ébano y adornados con plata y nácar; o en asombrar a todos enseñando pieles de marta cibelina y de zorro plateado compradas allá lejos, en el ignoto Septentrión, a los búlgaros del Volga y a los jázaros, y que son de una suavidad y de un brillo que no se pueden ponderar.

Cuando salen del colmado zoco, enfilan una calle sombreada por limoneros en cuyo centro corre una pequeña y rumorosa acequia, una de las muchas que llevan las aguas dulces del Barada, el río que riega el oasis de Ghouta, el vergel que envuelve la ciudad con árboles frutales, viñas, huertas y olivares, separándola y protegiéndola del desierto.

Al fin, al desembocar en la gran plaza rectangular y porticada, en cuyo lado occidental se alzan la Gran Mezquita y el palacio verde, la pequeña comitiva de Umm Hakim se detiene un instante, pues el gentío, por muy temprano que sea, ya se agolpa ante las puertas del palacio verde y los guardias del califa tratan de poner orden entre la multitud de peticionarios, suplicantes, comerciantes, imanes, poetas, músicos, soldados, nobles, mendigos... que vociferan sin cesar pidiendo ser recibidos por el califa o atendidos por visires y cortesanos.

Umm Hakim admira el gran palacio: el edificio está construido con piedra caliza y adornado con mosaicos y yeserías de gran calidad que tratan de representar, con intrincados motivos vegetales y geométricos, las delicias y misterios celestiales. Arcos, bóvedas y cúpulas, una monumental puerta, varias fuentes y un pasadizo que comunica la magna construcción con la portentosa Gran Mezquita, construida por el califa Walid I,* otorgan al edificio una gracia que suaviza sus gigantescas proporciones.

Junto al palacio verde, asombrando una y otra vez, pues nunca se acostumbran los ojos a tanta belleza, se alza la Gran Mezquita, orlada por columnatas y arcos provenientes de antiguos palacios y templos griegos y romanos, que se alzan sobre un brillante suelo de mármol blanco, en cuyo albo centro una gran fuente octogonal ofrece sus límpidas aguas a los fieles que, antes de orar, realizan sus abluciones rituales.

Pero lo que más fascina a Umm Hakim son los mosaicos vidriados cuyas teselas, verdes y doradas, azules, blancas, rojas, grises, marrones..., decoran la mezquita. Pues, reluciendo como joyas, son de un detalle exquisito y representan ríos sinuosos, bosques frondosos, jardines repletos de flores, prados, árboles cargados de pájaros de vivos colores, ciudades de majestuosas torres, palacios encantados... En suma, un universo mágico y perfecto que anticipa el paraíso destinado a los verdaderos creyentes.

Y como si se quisiera dar una arquitectónica prueba de que el paraíso prometido es algo palpable, la Gran Mezquita

---

*Walid ibn al-Málik, sexto califa de la casa de los Omeyas, reinó de 705 a 715, y en 706 dio comienzo a la construcción de la Gran Mezquita de Damasco.

ofrece el esplendor celestial de la gran cúpula del Águila, revestida de plomo dorado, tan brillante bajo el sol que uno se ve forzado a entrecerrar los ojos para luego ir a posarlos sobre los tres altos y elegantes minaretes que la flanquean.

Umm Hakim se detiene y, ante la sorpresa y la impaciencia del emisario del califa, le aclara que necesita orar antes de presentarse ante el emir de los creyentes. Él duda, sus órdenes son no demorarse lo más mínimo, y, además, recela, pues tenía entendido que la viuda de Táriq es cristiana y no musulmana, aunque bien es cierto que la mezquita alberga una capilla, la del profeta Juan el Bautista, que también frecuentan los cristianos. Además, ¿quién negaría la oración a una mujer tan golpeada por el infortunio? Una que, sin duda y en breve, caminará por el filo de la navaja. Así que asiente y luego le advierte de que solo dispondrá de unos momentos para cumplir su deseo.

—Vamos, Amra —dice ella al liberto, pues necesita que la acompañe al interior del gran edificio.

Tras ellos van dos de los guardias y el resto, tan impacientes como el emisario del califa, aguardarán no lejos de la fuente de las abluciones.

Al aproximarse a la puerta principal del magno templo, Umm Hakim queda, durante un instante, bajo la protectora sombra que le ofrece el minarete oriental de la Gran Mezquita: el minarete del profeta Isa, de Jesús, el lugar a donde, según creen los musulmanes, en la consumación de los tiempos, Jesucristo bajará de los cielos para vencer al Dajjal, al Anticristo, y dar así comienzo al juicio final.

Juicio final... La vida de una persona puede transformarse en eso de repente, en cualquiera de los días que le toca vivir y sin haber tenido el más mínimo indicio. Umm Hakim reflexiona sobre esto mientras su mente se esfuerza por evocar el rostro de su esposo y su cuerpo en evitar a la abigarrada multitud que allí, en aquella gran explanada, se reúne de continuo, independientemente de que acudan o no a orar.

Su amor, Táriq, era un hombre piadoso, de fe fuerte y sencilla, y por eso no necesitaba que otros creyeran en lo que él creía. ¿Y ella? ¿En qué cree? Supone que sigue siendo cristiana... Pero ¿qué clase de cristiana es una mujer que practica la hechicería? Esa pregunta es difícil de contestar, pero ella es atrevida y lo hace en su pensamiento acompañando la respuesta con una sonrisa cansada a la par que desafiante: «La misma que se casó con un musulmán y que, si es necesario, invocará a antiguos dioses y demonios para proteger a su hijo. Dios, el verdadero, el único, le den el nombre que le den los hombres mortales, la juzgará cuando llegue su momento y lo hará conforme a su esencia: clemencia y misericordia». Sí, las mismas que ella implora a Cristo para el alma de su hombre: para el espíritu de un Táriq que, asesinado por medio de la magia negra, no puede descansar por completo.

Damasco tampoco descansa. Aquella ciudad, capital del Oriente, es un hervidero humano. Un crisol de gentes y religiones. Al menos la mitad de su población sigue siendo cristiana, y los judíos constituyen la quinta parte de sus habitantes, de modo que solo un tercio de estos últimos están integrados por musulmanes que allí, en aquel espléndido edificio, tienen su principal punto de encuentro y un templo digno del poder de su gran imperio: una mezquita que se alza sobre una antigua iglesia consagrada a san Juan Bautista, de la misma manera en que esta última se alzó sobre un templo dedicado a Júpiter, y este, a su vez, sobre uno erigido, dos mil años atrás, a Hadad, dios arameo de la tormenta y señor del trueno. Pues los dioses, al igual que los imperios, tienen raíces profundas y ocultas.

Cuando Umm Hakim y Amra entran en la Gran Mezquita, el olor a incienso les llena las fosas nasales. Aquí y allá se oye la monótona salmodia del Corán que entonan sin cesar varios imanes, y entre las macizas columnas de tallados capiteles que sostienen las bóvedas de las tres naves que componen el edificio, se ve a fieles orando en silencio, meditando o atendiendo a las prédicas y lecciones que algunos sabios ofrecen.

Umm Hakim se dirige hacia el lado norte de la nave central, encaminando sus pasos hacia la capilla que alberga la cabeza de san Juan Bautista. Se trata de una estructura rectangular cubierta por una pequeña cúpula blanca y cuyas paredes, forradas con mármoles verdes y blancos, dibujan geometrías que serenan la mente de los fieles, que acuden allí a orar invocando la memoria del profeta al que los musulmanes llaman Yahya y veneran con la misma devoción que los cristianos.

Siempre escoltada por Amra, pasa bajo el pequeño arco que da acceso a la capilla. La sala en la que penetran, con el suelo recubierto de alfombras rojas e iluminada por lámparas de bronce, está repleta de fieles, cristianos y musulmanes por igual, que se acercan al delicado relicario de mármol blanco en el que se halla sepultada la cabeza cercenada del profeta Yahya, del valiente primo de Jesús que nunca temió desafiar a los reyes, ni anunciar la verdad.

Pacientes, esperan a que llegue su turno y, mientras aguardan, Umm Hakim entretiene los ojos admirando los arabescos e inscripciones talladas en el mármol purísimo de la tumba del profeta. Al fin, cuando queda frente a la sepultura-relicario, extiende su pequeña y morena mano, la posa sobre el mármol y ora con fervor por el alma de su esposo.

—Tú, que nunca tuviste miedo, protégelo para que su alma halle descanso; tú, Juan, que siempre abriste camino a la verdad, a la luz, mantén abiertos para nosotros, para el espíritu de mi esposo y para mí, los senderos del más allá, para que podamos transitar por ellos y al fin, cuando llegue mi hora, reunirnos de nuevo en los cielos.

Eso dice. Lo dice con fervor, con pasión. Lo dice porque cree en cada palabra pronunciada y porque, llamadlo locura si queréis, siente que él, su amor, la escucha al igual que lo hace el santo profeta Juan, al que su difunto esposo, buen musulmán, tenía una especial devoción.

Cuando termina de orar, sus ojos están empañados de lágrimas de emoción y así, húmedos, los eleva hacia las lámparas de bronce, símbolo de la luz de la fe que ahora tanto necesita y que, por un instante, logra transportarla hasta el infinito donde Dios habita.

Al salir de la capilla y regresar a las naves principales de la mezquita, deja que su espíritu se serene en la contemplación. Es todo tan hermoso... Y porque lo es, añade lo que le es indispensable para completar la perfección que la rodea y, aprovechando la luz que se filtra a través de las altas ventanas adornadas con finísimas celosías de mármol exquisitamente tallado, dibuja los rostros de su esposo y de su hijo. ¿Se puede amar más de lo que ella los ama? Conoce la respuesta: no. Y con ella, con esa respuesta que tanta fuerza le otorga, con el dorso de su mano de mujer joven, se seca las lágrimas y, caminando sobre las luces de colores que se reflejan en el pulido mármol blanco que pavimenta el suelo de la mezquita, se dirige hacia la salida.

Cuando sale al exterior, Umm Hakim posee de nuevo esa seguridad tan plena y tan suya que tanto suele desconcertar a los hombres; así, cuando el emisario del califa la contempla de nuevo, comprende que aquella mujer es mucho más que la viuda de un viejo conquistador.

Retoman su camino y al poco llegan ante la entrada del palacio verde y las grandes puertas de cedro y bronce se abren para ellos; entre filas de guardias magníficamente revestidos con costosas armaduras ceremoniales, atraviesan una gran plaza de armas flanqueada por cuarteles, y tras ella los lugares donde trabajan los escribas, y más allá patios colmados de fuentes y jardines, innúmeras salas y galerías ricamente decoradas, y al fin una puerta de ébano con herrajes de plata, y tras ella la sala donde Omar II, emir de los creyentes, delegado de Dios en la tierra, los aguarda sentado en un sencillo solio de madera de cedro.

Omar tiene treinta y seis años, un rostro hermoso y delgado adornado con una barba recortada con elegancia y gobernado por dos ojos tan grandes y oscuros como serenos y bondadosos. Es un hombre alto, de miembros armoniosos, pero la disciplina a la que se somete, basada en la moderación y la austeridad en el comer, en el continuo ejercicio de la meditación y de la oración, y en un régimen de trabajo agotador han adelgazado en exceso su cuerpo, que, allí sentado ofrece un aspecto cansado, quizá enfermizo.

Enfermo o no, el califa la recibe con una bondadosa sonrisa. Umm Hakim, sin poder evitarlo, se la devuelve, primero con los ojos y luego con los labios; de forma instintiva, confía en aquel hombre de quien tantas cosas buenas se cuentan en todos los zocos, plazas y calles de Damasco y que, desde hace quince meses, gobierna a los árabes y a los numerosos pueblos a ellos sometidos.

—Bienvenida, sabia Umm Hakim, viuda de Táriq ibn Ziyad, vencedor del rey de los godos. Siento mucho, te lo aseguro, el pesar que te he causado ordenando que acudieras a mi presencia en momentos tan cercanos a la pérdida terrible que acabas de sufrir. Sé que eso no me excusa, señora, pero acepta, te lo ruego, mis disculpas y mi pesar —la saluda el califa sin protocolo alguno y demostrando que lo que de él se cuenta, su infinita bondad y sencillez, parece cierto.

—Poderoso emir de los creyentes, delegado de Dios, nuestro Señor en la tierra, mi pérdida no la repararán ni los días ni los años. ¿Para qué aguardar entonces? Me llamaste y aquí estoy. ¿Qué deseas de mí?

Omar no responde de inmediato a la pregunta de Umm Hakim, sino que sopesa, con curiosa intensidad, a la mujer que tiene ante sí y que aún no debe de haber cumplido treinta años: morena de piel, de largos y rizados cabellos cubiertos por un velo de seda que, más que ocultarlos, los resalta, ojos oscuros y dulces, nariz ligeramente aguileña, altos pómulos, boca pequeña y perfecta y barbilla bien definida. Es, ciertamente, tan bella como le habían dicho y, sin embargo, es la misma de la que en palacio se cuenta que posee extraños saberes mágicos con los que encandiló a su primo hermano, el difunto califa Walid I, desvelándole los secretos de la Mesa del profeta Salomón. Al proseguir con su evaluación, Omar se percata de que en ella, por debajo de la belleza y la dulzura, se advierten cosas que podría calificar como enigmas, y termina concluyendo que, más allá de lo que se ve, Umm Hakim emana fortaleza, audacia y valor. Sin duda, medita finalmente el califa, esta mujer es prueba de que Dios se complace en anonadar a los hombres.

—Eres fuerte, señora. Pues el dolor te ha golpeado con más severidad que a la mayoría y, sin embargo, te mantienes firme en mi presencia. Te diré ahora, pues quiero ser sincero contigo, que conocía desde hacía días la extraña enfermedad que sufría tu difunto marido y que terminó llevándoselo de este mundo. Pues bien, te diré ahora que es posible que su enfermedad y su muerte estén relacionadas con los dolores y los peligros que yo también padezco: esta misma noche han tratado de envenenarme. Es el segundo intento de asesinato que sufro en siete días. —Ante tan rotunda e inesperada revelación, Umm Hakim queda desconcertada—. Esta vez el veneno ha penetrado en mi cuerpo —continúa diciendo Omar en un tono que, por sereno, impresiona más si cabe—. Solo la intervención de mi médico, Ibn Uthal, me ha salvado de morir.

Entonces, de entre las sombras que no disuelve ni la luz que procede del brasero de plata que, situado a los pies de Omar, calienta la estancia, ni la argéntea lámpara que cuelga de la viga central del techo, surge un hombre de albos cabellos, rostro pálido, barbado y austero, nariz aguileña y ojos negros.

—Habían puesto el veneno en la copa de leche con miel que suelo tomar después de la última oración y de inmediato sentí los primeros efectos del tóxico —sigue explicándose Omar—. Sin duda, el veneno me habría matado en poco tiempo, pero Dios clemente y misericordioso dispuso otra cosa: Ibn Uthal nunca se separa de mí y, conforme advirtió lo que estaba ocurriendo, actuó con celeridad: me hizo vomitar y luego, reclamándolos a voces, logró hacerse con carbones de madera de cedro procedentes de las cocinas y me los hizo tragar para, a continuación, dispensarme mitridato —revela el califa como si, en lugar de relatar como ha estado a punto de morir, comentara, admirado, la última lección ofrecida por el joven y célebre maestro Jurjis ibn Bukhtishu en la Academia de Gundeshapur.*

Umm Hakim, experta como es en las artes de la curación, asiente, como aprobando el tratamiento: los carbones enfriados de madera de cedro sin duda absorbieron los restos de veneno que quedaban en el estómago del califa aun después de que su médico le provocara el vómito; y en cuanto al antídoto, el mitridato**, Ibn Uthal usó su versión depurada, la teriaca: la mezcla de más de sesenta componentes: extractos de plantas, especias, minerales y sustancias animales lograda por Andrómaco el Viejo, el célebre médico griego del empe-

---

*Celebérrimo médico cristiano nestoriano formado en Gundeshapur y maestro en dicha escuela. Nació a fines del siglo VII y murió poco después de 775. En cuanto a la escuela o Academia de Gundeshapur, en ella se enseñaba medicina, astronomía, filosofía, matemáticas y otras disciplinas. Estaba situada en Juzistán, suroeste del actual Irán, y fue fundamental para la transmisión al mundo islámico y occidental de la ciencia procedente de la India. Allí se confrontaron los saberes de griegos, romanos, babilonios, persas e indios. Fue fundada en el siglo VI por el rey persa Cosroes I.

**El mitridato fue un antídoto ideado por el famoso rey del Ponto Mitrídates VI, que reinó del año 120 al año 63 a. C.

rador Nerón y refinada por el más sabio de todos los médicos, Galeno de Pérgamo.*

—Mi señor, ¿quién puede atreverse a atacarte aquí en la capital, Damasco, y en su corazón, el palacio?

La pregunta de Umm Hakim propicia una cansada sonrisa en el delgado y ascético rostro de Omar.

—¿Quién? No se trata de quién, mi señora, sino de quiénes, pues son muchos los que desean mi muerte: miembros de mi propia familia que no ven con buenos ojos mi política de austeridad y de fin de privilegios; nobles de los más poderosos linajes árabes que no soportan que yo quiera hacer efectivos los principios del islam e iguale a todos los creyentes sin atender a su origen o condición. En fin, musulmanes que no toleran que extienda la protección que se les debe, conforme a la ley, a mis súbditos cristianos, judíos, sabeos, mandeos y zoroastrianos.** Son, pues, muchos los que desean mi muerte aquí, en Damasco, y muchos también los que, lejos de ella, sueñan con lograrla. Por ejemplo, el emperador de los romanos, León el Isaurio,*** que teme que, pese a la gran derrota que nos ha infligido, podamos ser capaces de reunir nuevos ejércitos y flotas para volverlos a lanzar contra Constantinopla, y que por eso envía espías y asesinos a Damasco, y emisarios al lejano Occidente, a Hispania, Galia e Italia, bien provistos de oro y con el propósito de alentar allí cualquier

---

*Galeno vivió en el siglo II y su fama fue tal que su propio nombre ha quedado como sinónimo de médico.

**Los fieles de todas estas religiones podían seguir practicando su fe bajo el Gobierno musulmán a cambio de pagar un impuesto especial y someterse a una serie de reglas y prohibiciones. El lector debe advertir que hacia 718 los cristianos, zoroastrianos, judíos, sabeos y mandeos superaban en conjunto y ampliamente a los musulmanes en la mayoría de las provincias del Califato omeya de Damasco.

***Emperador romano entre 717 y 741. En 717-718, en Constantinopla, infligió a los árabes su más grande derrota militar.

resistencia a nuestros ejércitos para así fijarlos en Poniente e impedirles volver a asediar las murallas de su capital. Y te revelaré otra cosa: en sus desvelos para socavar mi Gobierno, León el Isaurio cuenta con la complacencia y también con el auxilio de muchos de mis familiares y servidores más cercanos. ¿Y sabes por qué desean tanto que yo perezca? Porque quiero gobernar con justicia. ¡Sí, esa es mi falta! ¡No pueden soportar que aligere los impuestos ni que ponga fin a la corrupción y al derroche! Y, sobre todo, abominan de una cosa sobre todas las demás: ¡que no les permita robar mientras invocan los nombres de Dios y de su santo Mensajero! ¿Por qué los hombres poderosos detestan la justicia? En verdad, ahora solo confío en tres personas: en mi visir principal, Raja ibn Haywa al-Kindi; en mi médico, Ibn Uthal, y en mi astrólogo, Flegetanis.* Tres hombres justos. El primero es musulmán; el segundo, cristiano, y el tercero, judío. Pero los tres figuran entre los verdaderos creyentes. Pues solo los que aman la justicia son verdaderos seguidores de Dios. Y son precisamente estos tres hombres justos los que me aconsejaron que enviara a buscaros.

Umm Hakim sigue sin dar crédito a lo que oye: ¿qué puede hacer ella para salvar al califa de la manada de hienas que

---

*Los tres son personajes históricos y, en el último caso, el del astrólogo Flegetanis, su fama fue tal que llegó hasta los trovadores del Occidente medieval. Es el nombre del sabio judío que, según el trovador alemán Wolfram von Eschenbach, que escribía a inicios del siglo XIII en función de la obra de un trovador provenzal del siglo XII, era la fuente original, redactada en árabe, de la que provenía todo lo que él sabía y contaba acerca del grial. Sobre el grial en la tradición islámica y persa y sus conexiones con la tradición medieval europea es imprescindible leer: «El Islam y la literatura del grial en perspectiva comparada», *Al-Ándalus Magreb. Estudios árabes e islámicos* (2018), n.º 25, pp. 123-161, del doctor Ahmed Shafik, profesor en la Universidad de El Cairo que obtuvo un doble doctorado en Oviedo y Madrid.

lo rodea y que gobierna, realmente y en la sombra, el califato? ¿Qué clase de ayuda puede prestarle contra el emperador de los romanos?

—Emir de los creyentes, si mi esposo viviera y tus enemigos blandieran lanzas o empuñaran espadas, él, estoy segura, derramaría su sangre para proteger la tuya. Pero está muerto y, en cuanto a mí, solo soy una viuda, una mujer sola y sin protección que, desde hace ya tres años, vive retirada en su casa, despreocupada por completo de los afanes de poder y gloria que ocupan a otros. Así que desconozco todo sobre las intrigas políticas o sobre los hombres que, en la sombra, pugnan por gobernar y, por ende, de escasa utilidad puedo serte contra ellos. Así que no comprendo por qué vuestro visir, vuestro médico y vuestro astrólogo, por muy justos y sabios que sean, te han aconsejado acudir a mí en busca de auxilio.

—Tenemos buenas razones para pedirte que me ayudes, señora —insiste el califa.

—Yo, mi señor, también las tengo para negarme. Ahora que estoy sola me debo a mi hijo. Debo velar por él y, sin duda, lo pondré en riesgo si me entrometo en las luchas que libran entre sí los dos imperios más poderosos de la tierra, o en los asuntos de los ambiciosos nobles que pugnan en secreto por dominar la corte. Debes perdonadme, emir de los creyentes, pero la vida de mi hijo es para mí más preciosa que...

—¿Que la mía? —la interrumpe el califa y en su tono, que ya no es tan amable, Umm Hakim encuentra la razón que debería haber gobernado sus imprudentes palabras.

Pues aunque una mujer sensata puede esgrimir buenas razones para no querer implicarse en una despiadada lucha por el poder, manifestarlas tan a las claras delante de un hombre sentado en un trono puede ser muy peligroso. Omar lleva quince meses rigiendo un imperio, quince meses sin que nadie le diga que no, y eso es algo a lo que uno se acostumbra con rapidez y a lo que, de repente, no se puede renunciar. Así que en el rostro del piadoso califa se va traslu-ciendo la ira. Una que él trata de sujetar, pero que le va poniendo palabras hirientes y duras en la lengua, que en bre-ve pronunciará para hacerlas caer sobre esa descarada que se niega a obedecerlo y prestarle una ayuda que tanto necesitan él y su imperio.

Pero entonces, para fortuna de Umm Hakim, un nuevo protagonista entra en escena atrayendo sobre sí la atención del califa y sujetándole la frustración que iba a liberar con ira.

—¿Por qué recomendamos al califa tu nombre? Seré since-ro: porque eras la esposa de Táriq y su más firme apoyo. Por eso y porque eres diestra en disciplinas que ahora nos son muy necesarias para enfrentarnos a enigmas y peligros que, si aguardas un poco, te serán desvelados de inmediato —dice una voz profunda cuyo propietario, como antes hiciera el médico Ibn Uthal, surge de las sombras que se arremolinan tras el sencillo solio que ocupa el emir de los creyentes.

—Este es Raja ibn Haywa —aclara el califa—, el hombre más sabio y justo que conozco y mi visir principal. Como yo, sueña con un imperio gobernado justa y rectamente; y, como yo, de continuo ve peligrar su vida.

—Mi vida no es importante. La de nuestro señor, el califa, es vital, y tú, Umm Hakim, debes ayudarme a preservarla —agrega el mencionado, que ahora, a la vacilante luz que en la estancia reúnen el brasero y la lámpara, se muestra como un hombre viejo, pero todavía vigoroso, de luenga barba y rostro de águila.

Sin embargo, Umm Hakim nació del vientre de una mujer griega y ya se sabe: no hay pueblo más tozudo que el heleno. Así que no retrocede ni ante las buenas palabras si estas pre-tenden llevarle la contraria y meterla de lleno en el peligro que quiere evitar.

—Os lo he dicho ya y lo repetiré de nuevo: soy viuda y me debo por completo a mi hijo. ¿Cómo podría alguien como yo proteger al califa de tan grandes y traicioneros enemigos? —protesta, de nuevo, en un desesperado intento de librarse de un destino que parece estar cercándola por momentos.

—La misma sombra maligna que labora, incansable, por asesinar a nuestro califa mató a tu esposo y, si eso no te basta, mujer, agregaré que ese maligno enemigo se desvive por acabar contigo y, créeme, también con tu hijo.

Ante aquella revelación, Umm Hakim retrocede un paso, como si un puño invisible y demoniaco la hubiera golpeado. Pero es solo un instante de dolor y desconcierto. Uno que pasa rápido para ser sustituido por un torbellino rojo que se apodera de su mente haciendo girar en ella dos sentimientos: miedo por su niño y el imparable deseo de vengar a su esposo. Miedo y venganza. ¿Puede haber cosas más poderosas que estas? Probablemente no y Umm Hakim allí, ante el califa, sabe que ya no hay tiempo ni espacio para la duda o la vacilación: ayudará al califa a acabar con el demonio que mató a su Táriq y que amenaza con llevarse también la vida de su hijo. En su pecho de mujer, se agolpan rabia y determinación de leona. Y ante los ojos del califa Omar y de sus consejeros, se produce una transformación: la de una viuda quebrada por el dolor en acero afilado y bien templado.

—Cuenta conmigo, emir de los creyentes. Sea quien sea esa maligna sombra que amenaza tu vida y la de mi hijo, la descubriré y aniquilaré —dice sin alzar la voz, pero con tanta firmeza, tanta convicción, que un escalofrío recorre la espina dorsal del califa al escucharla.

—Bien, ahora que accedes a ayudarnos, te revelaremos que esa «sombra maligna» que propició la muerte de tu esposo y ansía la del califa la conforman tres personas: dos hombres y una mujer. ¿Cómo lo sabemos? El segundo intento de asesinato del califa se ha perpetrado usando veneno, pero el primero, el que tuvo lugar justo cuando vuestro esposo fue presa de la extraña fiebre que lo llevó a la tumba, fue llevado a cabo mediante el uso de, ¿cómo decirlo?... De armas demoniacas —aclara Ibn Uthal, el médico del califa.

—Armas que dejan rastro —apunta Umm Hakim.

—Un rastro infernal —conviene Ibn Uthal—. Uno que hemos seguido y que enlaza este palacio con tu casa, Umm Hakim. Y si de ello te queda alguna duda, joven leona, responde a estas preguntas que ahora te hago: ¿no es extraño que tu difunto esposo enfermara a la par que el califa sufría su primer intento de asesinato? Más aún: ¿no te parece significativo que ambas cosas ocurrieran el mismo día en que el califa sopesó por primera vez y de forma seria, la posibilidad de dar la orden de abandonar Hispania? ¿Acaso eso mismo, Hispania, por así decir, no unía a tu esposo, Táriq ibn Ziyad, con el califa? Y ahora pregúntate una tercera cosa: ¿qué ocurriría si el califa ordena a sus ejércitos evacuar al-Ándalus y concentrarse aquí, en Oriente?

Las cuestiones que acaba de presentar Ibn Uthal parecen quedarse flotando entre las sombras y la luz que pugnan por dominar la estancia. Umm Hakim las sopesa y comienza a ver con claridad los enredados hilos de la madeja en la que, sin saberlo, estaban enredados ella y su amado esposo.

—Podríamos reponer aquí, en Oriente, una parte considerable de las bajas que hemos sufrido ante Constantinopla —reflexiona Umm Hakim en voz alta.

—En efecto —interviene el califa—. Las ventajas de abandonar tan lejana conquista serían evidentes. Pero, aunque evacuar el Poniente nos reforzaría aquí, en Levante, mi orden hallaría una feroz resistencia entre los árabes y bereberes que ya están asentados en Hispania. Una resistencia peligrosa, pues podría derivar en una rebelión abierta. A no ser que... —Y el califa deja la conclusión de su razonamiento en el aire.

Así pues, Umm Hakim sigue desenredando la siniestra madeja formada por los intereses de dos grandes imperios, el de los romanos y el de los árabes, que desde hace ochenta años están enfrentados a muerte por el control del Mediterráneo.

—A no ser que el encargado de hacer cumplir vuestra orden hubiera sido mi marido —concluye Umm Hakim.

—En efecto, señora. Tu esposo fue el primer conquistador. El hombre que derrotó al rey Rodrigo. Su prestigio entre los musulmanes asentados en Hispania es, era, inmenso. No solo eso: los guerreros moros, que constituyen dos tercios de las tropas que ocupan Hispania, veneraban el nombre de Táriq y habrían obedecido sin dudar cualquier orden que él les hubiera dado, pues lo consideraban uno de ellos y, a la par, su jefe indiscutible: el hombre que los convirtió de simples pastores en orgullosos conquistadores.

»Por eso, Umm Hakim, les era indispensable eliminar a tu esposo, y por eso el enemigo en la sombra al que tenemos que combatir tomó la decisión de asesinarlo de inmediato no bien se filtró la noticia de que yo sopesaba evacuar Hispania. Pues esa orden solo habría podido llevarse a la práctica si el encargado de ejecutarla hubiera sido Táriq ibn Ziyad. Ahora, muerto vuestro esposo, no puedo plantearme darla. Sin su autoridad, sin su prestigio, solo lograría una cosa: que los árabes y bereberes asentados en al-Ándalus se rebelaran contra mí. Esa es la diabólica jugada que mis enemigos han efectuado eliminando a vuestro esposo: privarme de la oportunidad de efectuar un repliegue táctico y de lanzar luego mis renovadas fuerzas contra Constantinopla.

»Así que, convengámoslo, las espadas del imperio de los romanos y del de los árabes están en alto, y de lo que suceda a partir de ahora dependerá la suerte de los dos imperios y del mundo entero. Pero, ante todo, los dos, el emperador de los romanos y yo, califa de los árabes, necesitamos tiempo. Pues ninguno contamos con fuerzas suficientes para lanzarnos de nuevo a una gran guerra, y por eso, señora, recurrimos a espías, asesinos y oro con los que tratar de acabar el uno con el otro y generar en todas las fronteras de nuestros reinos desórdenes y guerras. ¿Ejemplos? Mi oro paga a una docena de espías en Constantinopla y, si encuentran la forma de hacerlo, tratarán de envenenar al emperador de los romanos o de clavarle una daga en el corazón, devolviéndole así el mal que contra mí esgrime. Pues ahora sabemos que, en torno a mí, aquí mismo, en mi palacio, los romanos cuentan con asesinos capaces de envenenar mi copa y de realizar negros conjuros destinados a matar mi mente y mi cuerpo; y a la par, lejos, a Oriente y a Occidente, envían agentes con las bolsas repletas de oro que entregan a manos llenas entre los señores y reyes que aún se resisten a nuestro poder. Han sido esos agentes romanos los que visitaron a Eudón, duque de Aquitania, ofreciéndole oro a cambio de que apoyara a Ardón, último rey de los godos,* con el fin de que sumen sus fuerzas para combatir a los musulmanes de Hispania, mientras que, en esta última, según me cuentan, se ha alzado un caudillo guerrero, un tal Pelayo, que nos ha infligido una pequeña derrota. No tengo duda alguna de que en breve también ese bandolero recibirá la visita de un agente romano bien provisto de oro con el que espolear su resistencia.

Escuchando al califa Omar, Umm Hakim vislumbra la magnitud de aquel gran juego de imperios en el que su esposo, cual si fuera un simple peón en una despiadada partida de ajedrez, ha sido eliminado, pero hay algo que no encaja del todo.

—Mas si el enemigo ya ha logrado su objetivo matando a mi esposo, ¿para qué seguir amenazando la vida de mi hijito y la

---

*Eudón o Eudo fue duque de Aquitania, sucedió a su abuelo, Lupo hacia 710 y gobernó hasta 735. Dominaba las tierras situadas entre el Loira y los Pirineos y luchó denodadamente contra los árabes; Ardón fue el último rey godo y su reinado se extendió entre 713-714 y 719-721, aunque su dominio estuvo relegado a la Septimania, sureste de Francia, y a algunas regiones pirenaicas.

mía? —pregunta mientras mira, alternativamente, al médico, al primer visir y al califa. El silencio se apodera entonces de la gran estancia y parece mezclarse con la escasa luz. Los tres hombres intercambian miradas entre sí y luego, asintiendo con la cabeza, el califa da permiso a su visir para que conteste la pregunta.

Lo hace con un gesto. Uno que ordena a los guardias que abran la puerta para que en la estancia entre un grupo de soldados llevando consigo un desgraciado despojo humano, que, arrastrado por el suelo de blanco mármol, deja un sangriento rastro hasta ser arrojado a los pies del trono de Omar. Allí se queda, gimiendo en el suelo, mientras uno de los soldados deposita junto a él un pequeño cofre de plomo cerrado con un cerrojo de plata.

—Este es Simón de Heliópolis, un egipcio al servicio del emperador León el Isaurio. Hace unas horas, en mitad de la madrugada que hemos dejado atrás, su guarida fue descubierta por mis hombres y asaltada. Sus compinches lograron escapar, pero él no tuvo tanta suerte y fue capturado y, como puedes ver, ha sido sometido a tormento para que nos revele todo lo que sabe. Es así como ahora sabemos que hace un mes llegó a Damasco junto con otros dos espías: una mujer de piel morena de origen indio y un hombre, un griego, casi tan blanco como un albino. Los tres, este perro y sus cómplices, son hábiles asesinos versados no solo en las artes del veneno y el puñal, sino también en las de la negra brujería. ¿Su misión? Tres encargos traían: generar en Damasco cuantos problemas y desórdenes pudieran, tratar de asesinar al califa y apoderarse de algo precioso. Algo que, ahora lo sabemos, podía otorgar al califa una protección sin igual ante la que el veneno y la brujería ningún poder tendrían.

—¿Protección? —pregunta Umm Hakim, intrigada por la tercera de las misiones encomendadas a los tres asesinos.

—Sí. Protección, larga vida y sabiduría. Este perro ha confesado muchas cosas..., ¿verdad, Simón?

El aludido, que ahora es un despojo sufriente al que sus torturadores han arrancado el ojo derecho, amputado la nariz, cercenado las orejas y lacerado horriblemente todo el cuerpo con púas de metal al rojo vivo, alza la cabeza y se esfuerza en contestar. Vano intento, pues también le ha sido cortada la lengua.

—Ya no la necesita, ¿verdad, Ibn Utahl? —aclara Ibn Haywa con dureza.

—No, pues esa caja de plomo habla por él —contesta el médico del califa acercándose al cofre, agachándose junto a él y, tras depositar sobre su tapa un extraño talismán, abrirlo y extraer de él dos burdas figurillas de cera con forma humana y con muestras de haber sido sometidas a manipulaciones de las que es mejor no saber nada. Al verlas, Umm Hakim retrocede un paso y realiza un signo apotropaico. Evidentemente, sabe de qué se trata: magia negra.

—Sí, es lo que parece —le confirma el médico—: brujería. De algún modo, este perro demoniaco o alguno de sus cómplices lograron hacerse con pelo, recortes de uñas, ¿quién sabe si con algo más?, procedente de los cuerpos de vuestro esposo y del santo califa y usaron todo eso para moldear las figuras y luego someterlas a una oscura abominación destinada a dispensar dolor y muerte. Podemos proteger a nuestro señor contra venenos y puñales e, incluso y si permanecemos alerta, también contra esto... Sí, incluso contra la magia negra podemos salvaguardarlo. Pero todo sería más fácil y, sobre todo, más seguro, si contamos con el auxilio del precioso objeto que estos malditos asesinos tenían el encargo de robar y cuya existencia, lamento decirlo, desconocíamos por completo —concluye el médico del califa.

—Sí, es una lástima que, hasta torturar a este asesino que ahora gime a nuestros pies, no tuviésemos noticia de ese precioso objeto, de ese «antídoto universal» contra el mal —agrega el visir—. Y en este punto, señora, llegamos al momento en que debemos presentaros a Flegetanis —y añadiendo aquello se gira hacia las sombras y de ellas surge la tercera figura que allí aguardaba su momento: un hombre terriblemente viejo, de rostro amarillento y apergaminado, ojillos enrojecidos y calva cabeza de buitre.

Umm Hakim reprime la repulsión que aquel hombre le provoca con su aspecto de momia retornada a la vida y medita sobre lo que su nombre, Flegetanis, significa: «docto en estrellas».

—Como ya os anunció el califa, Flegetanis es judío —aclara ahora Ibn Uthal—. Aunque puede que no lo recuerde ya, pues dice que tiene ciento once años.

—Guárdate tus estúpidas bromas de incrédulo cristiano —le replica el viejo deforme y diminuto de cabeza de buitre y ojos de abismo—. Soy hebreo y lo seré hasta mi muerte. Pero, en cuanto a esta última, aún puedo esquivarla..., aunque si sigues haciendo bromas tan deplorables, es posible que la convenza de que vaya a por ti.

Ibn Uthal sonríe. Evidentemente, ambos hombres mantienen una amable y gozosa rivalidad.

—Flegetanis no solo es astrólogo, sino también maestro en disciplinas que es mejor que carezcan de nombre... Y, por supuesto, es el hombre que más sabe sobre una cuestión con la que tú y tu esposo estuvisteis íntimamente relacionados y que estoy seguro de que ya tienes presente. ¿Me equivoco? —apunta ahora el visir cortando la disputa entre el médico y el astrólogo.

—¡La Mesa del profeta Salomón!* —exclama Umm Hakim, cada vez más sorprendida por la aparentemente inago-

---

*Este prodigioso objeto fue mandado hacer por el rey Salomón y llevado a Roma por Tito en el año 71 d. C. Allí permaneció hasta que en 410 fue robado por el rey visigodo Alarico. Su sucesor, Ataúlfo, lo llevó consigo a las Galias y a Hispania, y en 418 quedó custodiado en el tesoro real instalado en Tolosa, hoy Toulouse. En 508 estaba en Carcasona y posteriormente fue llevado a Firas, de donde les fue arrebatado por

table sucesión de increíbles revelaciones de las que está siendo involuntaria testigo.

—Sí, y no solo —conviene el visir mientras hace una seña al decrépito Flegetanis para que aclare del todo la cuestión.

El arrugado viejecillo se adelanta dos pasos y se aclara la garganta antes de hablar.

—Los godos fueron durante siglos un pueblo errante. Se dice que, ochocientos años atrás, salieron de los yermos helados de Escandinavia y que, durante siglos, pusieron a prueba el valor de los romanos. En aquellos tiempos eran paganos y adoraban a un Dios que exigía sacrificios humanos: Guton, «el dios furioso». Sus correrías abarcaron Asia y Europa, saquearon muchas antiguas ciudades y templos que ya eran viejos en el albor de los tiempos, así que fueron innúmeras las maravillas que, con el tiempo, atesoraron durante sus bélicos vagabundeos. Por supuesto, habéis que recordar que eran simples bárbaros y que no tenían muy claro el poder que podían albergar algunos de los preciosos objetos que robaron en templos y palacios de medio mundo, y por eso muchos de ellos permanecieron, amontonados sin orden ni concierto, en las cámaras de su tesoro real y fueron en ellas olvidados. Una de esas maravillas, ya lo sabes, es la Mesa del rey Salomón y otra, que a todos nos pasó inadvertida cuando el tesoro godo llegó a Damasco hace tres años, es el elixir alquímico o, por mejor decir, la parte que de él sobrevivió. Pues la otra, de la que apenas algo sabemos, desapareció del mundo sin dejar rastro.

Umm Hakim no se esperaba aquello: ¿el elixir alquímico? ¿En el tesoro de los godos? Así que no era una leyenda... Existía realmente y era un objeto. Uno capaz de otorgar larga

Táriq ibn Ziyad. En 715 lo trasladaron a Damasco y pasó a formar parte del tesoro del califa.

vida, preservar frente a enfermedades y venenos, y conceder una sabiduría sin igual. Se decía que era una piedra tallada en forma de cuenco o copa, si bien algunos afirmaban que no estaba constituida por una sola pieza, sino por dos, y que la parte inferior servía de pie y la superior era el vaso que transformaba cualquier líquido que en él se vertiera en panacea para todas las enfermedades y antídoto para todos los venenos, amén de en fuente de juventud y sabiduría. Sí, eso se decía, aunque otros afirmaban que no era un objeto, sino una sustancia, y no faltaban tampoco quienes le otorgaban otros nombres: piedra filosofal y grial. Pero se le dé el nombre que se le dé, y tenga la forma que tenga, todos los sabios están de acuerdo en que el elixir alquímico otorgará larga vida y poder a quien lo tenga entre sus manos.

—¿Cómo pude no darme cuenta de algo así cuando examiné el tesoro de los godos con Táriq? —se pregunta en voz alta, sorprendida por su falta.

—Bueno, es un objeto poco llamativo —la disculpa el viejo—. Un simple cuenco tallado en una piedra semipreciosa. De esos, ya lo sabes, estuvieron y están repletos los tesoros de todos los reinos.

—Pero yo... Yo debería haberme percatado.

—Sí, deberías. Pues tu padre te educó para esas cosas y era diestro como pocos.

—¿Conociste a mi padre?

Flegetanis sonríe y su cara colmada de arrugas asemeja la de una malévola serpiente increíblemente vieja.

—Soy viejo, niña, tanto que he conocido a todo aquel que he querido conocer. ¿Acaso tu padre no era un hombre digno de ser conocido? Perdóname, niña, pero agregaré ahora que era un ser maléfico, cruel, ambicioso, pero interesante.

Oír aquello sobre su padre no le extraña ni la sobresalta: lo amaba y se sabía amada por él, pero eso no le impide convenir en que era un hombre malvado e impío. Sí, pero también el más grande de los brujos, y alguien así, tan docto en lo oculto, necesariamente tuvo que interesar y mucho a un astrólogo y mago como Flegetanis.

—Hace mucho tiempo, entre las ruinas de Babilonia la maldita, nos encontramos tu padre y yo. Ambos buscábamos cosas que ahora no es necesario nombrar. ¿La diferencia? Él, ya lo sabes, las buscaba para el mal y yo, bueno, no voy a engañarte, para alimentar mi ego desmedido. Pero ahora soy viejo. Ya no necesito ser orgulloso, ni que los hombres me admiren o teman. La vejez, después de todo, es la cura más perfecta contra los verdaderos males que afligen a los hombres.

—Entonces, ¿estáis seguros de que el grial estaba en el tesoro de los godos?

—Casi seguros —responde el viejo—. Ya sabes que verificar algo así es, ¿cómo decirlo?, muy muy difícil.

—Yo podría hacerlo... Yo debería haberlo hecho —se lamenta sin poder reprimir su frustración. Pues de haber poseído el elixir alquímico nada habría podido dañar a Táriq, y de tenerlo ahora en sus manos, sin duda, podría liberar el espíritu de su esposo y darle así el reposo que merece.

—Sí, y por eso, niña, te hemos llamado.

—Entonces, no nos demoremos más. Ponedme a prueba y ordenad, emir de los creyentes, que traigan de vuestro tesoro ese objeto maravilloso para que yo lo examine bajo la mirada atenta de tu astrólogo, de tu médico y de tu visir. Será así revelado de inmediato si realmente es el elixir alquímico: el recipiente, la piedra, a la que muchos dan los nombres de piedra filosofal y grial —pide con la voz rota por una emoción incontenible: la de poder usar semejante maravilla para el descanso de su amor y la protección de su hijo.

Sí, y, además, ¿para qué negarlo?, siente su ánimo espoleado también por el deseo de ver, de tocar, de descifrar los secretos de tan portentoso prodigio. Pues ¿acaso no es hija de su padre? Lo es y por eso es presa del vértigo que todo sabio experimenta cuando anticipa la revelación de grandes misterios y poderes.

Pero Flegetanis se limita a encogerse de hombros y a emitir una cascada risita.

—Tienes prisa por desvelar el misterio del grial, ¿verdad, niña? ¡Ah, estoy seguro de que si hace siete años, en Hispania, cuando examinaste el tesoro de los godos, te hubieras percatado de su presencia, sin dudar un momento, te lo habrías quedado del mismo modo en que te quedaste con el anillo de Salomón,* ¿verdad? Por cierto, ¿dónde lo guardas, niña? —pregunta Flegetanis con voz malévola, codiciosa y falsamente inocente.

Umm Hakim no pierde ni un instante en preguntarse cómo puede saber esas cosas, se limita a no contestar de inmediato a aquella arrugada momia y a sostenerle la inquisitiva mirada.

—Lo arrojé a un pozo e hice bien —responde al fin, desafiante y segura.

El viejo Flegetanis abre mucho los ojillos enrojecidos y la desdentada boca: no da crédito a lo que acaba de oír. ¿Desprenderse de algo tan preciado y poderoso? Pero luego, lentamente, asiente y sonríe.

—No eres como tu padre —dice negando con la cabeza en un gesto que no se sabe muy bien si es de pesar o de admiración—. Él nunca se habría desprendido del anillo. Confesaré, incluso delante de nuestro santo califa, que yo, Flegetanis, tampoco lo habría hecho. Ciertamente que tú, niña, lograras separarte de tan formidable pieza dice mucho en favor del bien que debe brillar en tu alma y, sobre todo, de tu fortaleza mental y de tu voluntad. ¡Fuiste sabia al hacer tal cosa! Sí,

* Este anillo está ligado a Salomón y se decía de él que le servía para dominar los elementos, a los animales y a los demonios.

más sabia de lo que yo habría sido, pues ese objeto, antes o después, te habría destruido.

»Demasiado poder... Sí, demasiado. Por eso me pasé sesenta años de vida buscándolo, incesantemente, por medio mundo... No sabía que estaba oculto en el tesoro de los godos... ¡y ya da igual! Al arrojarlo, al librarte de él, salvaste tu vida y, probablemente, la mía también, pues tampoco yo habría podido lidiar con ese maldito anillo de Salomón... Pero el elixir alquímico, el grial, ¡ay, el grial es otra cosa! ¿Cómo pudimos estar tan ciegos como para no descubrir que lo teníamos en nuestro poder? Veréis, es un objeto antiquísimo. Mil años antes de que Moisés guiase a mi pueblo a la Tierra Prometida, ya lo celebraban y lo buscaban los sabios de Ugarit, que lo llamaban «copa de Baal» mientras que en la vieja Persia lo conocían como Yamshid, la Copa que, al ser llenada de agua pura, mostraba a quien en ella miraba todo lo que deseara ver o conocer; la gema tallada en forma de cuenco que curaba toda herida, toda enfermedad; en fin, los árabes le dan muchos nombres y, entre ellos, los de Sakina y Maqam, el lugar sagrado y santo, el recipiente que contiene la luz purificadora, la presencia divina que libera de todo mal.

Y hay tal arrebato, tal fascinación en la cascada voz del viejo Flegetanis que se contagian cuantos lo escuchan. Umm Hakim está tan emocionada como él y observa que también se hallan en ese estado el médico y el visir del califa, y que este último, erguido en su solio, contiene la respiración y tiene el rostro encendido con la mirada de los soñadores y de aquellos que se ven poseídos por una fe inconmovible.

—Sin duda, es la Sakina, el recipiente dorado procedente del paraíso que, milagrosamente, el ángel Gabriel toma en sus manos para lavar el corazón de los profetas. Dicen que también el corazón del Mensajero de dios, Mahoma, fue purificado de esa forma y que, cuando llegue el momento, la Sakina vendrá a nosotros junto con el arca de la alianza, en donde, en tiempos de Moisés, estuvieron guardados, junto con las tablas de la ley, la vara de Moisés y el maná —interviene el califa Omar, incapaz de contenerse por más tiempo, con el rostro arrebolado, en un tono que, por emocionado, no parece provenir de un hombre tan mesurado.

Pero el viejecillo se encoje de hombros en un gesto que tanto puede ser de aceptación como de desdeñosa negación.

—Es cierto que los cabalistas y los místicos llaman a ese vaso dorado Sakina. Al igual que tú, santo califa, también ellos se acercan a la verdad, aunque no la vislumbran por completo y, sin embargo, sí más que este necio de Ibn Uthal, vuestro médico cristiano, que se trata de convencer a sí mismo de que el elixir alquímico, el cuenco sagrado, es también el cáliz con el que su mesías, el bonachón de Jesús, consagró el vino en la última cena que celebró con sus apóstoles antes de ser prendido y ajusticiado. Pero yo os digo a los dos que, aunque paradójicamente pudieseis tener razón, estamos en presencia de algo mucho más antiguo e incomprensible y, por supuesto, más poderoso.

—Y peligroso —apostilla Umm Hakim.

—Sí. Pues todo poder implica peligro y este último es más grande cuanto más lo es el primero. Pero creo que yo, pese a mi edad, hubiera podido usar ese poder para proteger al califa, otorgarle larga vida y aumentar su sabiduría. ¿Qué podría hacer nuestro santo califa con esos dones? Sin duda, estoy seguro, haría de su imperio el reino de Dios en la tierra: un lugar pleno de justicia y paz.

—¡Pues enviad a buscarlo! —reclama Umm Hakim, cada vez más ansiosa de emoción—. No recuerdo ese objeto y no me extraña que así sea, pues eran innumerables los tesoros amontonados bajo las bóvedas secretas de Firas, el castillo donde los reyes godos ocultaban su tesoro, pero sí estoy segura de una cosa: lo trajimos a Damasco desde Hispania y lo entregamos al tesoro del califa. Traedlo, pues, verifiquemos su existencia, su poder y usémoslo para que el califa vea su salud, su sabiduría y su vida preservadas de todo mal y, os lo ruego, bondadoso califa, permitidme también usar su poder y su luz para liberar el espíritu de mi esposo y extender una santa protección sobre la cabeza de mi hijo.

Es una buena propuesta, desde luego. Pese a ello, el silencio persiste y de tal manera que casi se hace visible.

—Anoche, ese cuenco fue robado de mi tesoro —aclara al fin el califa.

Umm Hakim menea la cabeza con pesar. ¿Por qué en esta vida las cosas nunca son fáciles? Conoce la respuesta: vida es el nombre que usamos para decir de otra manera la palabra *difícil*. Pero los sabios no se demoran en aceptar lo que es real.

—¿Sabéis ya quién lo robó? —pregunta, práctica y directa como siempre.

—Un esclavo del tesoro. Un noble godo que fue traído a Damasco como parte del botín de la conquista de Hispania. Su nombre era Lorenzo de Osca.

—¿Era? —pregunta ella alzando una ceja.

—Esta misma mañana, Lorenzo de Osca fue hallado muerto. Alguien lo degolló tras arrebatarle el grial. Sería «difícil» interrogarlo en estas circunstancias, ¿no crees? Los muertos, ya lo sabes, suelen ser gente muy silenciosa —le aclara, malicioso, travieso, el arrugado Flegetanis—. Pero, aunque los muertos son gente callada, los asesinos suelen hablar sin parar cuando los sometes a tortura, y aquí, tirado a nuestros pies, tenemos a un grandísimo asesino, ¿verdad? —le pregunta al desecho humano que es ahora el ensangrentado Simón de Heliópolis, y, para insistir, le propina una patada que reaviva un tanto al moribundo.

—Flegetanis tiene razón —interviene el médico del califa—. Este perro lo ha confesado todo: él y sus dos compañeros huidos tuvieron conocimiento de la existencia del grial y averiguaron también que el malhadado Lorenzo de Osca trabajaba en el tesoro del califa. Así que se acercaron a un hombre de cuya influencia sobre el tal Lorenzo no cabía duda alguna: su confesor. Otro hispano llegado a Damasco como cautivo y que, según hemos averiguado, fue en otro tiempo obispo. Su nombre es Dámaso y Lorenzo lo tenía por su guía y maestro. Así que los asesinos sobornaron a Dámaso para que convenciera al de Osca de que robase el grial. Estoy seguro de que el propósito último de los asesinos era el de llevárselo a su señor, nuestro peor enemigo: León el Isaurio. ¿Puedes imaginar qué podría hacer el emperador de los romanos con semejante poder y símbolo? Siendo su imperio un reino cristiano, sin duda lo exhibirá en Constantinopla como el cáliz de la última cena de Cristo. ¿Imaginas cómo enardecerá eso a sus soldados y a su pueblo? Pero los espías del emperador de los romanos fueron traicionados por ese tal Dámaso, que, a estas horas y conforme a lo que sabemos, debe de estar corriendo en dirección vete a saber dónde.

Umm Hakim tiene ya todas las partes del laberinto. Sí, ahora faltaría meterse dentro y encontrar lo que se oculta en sus infinitos caminos.

—Esto es todo, señora. Ahora conoces todas las razones por las que ordené que fueras traída a mi presencia, así como por qué necesito tu ayuda; solo tú puedes traer el grial.

—¿Traer? —pregunta ella sin tenerlo del todo claro.

—Niña —interviene de nuevo Flegetanis con un poco de impaciencia en la cascada voz—, no te hagas la tonta: yo soy muy muy viejo, así que solo tú puedes ir tras ese objeto, comprobar que se trata del verdadero grial y traerlo de nuevo aquí, a Damasco, para poner su poder al servicio del califa e impedir así que termine en manos de los romanos. Lo repito, estoy muy viejo para ir por medio mundo persiguiendo obispos asesinos o para enfrentarme a demoniacos sicarios, y los demás, incluyendo a este pretencioso necio de Ibn Uthal, serían incapaces de distinguir entre la piedra filosofal y una burra preñada. Y recuérdalo, si te quedas aquí sin hacer nada, ellos, los dos asesinos que aún están libres, no solo lograrán, antes o después, hacerse con el grial, sino que, sin duda, tendrán a bien cortaros el cuello a ti y a tu hijito. ¿Pues acaso crees que ellos no saben también lo que nosotros sabemos? Solo tú puedes estorbarles en sus planes y ya sabes lo que suele hacerse con lo que estorba... La mejor posibilidad de supervivencia para ti y para tu hijo es que te alejes de Damasco y partas en busca del grial. Ellos, sin duda, correrán tras de tus huellas, y entonces, tu hijo, piénsalo, estará a salvo. Plantéatelo así, serás una buscadora de luz a la par que un cebo para la oscuridad infernal.

El viejo, maldita sea su arrugada estampa, tiene razón. Umm Hakim tiene la certeza de que así es: la mejor forma de proteger a su hijo será ir en busca del grial y llevarse tras ella a los asesinos de Táriq. Sin duda, medita con fiereza, será un largo viaje, una peligrosa empresa, y en ella, antes o después, hallará el momento de vengarse y darles la peor muerte que se le ocurra.

—¿Y mi hijo? —pregunta en un tono que da a entender que todo está decidido.

—Quedará bajo mi protección —afirma el califa con rotundidad—. Y para que estés aún más tranquila, Flegetanis velará también por él en todo momento. Nada podrá dañarlo. Siempre habrá guardias junto a él y a los peligros que el acero afilado no pueda enfrentarse, los afrontará la magia del astrólogo.

Con eso deberá bastarle. Así que Umm Hakim asiente muy despacio.

—El mundo será un lugar mejor si triunfas y me entregas el grial —la anima, en tono amable, el califa.

Y debe creerlo, sin duda, pero ella, tan joven y a la par tan vieja, sabe que el mundo, con grial o sin él, no cambiará.

—Saldré de inmediato —anuncia. ¿Pues para qué demorarse más?

—No irás sola —interviene, sobresaltándola, Flegetanis, y en sus ojillos Umm Hakim advierte el brillo de la admiración.

—No necesito compañía.

—La tendrás. Es necesario. El liberto negro de tu esposo, Amra el gigante, irá contigo. Las estrellas así lo han dicho.

—¡No!

Y como Flegetanis enarca una ceja, ella se cree obligada a explicar su rotunda negativa.

—Amra debe quedarse junto a mi hijo.

—Tu hijo ya está bajo mi protección y la del califa.

—No me basta. Quiero que permanezca junto a Jalid.

—Eres tozuda, niña, pero las estrellas son más tercas que tú.

Y así zanjó el astrólogo el asunto. Todo estaba dicho y, en secreto, Umm Hakim inició el más peligroso de los trabajos.

Cuando abandona la estancia donde su destino acababa de ser sellado, se encuentra con Amra que, silencioso, paciente, sigue esperándola tras las puerta de ébano y plata. El coloso se pone en pie, pues estaba sentado sobre el frío mármol, y le ofrece su franca sonrisa de hombre bueno.

—¿Lo ves, señora? El califa es un hombre santo y bueno y no te ha retenido. No había nada que temer. Volvamos a casa con el pequeño Jalid.

Umm Hakim casi se echa a reír histéricamente al escuchar aquello. Conteniéndose, mira a los ojos del gigante y este, al ver cómo lo mira, comprende que algo no va bien.

—Sí, volvemos a casa. Pero solo para regresar aquí con Jalid. Luego, Amra, tú y yo partiremos a un largo viaje.

—¿A dónde, mi señora?

—¿Y qué importa eso? De este viaje, Amra, solo importará una cosa.

—¿Qué?

—Volver.

Y diciendo aquello se encamina fuera del palacio verde. Es una mujer dispuesta a proteger a su hijo y le han revelado que la mejor forma de hacerlo es lanzarse al peligro. Con esa convicción camina, frágil y diminuta, y tras ella lo hace un gigante negro.

V

Esa noche, la última que Umm Hakim pasa junto a su niño antes de partir, una mujer guarda un cuchillo sin limpiarlo. A sus pies, con la garganta abierta de lado a lado, yace uno de los guardias de su casa. Sin detenerse un instante, la asesina se interna en el dédalo de pasillos, patios y salas en busca de sus verdaderas víctimas: una madre y su hijo.

Se detiene en la esquina de un largo corredor. Con la espalda apoyada en la pared, serena la respiración y cierra los ojos para concentrar poder en sus sentidos. En su disciplinada mente dibuja el plano de la gran casa y a sus oídos, afinados más allá de toda comprensión, llegan los más insignificantes sonidos: el vuelo de una lechuza, el rumor de las hojas de los árboles del huerto, la respiración profunda de una mujer sumergida en un apacible sueño, los ruidos furtivos de una pareja de esclavos haciendo el amor... La noche reina y en la noche, ella, la asesina, es señora cruel.

Dobla la esquina. Pasos silenciosos y cuchillo empuñado. Un paso, tres, siete y se detiene delante de una puerta que no toca y en el aire dibuja un extraño signo. Luego, anulada la protección que custodiaba el paso, empuja la puerta y entra en una estancia en la que, ajena a todo mal, la mujer duerme junto a una cuna velando el sueño del niño. La asesina es silencio que sobre la dormida se inclina para degollarla y, aunque la oscuridad es profunda, las tinieblas son su hogar y sus implacables manos asesinan diestramente; la hoja del cuchillo penetra profundamente en la morena y grácil garganta y la sangre, caliente, imparable, mana manchándole las manos, salpicándole el rostro y dándole así la oportunidad de lamer unas gotas mientras termina de completar su horrísona tarea.

Ya está. La ha matado. Ha sido más fácil de lo que esperaba. En verdad ha gozado tanto con aquello que tiene que detenerse un instante para serenarse.

En la oscuridad, la asesina se alza, aferrando con fuerza por los largos cabellos rizados la cabeza que acaba de cortar. Y respira profundamente, como una bestia infernal. Una que aún no está saciada. Girándose, busca a tientas, entre las sombras, el lugar donde duerme el niño. Y ahora, en la noche, el diablo encarnado en mujer se asoma a una cuna. En ella duerme el pequeño Jalid, enredado en hermosos sueños de los que nunca despertará. Sobre él se cierne la muerte. Muerte de ojos grandes y extrañamente hermosos que escudriñan las tinieblas para mirarlo, para gozar con su infantil agonía.

El cuchillo parece cobrar vida en sus manos e, inexorable, demanda sangre. Hoja afilada y carne indefensa.

—Ve con tu madre —susurra la asesina, incapaz de contener el placer—. Ve con ella a la muerte.

Y mata. Pues el mal, en el mundo real, suele triunfar.

Pero no siempre. Una mano aferra la suya en la oscuridad. La asesina se queda paralizada. ¿Cómo es posible que no escuchara los pasos de quien ahora le agarra la muñeca? Eso ya no tiene remedio. Otras cosas, sí. Echando con fuerza la cabeza hacia atrás, golpea el rostro de quien le sujeta la mano del cuchillo y logra así espacio para revolverse y caer. Dos figuras ruedan bajo las sombras de la noche y el niño, despertado por el estrépito de la lucha, se echa a llorar.

Llanto de niño, oscuridad y un cuchillo que, a ciegas, trata de apuñalar. La asesina sigue retorciéndose, golpeando, pero sus esfuerzos son vanos y quien le aferra la mano es tan fuerte, tan diestro, como ella.

Entonces se hace la luz. Pues Amra, el coloso negro, entra en la estancia sosteniendo una antorcha. ¿Y qué ve? El cadáver decapitado de Fátima, la niñera de Jalid, y a Umm Hakim y a una extraña mujer peleando en el suelo como dos fieras.

—¡Ayúdame, Amra, ayúdame! —le grita su señora y él reacciona.

Sí, y también la asesina que, golpeando con el codo el bazo de Umm Hakim, la paraliza de puro dolor y logra así soltarse. Con un rápido movimiento, se pone en pie y se enfrenta a Amra.

¿Cómo enfrentarse a un gigante de cuatro codos y medio de altura y cuatrocientas libras de peso?* Pues como ella lo hace: con astucia y brujería. De su mano parece brotar un polvo gris amarillento que arroja al rostro del negro, que, cegado de súbito, con los ojos y la nariz dolorosamente irritados, sin aire que llevar a sus pulmones, se detiene y, desesperado, se lleva las manos al rostro y deja caer la antorcha al suelo. ¿Magia? Sí, una de esas que consiste en moler granos de pimienta y mostaza salvaje y mezclar el resultado con ceniza fina para obtener un polvo irritante y abrasador.

Es un buen momento para que la asesina golpee y, como tiene reflejos de tigresa, su cuchillo ya vuela hacia la desprotegida nuca de Amra para descabellarlo como a un toro. Sin embargo, Umm Hakim también es rápida y cae sobre la espalda de la asesina justo antes de que pueda matar al gigante, y nuevamente ruedan las dos mujeres por el suelo, golpeándose, arañándose, mordiéndose. Dos fieras empeñadas en darse muerte.

Pero la asesina es más diestra: golpea la cabeza de Umm Hakim con el pomo de su arma, la aturde un instante y, apro-

---

*Aproximadamente, dos metros de altura y unos ciento treinta kilogramos de peso.

vechándolo, alza el cuchillo y lo dirige hacia la garganta de su rival. No obstante, no termina de completar el movimiento. Amra, con los ojos y la nariz aún ardiéndole, logra recuperarse lo suficiente como para aproximarse a la asesina y, aferrándola por la muñeca y el cogote, alzarla como a un muñeco y apartarla así de Umm Hakim. La asesina, desconcertada, pues jamás habría supuesto que alguien podría recuperarse tan pronto de los efectos del polvo, patalea, aúlla y prepara su mano izquierda.

—¡Cuidado! —le advierte su señora desde el suelo.

Pues la asesina ha deslizado hasta la mano una diminuta daga envenenada que llevaba oculta bajo la manga de la túnica. No la usará, Amra le estampa la cara contra la pared. Una, dos, tres veces. Y, rota, desmadejada, inconsciente, la deja caer.

—¡Alá! —exclama Amra, tratando de reponerse de la locura que acaba de vivir en apenas unos instantes.

Luego, lagrimeando aún, ve a Umm Hakim, que todavía está tirada en el suelo, y corre a auxiliarla.

—Estoy bien —lo tranquiliza ella.

¿Bien? Tiene varios cortes superficiales en los brazos y el rostro magullado, y de la cabeza, allí donde la golpeó la asesina, mana la sangre por la brecha abierta.

Pero es madre y ninguna herida le impediría ponerse en pie y abrazar a su hijo. El niño sigue llorando y ella lo estrecha contra su pecho mientras, dándole las gracias a Dios, cierra los ojos en una silenciosa oración. Después los abre. Y el horror está de nuevo allí, pues la asesina está otra vez en pie. Sí, con la cara destrozada y bañada en sangre, pero en pie.

—¡Amra! —grita Umm Hakim.

Él se gira y abre mucho los ojos. ¿Cómo no sorprenderse? La golpeó con fuerza, con mucha fuerza, y sintió como a la asesina se le quebraban los huesos y se le saltaban los dientes. ¿Cómo puede una mujer ponerse en pie tras semejante castigo? Esta lo ha hecho y le sonríe, malignamente, a través de la sangre que le cubre la cara.

—Ahora sí que estoy llena de ira —les susurra como lo haría una serpiente si tuviera el don de hablar—. Ahora sí que vais a saber lo que es el dolor.

Y, diciendo aquello, ya sea por un artificio mágico o porque sus movimientos, de tan fugaces, son invisibles a los ojos humanos, en su mano aparece una larga aguja de afilada punta y cuerpo acanalado que, al ser presionado, comienza a segregar una sustancia viscosa.

—¡Atrás, Amra, atrás!

Ante la advertencia, él retrocede y Umm Hakim, que ha soltado a su hijo y ha recogido la antorcha con la que el gigante entró en la habitación, avanza; ante la llama, la asesina da un paso atrás.

Una aguja envenenada con acónito, el rey de los venenos, contra una antorcha; dos mujeres que se miran a los ojos evaluándose como si fueran dos panteras en duelo mortal; dos hechiceras diestras en ponzoñas y artimañas que, sin dejar de mirarse, giran la una en torno a la otra en una suerte de lenta danza de muerte.

No es hora de bailar, sino de golpear. La asesina, rápida como una cobra, apuñala con la larga aguja, y si su estocada hubiera tan solo rozado la piel de Umm Hakim, esta habría muerto en apenas unos instantes, agonizando entre incontrolables espasmos y sacudidas. Pero ella también adiestró sus manos en el arte de los movimientos fugaces, casi invisibles, y con uno de ellos, golpea la mano de la asesina arrebatándole la aguja y, haciendo girar la llama como si fuera un justiciero meteoro, se la mete en la cara.

Ojos que quedan cegados y cabellos que se prenden. La asesina lanza un terrible alarido y trata de retroceder, de escapar. Pero Umm Hakim la odia. ¡Dios, cómo odia a esa mujer que casi asesina a su niño! Así que no le da tregua, sino que, golpeándola una y otra vez con la antorcha, le prende las ropas, la envuelve en llamas.

La asesina es ahora una hoguera doliente que va consumiéndose ante los ojos de su ejecutora.

—¡Muere! —le grita dándole al cabo una patada para arrojarla contra un tapiz que, prendiéndose también, cae sobre la desgraciada completando el fuego.

Así muere la adoradora de Chamunda, la perversa mujer que dejó su tierra, Kerala, allá lejos, en las junglas de la India, en busca de riquezas y conocimiento, y que ahora halla el dolor y la muerte que tanto gustaba infligir a otros.

Umm Hakim se detiene. El fuego está prendiendo en tapices, cojines y alfombras y el humo está llenando la estancia. Pero ella quiere asegurarse de que aquel engendro diabólico está verdaderamente muerto.

Amra se asegura de otras cosas: tomando una pesada estera, golpea con ella las llamas para ahogarlas. Mientras lo hace, llegan gritos de todas partes: de las habitaciones de esclavos y sirvientes, de la entrada, en donde, inútilmente, montaban guardia tres hombres; de las cocinas, de todas partes. Pronto en la habitación irrumpen sirvientes y guardias que se suman a los esfuerzos de Amra por controlar las llamas y acuden mujeres que asisten a Umm Hakim y al pequeño Jalid. La pesadilla ha terminado.

Poco más tarde, mientras dos hombres retiran el achicharrado, retorcido cadáver de la asesina, Amra se acerca a su señora, que sentada en un extremo de la habitación con el pequeño Jalid en brazos lo estrecha contra su pecho y le besa los cabellos.

—¿Era un demonio, verdad, señora? —pregunta el coloso con la sencillez del hombre bueno.

—Sí, uno de esos que no pueden retener las puertas de hierro del infierno —le contesta ella mientras que por la ventana abierta entra la luz del nuevo día que la verá partir tras el grial.

VI

Muy lejos de allí, cuatro meses más tarde, abril de 719, en Canicas, la capital del naciente reino de Pelayo, el rey se inclina y besa en los rubios cabellos a Gaudiosa.

Su esposa, que ahora duerme plácidamente junto a su hija, está mejorando. Ya no se ve asaltada de continuo por terribles pesadillas y se alimenta mejor. Ermesinda, que acaba de cumplir siete años, lo ha pasado también muy mal, pues echa terriblemente de menos a su hermano pequeño, pero ya vuelve a ser un torbellino de alegría que ayuda a sus padres a paliar la tristeza y el dolor por la pérdida que han sufrido.

Pelayo las contempla con arrobo: son su luz y su fuerza. Si ellas también le fueran arrebatadas, su mente se precipitaría al abismo y sus días serían solo agonía.

Sin poder evitarlo, entretiene un poco más los dedos acariciando un mechón dorado de los cabellos de su esposa. ¡Dios santo, cómo ama y admira a esta mujer! En silencio, vuelve a jurarse que le devolverá a Favila, su pequeño, y que, con el tiempo, la rodeará del esplendor que se merece.

—Eres reina de una forma en que pocas pueden serlo —susurra mientras sus ojos, involuntariamente, lamentan la pobreza que rodea a su mujer.

Pues Gaudiosa no reina en un palacio de piedra tallada adornado con ricos tapices y lámparas de bronce y plata, sino en una casa de madera, barro y cantos rodados que hace tan solo un puñado de años, en los tiempos del reino de los godos, apenas habría sido digna de un campesino acomodado. El reino pereció bajo las lanzas de los árabes y la inmensa mayor parte de Hispania es ahora su dominio, mientras que a ellos, los últimos rebeldes a la autoridad del califa, solo les queda aquella tierra pobre y áspera que es la Asturia Transmontana. El soberano de un país como este solo dispone de magras riquezas y no las puede gastar en palacios ni lujos, sino que ha de dedicarlas a lanzas y espadas.

Su reino, su pequeño reino, es un país de rebeldes, de hombres en armas, y en un sitio así se ha de vivir de forma austera. De todas formas, se consuela, a Gaudiosa nunca le importaron los palacios, ni las ricas vestiduras, ni las joyas. Ella es y será siempre hija de las montañas y le basta como adorno una corona de flores y como sala del trono un prado verde.

Con ese pensamiento retira la mano de los rubios cabellos y sale, cuidándose mucho de no hacer ruido, de la estancia; tras pasar entre dos guardias, abandona la tosca casa de madera y piedra que les sirve de palacio y que, seis meses atrás, ordenó construir para tener un lugar desde el que gobernar su amenazado reino, que ahora, tras sus victorias sobre Alqama y Munuza, se extiende desde el río Egoba al oeste hasta el Deva al este, y desde el mar Cantábrico al norte hasta las altas cumbres cantábricas a las que muchos consideran una prolongación de los Pirineos.*

Es un reino asediado: los musulmanes mantienen fuertes guarniciones en Lucus Augusta, Legio y Asturica Augusta, y en cualquier momento el valí del califa que gobierna la mayor parte de Hispania desde Corduba, puede decidir vengar

*El río Egoba es el actual Eo, que constituye la frontera entre Galicia y Asturias. El Deva señala la frontera con Cantabria.

la derrota sufrida por sus guerreros en Asturia y restaurar en esta su dominio.*

¿Y qué podría hacer él si el valí decidiera enviar contra ellos no ya a cuatro o cinco mil hombres, sino a veinte mil? Nada. Pues aunque ahora su poder se extiende sobre toda la Transmontana, su reino es pequeño y pobre y está escasamente poblado. De ahí que Pelayo solo pueda sostener a su servicio permanente a unos cuatrocientos hombres de armas y sumarles, durante unos pocos meses al año y en caso de ataque enemigo, poco más de tres mil lanzas aportadas por los nobles y por los hombres libres. Eso es todo lo que podría oponer al gran ejército del califa que comanda el valí de Hispania.

Por todo ello, bien lo sabe, necesita aliados y los necesita ya. Ese y no otro será el asunto que tratará en la asamblea que, al día siguiente, cuando caiga la tarde, celebrará, y a la que ha convocado a cuantos condes y demás nobles poderosos, exiliados o naturales de Asturia, le han jurado obediencia.

Uno de sus guardias le tiende las riendas de León, su nuevo caballo de batalla, al que ha dado el mismo nombre que el legendario héroe godo Valtario dio al suyo. Se trata de una bestia magnífica: un garañón ruano azul de capa negra jaspeada de blanco, con las crines y la cola tan oscuras como la noche, y que posee una resistencia y valor asombrosos.

Ya sobre la silla de montar, talonea al gran bruto y cabalga, seguido por seis de sus guardias, por las escasas calles de Canicas. La gran aldea se está recuperando todavía de la devastación que sufrió en la batalla contra los musulmanes. Aquí y allá, atraídos por la condición de rústica capital de

---

*Lugo, León y Astorga eran las principales bases militares musulmanas en el noroeste de Hispania. Corduba o Qurtuba, tras el asesinato del gobernador Abd al-Aziz en 716, había sustituido a Sevilla como capital del valiato de Hispania o al-Ándalus.

Canicas, varios nobles están erigiendo grandes casas, mientras que los campesinos y pastores, menos pretenciosos y más prácticos, ya han levantado de nuevo sus sencillas cabañas y chozas. Sobre el túmulo del rey de los gigantes, un sacerdote llegado desde el sur, Asterio,* ha alzado una capilla de varas de pino, ramas y barro que se empeña en llamar iglesia.

Hacia ella se dirige Pelayo y, cuando se detiene ante la destartalada puerta, Asterio sale y lo recibe con una amplia sonrisa.

A Pelayo le gusta ese hombre joven, bien parecido y siempre presto a dispensar buenas palabras y acciones, y puesto que en toda Asturia no hay ni un solo obispo, va a pedirle que asista al consejo, a la Curia regia** que se reunirá cuando el sol comience su descenso en los cielos.

—¡Os saludo, mi señor rey! —lo recibe el sacerdote con sus habituales jovialidad y entusiasmo.

Pelayo echa pie a tierra respondiendo con una sonrisa. Luego, alzando la mirada y contemplando el miserable chozo que el cura tiene por iglesia y casa, se promete a sí mismo que algún día levantará en su lugar un edificio de buena piedra que consagrará a la santa cruz y a su triunfo, como agradecimiento por la dura batalla que bajo su protección libró en Canicas y que pudo culminar, con una inesperada victoria, a los pies de la Cova Dominica.***

---

*Nombre del sacerdote que el 27 de octubre de 737 consagró los altares de la iglesia de la Santa Cruz de Cangas de Onís.

**Curia regia o Aula regia, asamblea o consejo de nobles, obispos y abades que el rey convocaba para tratar asuntos relevantes que debían debatirse y aprobarse para lograr el máximo consentimiento y apoyo.

***Esta iglesia suele atribuirse al hijo de Pelayo, Favila, pero la inscripción que este último dejó en ella el 27 de octubre de 737 deja claro que su obra fue una restauración y no la consagración de una nueva

—Os saludo, Asterio, sacerdote de Cristo.

—¿Qué deseáis de mí, mi señor?

—Quiero que asistáis a la Curia regia que he convocado para mañana al caer la tarde.

—No soy obispo, ni abad, mi señor —replica Asterio con humildad.

—No hay ninguno de ellos en toda Asturia, padre. Así que me temo que Dios ha dispuesto que seas tú quien asista a la primera Curia regia de este nuevo reino —le responde Pelayo ensanchando la sonrisa y con un deje de ironía y sarcasmo que Asterio atrapa al vuelo y corresponde a su vez.

—Allí estaré pues, y quizá algún día, cuando vuestra autoridad se extienda hasta alguna sede episcopal, os pida en retribución que me nombréis obispo de ella.*

—Por lo pronto, Asterio, conformémonos los dos con mantener la cabeza sobre los hombros y permanecer libres del yugo agareno a este lado de las montañas.

—¿Renunciáis, pues, a restaurar por completo el reino de Hispania?

—¿Habéis sabido alguna vez de un gato montés que abatiera a un toro salvaje? —le replica Pelayo, recordándole la colosal desproporción de fuerzas entre el pequeño reino que gobierna y el inmenso poder del imperio de los árabes.

---

iglesia. Todo lo cual, junto a las veladas alusiones a David y Salomón, hace pensar que la iglesia de la Santa Cruz de Cangas de Onís fue planeada e incluso comenzada en tiempos de Pelayo, y culminada en los de su hijo Favila.

*Las sedes episcopales más próximas a Asturias, en esta época, eran las de Astorga y León. Oviedo solo sería sede episcopal a partir de 811 y las sedes de Lugo, Iria Flavia y de Bretoña, la del obispo de los bretones asentados en Galicia, quedarían bajo dominio astur a partir de 750 con Alfonso I.

—«Si Dios quiere, uno puede perseguir a mil» —le replica de nuevo el cura citándole un célebre versículo del Deuteronomio.*

—«Cuando afile el rayo de mi espada, y mi mano empuñe el juicio, tomaré venganza de mis enemigos y pagaré a quienes me aborrecen» —entona entonces Pelayo respondiéndole con un pasaje del mismo capítulo y demostrándole que él también conoce las Escrituras y que sabe cuándo es conveniente citarlas, pues acaso ¿no fue un conde de los espatarios educado desde niño en la corte del rey de los godos?—. Pero ese momento de venganza y justicia, Asterio, aún no ha llegado para mí. Pues aunque es cierto que en los días de Moisés y Josué Dios no contaba las lanzas de los enemigos de Israel, en estos tiempos nuestros, más oscuros, permanece silencioso cuando se desenvainan las espadas, y por eso nuestra suerte depende de nuestra prudencia. Así que un hombre sensato, y yo pretendo serlo, camina paso a paso. Este tiempo es tiempo de consolidación, de reforzarnos poco a poco. Además, debes recordar que Hispania no fue unificada en un solo día. Los antiguos grandes reyes, Leovigildo, Recaredo, Sisebuto y Suintila, pelearon con denuedo durante casi seis décadas antes de que el último de ellos imperara sobre toda Hispania** —concluye Pelayo, sumando a su bíblica erudición una lección extraída del recuerdo de su juvenil lectura de las historias de san Isidoro.***

Asterio, captando la sutil y suave reprimenda, pero no muy convencido, agacha la cabeza con pesar. Pues como to-

---

*Deuteronomio, 32,30.

**Suintila, rey de 621 a 631, hacia 625 fue el primer soberano que gobernó sobre todo el territorio peninsular.

***Isidoro (ca. 560-636), obispo de Sevilla, fue el más grande de los sabios del periodo visigodo y entre sus muchas obras destacan *Historia de los godos, vándalos y suevos*. Fue un texto muy popular y se hallaba ya en la Asturias del siglo VIII.

dos, tras la gran victoria lograda por Pelayo, tiene hambre, por así decir, de más bélicos milagros. Pero la decepción pasa pronto y de inmediato, mirando nuevamente a su rey, convoca una nueva sonrisa que él le devuelve antes de girar sobre sus talones y saltar sobre el lomo de su gran caballo de batalla.

En él cabalga ahora hasta el lugar donde Hartz enterró a su padre. Cuando llega junto a la tumba de Silo, desmonta y se queda allí, sujetando por las riendas a León y muy quieto, de esa manera tan particular que la tristeza impone al cuerpo de un hombre cuando este recuerda a un ser muy querido. Pues Pelayo tenía al viejo Silo, su bucelario y amigo, no solo por camarada de armas, sino también por un segundo padre. ¿Acaso no había estado siempre junto a él? Sí, desde que Pelayo, con diez años, fue enviado a Toletum, Silo fue siempre su guardián, su compañero, su maestro de armas, su consejero. Y recordándolo deja de ser rey para ser solo un hombre que llora a un viejo amigo. Sobre su cabeza, el sol apenas si calienta y, a lo lejos, los montes siguen enredados en nieblas, mientras que desde Canicas llegan los ruidos de la vida diaria y de los ríos que siguen fluyendo pese al recuerdo.

Pelayo, tras ofrecer una oración por el alma de su amigo, piensa en su hijo Hartz. ¿Dónde se hallará? ¿Seguirá tras la pista de Favila? Sin duda, no descansará. Cruzó las montañas siguiendo las huellas del moro que se lo llevó y envió mensajes a su señor informándole de que había podido verificar que su hijo seguía vivo. Luego, el captor, un hombre sumamente astuto y diestro, logró engañar al hijo de Silo y Hartz siguió durante días un falso rastro que lo llevó hasta Pallantia.* Allí se percató del engaño y retomó su búsqueda girando hacia el este en pos de noticias que lo llevaran de nuevo sobre las huellas de su rival.

* Palencia.

Lo último que Pelayo sabe de la búsqueda de su hijo se lo comunicó, una semana atrás, un refugiado llegado desde Segisamo, que llevaba consigo un mensaje de Hartz: «No abandono la búsqueda, mi señor. La pista lleva ahora hacia Pompaelo».*

Eso era todo. No era mucho, pero un padre desesperado se suele aferrar a esperanzas aún más débiles y escuetas.

A veces, como en este momento de soledad junto a la tumba de un amigo, Pelayo se siente mal. Se reprocha no haber ido él mismo tras las huellas del secuestrador de su hijo y se recrimina no haberlo hecho por atender a sus obligaciones como rey de un miserable reino. Pero un hombre como él, que cumple sus juramentos y se debe al honor, también es padre de su gente. Confían en él y en que solo su brazo los protege de la matanza, la esclavitud y la ruina. Eso es cierto..., «pero ¿tanto como para abandonar a su suerte a tu propio hijo?», le reprocha de nuevo, incansable, su conciencia, y se le agranda la herida que tiene en el alma. Una que no curará hasta que tenga de nuevo en sus brazos a su pequeño.

—Encuéntralo, Hartz, encuéntralo o se me romperán el corazón y el alma.

---

*Segisamo, Sasamón, en Burgos; Pompaelo, cuyo nombre ya empezaba a evolucionar a Pampliona, es la actual Pamplona.

VII

En ese momento, cerca de Pompaelo, Hartz detiene su agotado caballo sobre la cima de una colina situada al oeste de la ciudad. Con los miembros rígidos por la larga jornada, echa pie a tierra e, inclinándose, recoge una de las patas delanteras de su animal, para a continuación desenvainar el cuchillo y hurgarle en el casco hasta extraerle la molesta piedrecita que se le ha ido a clavar allí y que lo estaba haciendo cojear. Luego, tras una cariñosa palmada en el cuello, descuelga de la silla de montar el pequeño odre de vino que compró en Tritium* y echa un largo trago mientras mira en dirección a la pequeña ciudad: a menos de una milla, está Pompaelo, resguardada tras sus fuertes murallas y dominada por una pequeña fortaleza significada por un fuerte torreón. Más allá de los muros, el río Arga delimita las fortificaciones y riega los campos de cultivo, mientras que al norte la pequeña urbe está enmarcada por frondosos hayedos, robledales y castañares que a esas horas aparecen empenachados de niebla, y, al sur, la tierra parece ir tornándose menos áspera pero más seca.

Hartz vuelve a montar y dirige el cansado paso de su caballo hacia la calzada que viene de Pompaelo y que comuni-

---

* Tritio, en La Rioja.

ca la gala Burdigala con Asturica Augusta.* Cuando los cascos de su montura resuenan sobre la vía, vuelve a maldecir al astuto moro que raptó a Favila y que allá lejos, en las montañas, supo engañarlo con un rastro falso para convencerlo de que se dirigía a Pallantia y que, desde ella, sin duda, cabalgaría hasta Asturica, cuando en realidad se dirigía hacia el este. Pero, aunque el engaño le ha hecho perder varias semanas, ahora, está seguro de ello, se encuentra de nuevo sobre la pista correcta. Lo sabe porque no hay nada más llamativo que un guerrero moro de cabeza afeitada y ojos azules viajando con un niño pequeño. Cruce de caminos tras cruce de caminos, aldea tras aldea, Hartz ha ido recogiendo noticias sobre ellos y esas noticias lo llevan, por lo pronto, a Pompaelo.

La calzada que lleva a ella está cada vez más transitada: una recua de treinta mulas cargadas con las mercancías de un comerciante que lleva paños de lana, aceite y vino del valle del Iberus para cambiarlos por pieles, miel y cera; campesinos de la comarca que regresan de sus campos y un pequeño grupo de refugiados procedente de Calagurris** que se dirige a Aquitania y que, como el resto, trata de alcanzar la seguridad de las murallas de la ciudad antes de que el sol decline por completo.

Ya se ven claramente las puertas de Pompaelo y en ellas, montando guardia, hay un destacamento de seis guerreros moros. Hartz los maldice por lo bajo, pues no esperaba que la ciudad, situada tan al norte y tan cerca de las fronteras de Eudón, duque de Aquitania y Vasconia, contara con una guarnición musulmana. Pero allí los tiene: comprobando quién entra y quién sale de la ciudad. Precavido, disimula sus armas

* Era una de las calzadas más importantes: Ab Asturica burdigalam, la Vía XXXIV del Itinerario Antonino; conectaba Burdeos, Burdigala, con Asturica Augusta, Astorga.

** Calahorra.

envolviéndose por completo en el pesado manto que cubre sus hombros y echa pie a tierra para llevar al caballo por la brida y confundirse mejor con los muleros y sus bestias de carga, y con el resto de gentes que se apresura a encontrar amparo en la ciudad antes de que sean cerradas sus puertas.

En ese mismo momento, en una casa de Pompaelo, Favila no puede quitarle los ojos a la muchacha bereber que se empeña en darle una segunda torta de miel. Está riquísima, desde luego, y se la come con la misma avidez que demostró con la primera, pero lo que lo tiene por completo atrapado es la sonrisa de la chica, que le muestra unos dientes frontales limados en forma triangular.*

—¿Son tuyos? —balbucea señalándole la boca y desatando las carcajadas de los presentes.

Addi también ríe. ¿Quién no lo haría con Favila? El niño, guapo, despierto, siempre tiene algo divertido que decir o una nueva travesura que intentar hacer y que, indefectiblemente, logra hacerse perdonar tras desatar la hilaridad o la ternura de quienes la sufren. Además, está aprendiendo a hablar amazig y eso despierta la simpatía de las familias de los soldados bereberes de Pompaelo. La guarnición está constituida por doscientos hombres y la mayoría de ellos trajo al norte a sus mujeres y a sus niños. Otros, solteros aún, se han casado con mujeres del país. Además, no todos son bereberes, también hay soldados vascones, musulmanes o no, y hasta algún que otro árabe y persa. Pero el grueso son moros: sanahja, zenata, mashmuda, nafusa, luata y algunos de su pueblo, los banu ifran. Precisamente entre una familia de estos últimos, la de Garmul, han ido a encontrar hospitalidad.

---

*Moda estética muy popular entre las mujeres bereberes de este periodo.

Y bien que la necesitaban: salir de las montañas fue difícil y librarse del gigante que los perseguía sin descanso más aún. Pero Addi es el más diestro y al final logró engañarlo y encaminarlo hacia Pallantia y espera que, una vez en esta, el muy necio haya seguido cabalgando hasta Asturica. ¿Por qué no fue él en esa dirección si era allí donde se hallaba el principal destacamento musulmán? Primero porque era lo que cualquiera podía prever, y en segundo lugar porque, al bajar a los llanos, se enteró de una extraña nueva: Munuza, el antiguo gobernador de Asturia, no solo había logrado escapar con vida de Gigia, sino que, lejos de ser castigado por su derrota, acababa de ser nombrado gobernador de la gran fortaleza de Libica, en la Cirritania,* allá lejos, en los Pirineos orientales. Addi conocía a Munuza; no en vano pertenecía a su pueblo y, además, suponía que alguien como él, casado con la hermana de Pelayo, no solo pagaría un fuerte rescate por el niño, sino que además cuidaría bien de él y no le causaría daño alguno. Pues ahora, ¿para qué negarlo?, el bienestar de Favila es para Addi mucho más importante que el oro que pueda obtener por su rescate.

Por lo pronto, necesitan descansar y reponer fuerzas y allí, en casa de aquella familia de los banu ifran, los tratan espléndidamente, pues Garmul, su esposa y sus dos hijas son buena gente y sumamente hospitalarios.

—Han llegado viajeros a la ciudad —le dice ahora su anfitrión—. Sin duda, traerán noticias. Ven conmigo a escucharlas mientras Ziri, Amel y Acercan preparan la cena.

---

*Hoy dividida entre Francia y España, en esta época la comarca tenía como ciudad más importante la actual Llivia, que tenía por nombre una corrupción de su antigua forma latina, Iulia Libica, y era la capital de la Cirritania, esto es, la Cerdaña. En época visigoda era una importante fortaleza que controlaba uno de los tres pasos aptos para ejércitos que se ubicaban en los Pirineos orientales.

Addi asiente: siempre es bueno estar al tanto de las últimas nuevas. Se levanta y hace ademán de llevarse a Favila, pero el niño se lo está pasando en grande con Azercan, la hija mayor de Garmul que, a sus quince años, es un derroche de alegría y juvenil belleza que tiene encandilado al niño.

—Deja que Azercan cuide de él —le dice Garmul al percibir su inquietud.

Él asiente y, tras echar una última mirada al crío, que en ese momento está enfrascado en la tarea de moldear un caballito con una pasta lograda a base de amasar harina, aceite y agua, sale de la casa tras su anfitrión.

Las calles de Pompaelo son escasas pero bien trazadas. Pues aunque los antiguos edificios romanos hace ya mucho tiempo que se arruinaron o que fueron demolidos para aprovechar sus piedras en el reforzamiento de las murallas o para construir o reparar nuevas viviendas, el plano original de la urbe aún es visible. La iglesia, una diminuta construcción romana remozada en tiempos del rey godo Sisebuto, se halla en un estado deplorable, y la pequeña mezquita, en la que oran algunos de los soldados de la guarnición, no tiene mejor aspecto y no pasa de ser una destartalada e improvisada construcción. Realmente, lo único destacable en Pompaelo son sus murallas, bastante fuertes, y la gran torre que domina la ciudadela. Aparte de eso, los quizá dos mil habitantes de la ciudad tienen poco que admirar. Muchos de ellos, la mayoría, son vascones, aunque no faltan pobladores provenientes de otras partes de Hispania y hasta de la gala Aquitania y, por supuesto, también están los moros y árabes de la guarnición, conformando todos ellos una suerte de pequeña muestra del abigarrado imperio de los Omeyas. Una en la que se puede escuchar vascón, latín, amazig y árabe, y en la que sus pobladores, la mayoría de ellos todavía cristianos, conviven ya con un buen puñado de musulmanes, algún que otro judío e incluso, asentados en los campos y bosques que rodean la ciudad, con paganos que mantienen el culto a Mari* y a otros dioses de la tierra.

Siguiendo a Garmul, Addi llega a lo que queda del antiguo foro de Pompaelo. Allí se ha reunido un buen puñado de gente que intercambia noticias, examina el género que han traído los comerciantes a lomo de sus mulas o, simplemente, pierde el tiempo.

La tarde es fresca y los hombres charlan animadamente, pasando de una lengua a otra mientras desgranan asuntos y nuevas. Addi, deseoso de corresponder un poco a la hospitalidad de la familia de Garmul, aprovecha para regatear con un mercader judío por nueve varas de lino egipcio teñido con un hermoso color azul que piensa regalarle a Ziri, la esposa de Garmul, para que haga túnicas para ella y sus bonitas hijas.

Mientras regatea, desde la puerta de la taberna que se alza en una de las esquinas de la plaza, Hartz lo ve y siente como se le acelera el pulso, tiene que hacer un esfuerzo notable para no echar mano del *scramasax* e irse directamente a por el moro de ojos azules.

Pero no, no puede iniciar allí mismo una pelea: los soldados de la guarnición acudirían de inmediato y lo harían pedazos y, más importante aún, Addi no lleva consigo a Favila. ¿Dónde estará el pequeño? Esté donde esté, solo llegará a él siguiendo al condenado moro. Así que debe mantenerse oculto, vigilar a su enemigo y seguirlo hasta el paradero del niño.

Y así se pasa un buen rato, entre las sombras que crecen, sin quitarle ojo a Addi y deseando que el moro y su acompañante se cansen de comprar y parlotear y regresen al lugar donde, sin duda, estará retenido el hijo de Pelayo.

---

* Diosa de la fecundidad y de las cosechas.

—Regresemos a casa, Addi; mi esposa, Ziri y mis hijas, Amel y Azercan, ya tendrán preparada la cena.

Addi asiente. Está cansado y además, son muchas las nuevas noticias que han llegado o comprobado por boca de comerciantes y viajeros: el valí al-Hur ha sido sustituido, efectivamente, por un nuevo y belicoso gobernador, al-Sam, de quien se cuenta que viene determinado a reanudar las grandes expediciones de conquista dirigidas contra los cristianos que todavía no se han sometido a la autoridad del califa. En cuanto a estos últimos, los cristianos, han oído que Pelayo, que insiste en hacerse llamar rey, pese a sus victorias sobre Alqama y Munuza, no ha cruzado aún los montes, y que al este de su pequeño reino montañés, Pedro, duque de Cantabria, lo mira con recelo y busca la alianza con el poderoso Eudón, duque de Aquitania y Vasconia, a quien, a su vez, también corteja Ardón, último rey de los godos que, a la sazón y desde la populosa Narbona, gobierna la última provincia del otrora gran reino visigodo: la Gala Septimania, mientras sueña con vencer a los musulmanes, volver a cruzar los Pirineos y reconquistar la totalidad del debelado reino.

—Una gran guerra de conquista está en marcha —comenta animadamente Garmul mientras caminan—. Me gustaría poder sumarme a ella y no envejecer aquí, en esta olvidada ciudad. Sin duda, en Narbona, Nemausus, Carcasona y en las demás ricas ciudades de la Galia Narbonense* se hará gran botín. ¿Te sumarás tú al ejército que el valí conducirá este verano contra Ardón?

Addi asiente, ¿por qué no? Ese ejército pasará los Pirineos por las tierras que ahora gobierna Munuza y será allí donde

---

*Narbona, la antigua Narbo Martius, ya era designada como hoy día; Nemausus es Nimes, y Carcasona ya era comúnmente designada como lo es ahora. En cuanto a Narbonense y Septimania eran denominaciones intercambiables.

dejará a Favila y, aunque pretende cobrar por él una buena suma, debe reconocer ahora, con un inesperado deje de amargura, que eso no cambiará nada. ¿De qué le servirá el oro? No tiene a dónde regresar para gastarlo, ni con quién, ni para qué. Su vida, desde que su esposa y su hijo murieron, se ha reducido a una sola cosa: la guerra, y sin ella carece de sentido.

O carecía... Pensar en Favila le remueve cosas por dentro, cosas que lo asustan, pues avivan sentimientos, esperanzas que deberían haber muerto hace años, allá lejos, en Mauritania,* con su familia. A menudo, para su asombro y desazón, se sorprende a sí mismo imaginando cómo sería ver crecer a su lado a Favila... Pero no, eso no es posible. Así que se impone disciplina y lucha contra esa ensoñación, pues no es tiempo de sueños sentimentales, sino de entregar el muchacho a Munuza. Al fin y al cabo, se tranquiliza, el viejo emir es el tío político del chico y, sin duda, su esposa, Marina, hermana de Pelayo, se encontrará feliz de recibir y cuidar de su sobrino y sabrá negociar su rescate a cambio de la sumisión de su padre, el rey de Asturia.

Sí, sin duda, eso será lo mejor: que el niño regrese con sus padres a una tierra en paz. Él, Addi, por su parte, regresará a lo único que la vida le ha dejado: la guerra.

Cuando entran en la casa de Garmul, Favila corre hacia él con un caballito de masa de harina en las manos y una sonrisa en los labios, y al coger en brazos al mocoso, el explorador ríe con alegría ante el entusiasmo del pequeño, aunque por dentro una nostalgia le bulle en las entrañas y la anticipada pena por la despedida se las desgarra. ¿Cómo podrá dejar atrás a este niño que le ha devuelto una brizna de vida al seco

---

*La antigua Mauritania se corresponde con los actuales Marruecos y oeste de Argelia.

corazón? Lo hará, se insiste, lo hará porque lo quiere y eso, reconocerlo al fin, le humedece los ojos.

Tres horas más tarde, Hartz tiene la espalda apoyada contra la pared de la casa de Garmul. Afina el oído y solo percibe una cosa: los ruidos de un hogar que alberga a una familia que duerme. Desenvaina entonces el *scramasax* y la luna creciente, siempre tan atenta y diestra, logra despertar un apagado fulgor en el acero dispuesto ya para la matanza. Enredado un instante en el brillo del hierro cruel, Hartz respira pesadamente, dedica un rápido pensamiento a la memoria de su padre y actúa: encara la pequeña puerta y la derriba de una patada para penetrar, como un toro salvaje, en la primera estancia del hogar de Garmul. Gritos de alarma y espanto, y él, entre las tinieblas, percibe un movimiento y lanza contra él una estocada. Un grito desgarra la noche, el de un hombre que pretendía defender a su familia y que cae con las entrañas desparramándosele por el suelo.

Más gritos, de mujeres, de un niño, ¿Favila?, de otro hombre. Y una luz, sostenida por una guapa muchacha que lo mira con la boca abierta y ojos desorbitados por el terror y a la que derriba de un bofetón, para pasar luego por encima de ella y entrar en otra habitación, de la que en ese momento sale una mujer a la que también golpea y aparta violentamente en su ansiosa búsqueda de Favila.

Luego, entre alaridos de terror de mujer y llanto de niño, Hartz entra en la tercera estancia de la pequeña casa y, sin saber muy bien cómo, logra parar un golpe de espada.

Otra luz. ¿Quién la ha encendido? No importa. Pues con su llegada ve a Addi, su enemigo, y tras él, llorando, al niño.

—¡No tengas miedo, Favila, he venido a llevarte con tus padres! —le grita; sin embargo, él no deja de llorar y permanece acurrucado en una esquina y tras su captor.

Addi, rápido, golpea de nuevo. Aceros que se cruzan en una diminuta estancia y gritos de mujer que, en el suelo de la otra habitación, tratan de auxiliar a un padre, a un esposo, que se muere de una cuchillada en el vientre, mientras un niño asustado llora y dos hombres se desean muerte con los dientes apretados.

En ese preciso instante, esquivando una fiera cuchillada, Addi logra encajarle a Hartz una patada en la rodilla y, al desequilibrarse, el astur deja abierta la guardia. Por ella pasa, como una centella, la hoja de la espada mora que, sin embargo, es desviada en el último momento por un movimiento lateral del antebrazo del astur.

La cuchillada le ha infligido una larga herida en el brazo; a cambio, Hartz ha evitado que le partan el corazón. No es mala transacción. Ahora, de nuevo enfrentados, Addi y el hijo de Silo se miran, se evalúan en busca de un descuido, de un instante, de una posibilidad de dar muerte al otro.

Llegan más gritos y antorchas: los que dan y las que traen un grupo de soldados que, corriendo alertados, se aproximan a la casa de un Garmul que, tratando de sujetarse las tripas, se muere entre las lágrimas, abrazos y lamentos de su mujer y sus hijas.

—Volveré —masculla Hartz entre dientes al comprender que tiene que huir.

Addi no le responde, sino que trata de aprovechar el momento en el que el gigante le da la espalda para endosarle una estocada en los riñones que, sin embargo, el astur esquiva. Y eso es todo: una familia destrozada, la noche y un fugitivo que huye perseguido por los soldados de la guarnición de Pompaelo.

Favila, con la cara empapada de lágrimas, se acerca inseguro, intimidado por la muerte, a su amiga Azercan. La muchacha, gimiendo de puro dolor, abraza el cuerpo de su padre que, justo en ese momento, acaba de morir. Torpe, sumando sus lágrimas a las de Azercan, la abraza a su vez. A dos pasos de ellos, Addi se maldice por haber traído la desgracia a la casa de Garmul y se jura que, si Dios quiere, se cobrará venganza por aquello.

Por la mañana entierran a Garmul en el pequeño cementerio musulmán de Pompaelo.* Addi, sin poder mirar a los ojos de Ziri, logra que la viuda acepte el puñado de monedas de oro que posee. Luego, tomando en sus brazos a Favila, lo sube sobre el caballo y monta tras él. Azercan se aproxima entonces y tiende la mano para acariciar la mejilla de Favila. Los dos, el niño y la chica, intercambian una triste sonrisa.

Eso es todo, y con ese equipaje salen de Pompaelo y se dirigen, siguiendo hacia oriente la línea de montañas, por entre bosques infinitos, hacia la Cirritania.

No lejos de allí, agazapado en un soto, Hartz los ve salir. Se ha vendado el brazo como ha podido, pero ha perdido mucha sangre y, sin duda, se le infectará la herida. Además, tuvo que dejar atrás a su caballo... Se siente un poco mareado y retomar la persecución a pie de Addi y Favila se le antoja imposible. Pero, con debilidad o sin ella, sea misión posible o imposible, proseguirá la cacería y antes o después rescatará al niño y se hará con la cabeza del condenado moro.

---

* Este cementerio fue hallado bajo la plaza del Castillo en 2001 y excavado hasta 2004; reveló más de ciento cincuenta enterramientos cuyo estudio está aportando preciosa información sobre la Pompaelo y la Hispania de los primeros años de la conquista musulmana.

VIII

Munuza se retira del cuerpo desnudo de Marina. ¡Cómo desea, odia y admira a esta mujer! Sí, todo eso a la vez. La muy perra siempre se las compone para permanecer a su lado y para sorprenderlo con su astucia y maldad. ¿Cómo definir si no sus pensamientos y sus acciones? Lleva cinco años con ella y todavía no la ha sorprendido en un solo gesto de bondad o desinterés: Marina nunca hace nada sin un propósito y este último, indefectiblemente, está destinado a satisfacer sus más oscuros deseos.

Pero lo ha dejado agotado. Tendido junto a ella repasa los acontecimientos de los últimos meses: su huida de Asturia abandonándola y salvando por poco la vida; su llegada a Qurtuba, la capital del valiato de al-Ándalus; la cólera del valí al-Hur cuando le comunicó las nuevas que traía del norte, su caída en desgracia y la providencial sustitución de al-Hur por un nuevo valí al-Sam que, no obstante, se mostró tan inflexible con Munuza como su predecesor. Y entonces, ¡oh, inesperada sorpresa!, la aparición de Marina: tras ser liberada por Pelayo, había cruzado Hispania y, gracias a sus conocidos entre la nobleza goda de Ishbiliya y Qurtuba había logrado atraerse el favor del valí al-Sam que, airado más allá de todo límite, llamó a su presencia a un aterrorizado Munuza, quien, reprendido severamente, tuvo que acoger de nuevo como esposa a Marina.

Aquello, que ella exigiera que se anulara su azaroso repudio y la aceptara de nuevo lo desconcertó por completo. ¿Y por qué negarlo? Infló su vanidad de hombre. Pues ahora, caído en desgracia, Marina no podía ver en él a un hombre poderoso, sino a un simple jefe bereber sin más mando que el de un puñado de moros errantes.

Pero todo volvió a cambiar con ella de nuevo a su lado: moviendo con habilidad los hilos que le proporcionaban sus contactos entre la nobleza goda, logró que al-Sam concediera a su recuperado marido un nuevo gobierno como emir subordinado: el de la gran fortaleza de Libica y con ella toda la comarca de la Cirritania, en los Pirineos orientales.

Así que, contra toda esperanza, vuelve a ser emir. Esto último, tiene que convenirlo, se lo debe por completo a Marina o, mejor dicho, a sus amistades. Pues aunque la vieja nobleza visigoda es una élite conquistada y sometida, también es una casta terriblemente rica y el oro, ya se sabe, suele acortar mucho las distancias entre señores y sometidos, y no entiende tampoco mucho de diferencias religiosas ni de cualquier otra índole.

En cualquier caso, aquí están, en este olvidado lugar perdido entre las cumbres de los Pirineos, vanguardia de la disputada frontera del islam con Ardón, último rey de los godos, y con Eudón, poderoso duque de Aquitania y Vasconia. Un lugar pequeño y peligroso, sin duda, aún más pobre si cabe que la desolada Asturia. ¡Dios la maldiga y con ella a su patético rey Pelayo!

Se está alterando en exceso. A su edad, tiene ya cuarenta y cuatro años, eso no es bueno. Se serena acariciando, como al descuido, uno de los grandes senos de Marina. Bueno, reflexiona, ser emir de Cirritania no es tan malo..., mejor esto que nada.

—¿En qué piensas? —La pregunta de Marina le hace sonreír con malicia.

—En que nunca me sacio de ti.

Y diciéndole aquello, se gira, la monta y la penetra de nuevo con esa mezcla tan suya, tan impregnada de lujuria y malevolencia, y que a ella tanto la excita.

Mientras Munuza le hace otra vez el amor, ella mira al techo e imagina lo feliz que será cuando consume su venganza y lo vea morir a sus pies entre insoportables dolores. Sí, gozará de ese momento con la misma pasión con la que está gozando de este, pero primero le tocará a Pelayo. ¡Dios, cómo odia a su hermano! Sí, y porque lo odia y quiere vengarse de él y de su miserable familia, necesita todavía a este perro rijoso de Munuza.

Marina alcanza el orgasmo justo cuando imagina una nueva clase de muerte horrible para Pelayo. Munuza, sorprendido por la desatada pasión de su esposa, hunde el rostro entre sus cabellos mientras recupera el aliento con una estúpida sonrisa, ajena por completo a la ruina que para él desea la mujer que tanto le hace disfrutar.

IX

La sala está abarrotada de nobles. Es un rústico salón con bancos a los lados y una gran chimenea que no tiene el mejor de los tiros y cuyo humo, sutil y persistente como la ambición de un obispo, espesa el aire y lo haría irrespirable si no fuera por las cuatro ventanas que llevan también luz a la estancia de paredes de madera y suelo de barro apisonado recubierto con esteras de junco.

Pelayo, sentado en un solio de roble, reviste su armadura, pues, ciertamente, no posee nada más espléndido que ponerse, y lleva la cabeza descubierta, con sus largos cabellos rubios ceñidos a la frente con un sencillo aro de oro que, a falta de corona real, señala su condición, dejando caer su gótica melena sobre sus anchos hombros cubiertos por la piel de un oso sujeta al hombro con una fíbula de bronce. Sobre las rodillas descansa su larga espada y a los lados de su tosco trono dos de sus mejores hombres permanecen de pie, atentos y con las espadas desenvainadas, ante la asamblea de tumultuosos nobles que, como marca la costumbre, han dejado las armas apoyadas en los muros de la entrada y, conforme también a las viejas maneras, vociferan como demonios mientras parecen empeñados en no ponerse de acuerdo en nada.

Setenta y uno. Conoce sus nombres y uno tras otro los ha ido saludando a todos: antiguos condes, gardingos y leudes godos llegados desde el sur o desde Gallaecia en busca de refugio y de una causa por la que seguir peleando; señores de la tierra de Asturia poseedores de extensas propiedades; cabecillas de tal o cual valle o aldea; jefes de pequeñas bandas de guerreros errantes que le han ofrecido sus servicios a cambio de un lugar donde instalarse... En suma, todos los hombres ricos o influyentes capaces de juntar un puñado de lanzas y ponerlas a sus órdenes.

Pelayo hace al fin una señal a Asterio y el sacerdote, colocándose en el centro de la sala, mirando a la cruz que Pelayo portara el día de la gran batalla, invoca la protección de Dios y ruega su santa inspiración para todos los presentes en aquella asamblea.

—Habiéndonos reunido en este lugar, nos hallamos en unión de corazones y dando gracias a Dios invisible y al glorioso señor de esta tierra, el rey Pelayo, por cuyo sacrantísimo deseo, siguiendo la tradición de nuestros padres, damos inicio a esta santa asamblea —declama Asterio con voz tonante, usando las viejas fórmulas de un reino perdido que allí, en Asturia, se resiste a perecer por completo.

A continuación, Pelayo se pone en pie y se inclina ante la cruz solicitando su bendición, para luego, alzándose y volviéndose hacia los presentes, dirigirse a ellos usando palabras que antaño pronunciara otro rey en circunstancias igualmente difíciles.

—No dudo de que de esta asamblea brotará la ayuda necesaria para este mundo nuestro que se derrumba y que, con diligente aplicación, todos juntos hallaremos las cosas que deben ser corregidas para impedirlo, pues todos conocemos los males que afligen a la tierra y las heridas que la aquejan —les dice mirándolos de frente y continúa luego, echando mano ya de sus propias palabras—. Bajo la protección del Dios invisible, de esta cruz victoriosa, señal inequívoca de triunfo, y por la fuerza de nuestros brazos, vencimos al ejército de los ismaelitas y los expulsamos de Asturia. Ha sido un gran triunfo el nuestro. Grande, porque es el primero que logramos tras muchos años de derrotas e infortunios y grande también porque lo hemos obtenido luchando pocos contra muchos, mostrando así que Dios está, de nuevo, con nosotros.

Todos asienten, pues el recuerdo de las victorias obtenidas sobre los emires Alqama y Munuza seis meses atrás sigue estando muy presente y, en no poca medida, sigue asombrándolos a todos, y todos, sin excepción, saben que esos triunfos no se hubieran logrado jamás si Pelayo no los hubiera encabezado en el combate.

—Vosotros me elegisteis. Con vuestra aprobación fui ungido como rey de esta tierra. Pero fue en la batalla donde Dios confirmó vuestra elección. ¿Pues acaso puede haber signo más claro de su voluntad?

Nuevos asentimientos. ¿Quién negaría que Dios otorga la victoria solo a quien le place? Con sus palabras, Pelayo, con astucia, recuerda a los nobles que su poder ya no depende solo de ellos, sino que la espada le ha ganado un prestigio y una autoridad a la que ahora todos deben someterse, pues Dios ha hablado mediante el acero y, a través de él, emitido su juicio favorable al rey de los astures. En ese momento, Asterio, a la derecha y un poco por detrás de Pelayo, alza la cruz como para reforzar la fuerza mística que emana del *rex*, que bañado por la última luz del día que penetra por las ventanas ofrece una estampa digna de los antiguos reyes y tan poderosa que hace olvidar a los presentes que no se hallan en la magnífica sala del consejo del *palatium* de Toletum, ni bajo las bóvedas de alguna de sus grandes iglesias, sino amparados por un techo de vigas de madera recubiertas con apretadas hileras de gavillas de paja.

Pero no son las piedras de un palacio, ni las riquezas de este mundo, las que hacen un rey, sino la voluntad de unos hombres de seguir a otro para que los guíe y proteja, y este hombre que les habla ahora se ha jugado la vida, repetidamente, por salvar las suyas, y ha mantenido la esperanza de la libertad cuando ninguno de ellos la creía posible. Sí, y, además, Dios, que nadie lo olvide, le concedió el triunfo.

—Pero toda victoria es inútil si quien la obtiene no se prepara para la siguiente batalla que debe librar. Pues una cosa debe quedaros segura, señores, habrá que dar nuevas batallas. ¿Acaso creéis que el gobernador musulmán de Hispania se conformará con la derrota? —les pregunta dejando que su mirada, clara y fría, como de relámpago en noche invernal de tormenta, se pasee por los rostros de todos ellos.

—Quizá, glorioso rey, el enemigo no muestre ya interés por nosotros —interviene Valerio, un rico terrateniente del ancho valle que forman el Nalonio y el Nora—. Al fin y al cabo, nuestra tierra es pobre y es fácil olvidarse de lo que poco puede reportar.

Algunos asienten; otros, por el contrario, expresan su disconformidad con el argumento. El debate cobra intensidad y Pelayo guarda silencio dejándolos discutir mientras el sol se torna sangre y fuego en el horizonte. Luego, cuando cree maduro el momento, alza la mano y toma de nuevo la palabra acallando las discusiones.

—Puede que sea cierto lo que Valerio aduce: que somos una tierra pobre y olvidada por la que al enemigo no le merecerá la pena derramar más sangre —parece convenir—. Pero yo no lo creo. No lo creo porque el nuevo gobernador, el valí al-Sam, querrá poner en evidencia ante el califa y ante los jefes de los musulmanes de Hispania su mayor destreza militar llevando victoria allí donde su predecesor al-Hur cosechó solo derrota. Así que no será el deseo de obtener botín o riquezas el que guíe al próximo ejército musulmán contra Asturia, sino el de lograr fama y venganza, y estas dos, bien lo sabéis todos, son poderosas señoras.

Muchos expresan su conformidad con lo que el rey dice; otros, tozudos, mantienen su convencimiento de que los musulmanes no regresarán nunca y que los dejarán allí, tras las montañas, olvidados y en paz.

—Lo que decís, mi señor rey, es cierto —interviene ahora Atanagildo, un viejo conde de Gallaecia exiliado en Asturia—. Pero los refugiados que continuamente llegan desde el sur han traído noticias y esas nuevas cuentan que, aunque es verdad que el nuevo gobernador de los agarenos está reuniendo un gran ejército, no lo llevará contra nosotros cuando llegue el verano, sino que lo conducirá a la Galia para allí aplastar, definitivamente, a Ardón, rey de los godos de la Septimania.

Las nuevas sureñas que Atanagildo acaba de transmitir no eran conocidas por todos los presentes y levantan en la sala un sinfín de preguntas y discusiones. Se recuerda que Ardón fue el sucesor del usurpador Agila II, el noble que se negó a reconocer a Rodrigo, tío de Pelayo y último rey ungido en Toletum; por ende, último señor legítimo de los godos que, no obstante, jamás fue por todos reconocido. Aquellos que habitaban en las provincias Tarraconense y Septimania aclamaron como soberano al usurpador Agila II y, tras su muerte, a Ardón, que ahora, arrinconado en la Septimania, parece el destinatario de la nueva expedición de conquista musulmana.

Pelayo ha advertido el tacto con que el viejo conde ha usado las palabras. Pues ha dicho: «Ardón, rey de los godos de la Septimania» y no, simplemente, Ardón, rey de los godos, para no ofender a Pelayo, sobrino del debelado rey Rodrigo y que, por ende, podría pretender ser llamado también *Rex Gothorum*. Pero a él no le importan esas cosas. Se conforma con ser lo que realmente es: rey de los astures, pues sabe que carece de fuerza para ser rey de los godos. ¿Para qué sirve reclamar un grandilocuente título si no se cuenta con el poder que lo debería respaldar? Para nada, y con ese convencimiento levanta de nuevo la mano y reclama silencio.

—Las noticias que el conde Atanagildo ha contado son ciertas. Antes de que llegara el invierno despaché hombres al sur. Hombres que debían tener los ojos y los oídos bien abiertos. Han vuelto con esas noticias y con otras que ahora os trasladaré: al-Sam, en efecto, es ahora el nuevo valí y se propone conducir una gran hueste, puede que veinte mil hombres o más, contra el rey Ardón. Su propósito es someter por completo la Septimania, saquear sus ricas ciudades y convertirlas en bases desde las que continuar la expansión de los dominios del califa atacando a continuación la Aquitania gobernada por el duque Eudón. Eso, señores, nos dará tiempo. Un tiempo precioso. Puede que dos años, puede que tres o cuatro. Pero al cabo, cuando nuestros enemigos logren esos objetivos principales, llamémoslos así, sus ojos se volverán hacia nosotros y ese día será el del comienzo de nuestro fin... Sí, a menos que nos preparemos para resistir y, por eso, nobles del reino, habéis sido convocados.

Las palabras, ominosas, profetas de destrucción, imponen silencio durante largos instantes. Algunos nobles no pueden dejar de pensar en la cifra del gran ejército que al-Sam llevará contra Ardón: veinte mil hombres. ¿Qué podrían hacer ellos, los jefes de los astures, si veinte mil guerreros musulmanes entran en su tierra? Nada.

Pelayo nota como el aire de la gran sala ya no solo está cargado de sofocante humo, sino también de miedo, de desazón, de derrota anticipada pero inexorable. A los hombres no les gusta sentir esas cosas. Por eso existe la esperanza y algunos siempre buscan su cálida mano.

—Mi señor rey, dicen que el califa Omar es un hombre pacífico que sopesa ordenar la retirada de sus fuerzas de Hispania. Hace una semana, en Lucus Asturum, un comerciante judío llegado desde Asturica Augusta me contó que los emires de los musulmanes viven en continuo temor de ver llegar hasta ellos y desde Damasco al emisario del califa que les transmita la orden de acudir a Oriente para reforzar allí sus ejércitos frente a los del emperador de los romanos —dice el conde Trasamundo con esa convicción que en sus palabras suelen poner los hombres optimistas.

Trasamundo es viejo, muy viejo. Fue *comes civitatis* de Pax Iulia, una ciudad de Lusitania,* y pactó con los conquistadores abrirles las puertas a cambio de la paz y de conservar el gobierno y la libertad. Los árabes le concedieron lo que pedía. Sí, pero pasados cuatro años, aprovechando el levantamiento de una aldea contra los impuestos desmedidos, denunciaron el pacto y lo defenestraron. Luego le arrebataron dos tercios de sus propiedades; entonces, el viejo conde, airado, humillado, huyó al norte a la cabeza de un puñado de seguidores.

—¿Cuántas veces te dijeron que podrías seguir gozando de tus propiedades bajo el dominio de los conquistadores? —le replica ahora Pelayo en un tono duro que reclama al viejo conde memoria y realidad—. Lo que te prometieron, Trasamundo, no se cumplió. Nunca olvides esa lección y nunca la olvidéis todos los que aquí estáis: quien conquista decide sobre el vencido. ¿Sabéis por qué? Porque cuando uno se apodera de una tierra mediante el juicio de la lanza, no abandona por las buenas lo conquistado. Aunque puede que ese nuevo califa del que tanto se dice sea en verdad un hombre bueno y pacífico, y aunque también sea cierto que sus guerras con el imperio de los romanos lo estén obligando a pensar en retirar sus guerreros de Hispania, nunca lo hará. ¡Nunca! Por muy califa que sea, está muy lejos de Hispania y, en esta tierra conquistada, quien realmente gobierna son los nobles y jefes de los árabes y moros que llegaron con Táriq y

---

*Beja, en el Alentejo portugués. En cuanto a Lusitania, se extendía por el centro y el sur de Portugal y por Extremadura, amén de por algunas zonas limítrofes.

Musa. Hombres que lograron victorias, que tomaron tierras, mujeres y riquezas gracias a sus lanzas y que ahora son señores y no simples soldados. ¿Creéis de verdad que hombres como esos dejarán sus tierras, sus riquezas, su posición, por obedecer la orden de un califa bondadoso? ¡No, esa orden no será dada nunca! Pues el califa de Damasco sabe que, si la da, los árabes y los moros de Hispania se alzarán contra él. No, no podemos confiar en que la paz llegue a nosotros por las decisiones de un hombre bueno, sino que, una vez más, tendremos que imponerla con el filo de nuestras espadas.

Las palabras de Pelayo, mezcladas con las noticias llegadas sobre el nuevo valí y sobre el lejano califa, provocan un vendaval de discusiones entre los presentes. Afuera, Canicas acaba de ser cubierta con el manto de la noche y las llamas del fuego que arde en la chimenea son avivadas por los esclavos; a su luz cambiante, el rey de los astures y sus nobles parecen náufragos pugnando por no perecer entre las olas de un océano de oscuridad.

—¡Nuestro señor, el rey, tiene razón! —grita entonces un noble astur tratando de imponerse a la tormenta de las múltiples discusiones, preguntas y comentarios que hacen retumbar la atestada sala.

Quien así grita imponiendo silencio y atención es Avilio, señor de Avilies,* un dominio situado en la costa; un hombre maduro, de cuarenta años largos, bajo, moreno, de complexión robusta y cara curtida por los vientos del mar.

—La guerra regresará y debemos aprovechar el tiempo que nos sea dado para reforzarnos y no para perderlo en estériles discusiones. Aceptémoslo, señores: la guerra nos será impuesta y debemos fortalecernos para hacerle frente con

---

*Avilés; su nombre parece ligado a una familia de grandes propietarios, los Avilios.

éxito cuando llegue el momento. Así que comencemos por anticipar el golpe que, antes o después, el valí descargará sobre Asturia —dice al cabo Avilio y, mirando a Pelayo, continúa—. ¿Qué propones, mi señor rey? Pues te conozco ya lo suficiente como para saber que, aunque nos planteas el peligro, tú ya lo has sopesado detenidamente. ¿Me equivoco?

Pelayo sonríe. Avilio es inteligente y ha visto más mundo que la mayoría. Pues se cuenta de él que se ha embarcado más de una vez y viajado hasta las costas de Aquitania, de Francia,* e incluso hasta los puertos de los reinos de las islas de Hibernia y Britania. Sin duda, un hombre perspicaz, capaz de leer entre líneas y de señalar a todos donde reside la verdad.

Y la verdad, por cruda que sea, no debe permanecer más tiempo ignorada. Así que Pelayo decide que es hora de abrir por completo las puertas que en su mente custodian sus pensamientos y temores.

—Necesitamos aliados —les revela al fin—. Necesitamos que otros se sumen a nuestra causa. ¿Y quién puede sumarse a ella? Solo los cántabros. Necesito que me acepten como a su rey.

Un ronco murmullo de asombro llena la sala. Lo que les ha dicho es pedir mucho. Pues Cantabria, o lo que de ella queda tras las montañas y arrinconada contra el mar, está gobernada por el viejo Pedro, *dux Cantabriae* y antiguo *princeps militie* de los reyes Egica y Witiza;** es un hombre orgulloso

* Aquitania y Francia, en estos años, estaban separadas y la segunda se situaba al norte del río Loira.

** Pedro es señalado como duque de Cantabria por la *Crónica rotense*, que señala también su linaje regio que la *Crónica sebastianense* especifica al vincularlo con los reyes Leovigildo y Recaredo, y agregando que Egica y Witiza lo nombraron *princeps militie*, un título similar al de *dux exercitus*, que lo convertía en el principal jefe militar de la Hispania visigoda en 710 y justo antes de que Rodrigo, tío de Pelayo, fuera ungido como nuevo rey.

en extremo que se ufana de su regio linaje, que, por cierto, es enemigo mortal del de Pelayo. Una enemistad de sangre larga y porfiada y de cuya existencia, quien más y quien menos en aquella sala está más que informado. Así que no es de extrañar que sus palabras levanten asombro entre los presentes y serias dudas de que tal propósito sea posible.

—Glorioso rey, ¿cómo conseguirás que el duque Pedro se avenga a tal cosa? —pregunta Nepociano, un viejo conde que sirvió a los reyes Egica, Witiza y Rodrigo y que, por ende, sabe cuán enfrentadas estuvieron ambas familias.

—No lo sé —confiesa el rey. Pero sí sé dos cosas y de ellas depende mi reino: primero que necesitamos la sal de Cantabria. Asturia carece por completo de ella y sin sal no se puede mantener la independencia de un reino. Ahora la compramos a Octaviolca y Salionca, en Cantabria* y la pagamos muy cara. Pero si el duque Pedro se sometiera a los árabes o a Eudón de Aquitania, o a cualquier otro poder, podríamos quedarnos sin sal y entonces pasaríamos hambre y, al cabo, deberíamos someternos también nosotros. No se puede vivir sin sal y por eso necesitamos dominar Cantabria. Por eso y por sus lanzas. El duque Pedro fue traicionado por el conde Casio, derrotado en Amaia y expulsado de ella y de toda la Cantabria Cismontana,** pero conserva la Transmontana y se sostiene en ella gracias a sus tropas veteranas y a las levas que le proporcionan las gentes de la Liébana, del Castellum

---

*Añana, en Álava. En la Antigüedad y el Medievo las salinas más próximas a Asturias se hallaban en las actuales Cantabria, Burgos y Álava.

**El conde Casio dominaba en lo que hoy es La Rioja y se pasó a los árabes, lo que dio inicio al linaje de los famosos Banu Qàsi; Amaia es el actual yacimiento arqueológico de Amaya y la Cantabria Cismontana ocupaba buena parte de lo que hoy son Burgos, Palencia y La Rioja.

Sancii, Trasmiera, Sopuerta, Carranza y las Vardulias.* Las gentes de todas esas tierras son belicosas y, gracias a ellas, el duque puede reunir todavía hasta tres mil lanzas, como poco, y yo, señores del reino, las necesito todas.

Ahora, tras escuchar al rey, ya no es un tormentoso murmullo el que ensordece la sala, sino una tempestad de gritos cargados de recelo, de dudas, de miedos. Pues Pelayo ha puesto el dedo sobre dos heridas abiertas que amenazan la existencia de Asturia: que en buena medida su bienestar y supervivencia dependen de Cantabria, y que si no consiguen que su señor, el duque Pedro, se avenga a reconocer como rey a Pelayo, el naciente reino de los astures perecerá en pocos años. Y eso, formar parte de un reino destinado a morir, quieras que no, inquieta mucho. Sobre todo cuando tu rey te confiesa abiertamente que no sabe cómo impedirlo. Pero que uno no sepa cómo evitar algo no quiere decir que se dé por vencido. Pelayo, de hecho, nunca ha sabido aceptar la derrota.

—Encontraré la manera... Sí, todos juntos, aquí y hoy, hallaremos la manera de lograr que el duque Pedro me reconozca como a su rey. —Las palabras de Pelayo, pronunciadas con voz firme y tranquila, serenan a los nobles que las escuchan—. Su casa y la mía, es cierto, han sido enemigas durante tres generaciones. Recordaré ahora esa enemistad para quien no la conozca en sus detalles: mi padre, Beremundo, al que todos conocéis por su sobrenombre, Favila, era hijo del conde Teodofredo y este, a su vez, del rey Chindasvinto.** Así

---

*Se corresponden, aproximadamente, con lo que hoy es Cantabria, el norte de Burgos y las comarcas más occidentales de Álava y Vizcaya. Las Vardulias del siglo VIII se extendían por comarcas del norte de Burgos y del oeste de Álava y son el origen de la posterior Castilla.

**Como demostrara Alberto González García en 2020, Beremundo era el verdadero nombre del padre de Pelayo y Favila, su sobrenombre. Chindasvinto fue rey de 642 a 653.

que yo también soy de linaje real. Pero en tiempos de los reyes Egica y Witiza, mi familia cayó en desgracia: a mi abuelo se le acusó de traición y le fueron sacados los ojos, y mi padre, a la sazón duque de la Gallaecia, fue asesinado por el rey Witiza. Pues bien, en esos mismos años en los que la desgracia se cebaba en mi familia, la fortuna del duque Pedro crecía: fue nombrado *princeps militie*, jefe supremo de los ejércitos de los reyes Egica y Witiza, y también *dux cantabriae*; de esta forma, se convirtió, tras el rey, en el hombre más poderoso de Hispania.

»Pero Dios no abandonó a los míos: al cabo, pasados los años, mi tío Rodrigo fue nombrado duque de la Bética y, cuando el depravado rey Witiza murió, terminó por ser elegido soberano. ¿Debo recordar que no todos lo aceptaron? Los nobles de la facción que había gobernado con Egica y Witiza se resistieron y el más destacado de todos ellos, Pedro, duque de Cantabria, resentido porque mi tío no confirmó su título de *princeps militiae*, se negó a obedecerlo y no acudió a su llamado, ni cuando Rodrigo subió a Pompaelo a combatir a los partidarios vascones del usurpador Agila II, ni cuando, alarmado por las noticias que llegaban desde el sur, tuvo que acudir allí a toda prisa para combatir a los musulmanes que habían desembarcado en las costas del estrecho comandados por Táriq. Allí, en los montes Transductinos, pereció mi tío y con él buena parte del ejército real.

»¿Acudió entonces Pedro de Cantabria en nuestro socorro? No, decidió permanecer en el norte, a salvo tras los abismos y murallas de su capital, la fuerte Amaia. Sin duda, y al igual que otros muchos, debió de creer que los invasores no subirían al norte y que lo dejarían en paz gozando de sus dominios. Pero se equivocó y, al cabo, un ejército ismaelita lo derrotó y asedió su capital. Pedro tuvo que abandonarla, pero logró retirarse al norte de las montañas y allí sigue, desconfiando de mí como antes lo hiciera de mi tío.

Se hace el silencio. Todos, en verdad, conocen esa historia. Una historia como tantas otras de los últimos días del reino de los godos: hecha de rivalidades, de guerras civiles, de traiciones entre parientes y hermanos que favorecieron en gran medida la conquista de Hispania por los musulmanes. Sí, todos conocen esa historia, pues es su historia, la que han protagonizado para su ruina. ¿Han aprendido de ella?

—Lo que aquí ha sido recordado, nobles del reino, debería hacernos reflexionar —les dice ahora Pelayo—. Yo lo he hecho. ¿Sabéis qué he aprendido? Que las disputas intestinas solo favorecen al enemigo. ¡Hispania era fuerte! Recordadlo. Pero nosotros, sus hijos, la debilitamos con nuestras luchas partidarias, con nuestras ambiciones personales desmedidas, con nuestro afán de poner por delante los intereses de nuestros linajes y facciones postergando los del reino. ¡Por eso y no por otra causa, fue sojuzgada la mayor parte de Hispania! —les grita arrojándoles una culpa que también él asume: la de haber dejado que sus ambiciones, sus rencores, sus odios, sus envidias propiciaran el fin de su mundo.

Un silencio tenso se impone y con él el crepitar de los troncos que arden en el fuego parece proclamar la culpa que sobre todos pesa. Y entre el juego de sombras y llamas el rostro del rey parece triste y esculpido en piedra.

—Ahora solo quedamos nosotros —retoma mirándolos a los ojos y con el semblante cargado de nostalgia y pena—. Hispania es solo una sombra bajo los albos picos de nuestras montañas. Algún día, si Dios quiere, la restauraremos por completo. Pero ahora es tiempo de resistir, de sobrevivir a la tormenta, y para hacerlo, nobles del reino, tenemos que permanecer unidos y lograr que los cántabros no se vuelvan hacia Aquitania, sino hacia Asturia.

Estas últimas palabras sobresaltan a los nobles, pues con ellas Pelayo los pone sobre aviso de un nuevo e inesperado peligro.

—Os revelaré ahora, señores del reino, que no solo envié espías al sur, a las tierras de los musulmanes, sino que también los encaminé al este y al norte, a Cantabria, Aquitania y Septimania. Pues bien, también ellos me han traído noticias que ahora os expondré: muchos sabréis, sin duda, que Pedro, duque de Cantabria, es pariente del poderoso Eudón, duque de Aquitania y Vasconia, el cual heredó sus dominios de su abuelo Lupo I, con cuya hija casó Andeca, tío de Pedro. Por sus venas corren, pues, la sangre goda del linaje de Cantabria y la franca del de Aquitania.* Eudón no olvida eso. No, no olvida que su padre, el godo Andeca, tío de Pedro, desciende de los antiguos reyes Leovigildo y Recaredo. Ahora, en las Galias, duda sobre si auxiliar a Ardón, que se hace llamar rey de los godos, o si debe dejarlo perecer bajo las lanzas de los árabes. ¿Y sabéis por qué? Porque si Ardón muere combatiendo a los conquistadores musulmanes, ya no quedará nadie que se haga llamar rey de los godos y él, Eudón, podría entonces reclamar el trono de Hispania. ¿Cuál creéis que sería su primer paso? Sin duda, recibir el apoyo de su pariente, el acorralado Pedro de Cantabria. ¿Y luego? Luego, no lo dudéis, nos exigiría también a nosotros que nos sometiésemos a su poder.

»Así que Asturia se halla entre dos fuegos que sobre ella avanzan, el que se alza en el sur impulsado por los conquistadores musulmanes y el que amenaza prenderse en el norte, en Aquitania, si Eudón decide poner en marcha sus ambicio-

---

*Lupo I fue duque de Aquitania y Vasconia de 670 a 710. Gracias a un documento consultado por Esteban de Garibay sabemos que el padre de Eudón se llamaba Andeca y que era pariente de Pedro de Cantabria. Sobre esta cuestión: Alberto González García, «Las relaciones exteriores del reino de Asturias», en *Nuevas Visiones del reino de Asturias: actas del Congreso Internacional,* Javier Rodríguez Muñoz (coord.), 2020, pp. 265-300.

nes. Ahora ya lo sabéis todo, nobles del reino, y la pregunta que debemos responder es: ¿qué haremos? Por mi parte, considero que solo podremos conjurar el peligro que para nosotros representa Aquitania adelantándonos a Eudón y logrando que sea a mí, Pelayo, rey de los astures, a quien Pedro de Cantabria jure obediencia. Si lo consigo, el reino de Asturia tendrá sal con la que alimentarse y lanzas suficientes para defenderse de los musulmanes —concluye Pelayo.

Es una buena conclusión, una de esas que se basan en el realismo más descarnado y en la más práctica de las lógicas. ¿Cómo lograrlo?

Esa pregunta se queda en el aire y los nobles que abarrotan la sala parecen respirarla, pues en sus barbudos rostros, entre sombras y luz de candela, se advierte una pesada preocupación cuando se retoman las discusiones.

Afuera la noche es ya indiscutible señora. A una señal los esclavos reparten entre los asistentes al consejo sidra, pan y queso para que puedan comer algo mientras siguen debatiendo, enconadamente, soluciones al peligroso dilema que les ha sido presentado. Pues lo que Pelayo plantea no será fácil de resolver. De hecho, puede que, simplemente, no sea posible.

Muchas cuestiones relativas a los graves peligros que amenazan al reino son debatidas y muchas opciones se plantean, pero las horas avanzan y ninguna resolución es tomada, pues ninguna parece viable.

—Permitidme, mi señor, que señale una cosa.

La voz que se ha escuchado es la de Asterio, el joven sacerdote, y nadie esperaba que hablara, pues no tiene rango alguno, ya que no es obispo, ni abad. Pero Pelayo asiente dándole permiso para continuar.

—Os he escuchado a todos atentamente y de lo que aquí se ha dicho, mi señor rey, se infiere una clara conclusión: el duque Pedro es un hombre que está tan acorralado como nosotros.

El descaro de tan cruda afirmación levanta protestas entre los nobles del consejo. Pero Pelayo sonríe y las acalla alzando la mano derecha e invitando al joven sacerdote a continuar.

—Sí, es un hombre desesperado, y os recuerdo que las situaciones desesperadas, glorioso rey, son un lugar muy adecuado para establecer alianzas. Alianzas que, por lo que he creído entender, es muy probable que ya le estén siendo ofrecidas por Eudón, duque de Aquitania y Vasconia. Y puesto que ambos son parientes... —Asterio deja en suspenso las últimas palabras, como incitando a todos a concluir su razonamiento.

—La propuesta de Eudón tendrá ventaja sobre la mía —concluye Pelayo.

—Así es, mi señor —conviene el sacerdote—. A menos que os transformeis para Pedro de Cantabria en un pariente aún más próximo de lo que ya lo es Eudón.

—¿Qué estás sugiriendo?

—El duque tiene dos hijos, Alfonso y Fruela, y vos, una hija, Ermesinda —señala, ufano, pues cree haber dado con la solución al grave problema.

Pero en el rostro de Pelayo, para su desconcierto, no ve aparecer alivio ni alegría, pese a la solución que cree haberle mostrado. El rey, por el contrario, abatido, ha bajado los ojos y en su rostro de guerrero no hay determinación, sino desazón y una infinita tristeza.

Sí, y en ella se hunde el rey: «Así de fácil», se dice a sí mismo Pelayo con amargura mientras los nobles discuten ya la propuesta del sacerdote.

¿O no? Por lo pronto, las palabras de Asterio, «el duque tiene dos hijos y tú, una hija», han reabierto, con dolor, la más profunda herida de Pelayo. Pues le recuerdan, sin misericordia, que Favila no está con ellos y que, aunque nadie lo haya dicho tan abiertamente como acaba de expresarlo el sacerdote, ninguno de los presentes confía en su regreso.

«Una hija...» se repite Pelayo en el doloroso silencio de su corazón y su amargura crece. Pues, ciertamente, eso, una hija, es lo único que realmente le queda. ¿La perderá también? ¿Tendrá que sacrificarla para preservar su reino?

—Mi hija apenas tiene siete años y Alfonso, el heredero de Pedro, ha cumplido diecisiete inviernos —aduce al cabo sin evitar que el dolor se asome a su voz y en un intento desesperado de oponer alguna razón a la nueva pérdida que la necesidad política quiere imponerle.

—Esa diferencia no impide unos esponsales* —lo rebate Asterio, insensible y ajeno al profundo dolor que desgarra a su rey—. Son muchas las bodas que se han acordado entre novios de edades dispares.

—El sacerdote tiene razón —interviene el conde Trasmundo.

Entonces, como si se rompiera un dique, otros muchos suman sus voces a la propuesta de Asterio. Pues los hombres que se han creído atrapados se entusiasman cuando hallan una salida a su laberinto. Pero para Pelayo esa salida significaría enviar a su pequeña lejos de él y a una casa donde la recibirán como a una extraña, como a la hija de un antiguo enemigo; en suma, ¿para qué negarlo?, como a una rehén, y en la que, si las cosas no van bien, no dudarán en eliminarla.

Alrededor del rey se debate, se grita, se aducen argumentos, se confrontan con otros... y Pelayo siente un desolador vértigo: el de un padre que no fue tras las huellas de su hijo raptado por mor de servir a su reino y que ahora, para seguir sirviéndolo, tendrá que ofrecer a su hija y alejarla de él expo-

---

*Esponsales eran unas promesas de futuro matrimonio que comprometían a los hijos de dos familias. En Roma no pasaban de ser un contrato privado y su ruptura apenas si implicaba problemas, pero en la Hispania de los siglos VII y VIII, los esponsales establecían un vínculo mucho más exigente y que no podía ya romperse fácilmente, debiendo conducir, indefectiblemente al matrimonio.

niéndola a quién sabe que peligros. ¿Y Gaudiosa? ¿Qué le dirá su esposa si le comunica que tiene también que despedirse de su pequeña? No lo soportará. Ya ha sufrido mucho y esta separación la destruiría.

—El duque Pedro no aceptará esa alianza matrimonial —dice entonces Pelayo con la voz enronquecida por un miedo que no quiere confesar a nadie.

Pero Asterio, que sigue ajeno a la lucha que se libra en el corazón de su rey, tiene nuevas y buenas razones para rebatir a su señor. «Malditas sean todas ellas», piensa Pelayo mientras las escucha.

—Es cierto, mi señor, que *a priori* la alianza con Eudón puede ser vista por el duque Pedro como más conveniente que la que tú le ofrezcas. Al fin y al cabo, es señor de unos dominios más extensos y ricos que los vuestros y manda sobre ejércitos más numerosos. Así que reconocerlo como señor daría a Pedro más seguridad frente a los musulmanes de la que vos podéis ofrecerle. Pero debéis recordar una cosa: el viejo duque Pedro es orgulloso en extremo: es descendiente de los reyes Leovigildo y Recaredo y siempre lo tiene presente. Un hombre así, tan altivo, no se somete fácilmente a otro, por muy poderoso que este último sea. Sin embargo, glorioso rey Pelayo, ofreciéndole a vuestra hija le dais algo que Eudón nunca le dará: la posibilidad de que su futuro nieto se siente en un trono.

El argumento es tan astuto como certero, Pelayo debe reconocerlo. Sí, pero ¿qué precio va a pagar por atraerse Cantabria? El precio de entregar su hija a unos extraños.

Asterio ha expuesto tan diestramente sus argumentos que en la sala ya son pocos los nobles que se oponen a ellos. Muchos se acercan hasta el solio de roble en donde permanece el rey y lo instan a aceptar. Pero él permanece silencioso, envuelto en duda y dolor. ¿Debe asumir este nuevo sacrificio? «Te eligieron como rey y tú aceptaste. Ser rey de hombres es esto: sacrificarte por el bien de tu pueblo», le murmura, insidioso, su sentido del deber. «¿Así que también abandonarás a tu hija? ¿Entregas a la niña a cambio de tu ambición, de tu deseo de engrandecer tu poder? ¿Para esto te sirve ser rey?», le recrimina su conciencia. Y así, en silencio, rodeado de hombres que lo urgen a decidirse ya, en el seno de su alma debaten el rey y el padre. Desgarrado entre ser una cosa y la otra, siente que las lágrimas pugnan por asomarse a los ojos y la rabia, agolpándosele en el pecho, lo ahoga, y para liberarla, sin poder retenerse, da un fuerte puñetazo en uno de los brazos del trono.

Todos callan. Sí, y se le quedan mirando, extrañados por su reacción, por su amargo silencio, por las lágrimas que, ya imparables, ruedan por sus mejillas.

—Iré a Cantabria y propondré al duque Pedro que nuestros hijos, Ermesinda y Alfonso, acuerden esponsales —dice en un tono en el que la ira, la tristeza, la determinación y la desesperanza se mezclan por completo—. Asturia necesita a Cantabria. Eso me obliga. Os dije que sumar Cantabria al reino era nuestra única posibilidad de supervivencia y haré lo que sea, lo que sea, por la salvación de mi pueblo y eso implica conseguir que sumemos nuestras fuerzas a las del duque Pedro. Hace unos momentos recordábamos que los invasores conquistaron Hispania porque estábamos divididos. No debemos seguir estándolo.

Eso es todo. Sí, pero ¿cómo le dirá a Gaudiosa que debe despedirse de su hija? Él ya tiene el corazón roto y, cuando se lo diga, se lo quebrará también a ella.

En ese momento, la reina entra en la sala. Lleva una túnica azul y sobre los hombros el manto de seda roja bordado en plata que Pelayo le regaló cuando se apoderaron de las pertenencias del emir Munuza. Está muy hermosa con sus cabellos rubios recogidos con una sencilla diadema de plata y las mejillas arreboladas por la furia.

Pues está furiosa. Estaba en la sala, en un rincón, acompañada por una de las nobles doncellas que la asisten, atendiendo a que los esclavos hicieran bien su trabajo y agasajaran a los nobles que asisten al consejo. Así que lo ha oído todo. Sí, y ahora se planta frente al solio de Pelayo y lo mira rectamente, sin darle escapatoria alguna.

—No te llevarás a mi hija de mi lado —le dice en voz baja, pero tan firme, tan rotunda, que Pelayo siente un escalofrío.

—El reino... —balbucea él.

—¡Al infierno con el reino! —estalla ella.

Y todos callan. Pues Gaudiosa es pura dulzura, pero también es fuerza, y verla así, tan decidida, tan fiera, los descoloca. Pues conocen, porque lo ha demostrado, de su increíble valor, de su inconmovible determinación.

Pelayo no aparta la mirada. Ama a Gaudiosa más que a su vida. Pero se debe a su pueblo...

—Llevaré a Ermesinda a Cantabria —dice tozudo, aferrándose a lo que cree su deber, con el corazón roto.

Gaudiosa siente el dolor, la desesperación de su esposo y lo compadece, pero no va a complacerlo.

—Ve a Cantabria, Pelayo, pero ve solo. Ve y dile a Pedro, duque de los cántabros, que le ofreces una alianza matrimonial entre su casa y la nuestra. Dile eso y que Alfonso y Ermesinda se prometan. Pero imponle que sea su hijo quien venga a Asturia y no tu hija la que vaya a Cantabria.

—Mi señora, la costumbre exige que sea la futura esposa quien vaya al encuentro del novio y no al revés —interviene Asterio, y se arrepiente al instante de hacerlo, pues Gaudiosa se vuelve hacia él y la mujer dulce y buena que todos conocen es ahora una leona que lo mira con ojos de fuego azul.

—¡Al diablo con tus malditas costumbres y normas, cura entrometido! —le grita—. ¡Mi hija se queda aquí, a mi lado!

—La reina tiene razón —interviene Pelayo—. La costumbre no siempre rige. Antaño, os lo recuerdo, fue Leovigildo, el gran rey, quien acudió a Gosvinta, la reina, y no al revés —y diciendo esto, Pelayo atrae la atención de Gaudiosa y ambos intercambian una larga mirada y después una sonrisa cómplice anudada con lágrimas—. Si Leovigildo, el más grande de nuestros reyes, dejó Narbona para ir a Toletum, pues en ella residía la reina Gosvinta, ese Alfonso bien puede venir a Asturia. Está decidido: mi hija no irá a Cantabria. Será prometida a Alfonso, hijo de Pedro, pero será él quien venga para terminar de hacerse hombre a mi lado. No en balde será mi heredero, pues fui privado de mi hijo varón y él casará con mi hija. Pedro tendrá que aceptar estas condiciones si quiere que algún día su hijo se siente en el trono. Si no quiere aceptarlas..., ¡tomaré por la fuerza Cantabria!

Pelayo se ha puesto en pie y en dos pasos envuelve a su esposa con su manto y la estrecha contra su pecho, y juntos, rey y reina, a la luz cambiante de las llamas de la hoguera que arde en el centro de la gran sala, son la viva estampa de la unión y la determinación.

X

Ese mismo día, en Roma, una nave, una galea aparejada por comerciantes cristianos de Beritos,* atraca en los muelles del Emporium, el puerto fluvial de Roma. A una orden del capitán, se amarra el barco y se sujeta la pasarela por la que sube a bordo el patrón del *numerus* de la XIII región de la Urbe,** la que se extiende por el Aventino y la orilla del Tíber que queda a sus pies. Desde la toldilla, el asesino sonríe con desprecio al observar al pretencioso patrón, que no es otra cosa que el hombre más rico de esa parte de la ciudad, y a los seis hombres armados que lo escoltan y que, al igual que el resto de los integrantes de las milicias que defienden Roma, no son otra cosa que un puñado de simples artesanos, barqueros, campesinos, comerciantes y pequeños nobles que creen que por portar lanzas y revestirse con una o dos piezas de armadura, o por reunirse los domingos para adiestrarse con espadas oxidadas antes de irse a la taberna a trasegar una jarra de vino son soldados. ¡Necios! La vieja Roma es solo un amontonamiento de ruinas y nostalgia que habría perecido tiempo

---

*Beirut. La galea era un barco muy versátil apto tanto para ejercer el corso como para comerciar, pues combinaba remos y velas latinas.

**Un *numerus* era una unidad militar de doscientos a quinientos hombres. En este tiempo, Roma estaba dividida en grandes barrios o regiones y cada una de ellas tenía que reclutar entre sus habitantes un *numerus* para atender a su defensa y seguridad.

ha bajo los cascos de los caballos de los bárbaros longobardos, o bajo las botas de los árabes si el emperador León el Isaurio no velara por ella desde Constantinopla. ¿Y cómo se lo pagan estos pretenciosos romanos comandados por su obispo, el papa Gregorio II? Acusando al sacro Basileus de hereje iconoclasta y negándole la obediencia debida. ¿Acaso el emperador no es la imagen corpórea de Cristo en la tierra? Así es y así lo ha sido desde que Constantino el Grande fuera aclamado por los obispos reunidos en el Concilio de Nicea.*

Pero debe calmarse. El gordo patrón del *numerus* de la XIII región de la urbe ya ha terminado de inspeccionar la nave siria y él, al fin, puede continuar en las calles de Roma la larga persecución que inició en Damasco.

Se ajusta el manto y se cala mejor la capucha que cubre su rostro casi albino, luego salta a tierra y se interna en las calles de la que antaño fue la ciudad que se enseñoreó del mundo entero y que ahora es una penosa confusión de cabañas de madera y chozas de barro alzándose entre gigantescas ruinas que, aún en su decrepitud, asombran a cuantos las contemplan, y bajo cuya ominosa sombra progresa el asesino mientras se encamina al *Palatium Laterani*,** la residencia del papa de Roma.

La urbe que antaño acogiera a más de un millón de habitantes no contiene ahora sino a cincuenta mil y por eso, aquí y allá, se extienden enormes descampados, salpicados de ruinas, de pequeñas iglesias y de alguna que otra miserable casucha, entre las que pacen rebaños de bueyes y cabras o, simplemente, crece la maleza. En efecto, medita el asesino, la ciudad ya no es aquella que descubrió en los viejos libros cuando era joven y los frecuentaba con avidez.

---

*Se celebró en 325. En el cristianismo de los primeros siglos, el emperador y no el papa fijaba el dogma y se le consideraba, literalmente, la imagen especular de Cristo en la tierra.

**Palacio de Letrán.

Sin embargo, cuando llega frente a las impresionantes ruinas de las termas de Caracalla no puede evitar que se le acelere el pulso. La espléndida construcción que fue privada de agua en 537, cuando los ostrogodos asediaban en Roma al conde Belisario y cortaron los acueductos, y que ahora es hogar de mendigos y perros callejeros. Uno de ellos, un can blanco con la oreja derecha rota, sale de su escondrijo entre las ruinas para perseguirlo con sus ladridos y amenazas de mordisco. El asesino, sin detenerse, le da una patada que, por despiadada, desalienta a un mendigo que se disponía a suplicarle limosna.

El mendigo ha hecho lo correcto: él, el asesino más diestro y despiadado del imperio, nunca da limosna, sino solo muerte. Ese pensamiento le hace sonreír mientras que por el rabillo del ojo, asomando entre un montón de cascajo, vislumbra el hercúleo torso de una abandonada estatua del cruel emperador Caracalla.

Veinte minutos más tarde, camina ya por la XI región de Roma, la que queda entre el Aventino y el Palatino. Allí se conmueve de nuevo, pues los asesinos también se asombran y emocionan. Y es que ahora puede ver lo que del Circo Máximo queda, y es mucho y grandioso. La colosal y arquitectónica construcción siguió en uso hasta 663, el año en el que el último emperador romano llegado desde Constantinopla, Constante II, visitó Roma y celebró allí carreras de carros y magníficos espectáculos. Desde entonces, el magno edificio ha quedado por completo abandonado, pero su enorme masa sigue dejando con la boca abierta a quien a él se acerca, pues es varias veces más grande que el Hipódromo de Constantinopla y todavía conserva, en su espina, los dos gigantescos obeliscos que los antiguos emperadores ordenaron traer desde Egipto.

Ahora el asesino asciende hasta el barrio del Palatium, la X región de la ciudad. Allí, todavía habitable, se alza el complejo palaciego que antaño habitaran los emperadores de la vieja Roma y que ahora, en estos tiempos oscuros, de tanto en tanto, frecuenta el exarca de Rávena, el gobernador de los escasos territorios que le quedan al imperio en Italia.

Después desemboca en el marmóreo Septizodium, la espléndida construcción que, a modo de mirador, permite admirar desde arriba el Circo Máximo y que, quinientos años atrás, el augusto Septimio Severo levantara para capricho de su esposa, Julia.

El asesino apresura el paso, pues sabe que no lejos de allí se alza aún la Casa de Rómulo, el fundador de Roma. Cuando llega frente al pequeño y venerable edificio, siente una extraña emoción que lo lleva a murmurar unas palabras.

—Por ti, por tu eterna gloria, Roma, cometo maldades y arrebato vidas —se dice a sí mismo y se lo cree, pues es uno de esos asesinos que duermen mejor creyendo que su maldad tiene justificación.

Continúa caminando por la arruinada ciudad. Desde la Casa de Rómulo accede al distrito donde se alzan, entreveradas con montones de escombros y destartaladas casas, las iglesias de Santa Anastasia, San Jorge y San Teodoro, y así, por fin, llega ante el *Palatium Laterani*.

A la antigua *Domus Faustae*, la nobiliaria residencia que en 313 Constantino el Grande cediera al obispo de Roma, no le han faltado en estos cuatrocientos años ni oro ni cuidados. Por lo que, al contrario que a la ciudad que desde ella se gobierna, la decadencia no ha hecho presa del magno edificio. Se ve que los papas de Roma velan más por su palacio que por la urbe. Y con ese rencoroso y desdeñoso pensamiento, el asesino busca un lugar desde el que vigilar la entrada principal del palacio. De una cosa está seguro: el condenado Dámaso, antes o después, saldrá o entrará de ese lugar porque fue obispo en Hispania y el principal consejero del papa Gregorio II es, mira tú por donde, el exiliado obispo primado de

Hispania Sinderedo. Así que está seguro de que el lugar de residencia del tal Sinderedo será para Dámaso como una piedra magnética para un pedacito de hierro. Además, no es difícil concluir que, si el condenado hispano tomó un barco en Siria que zarpaba en dirección a Roma es porque tiene la intención de vender en ella el grial. ¿Y quién podría ofrecerle más oro que el condenado papa Gregorio II?

Así que, con esa paciencia que todo asesino experto adiestra con mimo, se confunde entre la multitud de mendigos, vendedores de salchichas y vino, peregrinos y curiosos que deambulan por allí, mientras entretiene la mente intentando decidir cómo torturará a Dámaso cuando lo atrape. Pues de eso no tiene duda alguna: dará la más horrible muerte que pueda a ese perro que lo engañó en Fenicia y que, por poco, se le escapó en Beritos.

Sí, se le escapó. Pero ha encontrado su rastro y, más pronto que tarde, lo atrapará, le quitará el grial y lo asesinará muy muy lentamente.

XI

En ese mismo momento, en una sala del *Palatium Laterani*, Dámaso se inclina, respetuosamente ante Sinderedo, obispo de Toletum exiliado en Roma desde hace ya siete años y ahora mano derecha del papa de Roma Gregorio II.

Es un hombre muy viejo y sus muchos años, agrupados en arrugas y en una calvicie desmañada, se amalgaman con su natural propensión a la mentira, la ambición y la cobardía para dibujarle un rostro apergaminado, huidizo, como de comadreja resecada por el sol. Entre sus manos, un poco temblorosas y de pronunciadas venas azules, hay una pequeña cruz de oro adornada con zafiros que manosea constantemente, y las ricas vestiduras que lleva, de seda bordadas con hilo de oro, parecen amontonarse, informes, sobre un cuerpo esquelético.

Sí, pero que sigue demandando riqueza, poder y placer. Por eso está allí en Roma y no en su sede, Toletum, la ciudad que abandonó a su suerte cuando le informaron de que Musa ibn Nusair, el valí de África y de la todavía a medio conquistar Hispania, se disponía a entrar en la capital del reino visigodo. ¿Por qué no se quedó junto a su rebaño como hace un buen pastor? Porque eso de quedarse en una ciudad a punto de abrir sus puertas a un conquistador le pareció, ¿cómo expresarlo?, peligroso. Y él, Sinderedo, aborrece el peligro. Así que reunió a toda prisa los tesoros de las iglesias de Toletum y cuanto oro pudo meter en sus cofres y, encabezando una apresurada comitiva formada por clérigos afectos, siervos y un puñado de guardias, se encaminó a la costa más próxima; allí, en cuanto encontró un barco, tomó la marítima ruta que conecta Hispania con Roma.

Ahora es un exiliado, es cierto, pero se le reconoce su título de obispo de Toletum y se le tiene en cuenta, muy en cuenta..., tanto que el dueño de Roma y el Lacio, el papa Gregorio II, lo consulta de continuo y los orgullosos miembros de la nobleza romana, laicos y religiosos por igual, lo colman de regalos, ¿por qué no llamarlos simplemente sobornos?, para que atraiga sobre ellos el favor del todopoderoso obispo de Roma. En suma, Sinderedo, en breve plazo, supo pasar de ser un simple refugiado a uno de los poderes en la sombra de la arruinada, pero aún poderosa, Ciudad de San Pedro. A ello, por supuesto, ha contribuido el buen uso que hace de sus cuantiosas riquezas y una habilidad nunca lo bastante ponderada para la intriga, cualidad a la que ha sabido darle buen uso en Roma, una ciudad especialmente convulsa y apropiada para conjuras y traiciones, y en la que por tanto se siente como en casa.

Mientras Sinderedo sigue evaluándolo y meditando sobre su propio destino, Dámaso, aún con la cabeza baja, no aparta los ojos de las sandalias de fino cuero campano y áureos adornos que lleva el obispo primado de Hispania. ¿Cuánto costarán? Una fortuna, sin duda, como todo lo que lleva encima el condenado y episcopal anciano. Él también quiere llevar finas sandalias y costosas sedas, por eso se ha jugado, una y otra vez, la vida, y por eso está, al fin allí, ante Sinderedo, un hombre poderoso que en Hispania, en otro mundo y casi en otra vida, le mostró cierto grado de favor y que incluso, en una ocasión, llegó a llamarlo amigo.

—¿Qué te trae ante este pobre viejo, Dámaso, hermano en Cristo? —se dirige a él, al fin, fingiendo, o no, que no lo recuerda y dándole permiso, con su cascada voz, para que le refresque la memoria y exponga su caso.

Dámaso eleva los ojos y no puede evitar que la codicia se acune en ellos al depositar su mirada en las numerosas joyas que cubren al exiliado obispo de Toletum.

—Santo Sinderedo, obispo de la Urbs Regia de Hispania, sin duda me recuerdas, pues me mostraste tu favor durante el último santo concilio que se celebró en Toletum, hace ya diecisiete años, en el primer año de reinado del rey Witiza, cuando la peste, el hambre y la sequía se enseñoreaban de Hispania y tu predecesor, Félix, primado de Hispania, ocupaba el solio episcopal de Toletum, y desde tan elevada y santa autoridad te encargó que, con brillante oratoria, defendieras el matrimonio de los sacerdotes conforme a lo que, diez años antes, en 692, ya había sido sancionado en los cánones del II Concilio in Trullo, celebrado en la gran Constantinopla.

Sinderedo frunce los retraídos labios en un gesto de disgusto. Si este necio quiere halagarlo, no está escogiendo la mejor de las maneras, piensa, pues esa cuestión, la de la aprobación del matrimonio de los clérigos, que él tanto se esforzó en defender, ahora y aquí, en Roma, es cuestión espinosa que es mejor evitar.

—También nos vimos una segunda vez, venerando Sinderedo. Acababa de morir el obispo Félix y se te había elegido como nuevo prelado de la Sede Regia. Quiso la benevolencia divina que yo acertara a estar en Toletum cuando se te entregó el báculo con el que tan diestramente pastoreaste el rebaño de los cristianos de Hispania, hasta que los impíos sarracenos, Dios los entregue a la condenación eterna, invadieron el reino y te expulsaron de él. ¿Recuerdas, santo obispo? Tras la ceremonia me acogiste en palacio y descubrimos que compartíamos la pasión por los saberes herméticos de los antiguos y, muy particularmente, por la alquimia. Ahora, confiando en tu benignidad y en el grato recuerdo de tu amistad, vengo a pedirte amparo y a ofrecerte algo que, sin duda, te maravillará.

Sinderedo recuerda muy bien, pero al contrario que este necio, jamás tuvo por amistad lo que solo fue un pasajero interés. De hecho, despediría de inmediato a este molesto refugiado si no fuera por sus últimas palabras: «Vengo a ofreceros algo que, sin duda, os maravillará». Eso suena tentador y él, pobre pecador, siempre se deja tentar.

—Te recuerdo, Dámaso: en aquellos tiempos eras obispo de Ilerda. ¿Por qué abandonaste la sede?

La ofensiva pregunta hecha por Sinderedo irrita a Dámaso: ¿cómo es posible que él, precisamente él, que salió corriendo de Toletum abandonando a su pueblo, se atreva a acusarlo de la misma falta? ¡Maldito sea este cobarde avaricioso!

Sí, eso es lo que piensa, pero Dámaso es prudente y dice otra cosa.

—No la abandoné, santo Sinderedo, fui arrancado de ella por el tiránico Musa y llevado en cautiverio a Damasco.* Allí fui esclavo, allí fui al cabo liberado y de allí vengo, pues llevo conmigo algo que estoy seguro será de tu interés.

—Muéstramelo, pues —lo invita el viejo obispo tratando de no parecer en exceso interesado.

Pero Dámaso no ha llegado a Roma para hacer el tonto.

—No lo tengo conmigo, santo obispo. No aquí, al menos. Lo guardo en un lugar secreto.

Sinderedo se endereza en la gran silla que ocupa. Dámaso no es, al fin y al cabo, tan estúpido como podría pensarse en un primer momento.

---

*Ilerda, Lérida, fue sometida por Musa. La fecha que suele darse, 714, es errónea, pues, como demuestra la firma del Pacto de Tudmir, de 5 de abril de 713, para esa fecha Musa ya no estaba en Hispania, sino que la regía su hijo y sucesor Abd al-Aziz. Por ende, tuvo que conquistarla poco después de someter Zaragoza y hacerlo en 712.

—Roma, hermano en Cristo, es una ciudad muy peligrosa, ¿lo sabes? —La pregunta se queda en el aire, como flotando en la maldad que Sinderedo ha colocado en cada sílaba.

Dámaso lo sabe, Roma es peligrosa: repleta de ladrones, borrachos, asesinos, proxenetas, profetas alucinados, magos de tres al cuarto, vendedores de falsas reliquias... Sí, y, lo que es peor, también está llena de cardenales y nobles ambiciosos y despiadados. En esa ciudad, cada noche se asesina a alguien y cada día uno puede encontrar un cadáver flotando en el Tíber o abandonado en una callejuela. En un sitio así, un poco de oro, y Sinderedo tiene mucho más que un poco, basta para que un asesino a sueldo te esté aguardando tras una esquina.

Pero Dámaso no se arredra ante la velada amenaza. ¿Acaso no ha cruzado desiertos, montañas y mares para llegar hasta aquí? ¿Acaso no esquivó, hasta en dos ocasiones, al diabólico asesino albino que lo acechaba en las calles de Beritos? Así que ahora no se va a asustar por las insinuaciones venenosas de este viejo que tiene en frente por muy consejero mimado que sea del papa.

—Ciertamente, Roma es peligrosa, bondadoso Sinderedo. Pero soy un hombre prudente y pobre, por añadidura. Un hombre así guarda bien cualquier cosa de valor que posea. Tanto y tan bien que si algo me ocurre el objeto que traje de Damasco jamás será hallado.

Sinderedo asiente y una maliciosa sonrisa le aflora a los pálidos labios dejando al descubierto sus desdentadas encías.

—A lo mejor, pienso, sería más adecuado entonces entregarte un poco de oro para que me muestres esa cosa maravillosa que has traído desde Damasco. ¿Voy por mejor camino ahora?

—Sin duda, venerable Sinderedo, ahora aciertas, pero vas a necesitar mucho más que un poco de oro para que te entregue el increíble objeto.

—¿Y si tan valioso es ese objeto, ese tesoro, hermano Dámaso, por qué no te lo quedas?

Buena pregunta, pero él le encontró ya respuesta en Damasco.

—Son muchos los que han oído hablar de él, pero pocos conocen por completo sus secretos. Yo soy uno de esos pocos que han llegado a atisbarlos. Aunque no soy tan docto como tú en las artes ocultas, sí sé una cosa que la mayoría de los sabios desconocen: el elixir alquímico se compone de dos piezas, el cuenco inferior de ágata que, al invertirlo, hace de pie, y el cuenco o copa de ónice que conforma su parte superior o vaso. Si ambas piezas se unen con un nudo de oro, se completa el grial y se alcanza la perfección. Pero en tiempos remotos, hombres menos osados que nosotros decidieron separar las dos partes: una fue enviada a uno de los confines del mundo, a los santuarios del río Fasis, en la Cólquide,* allí donde también se guardó el vellocino de oro; la otra se custodió en el templo de Zeus de Dodona,** en los robledales de Epiro, en Grecia. En esos lugares permanecieron olvidadas durante siglos. Pero al cabo, en el año 256, los salvajes godos saquearon los santuarios de Fasis y se llevaron de allí todos los tesoros y, entre ellos, el cuenco de ágata o parte inferior del elixir alquímico; ciento cincuenta años más tarde, Alarico, rey de los visigodos, saqueó a su vez el Templo de Zeus en Dodona y se llevó de allí el cuenco de ónice o parte superior del elixir alquímico. De modo que, sin que los bárbaros godos lo supieran, se reunieron de nuevo y en su tesoro las dos partes que componían por completo el grial y que ya solo esperaban un áureo nudo para sumarse y mostrar todo su poder.

---

* Rióni, en Georgia.

** Dodoni.

»¿Quién sabía de estas cosas en la bárbara corte de Alarico? Nadie. En 410, los hijos de Guton, los hijos del dios furioso, entraron también a saco en Roma y de ella marcharon a las Galias, y allí, en Tolosa, en las cámaras secretas del *palatium* del *Rex Tothorum* y junto a la Mesa del rey Salomón, las dos partes del grial quedaron olvidadas y ocultas. Y pasó otro siglo de silencio y olvido, hasta que en 507 los francos de Clodoveo vencieron a los godos* y mataron a su rey, tras lo cual avanzaron resueltos hasta Tolosa para apoderarse de su legendario tesoro. Pero los nobles de los godos lo habían sacado de allí a toda prisa y llevado a la más fuerte de sus ciudades: Carcasona. Clodoveo, airado, la mandó asediar, pero los ostrogodos acudieron en auxilio de sus primos visigodos y obligaron a los francos a levantar el asedio. Pasaron más años y los visigodos se asentaron definitivamente en Hispania y en concreto en Toletum fijaron su sede regia. No lejos de ella, en un castillo inexpugnable, el de Firas, encerraron su gran tesoro y allí permaneció otros ciento cincuenta años hasta que Táriq y sus guerreros se apoderaron de él tras vencer y aniquilar al rey Rodrigo y a sus huestes.

»En fin, en 715, tras arrebatarle el tesoro a Táriq, Musa lo llevó a Damasco para entregárselo al califa. Ahora bien, allí solo se hallaba una de las dos partes del elixir alquímico, el pie de ágata, la menos valiosa y poderosa de las dos que suman la totalidad del grial, y puesto que Táriq se aseguró de llevárselo todo de Firas, debemos convenir que en algún momento posterior a 508, cuando tras derrotar a los francos el tesoro fue sacado de Carcasona y llevado a Hispania, alguien sustrajo de él la parte superior, el cuenco de ónice. ¿Dónde se encuentra? Yo no lo sé. Pero tengo en mi poder el cuenco de ágata y, aunque por sí mismo vale una fortuna y otorga gran poder, si consiguiésemos reunirlo con la parte perdida tendríamos en nuestro poder una maravilla de valor incalculable.

---

* La batalla del año 507 es la de Vouillé.

»Como veis, venerando Sinderedo, soy tan ambicioso como tú y esa, la pura codicia, es la razón que me ha disuadido de limitarme a vender el cuenco de ágata. Sencillamente, no quiero conformarme con el oro que me reportaría, pues sé que su valor se multiplicaría hasta lo indecible si le sumásemos aquello que lo completa y que amplifica su poder a la par que su valor. Y puesto que recuerdo muy bien que hace dieciséis años, en Toletum, cuando acababan de nombrarte obispo, te vanagloriaste de que tenías más conocimiento que ningún otro sabio sobre estas cuestiones, intuyo que puedes tener alguna idea o pista sobre dónde se oculta el valioso objeto que completa el que yo he traído de Damasco. ¿Me equivoco? Piénsalo, yo tengo ya el cuenco de ágata, y si tú aportas lo que sabes y el oro y los medios necesarios para emprender la búsqueda del cuenco de ónice, podemos hacer lo que nadie ha logrado desde hace incontables siglos: reunir las dos partes del elixir alquímico y completar el grial.

Al escuchar aquello, Sinderedo comprende y su pulso de viejo se acelera.

—¿Realmente tienes una de las dos piezas del elixir alquímico que conformaban la totalidad del grial?

—Así es, poseo la porción que, extraviada entre un sinfín de maravillas, terminó en Damasco, olvidada en las cámaras del tesoro del califa.

—No te creo.

—Tiene un diseño semiesférico, ligeramente ovoide, y está hecho a partir de una preciosa ágata en la que se alternan los tonos rojos, los castaños y los dorados, mostrando además una veta blanca. Su factura es perfecta y el vaso tiene una capacidad algo menor de medio sextario.* Te diré más: si

*Medida de capacidad usada para líquidos y que equivale a 546 mililitros; algo menos de medio sextario serían unos 260.

le acercas la luz de una vela y lo observas con atención, mostrará un signo que lo define. En fin, solo con rozarlo, lleva alivio y sanación al cuerpo herido o enfermo. ¿No son indicios suficientes? Si no te bastan, te revelaré una última cosa: en las últimas semanas del año pasado, a Damasco llegaron tres singulares espías del emperador de los romanos, León el Isaurio. No sé cómo se enteraron, pero eran versados en magia negra y averiguaron que el grial se hallaba en el tesoro del califa y que un esclavo hispano, Lorenzo de Osca, tenía acceso a él y que confiaba en mí. Así que me pidieron que lo convenciera para que robara tan valioso objeto. Lorenzo, bendito sea su nombre, afrontó con valor el martirio para poder rescatar de las impías manos agarenas tan sacro objeto. El caso es que Lorenzo logró entregármelo antes de morir y yo tuve la prudencia de no hacer otro tanto con los hombres del emperador, sino que salí corriendo y, tras muchos peligros, vine aquí con la esperanza de que, sumando nuestros conocimientos, medios y empeños reunamos de nuevo las dos partes del elixir alquímico y nos convirtamos así en los dos hombres más poderosos y ricos del orbe.

Sinderedo siente en los dedos ese hormigueo que tanto le gusta y que le suele provocar el ansia ingobernable de poder y riqueza que rige su voluntad y su pensamientos. Por lo que parece, este perro codicioso de Dámaso está, en verdad, en posesión de una de las dos partes, la menos valiosa, del grial.

—Supongo que me estás ofreciendo un trato, ¿no es así?

—En verdad, eres tan sabio como supuse cuando te vi la primera vez en Toletum.

—No me halagues, pues es en vano. Los viejos depravados como yo ya no tenemos vanidad, sino tan solo hambre de poder y sed de oro. Así que lo único que sellará nuestro trato será la ambición desmedida que corroe nuestras almas —le replica Sinderedo con una descarada y desdentada sonrisa.

—Pues ese vínculo, bien lo sabes, es extremadamente fuerte y, por ende, me parece el único capaz de unir a dos seres sin escrúpulos y despiadados como nosotros —conviene Dámaso con una impúdica y sarcástica sonrisa.

—Acepto. Estos son los términos que propongo: te revelaré dónde creo que puede hallarse la parte superior del elixir alquímico, te proporcionaré guardias y te entregaré oro para que emprendas la búsqueda. A cambio me darás de inmediato la parte inferior. Cuando regreses, sumaremos las dos partes y decidiremos si usar en nuestro favor el poder que obtengamos o si, por el contrario, nos es más beneficioso ofrecérselo al papa, al emperador, al rey de los longobardos, a Carlos Martel, señor de los francos, a Eudón de Aquitania o a cualquier otro rico soberano que esté dispuesto a pagar por él la suma que fijemos. ¿Estás de acuerdo?

Dámaso sonríe aviesamente. ¿Por qué clase de idiota lo toma esta codiciosa comadreja?

—Estoy de acuerdo. Pero antes de que ponga en tus santas manos el cuenco de ágata, me entregarás cien libras de oro, siete mil doscientas monedas.

Eso es mucho oro. Sí, incluso para el rico Sinderedo. Pero lo que se le ofrece vale un reino y, si logran reunirlo con lo que lo complementa y amplifica, tendrán el equivalente a un imperio en sus manos. Cuando ese momento llegue, ya hallará la forma de deshacerse de este necio pretencioso de Dámaso.

—Acepto.

Diciendo esto da una palmada y de inmediato acude un joven sacerdote que se acerca al obispo, escucha lo que este le susurra y sale a toda prisa a cumplir sus órdenes.

—En breve te traerán el oro. Mientras viene te diré algo: nada me sería más fácil que ordenar ahora mismo que te apresaran y te llevaran a las cámaras de tortura. Allí, antes de lo que siquiera imaginas, te apresurarías a revelarme dónde escondes el cuenco de ágata —dice, y mientras pronuncia las palabras, se yergue en la gran silla y a sus ojos acude una llama cruel que le aviva el rostro reseco.

Dámaso, impresionado por aquel inesperado manantial de maléfica vitalidad que parece fluir del decrépito cuerpo de Sinderedo, se apresura a replicar, pero el obispo de Toletum alza una de sus esqueléticas manos y le impone silencio.

—Aguarda, no te precipites. Solo te estaba diciendo lo que podría hacer contigo. De hecho, te lo confieso, es lo que me apetece hacer... Sí, gozaría viendo cómo te torturan. Pero, además de viejo, malvado y depravado, soy sabio, y eso me impide darme el gusto de ver cómo te arrancan las uñas, te cortan los testículos y te someten al potro. Mi vejez me impide ir en persona tras el otro cuenco, el de ónice, y tampoco conozco a nadie que tenga el conocimiento necesario para afrontar tal empresa. A nadie excepto a ti, amado Dámaso. Así que me temo que tendremos que confiar el uno en el otro. Desagradable situación, lo confieso, pero ineludible. Trae el cuenco de ágata, deja que lo examine y verifique su autenticidad y luego te daré el oro y partirás a los Pirineos. Pues es allí, en una cueva olvidada, donde ha de seguir la parte superior del elixir alquímico que completará el grial.

Cuando ha terminado de decir aquello, regresa el joven sacerdote seguido por cuatro guardias que acarrean un cofre que depositan a los pies de Dámaso y que abren de inmediato. El oro que contiene replica con brillos dorados la luz que colma la estancia y el sacerdote abre la boca ante tal visión con un gesto incontrolado de éxtasis.

—Veo, Dámaso, que en verdad estás tan corrompido como yo —comenta Sinderedo con sarcasmo.

Pero él no lo escucha, sino que se ha arrodillado y, metiendo las manos entre las monedas de oro, las deja caer entre sus dedos con el rostro iluminado por un supremo goce.

—Tráeme una copa de vino de Capua —ordena Sinderedo al joven sacerdote—. Aquí se queda el oro hasta que regreses con el cuenco de ágata. Estos cuatro guardias míos te escoltarán. No tardes. Tenemos muchas cosas de las que hablar antes de que partas para los Pirineos.

Eso es todo. El primer paso hacia el infierno suele ser así de fácil y Dámaso lo da con confianza y satisfacción.

XII

Umm Hakim se detiene en el puente Eliano y admira desde allí la gran basílica que el emperador Constantino el Grande mandara erigir, cuatro siglos atrás, para honrar al apóstol Pedro, el pescador que siguió a Cristo y fue a Roma para cambiar el mundo sin que este último lo advirtiera. La basílica es un edificio portentoso de ladrillo y mármol* flanqueado por el mausoleo del augusto Honorio y por las otras dos basílicas a extramuros, San Pablo y San Lorenzo. El monumental conjunto se alza entre una multitud de pequeñas iglesias, capillas y monasterios, todo ello entreverado de un sinnúmero de chozas y cabañas levantadas por los extranjeros instalados en Roma que tienen allí, a la vera de San Pedro Vaticano, su barrio. Destacan entre tan abigarrado urbanístico conjunto las paganas ruinas del santuario de Cibeles y del Circo de Calígula, en cuya arruinada espina aún se sostiene un alto obelisco egipcio. Luego, su mirada se posa en la descomunal mole marmórea de la tumba de Adriano, ahora transformada en fortaleza integrada en las murallas de la ciudad y comunicada con la basílica de San Pedro por medio de una larga columnata.

---

*Se trata de la primera basílica de San Pedro, siglos IV a XV, que resultaría muy dañada en 846 durante el saqueo que sufrió por parte de corsarios andalusíes y norteafricanos.

Lleva en Roma cuatro días. Los caminos del mar son incontrolables y ello explica que, pese a que llegó a Beritos siete días después de que el rastro de Dámaso la llevara a la ciudad portuaria, el barco que tomó para continuar su persecución camino de Roma tuviera vientos favorables y llegara a esta última tan solo tres días después de que lo hiciera el hispano.

Tras ella, como una sombra, está Amra. El colosal negro se pasa el día embozado, pues, si ya su tamaño atrae las miradas de los romanos, mostrarles su rostro atraería tanto su atención como el redoblar de una campana en mitad de la noche, y es que en Roma no es frecuente ver a etíopes.*

—¿En qué piensas, señora?

La profunda voz de Amra la saca de su abstracción. Alza los ojos y busca los del gigante, que permanecen en la penumbra que le facilita la capucha del manto.

—Estamos sobre la pista de Dámaso el hispano, pero seguimos sin saber nada del asesino que también lo seguía, excepto que existe, que posee conocimientos de brujería y que, probablemente, fue el que lanzó sobre mi difunto esposo el hechizo que lo llevó a la fiebre y a la muerte. Eso me inquieta: el hispano desconoce que sabemos dónde se esconde, pero nosotros desconocemos si el asesino, a su vez, nos sigue a nosotros.

—El leopardo, cuando está cazando, no sigue a otro leopardo, sino al antílope —la tranquiliza Amra.

—Eso espero. No obstante, el temor a que el asesino nos detecte es lo que me ha llevado a no ir tras Dámaso hoy hasta el *Palatium Laterani* y a esperarlo aquí, en el puente que, necesariamente, cruzará para volver a su guarida. Si todo va bien, lo seguiremos hasta su interior y le arrebataremos el cuenco de ágata.

—Y regresaremos a Damasco.

---

* En la Antigüedad y la Alta Edad Media, el término *etíope* era el usual para definir a una persona negra.

—Sí, si Dios quiere...

Amra, sabiendo de la terrible pena que embarga a su ama, la de una madre obligada a separarse de su hijo pequeño al poco de haber perdido a su marido, tiene el impulso de abrazarla. Pero se retiene, y eso, retener lo que siente, le cuesta cada vez más.

Ella, ajena a tales cosas, dirige de nuevo sus pensamientos a la misión que le han encomendado.

—Vamos, crucemos el puente y busquemos un lugar donde ocultarnos.

Sin esperar, encamina sus rápidos pasos hacia la orilla vaticana del Tíber para adentrarse en el barrio a extramuros de Roma donde habitan los extranjeros y duermen el sueño eterno Pedro y Pablo, los apóstoles de Cristo.

En ese preciso momento, Dámaso sale del *Palatium Laterani* escoltado por cuatro guardias que le abren paso entre la multitud de mendigos, peticionarios, peregrinos y vendedores que se agolpan a las puertas del magno edificio.

Al verlo, el asesino se pone en pie, se ajusta la capucha del manto y, manteniendo una prudente distancia, sigue al hispano y a sus custodios por las calles de Roma.

¿Hacia dónde van? Caminan durante toda una hora, cubriendo así, a paso vivo, las tres millas que separan el palacio del puente Eliano, que cruzan con la misma premura para desembocar en el Vaticano, y allí, para sorpresa del asesino que sigue a Dámaso, este último conduce a los hombres que lo guardan hacia las ruinas del Circo de Calígula. Lo hace a través de un dédalo de calles estrechas y sucias, a cuyos deprimentes lados se apiñan chozas que se alternan con diminutas capillas dedicadas a tal o cual mártir.

Ya cerca del arruinado circo, Dámaso, tras mirar con desconfianza a un lado y a otro, se mete en el gigantesco montón de escombros que antaño fue uno de los costados de la gran estructura levantada por Calígula y desaparece de la vista.

El asesino se detiene a su vez y deja pasar un poco de tiempo mientras se asegura de dar ventaja a su presa y luego, sin mirar atrás, escala la escombrera y se mete a continuación por el disimulado agujero que abre su negra boca entre pedazos quebrados de mármol, ladrillos y basura. Por él se deja caer, deslizándose entre el cascajo y los desechos, arrugando la nariz por el mal olor y cuidando de no herirse los pies. Pronto, el improvisado túnel se nivela y puede ponerse en pie y caminar, pero con cuidado de no golpearse la cabeza. Avanza despacio, con el oído atento y los claros ojos escudriñando la oscuridad. Paso a paso, sin hacer ruido y con el cuchillo dispuesto a herir.

Umm Hakim los ha visto; primero a Dámaso y a sus guardias, y luego al extraño que, con gran pericia y disimulo, los seguía.

—Debe de ser el asesino —musita.

—Entonces, señora, ha llegado nuestro momento y el de la venganza —dice Amra con tono decidido.

—Sí, ha llegado nuestro momento. ¡Vamos!

También ellos escalan los escombros, se meten en el agujero con las dagas preparadas para matar y aferran los pies tratando de no resbalar en exceso.

El asesino escucha detrás de sí una piedra que se desliza en la oscuridad y se detiene aguzando el oído, pone todo su ser en hacerlo y la mano, la que empuña el cuchillo, se le tensa.

Es entonces, cuando, a treinta o cuarenta pasos, en la oscuridad, Dámaso tropieza, cae al suelo y maldice. Al escuchar aquello, el asesino vuelve la cabeza hacia la dirección de donde procede la maldición y su mente se concentra en ese nuevo foco de atención.

Umm Hakim se detiene. Su instinto le dice que debe extremar la prudencia. Se gira hacia Amra y le presiona el brazo como para indicarle que debe pisar con más cuidado, pues cualquier piedrecilla, al desprenderse, puede alertar a aquellos a los que siguen. Luego, agachando la cabeza para no golpearse con el brazo extendido de una estatua semienterrada entre los escombros, a través de los cuales se abre paso el arruinado túnel, continúa progresando entre las agobiantes sombras.

Dámaso se pone en pie y, sin dejar de maldecir, enfila el último tramo de aquel pasadizo que lleva a las cuadras del Circo de Calígula.

Al abandonar el túnel y entrar en el lugar donde se guardaban los caballos que tiraban de las cuadrigas de los cuatro equipos, verdes, azules, rojos y blancos, que se disputaban el favor de los romanos, toma de un soporte oxidado fijado a una de las jambas de la puerta una apagada antorcha y la enciende con yesca y pedernal que extrae de la bolsa que lleva a la cintura. Así ilumina con dificultad un espacio amplio, húmedo y ruinoso, pero en el que aún se aprecian los habitáculos donde se desponían los pesebres que, siete siglos atrás, alimentaban a los caballos a los que los antiguos romanos apostaban su plata.

—Este es el lugar —anuncia a los cuatro hombres que lo escoltan—. Que uno de vosotros monte guardia en la puerta. El resto, seguidme.

Con la antorcha bien alta, los conduce por las enormes cuadras, espanta dormidos murciélagos, prende alguna que otra telaraña y enfila el más lejano de los habitáculos dotados de pesebre, ante cuya entrada se detiene.

—Sujeta la antorcha —pide a uno de los guardias.

Entonces se agacha ante la entrada y ve que el suelo está alfombrado con un finísimo polvo amarillo brillante. Con sumo cuidado, se coloca un pañuelo sobre la boca y la nariz y luego, extrayendo un trapo de la bolsa, se inclina y se dedica a retirar el extraño polvo con lentos y ligeros movimientos, destinados a evitar que se alce y se mezcle con el aire; así abre un estrecho pasillo por el que acceder al pesebre.

—Polvo de oropimente.* Bastaría que alguien lo pisara para que se levantara en forma de mortífera nube que, al respirarla, lo llevaría a una muerte atroz y rápida —explica con ese insano regocijo que todo sabio pagado de sí mismo usa cuando muestra a otros su ingenio y habilidad.

Al escuchar aquello, los tres hombres retroceden un paso de forma involuntaria. Dámaso no les hace caso, sigue apartando con cuidado el polvo dorado y luego, decidido, se aproxima al pesebre y rebusca entre el cascajo y la reseca paja hasta extraer un bulto que, a la vacilante luz de la antorcha, se muestra como un lienzo encerado que envuelve un pequeño objeto. De inmediato, Dámaso lo oculta bajo su manto.

—No volveremos por el mismo camino —les anuncia, y señala una suerte de conejera que se abre a un costado del pesebre, invitándolos a entrar en ella mientras que él, tomando de nuevo la antorcha, se asoma a la oscuridad del habitáculo y llama al guardia que se quedó vigilando la entrada a las cuadras.

Este, a veinte pasos y entre las sombras, abre la boca para contestar y muere. Sí, con un palmo de acero clavado en la nuca y asomándole por la boca, por la que deberían haber salido palabras y de la que ahora mana sangre.

El asesino sujeta a su víctima para que no se derrumbe y, con delicadeza, la deposita en el suelo para que termine de morir en él. Luego, sin apresurarse, en completo silencio, avanza hacia donde Dámaso sigue sosteniendo la antorcha y llamando al desgraciado que montaba guardia.

El sacerdote se tensa. Peligro. Eso es lo que hay ahí, de frente, en silencio desde la oscuridad. ¿Por qué el guardia no contesta? Eso no importa ya. Sin duda, está muerto, y él lo es-

---

* Trisulfuro de arsénico, sustancia usada en esta época y famosa por ser un potente veneno.

tará también si no se da prisa. Así que apaga la antorcha, se vuelve a colocar el pañuelo encima de la boca y la nariz, se agacha e, imaginando y recordando el lugar, reúne de nuevo el invisible polvo a la entrada del habitáculo del pesebre.

El asesino ve cómo se apaga la antorcha. Lo han descubierto o, mejor dicho, lo han presentido. Sí, como se presiente a la muerte, que tan fiel compañera suya es.

Un paso, otro y otro más. Pisando con cuidado, silencioso como una serpiente, concentrado como el mal en los infiernos, así llega junto a la entrada. Dámaso ya no está allí, sino que ha empezado a meterse en el agujero por donde ya han pasado los tres guardias que quedan vivos. El asesino escucha los ruidos que hacen al arrastrarse por el pequeño túnel; alertado, sin miedo ya a delatarse, avanza en esa dirección, pisando con fuerza. Sin embargo, se detiene, pues detrás de él oye algo.

En la oscuridad, Umm Hakim toca el cuerpo ensangrentado del guardia y verifica que está muerto. Luego ve que a unos veinte pasos se apaga una luz. La de una antorcha. La penumbra vuelve a ser completa oscuridad y allí detenida puede oír el leve rumor de unos pasos cautos aproximándose al lugar donde hace un instante brillaba la luminaria. Pone la mano en el ancho pecho de Amra dándole a entender que permanezca quieto y luego, como si en lugar de mujer fuera un espíritu, se adentra entre los pesebres y los abrevaderos dispuestos en pequeños habitáculos.

Pasos de sombra en la oscuridad. Ni siquiera respira, y hasta el latido de su corazón parece acallarse por completo.

El asesino duda: ¿seguir tras Dámaso o enfrentar a quien lo sigue? Decide lo segundo, pero para tener mejor posición desde la que asesinar, opta por dar un nuevo paso hacia delante y situarse al otro lado de la entrada al habitáculo del pesebre y agazaparse allí, a la espera de poder matar de nuevo.

Sus pies siguen pisando y el oropimente, molido hasta obtener un polvo extremadamente fino, se alza en una invisible y mortífera nubecilla dorada, saturando el aire que el asesino respira mientras que, ajeno a la muerte que le va llenando los pulmones, se agazapa en la oscuridad con el cuchillo desenvainado y presto a golpear.

Umm Hakim ya está a tres pasos de quien va a matarla. Todo es oscuridad y en ella avanza. Pero se detiene, pues su adiestrado olfato detecta el peligro. No piensa, sino que actúa: da un salto hacia atrás a la par que se lleva la manga de la túnica a la cara para taparse la boca y la nariz.

El asesino, desconcertado durante un instante por la reacción de su víctima, se alza y se lanza sobre ella con el arma lista para acuchillarla.

Umm Hakim tropieza y eso le salva la vida: la primera cuchillada lanzada en las sombras le rasga el manto, pero no la hiere. Desde el suelo, veloz, lanza una patada que golpea al asesino en la rodilla y le hace caer. Pero él es diestro como pocos y, antes de que ella pueda incorporarse o alejarse de él, ya la ha localizado y, rodando sobre sí mismo, se encarama sobre ella, le aferra las muñecas con la mano izquierda y, alzando el afilado cuchillo con la derecha, lo dirige hacia la desprotegida garganta de su víctima.

Morir así, en la oscuridad, y a manos del hombre que mató a Táriq con su negra brujería es una doble desgracia. Pero la muerte es caprichosa.

Sí, tanto que se lleva al asesino y no a Umm Hakim. Pues el polvo de oropimente hace al fin su devastador efecto en el organismo del hombre que lo ha respirado y lo priva de fuerza, le nubla los sentidos, provoca la parálisis de sus miembros y detiene su vida.

Umm Hakim nota el cambio: se libera, se revuelve y se aparta esperando un nuevo ataque. Pero no llega. El asesino cae y, entre incontrolados espasmos, se retuerce en el suelo a un paso de la mujer que iba a asesinar.

—¿Señora?

Las palabras de Amra, aunque solo han sido un susurro, resuenan atronadoras en el silencio y la oscuridad.

Ella concluye que ya no hace falta guardar sigilo; rebusca en su bolsa, extrae una varilla blanca y granulosa que al ser frotada contra el suelo se prende en viva llama, cuya luz ilumina a Umm Hakim y al asesino y que guía a Amra.

—¿Estás bien?

Ella asiente y, antes de que la varilla blanca se apague, examina el rostro del asesino: un albino. Un brujo. El rostro del hombre que la privó de su amor.

—¡Que el diablo se encapriche de ti en el infierno! ¡Maldigo tu alma! —le grita y acompaña las palabras con un signo cargado de condenación.

Retorna la oscuridad y ella se da un instante que consagrar a la memoria de su esposo. Como es brava, siente una oscura satisfacción: los tres asesinos que tramaron la muerte de Táriq están muertos. Sí, pero consumada la venganza, aún queda una misión que cumplir y de ella depende que pueda regresar a Damasco y recuperar a su niño.

—Detrás de mí, Amra. Tápate la nariz y la boca con lo que tengas a mano y sígueme pisando donde yo pise y tan levemente como te sea posible.

Se pone en pie y da los escasos tres pasos que la separaban de la entrada al pesebre. Allí se inclina, se desgarra el manto con la daga y, tomando un buen jirón del mismo, lo usa a modo de trapo y con lentos movimientos barre un pasillo que luego atraviesa cuidando de pisar lo más suavemente posible y rezando para que el polvo de oropimente que parece haberse aposentado de nuevo no vuelva a alzarse.

Por suerte pasan. Y al poco, al costado del pesebre, hallan la pequeña apertura.

—¡Maldito sea ese Dámaso del demonio!

Pero maldecir sirve de poco. Así que Umm Hakim se mete en aquella conejera y, tras ella, haciendo esfuerzos titánicos para no quedarse atrancado, pasa Amra.

Allí se arrastran. Lenta, dificultosamente, agobiados por la densa oscuridad, por el olor de los excrementos de rata, por la estrechez del opresivo pasaje, hasta emerger en una segunda oscura estancia, en donde una repentina luz la deja ciega.

De repente, tras la luz cegadora, un golpe que la priva de sentido.

XIII

Ese mismo día, en Hispania, al norte, a la izquierda de Addi, los montes Pirineos se alzan en la lejanía como un muro de infinitas cumbres heladas que parecen burlarse de la seca meseta por la que avanzan y en la que se ubica Osca. La ciudad, imponente sobre el cerro que la sostiene, se halla a tan solo unas pocas millas por delante y será conveniente esquivarla, pues lleva seis largos años rechazando a los ejércitos musulmanes que, una y otra vez, suben desde Caesaraugusta para asediarla infructuosamente. Así que se mantiene independiente y libre del poder del califa.

El mauri detiene un momento al caballo y se asegura de que Favila, dormido y con la cabecita y la espalda apoyadas en su pecho, esté bien abrigado. Llevan cinco días de viaje, sin forzar al caballo pero sin darle reposo; la bestia, que lleva tres días sin comer avena y alimentándose solo de pasto, da señales ya de flaquear. En semejantes circunstancias, si desde la ciudad se destacara un grupo de jinetes para darles caza, se vería apurado en extremo para poder impedirlo. Pero no le queda más remedio que arriesgarse un tanto. Pues cada vez que se gira en la silla de montar, allá lejos, sobre la cima de la última colina, donde la tierra y el cielo se besan en el distante horizonte, sus adiestrados y agudos ojos atisban la diminuta figura de un jinete: su perseguidor. Así que no puede permitirse la precaución de dar un amplio rodeo, sino que debe girar al norte cuanto antes y salir de aquel país amesetado, de suaves colinas, de dilatados campos sembrados de ondulantes trigales y adentrarse en las protectoras montañas.

Cuando el gigante que lo persigue sin darle tregua inició la cacería en las montañas de Canicas, Addi jamás supuso que aquel duelo de resistencia e ingenio fuera a durar tanto. Pues han pasado ya siete meses y, después de ir y venir por media Hispania, y tras muchas alternativas y lances, el muy perro sigue pisándole los talones.

—Condenado seas. Si no fuera porque llevo conmigo al niño, me detendría y te plantaría cara —murmura con un poco de rabia y admiración mezclándosele en las palabras y el tono.

Casi cuatro millas* por detrás, Hartz, en la cima de una suave colina sembrada de verde trigo, afina la mirada y sonríe al ver que, de nuevo, puede ver a su presa.

—¡Te tengo de nuevo a la vista y, si Dios me da fuerzas, pronto te tendré en mis manos!

¿Cuántas veces ha dicho eso en los últimos siete meses? Muchas y nunca se ha cumplido. Pero si algo aprendió Hartz de su padre es a tener constancia de lobo hambriento.

Hambre... El estómago le ruge solo de pensar en comida. ¿Cuánto hace que no come? Dos días y desde que salió de Pompaelo, aparte de la hogaza de pan que encontró en la alforja del caballo que robó a las afueras de la ciudad, solo ha dado cuenta de un desprevenido conejo que fue a meter la cabeza en el lazo que colocó la tercera noche en que, siguiendo el rastro, se vio forzado a acampar al raso.

—¡Me comeré tu negro corazón! —jura, y con la rabia espoleándole el hambre y el orgullo, talonea a su cansado caballo y lo fuerza a acortar distancias con el moro que retiene a Favila.

---

*Unos 3,8 kilómetros, la distancia máxima a la que un ojo entrenado, en un día claro y en los campos de Huesca, puede atisbar a un jinete.

—¿Por qué no vamos a esa ciudad? Seguro que ahí tienen algo bueno que comer y una cama donde dormir —se queja en ese momento un Favila que, despertando del sueño, vuelve a ser consciente del dolor de estómago que el hambre le dispensa.

Addi niega con la cabeza y se lamenta en silencio: no ha comido desde hace tres días, pues prefirió entregar sus menguadas raciones al niño y ahora, sin nada más en la alforja que ofrecerle, no puede aliviarle el hambre.

—Esa ciudad es enemiga nuestra —responde al fin, pues Favila no es de esos niños que se conforman con el silencio por respuesta.

—¿Enemigos? ¡No saben quiénes somos! ¡Imposible, Addi, uno no puede ser enemigo de quien no conoce! —se queja con esa lógica tan infantil como perfecta.

—Así debería ser, pero los hombres son capaces de hacer cosas aún más sorprendentes y ridículas —le contesta, y como cada vez que ve a través de los ojos del pequeño, descubre que el mundo de los hombres es un lugar pleno de absurdas necedades.

Como para confirmar sus temores, desde las torres de Osca resuena un cuerno y al poco se abren las puertas y por ellas sale, a galope tendido, una partida de jinetes haciendo ondear tras ellos su rojo *baudophoro*.*

—Pues parece que después de todo tenías razón Addi y que sí son nuestros enemigos —murmura un desilusionado Favila sin apartar ya sus vivaces ojos de la veintena de caballeros que van hacia ellos galopando cuesta abajo por la ladera del monte sobre el que se eleva Osca.

---

*Estandarte de guerra visigodo de forma rectangular o triangular que identificaba a una unidad militar integrada, según el caso, por cien, quinientos o mil hombres.

—¡Te juro, joven león, que este es uno de esos días en que a Addi, el lobo, le gustaría equivocarse! —le concede el moro taloneando al caballo para ponerlo a la carrera y sabiendo que la pobre bestia lo tendrá difícil contra caballos bien alimentados y descansados. Pero hay que intentarlo y Addi, el cazador, siempre lo intenta.

Galopan por los trigales, loma abajo y loma arriba, saltan sobre torrenteras y bajan y suben pequeños barrancos, esquivan afloramientos rocosos, y se meten de tanto en tanto, entre viñedos y pequeñas huertas; y siempre, recortándoles distancia sin cesar, con los veinte caballeros godos detrás.

Hartz también ha puesto al galope su montura. Al principio, al ver como desde Osca, como si fueran diminutas y enfurecidas hormigas, se destacaba una partida de jinetes para perseguir a Addi, se regocijó. Pero de inmediato pensó en Favila: ¿y si en el calor de la persecución y el combate también daban muerte al niño? Con ese miedo estrujándole las entrañas con más fuerza que el hambre, galopa como el viento forzando al caballo hasta el límite.

Addi y Favila son rayo sobre el trigo: el buen caballo del moro lo da todo, su cuerpo vibrante rebosa espuma de sudor y tienes los hollares dilatados al máximo en un intento desesperado por meter más aire en los pulmones. El experto jinete observa alarmado como la bestia agacha un poco más de lo normal la cabeza y percibe que le tiemblan los músculos del cuello y los remos, a la par que la zancada se le torna irregular y desmañada, señales todas ellas de que el caballo está a punto de reventar y debería detenerlo para evitarlo.

Pero detenerse es morir o, al menos, ser apresados y, en su caso, con casi toda seguridad, ser separados. Así que no da cuartel a su montura, sino que, desenvainando la espada, le azota la grupa con el plano de la hoja, obligándola a continuar la alocada carrera.

Hartz ha logrado acortar a menos de dos millas la distancia que lo separa de la veintena de jinetes que persiguen a Addi y Favila. Su caballo, un fuerte garañón, tiene ya el cuello, el pecho y la grupa repletos de espuma, pero aún mantiene coordinado el paso y eso anima al hijo de Silo a pedirle un nuevo esfuerzo.

Siguen galopando unos tras otros por los campos de Osca: el más correoso de los guerreros bereberes que parieran las montañas de África, el inocente hijo de un rey del que media Hispania no sabe nada, veinte caballeros oscenses empeñados en cobrar fama ante sus conciudadanos y un astur que nunca aprendió a reconocer la derrota.

El caballo que lleva a Addi y Favila se detiene bruscamente. La bestia no puede más. Su respiración es rápida, pero sin compás, jadeante, dificultosa, y su cuerpo al completo tiembla lastimosamente. Entonces, con las patas delanteras muy separadas en un penoso intento de mantenerse en pie, el noble bruto se desmorona.

Addi rueda con Favila en sus brazos para prevenir que el niño pueda ser aplastado por los estertores de muerte del caballo. Luego, como un rayo, se pone en pie y, cargando con el niño, echa a correr.

Tras él, lanzando gritos de triunfo, los veinte jinetes godos de Osca espolean a sus monturas. El explorador moro sabe que es casi imposible escapar de ellos, pero eso no lo disuade y enfila a la carrera una pendiente algo más abrupta que las otras.

A menos de una milla por detrás, Hartz ve como cae el caballo de su enemigo y como el moro se pone en pie de un salto y echa a correr con Favila en sus brazos. Al condenado no le faltan ni fuerzas ni arrestos. A él tampoco. Así que grita, palmea salvajemente la grupa de su montura y sigue forzándolo a acortar distancias.

Addi corona la loma. Tras él, casi al pie de la elevación, llegan ya los primeros jinetes. Pero allí, ante la abrupta loma, deben acortar el paso de sus caballos y eso da una leve ventaja al moro que, trastabillando, saltando, deslizándose, baja como una exhalación la pendiente contraria sin soltar a un Favila que, entre aterrorizado y emocionado por la persecución, se pone a gritar sin saber muy bien si es valor o pánico lo que sale de su garganta.

Los caballeros godos coronan la loma y se precipitan tras ellos, y uno de sus caballos, perdiendo pie, se va al suelo dando una equina voltereta y, de paso, rompiéndole la espalda al caballero que lo monta, mientras que uno de sus compañeros, incapaz de refrenar a su bestia, se estampa contra la que acaba de rodar y se va también a tierra.

Addi oye el relinchar agónico del caballo y el estruendo de las caídas, pero aprieta los dientes y corre sin mirar atrás. Da igual, Favila, abrazado a su cuello, lo hace por él.

—¡Corre, Addi, corre, que nos cogen! —le grita animándolo.

Entonces el amazig, que es puro nervio y fibra, alarga el paso y abre la boca en busca de aire.

Hartz llega a la cima de la loma y, sin mirar ni detenerse, lanza a su caballo cuesta abajo. No se mata porque debe de ser su día de suerte, pero su locura le entrega el dudoso premio de quedarse a tan solo cien pasos de los perseguidores de Addi y Favila que, desplegándose en abanico, han ido cercando al correoso moro que, incansable, sigue corriendo como un guepardo.

—¡Corre, corre, que los tenemos encima! —sigue animándolo y alarmándolo un emocionado Favila.

Él, que se ha forzado hasta el límite, se dice a sí mismo que ya no hay opciones: si no quiere que le atraviesen la espalda y ensarten de paso a Favila de un lanzazo, o que le abran la cabeza hasta la barbilla de un tajo descendente de espada asestado desde el lomo de un caballo, debe detenerse y luchar. Así que busca, acosado, desesperado, un lugar donde hacerlo, y lo halla al borde de una torrentera profunda que, al menos, le guardará un tanto las espaldas.

—¡Quédate detrás de mí! —le ordena a Favila descargándolo y colocándolo a su espalda y un poco por debajo de donde está, aprovechando el comienzo de la pendiente de la torrentera.

Apenas ha soltado al niño y se ha vuelto hacia sus perseguidores cuando el primer jinete ya está sobre ellos cargando con la lanza levantada por encima del hombro derecho, presta a atravesar a Addi mientras suelta un alarido de guerra que desgarra el aire.

El moro no grita. ¿Para qué? No le queda aire ni resuello después de la carrera y, si algo tiene en los pulmones, lo va a aprovechar para matar.

Y es lo que comienza a hacer con la pericia que ha hecho de él una leyenda entre las tribus del Atlas: esquiva el lanzazo del de Osca y agarra con una mano el bocado de su montura para que sus piernas giren como un resorte y su espada de buen acero yemení devaste el costado del godo destrozándole la cota de malla, rompiéndole las costillas y desgarrándole músculos, tendones y riñones.

Pero el impulso del caballo, sumado al suyo propio, lo desequilibra, y rueda junto al hombre que acaba de herir de muerte; cuando logra ponerse en pie, ya tiene al segundo caballero oscense encima y la lanza de este último busca su garganta; ni siquiera los reflejos de un leopardo podrían evitar el golpe mortal.

Pero, entonces, una piedra golpea la cara del lancero y, aunque el tiro ha sido flojo y sin fuerza, ha descolocado al sorprendido godo de Osca y desviado su lanzada.

—¡Le di!

Oye gritar Addi a sus espaldas a un emocionado Favila y, aunque el momento no da para nada que no sea sobrevivir un segundo más, no puede impedir que una sonrisa de orgullo le acuda a los labios.

Aún sonriente, aullando como un lobo, se arroja sobre el lancero y le da muerte de una estocada ascendente que le atraviesa el mentón y le parte lengua y dientes. De un empellón lo arroja del caballo y, antes de que dos nuevos enemigos se pongan de acuerdo para alancearlo, Addi monta de un salto, tironea con violencia de las riendas, gira a la bestia, recoge a Favila y lanza al animal torrentera abajo.

No lo bastante deprisa, pues otro jinete llega al borde del pequeño barranco y, aprestando un dardo, apunta a la espalda de Addi y se dispone a arrojarlo.

Será en otra vida. Pues llega Hartz y lo hace como un vendaval, embistiendo con su montura al caballero y arrojándolo violentamente de ella. No puede permitirse que hieran a Favila. Sí, eso se dice, y también, aunque esto se lo calla, porque el valor mostrado por el moro merece una muerte mejor que la de ser atravesado por la espalda por un dardo.

Addi, exultante al ver que, contra toda probabilidad, están escapando, se permite ahora un grito de desafío y Favila, entre sus brazos, grita también, y así, como dos locos a lomos de una centella, salen de la torrentera y galopan de nuevo sobre los trigales verdes.

Tras ellos, combatiendo como un oso enfurecido, destrozando a un oponente con una desalentadora estocada y derribando a otro de un empellón para a continuación saltar sobre el desocupado lomo de su montura, Hartz se abre paso entre los godos de Osca y grita, desesperado, el nombre del hijo de Pelayo.

—¡Favila, Favila, soy Hartz!

Pero el niño no lo escucha y tiene los ojos cargados con infantil brillo de emoción y su amigo, el hombre que lo cuida como un padre, ríe con él, y el mundo ya no le parece un lugar gris en el que le duele el estómago de hambre, sino un sitio de maravillas en el que él, Favila, es un poderoso guerrero.

Sí, uno de dieciséis palmos de altura* y seis años de edad, que oye pasarle junto a la oreja el zumbido afilado de un dardo.

—¿Qué ha sido eso, Addi? —pregunta alarmado.

—¡Una avispa! —le responde él, estallando en carcajadas, y azotando con el plano de la espada la grupa de su nuevo caballo lo fuerza a alargar el paso.

Tras él, combatiendo, galopando, maldiciendo, Hartz hijo de Silo, cazador del rey Pelayo, no pierde de vista a su presa y los hombres de Osca, al ver que han perdido ya a siete de sus camaradas, que el moro se les escapa y que entre ellos cabalga un gigante enajenado y feroz, refrenan a sus monturas y las encaminan de nuevo hacia las murallas de la ciudad.

Quince minutos más tarde, Hartz refrena a su caballo en la cresta de una suave loma. A menos de media milla por delante cabalgan Addi y Favila. Ese día, lo reconoce, tampoco los alcanzará. Está agotado y su nueva cabalgadura ya no da más de sí. Así que palmea el cuello del garañón y, aliviado, comprueba que de la silla cuelga una cantimplora y un saquito con vituallas. Bendiciendo la previsión del desconocido caballero a quien arrebató el caballo, echa un largo trago de vino mezclado con agua y se lleva un pedazo de queso a la boca sin quitar los ojos de la confusa silueta que conforman en el norteño horizonte el moro, el niño y su cabalgadura.

Addi, reteniendo al caballo y pasando a un trote corto, se gira y mira hacia atrás: como sospechaba, los jinetes de Osca han abandonado la persecución, pero el gigante no. Ese, bien lo sabe él, nunca abandonará.

—Eres fuerte, enemigo mío, muy fuerte. Y por eso te rindo admiración. Soy afortunado.

---

*El palmo romano, *palmus*, equivale a unos 7,39 centímetros. Dieciséis palmos serían 118 centímetros, aproximadamente.

—¿Por qué dices que eres afortunado, Addi? —le pregunta un extrañado Favila.

—Un hombre es tan grande como lo son sus enemigos y ese que nos sigue sin descanso es más fiero que un león y más resistente que las rocas.

—Se llama Hartz, es mi amigo. Su padre es el viejo tío Silo, el mejor guerrero de mi padre —le aclara el niño con toda la inocencia de sus recién cumplidos seis años.

Addi siente un latigazo de remordimiento en el corazón, pues él mató a ese tal tío Silo. La culpa acude a su alma, pero la retiene y se obliga a controlarse.

—¿Quieres que te deje con él? —le pregunta al cabo sin poder evitarlo. Y lo dice de verdad, aunque mientras pronuncia las palabras siente que un extraño miedo le nubla la mente.

—¡No! Hartz es muy aburrido. Siempre estaba diciéndome «eres muy pequeño para hacer eso» o «¡no molestes, Favila, ya te harás mayor!».

—¿Y conmigo no te aburres?

—¿Aburrirme? ¡No! Contigo uno nunca se aburre. A veces, ¿sabes?, echo de menos a mi mamá y a mi padre e, incluso, a la tonta de Ermesinda, mi hermana, pero se me pasa enseguida.

Addi traga saliva. Se siente mal, muy mal y está confuso. Así que deja que el caballo pase del trote al paso, y mientras da tiempo a su mente y a su corazón para que se calmen y ordenen, acaricia el lacio pelo castaño del niño. Advierte que, pendiendo de la silla, hay una pequeña bolsa que contiene alimentos, rebusca en ella y extrae un buen trozo de queso y un puñado de pasas.

—Toma, ve comiendo algo —le dice a Favila tratando que el pequeño no note que le tiembla la voz.

—¿Tú no quieres?

—No, ya sabes que el viejo Addi nunca tiene hambre.

—¡Ni frío, ni calor, ni miedo! ¡Addi es el mejor guerrero!

Ante el entusiasmo y la admiración del pequeño, sin que Favila lo sepa, Addi el implacable, el cruel, deja que las lágrimas rueden por sus huesudas mejillas y se jura que en cuanto llegue a Libica, en la Cirritania, dejará al pequeño con su tía, Marina para que lo devuelva cuanto antes a Asturia con sus padres.

—¿Estás bien, Addi?

—Estoy bien, Favila —le contesta controlando la voz y señalándole las montañas pirenaicas que ahora están ante ellos—. ¡Mira, joven león, en esas montañas deben de vivir los osos más grandes de la tierra!

—¿Cazaremos uno?

—¡Cazaremos al más grande de todos! —responde fingiendo alegría.

Y así, entre gritos, risas y ocultas lágrimas, enfilan las montañas.

XIV

Ese mismo día, Marina contempla los Pirineos desde la ventana de su cámara en la torre principal de la ciudadela de Libica, en Cirritania. Munuza ha salido de la ciudad a la cabeza de una banda de guerreros moros para asegurarse el cobro de los impuestos y, de paso y conociéndolo, para extorsionar a los desdichados habitantes de la provincia que le ha sido confiada. Eso a ella no le importa, lo que sí la obsesiona y ocupa de continuo su mente es la venganza. ¡Dios todopoderoso, cómo desea vengarse de su hermano y de su esposo! Sí, de los dos: de Pelayo y de Munuza.

—¿Os encontráis bien, mi señora?

Marina se gira para mirar al patético Opiano. El monje, que desde que fueron expulsados de Asturia se ha convertido en su sombra, tiene la mente medio arruinada y está siempre tembloroso y asustado. Alguien deleznable y prescindible de quien se hubiera desecho en otro tiempo sin pensárselo ni un instante si no fuera porque lo necesita para consumar su venganza y también para tornarse la mujer más deseada de Hispania. Pues ¿qué hombre se resistirá a ella cuando se transforme en la más rica noble del reino?

—Pensaba en mi hermano —le dice al fin al tembloroso anciano.

—No es cristiano odiar tanto —le reprocha suavemente con un lamentable balbuceo que delata que ahora su mente es la de un pobre idiota.

—No, no lo es, pero tú me dispensarás perdón, ¿no es cierto, santo Opiano? —le replica ella en su habitual tono descreído y afilado.

—Cierto es, mi señora. Puedes pecar cuanto quieras, pues yo rezaré por ti y Dios, que tanto me ama, te lo perdonará todo —le confirma, Opiano, ufano y muy convencido, mientras de la boca se le escapa un hilillo de saliva.

Marina menea la cabeza en un gesto que mezcla desprecio y satisfacción a partes iguales mientras mira fijamente al monje. El desgraciado está roto desde que, allá lejos, en Canicas, los musulmanes lo torturaran, pero, aun así, es útil, muy útil para la mujer. Le reveló algo extraordinario que, inesperadamente, afloró a su arruinada memoria tras haber quedado sepultado en el olvido desde los lejanos días de su infancia, cuando era el hijo de un cura de Carcasona al servicio del conde de la ciudad. Un sacerdote que, por añadidura, era aficionado en extremo a revolver viejos papiros* y libros, y en uno de ellos leyó algo que solo reveló a su mujer y que, inadvertidamente, escuchó también su pequeño hijo Opiano: que en los días antiguos, Gesaleico, hijo bastardo de Alarico II, el desgraciado rey visigodo que en 507 pereciera combatiendo contra Clodoveo, rey de los francos,** había descubierto que el grial se hallaba en el tesoro de los godos y de inmediato había ordenado ocultarlo en una cueva de los Pirineos***

---

*Hasta los siglos VII-VIII, el papiro fue el material más usado en Occidente para escribir. Se traía de Egipto y su uso comenzó a disminuir cuando este cayó en manos de los árabes y el Mediterráneo se fue tornando más y más peligroso para la navegación y el comercio.

**Gesaleico, hijo bastardo de Alarico II, reinó de 507 a 511, pero nunca fue reconocido por todos los visigodos. Teodorico el Grande, rey de los ostrogodos, apoyó a su propio nieto, Amalarico, hijo legítimo de Alarico II. Gesaleico murió y Amalarico I (511-531) subió al trono.

***El célebre Otto Rahn, miembro de la Ahnenerbe, una oficina de investigación de las SS, seguía buscando esa cueva de los Pirineos du-

para evitar que su rival por el trono, el niño Amalarico, o mejor dicho, su abuelo y protector, el rey de los ostrogodos, Teodorico, se lo arrebatara.

Al cabo, en 511, Gesaleico murió y se llevó con él a la tumba el secreto del grial, pero dejó un acertijo en el que se escondía la verdad sobre su paradero. El padre de Opiano dedicó el resto de su vida a desentrañarlo. No lo logró. Pero ahora su hijo vuelve a recordar lo esencial del enigma y cree que, llegado el momento, podrá identificar la montaña donde se halla la cueva en cuestión.

Marina recuerda perfectamente la espantosa noche en que el desgraciado de Opiano hizo regresar a su vieja memoria aquel infantil recuerdo: Pelayo acababa de expulsarlos de Asturia y estaban atravesando las montañas en dirección a Asturica cuando el frío y la oscuridad los obligaron a detenerse en un lugar alto y ventoso. Lograron hacer fuego y allí, apretujados y tratando de no perecer, oyeron como los lobos se les acercaban gruñendo, hambrientos de carne, de su carne.

Quizá fue el terror, ¿quién puede saberlo?, pero tras mearse encima, Opiano se puso a balbucear cosas incoherentes y, entre ellas, las palabras que, siendo un niño pequeño, escuchara de su padre cuando este revelaba a su esposa lo que del grial escondido por Gesaleico había descubierto.

Fue una noche de pánico y lobos, pero sobrevivieron y, cuando la oscuridad fue rota por el alba, retomaron su penoso viaje marcado por el frío, el hambre y el agotamiento. Alcanzaron Asturica y en ella, al fin, lograron auxilio.

¿Después? El nuevo viaje hasta Corduba, las visitas a viejos conocidos, las súplicas y los sobornos dirigidos al nuevo

---

rante los años 1935-1939 en la comarca francesa del Sabarthés, explorando concienzudamente las grutas de L'Hermitte, Ornolac, Fontanet y Lombrives, en busca de los dos griales.

valí para que obligase al pérfido Munuza a retirarle el repudio y a acogerla de nuevo como a su esposa, y las posteriores y hábiles maniobras e intrigas de Marina para lograr que su recuperado esposo fuera nombrado gobernador de un olvidado rincón de la frontera pirenaica del imperio de los árabes.

Durante todo ese tiempo, el loco de Opiano recordaba y recordaba, y ella, azuzándolo, engatusándolo unas veces, aterrorizándolo otras, lo instaba a seguir haciéndolo y a descifrar el enigma de Gesaleico.

—¿Sigues trabajando en lo que te he confiado? —pregunta ahora al loco saliendo de sus recuerdos.

—De día y de noche, señora. Pronto descifraré por completo el acertijo y podremos ir en busca del grial, y entonces, entonces, Dios santo así lo permita, sanaremos los dos —y al decir esto último muestra su mutilada mano.

Marina esconde la suya bajo la manga y sonríe: no sabe si lo que se cuenta de ese cuenco maravilloso de piedra es cierto, pero sí que vale una fortuna y que, si consigue encontrarlo, el valí de Hispania le entregará todo el oro que quiera por él.

Sí, todo el oro que ella quiera y dos cabezas: la de Pelayo y la de Munuza.

Sí, eso será lo que pida por el grial.

A veces, tras alcanzar el orgasmo cuando Munuza le hace el amor, se imagina a sí misma bailando, como una nueva Salomé, con la cabeza de su esposo. ¡Qué maravilloso sería danzar mirando a sus ojos muertos!

Munuza. El nombre le sabe a hierro afilado en la boca. El nombre del hombre que tanto la ha humillado. Pero se acerca el día de su venganza... Y esa cercanía le provoca una sonrisa maliciosa. Recuerda el enojo de su marido cuando le comunicaron dónde estaba la nueva provincia que se le confiaba como emir. ¡Ja! Es tan necio que jamás comprenderá por qué ella rogó tanto al valí de Hispania que concediera a su recuperado esposo la gobernación de Libica, capital de Cirritania, la ciudad fortificada desde la que se gobiernan los Pirineos orientales. Pero cuando llegue el momento, ella se lo revelará entre risas mientras el verdugo prepara la espada con la que será decapitado en su presencia.

—¿Os regocijáis, señora? —le pregunta, sin dejar de temblar, el enajenado Opiano al contemplar la cruel sonrisa que ahora ilumina el rostro de Marina.

—Sí, me regocijo.

Para completar su maligno gozo, imagina también la muerte de su hermano y luego la de su cuñada, y después, ¿por qué no?, la de su único hijo varón, su sobrino Favila.

Sí, esta última, es una magnífica idea: ordenar que maten al niño delante de sus padres antes de que estos, a su vez, sean ajusticiados.

XV

Pelayo va a la cabeza de cien guerreros. Una veintena de ellos son antiguos condes, gardingos y leudes que en los viejos tiempos, cuando Hispania era todavía un solo reino, conocieron en persona, en Toletum o en Amaia, al duque Pedro de Cantabria; el resto son nobles astures, algunos cántabros que han luchado a su lado contra los árabes y los moros y una veintena de miembros de su guardia. Todos, sin excepción, van armados y bien montados, de modo que más que una embajada parecen una partida de guerra.

Está bien que así sea, pues ¿quién sabe que anida en el corazón del *dux cantabriae?* Anide lo que anide, Pelayo sabe dos cosas: lo que tiene que afrontar no será fácil, sino en extremo difícil y peligroso, y de su resultado dependerá la supervivencia de su reino.

Han viajado durante tres jornadas. El primero de los días bajaron desde Canicas hacia la costa siguiendo en parte el curso del Salia y dejando al sur los altos y albos picos de las grandes montañas. Fue una hermosa cabalgada a través de una tierra donde se sucedían las colinas y los valles, a veces entre bosques de robles y castaños, a veces a la vera de los campos de cultivo y los pastos de pequeñas aldeas, y en ocasiones, cuando subían a la cima de una loma o cuando las revueltas del camino lo permitían, avistaban el bravío mar de los cántabros.

A su orilla, con su pequeña bahía protegida en parte por grandes rocas calizas y con el río Carrocedo llegando hasta ella, estaba la aldea de pescadores de Plagia Aneas,* donde descansaron la primera noche.

Pelayo la aprovechó para recoger impuestos, solventar litigios entre las aldeas de la comarca, juzgar y ajusticiar a un hombre que había matado a su vecino por una cuestión de lindes y, sobre todo, para transmitir a las gentes de aquella tierra su voluntad inquebrantable de que siguieran siendo libres.

La segunda jornada cabalgaron junto a la costa, ora acantilada y salvaje, ora amable y abierta en largas playas o ensimismada en acogedoras calas. Conforme progresaban hacia el este, más ríos alcanzaban el mar y atravesarlos de continuo fue minando las fuerzas de hombres y caballos, pues los cauces, a menudo caudalosos, se abrían en rías o se desparramaban en extensos humedales desde donde les llegaba la algarabía de las aves acuáticas preñada de infinita melancolía.

Esa noche, mientras los demás montaban el campamento junto a un mar que se iba tornando tempestad, Pelayo se apartó y, quedándose frente a las olas que en la playa rompían con fuerza creciente salpicándole la cara de espuma, pensó mucho en Favila y no supo si eran gotas de mar o lágrimas las que le llenaban de sal los labios.

El tercer día desde que partieran de Canicas, levantaron muy temprano el campo y dejaron la costa atrás para internarse en el valle del río Salia de Cantabria.** Allí, los poblados y sus campos se hicieron más frecuentes y extensos mientras que las suaves colinas que los rodeaban se hallaban cubiertas por frondosos bosques de hayas, robles, castaños y avellanos.

Y ahora, con el sol pidiendo mediodía y los caballos reclamando descanso y avena, han llegado al término de su viaje,

---

* Llanes.

** El Saja, no confundir con el Salia de Asturias, el Sella.

pues ante ellos, pequeña, amontonada, está Octaviolca, y en ella los aguarda el señor de la sal y de los cántabros, el anciano y duro duque Pedro.

Octaviolca es un vicus que vive de la explotación de sus salinas y del cultivo de los campos que riega el Salia de Cantabria. Apenas si agrupa a cuatro o cinco centenares de habitantes, pero desde que el duque Pedro fue expulsado de su gran fortaleza de Amaia, se ha convertido en uno de los lugares en los que reside y desde donde gobierna su menguado ducado, sobre todo cuando abandona su refugio principal en la inexpugnable Liébana.

Ahora, mientras Pelayo cabalga al frente de los suyos, Pedro, envuelto en un pesado manto de pieles de lobo lo aguarda, impasible, sentado en un pesado sitial de roble colocado por sus hombres sobre la hierba verde y ante la puerta de la torre de madera que mandó erigir para defender la gran aldea y sus valiosas salinas.

Pelayo refrena su caballo a diez pasos del viejo duque. Los dos hombres se miran a los ojos y se reconocen, pues se han visto antes, años atrás, cuando Pelayo era un joven conde de los espatarios de su tío, el rey Rodrigo, y Pedro, el enrabietado duque de los cántabros que se negaba a reconocer *de facto* al nuevo monarca de los visigodos. En aquel primer encuentro en Amaia, cuando Pelayo formaba parte de la delegación enviada por Rodrigo al airado duque, no se gustaron y, si el gesto hosco de un hombre sirve para indicar algo a otro, todo apunta a que siguen sin gustarse lo más mínimo en este segundo encuentro.

Tras el viejo duque debe de haber tres centenares largos de hombres armados: nobles y bucelarios godos ligados a su casa y excelentemente armados; hombres libres de la tierra sin yelmo ni armadura, pero sí con lanzas y *scramasax;* y un nutrido grupo de *equites vasconorum*, jinetes vascones pagados con plata y que, habiendo echado pie a tierra, muestran a los hombres de Pelayo sus pálidos rostros y sus ojos fieros. Flanqueando el gran sitial de roble donde se sienta están sus dos hijos varones: Alfonso y Fruela. El primero de ellos tiene diecisiete años y un rostro hermoso, decidido y fuerte, enmarcado por largos cabellos rubios; el segundo, uno o dos años más joven, tiene negros los cabellos, muy blanca la piel, es más alto y fuerte que el primero y en su cara se advierten ya las afiladas maneras del guerrero innato, pues hay hombres que se hacen guerreros y otros que nacen siéndolo, y Fruela es de los segundos.

El duelo de miradas entre el rey Pelayo y el duque Pedro se alarga escoltado por un silencio incómodo que solo se atreven a romper el viento y los inquietos bufidos de los caballos, que, tras cinco horas de trotar y galopar, se ven detenidos frente a unos hombres de gesto hosco que no reciben con alegría a los astures.

—Bienvenido a mi tierra, conde Pelayo —le saluda, al cabo y con voz grave, Pedro, y su saludo es un insulto a la par que un desafío: ha pronunciado muy lenta y firmemente la palabra *conde* en lugar de *rey*.

Pelayo nota como sus hombres se tensan y, temiendo que alguno de ellos tire de espada o lanza y se dé inicio a una batalla que solo les traería a todos ruina y desdicha, levanta la mano en señal de calma, y sin dejar de mirar al huraño Pedro, se obliga a sonreírle.

—Ahora soy rey, duque —dice en un tono firme, pero no airado—. Pues, conforme a las leyes de nuestro pueblo, los nobles y gentes del país me eligieron como a su *princeps* —concluye, sabiendo que Pedro conoce hasta el último de los detalles de su elección.

—Yo no te he elegido —le replica—. No eres mi rey. Y tampoco lo eres de ninguno de estos hombres que me sirven. Aquí, en Cantabria, tú, Pelayo, solo puedes ser conde. Eso o un necio que se empeña en que lo llamen rey. Un necio que no logrará tal cosa y que, si persigue conseguirla, recibirá como respuesta cuatro palmos de frío y afilado hierro.

En torno a Pelayo sus hombres ya no se contienen. ¿Quién lo haría ante semejante ofensa? Espadas a medio desenvainar, lanzas que se aprestan para matar, caballos nerviosos que pisotean el suelo en espera de que los inviten a cargar sobre los hombres que tienen de frente y que, al igual que los astures, aferran ya sus armas para batallar.

Pero ni el viejo duque ni Pelayo se han movido y su calma, esa que precede a la tempestad o, mejor aún, a las llamas del infierno, se impone a los hombres de guerra que los rodean.

En el opresivo silencio que crece, un caballo relincha como pidiendo combate y un guerrero vascón, más fiero que el resto, se adelanta dos pasos con un afilado chuzo en las manos listo para herir. Pero Pedro, sin dejar de mirar a Pelayo, levanta una mano, y como el vascón no se sujeta, Fruela, el hijo menor del duque, da dos pasos y le descarga una sonora bofetada que lo detiene en seco.

—No voy a darte el título de rey, conde. Tú decides si eso vale una batalla o no.

Las palabras del viejo Pedro son como latigazos. Pero Pelayo ha aprendido a soportarlo todo y a seguir en pie.

—No tienes que darme ningún título, duque, no me hace falta que tú me lo des para ser rey. Esta —y aquí palmea su larga espada envainada— es mi corona, mi trono y mi derecho. Por ella me nombraron rey y con ella, contigo o sin ti, seguiré siéndolo.

Es una buena respuesta. Sus hombres emiten gruñidos de satisfacción y lanzan miradas de desafío a los cántabros que tienen enfrente, y que, molestos, inquietos, se revuelven nerviosos.

—Yo ya blandía una espada cuando tú mamabas de las tetas de tu madre —le dice ahora el viejo duque tratando de parecer despreocupado y desdeñoso.

—Así es, duque. Pero no te vi blandirla allá abajo, en las tierras de la Bética, a la sombra de los Montes Transductinos o bajo la de las murallas de Astigi, cuando se trataba de defender Hispania de los invasores. Yo estaba allí, matando árabes y moros. ¿Dónde estabas tú?, ¿dónde estaban tus hombres? Nadie os vio combatir. Os quedasteis aquí, escondidos en Cantabria, mientras Hispania era asolada y conquistada. Y aquí seguís, agazapados tras las montañas y aguardando a que los musulmanes se olviden de vosotros.

Si el duque quería jugar a proferir insultos audaces e ingeniosos, Pelayo no es lego en la materia. Sus palabras lo golpean y lo enrabietan de tal modo que parece a punto de arder, mientras que sus jóvenes hijos llevan las manos a las empuñaduras de las espadas y, tras ellos, como una ola a punto de romper, se encrespan los guerreros de Cantabria.

Pero Pelayo no se arredra y sigue hablando.

—¡Nosotros no olvidamos! ¡Nosotros recordamos! ¡Recordamos las traiciones, las injusticias, las ofensas! ¡Nosotros no olvidamos! ¡Nosotros, duque, combatimos! Eso, Pedro, seguir combatiendo y vencer al invasor, es lo que me hace rey y no que tú me reconozcas o no ese título.

De nuevo el silencio. A su izquierda, el cura Asterio, más nervioso que una gallina ante una zorra hambrienta, se remueve en la silla de montar y, sin poder apartar la vista de los fieros cántabros que están a punto de echárseles encima para comenzar una batalla sin piedad, se le viene a la mente el absurdo pensamiento de que su señor, el rey Pelayo, es, después de todo, un deplorable diplomático.

Hay hombres que no entienden de diplomacia, sino de fuerza y, al parecer, Pedro, señor de los cántabros, es uno de ellos. Pues pese a las hirientes y orgullosas palabras de Pelayo, pese a que tiene tanta rabia en los ojos que le echan chispas de fuego, sigue allí, con las manos crispadas sobre los brazos del solio, pero sin levantarse, ni dar orden alguna.

—Hoy no vengo a que me llames rey, Pedro, sino a ofrecerte que algún día, cuando tú y yo estemos muertos, tu hijo, tu primogénito Alfonso, sea aclamado como tal por tu gente y por la mía. No voy a dar rodeos. En estos años de rebelión, de montaña, hambre y espada, he perdido el gusto por las hermosas palabras y los argumentos bien trabados. Me limitaré a decirte la verdad y, tras ella, tú decidirás si vamos o no a la guerra. Pues una cosa quiero que sepas: o me aceptáis como rey y pactamos el matrimonio de nuestros hijos, o volveré con fuego y acero para someterte. Porque, o Asturia y Cantabria se unen contra los ejércitos del califa, o perecerán ante ellos por separado. Necesitamos vuestra sal y vuestras lanzas y vosotros necesitáis de nuestro hierro y nuestras espadas. Unidos seremos fuertes; separados nos someterán como al resto de Hispania.

Pedro tarda en responder. Antes de hacerlo, necesita tiempo para dominarse, para que el pulso no le golpee las sienes y le acelere el corazón, para que sus viejas y callosas manos dejen de hormiguearle reclamándole, ansiosas, empuñar lanza y espada.

Silencio. En torno de los dos señores, centenares de hombres que se miden con la mirada en espera de poder hacerlo con el hierro mientras se mete entre ellos un viento frío que viene del norte, del mar de olas grises, y que a cada instante que pasa se hace más bravo y molesto, como si anticipara tormenta y quisiese quebrar sus nervios para sumarlos a ella.

—No necesitamos ni vuestro hierro ni vuestras espadas —la voz del duque es profunda como el mugido de un toro—. No necesitamos nada que venga de Asturia. Además, si yo quisiese protección o alianzas, acudiría a mi pariente, Eudón de Aquitania. ¿Acaso sois más poderoso que él? Mi primo puede reunir más de diez mil lanzas, puede incluso que quince mil. ¿Qué puedes reunir tú, aparte de esta pandilla de lobos que te sigue?

Pelayo encaja el golpe sin alterarse. A su lado, Asterio apenas logra mantenerse sobre el caballo y contenerse para no saltar de su lomo y salir corriendo.

—Cuando los musulmanes regresen al norte, que regresarán, yo tendré conmigo cinco mil lanzas. Lanzas que no se rinden, que no huyen y que ya han probado sangre enemiga. ¿Qué han hecho las de Eudón? ¡Nada! Lo único que ha hecho desde que los árabes llegaron a sus fronteras es prometer a Ardón, rey de los godos de Septimania, que irá en su ayuda cuando los musulmanes crucen los Pirineos para asolar Narbona, Carcasona y las demás ciudades que aún resisten. ¡Que Ardón se conforme con eso! Con una vana promesa. Pues Eudón de Aquitania no arriesgará su ejército para auxiliarlo y tampoco acudirá en tu ayuda cuando las tropas del valí pasen los montes e invadan lo que de tu ducado queda.

Lo que Pelayo acaba de decir tiene mucho de verdad y mucho de profecía presta a cumplirse. Esas cosas suelen inquietar a quienes las escuchan y Pedro no es una excepción. Sus dos fuertes y jóvenes hijos, Alfonso y Fruela, no pueden evitar intercambiarse miradas de preocupación mientras que el viento, que sigue creciendo en intensidad y frialdad, tironea de sus mantos y les revuelve los largos cabellos.

—No estés tan seguro de eso, conde Pelayo. Si los bárbaros del sur, los moros y árabes vienen contra Cantabria, Eudón me ha prometido que acudirá a mi llamado al frente de diez mil lanzas —afirma Pedro con menos convicción de la que le gustaría.

Pero Pelayo enarca las cejas y frunce los labios en un gesto descreído, desdeñoso y divertido, todo a la par, y se encoje de hombros.

—Creía que habías vivido mucho. Pero veo que sigues siendo un niño —le replica al duque.

Las desdeñosas palabras provocan entre los hombres de Pedro un rugido de indignación, y al ver como se echan hacia delante, cual si fueran una ola de hierro, cuero y rabia, los de Pelayo responden a su vez de idéntica forma, y la sangre, corriendo furiosa por venas de gente airada, parece presta a derramarse a las puertas de Octaviolca. Pero Pelayo alza los brazos y su caballo ruano, el bravo León, se alza de manos y relincha con fuerza, y los hombres, sorprendidos, intimidados, se retienen. ¿Por cuánto tiempo? No por mucho. Así que habrá que aprovecharlo.

—Puede que tengas razón y que Eudón de Aquitania venga en tu socorro, Pedro de Cantabria, pero ¿qué te pedirá a cambio? Porque de esto sí que estoy seguro, de que algo te exigirá y ese «algo» será que lo reconozcas como señor y que Cantabria pase a Aquitania. ¿Te someterás? Yo, por el contrario, te ofrezco otra cosa: sentaré en el trono de mi reino a tu hijo Alfonso, y sus hijos, tus nietos y los míos, lo regirán después de él. Piénsalo, Pedro, después de mí, tu hijo y tu nieto serán reyes, mientras que, por el contrario, solo podrán aspirar a ser obedientes vasallos de Eudón si es con este último con quien sellas alianza.

Pedro se remueve incómodo en su gran silla de roble. Lo que Pelayo dice es como filo de pedernal mezclándose con el viento fuerte que le golpea con fuerza las encendidas mejillas y desordena sus largos y canos cabellos de viejo noble godo.

La tensión es ya insoportable. Los dos grupos enfrentados tienen los nervios crispados y la boca seca. Todos, sin excepción, dan por terminado el encuentro y creen llegado el momento del combate. Y a este último, al combate, es difícil esperarlo por mucho tiempo. Pues viene siempre acompañado del miedo y este enerva a los hombres que, para no tener que enfrentarlo y domeñarlo, prefieren dejarse llevar por la ira irracional y arrojarse a la batalla para olvidar, matando y muriendo, que en verdad, aunque nunca se lo confiesen, están aterrorizados.

—¡Mandadlo al infierno, señor! —se oye gritar a alguien entre los cántabros.

—¡Al infierno con los de Asturia! —grita otro.

Y los gritos, las demandas de sangre y acero se multiplican, y a la izquierda del duque, su hijo menor, el alto Fruela, asiente sombríamente, aferrando con fuerza la empuñadura de su larga espada, mientras más y más cántabros gritan su rabia, su miedo, sus ansias de batalla, y los astures, igualmente encendidos, suman sus broncas voces a la enloquecida demanda de pelea y muerte.

Pelayo calla e, impasible, alto, firme sobre su caballo, sigue con los glaucos ojos clavados en los negros ojos de Pedro. Ojos oscuros de hombre fuerte y viejo que contemplaron al reino de los godos de Hispania en su apogeo y que luego lo vieron caer y que por tanto saben cuán peligroso es el orgullo.

—¡Basta! ¡Callad todos os digo! —Y su orden, emitida con voz ronca de anciano vigoroso, acalla a todos.

El silencio impera junto al gélido viento. En torno a los guerreros de Asturia y Cantabria, en las colinas, los bosques parecen tornarse un poco más oscuros, mientras nubes de plomo comienzan a amontonarse y a convocar finas gotas de helada lluvia.

—Llevas razón, Pelayo, hijo de Favila. No me gusta dártela, pero la llevas, maldita sea.

Y el asombro de sus dos hijos y de sus hombres acompaña a esas palabras del duque. Pelayo también está asombrado: ya no esperaba otra cosa que la guerra.

—Acepto tu propuesta. Nuestros hijos, Alfonso y Ermesinda, se prometerán en esponsales y Cantabria, como antes Asturia, te reconocerá como rey siempre y cuando aceptes que mi hijo te suceda en el trono cuando llegue el momento.

Pelayo no quiere que se note su alivio. Sobre todo porque aún quedan cosas muy duras que decir y que exigir, así que permanece sin desmontar y con el rostro impasible e inescrutable.

—Bien sabes que mi hijo Favila no está a mi lado. Se lo llevaron... Es probable, incluso, que esté muerto —dice al fin Pelayo sin poder evitar que le tiemble la voz al reconocer su infortunio—. Será pues el tuyo quien cabalgue a mi lado y quien sea aclamado como rey cuando la tierra fría de mi sepultura caiga sobre mi rostro.

—Sea pues, rey Pelayo —concede el duque.

Así la palabra *rey*, en sus labios, despierta gruñidos de satisfacción entre los seguidores de Pelayo.

—Ahora desmontad y celebremos el lazo que hoy se establece entre nuestros linajes y las gentes de Asturia y Cantabria. Más tarde trataremos de cuándo vendrá vuestra hija a mi casa para contraer nupcias y alegrar los días de mi primogénito.

Es el momento que Gaudiosa y él temían, aquel en que les sería reclamada su niña. Ya ha llegado y Pelayo busca las palabras adecuadas que ahora debería decir para impedirlo; como no las halla, dice, simplemente, la verdad.

—Mi hija no vendrá a Cantabria. Será tu hijo Alfonso quien venga a Asturia, a mi casa. Allí aguardará a que Ermesinda se haga mujer; allí contraerán matrimonio; allí aprenderá a ser rey a mi lado y a mi lado combatirá y gobernará.

Eso no lo esperaba Pedro, ni tampoco su hijo, ni el hermano de este, ni ninguno de los cántabros que los rodean.

Las heladas gotas de dispersa lluvia siguen cayendo y el viento que viene del proceloso mar ruge un poco más fuerte sobre los hombres que, nuevamente, desconfían unos de otros. «¿Qué quiere este hombre, no le basta con ser rey? ¿Acaso quiere tomar como rehén a mi hijo, Alfonso?». Esto se pregunta el viejo duque Pedro mientras gotas de agua que quiere ser nieve se le deslizan por el rostro arrugado y le empapan la barba y los canos cabellos.

—La costumbre dicta otra cosa —termina por decir el señor de los cántabros, revolviéndose contra las intenciones de Pelayo.

—Esa costumbre no se impuso cuando la reina Gosvinta exigió que fuera su prometido, Leovigildo, quien dejara su casa para ir a la suya —aduce Pelayo con rapidez, pues tenía preparada la respuesta.

—Gosvinta era reina viuda y tenía consigo más guerreros de los que jamás hubiera podido reunir Leovigildo por sí mismo. Por el contrario, Ermesinda es una niña y solo posee lo que tú puedas darle —replica Pedro y lleva razón.

—Es mi hija. La única que tengo. Mi heredera, pues Favila fue arrancado de mi lado —alega Pelayo dejando traslucir su dolor y su determinación, anclados en su corazón de padre.

—No podemos ir contra la costumbre —repite, terco, Pedro de Cantabria—. Debe ser vuestra hija quien venga a nuestra casa.

—¡Al infierno con la costumbre! —estalla Pelayo—. ¿Le estoy ofreciendo a tu hijo que el día de mañana se siente en un trono y tú me hablas de costumbres?

—La ley de los godos obliga a todos: a siervos y reyes por igual —insiste el duque.

—¡El reino de los godos ha caído y yo he alzado uno nuevo sobre sus escombros, y en ese nuevo reino yo soy la ley! ¡Mi hija no se moverá de mi casa y, si tu hijo quiere ser quien me suceda en el trono, tendrá que venir a Canicas!

Ante la airada y decidida postura de Pelayo, entre los cántabros se multiplican los ofendidos murmullos, las protestas a media voz, las mascullada maldiciones, mientras que entre los astures se suceden las cabezas que afirman, las bocas que pronuncian palabras duras, los gestos de desafío. En suma, dos pueblos que fueron uno y que se resisten a volver a serlo.

—¿Qué opináis vosotros? —pregunta al fin el duque a sus hijos.

Alfonso clava sus ojos en los de Pelayo. El rey ve cosas profundas en ellos: este joven, piensa, es fuerte y ambicioso.

—No tengo miedo de ir a Asturia. Si tú, padre, así lo decides, serviré al rey Pelayo en su corte de Canicas.

—¿Y tú, Fruela? —interroga ahora a su segundo hijo.

—Juntos seremos más fuertes, padre. Eso a mí es lo único que me importa —responde con marcial laconismo.

—¡Está bien! —dice ahora a voces el duque para que todos puedan oírlo—. ¡Alfonso se compromete con Ermesinda e irá a Canicas para desposarla cuando llegue el momento. Cantabria y Asturia son ahora una misma tierra y todos nosotros, de nuevo, un solo pueblo.

Tras decir aquello, se impone un último silencio cargado de viento y lluvia helada, y los bosques oscuros, asomándose desde las imperturbables colinas, parecen aguardar algo más que Pedro les concede; poniéndose en pie, da unos pasos hacia delante y ante Pelayo, que lo mira desde su caballo, inclina primero la cabeza y luego alza de nuevo los brillantes y oscuros ojos y asiente antes de gritar:

—¡Salve, rey Pelayo!

Y su grito de reconocimiento se va multiplicando en las gargantas de su gente y a él se suman con entusiasmo los astures de Pelayo.

—¡Pelayo, Pelayo! —se grita, se clama, se ruge—. ¡Rey, rey!

Bajo la tormenta que entonces termina por desencadenarse, Pelayo es aclamado por los cántabros y en esa suma de gentes azotadas por el viento y la lluvia, a la luz del primer relámpago, juntándose con ellas la voz bronca del trueno, Asturia y Cantabria se unen. Entonces, Hispania, la que se perdió, comienza a renacer.

Pelayo, sobre su gran caballo de batalla, con el rostro empapado de agua helada y lágrimas, da gracias al cielo eterno. Desenvaina la larga espada y la alza bien alto para que la tempestad bese el hierro con el que está forjando su reino, y para que los hombres que ahora lo aclaman sepan que un brazo fuerte vela por ellos.

XVI

Durante dos días con sus noches, hubo festejo y banquetes en Octaviolca para celebrar la alianza entre los linajes de Pelayo de Asturia y Pedro de Cantabria. Aquel logro diplomático era un gran triunfo para Pelayo, que ahora veía extendido su reino desde el río Egoba, al oeste, hasta el alto Iberus y las proximidades del Nervión al este, si bien por ese lado, hacia Trasmiera, Sopuerta, Carranza, Mena y las Vardulias, y hacia los montes que separan Cantabria de los señoríos y clanes vascones de Ayala, Vizcaya y Álava, la frontera es imposible de definir con claridad.*

¿A quién le importa una línea marcada sobre un tosco mapa? A Pelayo no. Acepta que, por el momento, los vascones situados más al este sigan siendo tan independientes y belicosos como siempre lo han sido. Tanto que, de vez en cuando, habrá que combatirlos para castigar sus recurrentes

---

*El alto Iberus es el Ebro en su tramo por Cantabria, Burgos, Álava y La Rioja; Trasmiera está al este de Cantabria, en Laredo y zonas afines; Sopuerta y Carranza, las Encartaciones vizcaínas, al oeste de la provincia, así como comarcas del norte de Burgos y del oeste de Álava. Todas estas tierras formaban la difusa frontera del reino de Pelayo con las tribus y los señoríos vascones. En total, en este momento, el reino de Asturias abarcaba ya algo más de 21 000 kilómetros cuadrados, y era mayor que cinco de los siete reinos anglosajones y que el conjunto de los ocho reinos galeses de la Gran Bretaña contemporánea.

incursiones de saqueo. Además, no tener control efectivo sobre ellos no será del todo malo, pues las gentes vasconas que, confusa y bravamente divididas entre sí, extienden sus tierras desde las proximidades del alto Iberus al oeste hasta más allá de Pompaelo al este, forman una eficaz barrera defensiva frente al ambicioso Eudón de Aquitania, pues el poderoso *princeps* aquitano también es duque de la Vasconia situada al norte de los Pirineos y nunca ha disimulado su intención de imponerse también a los que habitan al sur de esos mismos montes.

Mientras piensa en todo esto, Pelayo sigue dando cuenta del desayuno de su segunda mañana en Octaviolca. A su lado, Pedro conversa animadamente con uno de sus nobles. A su izquierda, Alfonso, su futuro yerno, permanece extraviado en sus propios pensamientos.

El muchacho, pese a ser muy reservado, le agrada a Pelayo. Hay algo en su porte, en su forma de hablar, que inspira confianza. El rey no se fía mucho de esa «confianza», pero tendrá que aprender a querer a este joven que pretende ser hombre y que, si Favila no regresa, será rey.

Eso, que algún día Favila regrese, puede ponerlo todo en riesgo... ¿Qué pasaría entonces? ¿Se daría por bueno el acuerdo y debería seguir dándose por sentado que Alfonso será su heredero? ¿O, por el contrario, todos entenderán que Favila recuperará sus derechos y Alfonso quedará relegado a un segundo lugar? Pelayo sabe que Pedro no es necio y que esos mismos pensamientos deben rondarle la cana cabeza. Pero ¿para qué pensar en esas cosas? Su hijo no está con ellos y, aunque se le parta el corazón cuando lo reconoce, la lógica le impone aceptar que, después de casi un año, nadie espera ya que vuelva.

En ese momento se inicia el tercer y último día de festejos. Unos músicos entran en la sala y los hombres aplauden cuando una muchacha da inicio a una danza campesina.

Fuera, como desde la tarde en que se selló la alianza, ruge la tormenta, y en la estancia las llamas de la gran lumbre que los calienta transmiten una agradable sensación de seguridad.

Nunca te fíes: la puerta se abre bruscamente y un hombre empapado en agua y mostrando en el hombro izquierdo una mal vendada herida de lanza entra en la gran sala tropezándose y buscando al duque Pedro con ojos desorbitados.

—¡El enemigo avanza por el Iberus, señor, avanza saqueándolo todo a su paso y cautivando a nuestra gente!

Y se hace el silencio. Los músicos, incómodos, cabizbajos, miran a sus instrumentos y los hombres de armas de Asturias y Cantabria sueltan copas y viandas y miran en dirección a sus señores.

—¿Cuántos? —es lo único que pregunta el duque, en cuyo rostro se va agolpando la amargura.

—Más de seiscientos jinetes. Moros en su mayor parte, aunque también cabalgan a su lado un grupo de hombres del conde Casio que les sirven de guía, amén de un puñado de mercenarios vascones; a todos ellos los encabeza un centenar de árabes —responde el agotado y herido mensajero, con voz entrecortada y balanceándose de pura debilidad—. Han tomado a hierro y fuego Faro y Deobriga y dejado en ellas hombres para que las guarden. El resto sigue avanzando río arriba, devastándolo todo a su paso. Son guerreros reunidos en las guarniciones musulmanas de Lucronium y Calagurris* y parecen dispuestos a llevar su incursión hasta las mismas fuentes del gran río y más allá.

Seiscientos jinetes son muchos. De hecho, es la fuerza más grande que hasta entonces se haya internado por el Iberus hacia los montes de Cantabria y el ejército más fuerte que Pe-

---

*Haro, Miranda de Ebro, Logroño y Calahorra, respectivamente.

dro y los suyos hayan enfrentado desde que, cinco años atrás, el valí les arrebatara Amaia.

Eso, recordar cómo los derrotaron en la fuerte Amaia y los echaron de ella, le quema en las entrañas y le aviva el rencor que siente por uno de los responsables de su infortunio: el traidor conde Casio. El mismo que parece que no se conforma ya con arrastrarse a los pies de los conquistadores y pagarles tributo, sino que también les ofrece hombres para que los guíen hasta el corazón de la Cantabria Trasmontana. «¡Malditos sean todos, invasores y traidores por igual!», se dice, y los ojos del viejo duque echan chispas de furia y resentimiento.

—¡Alfonso, Fruela! —reclama, y sus jóvenes hijos se levantan como un resorte y se inclinan ante él esperando órdenes que él aún está sopesando.

Y mientras sopesa, Pelayo decide.

—Iré con vuestros hijos, mi señor duque. Llevaré conmigo al centenar de jinetes que vinieron conmigo desde Canicas y sumaremos a ellos otros dos centenares más de los vuestros, y por el camino recogeremos a cuantos hombres podamos encontrar durante nuestra marcha. ¿A qué distancia se halla el puerto de montaña que domina el acceso a este lado de la cordillera desde las Fontes Iberis?*

Las palabras de Pelayo tienen el sello de hierro del hombre que sabe mandar. Tras un breve silencio, seguido de inmediato por el asentimiento del duque, Alfonso y Fruela se aprestan a contestar y obedecer.

—A siete horas a caballo. Puede que un poco menos si forzamos las monturas, pues estamos en primavera y no habrá nieve durante la mayor parte del camino y puede que tampoco la encontremos en el paso. Desde este último aún nos que-

---

*Literalmente, Fuentes del Ebro, hoy Fontibre, en Campoo de Suso, no lejos de Reinosa.

darían ocho horas de cabalgada hasta las Fontes Iberis, siempre y cuando se lo exijamos todo a los caballos —dice Alfonso.

—¿Y a cuánto quedan de Deobriga, la última plaza que sabemos que tomaron los moros durante su avance? —pregunta ahora Pelayo, en cuyos ojos se advierte ya el brillo del guerrero que en su mente planea la ruina del enemigo.

—A dos días y medio de las Fontes Iberis, si están apretando a sus caballos, o a tres jornadas largas si no lo hacen. Pero vienen devastando la tierra y eso, bien lo sabéis, los retrasará un tanto. Así que yo diría que necesitarán cuatro días para llegar a las fuentes del gran río —concluye Alfonso.

—¡Bien! Si partimos ahora mismo, llegaremos uno o dos días antes que ellos al puerto de montaña y, una vez allí, podremos decidir si fortificarnos en él y cerrarles el paso o, si se han retrasado en su avance, descender por la vertiente meridional y tenderles una emboscada junto a las Fontes Iberis. ¿Es factible lo que planteo?

—Puede hacerse —conviene, meditabundo y sombrío, el joven Fruela, que conoce bien las montañas de su tierra y que, pese a sus pocos años, respira las cosas de la guerra como otros respirarían el aire que necesita sus pulmones—. Puede hacerse —se reafirma—, pues el paso de montaña puede ser alcanzado por hombres a caballo y, aunque el descenso es al principio difícil y peligroso, pues es escarpado y atraviesa densas selvas de hayas y robles, pronto se aquieta y lleva a los campos y prados abiertos de las aldeas del lugar que conocemos como Campus.* Desde allí, por buenos caminos y ricos prados, se llega, tras otras tres millas sin dificultad alguna, al gran bosque de fresnos, alisos y álamos en cuyo centro está la roca de la que mana el Iberus. Si nos ade-

*Campoo de Suso y demás aldeas de la comarca, incluyendo el pago donde luego se alzaría Reinosa.

lantamos al enemigo, podríamos escondernos en ese bosque y coger por sorpresa a los musulmanes cuando se hallen enfrascados en saquear las pequeñas aldeas y caseríos, o cuando estén iniciando el ascenso al paso de montaña.

Aquello es todo lo que un jefe de guerra experimentado necesita saber.

—¡Vamos! —ordena con premura Pelayo, y aún no ha terminado de decirlo cuando ya está saliendo de la sala a grandes zancadas mientras reclama a voces al joven que lo asiste que le traiga sus armas y que prepare a León para salir de inmediato hacia las montañas.

Con esa sola palabra, con esa orden escueta, comienza a consolidarse realmente y con afilado hierro la alianza entre Asturia y Cantabria.

Una hora más tarde, trescientos jinetes salen de Octaviolca en un borbotón de fuerza incontenible de caballos, hombres, hierro y cuero que se adentra en las colinas y que asciende en dirección a las cumbres donde imperan las águilas y los aguarda la batalla.

Galopan. Sobre la hierba verde, al caer la tarde, galopan, entre bosques de hayas y castaños, entre robledales y prados, espantando, de tanto en tanto, pesados rebaños de vacas y bueyes, adentrándose en los valles pasiegos, subiendo y subiendo, si detenerse aunque amenace ya la noche y las sombras imperen en el mundo acunadas por los fríos cantos de las cascadas que saltan desde las altas peñas y de la lluvia que, ajena a las luchas de los hombres, sigue cayendo, leve pero constante, sobre Cantabria.

Y así, con la última hora de la tarde, coronan el puerto del Escudo y Pelayo, que vuelve a ser señor de hombres codiciosos de sangre, detiene la cabalgada para dar reposo a las bestias y permitir que los muchos rezagados les den alcance.

El paso es ventoso y desolado. Algunos pinos, arbustos y rocas, y aquí y allá, donde el sol no alcanza, manchones de nieve batida por un viento castigador que invita al viajero a no detenerse mucho allí. Pero desde aquellas alturas, al mediodía, la vista puede regocijarse sobre bosques, prados y campos y tentar los primeros acuáticos pasos del gran río Iberus.

—Deberíamos bajar un tanto, mi señor rey —le dice Alfonso—. Este no es buen lugar para descansar y parece que el enemigo aún no ha llegado a las Fontes Iberis, pues no se ven señales allí abajo. —Y aquí señala los caseríos y aldehuelas de Campus, en donde, en efecto, no se observan las inevitables columnas de humo que delatan el paso de una hueste saqueadora.

Pelayo no contesta de inmediato, sino que sigue con los ojos clavados en las tierras que descienden a meridión del paso montañoso que acaban de coronar.

—Un consejo voy a darte, Alfonso, pues llevo ya nueve años de incesante guerra a mis espaldas: nunca te fíes de lo que ven tus ojos. El enemigo, si es diestro, nunca se mostrará en un primer momento —le contesta al cabo Pelayo sin dejar de escrutar el paisaje que se despliega a sus pies.

Alfonso va a decir algo, pero su hermano Fruela se le adelanta.

—¿Queréis que vaya yo por delante al frente de una partida de exploradores?

Pelayo asiente con la cabeza antes de acompañar el permiso con palabras.

—Eres muy joven, Fruela, pero así debe hacerse —dice expresando su satisfacción con lo propuesto y entregando sin dudar al muchacho de dieciséis años su confianza—. Toma cincuenta hombres y bajad hasta los prados y campos. Una vez allí, redoblad las precauciones y dividid a vuestra tropa en grupos pequeños para peinar bien la comarca. Volved a reunirlos cerca de las Fontes Iberis. Mientras a ellas llegáis, preguntad a cuantos lugareños encontréis e id mandando mensajeros para informar de lo que halléis. Si el enemigo ya está allí abajo, daos la vuelta y regresad a toda prisa sin dejaros enredar en combate alguno. Esas son mis órdenes, Fruela. ¿Alguna pregunta?

Fruela no tiene ninguna, pero sí prisa. La que siempre tiene cuando olfatea batalla. Y sin decir nada más, reúne a sus cincuenta hombres e inicia el dificultoso descenso que la montaña ofrece en la penumbra nocturna.

—¡Los demás, desmontad y acomodaros como podáis! Esta noche toca pasar frío y comer lo que se pueda —ordena y, como uno más, desmonta y se cuida de su caballo para luego envolverse en su manto y disponerse a aguardar masticando un trozo de tocino.

A su lado, Alfonso se siente un poco desplazado, pues, aunque no es la primera vez que cabalga en busca de enemigos, siempre lo ha hecho a la sombra protectora de su viejo padre y no a las órdenes de un extraño. Pues ¿qué es para él y todavía Pelayo? De hecho, sigue sin acostumbrarse a llamarlo rey y tampoco termina de encajar que se casará con la hija de este hombre alto y fuerte que parece sentirse más a gusto en la montaña y al frente de guerreros que en la gran sala de una fortaleza o de un palacio, rodeado de nobles y sacerdotes.

Sigue lloviendo. Aunque el agua cae cada vez con menos fuerza. Para afrontarla, el joven Alfonso se ajusta el manto en busca de una protección que no puede hallarse, mientras que a su lado, silencioso, atento, Pelayo es una estatua de hierro que, de tanto en tanto, imparte órdenes a quienes se le acercan o, levantándose sin previo aviso, echa a andar en busca de los guardias que ha dispuesto en torno al lugar de acampada para comprobar que están despiertos y alerta, y luego, igualmente silencioso e inesperado, regresar y sentarse de nuevo junto a él sin dedicarle palabra alguna.

Alfonso decide entretenerse pensando en su futura novia. Se decepcionó mucho cuando se enteró de que era una niña de siete años y no una mujer de verdad. Pero su padre le quitó importancia diciéndole que las niñas se hacen pronto mujeres y que, mientras tanto, si le arden las ingles, siempre podrá hallar una bonita campesina con las que enfriarlas. A Alfonso no le gustan ese tipo de bromas ni comentarios. Siempre ha sido un tanto retraído y cree en lo que los monjes del monasterio de Santo Toribio, en la Liébana, le enseñaron de niño: a precaverse contra el pecado.

En verdad, se lo confiesa a sí mismo, si no fuera el hijo del duque y si los tiempos que le tocan vivir no fueran tan oscuros, no le importaría hacerse monje. Pero Dios ha dispuesto otra cosa: que sea guerrero y que, cuando se case con Ermesinda y pasen los años, sea rey. ¿Cómo será ser rey? Se siente un niño haciéndose esa pregunta, pero la noche es fría y la lluvia lo desanima y el rey, a su lado, es roca silenciosa.

—¿En qué piensas, Alfonso?

La pregunta de Pelayo lo sobresalta.

—Yo... Bueno, yo —balbucea sin acertar a decir nada coherente.

—En noches como esta y con una batalla a la vista, un hombre siempre piensa cosas extrañas —lo tranquiliza usando un tono amable, buscando complicidad con el nervioso joven.

—Pensaba en cómo debe ser... —y se calla, pues está diciendo la verdad y de pronto se siente tonto y un tanto intimidado por pretender mencionar algo tan simple.

—¿En cómo debe sentirse uno siendo rey?

—En eso pensaba, mi señor rey —termina por confesar, entre sorprendido y aliviado, pues no está hecho para la mentira.

—Debes aprender a mentir —le dice ahora Pelayo con una sonrisa entre cansada y sarcástica—. Muchos suponen que un rey debería saber hacerlo con habilidad; yo nunca he logrado hacerlo con soltura. Así que debo de ser un pésimo soberano —concluye escandalizando un poco al joven Alfonso.

—Pero un rey ha de ser justo y, para serlo, debe atender siempre a la verdad —replica Alfonso apresurándose y con juvenil candidez.

—Entonces estoy equivocado y soy un buen rey —replica a su vez Pelayo con tono jovial y palmeando el hombro del joven que pronto será su yerno.

Alfonso se percata de la broma y, tras un primer momento de turbación, sonríe y siente una extraña oleada de calidez oponiéndose en su interior al frío nocturno. ¿Camaradería?

—Antes has dicho lo correcto: un rey se debe a la verdad. Nunca te apartes de ella. Nuestros antepasados veneraban la justicia, tanto que la pusieron por encima de los reyes. Pero la justicia, sin verdad, se torna palabras huecas. Verdad, justicia y sacrificio. Eso es reinar bien. Si un hombre manda a otros ateniéndose a esos principios, merece gobernar; si se aparta de ellos es solo un presuntuoso necio al que los demás hombres deberían volver la espalda.

Las palabras del rey parecen quedarse enredadas entre las diminutas gotas de la menguante lluvia, como si flotaran y pudieran tornarse, al igual que ellas, en acuáticos cristales. A Alfonso le parecen hermosas y le recuerdan a las que el hermano Robustiano le leía del libro II de las *Sentencias* de san Isidoro el Hispalense* cuando era un niño estudioso y devoto que se sentía a gusto entre los monjes de Santo Toribio.

—Mi padre, al principio, desconfiaba de ti —le confiesa ahora Alfonso y se sorprende de hacerlo, pues siempre ha sido tímido y reservado, excepto con su hermano Fruela.

---

*Obra dedicada a cuestiones morales y que tuvo gran fama en el reino visigodo y en el de Asturias.

Pero Pelayo se le muestra ahora tan cercano, tan sabio, tan fuerte, que confía en él de forma natural y sin que, aparentemente, la razón o la conveniencia tengan algo que ver en ello. Simplemente, su instinto le mueve a ello.

—Y hacía bien. Yo soy tan desconfiado o más que tu padre. Lo soy porque la vida me ha hecho mucho daño. Antes de que cumpliera tus años, joven Alfonso, ya había tenido que encajar la muerte a palos de mi padre, asesinado como se mataría a un perro rabioso, por ese condenado rey Witiza, y esa noticia me llegó casi a la par que la de que a mi abuelo le habían sacado los ojos como castigo por una falsa acusación de traición. ¿Puedes imaginar cómo me sentía? ¿Y sabes qué era lo peor? —Alfonso, impresionado, niega con la cabeza—. Lo peor era ver cómo todos se apartaban de mí y cómo se plegaban al poder, a la maldad que ejercían los reyes Egica y Witiza. ¿Dónde estaban entonces la justicia y la verdad? Yo no lo sé, pero sí aprendí que muchos son los que las olvidan cuando el poderoso las hurta y, en lugar de afrontarlo, muchos prefieren mirar para otro lado, o incluso medrar a la sombra del mal. Así que aprendí a desconfiar de los hombres y a poner mi fe en esto. —Al decir aquello, palmea la espada que tiene a su lado—. Ahora, más viejo, quizá más sabio, creo que la espada no basta y deseo que vosotros, los jóvenes, tengáis un lugar donde vivir sabiendo que la justicia y la verdad gobiernan con el rey y que no es solo un pelele caprichoso, egoísta y vanidoso.

—Si yo llegase a gobernar, mi rey, querría hacerlo como vos —se apresura a decir Alfonso, y lo hace con esa emoción juvenil que hace que uno crea hasta el tuétano en lo que dice.

—Recuerda esas palabras si llega ese día y mantente fiel a ellas —concluye Pelayo con una sonrisa limpia y serena que hace sentir muy bien a un Alfonso todavía un poco turbado por las emociones que la conversación le ha traído.

Después regresa el silencio bajo la lluvia fría que, poco a poco, abandona a su suerte a lo que queda de noche.

—Mira, ya viene el alba y con ella tu hermano regresa —le anuncia Pelayo a un Alfonso que, sin darse cuenta, se había quedado dormido.

Fruela llega a la cabeza de seis hombres.

—¡Mi señor rey! —saluda.

Pelayo observa las señales de satisfacción que se dibujan en el rostro del arrojado muchacho.

—Rinde tu informe, Fruela.

—El enemigo aún está lejos del bosque de Fontes Iberis. He galopado hasta aquí cambiando de caballo para darte lo antes posible la nueva.

Pelayo asiente y se vuelve a maravillar del espíritu de guerrero y del buen sentido de este muchacho que, siendo poco más que un niño, parece saber de la guerra mucho más que muchos buenos y viejos soldados.

—¡Eres Marte en Cantabria, Fruela! —lo halaga añadiendo una amplia sonrisa—. ¡Montad todos! ¡Montad, debemos estar ocultos en las espesuras que rodean las Fontes Iberis antes de que caiga la tarde! —ordena a voces y su orden es transmitida con premura.

Con el sol aún pugnando por escapar del horizonte y de las últimas nubes grises que aún se resisten a dispersarse, bajan hacia las Fontes Iberis. Y cuantos los ven creen contemplar a una hueste de los días antiguos. Pues a su frente cabalga, de nuevo, un rey guerrero y justo.

XVII

Amanece. La luz toca la selva que envuelve el manantial del Iberus y la niebla comienza a alzarse de la tierra revelando el verde de los helechos y las hojas nuevas, cargadas de primavera, de los sauces, alisos, álamos y fresnos que se inclinan sobre las cristalinas aguas. El gran río de Hispania mana de la tierra y la roca, y forma una poza que le da inicio.

Todo es silencio, niebla y sol, que aún no calienta, pero que saca colores de los lirios y las campanillas que la fuente roza en sus rumorosas orillas mientras a su canto eterno se va sumando el de los ruiseñores, los mirlos y las alondras.

El mundo es paz y belleza. Sí, y entre los grandes árboles, acecha la muerte.

Y hacia ella, ignorándola, avanzan seiscientos jinetes árabes, moros y vascones que cabalgan confiados, ahítos de botín y matanza, arrastrando tras de sí largas cuerdas de cautivos y llevando a su vera grandes manadas de vacas, bueyes, mulas, caballos y ovejas arrebatados a las gentes del país que están devastando desde hace más de una semana.

Pelayo los ve. Con mirada experta, como de cazador, calcula su número exacto, se detiene en su orden de marcha, evalúa y aquilata a partir de él su disciplina y la veteranía y la capacidad de quien los manda. No parece que tenga mucho de esto, pues la fuerza enemiga no destaca grupos de jinetes que guarden sus flancos y tan solo van por delante unas desordenadas y escasas partidas de exploradores, la primera de las cuales, formada por seis jinetes vascones y tres bereberes, se aproxima ya a ellos a trote lento.

Los nueve hombres montan caballos pequeños, nerviosos y desgreñados, bestias criadas en los montes de los vascones y que tienen el paso breve y firme. Sobre sus lomos, seis guerreros de la tierra, pragmáticos mercenarios que hoy luchan bajo la bandera del califa y mañana bajo la de Eudón de Aquitania, y siempre bajo la suya propia si es que la tienen; y un poco por delante, formando un compacto y pequeño grupo, tres moros de rostro de bronce y mantos como de ala de cuervo. Los nueve llevan haces de tres venablos, largos cuchillos y, en el caso de los tres bereberes, también espadas rectas de ancha y bien templada hoja y escudos de cuero.

Pelayo lanza una rápida mirada a Alfonso y Fruela. Los muchachos están a su lado y como él, tirados en el suelo, metidos entre las grandes raíces de un descomunal fresno que les sirve de escondite y apostadero desde el que vigilar al enemigo.

—No se os ocurra ni respirar siquiera —les susurra.

Por supuesto le hacen caso. Permanecen los tres inmóviles; como ellos, también lo están el resto de los hombres dispersados por la floresta: bien escondidos en ella, aguardan la orden de su rey.

Los nueve exploradores se meten en el bosque y se despliegan entre los grandes árboles. Van buscando señales que delaten a hombres emboscados para atacarlos o escondidos para escapar de ellos y del cautiverio. Buscan apartando ramas con sus venablos, pisoteando helechos con sus greñudos caballos, vadeando, una y otra vez y sin dificultad alguna el todavía infantil cauce del Iberus. Y nada hallan: pues los trescientos sesenta hombres de Pelayo, los que salieron de Octaviolca y los que se les han ido sumando por el camino, están bien escondidos, y la selva solo ofrece a los invasores jirones de niebla, rumor de hojas, canto de agua y la visión furtiva de un corzo sorprendido que se da a la fuga.

Se marchan, regresan a galope tendido hacia la fuerza principal, que ya se aproxima a la línea del bosque y que, poco después, pasando, extendida y expuesta junto a sus lindes, sigue avanzando por los prados y los campos cercanos con su codicia insatisfecha y deseosa de comenzar a pillar las aldeas y caseríos de Campus.

Quedará insatisfecha. Sí, su codicia no será saciada en este nuevo día. Pues cuando el flanco de la columna enemiga pasa, alargado e indefenso, bajo las ramas extendidas de los últimos fresnos de la selva de las fuentes del Iberus, Pelayo hace una señal a Alfonso y Fruela y los jóvenes, como dos sombras, se van deslizando de escondite en escondite, avisando a los hombres de que se apresten para el combate; cuando todo está cumplido, el rey se alza, retrocede hasta donde está atado León, sube a su alto lomo y, descolgando el cuerno de guerra, sopla con fuerza sacándole una larga nota de destrucción y ruina para los conquistadores de Hispania.

Trescientas sesenta fieras surgen de la fronda. Trescientos sesenta hombres que buscan sangre enemiga y que no entregarán piedad alguna.

La alargada columna de marcha sarracena no tiene tiempo de reordenarse y es quebrada en múltiples puntos por la violenta y abierta acometida de los hombres de Pelayo. Aquí y allá, moros, árabes y vascones son arrollados por los caballos astures y cántabros, que desordenan las filas califales, y pisotean, dispersan, ponen en fuga y masacran a cuantos se topan con ellos.

Entonces llega Pelayo. León choca con un pequeño caballo vascón, lo derriba y le pasa por encima mientras su regio jinete remata con la lanza al enemigo caído y se adentra entre un grupo de bereberes que tratan de herirlo con sus venablos. ¡Que traten de tocarle los cuernos al diablo! Pues el rey es azote infernal que, clavando su arma en el pecho de un moro, tira ya de espada para enfrentar al resto.

Larga hoja forjada en días antiguos por un herrero godo que martilleaba el caliente y cruel hierro susurrando el nombre de Guton, el dios furioso, y que ahora, brillante entre la niebla, es espanto y dolor que se abate sobre quien ose enfrentarse a quien la esgrime: Pelayo, hijo de Favila, rey de los astures, señor de hombres, destrucción de enemigos. Y la larga espada norteña se alza y cae, una y otra vez, quebrando huesos, esparciendo sangre, atravesando entrañas. Y cuantos se enfrentan a ella sucumben. Pues el *daimon* del combate habita en Pelayo y le inyecta furia y destreza asesinas, y su figura, cubierta de hierro, coronada por un yelmo de roja cimera, es causa de espanto.

Lo rodean más y más enemigos, atraídos por los gritos de quienes lo llaman rey. Y un enjambre de salvajes vascones, de decididos moros y audaces árabes trata de apresarlo, de matarlo, de derribarlo. Alargan las manos para aferrarlo, asestándole golpes de espada, lanzándole venablos. Pero el rey y su gran caballo giran y giran, como un torbellino de acero y carne. León, bien adiestrado, muerde manos, destroza cuerpos caídos con sus afilados cascos, patea, cocea, embiste; de esa forma, da espacio a su jinete para que se mantenga sobre la silla y rechace a los enemigos con la bien forjada espada.

Al socorro de Pelayo, llegan ya montados sobre potentes bestias de bélicos bríos Alfonso y Fruela. El mayor de los hermanos es contenido y eficaz con las armas; el menor, un asesino implacable y diestro que parece haber nacido con una espada en la mano: mano de hierro que detiene estocadas, otorga muerte, ofrece destrucción. Y junto a él su hermano, rápido pero sin perder el tino, y cubriendo protectoramente al pequeño cuando este, en el éxtasis del combate, se expone en exceso.

Los enemigos no pueden con aquellos tres y pronto, libres ya de rivales, Pelayo, Alfonso y Fruela cabalgan entre la matanza como ángeles exterminadores en una batalla que ya está ganada.

Y es que la sorpresa ha sido grande y el ataque, devastador. Aquí y allá, los hombres del califa tratan de oponer resistencia o de retirarse en buen orden, pero una y otra vez, los jinetes del rey de Asturia convergen sobre ellos destrozándolos o espantándolos, siendo entonces aventados como paja o pisoteados como barro.

Pelayo, pleno de júbilo guerrero en las entrañas, galopa con la espada roja de sangre y un brillo de ira y venganza brotándole de los ojos medio ocultos entre las sombras del yelmo.

—¡Matadlos a todos! —ruge—. ¡Que ni uno solo de ellos pueda volver a saquear nuestra tierra!

Y aunque no todos caen bajo las lanzas de los guerreros astures y cántabros, muchos son los que quedan rotos y fríos sobre el suelo tintado de sangre.

El rey, haciendo cabriolear y pisotear con fiereza a su gran caballo de batalla, encabritándolo sobre los cadáveres de los enemigos, es estampa de triunfo que sus hombres vitorean. Lo hacen todos por igual: astures y cántabros. Pues ahora sí, bajo el hierro y el arrojo, dueños de la victoria, juntos, rodeando, aclamando a un rey guerrero, se suman en un solo pueblo.

XVIII

Lejos de allí, en Roma, Umm Hakim recupera el sentido. Le han atado las muñecas a una argolla de hierro colocada muy por encima de su cabeza y la incómoda postura le ha provocado un insoportable dolor y un paralizante hormigueo en las manos al no llegarles suficiente sangre.

—¿Despiertas de nuevo?

La voz cruel y desagradable de Dámaso el hispano le llega como en una nube de confusión. La del látigo que vuelve a rasgarle la espalda es más insoportablemente clara. El estallido de cuero le abre la piel y la hace arder como si le hubieran puesto encima un tizón ardiendo. Aturdida, rota de dolor, pero no su voluntad, aguarda en silencio y apretando los dientes el siguiente golpe de látigo.

—Vas a hablar.

Es una afirmación, no una pregunta. Pero Dámaso lleva afirmando eso tres días y ella no ha dicho nada.

—Nuestra invitada es mujer callada, además de bella —interviene la cascada voz del obispo Sinderedo—. No quiero que sigas maltratando su piel. De todas formas, piénsalo: es irrelevante que hable o no. Damasco está lejos y ella misma se ocupó de eliminar al asesino imperial que te seguía los pasos. No hay nada que temer y menos aún que averiguar; está claro que ambos, ella y el asesino, iban tras el cuenco de ágata y nada más que tras él.

Las palabras «y nada más que tras él» se quedan flotando en la nublada mente de Umm Hakim, que, sin poder evitarlo, bendice al horrible anciano por su intervención.

—¡Démosle muerte entonces! —brama un frustrado Dámaso.

—¿Para qué? Me gusta. Me la quedo. Además, tú tienes prisa. ¿Recuerdas? Déjala en mis manos y parte ya. El tiempo es lo único que cuenta.

Dámaso no está tan seguro de eso, pero Sinderedo lo apremia y, después de todo, la ambición lo impulsa también a partir cuanto antes.

—¡Bien! —acepta—. Partiré de inmediato —le concede—. En cuanto a ti, perra, espero que el obispo te dedique sus peores atenciones.

—Ten por cierto, piadoso Dámaso, que pecaré con ella con santo entusiasmo.

Y ante las impúdicas y libidinosas palabras de quien es tenido por santo varón por el papa de Roma, Dámaso libera una cruel carcajada y Umm Hakim se deja llevar de nuevo a la inconsciencia.

Cuando despierta está sobre un lecho de finas sábanas. Extrañada, se obliga a quedarse quieta, inmóvil, mientras sus sentidos, el oído y el olfato, examinan lo que la rodea. No se oye nada y los aromas que hasta ella llegan son los de su cuerpo desnudo y limpio y los de los aceites y sustancias curativas que alguien le ha aplicado sobre las heridas que cubren su espalda. Eso y el olor de unas sábanas limpias y de una estancia sin muebles pero impoluta. Todo lo cual contrasta fuertemente con el ambiente de sus últimos despertares en una inmunda celda repleta de suciedad, impregnada con una confusa y vieja mezcla de olores a orina, excrementos y sangre. El recuerdo de aquel horror le trae el de Amra. ¿Qué habrá sido de él? Dios quiera que lograra huir y que se encuentre a salvo.

Con precaución, se incorpora un tanto y, como nadie acude y una vela arde prestando su luz desde una solitaria lámpara, se siente capaz de ponerse en pie y explorar mejor su nueva prisión.

En un rincón, como olvidados, hay tres frasquitos de vidrio apoyados en el suelo junto a una afilada daga. Los toma con cuidado y uno por uno los va abriendo. En el primero hay un polvo marrón oscuro veteado de gris: raíz de eléboro negro bien molida, concluye, y se apresura a devolverla al frasco, sacudiéndose las manos con cuidado; en el segundo halla un polvo fino de un color amarillo pálido: raíz de mandrágora, identifica antes de pasar al tercer recipiente, que, al ser abierto, le muestra un líquido espeso, verdoso y maloliente: toxicón. El veneno de los antiguos escitas hecho a base de mezclar veneno de víbora con resinas y hierbas venenosas y majarlo todo con cabezas machacadas de serpiente y excrementos humanos. Los escitas lo usaban para impregnar con él la punta de sus flechas.

—¿Qué pretenden con todo esto? —susurra preocupada y extrañada.

Entonces la puerta se abre. Umm Hakim se gira hacia ella y no ve a nadie. Alarmada, se pone en alerta. Pero todo está en calma y la puerta sigue abierta. Así que se precipita hacia ella, recogiendo de paso la daga del suelo, y corriendo hacia la libertad como buena cautiva que es.

Se detiene en seco, pues ahora, en el vano en sombras, aparece la enorme cabeza de un lobo que le gruñe amenazadoramente.

—Tranquilo, pequeño, tranquilo —le susurra al feroz animal con la voz más serena que halla en su interior y sin dejar de mirarlo a los amarillos ojos en un intento de doblegar la voluntad de la bestia.

Pero la bestia parece inmune a su voz, a sus ojos y al orbe entero. Avanza gruñendo, abriendo de tanto en tanto las babeantes fauces y mostrándole los blancos colmillos.

Entonces recuerda los frascos. Paso a paso, sin dejar de mirar al lobo, con la daga bien empuñada y delante del hocico del cuadrúpedo asesino, retrocede hasta llegar al rincón; sin dejar de dar la cara al animal, que ya se tensa para saltar sobre ella y desgarrarle la garganta, toma el frasco del toxicón escita y, a toda prisa, retira el tapón para luego verter la densa y verde sustancia sobre la hoja del puñal.

Suena un silbido agudo y el lobo, dedicándole un último amenazador gruñido, obedece a la llamada y se da la vuelta, abandona la estancia y, conforme lo hace, sin que Umm Hakim pueda ver quién empuja la pesada puerta, esta se cierra con gran estruendo, tras el cual se oye el chirriante sonido de un cerrojo al ser corrido.

—¡Por todos los infiernos! —murmura sin entender qué significa todo aquello y con las piernas aún temblándole—. ¿Qué queréis de mí? —pregunta, pues aunque está sola sabe que la observan. En su tono ya no solo hay miedo y desconcierto, sino también un poco de rabia contenida. Odia que jueguen con ella de esa manera.

Pero nadie le responde. Así que suelta la daga, vuelve a la cama y se queda en ella hasta que, una hora más tarde, una muchacha entra y deja a sus pies una bandeja con vino, pan, carne y fruta y sin mediar palabra sale con premura para dejarla nuevamente sola.

Come, intrigada, preocupada. Pues todo lo que se le ocurre sobre lo que está viviendo es malo o peor que malo. Pero como está agotada y débil tras días de castigos, falta de alimentos y sueño, tras dar cuenta de la comida se tiende y vuelve a quedarse dormida.

Despierta de nuevo. En la misma cama, en la misma vacía estancia, con la misma solitaria luz iluminándola. Se pone en pie y no se sorprende al hallar, en el mismo rincón, otros tres frasquitos de vidrio. Los abre: el primero contiene un polvo verde intenso: azufre; el segundo, un polvo brillante y rojo:

cinabrio, y el tercero, y esto la sorprende, uno blanco: magnesia alba* y en cantidad suficiente como para reventar la pesada puerta.

Así que se precipita hacia ella y, dibujando con el polvo un fino reguero, coloca luego junto a la madera el resto del contenido; se vuelve, camina con premura hacia la mezquina lámpara y toma de ella la solitaria vela para acercar la llama al reguero de magnesia alba.

—No será necesario.

La sorpresa que Umm Hakim se lleva es tan grande que casi se le cae la vela.

—Será mejor que alejéis la llama de la magnesia alba. ¿No lo crees así, señora?

Desde luego, eso sería prudente, pues la magnesia alba es sumamente potente y bastaría que la llama de la vela la rozara para que una formidable deflagración retumbara llevándose por delante la puerta y quién sabe qué más.

—¿Ves? A mí me han bastado un par de pequeñas pruebas para saber que eres docta en cosas de alquimia y magia. No he necesitado de látigo ni de amenazas, ni de ese tipo de desagradables y violentas maneras que tanto agradan a los necios como Dámaso. Eres sabia, señora, muy sabia. Elegiste la mejor ponzoña para matar a un lobo con rapidez. Pues aunque el eléboro negro y la mandrágora son también fuertes tóxicos, el veneno escita es más rápido y te habría dado una mejor oportunidad de supervivencia frente al gran depredador. ¿Sabes? Su nombre es Rómulo y es un buen lobo. Se porta bien, de veras. Por eso, de tanto en tanto, lo alimento con carne de pecador. —La voz de Sinderedo es la voz del diablo. ¿Hablará con palabras el diablo? Si no sabe, podría tomar cla-

---

*Óxido de magnesio, muy conocido en este periodo y uno de los componentes del famoso «fuego griego».

ses de este condenado obispo—. Y luego, ¡asombroso!, supiste enseguida que el polvo blanco era magnesia alba y tenías claro para qué podía servirte. Esto último, lo confieso, me decidió del todo a proponerte un trato.

—¿Un trato? —responde ella sin poder dominar su boca, pues el asombro es mucho.

—Uno de esos que te salvan la vida. Por cierto, he de decirte, no me contengo más, que tu cuerpo desnudo es muy muy tentador, incluso para un viejo y esforzado santo como yo.

Consciente de su desnudez, Umm Hakim siente una terrible vergüenza, pero contiene su impulso de girarse y arrebatar la sábana de la cama para cubrirse, pues intuye, mejor dicho sabe, que lo que el maldito obispo pretende es azorarla, atribularla, confundirle la mente. Así que se mantiene allí, quieta, erguida, desafiantemente desnuda ante el prelado que, libidinoso, se lame los pálidos labios dejando que un hilillo de saliva se le escurra por la arrugada barbilla.

—Si cuando yo digo que eres sabia... —le concede Sinderedo, pues se percata de que la mujer no se deja manipular.

—¿Qué trato me ofreces? —insiste ella dominando el cúmulo de emociones que se le agolpan en el pecho y le bullen en la mente: asco, miedo, vergüenza, esperanza, rabia, determinación... Todas girando en su interior mientras el impío obispo la recorre, una y otra vez, con sus ojillos de demonio lascivo.

—Dámaso es un cabrón. No me fío de él —confiesa—. Sé que sabes qué fue lo que robó del tesoro del califa y que si te enviaron es porque puedes distinguir y usar determinados objetos y poderes. ¿Me equivoco?

Ella asiente muy despacio. Negarlo sería absurdo y, además, desea que el viejo siga hablando por si le ofrece una salida de aquella ratonera.

Sinderedo no aguarda más: sin dejar de solazarse en la contemplación de la desnudez de Umm Hakim, da una palmada y la puerta se abre para dejar paso a dos sirvientes que portan una mesita y un cofre que disponen entre la mujer desnuda y el obispo. Aguarda a que se vayan y luego, acercándose a la mesita y abriendo el pequeño cofre, extrae de él dos cuencos de ágata de tonos y colores idénticos y de idéntica forma y tamaño.

El corazón de la mujer se acelera. Uno de ellos, sin duda, es el elixir alquímico.

—Acércate y examínalo —le pide Sinderedo, a la par que da un paso atrás y, como se percata de lo rápida y decidida que es, cree necesario añadir—: Y para que puedas concentrarte por completo en el examen y no te turben pensamientos violentos, te revelaré que esta estancia tiene dos puertas: una visible y otra disimulada. Ya sabes que yo entré por la segunda y, si tratas de atacarme o de dañar los cuencos, también entrarán por ella mis guardias y, entonces, te lo advierto, serás de nuevo conducida a la celda y a la tortura.

Pero ella no le responde siquiera. Fascinada, concentrada, mira, roza, acaricia los cuencos buscando en ellos las secretas señales. Toma la pequeña vela en sus manos, la acerca a ellos y, a su luz, los tonos y colores danzan. Tras un detenido examen, encuentra en uno de ellos un diminuto signo. El que buscaba.

Desentendiéndose entonces y por completo del otro cuenco, se concentra en el que porta el disimulado signo, lo toma entre sus manos, cierra los ojos y siente fluir su poder: fuerza de sanación que alivia el dolor, el fuego que el látigo acumuló en su espalda al desgarrar su piel.

—El grial —murmura extasiada.

—Sí, aunque sería más correcto especificar que es solo su pie o parte inferior. —Ante esas palabras, Umm Hakim alza los oscuros ojos con asombro—. Sí, al igual que tú, y esta es la última prueba que necesitaba para saberlo, conozco el secreto del elixir alquímico. De la piedra filosofal, si prefieres ese nombre para otorgárselo al grial.

—La otra parte, la superior, la que estaba hecha de ónice, se perdió hace muchos siglos —replica ella dejando fluir la voz en el río de perplejidad que la inunda.

—No tantos, mujer. Pues, aunque casi nadie lo sepa, ambas partes se reunieron en el tesoro de los godos. ¿Fue azar? Si así fue, ese, el azar, es más poderoso que Dios mismo, y si no fue así, Dios actuó para que pudiera ser reencontrado y usado por hombres sabios.

Hay ahora una codiciosa ambición en las palabras del obispo de Toletum, tan grande que parece rejuvenecerle la voz.

—¿Hombres como tú? —le replica ella con desdén.

—¡Sí, hombres como yo! Pero no como ese necio de Dámaso. ¡El muy perro cree que no sé que, si encuentra la parte superior, se la quedará para él!

—¿Y prescindir de la gloria de reunirlas de nuevo a las dos? —pregunta ella, provocando al prelado para que siga desvelando sus pensamientos.

—¡Ja! Ese cerdo sabe perfectamente que en cuanto pusiera un pie en Roma llevando consigo el otro cáliz, yo ordenaría su muerte para poder así poseer las dos partes sin compartirlas con nadie. Así que se conformará con quedarse la parte más importante y preciada: la superior, que le he revelado donde estaba. La misma hacia la que lo he encaminado.

—¿Y por qué hiciste semejante cosa? ¿Por qué le revelaste lo que sabes sobre el paradero de tan gran tesoro? —pregunta extrañada.

—Soy muy viejo. Mi cuerpo se muere. Mientras mantenga el contacto con este bendito cáliz, la enfermedad y la vejez verán ralentizado su cruel paso. Ya lo sabes. Pero si pudiera reunir los dos cuencos... ¡Ah, entonces vería regresar mi vigor y los años pasarían sin rozarme y se sumarían más allá de lo que es natural! Pero no puedo ir tras el otro grial... Moriría agotado o enfermo antes de hallarlo. Pues muchos son mis años. Así que le confié esa misión al cabrón de Dámaso, pues hasta ahora no conocía a nadie más que tuviera los conocimientos necesarios para afrontar con éxito semejante empresa.

—Sigo sin entender...

—De eso se trata, mujer. No podía ponérselo fácil a ese sabueso de Dámaso. Así que mis verdaderas intenciones son oscuras y enrevesadas. Verás, estaba dispuesto a arriesgarme a confiar en ese mentiroso asesino, pues no me quedaba más remedio, pero cuando te trajo aquí y se puso a parlotear como una gallina sin cabeza, sobre que eras una espía del califa y que sin duda conocíais los secretos del grial, se me ocurrió una nueva y genial treta: enviarlo a él por delante para que vaya descifrando enigmas y desafiando peligros y ponerte tras su pista para que, cuando sea hallado el otro cuenco, se lo arrebates y me lo traigas. ¿Qué te parece? Has demostrado saber de estas cosas y el trato que te ofrezco es el mejor que nunca te hayan propuesto: tu vida y la libertad a cambio de un simple cuenco de piedra —concluye con ironía.

—¿Y por qué vas a confiar en mí? ¿Qué me impediría hacer lo mismo que temes que haga Dámaso: quedarme con el otro cáliz cuando lo encuentre?

Sinderedo ensancha la desdentada sonrisa antes de responder.

—Dos cosas te lo impedirán. La primera es la menos importante y es que, pese a ser tan bella y tan mujer, eres como yo: hambrienta, insaciable de saberes. Mientras conserve este cáliz que aquí ves, el de ágata, tratarás de recuperarlo como sea para así poder unirlo con el otro, el de ónice, y comprobar entonces si lo que se cuenta sobre su sumado poder es cierto. ¿Me equivoco? —Y la pregunta va acompañada de una sonrisa de maliciosa suficiencia—. Pero la segunda razón, mujer, me parece más importante para ti. Te la revelaré ahora. Sé de buena tinta que, si no regresas a Damasco con el cuenco de ágata, no recuperarás a tu hijito. Así que volverás. ¡Vaya que si volverás! Pues contra toda esperanza, regresarás para tratar de arrebatarme el grial de ágata y así volver con él —afirma ahora para desconcierto y terror de Umm Hakim, que no puede comprender cómo el maldito viejo puede conocer esas cosas—. Es tan conmovedor comprobar lo fuerte que es el amor de una madre por su hijo —continúa el obispo complaciéndose en la tribulación que ve en el rostro de la mujer. —Con ese gozo maligno se dispone a golpearla con una nueva revelación—: ¡Haced pasar al negro! —grita, y a su orden se vuelve a abrir la puerta de pesado roble y por ella entran varios hombres empujando ante ellos a un encadenado Amra, que cae ruidosamente al suelo a los pies de Umm Hakim.

Y cuando el gigante negro alza el rostro, a ella se le congela el aliento, pues lo muestra terriblemente desfigurado: con uno de los ojos vaciado y convertido en una pulpa informe y sanguinolenta.

—Al final me derrumbé, señora..., al final hablé —se lamenta Amra—: te he fallado.

—Cuando Dámaso te capturó, el leal servidor etíope permaneció astutamente agazapado en la oscuridad esperando una ocasión para liberarte. Así que siguió a ese tonto de Dámaso hasta aquí y trató de entrar en mi humilde morada. Fue así como lo capturé —le explica con cruel satisfacción—. Ni que decir tiene que el imbécil nada sabe sobre este pobre desgraciado al que yo, me complazco en reconocerlo, he dedicado mucha atención. ¿Verdad, negro? ¿Sabes, mujer? Tuve que meterle en el ojo un hierro candente. Antes, por supuesto, probé con el látigo y el potro, pero el condenado es fuerte como una mula y leal como un perro. Pero ya veis, lo quebré.

Umm Hakim no le hace caso. Se agacha junto a Amra y con ternura le toma el torturado rostro entre las manos.

—No me has fallado Amra. Soy yo quien te fallé al meterte en este infierno.

—Veo que acerté cuando supuse que este servidor te es muy querido. No te preocupes. No sufrirá más daño. A menos, claro está, que no regreses con el otro grial.

Atrapada. Está atrapada. Metida de lleno en una trampa. Una de la que no va a poder salir a menos que deje atrás, abandonados a su suerte, a su niño y a Amra. Y eso nunca lo hará.

—No te preocupes por mí —murmura Amra, medio inconsciente por el dolor y la fiebre.

Ella le acaricia la enorme cabeza y lo deja reposar en la bendita inconsciencia en la que se sumerge.

—¿Y a dónde debo ir? —dice ahora Umm Hakim poniéndose en pie y encarándose con el horrible Sinderedo.

—A los Pirineos, muchacha. Allí te esperan la oscuridad, el peligro y el segundo grial.

XIX

Favila abre mucho los ojos. Pendiente abajo, entre los pinos, un enorme oso se alza sobre sus patas y zarandea un joven árbol con la intención de que se desprenda el panal que las abejas fueron a construir entre su tronco y la peña junto a la que crece.

El animal, emitiendo un lastimero quejido, como si fuera un niño colosal y contrariado, sacude el tronco con insistencia, pero nada logra. Así que, metiéndose entre el pino y la roca, apoya su peluda espalda en el tronco y sus fuertes patas traseras en la piedra, y empuja hasta que el encajado panal se desprende y cae al suelo, partiéndose y dispersando miel, cera y enfadadas abejas.

El oso, raudo, goloso, baja al suelo y, sin atender a los picotazos de los airados insectos, devora con apetito la miel.

—¿Lo has visto, Addi? ¡Es muy listo! —exclama Favila arrebatado por la emoción de lo que acaba de ver.

El moro sonríe ampliamente y le revuelve los cabellos en gesto de cariño.

—Ciertamente lo es. En mi tierra también hay osos. Pero son menos peludos y más grandes.* Pero este que ves ahora es el más grande de cuantos he visto en Hispania y, si se come toda esa miel, se hará como la montaña.

---

*El oso del Atlas, una subespecie que se extinguió en la segunda mitad del siglo XIX.

—¿Bajamos y le quitamos el panal? ¡La miel debe de estar riquísima!

—¡Ja! ¿Y que la bestia decida cambiar la miel por nuestra carne? —le replica Addi, burlón y poniendo cara de estar aterrorizado ante su propuesta.

—¡Tienes un venablo! ¡Estoy seguro de que podrías cazarlo!

Y así, entre bromas e infantiles entusiasmos, siguen deleitándose en la observación del gran oso que, ajeno a los humanos que lo contemplan, da buena cuenta del panal para luego, con un paso lento, desmañado y satisfecho, perderse en la espesura.

Están a dos jornadas de Libica, la fortaleza que domina la comarca de la Cirritania y con ella uno de los tres pasos montañosos de los Pirineos orientales. La tierra es allí bravía: hecha de grandes picos nevados, bosques infinitos, peñas, prados, roquedales y rumorosos y cristalinos riachuelos cuyas aguas van a parar al Sicoris,* cuyo valle está remontando para así poder acceder a Cirritania: la última comarca que las lanzas del califa han arrebatado a Ardón, postrero rey de los godos.

Mientras Addi y Favila recorren los valles por donde fluye el Sicoris, en la meseta de Cirritania, sobre la cima donde se alza la fortaleza que domina Libica, el emir Munuza lee la misiva que al-Sam, el valí de al-Ándalus le ha enviado. La carta habla de guerra: al-Sam ha reunido el más grande ejército musulmán que Hispania haya visto jamás, veinticinco mil guerreros, y se dispone a salir de Qurtuba a su cabeza para llevarlo a los Pirineos y, tras atravesarlos, a la conquista de Narbona, capital de Ardón.

Sí, ese es su propósito, y como Libica, su fortaleza, controla la Cirritania y los pasos de montaña que el ejército del valí deberá atravesar, al-Sam le ordena que reúna dinero, víveres

* Segre.

y caballos para reabastecer a la tropa y que se apreste también a reclutar hombres. Cuando el gran ejército pase por allí, Munuza deberá sumarse a sus filas junto con cuantos soldados pueda encontrar. Sonríe de satisfacción: las guerras siempre son buenas para él, pues traen oportunidades de ascender, de hacer botín, de poder cometer tropelías y maldades y, con estas últimas, enriquecerse todavía más.

Deja la carta sobre la mesa y, como es hombre voluntarioso y decidido, se dispone a comenzar a impartir las primeras órdenes con vistas a satisfacer al valí y reunir en Líbica cuantos dinero, víveres y caballos pueda. Va a ser una tarea gozosa, pues ya se sabe: si se reúne más de lo que se necesita, algo quedará para él, aunque sea mucho lo que se lleven los guerreros de al-Sam.

Con tan prometedora previsión bailándole en la mente, se encamina a la cámara en donde vive y trabaja el idiota de Opiano. El mutilado monje es un trastornado, desde luego, pero es hábil con la escritura y los números y Munuza lo emplea como escriba y contador.

Al abrir la puerta del cubículo, el viejo lo mira con su habitual cara de espanto y se pone a tartamudear. Al emir le gusta meterle miedo, así que endurece el gesto y, amenazador, apoya la mano derecha en la empuñadura de la espada.

—¿Tienes preparadas ya las listas de contribuyentes al fisco del califa que te pedí? —le pregunta, regocijándose por dentro al ver cómo el temblor de la mano buena del monje salpica de tinta el papiro sobre el que trabajaba.

Azorado, Opiano se apresura a limpiar el desaguisado con la manga de su raído hábito, pero solo logra aumentar el desastre.

—¿Sabes cuánto me cuesta una mano* de papiro? —le reprocha endureciendo aún más la voz.

* El papiro se vendía por manos: una cantidad similar a un puñado.

Temiendo el castigo, el cura empieza a gemir y, en su afán por encogerse ante el golpe que cree a punto de recibir, se va al suelo y con él el taburete que usa como asiento. Munuza no aguanta más y lanza una satisfecha carcajada que se corta en seco cuando sus ojos ven algo que atrae su atención: la losa sobre la que estaba dispuesto el taburete de Opiano tiene las llagas raspadas. Intrigado, sin hacer caso de los lloriqueos del monje, que, tirado en el suelo, cree que su señor se le aproxima para patearlo, se inclina sobre la losa y comprueba que sus ojos no lo han engañado: alguien ha raspado las llagas que la sujetan a las demás losas. Así, desenvaina la espada y Opiano grita de terror y se mea encima mientras balbucea oraciones y llora sin freno.

—¡Silencio, maldito idiota! —le grita Munuza a la par que le suelta un bofetón.

Luego, introduciendo la punta de la espada en la llaga, hace palanca y levanta la pesada losa. Entonces lo ve: un lienzo encerado. Lo toma y comprueba que en su interior se guardan varios papiros. Toma el primero de ellos y arruga la frente: está lleno de letras latinas, de palabras inconexas, de cifras y diagramas. ¿Qué es todo aquello? No lo sabe. Pero sí sabe quién va a decírselo.

—¿Qué es esto que me escondías, perro? —le pregunta, amenazador, a Opiano.

—Yo..., yo no... —Opiano recibe un fuerte golpe en la cara propinado por el plano de la espada de Munuza—. ¡Ay! —grita llevándose las manos, la buena y la mutilada, al rostro y encogiéndose aún más en el suelo.

—¿Quieres que te corte también los dedos de la otra mano?

La pregunta, formulada en un tono que hiela la sangre, le otorga al monje el don de hablar deprisa y sin tartamudear.

Marina está en el baño. La vieja bañera romana es uno de sus lujos y, sin duda, uno de los más placenteros. Sumergida en el agua caliente, tiene los ojos entrecerrados y la mente adormilada.

—¡Maldita zorra!

Eso es lo que oye y la sobresalta. Lo siguiente no lo escucha, lo siente: un fenomenal tirón de pelo que la saca del agua y la arroja al duro suelo.

—¿Creías poder engañarme, perra?

Marina levanta los ojos hacia su esposo que, encendido de ira, parece dispuesto a matarla a golpes.

—¿Qué te pasa? —pregunta intentando calmarlo.

—¿Que qué me pasa? ¡Mira! —Y diciéndole esto le enseña los papiros en los que Opiano trabajaba en secreto y que tratan de desvelar el enigma de en qué cueva ocultó el rey Gesaleico el grial.

Marina tiembla y maldice por dentro al necio del monje. ¿Cómo se ha dejado atrapar el imbécil? Ya le ajustará cuentas más tarde. Ahora debe calmar a su marido.

—Era mi regalo —murmura triste, con la cabeza baja.

—¿Regalo?

—Quería sorprenderte, amado.

Munuza se queda descolocado. ¿Lo está engañando?

—El idiota de Opiano me contó una vieja historia sobre un tesoro sin igual que un antiguo rey de mi pueblo había escondido en algún lugar no lejos de aquí, y aunque no doy mucho crédito a ese bobo, pensé que sería divertido y que te complacería que fuésemos en busca de esa supuesta maravilla. El monje loco recuerda cosas que le contó su padre, ya sabes, esos cuentos y enigmas que a veces se urden para distraer a los niños, y por si acaso eran algo más que eso, le pedí que tratara de buscarles sentido y aclarar de esa manera si hay algo de cierto. Por supuesto, probablemente sea solo una fantasía, pero por si acaso, yo pretendía mostrarte en triunfo la solución al enigma como un pequeño presente de mi amor.

Marina parece sincera. Hay lágrimas en sus mejillas y su rostro no parece guardar nada. Se la ve muy triste... Sí, y no sería la primera vez que le demuestra su amor. ¿Acaso no volvió a su lado aunque él la había repudiado y abandonado? Sí, y lo hizo aun cuando él había caído en desgracia y nada podía ya ofrecerle: ni riqueza, ni posición. Aun así, quiso volver a ser su esposa y luego, usando su influencia, logró que el valí lo perdonara por su derrota ante Pelayo y le confiara un nuevo gobierno.

—Lo siento —dice al cabo Munuza.

Y se siente doblemente tonto por decirlo, porque sabe que no debería confiar en esa loba por muy apenada que parezca, y porque pese a ello se siente un poco avergonzado de su reacción.

—¿Sabes, esposo mío? Si Opiano tiene razón, podríamos ser inmensamente ricos...

Ante esas palabras, Munuza empieza a dejar de pensar con claridad. Y mientras en su mente corren codiciosos pensamientos a toda velocidad, Marina, desnuda, empapada, se levanta y se le arrima, pegándose a él, buscando su cuerpo duro de guerrero.

—Tómame y te lo contaré todo —le dice incitante, mientras sus manos comienzan a quitarle la ropa.

Hacen el amor, de manera salvaje, sin concesiones a la ternura. Marina crispa las manos en la ancha espalda de Munuza y como él, resoplando y lamiendo como un cerdo, tiene la cabeza hundida entre sus senos, se permite una sonrisa de triunfo.

Dos días más tarde, Munuza sale de la fortaleza de Libica a la cabeza de cien guerreros que encamina hacia Urgelis.* En la torre, asomada a ella, está Marina viéndolo partir. Su espo-

* La Seo de Urgel.

so estará fuera tres o cuatro días, pues pretende extorsionar a Justo,* el obispo de la ciudad. Así que ella será dueña de Libica durante ese tiempo y se propone aprovecharlo.

Detrás de ella, como siempre, está el balbuciente y tembloroso Opiano.

—Entonces, ¿resolviste ya el enigma? —le pregunta sin volverse ni apartar los ojos de la figura de un Munuza que, a cada latido de su corazón, se vuelve más y más pequeño.

—Sí, mi señora. Ahora creo saber dónde está la cueva.

—¿Y a qué esperas para revelármelo?

—En Ornolac, a tres días de aquí. En las montañas. Allí hay tres grandes cuevas y en una de ellas, estoy seguro, el rey Gesaleico escondió su tesoro.

—Ornolac. Es un bonito nombre... —dice ella, casi soñadora y satisfecha.

—¿Estás contenta entonces, mi señora?

—Sí, Opiano, muy contenta. Lo has hecho muy bien. Solo te azotaré un poco. Ahora vete y vuelve con el látigo para que pueda castigarte.

Mientras el idiota se dirige a las escaleras, renqueando y lloriqueando, ella deja de ver a Munuza y lanza una carcajada cruel y triunfal, pues, pese a todo, sigue teniendo una buena posibilidad de consumar sus planes de venganza.

—Al primer paso en falso que des, Munuza, te mataré. ¡Sí, y luego, ya me las apañaré también para llevar la ruina a Pelayo y a su familia! —dice entre dientes, alzando el puño, mientras el viento le revuelve los cabellos.

A doce millas de donde Marina ríe, Addi detiene al caballo sobre una alta cima y le señala a Favila, de frente, la gran fortaleza de Libica.

---

*Obispo, mártir y santo que, efectivamente, tuvo que sufrir a Munuza.

—Allí vive tu tía, la esposa del emir Munuza —le dice sintiendo una extraña emoción, pues teme el momento que se acerca: el de separarse del niño.

—¿Le haremos una visita? —pregunta el niño.

—Sí, ya verás cómo te gusta ese lugar y tu tía se alegrará mucho de verte. Seguro que te da dulces y regalos hermosos.

—Me gustan los dulces. Me quedé con todas las ganas de comerme la miel que devoró el oso.

—¡Ja, seguro que tu tía te prepara la mejor leche con miel de estas montañas!

—No conozco a mi tía. Nunca la he visto. ¿Sabes si es buena, Addi?

—Seguro que es una mujer muy buena.

Y diciendo aquello, conduce al caballo hasta un lugar apropiado para acampar, pues la tarde avanza y quiere dilatar cuanto pueda el momento de la despedida.

XX

Pelayo alza a su hija para besarla en el rostro y los rubios cabellos mientras la niña ríe y se le abraza al cuello. Un instante después, se les suma Gaudiosa que, ante la inesperada irrupción de su esposo, deja de hilar lana. Suelta de cualquier manera el huso y la rueca para abrazarse también a Pelayo.

—¡Lo he conseguido, Gaudiosa, lo he conseguido! —grita, exultante, mientras, rodeando la cintura de su mujer con un brazo, la levanta del suelo y la hace girar.

Ermesinda y Gaudiosa, girando con Pelayo, ríen ante la desbordante alegría del rey, que ahora, con ellas, es solo esposo y padre.

—¡Cantabria es nuestra! ¡Ahora somos fuertes! ¡Ahora no podrán someternos con facilidad! —grita, loco de alegría, mugiendo como un toro y acrecentando con ello las risas de su hija y su mujer.

—¡Y será Alfonso quien venga a Canicas! —termina gritando y sin dejar de girar logra besar a Gaudiosa, que le corresponde entre risas y lágrimas.

Pues sabe cuánto ha arriesgado Pelayo para conseguir tal cosa. Ahora podrán seguir juntos y eso le llena el corazón de gozo. Juntos... Y esa palabra es un chispazo de dolor en el alma de Gaudiosa. Y durante un instante, el recuerdo de Favila, le quema las entrañas. Pero Pelayo la besa y Ermesinda no deja de reír. Y la vida, siempre la vida, la empuja hacia delante. Y una voz en lo profundo, esperanza la llaman los hombres, le vuelve a susurrar, como cada día, que su pequeño sigue vivo y que un día regresará también a casa.

Esa noche, frente a la lumbre del hogar, y con Gaudiosa y Ermesinda dormidas a sus pies sobre la mullida piel del gran oso, Pelayo repasa las últimas noticias que le han llegado: al-Sam, el valí de Hispania, ha reunido en Corduba un enorme ejército de más de veinticinco mil guerreros y, según se dice, su objetivo es Ardón, rey de los godos, que aún aguantan en Septimania, en el sureste de las Galias. Si esto se confirma, los días del rey de los godos están contados, pues no podrá resistir a semejante fuerza y nada indica que Eudón de Aquitania, después de todo, vaya a acudir en su ayuda. Así que los árabes lograrán, con casi toda certeza, una nueva victoria que ampliará aún más su ya desmesurado imperio. Esto, sin duda, inflamará su espíritu belicoso y los empujará a proseguir sometiendo ciudades y reinos.

¿Cuál será su siguiente objetivo? Tendrán que elegir entre dos opciones: Aquitania o Asturia. Pero elijan lo que elijan, antes o después, regresarán a Asturia y tratarán de cobrarse venganza por la derrota sufrida a los pies de la Cova Dominica. Así que Pelayo debe aprovechar el tiempo que tiene.

¿Cuánto? Esa será la clave, pero es difícil saberlo: al-Sam va a atacar al rey Ardón a fines de la primavera o comienzos del verano. ¿Logrará conquistar toda la Septimania en una sola campaña? Es probable que así sea, pero, aun en el peor de los casos, solo necesitará una segunda campaña para completar el sometimiento de la totalidad de la Galia visigoda. Eso le da a Pelayo dos años, o tres, si tiene la fortuna de que los árabes decidan continuar conquistando las Galias y se dirijan contra Aquitania en vez de volverse de inmediato contra Asturia.

—Dos o tres años. Ese es el tiempo que tengo para tornar inexpugnable mi reino —murmura ante las llamas y su mente se consagra a resolver cómo conseguirlo.

La noche avanza y Pelayo piensa, medita, sopesa fuerzas, imagina ejércitos, pasos de montaña, fortalezas, emboscadas, batallas..., pues es rey y sobre sus anchos hombros tiene la responsabilidad de defender a los suyos.

Una hora antes de que amanezca, tiene una respuesta: construirá la más grande fortaleza que Hispania haya visto jamás y la alzará allá arriba, donde vuelan las águilas, en la cumbre del faro, dominando la vieja calzada que, setecientos cincuenta años atrás, construyeran los antiguos romanos para conquistar las tierras de astures y cántabros: la vía Carisa.* Sin duda, es el lugar que domina todo su reino, pues bloquea el acceso de los musulmanes desde Asturica y Legio, y desde la cima de la gran peña se ven tanto el océano como las cumbres del *Mons Vindius*, de modo que, con señales de humo y fanales encendidos, se pueden coordinar la defensa y las comunicaciones de la mayor parte de Asturia.

Sí, allí levantará muros y torres, cavará fosos, dispondrá plataformas para que desde ellas puedan disparar con eficacia arqueros y honderos, acantonará guerreros y dispondrá almenaras desde donde hacer señales que pongan en pie a todo el reino cuando llegue el momento de librar la gran batalla.

Pues esa batalla, la más grande que sin duda librará, llegará, y él, Pelayo, cuenta ahora, gracias a la unión con Can-

---

*Fortificaciones de El Homón de Faro, en Asturias, compuestas por un potente muro de 400 metros de largo por 6,50 m de ancho y unos 3 m de alto, dotado de foso y con una gorre cuadrangular en el extremo que controla el paso de la Vía Carisa. Estas fortificaciones han sido datadas en una horquilla cronológica que iría, aproximadamente, del 650 al 750 y no somos pocos los historiadores que las vinculamos a la llamada roca de Pelayo y al contexto de la conquista musulmana y el surgimiento del reino de Asturias. Desde El Homón de Faro, situado a 1650 m de altitud, si el día está claro, se ve el Mar Cantábrico y los Picos de Europa.

tabria, con guerreros suficientes para librarla. Y la dará allí, en la cumbre del Faro y, si Dios quiere, allí, ante la gran roca, en los muros de piedra que él mandará alzar, se estrellarán los árabes y sus cadáveres serán pasto de buitres y presa de lobos.

Tercera parte

De batallas, búsquedas y esperanzas

«Allí se detuvo, mandando exploradores, llegaron hasta la peña de Pelayo, sobre el mar océano».

AL-HIMYARI (siglo XIV, citando textos más antiguos)

«Sin embargo, Pelayo y sus hombres se fueron haciendo, poco a poco, más fuertes informados de sus preparativos. Pero, al ver que eran pocos, no les prestaron la debida atención y los dejaron seguir fortaleciéndose, diciendo: ¿qué importancia pueden tener treinta bárbaros sobre una roca».

IBN HAYYAM (siglos X-XI, citado por al-Makari)

«Los hechiceros y provocadores de tempestades, que con algunos hechizos hacen que el granizo caiga sobre las viñas y las mieses, y aquellos que por invocación de los demonios perturban la mente de los hombres, o aquellos que ofrecen sacrificios nocturnos a los demonios y los invocan con invocaciones nefarias,* en cualquier lugar que sean hallados o descubiertos, por el juez o por el procurador del lugar, que sean flagelados públicamente con doscientos azotes, que se les rape la cabeza y que, tras ser paseados para que sufran las burlas del pueblo, sean recluidos».

Liber Iudiciorum, ley promulgada por el rey visigodo Chindasvinto en 652.

---

* Impias, prohibidas, malignas, contrarias a Dios y al orden natural de las cosas

I

Alfonso detiene su caballo. El viento, feroz, helador, parece querer resquebrajar las rocas y cuando, tirando de las riendas, hace girar a su montura, a lo lejos, como en otro mundo, ve el azul del mar de los cántabros.

—¡Este es el lugar, Alfonso! ¡Mira, allá están las cumbres nevadas del *Mons Vindius*!

El entusiasmo del rey Pelayo no le quita el frío al muchacho, pero ha de reconocer que, desde aquel lugar inhóspito, uno puede sentirse como si en vez de hombre fuera águila que bajo sus extendidas alas tuviera todo el reino de Asturia.

—Si levantamos un largo muro que trepe por la ladera aprovechando la disposición del terreno y lo prolongamos hasta este punto, para que cierre el camino y enlace con una fuerte torre desde la que vigilar y controlar la defensa y si lo reforzamos con un foso, este lugar sería inexpugnable. —Le explica Pelayo en un entusiasta tono que contrasta con la dureza de las rocas que pisan.

Y es que Alfonso se pregunta ya cómo van a hacer todo eso que dice Pelayo en aquel lugar desolado en donde piedra, viento y frío parecen darse la mano.

—¡No habrá forma de superar esta posición si la defendemos con trescientos hombres! ¡Mejor aún, desde aquí, rodeando la cumbre por su lado Noroeste, podríamos enviar una banda de guerreros audaces para flanquear al enemigo por las ocultas sendas que bordean los abismos y así caer sobre su retaguardia!

Y es verdad, la empinada, rocosa y gran cumbre redondeada, es una suerte de baluarte de gigantes que domina el paso de la antigua Vía Carisia y desde la que unos pocos hombres podrían desafiar al orbe entero.

Y a eso, el orbe entero, es a lo que van a tener que enfrentarse cuanto al-Sam complete sus planes de conquista en Septimania y Aquitania. Pues ya no hay duda: dos días atrás, a Canicas les llegó la noticia de que al fin, en los últimos días de mayo, de Corduba salió el más grande ejército musulmán jamás reunido en Hispania y que se dirige contra Ardón, rey de los godos de Septimania.

¿Qué quiere decir eso para ellos, los del reino de Pelayo? Pues que en la clepsidra* de su destino, el agua ha comenzado a caer, gota a gota, apresurándose para señalar el día de la destrucción. Así que tendrán que aprovechar cada minuto para prepararse y tratar de superar la tempestad de fuego y sangre que, antes o después, el valí de Hispania desencadenará sobre ellos.

—¡Dejemos aquí los caballos y subamos a la Cumbre del Faro! —le grita ahora Pelayo que, entusiasmado con su plan, parece inmune al cansancio y al gélido viento que, para colmo de infortunio, está empezando a arrojarles a la cara diminutas gotas de aguanieve.

Alfonso se ocupa de asegurar los caballos y luego corre tras su futuro suegro. Mientras escala tras él, en una grieta, sus ojos se detienen sobre una atrevida mata de genciana que ha ido a echar raíces en tan precario lugar y que, creyéndose que también a aquellas congeladas peñas llegan la primavera y el verano, ha florecido y ofrece sus pequeñas flores azules, que tan parecidas en color le parecen a los ojos de la pequeña Ermesinda cuando los vio por primera vez.

---

*Reloj de agua usado desde época antigua.

¿Qué sintió entonces, en el primer encuentro con su prometida? No lo sabe. La niña es guapa y tan parecida a su madre, la reina Gaudiosa, que uno puede anticipar, sin ningún género de duda que, cuando florezca, será una mujer de gran belleza. Sí, pero ahora es solo una niña y Alfonso se sintió un poco tonto tomando su mano y adoptando la pose de un novio respetuoso y galante.

Pero mejor no pensar en Ermesinda... Sí, mejor no hacerlo, y tampoco debe pensar tanto en su padre ni en su hermano, pues los echa terriblemente de menos y la nostalgia que le invade entonces es tan fuerte que le quema el alma.

Al principio, en sus primeros días en la corte de Pelayo, se sintió muy solo, pues, pese a la cálida acogida que le dispensaron los reyes, no dejaba de ser un forastero rodeado de gentes extrañas. Sí, y también, ¿para qué negarlo?, por muy bien que lo trataran y por muy comprometido que estuviera con Ermesinda, en el fondo era y seguiría siendo un rehén que garantizaba que su padre, duque de los cántabros, mantendría su compromiso y su lealtad.

—¡Dame la mano!

Alfonso la tiende y Pelayo se la sujeta con esa fuerza hercúlea suya y lo termina de alzar. Ya están en la cumbre de la gran peña redonda y desde ella el panorama que pueden ver es aún más grandioso si cabe.

—Es como si todo el reino se nos mostrara... —susurra, extasiado, Pelayo.

Es verdad: el reino entero parece desplegarse ante ellos mientras las nubes grises que, por una vez, llegan desde el sur y no desde el oeste o el norte, lo van velando progresivamente, como si la penumbra y la tempestad quisiesen privarlos de aquel momento de asombro.

—Deberíamos bajar antes de que comience la lluvia, mi señor rey. Es posible, incluso, que nieve.

Pelayo se gira hacia Alfonso y le sonríe. El muchacho es prudente, pero no pusilánime; valiente, pero no insensato; reflexivo, pero capaz de expresarse con acierto. Le gusta. Le ha tomado cada vez más cariño desde los días en que, cabalgando hasta las Fontes Iberis, combatieron juntos a los hombres del califa. Sin duda, concluye antes de responder al joven, será un buen esposo para su niña y un buen rey para Asturia.

—Llevas razón, Alfonso. Bajemos pues y busquemos refugio.

Dos horas más tarde, empapados hasta los huesos, están en el chozo de un pastor tratando de secarse y calentarse un poco, arrimados a la lumbre que arde en el centro de la pequeña y precaria construcción. Fuera, la lluvia arrecia y los caballos, atados bajo las ramas de un roble, patean nerviosos con la cabeza gacha mientras de sus bocas y hollares salen nubecillas de vapor.

El pastor que los ha acogido está fuera, afanándose en guardar bien su ganado y en ordeñar una vaca para ofrecerles algo que llevarse a la boca. El pobre hombre está nervioso, pues a ningún ingenuo* le agrada recoger en su choza a dos poderosos señores armados que lo intimidan con sus ricas vestiduras y armas. Pues esos, los señores, suelen ser para el pueblo llano gente exigente, orgullosa y, en muchos casos, peligrosa.

Cuando el pastor regresa con la leche recién ordeñada, ni siquiera se atreve a mirarlos a los ojos, sino que, rebuscando hasta hallar dos cuencos, los sirve manteniéndose prudentemente lejos del fuego.

Pelayo coge el cuenco de leche entre sus recias manos de guerrero y luego insiste en buscar con sus ojos los del pastor.

---

*Ingenuo era un término con el que se denominaba a un hombre libre, pero perteneciente al pueblo llano.

—No beberé hasta que tú lo hagas, buen hombre. Sírvete también y arrímate a la lumbre —le dice en tono firme pero amable.

El vaquero se queda desconcertado, tanto que no reacciona, pues no es ese el trato al que está acostumbrado. Durante los meses de verano deja el poblado y sube al monte, donde vive en soledad por tres largos meses, pero, cuando baja de nuevo a la aldea, el hombre rico que en ella manda le exige un ternero y un queso grande, y no lo hace con muy buenas formas que digamos. Por si eso no completara su ruina, al poco llega Witerico, señor de aquellos lares, y exige dos terneros más y tres quesos. Sí, eso exige, y lo hace gritando, maldiciendo y, si no está de buen humor, golpeando a todo el mundo desde lo alto del brioso caballo que monta y desde cuyo lomo, orgulloso, violento, recoge pagos e impuestos.

En teoría, Elipando, que así se llama el pastor, es hombre libre y no un siervo. En la práctica, la pobreza lo ha transformado en un ser temeroso y dócil que nada bueno espera del poderoso.

—Te serviré yo entonces —le dice ahora Pelayo al ver que el pobre hombre sigue paralizado.

Alfonso hace gesto de detener a su rey, pues sería escandaloso que un soberano actuara como servidor de un pastor, pero él lo detiene con una mirada y, dejando su cuenco en el suelo, se levanta y rebusca donde vio que lo hacía el pastor. Allí encuentra otra escudilla, la llena de leche y se la tiende al vaquero que, lentamente, asombrado hasta más allá de lo concebible, rodea la madera del recipiente con callosas y trémulas manos.

—Ahora bebamos juntos.

Y beben: un pastor, el hijo de un duque y un rey, mientras afuera llueve con fuerza y las llamas de la candela bailan regalándoles calor y cercanía.

—Soy el rey Pelayo y te doy las gracias, hombre, por tu hospitalidad.

Elipando casi se atraganta al oír esas palabras de su noble huésped. Cual si fuera un resorte y casi tirando su cuenco de leche, se pone en pie bruscamente e, inclinando la cabeza, se retuerce las manos en un gesto de profundo azoramiento.

¿El rey Pelayo? Por supuesto, ha oído hablar de él, ¿quién no en Asturia? Pero jamás hubiera imaginado que fuera un hombre como el que tiene delante: fuerte, espléndido bajo su armadura y su manto, pero a la par amable y sereno en vez de despótico y airado.

—Siéntate y dime tu nombre —le pide Pelayo.

—Me llamo Elipando, señor —dice balbuciendo y temiendo que el tratamiento de «señor» no sea el adecuado para un rey.

Sin tenerlas todas consigo, obedece, mientras sus ojos de pastor van del rostro del rey al de su noble compañero en un inocente intento de averiguar si se están burlando de él o si en verdad estos dos no son como los demás potentes* que ha conocido hasta ahora.

—¿El ganado que guardas es tuyo?

—Solo tres vacas, un toro y seis terneros. El resto pertenece a Honorio, el hombre rico de mi aldea, y al señor de estas tierras, Witerico. En total pastoreo veintidós reses.

—¿Cuánto te exigen ese tal Honorio y Witerico por traer aquí a pastar al ganado?

—Tres terneros y cuatro quesos grandes. Eso es lo que les entrego como pago cuando bajo del monte a la aldea.

—Solo dos terneros deberían pedirte.

Elipando baja la cabeza. Eso, lo que el rey dice, ya lo sabe, pero ¿cómo negarse a tales exigencias por muy injustas que

---

*Era el término usual para los terratenientes y los nobles.

sean? Honorio, y más aún Witerico, son gente airada y poderosa y él, un simple vaquero.

—No temas, seré yo quien se lo diga a Witerico. Lo conozco y sé de qué pie cojea, por así decir. Cuando al final del verano bajes a tu aldea, te juro que solo dos terneros te reclamarán Honorio y Witerico.

A Elipando le acuden lágrimas a los ojos porque lleva toda la vida sufriendo en silencio injusticia tras injusticia, ofensa tras ofensa, sin esperar nunca reparación alguna y, sobre todo, porque entregar solo dos terneros, en vez de tres y cuatro quesos grandes, marcará la diferencia entre que sus hijos coman todos los días o que solo puedan hacerlo uno de cada dos. Sin poder ya sujetarse, se arrodilla y besa el extremo del manto del rey. Pero Pelayo, alzándolo, lo abraza, y luego, mirándolo a los ojos, le sonríe.

—Y debo también pedirte perdón, Elipando —le dice para total desconcierto del vaquero, que se apresura a negar tal cosa—. ¡No! —lo detiene el rey—. Te debo una disculpa porque hasta hoy no he sido capaz de conseguir que la ley te amparase. Y ese es mi deber, gobernar con justicia. Porque tú eres pastor de reses, mientras que yo lo soy de hombres,* y del mismo modo en que tú velas por ellas, procurando que no les falte alimento ni las inquieten los lobos, yo debo velar por vosotros, mi pueblo, para que no os falte el sustento ni se os pueda dañar injustamente.

Pasan las horas en el chozo del pastor y llega el alba. Amanece un día gris, lluvioso, frío, pero hay que bajar y encaminarse a Canicas.

Con los caballos ya preparados, Pelayo y Alfonso montan y se disponen a despedirse del pastor. Pero el pastor, corrien-

---

*Esta imagen o idea, la del rey como pastor de su pueblo, es recurrente en las leyes, los concilios y los textos visigodos y del reino astur.

do hacia el rey, le besa las manos humedeciéndoselas con lágrimas de agradecimiento y emoción.

—Eres hombre libre, Elipando. Recuérdalo —le dice.

—¡Que Dios os bendiga, mi rey!

—Y a ti, buen Elipando. ¿Sabes? Puede que un día te pida algo.

—¡Lo que me pidáis os lo daré!

—¿Sabes usar bien la honda?

El hombre se queda un poco descolocado, pero de inmediato asiente con vehemencia.

—¡Sí, mi rey! Los lobos aprietan mucho en estos lares y no bastan los perros, sino que se les debe añadir cayado, honda y chuzo.

—Pues entonces, cuando llegue el momento, acude a mi llamada para poner a mi servicio tu honda, tu cayado y tu chuzo contra los lobos de dos patas que vendrán a combatirnos.

Después de estas palabras, Pelayo pone el caballo al trote y, tras él, Alfonso cabalga bajo la lluvia, mientras piensa qué fácil es ser rey y, sin embargo, qué pocos hombres saben reinar y hacerlo del todo y cabalmente.

II

En Canicas, Ermesinda está aprendiendo a hilar lana. Las mujeres pasan mucho tiempo haciendo eso, hilando. Y aunque ella es hija de reyes, su madre aprendió estas cosas de niña e insiste en que ella también lo haga. No le importa. Le gusta estar con su madre y con las otras niñas y mujeres que llenan la gran vivienda de piedra, madera y tejado de gavillas de centeno que se supone que es un palacio y que ella, simplemente y a sus siete años, llama «mi casa».

A veces, Ermesinda echa de menos a Favila. Cierto es que su hermano era un incordio y que se pasaba el día haciendo travesuras y enredando, y que bastaba que ella se opusiera a sus tropelías para que se echara a llorar y corriera en busca de su madre para acusarla a ella de portarse mal. Pese a todo eso, lo echa un poco de menos.

Pero a quien realmente añora es a Hartz. El bueno del hijo de Silo siempre tenía para ella una bonita palabra y le traía un regalo: un pajarillo o un gazapo desvalidos a los que cuidar, unas flores, una piedra brillante y de vivos colores que hubiera encontrado en la montaña... Una vez, maravilla de maravillas, le entregó un cachorro de hurón al que bautizó como Garritas. Ella lo ha cuidado con mimo y ahora corretea por todos lados y se le sube al regazo o a los hombros, pidiendo comida o caricias; esto último la pone muy triste porque le trae constantemente el recuerdo y la nostalgia por su amigo, por el alto y guapo Hartz.

No se lo ha dicho a su madre, desde luego, pero si hubiera podido elegir, habría señalado a Hartz como a su futuro esposo y no a Alfonso. No es que le desagrade, ni mucho menos. Es bueno con ella y siempre es gentil con todo el mundo. Sin embargo, ¡echa tanto de menos que Hartz la coja en brazos y la suba sobre sus hombros! Alfonso nunca hace esas cosas. Siempre es amable, es cierto, pero está serio, pensativo y, además, Ermesinda lo nota, se aburre en seguida cuando está con ella. Sin duda, Alfonso solo la ve como a una niña pequeña y ella ya no es pequeña... Hartz nunca le hacía sentir pequeña. La llamaba «reina de las flores» y le contaba viejas historias y cuentos divertidos que le hacían reír tanto que, a menudo, rodaba por el suelo sin aire que respirar y con la cara empapada de lágrimas de felicidad incontenible.

A Favila no le gustaba mucho Hartz. Siempre se quejaba de que no le dejaba hacer nada. Pero es que su hermano solo pensaba en hacer cosas que no debían hacerse... Además, Ermesinda siempre sospechó que lo que realmente le fastidiaba era que le prestara a ella más atención de la que le dedicaba a él. ¿Cómo se llama eso? Celos. Sí, así lo llaman los mayores: sin duda, Favila tenía celos de ella.

En cualquier caso, no volverá. Ella ya lo sabe. No se lo ha dicho a sus padres, por supuesto, pues, cuando oyen hablar de su hermano, se ponen muy tristes, pero, aquí y allá, entre los sirvientes que atienden la cocina, entre los mozos que cuidan de los caballos o entre los guardias de su padre, escucha conversaciones a media voz en las que se repite eso: que Favila nunca volverá y que es probable que esté muerto y que por tanto serán Alfonso y ella los que algún día reinen en Asturia.

Es extraño, medita Ermesinda, pero cuando escuchó por primera vez que era probable que su hermano estuviera muerto no lloró. Quizá sea porque para ella, de algún modo, murió hace mucho tiempo, en la montaña, cuando se lo llevó el horrible moro con la cabeza afeitada y los ojos de color azul fuego.

—¿En qué piensas, niña?

La pregunta de su madre la sobresalta un tanto. Pero Ermesinda tiene el don de saberse sujetar muy bien.

—Pensaba en Alfonso, madre, y en su promesa de darme un paseo a lomos de su caballo.

Gaudiosa se queda mirando a su hija. La niña es hermosa como una mañana soleada de abril en los prados de la montaña, pero aún le quedan cinco o seis años para florecer como mujer. Eso es mucho tiempo. Quizá nunca se case con Alfonso. No sería la primera vez que unos esponsales no se completan con una boda.

—¿Te gusta estar con Alfonso?

Ermesinda se piensa un poco la respuesta antes de decir nada. Desde fuera, en el pequeño prado sombreado por una haya, llegan las risas de los guerreros de su padre, que, reunidos en torno a un garañón aún bravo, animan a un joven recluta a domarlo.

—Sabe muchas cosas. Me gusta que me hable de tierras lejanas y de los viejos reyes.

—Pero es muy serio, ¿verdad?

—Nunca me hace reír como Hartz.

Y esa infantil confesión, tan inocente, tan clara, tan poco sujeta a conveniencia alguna es letra escrita con tinta roja para Gaudiosa.

—Hartz volverá y siempre cuidará de ti. Es un buen amigo, una suerte de tío para ti y para Favila. Ya verás como regresa y lo hará con tu hermano, alegre y sano, sobre la cruz de su caballo.

Al imaginar eso, Hartz regresando con un Favila alegre y sano, Ermesinda siente algo extraño, celos, y, sin poder evitarlo, desea con todas sus fuerzas que el gigante astur regrese y la alce sobre sus hombros y le haga de nuevo reír, y le entregue bonitos regalos.

Sí, ojalá regrese, pero que lo haga solo.

—¿Por qué lloras? —le pregunta Gaudiosa.

—Porque echo de menos a mi hermano —miente ella.

Su madre suelta el huso y la rueca, la abraza con fuerza y ella, como la niña de siete años que es, deja fluir su confusión, su dolor y, con ellos, sus celos.

III

Hartz detiene al caballo entre los robles y desde ellos observa como Addi y Favila se detienen ante la puerta de Libica y son interrogados por los soldados musulmanes que las custodian antes de franquearles el paso. Maldice por lo bajo al ver aquello, pues una vez más y cuando los tenía al alcance de la mano, se le escapan entre los dedos. ¿Qué hacer ahora? Libica es una ciudadela musulmana y parece estar bullendo de soldados que, de continuo, llegan a ella arreando ganado, tirando de largas recuas de mulas o reuniéndose bajo sus muros en improvisados campamentos. Pues la fortaleza y la pequeña villa que guarda no tienen sitio ya para tanta gente de guerra. Sin duda, medita, se están preparando para recibir a un gran ejército o para emprender por sí mismos una campaña.

¿Quién mandará en este lugar? No lo sabe, pero lo va a averiguar y luego, acaba de decidirlo, entrará en la ciudadela y volverá a intentar rescatar al pequeño Favila.

El moro y el niño cabalgan, calle arriba, hacia las puertas del castillo. La pequeña ciudad-fortaleza cuenta con una muralla recién reconstruida que protege las casas de los habitantes del lugar, pero, una vez dentro, si uno sube por la empinada calle que ahora transitan, llega hasta lo alto del pequeño cerro donde se levanta el *castellum* donde se aloja la guarnición y el emir que la manda: Munuza, esposo de Marina, tía de Favila.

—Solo nos quedaremos unos días, ¿verdad, Addi? —le pregunta mientras sus inquietos ojos castaños lo observan todo con la insaciable curiosidad que tanto lo enternece.

—A tu tía le encantará que estés con ella —le contesta evasivamente.

—Vale, pero en cuanto me coma los pasteles de miel que me dará y me cambie las botas rotas por unas nuevas, nos vamos.

Addi no contesta a eso. Siente un nudo en el estómago y un peso insoportable en el corazón y no son el reflejo del hambre ni del agotamiento.

Marina los ve llegar: un moro delgado, fibroso, de cabeza afeitada por completo excepto por un largo mechón pelirrojo y con un rostro que parece tallado en cobre e iluminado por el azul de estrellas imposibles, y un niño de seis o siete años, de largos cabellos castaños y ojos de miel. Los guardias de Munuza le han dicho que el guerrero bereber tiene algo importante que comunicarle sobre su familia en Asturia. ¿De qué se tratará? ¿Quizá le traiga un mensaje de su maldito hermano, de ese perro de Pelayo? Sea lo que sea, lo va a averiguar de inmediato.

El jinete amazig detiene su caballo a tres pasos de ella y saluda formalmente.

—¿Quién eres y quién es este niño? —le pregunta ella sin devolverle el saludo.

Addi, como siempre, tarda en responder. Esa mujer no le gusta. Ve en ella orgullo, dureza y algo más. Por un momento, su resolución de dejar a Favila con ella vacila. Luego se dice a sí mismo que, tenga la impresión que tenga, es su tía y que su obligación hacia el niño es dejar de exponerlo a los peligros de un viaje eterno y ponerlo en las manos de un familiar que lo proteja. Se repite que él es un guerrero, no puede cuidar de un niño tan pequeño.

—Soy Addi, un soldado del califa. Pertenezco al pueblo de los banu ifran y logré escapar con vida del desastre que el emir

Alqama sufrió en las montañas de Asturia. En cuanto a este niño, su nombre es Favila y creo que es tu sobrino, señora.

Marina se queda muy quieta, muy callada, muy pálida. ¿Así que, después de todo, existe la buena fortuna? ¡Dios bendito, el hijo de Pelayo aquí, ante ella, indefenso y en sus manos! Eso es lo que le pasa por la cabeza mientras trata de hablar. Pero tiene la boca seca y sigue sin dar crédito a lo que tiene ante sus ojos.

—¿Tienes pasteles de miel, tía? —le pregunta entonces el niño.

—Podrás comer cuantos quieras, sobrino —acierta al fin a contestar.

Y con una sonrisa iluminándole el rostro, una que Favila interpreta como alegría, abre sus brazos de forma teatral. Se acerca al caballo del moro, toma entre ellos al pequeño y lo besa en el pelo.

Addi contempla la escena y, aunque ve la sonrisa en el rostro de la mujer, también percibe o, mejor dicho, presiente que en los ojos le danza el brillo asesino de la pantera; como es un hijo de la montaña, el bosque y la estepa, siente en su interior el instinto que le grita «¡Peligro!». Él, Addi, el lobo, siempre obedece a su instinto.

—¡Dame de nuevo al niño! —reclama con fiereza a la par que se inclina sobre el cuello del caballo y alarga las manos.

Favila percibe la tensión y el miedo que, inesperada, alarmantemente, están ahora en la voz de su amigo y protector y se tensa en los brazos de su tía, intentando soltarse y regresar con Addi.

—¡Cogedlo! —grita Marina y los guardias caen sobre el moro y lo derriban del caballo.

IV

No muy lejos de allí, en Urgelis, Munuza, ebrio de crueldad y gozo, se dispone a quemar vivo a Justo, el obispo de la ciudad.*

Tiene dos razones para dar semejante orden. La primera no es muy sólida, lo reconoce: Justo se ha negado a entregarle los vasos litúrgicos de plata y oro de su iglesia, arguyendo que ya había pagado el impuesto fijado por el valí y que las leyes del califa Omar lo amparan. El razonamiento del obispo es, Munuza le concede, impecable. El problema es que él, emir de Cirretania, quiere esos vasos argénteos y áureos y no va a consentir que ese estúpido, por muy obispo que sea, se los niegue amparándose en las leyes de alguien que vive a más de tres meses de viaje de donde se encuentran. La segunda razón es más sólida: lo ha ordenado porque puede y porque le apetece dar un escarmiento público y, de paso, demostrar a todos que aquí ahora él, Munuza, es la ley y la fuerza. ¿Cuándo aprenderán estos politeístas que la única ley verdadera es la de la espada?

—Mi señor emir, quizá deberíamos dejarlo estar y conformarnos con el miedo que le hemos metido en el cuerpo al obispo.

Munuza se vuelve hacia quien así le habla, Ghadames, uno de sus emires subalternos al mando de una centena, que se ve

* La quema de Justo, obispo de Urgel, por orden de Munuza es un hecho histórico.

visiblemente contrariado por ejecutar sus órdenes de apresar, golpear y atar al obispo a un poste para luego reunir haces de leña en torno a él con la intención de prenderles fuego.

—¿Tienes miedo, Ghadames? —le pregunta con desprecio evidente en cada sílaba.

Este mira primero al obispo: lejos de pedir clemencia, invoca a Dios y bendice a su pueblo, que, reunido alrededor, mira con violencia y odio a los soldados del valí que les impiden liberar a su pastor.

—No tengo miedo. Miedo tuve hace ocho años, cuando allá lejos, en el sur, combatimos contra la hueste del rey Rodrigo; y también lo tuve en Astigi, cuando nos enfrentamos de nuevo a los godos; o cuando el valí Abd al-Aziz nos condujo aquí, al nordeste, para combatir y derrotar a Ardón, rey de los godos. Pero hoy no tengo enfrente guerreros, sino campesinos y artesanos desarmados. Así que no, emir, no tengo miedo, sino vergüenza. Pues esto que mandas hacer contraviene la ley y la religión.

—¿Te atreves a reconvenirme?

Ghadames no aparta la mirada de los ojos de fuego negro de Munuza. Es un hombre que ha visto ya mucha guerra y este nuevo emir que han puesto al mando de la provincia pasará como han pasado otros antes que él.

—Me atrevo a decirte lo que es justo y lo que no lo es. Mando a cien hombres. Ese mando me lo dio el valí al-Hur y me lo confirmó al-Sam, el nuevo gobernador. Si quieres quitármelo, puedes hacerlo, pero yo también podré entonces ir a Qurtuba a pedir justicia.

Munuza aprieta con tanta fuerza las riendas que los nudillos se le ponen blancos. Pero calma, calma, se dice, se recomienda a sí mismo.

—Puede que tengas razón, Ghadames. Eres un hombre sabio —concede—. ¿Sabes? No me fío de los hombres de los campos próximos. Ve con tus hombres a guardar las puertas de la ciudad y permanece allí. Yo, por mi parte, me quedo aquí con el resto de la tropa. Asustaré un poco más al condenado obispo y luego lo soltaré y regresaremos a Libica.

Ghadames asiente. No las tiene todas consigo, pero Munuza le sonríe y una orden es una orden. Así que levanta el brazo derecho e indica a sus jinetes que lo sigan; trotan por las calles de Urgelis en dirección a sus puertas para guarnecerlas.

Munuza escupe al suelo. Ama a su pueblo y odia a los árabes, pero ha de concederles a estos últimos que muchos moros son cortos de entendederas. ¡Qué fácil es engañarlos!

Sin bajar del caballo, lo arrima hasta los haces de leña que rodean a Justo, quien sereno, valiente, le devuelve la mirada.

—¡Dios está conmigo, Munuza, des o no la orden de quemarme vivo, Dios está conmigo! —lo desafía, y de entre su pueblo se levantan gritos que piden su liberación y otros que lo aclaman como a un héroe, mientras que un rumor sostenido y constante, el de aquellos que no gritan, sino que oran, parece envolver la plaza.

—¿Has recapacitado, orgulloso obispo? —le pregunta—. Voy a darte una oportunidad: ordenaré a mis hombres que te liberen y hasta te dejaré en posesión de los vasos y demás riquezas de tu iglesia, pero tendrás que postrarte ante mi caballo en señal de sumisión y obediencia a la ley del santo califa Omar.

—¡Es esa ley la que tú infliges!

Munuza menea la cabeza con fingido pesar: se ve que este obispo es valiente y recto. Sí, y que se cree, en verdad, un santo. De hecho, se lo cree tanto que todos los días come con los pobres de su ciudad y no posee más que la ropa que lleva encima. Este tipo de gente, medita, es peligrosa. Pues atraen hacia ellos fidelidades y reverencia, que solo a él, el emir Munuza, deberían reservarse. Más aún: este tipo de hombres es una espada afilada contra el imperio, pues dan ejemplo de valor y ese es el peor que debe darse a un pueblo de sometidos.

—No me dejas opción alguna, obispo —concluye, y con un gesto rápido, como de víbora, le quita la antorcha al soldado que aguardaba su orden y la cumple él mismo arrojándola a los pies de Justo, obispo de Urgelis; a continuación, prende la leña empapada con aceite, que comienza a humear primero y luego a llamear.

Un rugido se alza entre las gentes de Urgelis, que echándose sobre los soldados de Munuza pugnan con ellos por liberar a su obispo. Este, inmune al miedo y a la muerte que se le aproxima, reza en voz alta, pidiendo a Dios que proteja a su pueblo y que le abra las puertas del cielo.

—¡Matadlos a todos! —ruge el emir.

Y a su grito, a su despiadada orden, las lanzas y las espadas comienzan a matar sin freno. Justo perece en el fuego mientras sus fieles lo hacen bajo el hierro.

Pero como Munuza cuenta con pocos hombres y el tiempo apremia, hace girar la lanza sobre su cabeza, pone a su caballo al galope, embiste a un grupo de mujeres, ordena a voz en cuello a sus hombres que lo sigan y cruza las calles de Urgelis como un viento amargo; deja así tras él a un hombre bueno que arde y una docena larga de cadáveres de aquellos que no temieron tratar de ayudarlo.

—¡Vamos, volvemos a Libica! —grita al pasar a galope tendido junto a Ghadames, que, siguiendo sus órdenes, está custodiando las puertas de Urgelis junto a su centenar de jinetes.

—¡Maldito seas, hijo del diablo! —masculla este al verlo pasar y subiendo al cielo el humo de la pira donde arde el obispo.

V

Addi está encadenado en el suelo de una celda húmeda y oscura. Le han abierto una buena brecha en la cabeza y tiene golpes y contusiones por todo el cuerpo. Pero, por mucho que peleó, no pudo impedir que lo desmontaran del caballo, ni que esa loba de Marina retuviera al pequeño.

Favila... Eso sí que le duele. ¿Cómo ha podido fallarle así? Ahora, en la oscuridad de la prisión, no puede dejar de ver y oír los gritos y el llanto de... ¿De su niño? Así lo sintió, muy suyo, mientras luchaba con todas sus fuerzas por liberarlo.

¿Y ahora? No lo sabe. Pero sí que esa mujer malvada no tiene buenas intenciones y que, por algún motivo que él desconoce, odia al padre del pequeño y no dudará en hacerle daño a Favila si con ello hiere profundamente a Pelayo.

Con dificultad, se pone en pie y tantea la resistencia de los eslabones de sus cadenas forzando sus largos músculos de felino al máximo. Tensa, resopla, aprieta los dientes y lleva al límite sus fuerzas en un feroz intento de liberarse. Las venas de su cuello se hinchan hasta parecer a punto de estallar y los tendones de los brazos y las piernas asemejan cuerdas tensadas y a punto de partirse de manera que cree que el hierro cede. Pero no es así, y agotado, privado de aliento, el moro cae al suelo con la vista nublada y el corazón a punto de estallarle en el pecho. Poco a poco, frustrado, recupera el aliento y entonces, ciego de rabia, emite un largo aullido de furia.

Hartz ha entrado en Libica. Esta vez ha preferido no dar ningún motivo a los guardias para llamar su atención y ha dejado escondido y atado su caballo en el bosque; como única arma, lleva el largo cuchillo escondido bajo el raído manto.

Por si todo esto no bastara, aprovechó el momento en que el sol se ponía y los campesinos y pastores cruzaban en tropel las puertas antes de que estas se cerraran. De esa forma, disimulándose entre la multitud que se apretujaba para pasar al interior del castro y llegar así a sus casas logró su propósito.

Está muy bien, pero ¿ahora qué? Libica no es una ciudad grande, ni mucho menos. Es, incluso, más pequeña que Pompaelo, y señal manifiesta de esa insignificancia es que no cuenta ni con una sola miserable taberna y, por supuesto, tampoco con una posada. Así que ahora, con los habitantes encerrándose en sus casas y los soldados regresando a sus cuarteles en la ciudadela o yendo a presentarse en sus puestos de guardia, Hartz corre el riesgo de atraer sobre sí toda la atención que ha logrado evitar al entrar en la villa.

Mira con disimulo, apresura el paso, gira en una esquina y, pegándose a la pared de una casa, se desliza por ella hasta llegar al ventanuco que se abre en uno de sus costados y que, aunque con los postigos cerrados, le permite oír fragmentos de la conversación entablada entre los que allí residen. Y entre esos retazos de charla familiar capta un nombre que conoce bien y que lo asombra: Munuza. El emir que gobierna esta ciudadela olvidada de la mano de Dios es él, el antiguo emir de Asturia casado con la hermana de Pelayo.

Todavía superado por lo que acaba de oír, sigue avanzando pegado a la pared hasta llegar a la cuadra que la casa tiene tras la tapia del patio. Allí, escuchando el lento pacer de un mulo y el mugido de un par de vacas, medita sobre cuál será su siguiente paso.

En ese momento, en la fortaleza que se alza sobre su cabeza, Favila recibe un nuevo bofetón de su tía. El niño cae al suelo entre llantos y gritos y, temeroso de la furia que ve en el rostro desencajado de Marina, se agazapa, como un animalillo herido, en una esquina de la estancia.

—¡Si vuelves a preguntarme por ese sucio moro tuyo pido el látigo y te despellejo la espalda! —grita como una posesa.

Un poco por detrás de ella, tan asustado como Favila, el viejo eremita Opiano lloriquea y se mece abrazándose mientras rememora las torturas que sufrió y balbucea palabras inconexas, pues en su mente rota cualquier estallido de violencia aviva el terror que ya para siempre forma parte de su ser.

—¡Y cállate tú también, ermitaño del demonio!

Silencio, o casi. Pues Favila, tratando de reprimir su desconsolado llanto, se tapa la boca con las manitas y Opiano, gimoteando, trata de no temblar en exceso y de confundirse con la pared contra la que se apoya.

Marina, por su parte, también intenta calmarse, pues necesita pensar para decidir cómo puede usar de forma más maligna a su sobrino y también para diseñar una estrategia adecuada que poner en marcha frente a su esposo cuando regrese. ¿Debe contarle lo de Favila? Si lo hace, sin duda, querrá quitárselo y usarlo en su propio provecho y no, no puede permitir eso, pues el niño solo ha de utilizarse para dar satisfacción a su deseo de venganza.

Y el tesoro... Eso también requiere de un cuidadoso examen y de una ponderada decisión. El idiota lloriqueante de Opiano ha conseguido, tras incontables horas de trabajo, extraer el enigma, ponerlo en claro sobre papiro y descifrar lo esencial: la cueva donde se oculta está situada en el valle del río Ariscia,* en las montañas, al noroeste de Libica, a tres días

*El actual Ariège, a su paso por el Sabartés, no lejos de Tarascon-sur-Ariège y Ornolac, en el sureste de Francia.

de distancia, quizá algo menos, pues es difícil calcular el tiempo que puede llevar un viaje a través de tierras tan agrestes y salvajes como las de los Pirineos. En cualquier caso, está al alcance de su mano.

Sí, al alcance de la mano... Pero ¿cómo conseguirá hacerse con el tesoro y luego deshacerse de Munuza? Bueno, piensa, paso a paso. Por lo pronto, aunque ya tienen un lugar donde comenzar a buscar, aún queda un enigma por descifrar. ¿Cómo dice ese jodido acertijo recordado por la mente enferma de Opiano?: «Siete letras son agua que fluye y que llevan al lugar donde Hércules se lamentó. Allí, dentro del ojo del cíclope, quedó olvidada la tumba de la dama. Acaricia su rostro y las profundas lágrimas te revelarán la entrada al infierno. Si no te retiene, regresarás de él portando el grial».

Según Opiano, el primer verso del enigma: «Siete letras son agua que fluye y que llevan al lugar donde Hércules se lamentó» se corresponde con el río Ariscia, cuyo nombre, en efecto, tiene siete letras y pasa cerca de una descomunal gruta en la que los antiguos creían que Hércules había enterrado a su amada, la princesa Pyrene, cuyo nombre sirvió desde entonces para llamar a las montañas en las que pereció. A esa caverna haría también referencia el segundo verso: «Allí, dentro del ojo del cíclope, quedó olvidada la tumba de la dama».* A partir de esto último, todo sigue siendo oscuro y solo podrá desvelarse entrando en la gran cueva que, además, habrá que localizar en una comarca que, según les han

---

*Según la mitología, Hércules se enamoró de Pyrene, hija del rey Bebrix, pero no pudo impedir que fuera atacada por monstruos, ni pudo rescatarla a tiempo de salvarle la vida. Roto de dolor, la sepultó y amontonó sobre su tumba enormes rocas que formaron los Pirineos. La cueva de Lombrives, en el Sabartés, en el valle del Ariège, ha sido señalada desde antiguo como el lugar donde Hércules dio descanso al cadáver de su amada Pyrene.

contado algunos viajeros y lugareños, está repleta de grandes cavernas; para colmo de males, se encuentra ubicada en un territorio disputado donde confluyen los dominios de Ardón, rey de los godos de Septimania, de Eudón, duque de Aquitania, y del califato.

Sí, y por eso necesita todavía al cabrón de su esposo, a Munuza. Pues adentrarse en el fronterizo valle del Ariscia será peligroso y requerirá el concurso de un fuerte contingente de soldados que los proteja de posibles encuentros con bandas de guerreros godos o aquitanos.

Poco a poco... Ahora debe decidir qué hacer con el niño. Munuza no tardará en regresar.

—¿Te gustan las ratas, sobrino? —pregunta con una maléfica sonrisa al pequeño.

Favila, sorprendido, deja de reprimir el llanto, alza los llorosos ojos y tiene la certeza, aún sin meditar un segundo en ello, de que, por muchos años que viva, no verá en un rostro tanta maldad como la que ahora ve en el de su tía.

VI

A tres millas de Narbona, Dámaso no las tiene todas consigo. En el puerto de la antigua Narbo Martius* ha tenido que alistar a un guía local y media docena de desocupados bucelarios visigodos para que reforzaran su pequeña banda, pues la capital de los godos en las Galias bullía con noticias ominosas: los musulmanes marchaban contra ella desde Hispania y se proponían conquistarla. Así que Ardón, intitulado a sí mismo *rex gothorum*, estaba alistando cuanta gente podía, a la par que en sus dominios cundía el pánico y los caminos se llenaban de refugiados y, claro está, como buitres atraídos por carroña, de bandidos.

Sí, y además estaban los aquitanos de Eudón que, por lo que contaban, mantenía una equívoca posición: por un lado, daba a entender al acosado Ardón que iría en su socorro y, por otro, le aseguraba al valí de los musulmanes de Hispania que no movería un dedo para ayudar a los godos; todo ello mientras destacaba grupos de sus guerreros a las fronteras con Septimania con orden de guardarlas y estar atentos para aprovechar la debilidad de los visigodos y arrebatarles cuantas plazas fuertes pudieran.

Así que Septimania es el caos y en él tiene que emprender Dámaso su peligrosa búsqueda. Para semejante empresa,

---

*Nombre romano de Narbona. Sin embargo, en esta época, la ciudad era llamada ya, de forma habitual, por su actual nombre.

cuenta con un condenado enigma que el rijoso perro de Sinderedo le hizo aprender de memoria y que, según le dijo, halló en un viejo manuscrito relacionado con el bastardo rey Gesaleico y su oculto tesoro: «Siete letras son agua que fluye y que llevan al lugar donde Hércules se lamentó. Allí, dentro del ojo del cíclope, quedó olvidada la tumba de la dama. Acaricia su rostro y las profundas lágrimas te revelarán la entrada al infierno. Si no te retiene, regresarás de él portando el grial». Eso dice el acertijo, y lo único que Sinderedo tiene claro es que «Siete letras son agua que fluye y que llevan al lugar donde Hércules se lamentó» hace referencia al río Ariscia, pues su nombre significa «agua que fluye» y tiene siete letras; y en las montañas que cierran su valle, se halla una gran caverna que los mitógrafos romanos señalaron como el lugar donde Hércules sepultó a su amada, amontonando sobre ella grandes rocas, vertiendo lágrimas sin medida y, de paso, alzando los Pirineos.

Así que ahora, a la cabeza de doce truhanes, y entre grupos de espantados refugiados, cabalga sobre la desgastada vía Domitia en dirección a la gran ciudad fortaleza de Carcasona, en la frontera con Aquitania. Desde allí seguirán por caminos de montaña hasta llegar al valle del Ariscia. En total necesitarán, como mínimo, tres o cuatro días, y luego les quedará hallar la condenada cueva y enfrentarse dentro de ella al resto del oscuro enigma.

—¡Apartaos del camino, condenados! —aúlla a un grupo de fugitivos que, como tantos otros, abandonan Narbona para buscar asilo tras las imponentes murallas de la fortísima Carcasona.

Pero por mucho que Dámaso grite, poco puede hacerse: la calzada está de continuo obstruida por carros, mulas, bueyes, niños que lloran desconsolados, mujeres cargadas con bártulos que se lamentan por haber tenido que dejar sus casas atrás, hombres que maldicen al rey Ardón por no partir de inmediato a los Pirineos y enfrentarse allí al ejército del califa en vez de aguardarlo tras las murallas de Narbona... En suma, un mundo que se derrumba, y cuando un mundo hace eso, todo se complica.

—¡Desenvainad espadas y abrid paso! —ordena a sus hombres fuera de sí. Ajeno al dolor de la gente que huye y solo atento a su codicia, que no le da descanso.

Y espoleando a los caballos, golpeando, pisoteando, arrollando, hiriendo a cuantos se les oponen, se abren paso entre la confusión de refugiados.

En ese momento, en el puerto de Narbona, una mujer echa pie a tierra. Lleva un amplio manto avárico* y su rostro, oculto por la capucha, está cargado de determinación.

—¡Apresuraos a comprar caballos! —ordena a sus hombres.

Mientras corren a cumplir tan imperiosa orden, Umm Hakim se interna entre el gentío que, presa del miedo, reclama pasaje a voces al capitán de la pequeña nave que la ha traído desde Roma. Pues en Narbona, sobre la que marchan los guerreros del califa capitaneados por el valí al-Sam, nadie quiere permanecer si tiene la ocasión de marcharse.

Y muchos la tienen: nobles, terratenientes, comerciantes ricos, banqueros..., todo el que tiene oro quiere comprar un pasaje que lo lleve a Italia, a Constantinopla, a Masilia,** en el

---

*Manto de fieltro dotado de capucha y mangas amplias que se abrochaba al pecho y a la cintura con correas de cuero y envolvía por completo a quien lo llevara. Era abrigado, impermeable y permitía usar sin estorbo las armas. Su nombre, avárico, se debía a que lo habían popularizado los ávaros, un pueblo mongol que llegó a lo que hoy es Hungría hacia el año 562.

**Marsella, a la sazón el principal puerto mediterráneo de la Francia merovingia.

país de los francos: a donde sea con tal de escapar de los musulmanes.

Todo es confusión y terror. Preguntar, indagar, averiguar algo en semejante situación es harto difícil, pero Umm Hakim nunca se ha parado mucho a valorar dificultades, sino que dedica su tiempo a superarlas. Así que, tras muchos intentos vanos, da con un cambista judío que le da noticia sobre Dámaso.

—Era hispano, seguro —afirma el judío con convicción—. Y tenía prisa, mucha prisa. Compró caballos sin regatear y pagó también una pequeña fortuna por los servicios de media docena de hombres armados, y con todo ello salió a toda prisa, como alma que lleva el diablo, en dirección a Carcasona.

«Como alma que lleva el diablo», repite Umm Hakim en su interior. Y las cicatrices de la espalda, las que le dejó el látigo de Dámaso, le arden con fuerza.

—Sí, el diablo te llevará con él y te meterá de cabeza en el fuego eterno.

—¿Qué dices, señora? —pregunta extrañado el cambista.

—Que Dios te guarde y, mientras lo hace, toma estas tres monedas de oro que te prometí a cambio de la información —le contesta ella, un tanto azorada, pues no se había dado cuenta de que sus labios murmuraban las palabras, que, rencorosas, brincaban en su mente.

Una hora más tarde, abriéndose paso con dificultad entre el río de refugiados que abarrota la vía Domitia, Umm Hakim sale tras el rastro de Dámaso.

Atrás, en Narbona, el cambista judío se pellizca la barba y manosea las tres monedas de oro que le ha dado la extraña mujer. Luego las junta con las que recibió del hispano y saca cuentas: algo se oculta en todo aquello. Algo que vale mucho oro. Cuando se tiene prisa por darlo es que se espera hallar mucho más de lo que se entrega con precipitación.

Eso piensa y, tomando una repentina decisión, recoge apresuradamente su mesa de cambista y se encamina al palacio que ocupa Ardón, rey de los godos.

VII

Pelayo los ha reunido en asamblea. Esta vez son demasiado numerosos como para que ninguna casa de Canicas pueda acogerlos. Así que los ha convocado en el prado sombreado por el roble que crece no lejos de la puerta de su residencia y bajo cuyas ramas ha sido colocado su rústico solio.

Allí están todos: nobles y terratenientes de las tierras de Asturia y Cantabria, antiguos condes y gardingos procedentes del sur y ahora refugiados en el rebelde norte, guerreros de fama que encabezan pequeñas bandas de gente armada de diverso origen; jefes de clanes vascones establecidos en los difusos límites del reino con Vizcaya, Álava y Ayala... Incluso ha acudido el viejo duque Pedro acompañado por su hijo menor, el belicoso Fruela.

Junto a Pelayo está Asterio. El cura se ha ido convirtiendo en uno de sus consejeros más cercanos. El joven sacerdote tiene los dones de pensar con fluidez y de decir lo que tiene en mente, dos cualidades muy necesarias para aconsejar a un hombre que quiera ser buen rey, y Pelayo, sin duda, quiere serlo; por eso desea que los hombres que lo rodean le hablen con amarga verdad y no con la miel de los halagos y el temor constante a contrariarlo.

Antes de comenzar, repasa una vez más y con la mirada a los asistentes. Les va a pedir mucho, y cuando un rey dice a los poderosos de su reino que les vaciará las bolsas, debe darles buenas razones. Ha reflexionado mucho en esos últimos días y ha compartido el fruto de sus cavilaciones con Gaudiosa y con Alfonso. Ahora, bajo las ramas del roble, en un día de primeros de junio, con un cielo tan azul que encandila a los ojos que lo miran, toma aire y se lanza a la dura tarea de convencer a los nobles de que, pese a la aparente seguridad en la que parecen encontrarse, se hallan, realmente, al borde del abismo.

—Todos habéis oído ya las noticias: el valí al-Sam marcha contra Ardón a la cabeza de veinticinco mil guerreros. —La voz de Pelayo es fuerte. Semejante al bronco llamado de un cuerno de batalla y siempre ha tenido la facultad de poner en alerta a quien la escucha—. La mayoría pensaréis que es una buena noticia para nosotros... —dice, dejando que las últimas palabras se queden en el aire, sobre las cabezas de cuantos lo miran atentamente, muchos de los cuales asienten—. ¡Os equivocáis! Es solo el aplazamiento de nuestra propia ruina. —Silencio. Uno de esos que se imponen cuando los que lo guardan están ocupados en imaginar cómo será su destrucción y cuánto tiempo tienen antes de que acontezca—. ¡Los árabes aplastarán a Ardón y conquistarán la Septimania! —les anuncia como un profeta implacable—. Luego, si tenemos mucha suerte, dirigirán sus lanzas contra Eudón de Aquitania.

—¡No podrán con Eudón! —Pelayo mira contrariado al duque Pedro de Cantabria, pues ha sido el viejo *princeps militae* de los reyes Egica y Witiza quien ha gritado interrumpiéndolo—. ¡Eudón los detendrá y nosotros, rey, deberíamos ayudarlo a hacerlo!

Pelayo menea la cabeza. Entiende que Pedro tenga hacia Eudón la predilección que reclaman los lazos de sangre que los unen, pero el duque de Aquitania y de la Vasconia que se extiende al norte de los Pirineos no es un aliado de Asturia y, de serlo, no sería uno fiable.

—Piénsalo, rey: si Eudón resiste, ganaremos más tiempo —insiste Pedro.

Eso tiene sentido, Pelayo debe reconocerlo, pero no le gusta. Desconfía de Eudón y, ¿para qué negarlo?, también un poco de Pedro. Puede que el viejo duque lo reconozca ahora como a su rey y que los hijos de ambos, Ermesinda y Alfonso, estén prometidos, pero el viejo es terco, ambicioso y no oculta su interés por ligar el destino de Asturia al de Aquitania.

—El duque puede tener razón, mi señor rey. Si enviamos auxilio a Aquitania, podrá resistir mejor los ataques del enemigo y será en ella y no en Asturia donde combatan los ejércitos del califa.

Quien así ha hablado es Asterio y hacia él se vuelve Pelayo. ¿Por qué el cura tiene siempre que decirle la verdad? Porque así se lo pide él. Así que será mejor que le haga caso.

—Lo que dices, mi señor duque, es cierto —se obliga a decir en tono conciliador—. Enviaré una embajada a Eudón y, si acepta nuestra alianza, un pequeño contingente para reforzarlo.

—¿Y por qué no acudir con toda nuestra fuerza?

Eso ya no le parece a Pelayo tan buena idea.

—Porque la necesitaremos aquí —dice con firmeza—. Os he dicho a todos que los árabes marchan contra la Galia y que, sin duda, someterán Septimania, y que luego, si tenemos suerte, tratarán también de conquistar Aquitania. Eso nos dará un año, puede que dos o, si la fortuna nos ama, tres. Pero no más. Así que he convocado esta asamblea para decidir cómo aprovechar lo único que tenemos: tiempo.

—¡Marchemos en socorro de mi pariente Eudón! —insiste, terco, Pedro, interrumpiendo a Pelayo sin guardar las convenientes formas, en un calculado gesto político que muestra a todos los asistentes que, pese a haber reconocido a regañadientes la suprema autoridad regia, se siente aún lo bastante poderoso e independiente como para tratar de condicionarla.

—Eso, buen duque, significaría exponer por completo al reino. ¿Quién lo defendería de un ataque enemigo si la mayor parte de nuestras lanzas se hallan combatiendo lejos de allí, en Aquitania? —le replica Pelayo con tono tranquilo y sin dejarse arrastrar.

—¡Los ejércitos ismaelitas estarán ocupados en las Galias, ningún peligro nos amenazará mientras tanto! —replica a su vez Pedro, tozudo y vehemente.

—¿De verdad crees tal cosa? Puede que al-Sam lleve contra la Galia a veinticinco mil hombres, pero en Asturica, en Legio, en Lucus Augusta, en Pompaelo, en Calagurris y en media docena más de ciudades del norte de Hispania ha dejado fuertes guarniciones y esas tropas, en cualquier momento, pueden concentrarse para atacarnos —explica Pelayo con tono mesurado y guardando a continuación silencio, como invitando a todos a la reflexión.

El sol está empezando a calentar y los nobles solicitan a los siervos que les acerquen copas con vino aguado y sidra. Desde una de las ventanas del edificio que se supone que es el *palatium* de Pelayo, Ermesinda, la pequeña hija del rey, los mira a todos con sus inmensos ojos azules y desde las cercanas y escasas calles de Canicas llega, como desde otro mundo, la canción de un herrero que martillea sobre el yunque la hoja al rojo vivo de una espada.

—¡No! —grita súbitamente el rey rompiendo el reflexivo silencio y sobresaltándolos a todos—. No, no podemos confiar en que reine la paz solo porque el ejército principal de nuestros enemigos esté combatiendo al otro lado de los Pirineos. Insisto, debemos aprovechar el tiempo que nos ha sido dado por fortuna para convertir Asturia en un bastión inexpugnable.

Tras dejar clara su postura, guarda nuevamente silencio. Debe dejar ahora que los nobles que tiene ante sí debatan, discutan, piensen... Les ha señalado el peligro, planteado el problema, apuntado dónde se encuentra la que él considera única solución. Después, cuando los crea maduros, les desvelará su plan y, entonces, bien lo sabe él, se desatará una tormenta de negativas, de protestas, de quejas y hasta de veladas amenazas de desobediencia y rebelión.

El sol ha subido otro invisible escalón en los cielos; el herrero ya no canta ni martillea el hierro incandescente sobre el yunque; un pastor regresa a casa y las vacas que trae de los prados mugen ansiando descanso; en la ventana, Ermesinda se ha cansado de mirar a los nobles y desaparece en el interior del *palatium*, sustituida en la ventana por Gaudiosa, que fija la atención en su esposo y murmura palabras de aliento que nadie oye, pero que sabe que, de algún modo, reforzarán a su hombre.

Puede que así sea, pues Pelayo, cerrando un instante los ojos, reúne fuerzas y se lanza de nuevo a la batalla de palabras que está librando. Sí, y para combatir bien es mejor estar de pie. Así que abandona el solio de roble y, a grandes pasos, se interna entre los nobles, que lo miran atentamente y perciben la energía contenida, embridada, que evidencia cada movimiento de su rey. Un hombre alto, fuerte como un toro, de largos cabellos dorados y ojos tan fríos como el relámpago en una noche helada de tormenta.

—No descanso —les anuncia en tono bajo, confidencial, cercano—. No descanso..., me paso los días meditando, sopesando, barajando peligros, planes, problemas, posibilidades... ¿Las noches? Las noches son para seguir cavilando y también para soñar. ¿Sabéis con que sueño, señores del reino? Sueño con hacer de nuestra tierra un bastión. ¡Sueño, sí, y hago! Voy a convertir Asturia en la más grande fortaleza que jamás viera Hispania, una ciudadela inexpugnable contra la que se estrellarán, una y otra vez, los guerreros del califa.

Ante su entusiasmo, ante la visión que acaba de mostrarles de un reino inconquistable, imbatible, algunos empiezan a dejarse llevar por la fuerza que ha puesto en cada sílaba pronunciada. Un antiguo espatario, superviviente de los treinta hombres que nunca lo abandonaron, comienza a aclamarlo con voz ronca y lenta, y más y más guerreros se le van sumando; otros, cautos, callan mientras se preguntan cómo podrá el rey hacer realidad su sueño, y con ellos guardan silencio, taciturnos, los más calculadores que, por su parte, se interrogan sobre la cuestión fundamental: ¿cuánto les va a costar la bélica visión de Pelayo?

—¿Y cómo lograrás hacer realidad tal cosa, mi señor rey? —pregunta un conde y Pelayo, que lo esperaba, deja salir el aire de sus pulmones y busca por el rabillo del ojo a Alfonso, demandando su apoyo. El joven asiente y el rey se lanza a explicar a los nobles el magistral, colosal plan de batalla que tiene en mente.

Da dos pasos hacia delante y desenvaina la espada. La hoja, que tan célebre es ya en toda Asturia, recoge fulgores solares y con ella traza sobre la hierba verde dos largas líneas paralelas separadas entre sí por un paso. La tierra que corta el hierro se muestra oscura entre el verde brillante y parece atraer las miradas de los hombres que Pelayo tiene ante sí y que, como si una piedra magnética los atrajera, se echan hacia delante, empujándose para ver mejor lo que su rey quiere mostrarles.

—Esto es Asturia, nuestro reino. —Señala con la espada el espacio que queda entre las dos líneas—. Esta raya que he trazado son las montañas, la sección de los Pirineos que resguarda a la Asturia y a la Cantabria Transmontanas. Y esta otra —y aquí da un paso atrás y apunta a la segunda raya trazada— es la costa del mar de los cántabros. Entre las dos quedan nuestras tierras.

Hay un murmullo de asentimiento: todos comprenden eso. Unos, los nobles llegados desde el sur, porque han visto mapas e itinerarios dibujados en viejos libros, y otros, los potentes y jefes del norte, porque no necesitan mapa alguno para saber que sus tierras son un enclaustrado firmamento verde hecho de bosques y prados, delimitado al norte por el azul del mar océano y al sur por el blanco de las rocas y nieves de las altas cumbres.

—Hace un año, lejos de aquí, en Oriente, la gran flota del califa fue destruida por los romanos. Fue una gran victoria para el emperador León. Una tan grande, tan completa, que el califa Omar se encontró sin naves de guerra y tuvo que llamar en su auxilio, para proteger las ahora indefensas costas de Egipto, Palestina y Siria, a cuantos barcos de guerra sarracenos quedaban anclados en los puertos de Hispania y África. Así que ahora el valí al-Sam, que gobierna desde Corduba la mayor parte de Hispania en nombre del califa, no cuenta ni con una sola nave de guerra. ¿Qué quiere decir esto? Yo os lo digo: esta línea, la de la costa, está a salvo. Sin barcos, el valí no podrá amenazar nuestros puertos, nuestras playas y nuestras rías, en suma, nuestra retaguardia. Nada tenemos que temer pues por ese lado y por tanto no tendremos que destinar a su defensa ni a uno solo de nuestros guerreros.

Hay un murmullo general de satisfacción. Algunos ya habían llegado a esa conclusión por sí mismos, otros desconocían que la victoria romana hubiera sido tan grande y que la penuria en barcos de guerra que ahora padecían los árabes fuera tan extrema.

Es un buen momento para continuar exponiendo su plan y, tras un nuevo intercambio de miradas con Alfonso, algo que no pasa inadvertido al padre del muchacho, Pelayo retoma su exposición.

—Así que nos queda solo esta raya. —Y, adelantándose de nuevo, clava la espada justo en el extremo occidental de la irregular línea que parte la verde hierba—. Pocos son los pasos de montaña que permiten a un ejército invasor cruzar esta línea, esta muralla de altísimas peñas y cumbres. De poniente a levante son: primero el Iter Montium; luego viene el paso que atraviesa la vía Carisia; tras él, no hay ningún otro apto hasta alcanzar los que se sitúan en el extremo oriental de la línea: los de Morcuera, Renosa y Portus Scutum, los tres situados en las proximidades de las Fontes Iberis.* —Y conforme los nombra, va desclavando y hundiendo su espada para marcar en la línea imaginaria de montañas los cinco pasos que podría seguir un ejército invasor.

De nuevo la concentración de los hombres parece poder palparse en el aire limpio de aquella mañana de primavera. Alfonso, serio, reflexivo, mira a Fruela, su hermano menor que, totalmente abstraído en la contemplación del tosco mapa de Pelayo, ni siquiera se da cuenta de que su hermano mayor lo busca con los ojos.

—¡Cinco pasos de montaña! ¡Cinco puertas por las que los invasores pueden entrar a nuestro reino! —remarca Pelayo—. Ahora bien, no creo que los árabes decidan venir por el lado oriental, por los pasos de Morcuera, Renosa y del Escutum. Pues aunque son los más fáciles de seguir para un ejército numeroso, no los llevaría con facilidad hasta el corazón de Asturia; además, ya sabéis que hace poco más de un mes los valientes hijos del duque Pedro, Alfonso y Fruela, me ayudaron a aniquilar en las Fontes Iberis a una hueste musulmana. —Y aquí mira primero al viejo y enfurruñado duque Pedro, al que sabe que la elogiosa mención de sus hijos agradará, y luego, consecutivamente, al fiero Fruela y al firme Alfonso—. No les dejamos un buen recuerdo de su paso por esos lugares, ¿verdad? —afirma con una sonrisa cómplice

---

*Iter Montium, puerto de la Mesa; desfiladero de Morcuera, en las Merindades burgalesas; Renosa, Reinosa, y Portus Escutum, puerto del Escudo, en Cantabria, junto a las fuentes del Ebro. Los de puertos de Pajares y San Glorio y el desfiladero de la Hermida no eran aptos en este tiempo para un ejército, ni enlazaban con vías de acceso destacadas. El desfiladero de Pancorvo, por su parte, quedaba demasiado al este. Así que los ejércitos musulmanes, o bien remontaban el Ebro, o bien trataban de penetrar por los pasos de la Mesa o de la Carisa.

que arranca risas y guerreras bromas entre los allí reunidos, algunos de los cuales cabalgaron a su lado durante la batalla a la que está aludiendo.

—¿Vendrán entonces por La Mesa o por la vía Carisia? —La pregunta es de Avilio, el inteligente señor de Avilies, en la costa.

—Eso creo. Y tengo buenas razones para haber llegado a esa conclusión.

—¿Y si no siguen los caminos de antaño? ¿Y si se atreven a intentar el paso por alguno de los puertos de montaña que se alzan en el centro de nuestras montañas? Conozco bien esas peñas sombrías y en un lugar cercano a una aldea del mismo nombre, se abre un paso difícil, pero practicable: el de Portus Pagiarii.* ¿Acaso un emir audaz no podría descubrirlo y meter por él a su hueste para así cogernos por sorpresa? —pregunta ahora Fruela con los ojos repletos del brillo de quien ha nacido para la guerra.

—Imposible, Fruela. Conozco también ese lugar y es dificultoso en extremo: fuertes son las pendientes del sendero que lleva hasta él. Los caballos a duras penas podrían subir por allí y los caminos son tan estrechos, tan apropiados para la emboscada, que ningún general sensato llevaría a sus tropas por ese paso. Además, las nieblas frecuentan aquellos lares, las lluvias son a menudo torrenciales y las nevadas, incluso en plena primavera, pueden ser copiosas. Podemos, pues, descartar también que sea el camino que los árabes elijan para invadir nuestro reino. Además, piénsalo bien, hay una razón ineludible que llevará a los árabes a descartar cualesquiera otros pasos que no sean los de La Mesa y Carisia. Hazte esta pregunta: ¿desde qué base partiría un ataque musulmán?

---

*Puerto de Pajares. Este paso no comenzaría a ser frecuentado hasta el siglo XI.

Fruela lo ve entonces claro e intercambia con Pelayo una sonrisa de conformidad, de esas que se cambian dos hombres que debaten sobre una cuestión sin empeñarse vanamente en tener razón, sino por completo embarcados en un único propósito: hallar la solución al problema planteado.

—Llevas razón, mi rey —se disculpa el joven—, pues no debí olvidar que las bases más poderosas de los árabes en el noroeste son las de Asturica, Lucus Augusta y Legio, y que eso los llevará, por economía de medios y tiempo, a agruparse en alguna de esas plazas y lanzar su ataque desde ese punto de concentración.

—¡En efecto! Pero tengo para mí que la elegida será Asturica Augusta, pues es su capital en el noroeste de Hispania y la ciudad que cuenta con la guarnición más fuerte. Será desde ella, sin duda, desde donde saldrá el ejército que subirá hasta los montes de Asturia para iniciar su reconquista y nosotros, nobles del reino, lo estaremos esperando.

—Como lobos acechando el paso de la Carisa —concluye Fruela con gesto admirativo y usando la forma en lengua común con la que el pueblo designa a la vieja vía romana, pues Pelayo se le muestra como un gran estratega.

—¡Sí! Los aguardaremos en un lugar que tu hermano Alfonso y yo ya hemos explorado: no lejos de las ruinas del viejo campamento romano, en el Homón de Faro*, la cima que se alza sobre la vía Carisia. Allí construiremos una *claustrae*:**

---

* Homón es un término similar a Cumbre. Por ende, llamaremos a este lugar, indistintamente, con su nombre actual, El Homón de Faro, y con su forma arcaica, Cumbre del Faro.

** Se refiere al campamento romano del monte Curriechos. La vía Carisia atraviesa el municipio leonés de Villamanín y los asturianos de Lena y Aller, a más de mil setecientos metros de altitud. Las defensas tipo *claustrae* eran muy efectivas en pasos de montaña y esta en concreto cuenta con un muro de cuatrocientos metros. Otra *claustrae* de este

un largo muro reforzado con un foso y una torre que selle por completo la entrada por el paso que atraviesa la vieja calzada romana. ¡Levantaremos unas fortificaciones sobre las que volarán las águilas, pero que ningún ejército invasor podrá traspasar sin haber pagado antes un crecido precio en sangre!

—Conozco el lugar, mi rey —dice entonces un potente de Lucus Asturum—. Ciertamente es una fuerte posición la que has elegido, pero los terraplenes y los muros que deberíamos construir para hacerla inexpugnable deberían medir quinientos pasos o más y tendríamos que alzarlos sobre pendientes muy empinadas que sortean abismos. Una obra como la que planeas nos puede llevar años de esforzado trabajo.

Esos dos datos, un muro alzado sobre pendientes abismáticas a lo largo de quinientos o más pasos y la perspectiva de años de duro trabajo, ambos tan ciertos como que el sol sigue subiendo en los cielos, desanima a muchos. Construir una muralla en un lugar así, a lo largo de quinientos pasos, con una altura similar a la que sumarían dos hombres y con un ancho de catorce o quince codos,* que cierre la vieja calzada romana, con una fuerte torre en el extremo occidental desde la que vigilar todo el dispositivo defensivo exigirá un trabajo colosal en el que deberán ocuparse muchos hombres, que, además, solo podrán trabajar durante los meses del final de la primavera y los del verano, pues en invierno y otoño la nieve y los temporales harán imposible continuar con las defensas.

Sí, será una ardua empresa. Y costará una fortuna. Pues todo el trabajo deberá hacerse a más de cinco mil quinientos

---

periodo en Asturias, con un muro de ciento veinte metros de largo, fue erigida a treinta kilómetros de la Carisa en el paso de la Mesa.

*400 metros de largo, por tres de alto y seis y medio de ancho.

pies de altura, sobre una alta cumbre, cuyas piedras heladas solo frecuentan los lobos.*

Así que empiezan a oírse los primeros murmullos de desánimo, las primeras voces clamando que es imposible, los primeros vehementes argumentos pronunciados en contra y las primeras gritadas protestas sobre el coste en trabajo y recursos que implicaría semejante obra, o sobre alternativas más «sensatas».

—Lo que propones es atrevido en extremo, mi señor rey.

La voz ronca del viejo duque Pedro se alza sobre todas las demás. Después de Pelayo, es el hombre más poderoso y respetado de la asamblea. Lo que tenga que decir será sopesado con cuidado y podrá inclinar la balanza a favor o en contra de lo que el rey propone hacer.

—Los años me han convencido, mi señor rey, de que la prudencia es mejor señora que la audacia. ¿No sería más seguro para el reino forjar una alianza con nuestro más próximo y poderoso vecino cristiano? ¿No nos daría más seguridad aliarnos con Eudón de Aquitania que construir colosales muros en lo alto de las cumbres? Yo propongo que nos olvidemos de trabajos hercúleos y enviemos emisarios a Eudón para sellar con él una alianza contra los árabes.

Muchos son los que se muestran conformes con lo que el duque de Cantabria propone. Pero los hombres más cercanos a Pelayo, conocedores de que a su rey tal alianza le desagrada en extremo, se muestran vehementemente en contra, y de nuevo la asamblea se transforma en un tumultuoso desencuentro, en el que se aducen razones, se les oponen argumentos, se rebaten propuestas, se formulan desatinos.

---

*Unos 1650 metros de altitud sobre el nivel del mar, unos 5574 pies romanos, medida que se seguía utilizando en la época.

Pelayo sabía que esto pasaría. Conoce a su gente y por eso ha guardado cosas, cosas importantes, para revelarlas en este momento de desaliento y rechazo. Alza la mano derecha para imponer silencio y se levanta de nuevo para hablar.

—¿Sabéis una cosa? León, emperador de los romanos, no duerme acunado por el canto de su gran victoria sobre los árabes. ¡No! Se mantiene alerta, urdiendo planes, reuniendo hombres y aparejando barcos de guerra, construyendo fortalezas, acumulando oro y armas, ofreciendo alianzas a los enemigos del califa, tejiendo conjuras contra él. ¿Y sabéis por qué no se da descanso pese a haber obtenido una victoria incontestable? Porque sabe que el poder de los árabes es inconmensurable. Pues desde la India al mar océano se extienden los dominios del califa de Damasco. Su imperio es más grande que el de los antiguos romanos, más grande que el de Alejandro, más que el de Ciro, más que ningún otro reino o imperio presente o pasado. Cien pueblos están sometidos al califa. Una orden suya y se reunirán nuevos y más formidables ejércitos; otra, y en los astilleros que posee en la africana Túnez, en las egipcias Alejandría y Fustat, y en las sirias Tiro y Trípoli* se construirán y aparejarán un millar de barcos. ¿Sabéis por qué podrá hacer todo esto pese a que hace tan solo siete meses perdió en Constantinopla doscientos mil hombres y mil setecientos barcos de guerra y transporte?** Pues porque cuenta con diez veces más oro que el emperador León y porque sus recursos en hombres de guerra son también diez veces mayores. Por eso, mientras aquí, en Asturia,

---

*En efecto, estos eran los principales astilleros y arsenales árabes en tiempos de Pelayo. Fustat, con sus famosos astilleros de Roda, una isla del Nilo, se corresponde, *grosso modo*, con la actual El Cairo.

**Las cifras son reales y las recogen fuentes contemporáneas de los hechos. Se corresponden con las sufridas por el Califato Omeya durante el segundo asedio de Constantinopla de 717-718.

perdemos el tiempo, el imperio de los árabes restaura su poderío y en breve lanzará de nuevo su descomunal fuerza contra el imperio de los romanos y contra todos aquellos que nos oponemos a su dominio.

Las cifras que Pelayo les ha dado marean a muchos. ¿Cómo puede imaginar un pequeño noble de la olvidada Asturia que el califa de Damasco posee un imperio tan grande que un hombre fuerte y bien dispuesto tardaría más de un año en recorrerlo de extremo a extremo? ¿Cómo asimilar que el número de sus súbditos pasa de cincuenta millones? ¿Cómo encajar que puede poner en pie de guerra a doscientos mil hombres, perderlos y, aun así, levantar un ejército tan grande o más como el que pereció? Y es que en todo el reino de Pelayo, como mucho, deben habitar poco más de ciento cincuenta mil personas y, en el mejor de los casos, el rey de Asturia podrá convocar a siete u ocho mil hombres para la batalla, y de ellos solo poco más de millar y medio serán verdaderos guerreros, mientras que el resto no serán otra cosa que campesinos y pastores armados con lo primero que tengan a mano.*

Pelayo quería esto: ponerlos frente a la cruda, temible realidad. Son un reino diminuto, un joven David que desafía con su honda a un gigante, a un imperial Goliat. Y en semejante duelo uno debe estar dispuesto a darlo todo por triunfar.

—Ahora ya sabéis por qué el emperador León no descansa —retoma Pelayo—, ahora podéis comprender mejor por qué pasa sus días aprestando ejércitos y sus noches tramando alianzas y ardides contra los árabes y su califa, y por eso

---

*Las cifras son apabullantes: en este momento, 719, el reino de Pelayo abarcaba unos 21 000 kilómetros cuadrados mientras que el Califato de Damasco se extendía sobre más de diez millones. Esto es, era 476 veces más grande que el reino de Asturias. En cuanto a población, contaba con 333 veces más habitantes que el reino de Asturias.

podréis entender también y con claridad por qué hace tan solo unas semanas recibí a un secreto emisario suyo.

Eso sí que asombra a todos. Eso sí que nadie lo esperaba. Pues no se habían visto emisarios o agentes romanos en Hispania desde los tiempos de los reyes Egica y Witiza, así que la revelación de Pelayo provoca que los nobles se apretujen en torno a él reclamando más información, discutiendo entre ellos, perorando sobre si tal cosa es buena o, por el contrario, si es señal cierta de que la catástrofe final se les aproxima.

—¡Callad todos! —se impone Pelayo, y los nobles, poco a poco, guardan silencio para oír lo que sigue—: Sí, León el Isaurio ha mandado emisarios a todo Occidente: al que desde hace dos meses es ya el implacable *maior domus* de Austrasia y Neustria, Carlos el Martillo;* a Liutprando, el fuerte rey de los longobardos de Italia y a Eudón, duque de Aquitania, que aunque a algunos os parezca tan poderoso —y al decir esto último mira directamente al duque Pedro de Cantabria— ahora, teniendo en su frontera norte a Carlos el Martillo

---

*De este título, *maior domus*, «el mayor de la casa», procede nuestro *mayordomo*. Pero en los siglos VII y VIII y entre los francos designaba al hombre más poderoso después del rey: era el verdadero gobernante y los reyes, meras figuras decorativas. En 719, tras obtener una gran victoria el 21 de marzo sobre el ejército del rey de Neustria, Chilperico II, *maior domus* de los reinos de Austrasia y Neustria era Carlos Martel, esto es, «el Martillo», que se estaba convirtiendo, rápidamente, en el hombre más poderoso de Occidente. En este tiempo, el antiguo reino de los francos se dividía en Austrasia, las regiones orientales de lo que hoy es Francia y las occidentales de Alemania, amén de Bélgica, Luxemburgo y Países Bajos; y Neustria, el centro de lo que hoy es Francia; Borgoña, el sureste; y Aquitania, el suroeste. Carlos Martel había reunido bajo su dominio Austrasia y Neustria, pero Borgoña, *de facto*, estaba bajo el control de nobles y obispos independientes de cualquier poder efectivo, y Aquitania constituía un poderoso Estado igualmente independiente.

sumando bajo su control a los francos de Austrasia y Neustria y con los ejércitos del califato llegando hasta su frontera meridional, tendrá que olvidarse de sus planes de expansión al sur de los Pirineos y contentarse, al igual que nosotros, con sobrevivir. —Y al concluir, lanza una segunda y más larga mirada al duque Pedro de Cantabria, que aún no tenía noticia ni de que Pelayo se había entrevistado con un emisario del emperador, ni de que Carlos el Martillo había puesto ya bajo su completo control los dos reinos francos hasta entonces rivales.

El rey no se permite traslucir la satisfacción que le provoca ver tan descolocado al tozudo y ambicioso duque, sino que se mantiene impasible y se apresta a continuar:

—El emperador León incluso ha enviado embajadores a Ardón, rey de los godos de Septimania. Que León, el tercero de su nombre, también despachara a uno de sus agentes hasta aquí, hasta nuestro reino, es prueba de que ya somos algo más que un puñado de rebeldes alzados en una tierra olvidada.

—¿Y qué quería ese romano? —pregunta con tono desabrido el duque Pedro, que no puede esconder su resentimiento por no haber sido puesto al corriente de las nuevas que Pelayo ha expuesto ante toda la asamblea.

—Solo una cosa: que siguiésemos combatiendo a los árabes.

—¿Supongo que te habrá ofrecido oro a cambio de eso? —desliza ahora el de Cantabria con malicioso resentimiento.

—No, no me ofreció oro, duque. Los romanos se lo entregaron a otros: a Eudón y a Carlos el Martillo. ¿Sabes por qué no me lo entregaron a mí y por qué tampoco le dieron ni una moneda a Ardón? Yo te lo diré: porque, tras examinar la situación, han concluido que eso sería malgastarlo. Pues no creen que sobrevivamos más de uno o dos años. Así qué ¿para qué iban a darnos oro? ¿Le daríais oro a unos hombres muertos?

La pregunta final que Pelayo les ha hecho sí que impone verdadero silencio, de esos que pesan como el plomo y que parecen cortarte por dentro como una cuchilla recién afilada: el mutismo de hombres, ellos, los astures, que han sido evaluados por otros hombres, los romanos, como muertos vivientes. Como gente que solo vive de prestado y que, lo quieran o no, pronto llenarán tumbas.

—¡Pero se equivocan! ¡Los romanos se equivocan! ¡No necesitamos su oro! ¡Solo necesitamos esto! —grita Pelayo y mientras lo hace desenvaina la larga espada—. ¡Hierro y valor, hierro y valor! ¡Solo necesitamos lo que ya tuvimos en Canicas y bajo la Cova Dominica, lo que mostramos a los ismaelitas en las Fontes Iberis! ¡Hierro bien afilado y valor para empuñarlo!

Y hay tal pasión, tal certeza, tal fuerza en lo que el rey grita que, sin que sepan cómo, sin que entiendan por qué, uno a uno, todos se suman a su grito de desafío. Pronto vuelven a ser eso que Pelayo sabe hacer de ellos: locos valientes y feroces capaces de desafiar al imperio más grande del orbe.

En la ventana, la reina Gaudiosa, sin dejar de mirar a Pelayo, orgullosa, arrebatada como todos los demás, vuelve a entender por qué sigue sintiendo que este hombre suyo es el único capaz de robarle el buen sentido. Ermesinda, de vuelta de las cocinas con un trozo de torta de miel, y atraída por el estruendo de los clamores que los nobles dedican a su padre, corre de nuevo a asomarse y se apretuja junto a su madre para ver mejor.

Abajo, en el prado de la asamblea, alguien patea la tierra con fuerza; otros desenvainan espadas y alzan lanzas. Todos gritan, todos quieren ser hombres de este rey que sabe cómo mandarlos, que sangra por ellos, que mata por ellos, que nunca dobla la cerviz. Todos quieren seguir siendo «los que no se rinden».

Pelayo los tiene. Una vez más, son suyos.

—¡Voy a pediros que trabajéis como mulos! ¡Que me deis vuestra plata, vuestro ganado, vuestros hombres! ¡Voy a pediros que estéis a mi lado, allá arriba, en la montaña, elevando muros, cavando fosos, haciendo inexpugnable nuestro reino! Y si perseveráis, si os mantenéis firmes y a mi lado, ¡triunfaremos de nuevo! ¡Venceremos a nuestros enemigos una vez más y cuantas veces se atrevan a invadir nuestra tierra!

Mientras sigue gritando, mientras los hombres enloquecen y repiten lo que él grita mezclándolo con su nombre, Alfonso y Fruela suman sus espadas a la suya y las tres hojas de acero, brillando bajo el sol, son símbolo y señal de que el agente, el emisario del emperador de los romanos se equivocó y que Asturia no está habitada por hombres que solo aguardan la muerte, sino por gente fiera que no se rinde y que, contra todo pronóstico y esperanza, resistirá.

Es un hermoso momento para Pelayo. Los nobles y los guerreros lo aclaman y, a su lado, tan emocionados como él, están Alfonso y Fruela dando prueba de la unión de Asturia y Cantabria, la unión que hará posible el milagro de sobrevivir al fenomenal ataque que, antes o después, caerá sobre el rebelde norte.

Un momento de gloria y triunfo para Pelayo y de ira contenida y resentida para el viejo duque Pedro, que no puede apartar los ojos de sus hijos mientras estos aclaman al rey y suman sus espadas a la de Pelayo.

Acero, sol, gloria, hermandad guerrera y, como siempre entre los hombres, también un poco de envidia y resentimiento. ¿Qué terminará imperando?

VIII

Hartz es grande como un oso, eso nadie puede negarlo. Pero también es ágil como un lince boreal,* y si a los grandes gatos del norte les diera por escalar torres, lo harían como él ahora: desafiando al abismo y a la lógica.

Pero tiene que afrontar una empresa que le encomendó su rey Pelayo, el hombre al que más quiere y admira en este mundo, y esa empresa, rescatar al pequeño Favila, pasa por jugarse la vida escalando la torre más alta de la *arx*; esto es, de la ciudadela, del *castrum* de Libica:** la que debe alojar en su interior las estancias del emir Munuza y de su esposa Marina. Pues son ellos los que, para sorpresa de Hartz, gobiernan en este olvidado *castrum* pirenaico y los que ahora han de tener en sus manos al pequeño Favila. Que la maligna hermana de Pelayo tenga entre sus garras al hijo de su rey lo enferma. Esa mujer es una arpía sin corazón que no desaprovechará ninguna ocasión de hacer daño a su hermano.

---

*Esta subespecie de lince habitaba antaño en la cordillera Cantábrica y los Pirineos y era de mayor tamaño que el lince ibérico, pues algunos ejemplares llegaban a pasar de los 35 kilogramos de peso e, incluso, a alcanzar los 40.

**Libica era una pequeña ciudad fortaleza, esto es, un *castrum*, y en su parte más elevada contaba con una ciudadela igualmente fortificada, esto es, una *arx*.

¿Cómo habrán escapado Munuza y Marina de Asturia y terminado en el otro extremo olvidado del antiguo reino de los godos? No puede saberlo y tampoco le importa. Él es un guerrero, un hombre del rey, y solo le preocupan y ocupan dos cosas: liberar al niño y combatir a cuanto enemigo de su soberano se le oponga. Y Munuza y Marina son, sin duda, dos de los peores.

Así que trepa por la alta torre. Clavando sus dedos en las pequeñas grietas y salientes, tensando sus músculos hasta el límite, buscando minúsculos apoyos para los pies, subiendo y subiendo sin atender al vacío, ni al viento que lo zarandea, ni a la muerte que lo ronda a cada pulgada que escala.

Y mientras Hartz escala la torre, bajo ella, en una mazmorra excavada en las rocosas entrañas de la *arx* de Libica, Addi escucha gritar y llorar a Favila.

—¡Favila! —lo llama con todas sus fuerzas y con toda su desesperación.

Pero el niño no le responde: desde alguna celda próxima sigue gritando de horror.

Desesperado, el moro vuelve a intentar romper sus cadenas: apoyando un pie en la mugrienta pared, se echa hacia atrás con el empeño de toda su voluntad, tensando al máximo los músculos de las piernas, de la espalda y de los brazos. Se le hinchan de nuevo las venas de las sienes, se le marcan los tendones, parecen a punto de estallarle los pulmones y el corazón le golpea el pecho con más fuerza de lo que lo haría el martillo de un herrero. Y, aun así, sigue tirando, tensando el hierro frío, volcando todo su ser, toda su energía en lograr un único propósito: romper un eslabón y liberarse para acudir en ayuda del pequeño.

Inútil. Agotado, se queda doblado en dos, jadeando, dolorido, vencido. ¿Qué puede hacer uno cuando de nuevo fracasa y lo único que amas en este jodido mundo grita de horror al otro lado de la pared? Addi lo sabe: volver a intentarlo. Sí, hasta romperse el corazón si es necesario. Y el hierro se tensa de nuevo. Hierro viejo, oxidado, puesto allí hace mucho tiempo, cuando Libica fue tomada por los hombres del rey Wamba mientras avanzaban, imparables, sobre los dominios del rebelde conde Paulo, que se había alzado contra el poder legítimo.* Cuarenta y seis años hace ya de aquello. Mucho tiempo...

El tiempo y la voluntad férrea, irracional, de Addi se han aliado contra las viejas cadenas y dos de los eslabones ceden. Cae al suelo golpeándose contra él con fuerza. Pero no importa. Como un resorte, se pone en pie, recoge las rotas cadenas y las enrolla en uno de sus brazos antes de acercarse a la puerta. Se sitúa a un lado, apoya la espalda contra la pared y se pone a aullar, a maldecir, a gritar con todas sus fuerzas.

—¡Cállate de una vez, moro del demonio! —se queja, maldiciéndolo, el carcelero hispano de la prisión de la *arx* de Libica. Era lo que Addi esperaba y, en la oscuridad opresiva de la celda, toma nuevo aliento y sigue gritando—. ¡Hijo de puta! ¡Voy a darte una paliza que no olvidarás! —clama enfurecido el carcelero.

Al otro lado de la puerta, donde el guardia tiene su asiento y una desvencijada mesa, se oye movimiento y, al poco, se descorre el pesado cerrojo y la puerta se abre con un chirrido acompañado por una luz cegadora, la de la antorcha que porta el airado carcelero, que, aferrando con la otra mano un pesado garrote, entra en la oscura mazmorra.

Entonces da un paso. No dará más. Pues la cadena que Addi tenía enrollada en el brazo derecho es ahora un férreo

---

*Wamba reinó de 672 a 680. La rebelión del conde Paulo tuvo lugar en 673 y ese año, en efecto, Libica, Llivia, fue tomada por una hueste del rey.

látigo que se despliega en un pesado rayo de hierro oxidado que le destroza los huesos de la cara. El hombre cae pesadamente al suelo, a los pies del cautivo, que, sin perder un instante, se agacha y le quita las llaves que lleva al cinto antes de salir de allí a toda prisa hacia donde se siguen escuchando los alaridos de terror del pequeño Favila.

En ese mismo momento, arriba y afuera, cerca de la cima de la alta torre, Hartz se queda suspendido en el vacío a poco más de dos codos del adarve. ¿Por qué juega a esas cosas tan peligrosas? Porque se trata de ese tipo de «juegos» en los que te ves obligado a participar cuando te percatas de que, justo encima de ti, en el adarve de la condenada torre que se te ha metido en la cabeza escalar, hay un centinela apoyado sobre su lanza.

¿Qué hacer? Hartz no lo sabe. Pero sí no va a poder aguantar mucho tiempo en la postura en que se encuentra. Así que se lo consulta a su instinto y le dice que se aferre con una sola mano al asidero al que se está sujetando en ese momento, que con la otra desenvaine el *scramasax*, que, a continuación, se balancee para tomar impulso y que luego, elevándose, lance un golpe ascendente tratando de herir al guardia.

El instinto de Hartz suele tener estas ideas descabelladas y el joven guerrero suele estar tan loco como para fiarse de él. Así que lo hace: se queda suspendido de una mano, desenvaina el arma, oscila de un lado a otro, balanceándose como un mono gigante y, con todo el impulso que puede juntar, se eleva y golpea.

En ese momento, el centinela se inclina sobre el abismo para ver qué puede estar produciendo el ruido que lo alerta. Y su rostro inclinado recibe el golpe brutal del *scramasax* de Hartz. La hoja rompe dientes, atraviesa la nuca del desdichado y, al desclavarse, atrae hacia el vacío al guardia herido de muerte, que se precipita en una larga caída hacia el suelo. Por el camino, golpea en su agónica trayectoria al hijo de Silo que, desequilibrado, suelta el precario asidero al que se aferraba una de sus manos.

Y cae. Sí, pero solo seis o siete codos,* pues su mano izquierda, que debe de tener su mejor noche, ha ido a agarrarse a otro asidero.

—¡Dios bendito! —masculla con una mezcla perfecta de terror, dolor y asombro.

Y es que el tirón que su brazo ha encajado le habría roto la mano o el brazo a un hombre menos fuerte que él. Claro que pocos lo son y por eso, a veces, su cuerpo hace lo imposible y lo sigue haciendo allí, colgando del muro de la gran torre, tratando de recuperar el equilibrio y saliva que tragar, mientras el cuerpo del guardia se estrella contra el suelo con un fuerte impacto que resuena en la quietud de la noche como lo haría un tambor de batalla. Uno que, sin duda, atraerá pronto a otros guardias, que solo tendrán entonces que hacer una cosa: mirar hacia arriba, o hacia abajo, depende de por donde aparezcan, y derribar al imbécil que cuelga de la pared de la torre a base de flechazos o de tiros de venablo.

El «imbécil» no está por la labor de facilitarles tan gozosa diversión. Así que, reclamándole a sus doloridos músculos un nuevo esfuerzo y llevándose la ensangrentada hoja del *scramasax* a los dientes para sujetarla con ellos y tener así libres las dos manos, vuelve a trepar a toda prisa y consigue alcanzar el adarve. Un poco tarde, pues un lancero ya llega también a él y lo enfila con la moharra de su arma para atravesarle el estómago.

Hartz abre la boca y deja caer su *scramasax* para recogerlo con la mano derecha en un movimiento que más que huma-

---

*Poco más de tres metros, aproximadamente.

no parece centelleo celeste. Con la sangre que portaba la hoja empapándole labios y barba, esgrime el arma y, haciendo un quiebro de cintura, esquiva la primera arremetida de la lanza bereber, aferra el asta de madera con la mano izquierda y, adelantándose un paso, propina a su vez una desalentadora estocada al moro que la blande atravesándole el pecho.

Más gritos. La alarma ya está dada y en la torre, en toda la maldita ciudadela y en las calles de Libica, se encienden antorchas, se gritan órdenes, se hacen apresuradas preguntas y se dan desatinadas respuestas.

—Un avispero. He despertado un condenado avispero —se lamenta Hartz mientras recoge la lanza del enemigo que acaba de abatir y enfila la escalera que lo llevará al interior de la gran torre.

Pues, aunque sabe que será demencial meterse en una ciudadela en estado de alarma, a él, por lo visto y esa noche, el destino solo le va a permitir hacer locuras.

Abajo, en las sepultadas entrañas de la torre, Addi abre una puerta a toda prisa y entra en la celda de Favila antorcha en mano: al fondo de la oscura mazmorra, sujeto a la pared con una pesada cadena que apenas le permite moverse, está el niño.

Favila mira hacia la luz y se queda ciego. Es un momento, pues sus deslumbrados ojos no soportan tanta luz después de tanta oscuridad. Al poco reconoce al explorador.

—¡Addi! —grita tratando de ponerse en pie y sin hacer ya caso de las enormes ratas que lo rondaban y que, hambrientas, osadas, maliciosas, no se guardaban de lanzarle ocasionales dentelladas, aterrorizándolo por completo y llevándolo a la más negra desesperación. Pues en la opresiva penumbra, apenas aliviada por un hilillo de luz que se filtraba por debajo de la puerta, solo podía ver los amarillentos y crueles ojillos de los roedores.

Addi corre hacia él para ayudarlo.

—¡Addi! —sigue gritando Favila mientras llora con una mezcla de alivio, miedo y alegría. En cuanto su amigo lo libera de las cadenas, se aferra a su cuello como si le fuera la vida en ello.

—Tranquilo, pequeño, tranquilo —le dice abrazándolo también con fuerza, atreviéndose incluso a besarle los lacios cabellos castaños y sin querer ya ocultar las lágrimas que le acuden a los azules y metálicos ojos.

Es un momento hermoso: el de dos amigos que se reúnen de nuevo cuando ya lo creían todo perdido. ¿Sí, y por qué no? También el de un padre adoptivo reencontrándose con su hijo cuando pensaba que no volvería a verlo nunca más. Pues la sangre no es la única que porta amor y a veces los lazos más sólidos los forja el destino con aquellos con los que menos esperabas poder tenerlos.

Fuera, desde algún lugar, se oyen gritos de alarma, carreras de gente armada, bullicio de una fortaleza puesta en alerta en mitad de la noche. ¿Será por su causa? No, no puede ser: la algarabía proviene de los pisos superiores y del exterior y no de las mazmorras. ¿Qué entonces? Addi no tiene tiempo ni forma de averiguarlo y, además, sea lo que sea lo que esté provocando aquella inesperada alarma, quizá los favorezca en su huida al atraer la atención de los guardias.

—¡Mi tía es muy mala! ¿Sabes, Addi? Me pegaba, me hacía daño, me chillaba y todo porque quería verte. ¿Por qué mi padre tiene una hermana tan mala? Mi hermana, Ermesinda, es un fastidio y un poco tonta, pero no es mala o, al menos, no todo el rato.

Pero Addi no está ya escuchando a Favila, sino que, con él en brazos, sale de la celda y se pone a buscar la salida. Su mente está ya concentrada por completo en una sola cosa: salir de aquel infierno oscuro y huir de Libica antes de que la tía del pequeño envíe guardias a comprobar que siguen en sus celdas.

Marina despierta sobresaltada. Fuera los guardias gritan dando la alarma, se reclaman santo y seña, toman las armas a la carrera mientras los oficiales imparten órdenes y los soldados corren a cumplirlas. ¿Un ataque de los godos del rey Ardón? No lo cree. Pero, mientras sigue preguntándose cosas como esas, enciende la lucerna de cerámica siria que tiene junto al lecho y a esa luz se viste con prontitud y reclama a voces a sus sirvientes.

—¿Qué demonios ocurre? —pregunta de mala manera a la primera de las sirvientas que acude.

La niña, de poco más de trece años, no ha podido peinarse y aún está terminando de abrocharse el sencillo peplo de lana parda que viste.

—No lo sé, mi señora —balbucea un poco confusa y muy atemorizada. Pues ha comprobado ya muchas veces que es mujer airada y violenta.

—¿Y a qué esperas para averiguarlo, necia?

Como una exhalación, la chiquilla se da la vuelta y corre a enterarse.

En ese instante, abajo, Addi ha logrado encontrar la salida de las mazmorras. Ahora suben por unas empinadas, húmedas y resbaladizas escaleras. Primero él, empuñando un cuchillo que ha encontrado sobre la mesa del guardia a quien mató con las cadenas, mientras que con la otra mano alza bien alto la antorcha; tras él, muerto de miedo, pegado a su espalda, va Favila.

Al final de la escalera, una segunda puerta les cierra el paso. Addi se detiene en el descansillo y le pide a Favila con un gesto que guarde silencio. Luego pega la oreja a la recia madera y escucha: al otro lado, por debajo de los gritos de alarma, se oye el rastrear de los inquietos pies de un guardia, que, apostado al otro lado de la puerta, no sabe si salir corriendo y sumarse a los que se apresuran a poner en alerta la ciudadela o, conforme a lo que le ordenaron al comenzar su guardia, no abandonar su puesto bajo ninguna circunstancia y sin permiso de su oficial.

Así que tiene un dilema. Sí, pero Addi se lo va a poner fácil.

—¿Qué está pasando ahí fuera? —pregunta con naturalidad.

Al atravesar la gruesa puerta, su voz se distorsiona un tanto y, además, el guardia que está al otro lado, nervioso, con su atención por completo puesta en el alarmado bullicio que hasta él llega, no desconfía. Al fin y al cabo, está muy alterado por los gritos de alarma y lo último que imaginaría es que quien le pregunta es el guerrero de los banu ifran que, ocho horas antes, dejaron encadenado a la pared de una de las celdas.

—¡No lo sé, han dado la alarma, eso es lo único que puedo decirte! —responde nervioso.

—¡Abre, yo me quedaré en tu puesto y tú ve a averiguar qué ocurre! —grita a su vez Addi con voz firme de hombre que sabe mandar.

La puerta se abre y el guardia que dudaba qué hacer deja de tener dudas para toda la eternidad.

—¡Vamos, Favila! —dice Addi pasando sobre el cadáver, a la par que, agachándose, recoge la lanza y la espada del muerto y, sin dejar de avanzar a toda prisa, le pasa la antorcha al niño, se abrocha el tahalí con la espada envainada y aferra la corta lanza.

Arriba, en el piso superior de la torre, Hartz destroza una puerta de una patada brutal y luego, penetrando en la estancia como un oso enfurecido, encara a tres soldados.

—¿Prisa por morir? —les pregunta con una sonrisa salvaje que casi les provoca el llanto de puro miedo.

Pero por si no se deciden a contestar, Hartz se les echa encima lanza en ristre y arremete con ella abriéndole las tripas al más lento de sus oponentes. Sin haber arrancado aún la moharra de las entrañas del desgraciado, que aúlla de dolor, suelta la mano izquierda y con el codo propina hacia atrás un desalentador codazo al compañero más próximo al moribundo, rompiéndole la nariz. Para ese momento, el tercero de los soldados que se enfrentan a él, aunque sigue teniendo ganas de llorar, opta por darse la vuelta y salir corriendo.

—Parece que nadie tiene prisa por morir —murmura Hartz mientras lo ve alejarse y deja caer al hombre que ha atravesado con la lanza.

El otro, el que está sentado en el suelo chorreando sangre y agarrándose la nariz rota, también se apresura a morir: el Oso le propina una fuerte patada que le rompe el cuello.

A continuación, recoge una buena espada con su vaina y su tahalí, y se ajusta la correa al hombro para que le ciña el pecho en bandolera y le caiga a la altura del costado izquierdo. Luego, corriendo tras el que ha huido, sigue adelante, adentrándose en nuevas salas y bajando por una estrecha escalera al segundo piso.

Al llegar allí, se topa con una muchacha que corre como una loca y se tropieza con él. La niña grita, está fuera de sí, aterrorizada. Hartz, sin hacerle daño, se aleja de ella a la carrera por el pasillo por el que venía la niña, yendo espada en ristre y, al doblar una esquina, ve al fondo una estancia iluminada y decide ir en su dirección.

Marina escucha pasos y se gira para maldecir de nuevo a su sirvienta. Pero se queda helada de miedo: allí, en el vano de la puerta, mirándola con ojos de loco cargados de incredulidad, hay un guerrero enorme con una espada en la diestra.

—¿Eres la hermana del rey Pelayo? —pregunta Hartz, que nunca ha visto a Marina y que solo sabe de ella lo que su padre, el viejo Silo, y su rey le contaron.

Ella niega con la cabeza. Le tiembla todo el cuerpo y nota los muslos húmedos de orina, que ahora comienza a asomar entre las faldas que cuelgan hasta sus pies. Hartz se percata de esto y menea muy despacio la cabeza: sin duda, esta mujer de piel blanca, nariz elegante, ojos grandes y negros cabellos cuadra con la descripción que su padre y Pelayo hicieron de ella.

—¿Dónde está el niño? ¿Dónde está el hijo del rey? ¡Habla o te abro la barriga para que las tripas se te desparramen sobre los meados!

Marina da un paso atrás. Nunca en su vida ha tenido tanto miedo. Nunca ha visto a alguien tan grande, tan fiero, tan dispuesto a hacer lo que grita con barbarie ingobernable.

—¡No me hagas daño, te lo imploro!

—¿Dónde está Favila?

—¡En las celdas abiertas en las entrañas de esta torre!

Lo que acaba de decirle sí tiene apariencia de verdad y a Hartz no le queda duda al mirar a los ojos a Marina. ¿Debe matarla? Esta mujer engañó, traicionó a Pelayo, a su propio hermano, para que lo capturasen y le diesen muerte. Sí, y también se burló cruelmente de su padre, del viejo Silo, cuando su esposo Munuza lo capturó y ató a un poste como a un perro en espera de darle muerte si Pelayo no acudía a entregarse. Es, pues, mujer malvada y despiadada enemiga de su rey. ¿Debe mostrarle piedad entonces? ¿O debe ser inflexible y matarla para que no pueda seguir haciendo daño a los suyos?

Hartz se decide: aferra la empuñadura de la espada con tanta fuerza que los nudillos se le ponen blancos y da otro paso hacia Marina, que, chillando, se lleva las manos a la cara para no ver llegar la brutal muerte que tanto teme y que ya no podrá evitar.

Cuando las retira, Hartz no está allí.

En el piso de abajo, Addi está combatiendo con Favila a su espalda. Al atravesar una sala, fueron descubiertos por un grupo de soldados bereberes y ahora, acorralados, pelean con desesperación vendiendo cara su vida, pues la libertad no quieren entregarla.

Y luchan. Sí, en plural. Pues mientras el moro esgrime la espada, detrás, torpe, escaso de fuerza, pero resuelto y valeroso como un pequeño gato montés, Favila blande la lanza y trata de acertar con su punta en alguno de los enemigos.

Le dura poco en las manos: uno de los guerreros que los acosan, dándole un golpe descendente al hierro, se la arranca. Fugaz triunfo: al instante siguiente, Addi le atraviesa el pecho de una seca estocada.

Pero quedan cinco hombres para acabar con ellos. Demasiados. El explorador se dispone a morir y, habiendo logrado un poco de espacio, sin dejar de mirar a los ojos de los enemigos, se despide.

—Cuando me maten, Favila, quédate muy quieto. Hazte un ovillo y no te resistas cuando te cojan. Si así lo haces, no te harán daño. ¿Comprendido?

—¡No! ¡No quiero! ¡No pueden matarte, tú eres Addi, el lobo de los banu ifran! ¡Tú nunca tienes sueño, ni hambre, ni frío, ni te cansas, ni pueden vencerte! —Y mientras grita aquello, el pequeño tiene el rostro arrasado de lágrimas. Pues cree en lo que dice y le parece que el mundo se volvería incomprensible si su héroe, su amigo, muriera ante sus ojos.

—No tengas miedo. Estaré siempre contigo. Al otro lado, aunque no puedas verme. Nunca te soltaré de la mano. Recuerda eso y no tengas miedo —le dice Addi con un tono tan sereno que no parece real y dando gracias por que el niño no vea como sus ojos, los ojos de frío metal azul del que fuera implacable lobo, se empeñan en verter lágrimas antes de saltar sobre los guardias que los han acorralado y morir matando. Destroza el rostro de uno de los hombres que se le oponen, para una estocada de lanza, esquiva un tajo de espada; recibe un feo corte en el costado, derriba con su embestida a uno de los soldados en mitad de un torbellino de acero. En suma, se transforma de lobo en león acosado por una jauría.

Una jauría que ya lo cerca de nuevo y que va a destrozarlo.

Sin embargo, llega Hartz, rugiendo, bramando, tan loco como siempre. Gigantesco, feroz, impetuoso. Cae sobre los sorprendidos soldados del emir Munuza y los barre como si fueran quebradizas hojas de otoño.

Se quedan frente a frente: Addi y Hartz. Dos viejos enemigos que se han odiado con todas sus fuerzas durante meses y que ahora, pues el destino es un perfecto traidor, van a tener que ser aliados. Sí, lo quieran o no. Pues, aunque el suelo de la sala está cubierto de vísceras, sangre y cadáveres destrozados y ofrece una estampa de lo más desoladora, eso no desanima a la docena de soldados que irrumpen ahora y que se les echan encima gritando su rabia y blandiendo lanzas.

—¡Por aquí! —grita Addi, que reacciona girándose y tomando a Favila en sus brazos para correr más deprisa.

Tras ellos, deteniéndose de tanto en tanto, al pasar una puerta o en el arranque de una escalera para así cubrir su fuga, va Hartz, y los hombres del emir aprenden pronto a temerlo.

De algún modo, Addi termina acertando con el camino y entra en una sala con una ventana, la rompe de una patada y se asoma por ella: están en la segunda planta, a unos siete codos por encima de la calle.*

—¡Agárrate fuerte a mi cuello, Favila! —grita, y el muy loco salta.

Hacerlo con un niño en brazos desde esa altura no suele ser buena idea, pero es el lobo de los banu ifran: el hombre que nunca tiene miedo, ni hambre, ni frío, ni sueño. El guerrero que siempre sale victorioso.

A veces, los niños tienen razón y sus héroes son invencibles. Y Addi vuela y sus pies chocan con el suelo, y sus rodillas se flexionan como si fueran a partirse, y los músculos de sus largas piernas de cazador quieren estallar, pero él no rue-

* Algo menos de tres metros y medio de altura.

da por el suelo, no suelta a su pequeño Favila; recupera el equilibrio, se alza saltando como una pantera y echa a correr de nuevo esquivando la acometida de un venablo que un asombrado guardia le lanza sin mucho tino.

Y tras ellos salta Hartz, el oso astur cuyas piernas, fuertes como columnas, encajan bien el impacto contra el duro suelo para alzarse de inmediato, y con la espada ahíta de sangre brillando roja bajo la última luna, espanta a quien se enfrenta a él y corre tras Addi y Favila.

Gritos, gritos de espanto y alarma en las empinadas calles de Libica. Dos hombres y un niño corren hacia las puertas y, tras ellos, recuperándose del horror que los dos guerreros en fuga han dejado tras ellos, se apresuran los guardias que guarnecían la *arx* del *castrum*.

En una alta ventana, todavía descompuesta pero con la rabia de la humillación y la frustración subiéndole por todas las venas del cuerpo está Marina, maldiciéndolos, gritando a sus hombres que, o capturan a los dos hombres y al niño, o le pedirá al emir Munuza que los crucifique a todos por inútiles.

Junto a las puertas de Libica, seis soldados en alerta y a su diestra, en un pequeño establo que provee de caballos a la guardia, cinco bestias esperan.

—¡Ocúpate tú de los guardias, yo me hago cargo de los caballos! —grita Addi sin esperar a ver qué hace Hartz, quien, resoplando como un toro salvaje de los montes, corre tras él, seis o siete pasos por detrás. No tiene tiempo de decidir por qué debe hacer caso de un condenado moro al que lleva persiguiendo más de siete meses por media Hispania. En esas situaciones, uno actúa y vive, o piensa y muere.

Y Hartz es de los que viven: siguiendo a Addi y a Favila, ve como el amazig esquiva un lanzazo con una finta, lanza una estocada rápida al pasar, como al descuido, que atraviesa la garganta del lancero, y gira hacia el establo para meterse en él y desaparecer. Él, por su parte, se transforma en avalancha que se lleva por delante a dos guardias más y encara al resto, aullando como un poseso, espada en mano y dando tiempo al moro para que salga de la cuadra con dos caballos.

Y mata. Rápido. Pues ya vienen más soldados calle abajo con antorchas y ganas de coserlos a lanzazos si no se rinden de inmediato. Así, despachando a otro oponente y poniendo en fuga a los dos supervivientes del retén de guardia, sin soltar la empapada espada, aferra la pesada tranca que cierra las puertas de Libica y, con un esfuerzo brutal, la alza, se vuelve hacia los que llegan y se la arroja.

El salvaje impacto de la pesada tranca detiene en seco a tres de los soldados, los arroja hacia atrás y se golpean las espaldas contra los pechos de los que corren tras ellos. El revoltijo de hombres que caen regala a Hartz un instante que aprovecha para empujar las ahora liberadas puertas.

Y justo en ese momento, Addi sale del establo montado sobre un alazán que, aterrorizado por el griterío, tiene los ojos en blanco y patea con fuerza las piedras del suelo. Pero el amazig lo domina. Sobre la cruz de la bestia lleva, bien sujeto, a Favila, y con la mano izquierda lleva las sueltas riendas de un garañón castaño.

—¡Vamos! —grita al pasar junto a Hartz.

El astur salta al lomo de su nueva montura, la hace caracolear y la gira con brusquedad hacia la libertad mientras una lluvia de venablos y flechas sisea muerte alrededor sin llegar a causarle herida alguna.

Y galopan. Dos caballos, dos locos y un niño, que, con esa alegría imparable que solo se puede tener con seis años, se ha olvidado del miedo, de la muerte y el peligro para sustituirlos en su pequeño corazón por el embriagador fuego de la aventura y la victoria.

IX

Pelayo besa a Gaudiosa. Es un beso largo, lento, intenso. Están solos, pues a su lado solo bailan las llamas en la lumbre una danza hipnótica, ensimismadas en una inaudible música de fugaces colores mientras suman calor al fuego que en ellos arde.

Así se hacen el amor. Sin prisa. Desvistiéndose beso a beso. Dejándose caer, caricia a caricia, prenda a prenda, sobre la gran piel de oso extendida bajo sus pies.

Ella conoce cada músculo, cada cicatriz, cada punto sensible de su hombre, y él, extraviado en su laberinto de mujer, respira pesadamente mientras la penetra.

Dentro de ella. Ahora son uno. Las largas piernas de Gaudiosa rodean la cintura de Pelayo y sus manos blancas se tensan sobre la fuerte espalda del guerrero para atraerlo con más fuerza al delirio que ya la embarga y que prende en sus entrañas con más fuerza que la hoguera que flamea iluminándolos.

Cuando acaban se quedan entrelazados, recuperando el aliento al compás del fuego que, fuera ya de ellos, sigue calentándolos desde la lumbre.

—Debes vigilar bien a Alfonso —dice de repente ella con voz queda pero segura.

Él enarca una ceja y ella tarda un poco en seguir hablando, y mientras se decide a hacerlo, juguetea con sus dedos tironeando del rizado vello dorado que cubre el ancho pecho de su esposo.

—Su padre es hombre orgulloso y rencoroso, pero también taimado y astuto. Lo observé desde la ventana mientras estabais reunidos en asamblea y percibí como lo consumían los celos y el resentimiento cuando Alfonso y Fruela sumaron sus espadas a la tuya.

Pelayo entiende ahora. Por supuesto, no se fía de Pedro, nunca lo ha hecho, pero sí confía en sus hijos y cree que ellos, Alfonso y Fruela, le serán fieles. Han combatido juntos y ven en él a un rey guerrero y justo al que seguir. Además, en las semanas que el mayor lleva viviendo con ellos, le ha cogido gran cariño y cree que el sentimiento es recíproco.

Sí, reflexiona, de todo eso está seguro. Pero también de otra cosa: los muchachos quieren y respetan a su padre. ¿Qué harían si tuvieran que verse obligados a elegir? ¿Se mantendrían fieles a él, a su rey, u obedecerían a su padre si les pidiera que lo traicionaran o lo abandonaran? No conoce la respuesta a estas preguntas. ¿Puede alguien tenerla? Ni siquiera los muchachos podrían responder a tales cuestiones.

Pero un rey debe anticiparse. Debe tener respuesta incluso para lo que parece no tenerlas y, si no puede contestar, puede que tenga la suerte de contar a su lado con una reina como su Gaudiosa.

—¿Qué opinas tú? ¿Crees que si Pedro se alza contra mí o si, llegado el momento, decide dejarme en la estacada, sus hijos lo obedecerán o, por el contrario, mantendrán su juramento y permanecerán firmes a mi lado?

Ella cierra los ojos y apoya la cabeza en el pecho de su esposo. Su cuerpo desnudo sigue siendo el de una mujer terriblemente deseable: tan níveo, tan suave, tan pleno de misterios y maravillas como el de una muchacha recién florecida. Pero su mente y su corazón son depósito de madura sabiduría.

—Creo que Fruela no te fallará. Fruela es la guerra. La guerra tal y como creen en ella los jóvenes: cargada de heroísmo, de pasión, de fidelidad al señor que te lleva al combate y de fuerza imparable. Un hombre así, y pese a sus dieciséis años Fruela es ya un hombre, nunca rompe un juramento. Pero Alfonso... Alfonso es un joven que cree en otras cosas.

—¿En qué cree? —mientras le pregunta, admirado, encandilado como siempre, Pelayo besa la alba frente de Gaudiosa.

—Es un hombre que cree deberse a la justicia, al bien, a Dios... Ese tipo de hombres son más complejos y siempre se desgarran en dilemas. Pues la vida, ya lo sabes, nunca traza líneas rectas que separen lo que está bien de lo que está mal. ¿Qué será más propio del hombre justo, obedecer al padre o al rey? Y también: ¿quién es más miserablemente traidor, el que traiciona a su rey o el que falla a su padre? Alfonso, cuando llegue el momento en que el duque te dará la espalda, pues no tengo dudas de que lo hará, se verá desgarrado entre la admiración y la devoción que ya siente por ti y la obediencia y el amor que profesa a su padre.

Tiene razón. Ese momento llegará. Sí, la traición o, al menos, el abandono llegará: cuando los árabes descarguen su gran golpe sobre Asturia, Pedro se negará a enviarle sus lanzas.

¿Qué hará entonces? Lo que siempre ha hecho: luchar, luchar, luchar. Contra toda esperanza, contra todo pronóstico, contra el destino, por inexorable que este pueda parecer...

Pero esa lucha sería más fácil con Alfonso y Fruela a su lado. Si los jóvenes, pese a su padre, deciden permanecerle fieles y acudir a auxiliarlo en la batalla, serán muchos los guerreros de Cantabria que los seguirán.

A veces se sorprende mirando a Alfonso con intensidad. Ve en él lo que le gustaría ver en Favila cuando su pequeño tenga los diecisiete años que tiene el joven cántabro. Pero quizá, quizá Favila nunca cumpla diecisiete años... Pero no, no quiere pensar en eso, se niega a ello. Sin embargo, pese a negarse, esa idea, cruel, dolorosa más allá de toda medida, se le desliza en el interior de la mente como si fuera una serpiente venenosa: Favila está muerto. nunca será un joven valeroso y fuerte como ahora lo es Alfonso.

—Piensas en nuestro niño, ¿verdad?

La pregunta de Gaudiosa no lo sobresalta. Ambos se tocan el alma a menudo y no hay mayor hueco en ella que el que les ha dejado su niño.

—Volverá a casa. Cree en lo que te digo, Pelayo. Anoche tuve un sueño. Lo vi. Vi a nuestro niño. Está vivo y, contra toda esperanza, regresará.

Él le entrega una triste sonrisa y con la mano con la que empuña la espada, la misma que usa para matar, le acaricia el rostro con infinita ternura.

—Solo en tus sueños creo —le dice antes de besarla.

Se quedan allí, sobre la piel del gran oso, largo rato abrazados y desnudos.

No obstante, tienen un reino que gobernar. Pelayo se levanta al fin y se viste en silencio. Ella también lo hace, y después, mientras su esposo se coloca la cota de malla, lo ayuda a abrochársela, y luego, girándose hacia el herraje que sobre la chimenea soporta la larga espada de Pelayo, la toma entre sus manos y la contempla ensimismada: una hoja bien templada. La hoja que su marido heredó de su padre y este, a su vez, del suyo, y así por largas generaciones. Es un arma hermosa, que muestra ya muchas melladuras que al herrero le cuesta cada vez más restañar.

—Cíñetela —le dice al fin tendiéndosela.

Él la abraza de nuevo y musita su nombre con las mismas intensidad y fe con las que se encomienda a Dios antes de entrar en batalla.

—Gaudiosa.

La deja allí, con la silueta enmarcada por la lumbre y los ojos azules mirándolo con más brillo e intensidad de los que ninguna llama de este mundo puede albergar.

Ese día, con Alfonso a su lado, Pelayo emprende un viaje de una semana que lo lleva primero en dirección al Iter Montium o, como lo nombran ya los pastores, de la Mesa, a casi una jornada al oeste del paso de la Carisa. Pues siguiendo el consejo que Fruela le dio antes de salir para Cantabria junto a su padre, el rey se propone también examinarlo para ver qué defensas sería necesario erigir allí. Sigue pensando que sería en la Carisa y no en la Mesa donde golpearán los árabes, desde luego, pero la guerra exige engaño y quizá el emir que encabezará el próximo ataque contra Asturia conoce bien sus reglas y decide atacar por el menos probable de los dos pasos: el de la Mesa.

Mientras, Gaudiosa, con Ermesinda de la mano y escoltada por dos hombres de su esposo, se dirige al taller de Hamaraz Nargot, el mejor herrero de Canicas. Al entrar, ve ante ella al hombre grande y silencioso que, nueve meses atrás, llegó a Canicas desde el sur, desde alguna devastada aldea situada a la vera del gran río Durius.* Cuando se adentra en la forja, Gaudiosa fija los ojos en el fuego: allí, tomando el color de una guinda madura, el hierro aguarda yunque y martillo.

—Quiero que forjes una espada para mi esposo el rey —anuncia sin rodeos—. No quiero que lo sepa. Será un regalo.

Hamaraz la mira con intensidad. Los herreros, bien lo sabe ella, suelen ser gente extraña, taciturna, hombres acostumbrados a la lengua secreta y violenta del fuelle y la llama, al siseo serpentino del hierro enfriándose en el agua, al misterio de la madera transformándose en carbón custodio de acero.

—¿Una espada para un rey?

Gaudiosa comprende que esa pregunta no es para ella, sino que Hamaraz se la formula a sí mismo. O ¿quién sabe?

---

*Duero.

Quizá se la esté haciendo a los espíritus que habitan en el hierro candente y a los que canta para que le sean propicios y lo transformen en acero.

—Quiero que sea la mejor espada que jamás hayas forjado. La mejor.

El herrero asiente con su gran cabeza. Es un hombre recio, de brazos enormes y cara siempre tiznada.

—Yo también tengo sueños —le dice sin alzar la voz y haciendo que un escalofrío le recorra la espalda a Gaudiosa—. ¿Sabéis? Soñé con esto y me preparé para ello.

Y sin decir nada más, se gira y camina hasta un cajón que destapa y del que saca dos grandes colmillos que muestra a unas asombradas Gaudiosa y Ermesinda.

—Son colmillos de león. Mi padre me enseñó su secreto: si los arrojas junto al carbón, si arden junto a él, fortalecen el hierro y lo tornan el más recio y flexible acero: el que tiene que blandir un rey como el nuestro.

Gaudiosa no puede impedir que su mano blanca toque los grandes colmillos. Ermesinda, algo asustada, se apresura a ponerse detrás de su madre.

—Colmillos de león... —dice la reina como si soñara despierta.

—Antaño, en tiempos que nadie puede ya recordar, vivieron en estas montañas, guareciéndose en el interior de sus cavernas. A veces, si uno tiene suerte, encuentra sus huesos abandonados en lo más profundo de las entrañas de la tierra. Entonces, si conoces las palabras adecuadas, puedes arrancar de sus mandíbulas los largos colmillos. Yo soñé con esa fiera. La busqué en una gruta. Ahora sé por qué tuve ese sueño y por qué el cráneo de la bestia me aguardaba en la oscuridad.

Gaudiosa no puede decir nada. El asombro, el respeto que, como buena hija de las montañas, siente por el misterio, le sellan los labios y le abren los ojos que, de tan azules, parecen hechizos de ángeles.

—¿Qué nombre quieres para la espada de tu esposo? Una como la que forjaré necesita tener nombre. Pues llamaré por su nombre al hierro mientras le canto y lo forjo para poner en él fuerza inquebrantable y propiciar su victoria en el combate.

A la mente de Gaudiosa acude una frase de Pelayo: «Si los ejércitos del califa vienen con toda su fuerza contra nosotros, solo un cataclismo podrá detenerlos».

—Llámala «Cataclismos», pues será para nuestros enemigos destrucción sin medida.

El herrero asiente y, sin decir ni una sola palabra más, se vuelve hacia la fragua, la aviva con el fuelle, arroja nuevos puñados de carbón y aguarda hasta que el rojo se torna naranja. Entonces, suma al carbón los dos colmillos de león cavernario que, lentamente, se disuelven, se mezclan, se confunden tornándose marfileñas ascuas; luego, eligiendo tres varillas de hierro, las pone a calentar.

Gaudiosa y Ermesinda no se mueven. Lo miran fascinadas. Saben que aquello, el arte de un herrero, es algo que lleva magia muy dentro.

Solo cuando, tras largo tiempo, Hamaraz saca las varillas que ahora son de un cegador rojo anaranjado y comienza a martillearlas sobre el yunque mientras susurra una canción en la lengua secreta, retroceden un paso, como si temieran que los genios que viven en las chispas que saltan desde el alma expuesta e ígnea del metal pudieran tocarlas.*

---

*Como muestran muchos estudios antropológicos e históricos, los herreros, en las sociedades antiguas, empleaban cantos mágicos y rituales para fortalecer el hierro que forjaban. Entre esos ritos estaban aquellos que sumaban al carbón y al hierro huesos o colmillos de fieras o de pretendidos monstruos que, en realidad, solían ser fósiles, y cuyos supuestos poderes y fuerza se querían agregar a la espada. Lo curioso es que el uso de colmillos, como los de este león cavernario, una bestia

Martillo, yunque, fragua, susurro de canciones que son conjuro. Largo tiempo pasa cargado con esas cosas. Al cabo, sin hacer ruido, sin distraer al herrero, Gaudiosa deja sobre la mesa de trabajo de Hamaraz una pesada bolsa de plata. Toma a su hija de la mano y sale al aire dorado de la mañana de junio en que, con hierro, carbón y colmillos de león, comenzó a forjarse la última espada de Pelayo.

frecuente en España hasta hace unos catorce mil años, sí podía mejorar el acero al sumarle la pequeña cantidad de fósforo que contienen y que haría más flexible y duro el metal.

X

Umm Hakim detiene su caballo sobre la cima de una colina. Desde allí, Carcasona, la inexpugnable ciudad fortaleza de los godos en sus fronteras contra los francos de Aquitania, Borgoña y Neustria se le antoja una ensoñación de cuento de maravilla: alzada sobre una cima empinada, rodeada por una vieja muralla romana reforzada por los reyes godos de antaño, coronada por una *arx* que se recorta contra un cielo azul tan limpio como puedas imaginarlos es, ciertamente, una poderosa estampa.

Sí, y en ella debe de estar ese perro rabioso de Dámaso. ¿Será prudente seguirlo al interior de la ciudad? ¿O será mejor aguardarlo, escondida en las colinas, a la espera de que salga de nuevo para así seguirlo sin que se percate de ello?

Se gira en el caballo y mira a sus hombres: cuatro de ellos son gente de Sinderedo y se le sumaron en Roma, los otros cinco los contrató en Narbona, cuatro de estos últimos son godos de la Septimania y el quinto es un mercenario sajón, gigantesco, rubio y de ojos tan verdes como las mejores esmeraldas de la India.

¿Se fía de ellos? Ni por un momento. Pero los necesita.

Durante largo rato reflexiva, busca y sostiene la mirada de cada uno de los nueve rufianes, para así dejarles claro que, decida lo que decida, deberán obedecerla sin rechistar. Sabe que le tienen un poco de miedo, pues los que vienen de Roma no se han guardado de contar a los otros que ella es una suerte de hechicera y desea que esa creencia esté sólidamente instalada en la mente de todos y cada uno de ellos. ¿Cómo, si no, sobreviviría una mujer entre hombres brutales y despiadados como esos? Les ha dado oro por escoltarla, desde luego, pero no basta. El miedo es mejor defensa.

Uno tras otro, los mercenarios, intimidados por los oscuros e intensos ojos de Umm Hakim, van bajando la mirada.

—¡No entraremos en Carcasona! —les anuncia al fin—. Vamos a buscar un lugar donde acampar y desde donde vigilar los caminos que van hacia los Pirineos y, una vez allí, aguardaremos a que salgan.

Encuentran ese lugar en la ladera de otra colina. Allí, entre espinos y densos arbustos, se envuelven en los pesados mantos, pues no se permiten encender fuego para no delatar su posición. A los caballos, custodiados por uno de los mercenarios, los han escondido en una vaguada próxima y sus bufidos de satisfacción mientras ramonean entre los arbustos llegan a los oídos de Umm Hakim indicándole que todo va bien. Pues si los nobles brutos olfateasen peligro, se mostrarían nerviosos y no se entretendrían masticando brotes y ramas tiernas.

A su derecha, el gigante sajón la mira de reojo con una mezcla de miedo, deseo y altanería. Tendrá problemas con él, se dice a sí misma, y también con el godo de ojillos de rata que ahora se ha sentado a su espalda y que, aunque no puede verlo, sabe que la mira con lascivia y, antes o después, arrastrado por ella tratará de forzarla.

La noche cae. Los hombres comienzan a quejarse del frío y el sajón se levanta y se encamina a la vaguada para darle relevo al que allí monta guardia. El de ojillos de rata también se pone en pie, se aleja unos pasos, colocándose donde ella pueda verlo bien y, hurgando bajo la sucia túnica y las calzas, se saca el miembro y se pone a orinar con una estúpida sonrisa que pretende ser provocadora.

Umm Hakim no le dedica ni una sola mirada, sino que, con disimulo, rebusca en su bolsa, extrae una pequeña bola que, al liberar de su minúscula envoltura, se muestra deslumbrantemente blanca y que, con movimiento certero y rápido, arroja en dirección al patán de los ojos de rata. Va a caer en el charco de meados que se está formando a sus pies y, para asombro de todos, comienza a burbujear violentamente despidiendo calor y haciendo que al desgraciado meón se le corte el chorro, se le ponga la cara blanca y, aullando de puro pánico, se ponga a correr sin acertar a recolocarse la ropa.*

Los demás se quedan helados, con los ojos clavados en el charco que un instante antes era orina y que ahora burbujea como si fuera el contenido de una caldera puesta al fuego.

—Al próximo que me falte al respeto lo hago hervir como a ese charco de meados. ¿Entendido? Y recordad también esto que ahora os digo, si yo tuviera el más mínimo interés en ver los miserables colgajos que os penden entre las piernas, ya me encargaría de decíroslo. ¿Y sabéis qué? A lo mejor no os gustaba lo que hacía con ellos.

Todos guardan silencio y agachan la cabeza. El meón, al ver que Umm Hakim parece que no va a convertirlo en una masa burbujeante, recupera el suficiente valor como para, sin mirar a nadie a la cara, regresar al grupo y sentarse lo más lejos que puede de la peligrosa mujer que lo contrató en Narbona.

Amanece y Carcasona se les muestra ahora, poco a poco, envuelta en densa niebla, como si en vez de estar hecha de piedra fuera sortilegio de cuento de hadas.

---

*Lo que Umm Hakim ha arrojado es cal viva, que, en contacto con un líquido, como, por ejemplo, la orina, produce una reacción exotérmica que libera calor y hace burbujear el líquido en cuestión debido a la formación de hidróxido de calcio. Esto era bien conocido por los alquimistas antiguos y medievales, y la cal viva, por su parte, era fácil de encontrar en estos tiempos, pues se usaba para desinfectar y para obtener mortero destinado a la construcción.

Y galopan caballos entre las densas brumas y todos se ponen en alerta. Desenvainan *scramasax* y espadas, se tensan ante el peligro que el repiqueteo de cascos atravesando la niebla pueda depararles.

A sus pies, cuarenta codos por debajo, donde serpentea uno de los caminos que desde la ciudad llevan al corazón de los Pirineos, ven pasar, fugaces, envueltos en bruma, una docena de jinetes encabezados por un hombre cuyo rostro, apenas visible, es, sin embargo, reconocido de inmediato por Umm Hakim: Dámaso el hispano. Al reconocerlo, como si las cicatrices de su espalda quisieran cobrarse ya venganza, comienzan a palpitarle.

—¡Te tengo! —sisea apretando los dientes; el gigante sajón, que ha ido a situarse a su diestra con la espada desenvainada, tiene un súbito estremecimiento al escucharla y no es de frío—. ¡A los caballos! —ordena ella—. Aprovecharemos la niebla mientras dure para ocultarnos al galopar y luego, manteniendo distancia para que no nos vean, seguiremos sus huellas.

Bajan de la colina y se internan en la bruma como fantasmas que persiguen tétricas visiones.

XI

Munuza está fuera de sí. ¿Y cómo no estarlo? Abandona unos días Libica y, al regresar, se la encuentra colmada de cadáveres, cual si fuera un matadero en lugar de una fortaleza fronteriza, y su esposa, su condenada mujer, lo saluda confesándole entre lágrimas que ha tenido entre sus manos al hijo varón de su peor enemigo, Pelayo, y que lo ha dejado escapar.

—¡Voy a azotarte hasta que se te vean los huesos de la espalda! —le grita a la muy necia, que, enroscada en una esquina de la estancia, sigue llorando mientras se le hinchan los labios que le ha partido de un bofetón.

Marina no le inspira la más mínima compasión. Primero porque nunca ha sentido tal cosa por nadie, y luego porque sabe que ella siempre ha disfrutado golpeando a cuanto sirviente, subordinado o cautivo haya tenido a mano.

—¿Cómo has podido ser tan imbécil? —le pregunta a gritos por enésima vez y sin conseguir calmarse lo más mínimo.

—¡La culpa fue de tus soldados! ¡Yo solo soy una mujer! ¿Por qué no les preguntas a ellos cómo es posible que sumando entre todos una fuerza de sesenta y seis hombres no pudieran impedir que tan solo dos guerreros se abrieran paso y se llevaran a mi sobrino?

Sesenta y seis... El jodido número lo conoce muy bien Munuza: son los que dejó en Libica cuando salió de ella para irse a Urgelis a quemar vivo a su condenado obispo. Pero ha resultado ser una cifra efímera, pues ahora hay que restarle diecisiete cadáveres destrozados. Sí, los que le han dejado esos cabrones, el moro y el godo, que, por lo visto, se han llevado al niño de Pelayo.

¡Lo que él hubiera hecho con ese cachorro del condenado rebelde que se llama a sí mismo rey de los astures! ¿Que qué hubiera hecho? Le habría cortado las orejas y la nariz y se las habría enviado a Pelayo con una misiva en la que le hubiera dejado claro que si no quería seguir recibiendo pedacitos de su hijo, haría bien en deponer las armas y entregarse.

¡Dios clemente y misericordioso, qué triunfo tan grande habría obtenido entonces! ¡Tan grande, tan increíble, que el valí al-Sam, sin duda, lo habría alabado en público y puesto como ejemplo de eficiencia y determinación, para luego premiarlo con un mando, con una provincia extensa y rica! Pero ahora todo son vanas lamentaciones, y por culpa de esta perra llorona que tiene a sus pies, y por la cobardía de sus soldados, a cuyo oficial, por cierto, acaba de ordenar crucificar para escarmiento de toda la guarnición.

Y para colmo de desdichas, el valí al-Sam está a punto de llegar con el gran ejército. Pues así se lo comunicó un correo que lo alcanzó al poco de salir de Urgelis: la enorme hueste está a poco más de tres días de Libica. ¿Qué va a hacer ahora? Si va tras los fugitivos, se arriesga a no darles alcance antes de que llegue el valí y ha recibido orden estricta de este de que se le sume al frente del grueso de la guarnición de la ciudad en la expedición contra Narbona, en donde esperan hallar, derrotar y matar al último rey godo, Ardón. Así que no tiene opciones: debe quedarse y aguardar al valí.

Desde el exterior llegan ya los martillazos que da el carpintero encargado de aparejar la cruz donde van a clavar al inútil del comandante de la guardia. A dos pasos por delante, acurrucada en su rincón, Marina sigue llorando y él, furioso, sigue debatiéndose entre lo que desea hacer y lo que le han ordenado.

«Órdenes son órdenes y se cumplen», se dice a sí mismo, una y otra vez. ¿Y renunciar al niño? Nervioso, airado, hace cantar al látigo que acaba de empuñar. Azotar a Marina no le va a servir de mucho, desde luego, pero al menos podrá desahogarse un tanto y aliviar así la furia y la frustración que lo consumen.

Marina sabe lo que viene y no le gusta. Así que intenta una salida desesperada:

—¡Huyeron hacia el noreste! —grita mientras se tapa el rostro para prevenir que se lo cruce de un latigazo y se lo deje marcado para siempre.

—¿Y qué importa eso?

—¡Van en dirección al valle en donde debe de estar la cueva del tesoro de Gesaleico! —Munuza se detiene. ¿Por qué saca eso a relucir esta arpía? ¿Qué tiene que ver una cosa con la otra?—. Piénsalo, ya estábamos planeando ir allí: he contratado guías y Opiano ha encontrado en la misérrima biblioteca de un cenobio próximo a Libica el relato de la vida de un santo ermitaño que anduvo por esos lares y que los describe con cierta precisión, aludiendo, además, a la existencia en ellos de un lugar secreto donde el rey bastardo ocultó un gran tesoro.

»Piénsalo, Munuza: ¿debemos dejar escapar esta oportunidad? En unos días, estas tierras hervirán de hombres armados: las patrullas de exploradores del valí al-Sam, las que envíe Ardón para que le den noticia de su avance, las que destaque Eudón de Aquitania para asegurarse de que no es contra él contra quien realmente pretende marchar el valí... ¿Y si alguna de esas partidas de hombres armados da por casualidad con el tesoro? ¿Y si atrapan ellos a mi sobrino? Tú no puedes abandonar Libica ahora, pues el valí te ha ordenado que lo esperes aquí para sumarte a él. ¿Y dime, en quién puedes confiar para ir en busca del tesoro y seguir las huellas del hijo de mi maldito hermano? ¡Solo en mí! ¿Acaso no te lo he demostrado en el pasado, amado mío? ¿Acaso no te das cuenta de nuestra suerte? ¡La fortuna ha querido que el niño vaya en la dirección en la que se oculta el tesoro que buscamos! ¡Confíame un puñado de guerreros y yo te traeré a los dos: al niño y al tesoro!

Munuza no esperaba aquello. La sorpresa es tan grande que casi suelta el látigo. ¿Está tratando de engañarlo? Pero no: lo mira de frente, con miedo pero de frente, y es cierto lo que le dice, lo fiel que le es.

—Tienes razón, esposa —le dice arrojando el látigo a un lado y tendiéndole la mano para ayudarla a levantarse del suelo.

Ella respira aliviada y se permite una tímida sonrisa que trata de aparentar amor, pero que oculta alivio y, tras este, muy muy hondo, escondidos en su mente y en su corazón, triunfo y odio a partes iguales.

—Siento haberte pegado... —le dice ahora Munuza, mintiendo lo mejor que puede y sospechando que no engaña a nadie.

—Tú no tienes la culpa, amado mío. Fueron los inútiles que te sirven los que te han sacado de quicio —le responde ella abrazándolo mientras desde fuera comienzan a llegarles los gritos de supremo dolor y horror del oficial al que están comenzando a clavar a los maderos de la cruz.

Esa misma tarde, a la cabeza de treinta y cuatro guerreros de su esposo y acompañada por un aterrorizado Opiano, Marina pasa junto al desgraciado. El crucificado, despertando un tanto del sopor agónico que lo embarga, mueve los agrietados labios para emitir una súplica:

—¡Piedad, señora, tened piedad de mí! —le implora con un roto hilo de voz.

Marina detiene el caballo a los pies de la cruz y mira a los ojos del pobre hombre con una pena profunda.

—¿Sabes cuánto te queda aún por sufrir? —le pregunta cambiando su semblante con una sorpresiva y maligna sonrisa—. Horas. Pronto, cuando caiga la noche y la gente no los moleste, llegarán los cuervos a sacarte los ojos. —Y diciendo esto, se vuelve a uno de los dos soldados que montan guardia a los pies del desdichado—. ¡Dadle agua y mantenedlo vivo hasta que llegue la noche y luego alejaos lo suficiente para no molestar a los cuervos! —ordena antes de lanzar una última sonrisa al oficial crucificado y talonear a su caballo.

Se aleja entonces en dirección a las puertas del *castrum* e ignora que lo hace con la mirada de Munuza clavada en su espalda.

Su esposo lo ha visto y oído todo desde el adarve de una de las torres de la *arx* y sonríe satisfecho: ¡si existe en todo el mundo una mujer más condenadamente malvada que la suya, que vengan a tirarle de la barba los genios! No la hay. Y una mujer así, una loba tan despiadada como esta, puede ser muy capaz de conseguir lo que le ha jurado: que le traerá el tesoro y al niño.

Lo cumpla o no lo cumpla, Munuza ha dado secreta orden a uno de los guerreros que van con ella de que la mate en cuanto hallen lo que buscan. No la quiere más a su lado. No, no la quiere. Pues tanta maldad, antes o después, se cebará también en él.

E imaginando la cara de sorpresa que pondrá cuando, cumpliendo sus órdenes, le abran el vientre con una espada, suelta una carcajada.

Marina no la escucha. En ese momento, seguida por los treinta y cuatro guerreros puestos a sus órdenes y por el imbécil babeante de Opiano, sonríe imaginando la cara que pondrá Munuza cuando el valí ordene que le corten la cabeza en su presencia. ¿Qué por qué dará esa orden el valí? Porque será lo que ella le pida a cambio del tesoro y de entregarle al hijo de Pelayo.

XII

Addi refrena su caballo alazán a la orilla de un diminuto riachuelo que se precipita desde las quebradas colinas que se alzan a su izquierda. Al poco, a su diestra, Hartz hace otro tanto y durante un instante que podría aspirar a ser eternidad no se miran. ¿Para qué? Los dos saben que, ahora que no tienen que matar juntos para poder sobrevivir y poner a salvo a Favila, ha llegado el momento de ajustar cuentas y esas «cuentas» solo saldrán primero sumando y luego restando.

¿Restando qué? La cuenta es sencilla: un soldado moro que raptó al hijo de un rey, más un guerrero astur de dicho rey al que se le encomendó perseguirlo y rescatar al pequeño y que, de paso, quiere vengarse del mentado moro, pues, a la par que secuestrador, es el asesino que dio muerte a su padre y lo decapitó; por último, se debe también sumar al total ya obtenido a un niño que, arrancado de los brazos de su madre, se ha hecho amigo, casi hijo adoptivo de su raptor. ¿Qué resultado da eso? Tres igual a menos un muerto, quedando de resto un niño asustado y confuso y un hombre vivo que tendrá que explicarle por qué ha dado muerte al otro. Esa es la condenada «cuenta», la jodida «resta» que ha llegado la hora de hacer.

¿Y para qué demorarlo más? Para nada. Se miran. El moro y el astur. Dos hombres formidables: el oso y el lobo; el gigante de loco valor y férrea determinación y el delgado, fibroso bereber de impasible audacia e inconmovible voluntad. Dos hombres así, dos enemigos como estos se pueden odiar con fiereza, pero también terminarán por respetarse, por admirarse.

—Ha sido una buena persecución —dice al fin Addi, como si comentara una simple partida de dados y no siete meses de engaños, asechanzas, combates, cabalgadas sin fin, duelos de ingenio y viajes por media Hispania.

Hartz piensa si contestar. ¿Para qué hablar con el hombre al que tiene que matar? Pero, aunque lo odia con toda su alma, el muy cabrón tiene más valor que él nunca creyó que hallaría en otros hombres que no fueran Pelayo y su padre.

Su padre, esa es la cuestión... Si este bárbaro sureño no lo hubiera decapitado, si lo hubiera matado en buena lid... ¿Qué? ¡Al infierno con esa clase de pensamientos!

—Tu padre, pues supongo que era tu padre, fue un enemigo digno. Honro su memoria y su valor.

—¿Qué dices, condenado moro del demonio? ¿Por qué honras su memoria y su valor? ¿Por eso lo decapitaste y me arrojaste su cabeza? ¡Hijo de puta! —estalla Hartz.

Y mientras se enciende, Favila se queda sin habla, muy pálido y mirando, ora a Addi, ora a Hartz: ¿será cierto que su amigo mató al tío Silo y le cortó la cabeza? Sabe, no es tonto, solo un poco pequeño, que es un guerrero y que los hombres como él pueden hacer cosas malas. ¿Acaso no vio cómo le dio una bofetada a su madre? Ese recuerdo le pincha en el alma... Pero luego ha cuidado de él y lo ha protegido. Sí, Addi siempre está a su lado y le enseña cosas..., y hasta deja de comer para que él pueda hacerlo. Eso, eso es porque Addi lo quiere. Él también lo quiere. Pero ¿debe seguir queriendo al hombre que mató al buen tío Silo?

—¿Qué diablos crees que es la guerra, niño grande? —le espeta ahora el mauri a Hartz—. ¿Qué habrías hecho tú en mi lugar? Tenía que acabar con un enemigo que me había hecho frente con valor y que estaba agonizando de puro dolor, y cuando me disponía a hacerlo, con honor y piedad, vi a un gigante furioso que corría hacia mí rugiendo como un oso. ¡No tenía tiempo, tú no me lo diste! No tenía más oportunidad de sobrevivir que abatir a toda prisa a tu padre y hacer algo que te frenara a ti en seco para darme a mí la ocasión de sobrevivir y seguir combatiendo. ¡Eso fue lo que pasó, condenado astur! ¡Por eso decapité a tu padre! ¡Estaba muerto y yo tenía que vivir! Así de sencillo, así de terrible. ¡Así es la maldita guerra!

Hartz ya tiene la espada en la mano; Addi aún no ha desenvainado la suya; Favila se lleva las manitas a la cara y se tapa los ojos mientras comienza a sollozar; los caballos, nerviosos, olfatean la violencia de los hombres, anticipan el combate y la muerte, relinchan, patean la tierra, se encabritan.

—¡Deja al niño en el suelo y acabemos de una vez con esto! —brama Hartz, que no se atreve a descargar el primer golpe por miedo de herir a Favila.

Addi se dispone a hacer lo que le reclama su enemigo.

—¡Callaos los dos! —El grito del niño los coge por sorpresa; los detiene; los silencia.

El riachuelo, ajeno a las cosas de los hombres, murmura agua a sus pies y de los bosques que colman aquella tierra de empinadas colinas, llegan los sonidos que hace el viento cuando juega con los viejos árboles. Todo está en paz, todo menos dos hombres que se quieren matar delante de un niño que no entiende nada o que, quizá, lo entiende todo.

—Siento haber matado al padre de este hombre, pequeño león. No sé si puedes entenderlo o si podré algún día explicártelo, pero fue la guerra la que me obligó a hacerlo.

Hartz se dispone a contestar, pero quien toma la palabra es un venablo que se clava entre las patas de su caballo, espantándolo, y no cae al suelo porque es un consumado jinete y tiene los reflejos de un lince, pero pierde el equilibrio, y mientras trata de recuperarlo, al otro lado del estrecho cauce ante el que se han detenido, del bosque surgen hombres a caballo cubiertos de hierro de los pies a la cabeza y con serias intenciones de cobrarse sus vidas.

Addi reacciona como siempre: como un relámpago. Tirando con brío de las riendas, gira a su caballo y lo talonea para que enfile la empinada ladera de la boscosa colina que tiene a su izquierda y se mete entre la vegetación mientras protege a Favila con su cuerpo y más venablos silban en torno suya tratando de herirlo.

—¡Maldición! —ruge Hartz mientras domina a su caballo y se le viene encima el primero de los guerreros que están cruzando el diminuto riachuelo.

Lo recibe con la espada que ya tenía desenvainada y presta a matar a Addi. Tenía ya tanta rabia preparada para destrozar al moro que al dirigirla ahora contra el insensato que se le viene encima lo decapita de un solo golpe. La brutalidad desanima al hombre que cabalgaba tras el decapitado y eso le da a Hartz un instante para hacerse del todo con su montura y ponerla al galope para meterse también en el bosque y huir de los guerreros aquitanos de Eudón, que ya saturan el aire alrededor de él con tiros de dardo y venablo.

—¿Será maldita mi suerte? —grita mientras huye.

Y es que su destino parece ser el de perseguir hasta el fin de los tiempos al condenado moro que, una vez más, se lleva a Favila.

XIII

Pelayo desmonta. El viento, pese a que están en junio, es frío y se empeña, sin lograrlo, en levantarle el pesado manto de piel de oso con el que se cubre los anchos hombros.

Despacio, se quita el yelmo y sacude la cabeza para soltarse los largos y rubios cabellos. Luego, entregándole las bridas de su montura al joven guerrero que lo asiste, da unos pasos para situarse en el centro de la vieja calzada romana. Allí se detiene y contempla el empinado y pétreo lomo del Homón de Faro, el lugar que ha elegido para construir su muralla: la fortificación contra la que se estrellarán los ejércitos árabes cuando pretendan entrar en su reino.

A su espalda oye ya los pasos de sus acompañantes y pronto, a su diestra de nuevo está Alfonso y a su siniestra, el viejo Claudio Emeritense; un poco por detrás de ellos, los doce hombres de su guardia personal que los acompañan en este viaje de inspección por las montañas y los valles que rodean los pasos de Iter Montium y de la vía Carisia.

El viejo Claudio Emeritense es uno de tantos refugiados sureños llegados a Asturia en los últimos meses. Pelayo lo conoció hace más de siete años, cuando los musulmanes capitaneados por el implacable conquistador Musa ibn Nusair ponían sitio a Emerita Augusta, la ciudad más grande, populosa y fuerte de la Hispania visigoda, y él, tras muchos vagabundeos, terminó participando de la defensa de la ciudad.* Durante ese asedio se ganó Pelayo fama de campeón, de hombre audaz y de guerrero imbatible, y Claudio, por su parte, cobró gran mérito como ingeniero habilidoso, capaz de poner de nuevo en orden las viejas defensas romanas y godas de Emerita.

Ahora, siete años ya desde aquel duro asedio, la fortuna ha querido que el viejo Claudio esté aquí, en Asturia, y que pueda poner sus conocimientos como ingeniero militar al servicio de Pelayo y de su gran plan.

—¿Qué opinas? —le pregunta con la inquietud del hombre que teme la opinión negativa de un experto sobre su más ambicioso proyecto.

Claudio se toma su tiempo en contestar, pues lo necesita para valorar el áspero paisaje que sus viejos ojos contemplan con mirada experta. Tiene sesenta y seis años y no debería estar allí, en lo alto de las gélidas cumbres de una tierra salvaje, sino en su casa de Emerita Augusta, calentito, con un buen vaso de vino en la mano y sus nietos pululando alrededor, pero ya se sabe: la vida es una perfecta hija de perra que, en cuanto te descuidas, te pasa por encima y te lanza a los cuatro vientos para que te lleven de un lado a otro como si fueras una brizna de paja. Y eso mismo le ha pasado a él y por eso está aquí pasando frío, con la espalda y las posaderas doloridas tras cuatro días de cabalgata por las jodidas montañas de los astures y preguntándose cómo diablos quiere Pelayo que construya ahí, entre abismos, cumbres y pendientes imposibles, unas defensas capaces de frenar a un ejército invasor.

---

*La cronología sigue a la única fuente contemporánea de los hechos: la *Crónica mozárabe del 754* y no la que dan las tardías obras árabes. En función de esto, Mérida fue asediada por Musa entre el verano y el otoño de 712 y no en 713 o 714. Mérida ofreció una dura resistencia gracias a sus formidables murallas. No pudo ser tomada, solo abrió sus puertas tras obtener una ventajosa capitulación.

Y no es que Claudio no sepa de estas cosas, pues bien sabe Cristo bendito que aprendió bien el oficio cuando siendo un joven soldado se hizo con el arte de la ingeniería militar, y cómo, para ponerlo en práctica, fue alistado de inmediato en el ejército del rey Wamba que se dirigía al norte a combatir a los vascones, quienes, azuzados por el duque Lupo de Aquitania, presionaban con insistencia las fronteras del reino por el lado de Cantabria, Pompaelo y Olegico. Todo eso a la par que el duque de la Septimania, el pérfido Hilderico, se alzaba contra el buen rey, solo para ser reemplazado de inmediato como usurpador principal, por así decir, por el traidor conde Paulo, al que el rey Wamba había enviado previamente a aplastar la sublevación y que, lejos de cumplir con lo que le habían ordenado, se sumó a ella y se puso a su frente.*

En esa campaña, con apenas veinte años, Claudio hizo de todo como ingeniero: campamentos fortificados que se erigían cada tarde al finalizar una jornada de marcha y que contaban con su buen foso, su terraplén estacado, sus puertas fortificadas y hasta con sus torres; arreglar a toda prisa caminos de montaña para facilitar el paso del ejército; construir máquinas de guerra con las que dañar las murallas de los *castra* y ciudades que había que expugnar; cavar minas con las que socavar muros y torres; reparar murallas dañadas; erigir torres y almenaras con las que vigilar las restauradas fronteras con los francos, etcétera. De todo. Pues los godos, por muy bárbaros que les parecieran a los romanos, siempre se habían destacado por hacer la guerra muy «a la romana».

---

*Wamba fue rey de 672 a 680 y emprendió esta famosa campaña en 673: en siete días derrotó a los vascones y en apenas unas semanas más, en una campaña relámpago, a los rebeldes y a sus aliados vascones, francos y sajones. Olegico es Olite.

Luego, ya maduro, participó también en las guerras que el rey Egica libró contra los francos.* No fueron muy afortunadas que digamos, pero Claudio siguió aprendiendo y acumulando experiencia que bien le vino cuando, ya viejo, vio a su propia ciudad, Emerita, asediada por los árabes y los moros.

Así que Claudio no es lego en cuestiones de fortificaciones: sabe erigirlas, sabe expugnarlas, sabe cómo defenderlas... Sí, pero lo que no sabe es cómo construirlas en lo alto de unas cimas y pendientes que le provocarían un vértigo insoportable a una cabra montés.

—¿Qué opinas, Claudio? —insiste, impaciente, Pelayo.

—Aquí, rey, no va a bastar con erigir un muro de ciento sesenta pasos de largo** y cavar un foso delante —responde al fin y sin poder quitar los ojos del impresionante paisaje que los envuelve.

Y no es que lo que hay que hacer en el otro paso de montaña, el del camino de la Mesa, sea poca cosa, pero esto, esto que le pide ahora Pelayo es imposible. Están en un camino angosto recortado por vertiginosas y profundas pendientes que atraviesa la dorsal de la inmensa sierra desbordando los pasos de la cordillera. Desde donde ahora se hallan, dominan a lo largo de casi cuatro millas,*** la vieja calzada romana construida casi ocho siglos atrás por el legado Publio Carisio. Si pudieran construir allí una defensa lineal, una muralla, harían falta millares de hombres para tomarla al asalto. ¿Se puede hacer?

«Si pudieran»..., se repite una y otra vez.

---

* Estas guerras de Egica contra los francos son prácticamente desconocidas.

** Unos 120 metros, lo que mide el muro levantado por Pelayo en el paso de la Mesa.

*** Algo más de cinco kilómetros.

Claudio es de esos hombres que siempre lo intentan. En eso es como su rey y por eso mismo los dos hombres se entienden tan bien.

Al sur de donde están, a unos trescientos pasos como mucho, en situación opuesta a donde ahora se encuentran, se alza otro cerro un poco más alto, a cuya ladera occidental se encarama la calzada como si hubiese sido tallada por un colosal escultor loco. Sobre la cima de ese cerro se pueden ver aún los restos de un viejo campamento romano. ¿Podrán aprovechar algo de lo que por allí encuentren? Es poco probable.

—Bueno —musita en voz muy baja y para sí, como para concluir su examen: ¿para qué andarse con tonterías? Pelayo lo quiere y él se romperá la sesera intentando llevarlo a término.

Así que chasquea la lengua, se lleva las manos a la cintura y, sin apartar la mirada del paisaje, que sigue examinando palmo a palmo, imagina y señala lo que debe hacerse.

—Tendremos que construir dos líneas de defensa casi paralelas empezando desde allí, desde el frente sur del cerro, y cortando a partir de ese punto hasta llegar aquí. Eso serán unos quinientos treinta pasos como poco.* Aprovecharemos el escarpe rocoso que veis allí, pues forma por sí mismo un muro natural tan alto como dos hombres, y dejaremos a sus pies una berma y a continuación de esta cavaremos un foso. Luego, sobre ese talud de piedra, erigiremos una muralla y tras esta, pendiente arriba, dejaremos espacio para una segunda berma y tras esta, más arriba aún, levantaremos una segunda muralla que, por mor de lo variado del terreno, adoptará diferentes formas: a oriente, le podremos dar un ancho de doce o trece codos** y podremos labrarla hermosa-

* 400 metros.

** Una berma es el espacio que queda entre un foso y un muro, terraplén o muralla; doce o trece codos serían seis metros y medio de ancho.

mente con sillares bien cortados, rellenándola con cascotes y barro. Luego, para darle más solidez y que no se nos vaya terraplén abajo, la iremos compartimentando con muros transversales interiores que formarán una suerte de grandes cajones.

»Después continuaremos la línea de defensas, adosando un muro en bancal de cuatro codos de ancho que labraremos en mampostería menos fina y, en su frente, lo iremos trabando con una estructura de vigas de madera, todo lo cual nos servirá para sostener una buena plataforma de combate que coronaremos con una empalizada. Esa línea irá alejándose del talud rocoso y se arqueará por la pendiente del cerro; luego bordeará esa torrentera que viene a continuación y alcanzará ese espolón rocoso que tenéis ahí, y que convertiremos en un baluarte que se proyectará en forma de saliente, permitiendo quebrar los ataques enemigos que se lancen por ese sector.

»Desde ese baluarte, el muro llegará al final de la línea de defensa, que anclaremos elevando en su extremo una gran torre de buenos cimientos y base de sillares, que se elevará tres pisos para que desde ella se controle la totalidad de la línea de defensa, a la par que la calzada. Si así lo hacemos, mi señor rey, cerraremos aquí por completo el paso a los futuros invasores, y podremos batir, además, de continuo a sus fuerzas con tiros de fustíbalo* y honda. Máxime cuando esa fuerza invasora tendrá que avanzar desplegada en una larga y estrecha columna, cuyo flanco quedará a tiro de nuestros hombres en cuanto asome la cabeza por el costado del monte del viejo

---

*Recia vara o listón al que se ataban una o más hondas y que se empuñaba con las dos manos a modo de poderoso propulsor. En el Homón de Faro el arqueólogo Jorge Camino y su equipo encontraron varios depósitos de cantos rodados dispuestos para ser usados en ellos. Eran capaces de lanzar cantos de medio kilogramo de peso entre 100 y 200 metros con devastadora eficacia.

campamento romano, quedando entonces totalmente expuesta en los últimos trescientos pasos. Para ellos, después de venir caminando sobre montes altísimos, con abismos y paredes de piedra cerrándoles los flancos, será como desembocar en un matadero. En fin, a los pies de la torre cavaremos una cisterna para tener agua y aquí y allá dispondremos depósitos de proyectiles para los fustíbalos y las hondas y una fragua para que la guarnición cuente con un lugar donde reparar sus armas.

Y eso es todo. Eso y un rey, el hijo de un duque y una docena de guardias asombrados y boquiabiertos tras escuchar al viejo Claudio.

—Entonces, ¿puede hacerse?

—Flavio Vegecio os diría que sí y yo no discuto con muertos* —bromea el viejo ingeniero citando al más célebre tratadista militar romano.

—¿Qué necesitarás para llevar semejante obra a cabo?

—Trescientos hombres en total divididos en dos turnos de ciento cincuenta cada uno para que, desde que salga el sol hasta que se oculte, no cese ni un instante el trabajo, pues los tendré aquí durante todo el verano y las primeras semanas del otoño. Luego llegarán las nieves y tendremos que irnos. Volveremos a mediados de la siguiente primavera y, con mucha suerte, a comienzos del otoño tendrás tus fortificaciones terminadas. Trescientos hombres y nueve meses de trabajo, eso necesito. Amén de madera, clavos, mulos, bueyes, herramientas, albañiles diestros, canteros, herreros, carpinteros y enormes cantidades de víveres, leña, cuero, lana, vino, vinagre y un montón más de cosas que os costarán una fortuna.

---

* Flavio Vegecio, posiblemente de origen hispano, escribió *Epitoma rei militaris* hacia 413, en mi opinión. Su tratado militar fue, sin duda, el más influyente de la historia y Napoleón así lo estimaba.

Pero a Pelayo no le importa cuánta plata le va a costar todo aquello y como muestra de ello basta mirarlo a la cara, donde luce una sonrisa de oreja a oreja: creía que cortar allí el acceso a su reino llevaría más tiempo y trabajo; ahora, el viejo y bendito Claudio afirma que dentro de dos años y poco, tras dos temporadas largas, con trescientos hombres trabajando sin descanso lo tendrá listo. Que se alce tan rápido les dará una buena oportunidad de supervivencia, pues ese verano, mientras ellos inician las obras, el gran ejército musulmán estará ocupado en conquistar la Septimania para acabar allí con el rey Ardón, y todo indica que, al verano siguiente, cuando ellos aún estén trabajando para terminar las fortificaciones, los árabes dirigirán su gran ejército contra la Aquitania de Eudón. De modo que, cuando el tercer verano el valí de Hispania tenga las manos libres para volverse contra Asturia, se la encontrará fortificada y dispuesta a enfrentarse a él en los pasos de las montañas que le sirven de resguardo.

—¿Y los otros pasos? —pregunta ahora sin poder ocultar su gran satisfacción y aludiendo a las obras de fortificación que también ha decidido afrontar en el paso de la Mesa y en los accesos que desde las Fontes Iberis llevan al paso del Escutum.

—Esas requerirán de menos hombres y esfuerzos —responde el ingeniero—. Cien deben trabajar en la Mesa y medio centenar debe hacerlo en el Portus Escutum, que los lugareños llaman Cotero del Medio. Con eso bastará.*

Eso supone que, durante nueve meses, distribuidos a lo largo de las estaciones de buen tiempo que proporcionen dos años, Pelayo tendrá que enviar a cuatrocientos cincuenta hombres a trabajar a lo más recio de las montañas de Asturia

* Estas otras defensas lineales también fueron señaladas por Jorge Camino, el magnífico arqueólogo que las vincula, al igual que lo hago yo, al reinado de Pelayo.

y Cantabria. Hombres que tendrá que alimentar, pagar y convencer para que se dejen la espalda en el empeño.

No será fácil..., pero lo hará.

En ese momento, un águila emite su agudo reclamo* mientras planea sobre las ruinas del monte que tienen enfrente, aquel en el que todavía son visibles las ruinas del viejo campamento romano. Los ojos de Pelayo no se apartan del vuelo del gran pájaro y recuerda que los romanos de los viejos días creían que el ave era emisaria de presagios. ¿Será esta mensajera de designios divinos? No lo sabe. Pero sí sabe que el tiempo de Roma pasó y su imperio en Occidente cayó; vino luego el tiempo de los godos, que forjaron un gran reino en Hispania que también ha sido arrojado a la ruina y la destrucción. Ahora, con su vuelo, quizá el águila le anuncie el inicio de un nuevo tiempo: el del reino que ha fundado. ¿Quién sabe lo que le deparará el destino? Eso no le compete a él: quizá se marchite, quizá nunca pase de ser un insignificante reino o quizá, en el futuro, se transforme en un imperio más grande que Roma... Lo único que a él le ha sido encargado por Dios, pues así lo cree, es velar por su supervivencia, y en ello pondrá su valor, su sangre, su voluntad. Asturia no perecerá mientras él pueda sostener una espada.

—¡Manos a la obra, Claudio! —dice con determinación fortificada por la visión del águila y palmeando la vieja y recia espalda del ingeniero.

—¿Tendrán nombre estas defensas?

Quien ha preguntado es el joven Alfonso, que está tan asombrado como todos los demás por la ciencia de Claudio, el presagio del águila y el júbilo guerrero de Pelayo.

—Roca de Pelayo —responde el ingeniero sin dar tiempo a nadie—. Ese debe ser su nombre. Pues es al rey a quien se le

---

*Así se denomina al chillido del águila.

ocurrió la idea de construirlas. Así no quedará la menor duda de que el loco es él y no yo —bromea con esa cercanía y complicidad que da el haber sido camarada de guerra del hombre que ahora es su soberano y que, lejos de rechazar la chanza, la hace suya con alegría:

—Mi madre nunca tuvo duda sobre eso, Claudio. Por eso estás aquí, porque sigues a un rey loco. ¿En qué te convierte eso?

Y las risas de aquellos hombres locos resuenan en la yerma soledad que comparten con las rocas y las águilas.

XIV

Dámaso el hispano, en otro tiempo obispo de Ilerda y ahora jefe de una partida de asesinos en busca de un tesoro, detiene su caballo y alza los ojos: delante de él, al comienzo de la ladera de un monte, se abre, como si fuera el descomunal y oscuro ojo de un titánico cíclope, la boca de una gran gruta. ¿Será la que busca?

Debe de serlo o, al menos, merece que lo compruebe. Pues está en el valle del río Ariscia, no le cabe duda de ello: es el que se corresponde con el comienzo del enigma que Sinderedo, el exiliado obispo de Toletum en Roma, le hizo aprender de memoria. Sí, todo eso está claro. Pero los lugareños no se ponen de acuerdo sobre cuál es la cueva que la tradición señala como la verdadera tumba de Pyrene y eso lo está sacando de quicio y lo está obligando a entrar en cada una de las grutas que se encuentra en su camino, y son muchas, y el tiempo apremia. Pues, desde hace dos días, las tierras que se extienden entre los Pirineos y Carcasona por un lado, y entre el valle del Ariscia y Libica por otro parecen colmadas de bandas de guerreros godos, aquitanos y moros que se acechan, se atacan, se buscan unos a otros en un enloquecido, caótico frenesí bélico que ha convertido al valle en una tierra sumamente peligrosa para sus gentes y para cualquiera que tenga la mala idea de pasar por allí. Y mira tú por dónde, él ha tenido esa «mala idea». Tan mala que, en las últimas dos jornadas, han tenido ya tres encuentros con patrullas de exploradores aquitanos y godos que les han metido el miedo en el cuerpo y, de paso, han matado a dos hombres.

Pero acaban de pasar por la pequeña ciudad amurallada de Tarax* y en ella, como por otra parte también han hecho en todas y cada una de las aldeas y pequeñas ciudades por las que han pasado desde que salieron de Carcasiana, les han dicho, muy ufanos, que no lejos de allí se abre la boca de la gran caverna donde Hércules sepultó a su amada Pyrene.

Así que no les queda más remedio que seguir trepando hasta cuantas malditas grutas se abren en las laderas de las montañas de esta agreste tierra perdida en las difusas fronteras de Aquitania con los antiguos ducados godos de Septimania y de la Tarraconense.

—¡Vamos, subamos a esa cueva y veamos si es la que buscamos! —ordena a sus bandidos y, encabezándolos, guiando con cuidado al caballo por un empinado sendero, se dirige hacia la sombría gruta.

En ese momento, a apenas dos millas por detrás de él, Umm Hakim y sus hombres entran también en Tarax, cuyos habitantes, inquietos por los continuos movimientos de tropas de los últimos días, los examinan con suma desconfianza y tardan bastante en abrirles las puertas. En cuanto entran en la diminuta *civitas*, los guardias que custodian las puertas y un buen puñado de ciudadanos los rodean acribillándolos a preguntas sobre lo que está pasando más allá de sus protectores muros y que está poniendo su pequeño mundo patas arriba.

—¡Los árabes se dirigen contra Narbona! —responde uno de sus godos a los ansiosos paisanos que los asedian y que

---

* Tarascon-sur-Ariège.

apenas les dejan avanzar en dirección al pequeño y medio arruinado foro.

—Y los hombres de Eudón tratan de sacar tajada —se lamenta otro de sus hombres que, como buen godo, odia a los francos de Aquitania.

Así, entre preguntas de los lugareños y respuestas de sus hombres, llegan a la plaza y allí abrevan los caballos y compran avena para que reparen fuerzas tras largas jornadas de cabalgada.

Mientras tanto, Umm Hakim aguza el oído y se entera así de que apenas una hora antes pasó por allí otro grupo de viajeros encabezado por un hispano malencarado que llevaba prisa, repartía plata a manos llenas y no dejaba de preguntar por la caverna donde, según decían los antiguos, Hércules había enterrado a la princesa Pyrene.

Animada por tales nuevas, interroga con interés a las gentes de Tarax y, mientras lo hace, no advierte que el godo de ojillos de rata, al que le cortó la meada dos días atrás arrojándole entre los pies una bola de cal viva, deja el grupo y se interna entre la multitud de curiosos que los rodea.

Treinta minutos y treinta monedas de plata más tarde, tienen la avena para los caballos y un guía local que los va a llevar hasta la cueva de Pyrene. Pues, sin duda, Dámaso debe de estar en ese preciso momento llegando a ella a pleno galope.

—¡Vamos, a los caballos y tras ellos! —ordena a sus hombres.

Pero en ese momento reaparece el godo de los ojillos de roedor y lo hace trayendo consigo al juez, quien, escoltado por cuatro soldados de la guarnición, la busca con unos ojos negros rodeados de profundas arrugas en los que se puede ver mucha prevención y un poco de miedo mientras en el rostro se le asienta una expresión airada.

—¡Esa es la hechicera! —grita entonces el condenado de los ojos de rata señalándola vehementemente—. ¡La he visto, noche tras noche, invocar a los demonios con palabras nefarias, ofreciéndoles impúdicos sacrificios para poder atraer así tempestades y granizo sobre los sembrados de las aldeas junto a las que pasábamos!

Las gentes de Tarax se quedan boquiabiertas y se giran para mirarla con ira y miedo: una hechicera que atrae granizo y tempestad sobre las cosechas es la peor de cuantas existen, sin duda, pues condena al hambre a la gente. Por eso, la ley de los godos es en extremo dura con ellas.*

—¡Cogedla! —ordena el juez.

—¡Deteneos! —grita ella y su porte es tan firme que todos se detienen.

Se hace un incómodo silencio fruto del miedo y de la expectación. Umm Hakim sabe que de lo que diga y haga dependerá el que esta gente se calme y la deje ir o que, por el contrario, se torne en jauría de perros rabiosos y la apresen.

—¡Ese hombre es un mentiroso! —comienza por gritar señalando al de los ojos de rata—. ¡Me acusa de hechicera solo porque me desea de forma pecaminosa y yo no consiento en plegarme a sus lascivas insinuaciones! —La duda ha sido sembrada. Ahora debe regarla para que crezca—. ¡El resto de los hombres de la partida dará testimonio de que lo que digo es cierto! —anuncia, y se vuelve hacia su grupo de seguidores armados.

Algunos le rehúyen la mirada; otros, como el gigante sajón, se la sostienen.

Las cosas no pintan bien. Sintiendo cómo le sube un calambre de desesperación desde el estómago, decide con-

---

* La ley de los godos es el *Liber Iudiciorum* promulgado en 654 por el rey Recesvinto. Suponía la sistematización, ordenación y puesta al día de la legislación. La ley contra los hechiceros, y muy particularmente contra los que atraían tormentas y granizadas que arruinaban las cosechas, es del año 652 y fue dada por Chindasvinto.

fiar en el sajón, que no parece dispuesto a volverle la espalda.

—¿Verdad? —pregunta de nuevo centrando su requerimiento en él, que parece taladrarla con sus penetrantes ojos verdes de gran y frío gato.

—Es una bruja —dice al fin con tono firme y pausado—. Lleva días atemorizándonos con sus hechizos, atormentando nuestras mentes, obligándonos a seguirla hasta un lugar oscuro en el que pretende copular con demonios para así tener más poder e invocar con más fuerza las tempestades que, sin duda, luego hará caer sobre vuestras cosechas para arrasarlas y condenaros al hambre.

Eso dice el muy cabrón: así, con todo el aplomo y la tranquilidad de un mentiroso profesional y de corrido, sin que le titubee la voz ni se le atranque la maldita lengua.

—¡Atrapadla! —ordena de nuevo el juez por completo convencido.

Y esta vez son sus propios y traidores hombres quienes se lanzan sobre ella, la descabalgan y la arrastran ante el juez arrojándola a sus pies. Este, un hombre pequeño, gordo, calvo y de semblante engañoso, pues parece amable cuando en realidad es un ser bien ejercitado en el arte de la hipocresía, se la queda mirando largo rato para así generar expectación entre sus conciudadanos. Es su pequeño momento de gloria y quiere exprimirlo cuanto pueda.

—¡La ley es clara! Doscientos azotes y, si sobrevive a ellos, se le afeitará la cabeza para ser luego paseada por toda la ciudad sometida a vuestras burlas, y por último, recluida en prisión para que no pueda seguir haciendo daño a la buena gente con sus malvados hechizos e invocaciones demoniacas —anuncia al fin con esa voz engolada y tonante que suelen usar muchos jueces.

Umm Hakim abre la boca para volver a protestar, pero el sajón se la cruza de un bofetón y el de ojillos de rata, por si acaso, le quita la bolsa y la desarma, a la par que la manosea asquerosamente mientras se ríe de ella; también, en un revoltijo de gente, la alzan y se la llevan hacia el poste que hay en un lado de la plaza y que, por lo visto, sirve para atar a él a los que son condenados a azotes.

Doscientos azotes... Le romperán la espalda. Le desgarrarán la piel hasta que se le vean los huesos, la matarán..., piensa en esto frenéticamente; en esto y en su pequeño Jalid, en su niño, mientras la arrastran, la escupen y la maldicen; mientras le tiran del pelo y la golpean al pasar camino del poste.

La atan a él con violencia y el cerdo de ojos de rata le arranca de un tirón el manto y la túnica y le deja el torso desnudo. Aún se le ven en la espalda las señales de los azotes con los que Dámaso la torturó en Roma; al verlo, muchos son los que gritan señalando las marcas como prueba de que no es la primera vez que sufre condena.

—¿Veis? ¡Esta es prueba evidente de que ya la castigaron antes! —clama el de los ojos de rata.

—¡Seguro que se escapó de la prisión donde la encerraron tras azotarla por sus demoniacos hechizos! —grita el sajón.

—¡Abrid paso al verdugo, abridle paso! —claman entre el gentío.

Y un hombre grande, de aspecto brutal, se pone junto al juez y aguarda sus órdenes.

—¡Por tus impuras invocaciones, por tus maldades, por tus nefandos tratos con los demonios, por arruinar las cosechas con tempestades y granizo, recibe doscientos azotes! —sentencia dejándose la garganta en el empeño y recibiendo un coro de aplausos y vivas de sus conciudadanos que, sin duda, lo consideran como al más justo y sagaz de los jueces godos de Septimania.

El gigantón malencarado que hace de verdugo en Tarax se adelanta un paso y ella, atada al poste, con el torso desnudo, llorando, murmura, como una invocación de amor, los nombres de su esposo muerto, de su amado Táriq, y de su pequeño niño, Jalid, que nunca volverá a ver a su madre.

—¡Está invocando a los demonios! —gritan algunos al oírla susurrar los nombres de su esposo y su hijo.

Y el látigo restalla con fuerza rompiendo el aire, silbando, buscando la piel de la espalda de Umm Hakim.

Sin embargo, se detiene, pues una mano de hierro lo ha aferrado.

XV

Hartz perdió el rastro de Addi y Favila hace dos días. Puede que sea un diestro explorador, pero lidiar con los efectos de un par de inesperadas tormentas y con los incontables rastros superpuestos que por todos lados van dejando las patrullas de tres ejércitos, el del rey Ardón, el del duque Eudón y el del valí al-Sam, no se lo han puesto fácil que digamos. Además, como siempre, el condenado moro de ojos azul imposible es más astuto que un lobo viejo y ha ensayado cuantas tretas puedan imaginarse para borrar las huellas de su caballo.

Así que allí está: a las puertas de una pequeña ciudad, sin saber hacia dónde debe cabalgar, irascible y cansado de toparse con partidas de guerreros de Ardón o de Eudón. Está cansado, muy cansado y, además, la discusión con Addi no le ha dejado buen cuerpo. No puede quitarse de la cabeza la mirada de desconcierto del pequeño Favila mientras ellos, el moro y él, se gritaban. Tampoco puede alejar de su mente el recuerdo de su padre mientras lo decapitaban, ni de su cuerpo mutilado cuando lo enterró con sus propias manos.

Está cansado... No solo de cuerpo, sino también de mente y alma. Y por eso, abatido, desorientado, encamina al caballo hacia Tarax y lo detiene ante sus puertas.

—¿Quién eres y qué quieres? —le pregunta, seco, uno de los guardias que las custodian.

—Soy Hartz, hijo de Silo. Vengo de Hispania en busca de refugio frente a los árabes —miente sin poner mucho empeño en ello.

—Pues llegas tarde, hispano. El ejército del gobernador de los árabes está ya en Septimania y si Ardón no lo remedia, también nosotros, los godos de las Galias, estaremos pronto sometidos al poder del califa.

—Que Cristo no permita tal cosa. Dejadme entrar para comprar víveres con los que pueda seguir mi viaje.

—¿Llevas armas?

—¿Quién no las porta en estos tiempos?

Todos, todos las llevan. Así que el guardia, tras echar una última y valorativa mirada al gigante de largos cabellos castaños y rostro cansado, da orden a sus compañeros para que abran al extranjero que, taciturno, sin prisa, dejando atrás las abiertas puertas, conduce a su montura en dirección a la plaza.

De allí llegan gritos cuyo carácter no puede distinguir. ¿De ira, de entusiasmo, de miedo? Quizá un poco de todo esto. En cualquier caso, parece que las gentes de la ciudad se han reunido en el antiguo foro y que están dispuestas a seguir gritando hasta quedarse roncas.

Entonces, desde lo alto de su caballo, la ve: una mujer morena, de ojos inmensos y oscuros y hermoso rostro a la que llevan en volandas hacia un poste mientras la zarandean, la escupen y la maldicen. Ve cómo la atan al poste para azotarla; ve cómo le desgarran la túnica para dejarle expuesta la grácil espalda, en la que pueden verse marcas de anteriores azotes, y cuando, haciendo un esfuerzo, la mujer gira la cabeza un momento apartándola del poste, ve lágrimas correr por sus mejillas.

Eso lo conmueve porque está cansado, porque lleva meses enteros sin tener nada bueno en el corazón, porque ella es hermosa como la primera mañana que los hombres contemplaron y por otras mil razones que nunca podrán ponerse por escrito, pero que le remueven el alma y el corazón.

Y entonces el verdugo de la *civitas*, un hombre enorme de fea cara marcada por la viruela, hace restallar el látigo.

No golpeará con él: Hartz, inadvertido, pues todos tienen los ojos fijos en la expuesta espalda de Umm Hakim, que en un instante comenzará a tornarse sangre y desgarro, ha hecho avanzar a su montura y se ha colocado a tres pasos por detrás del sayón: cuando el curtido cuero del flagelo vuela hacia atrás para tomar impulso, él lo aferra con garra de águila.

El verdugo se gira, contrariado, y se topa con la mirada de roca de unos ojos castaños. Y se hace el silencio. Uno breve, tenso, como de plomo celeste esperando a romperse en tempestades.

Umm Hakim abre los ojos extrañada. Había apretado los dientes y contraído los músculos de todo el cuerpo en espera del primer latigazo. Aunque se ha oído el restallar del flagelo, el golpe no la ha alcanzado.

—¿Por qué interrumpes el castigo que debe caer sobre esta hechicera?

La pregunta la ha formulado el juez de Tarax y rompe el silencio generado por la acción de Hartz. De inmediato, las gentes se ponen a gritar, a insultar al extranjero, a instarlo, amenazadoramente, a que suelte el flagelo con el que el sayón debe infligir castigo, dolor y probablemente muerte a la condenada.

Pero él no suelta el látigo del verdugo. Su brazo es de hierro y su carácter siempre ha estado marcado por una pétrea tozudez, y ahora, no sabe muy bien por qué, no quiere permitir que se mate a golpes de flagelo a la desconocida, que, girando la cabeza, lo mira con ojos de cierva acosada por una jauría.

—¿A qué esperas para dejar que se cumpla la ley? —insiste, severo, contrariado, el juez bajito y gordo, cuyos ojos enmarcados por profundas arrugas echan chispas—. ¿Acaso quieres que mande que te azoten a ti también?

Solo el silencio responde. Hartz está cansado, cansado y roto por dentro: hace dos días, cuando se enfrentó a Addi, la sangre le hirvió en las venas con la ira reavivada por el recuerdo de la muerte de su padre. A un hombre en esas condiciones no se le debe amenazar. No, sobre todo cuando mide casi cuatro codos y dos palmos y pesa casi trescientas treinta libras, y en los ojos lleva la señal inequívoca de que sabe matar con suma habilidad. ¿Qué señal es esa? Un brillo profundo, inquietantemente sereno, como de ascuas que solo necesitan que soples sobre ellas para que se tornen llama que todo lo arrase.

Y el juez de Tarax sopla:

—¡Apresad a ese idiota y atadlo también al poste!

Y su orden gritada a voz en cuello logra que Hartz, al fin, suelte el látigo. Sí, pero para desenvainar la espada. Pronto, los ciudadanos comprenden que era mejor que siguiera aferrando el cuero del flagelo, pues el acero brilla como relámpago en su mano y se abate a un lado y a otro, abriendo un surco de sangre al caballo, que, taloneado por su jinete, empuja, arrolla, pisotea y se abre paso hacia el poste.

Mientras golpea, sus ojos buscan los de la mujer atada, indefensa, preparada para el atroz suplicio que ha sido decretado y que, sorprendida como todos los demás, abre la boca con un gesto casi infantil de asombro mostrándole unos dientes pequeños y blancos como perlas.

Desde ese momento, todo es como un sueño, o como una pesadilla, depende de si lo ves con los ojos de Hartz, que descarga una y otra vez su espada sobre el gentío mientras no puede apartar la mirada del rostro de la mujer morena atada al poste, o si, por el contrario, lo ves con los de los desafortunados habitantes de Tarax, pisoteados por los cascos del caballo del gigante astur o alcanzados por la hoja de frío hierro de su espada, que cae, inmisericorde, una y otra vez, y hiere, muerde, atraviesa en una rápida secuencia de fogonazos terribles.

Umm Hakim no entiende qué pasa. Pero sí sabe que el gigante que se abre paso hacia ella es su única oportunidad de sobrevivir y poder volver algún día a tener a su hijo en brazos. Cuando uno ve que una «oportunidad» así avanza hacia ti, espada en mano, te la quedas mirando muy fijamente.

Dos miradas: ojos castaños de joven guerrero, ojos oscuros de mujer sabia que ha vivido mucho y que, pese a ello, sigue sin entender este mundo en donde todo puede acontecer.

Y acontece: Hartz descarga el filo de su espada en la cuerda que ata las muñecas de Umm Hakim al poste e, inclinándose, la toma por la cintura y la alza sobre la cruz del caballo como si fuera una niña.

De nuevo, es todo como un sueño o como una pesadilla. Depende de si lo ves con los ojos de Umm Hakim, que, sobre el caballo, con el corpachón del silencioso gigante protegiéndola, se siente como una chiquilla dentro de un cuento en el que un coloso rescata a una desvalida muchacha, o si, por el contrario, lo ves con los ojos aterrorizados de aquellos que tienen la mala idea, o la funesta fortuna, de acercarse demasiado al enloquecido caballo o al titán de volcánica furia que lo monta.

El sajón de ojos de gato es uno de los que tiene esa «mala idea». Es un hombre grande y fuerte, sí, y un tanto pagado de sí mismo, y quizá por ello se cree capaz de detener a Hartz y a su antigua patrona. Quizá, pero lo único de lo que será capaz es de encajar un palmo de frío acero en la garganta. Uno que le mete muy adentro la imparable mano del astur.

Aquello es definitivo: cuantos pueden hacerlo se apartan gritando de pánico y la muchedumbre, empujándose, pisoteándose, abre paso al asesino a caballo y a la rescatada hechicera, que galopan saliendo del arruinado foro y calle abajo en dirección a las puertas que siguen abiertas y que cruzan como una centella.

Y siguen galopando, en dirección al Ariscia, entre colinas boscosas y sembrados, sin que el gigante que se la lleva diga una sola palabra; y ella, agotada por las emociones que ha vivido y sin poder evitarlo, abrazada por brazos fuertes y sintiendo tras ella el ancho pecho de varón, deja reposar en él la cabeza y, extrañada, siente que allí, envuelta por el titán silencioso está, por primera vez en mucho tiempo, a salvo.

XVI

Addi sujeta bien a Favila para que no se caiga del caballo y lo espolea con todas sus fuerzas para ponerlo a galope tendido.

Vuelan flechas y venablos sobre sus cabezas emitiendo serpentinos silbidos de hierro. Entre la maleza surgen guerreros del duque Eudón que tratan de derribarlos; uno de ellos, alargando la mano, aferra el bocado del alazán que montan Addi y Favila y la pierde de inmediato al recibir en la muñeca el cortante beso del acero que esgrime el moro. Este, sin pausa, celerísimo y alzando de nuevo la hoja manchada de sangre, dibuja con ella un amplio arco lateral que le protege el expuesto costado de la lanzada que en ese mismo instante le está propinando un segundo enemigo; así se libra de un golpe mortal y logra espacio para tomar algo de distancia del enjambre de aquitanos que los acosan.

Ahora, al brincar sobre el estrecho cauce de un riachuelo de límpidas aguas, se adentran en una somera alameda y, al salir de ella, se topan con dos guerreros que les cierran el paso. Addi no se detiene: azuza al caballo y los embiste con él.

Choque de bestias y hombres; en el revoltijo de golpes, empujones y precarios equilibrios, el moro se impone descabalgando a uno de los aquitanos y dándole una patada en el hocico a la montura del otro, que, encabritada, impide a su jinete hacer uso efectivo de la lanza que blande.

Ahora, sobre un prado tostado por el sol, vuelan perseguidos por hombres que no conocen y que tampoco tiene muy claro por qué los persiguen. Pero, lo tengan claro o no, espolean como demonios a sus monturas y el alazán de Addi y Favila, ya muy cansado, pierde impulso y le van acortando distancia hasta que, al subir una suave loma, el moro y el niño ven cerrado el descenso por la ladera contraria por un grueso contingente de *al-Fursan* árabes.

Los jinetes sarracenos trepan la colina con las negras lanzas de madera de morera aprestadas para matar y, al ver sobre la cima de la colina a un bereber de cabeza afeitada y ojos de fuego azul llevando con él a un niño pequeño y con un nutrido grupo de aquitanos del duque Eudón galopando tras ellos, sacan rápidas conclusiones: el moro debe de ser uno de los exploradores enviados por su valí al-Sam, y el niño, un cautivo por el que pedirá rescate. Apresuradas, equivocadas conclusiones que les salvan la vida. Pues los árabes, pasando a un lado y a otro de ellos, cargan sobre los aquitanos que los perseguían y los desbaratan.

Nunca te pares a meditar sobre tu suerte: agárrate a ella con las dos manos y sigue corriendo. Es un buen consejo. Addi lo toma y se aleja a uña de caballo del combate entre árabes y aquitanos, dirigiendo a su extenuado alazán hacia el corazón de las colinas y los cerros que rodean el valle del Ariscia.

Una hora más tarde, el noble bruto ya no puede más: su paso, desacompasado, su cuello y su pecho cubiertos de un espeso sudor y su respiración acelerada obligan a Addi a detenerse al abrigo de unos robles que crecen al comienzo de la abrupta ladera de un monte entre cuyos descomunales pies se abre, oscura, amenazante, la boca de una gran caverna.

—Parece el ojo de un gigante tuerto —señala Favila.

Y es cierto. Eso parece. Pero cuando Addi va a decir algo al respecto, las palabras se le quedan heladas en la garganta, pues hasta sus oídos adiestrados llega el rumor de voces de hombres y paso de caballos. Apresurándose, se mete entre los árboles de la ladera y, desmontando, bien oculto y con Favila pegado a él, con los ojos muy abiertos y el pequeño corazón golpeándole el pecho como un tambor, aguardan.

No por mucho tiempo: poco después, por un empinado sendero, pasan no lejos de ellos en dirección a la caverna que ahora, cubierta por una más pesada penumbra al ir oscureciéndose el cielo con nubes grises, tiene un aspecto aún más inquietante si cabe.

—¿Quiénes son? —se atreve a preguntar Favila en un susurro.

—Parecen godos. Pero en estos dos días que llevamos extraviados en las montañas el mundo parece estar loco y todos, godos, aquitanos, árabes y moros cabalgan de un lado para otro, así que pueden ser eso o cualquier otra cosa.

Sean lo que sean, son once jinetes y el que va a la cabeza, un hombre grande, de aspecto siniestro, parece proyectar un aura maligna. Ya sea por eso o por cualquier otro motivo, el niño, escondido entre robles y arbustos, no le quita ojo pese a que un escalofrío le recorre la espalda.

—Ese hombre es malo —murmura, más para sí que para Addi.

—Ese y la mayoría de los que te irás encontrando en este mundo —responde el moro basándose en la experiencia que le han otorgado casi veinte años de guerra.

En ese momento, la partida de once jinetes se detiene a treinta o cuarenta pasos por encima de ellos y echa pie a tierra, pues el sendero es ya tan encumbrado que obliga a llevar de las riendas a las monturas. Y siguen ascendiendo, acercándose más y más a la entrada de la gran cueva, hasta que, al cabo, las dificultades del ascenso motivan al jefe a tomar la decisión de dejar atrás los caballos para que los guarden dos de sus hombres y continuar con el resto a pie y ya sin estorbos por el estrecho sendero.

Los dos hombres que quedaron atrás atan las riendas unas con otras, para aparejar así una larga recua, y emprenden el descenso en busca de un lugar algo menos abrupto donde aguardar a sus camaradas.

—Vienen hacia aquí, Addi.

—Eso veo —responde preocupado, pues todo parece indicar que es probable que los descubran.

Se prepara desenvainando la espada; se agacha y recoge una pesada piedra: si terminan por descubrirlos, arrojará la piedra a la cabeza del primero y luego se lanzará, espada en mano, sobre el segundo. Quizá así, piensa, pueda darles muerte antes de que alerten con sus gritos a los demás.

Ya los tienen encima. Los dos hombres, envueltos en pesadas capas, tiran de la recua de once caballos y están a punto de salirse del sendero y de meterse entre los árboles donde ellos se esconden. Addi, antes de atacar y con un rápido vistazo, comprueba si el grueso de la partida ha alcanzado ya la boca de la cueva y, en efecto, justo en ese momento, los nueve que siguieron sendero arriba desaparecen, como tragados por la oscuridad, en el interior de la gran gruta. Eso le dará una buena oportunidad: dentro de la cueva será difícil que escuchen los gritos de sus compañeros o el relinchar de sus caballos. Aferra entonces con más fuerza aún la piedra y se prepara para lanzarla contra la cabeza del primero de los dos despreocupados arrieros, que ya están a tan solo quince pasos de su escondite.

Y alza el brazo, lo echa hacia atrás y se detiene. Pues se oye el ronco galopar de muchos caballos que vienen por el valle hacia el monte. Al poco tiempo, entre los árboles, allá abajo, aparecen cuarenta caballeros cubiertos de malla de acero y rojo cuero, cabalgando bajo un estandarte godo: un *baudophoros** de campo verde sobre el que se alza de manos

---

*Además del *baudophoros*, ya mencionado anteriormente, los godos usaban otros tipos de estandartes como el *draco*, una cabeza metálica

un caballo rojo. Es el emblema de Teyas, hermano de Ardón, y a su lado, asustado, cabalga un cambista judío de Narbona: el mismo que advirtió al rey de que dos extranjeros llegados desde Roma, un hombre y una mujer, repartían oro a manos llenas mientras no paraban de hacer preguntas sobre cómo llegar al valle del Ariscia, y sobre si era en aquellos lares donde la tradición situaba la caverna donde Hércules, en los tiempos de la bruma y el mito, enterró a su amada, la princesa Pyrene.

Al ver a la nutrida y espléndida tropa, los dos rufianes que custodiaban los caballos del grupo de Dámaso no se lo piensan: montan sobre dos de las bestias y, como alma que lleva el diablo, las espolean y se meten en el bosque para poner pies en polvorosa. Su precipitación, su pánico desatado, su falta de cuidado espantan al resto de la recua y los animales echan a correr en todas direcciones y alertan a los godos que comanda Teyas.

—¡Mirad ahí arriba! ¡Ahí están! —grita el gallardo noble.

Addi maldice por lo bajo al ver cómo los cuarenta caballeros godos inician el ascenso: van directos hacia ellos y son tantos que, lo quieran o no, los descubrirán. ¿Qué hacer? Su caballo está agotado y los que tenía a mano, los que llevaban por las riendas los dos cobardes que han huido a todo correr galopan ya, espantados, fuera de su alcance. No hay opción: si se quedan allí ocultos, quietos entre la vegetación, los atraparán, y si tratan de huir a pie, tampoco irán muy lejos.

Entonces, mientras se debate en dudas de cuya correcta resolución dependerán sus vidas, Favila le tira de la manga de la túnica y, sin que medie palabra alguna, pues no se atreven ya ni a murmurar, señala con los ojos la negra entrada de

---

de dragón de la que salía una larga cola de seda de vivos colores, o la flámula, de tela roja y colgada verticalmente de una vara.

la gran cueva. El niño tiene razón: allí, en el interior de la caverna, quizá tengan una oportunidad de seguir ocultos.

Sea una buena idea o una locura, no queda tiempo para pensar más: Addi suelta al alazán y, con Favila de la mano, se mete entre los arbustos que flanquean el empinado sendero para permanecer fuera de la vista de los caballeros godos de Septimania y se dirige a toda prisa hacia la gruta. Cuando alcanzan la sombría entrada, se detienen a escuchar: no se oye nada. La cueva parece inmensa, ominosa, repleta de negrura insondable y acechantes peligros oscuros, y se les muestra muy capaz de haberse tragado a Dámaso y a sus hombres.

Vacilan un poco, escuchan tras ellos el estruendo de los ochenta guerreros que suben por un sendero de montaña, dan un paso hacia las sombras y luego otro, y la oscura boca de roca se los traga, pues también es muy capaz de hacerlos desaparecer a ellos. Sí, y para siempre.

XVII

Dámaso se sintió muy pequeño cuando se detuvo ante el colosal portal en forma de arco que daba acceso a la gran gruta. Desde abajo, desde la ladera del monte, no había sido consciente de sus proporciones ciclópeas. Pero allí, viendo como la luz que lograba penetrar en la caverna era devorada por una insondable oscuridad, sintió un peso en el corazón que, de inmediato, supo que podría llamar miedo sin riesgo a equivocarse y lo obligó a ponderar las proporciones de aquel lóbrego umbral al inframundo, que, con una altura de casi veintitrés codos y una anchura de casi cuarenta y cinco,* invitaba a pensar que, después de todo, quizá en el pasado remoto existieron realmente los héroes, los gigantes y los monstruos y que alguno de ellos, tal vez el mismísimo Hércules, fuera, en verdad, el constructor de aquel prodigio.

A pocos pasos de la entrada, donde todavía la luz del mundo de los hombres conseguía penetrar las sombras, las paredes calcáreas aparecían recubiertas por una densa masa verde oscura de musgo que apenas dejaba ver el gris, el blanco y el ocre de las rocas que agobiaba.

Dámaso, parado ante el gran arco, percibía que el miedo irracional también había hecho presa en sus hombres y que, si

---

*La entrada de la gruta de Lombrives, una de las más grandes de Europa, tiene una altura de diez metros y un ancho de veinte.

no les daba con premura ejemplo adelantándose, su nerviosismo crecería y se negarían a seguirlo al interior de la cueva.

—¡Trae aquí ese manojo de ramas! —le ordenó a uno de ellos y, tomando el haz que le tendía, rasgó un extremo de su propio manto, envolvió con él la punta de la improvisada antorcha y con yesca y pedernal logró prender una de las resecas hojas que asomaban.

Con la improvisada antorcha alzada bien alto, Dámaso recordó que, aunque tenía el alma más podrida que un ángel caído, antaño había sido ordenado obispo, y al dar los primeros pasos en la negrura, se fue encomendando a Dios y a todos sus santos.

Ahora, sus pisadas resuenan al caminar por el interior de la cueva. Sus pies pisan sobre roca desgastada y tierra húmeda y el aire, súbitamente enfriado, huele a tierra mojada.

Descienden, adentrándose más y más, bajando y bajando por un sendero oscuro, sinuoso y estrecho por el que deben avanzar de uno en uno y cuyas paredes aparecen flanqueadas por estalactitas que parecen colmillos de dragón, y por estalagmitas que surgen del húmedo suelo de roca como estacas afiladas y que, en algunos tramos, se unen formando extrañas columnas.

Pasos, pasos en la oscuridad y el sonido enervante del agua que gotea desde las estalactitas moldeando la piedra, incansable, acuáticamente ensimismadas, sin atender a los siglos, perdidas en sueños de roca.

Ya llevan dados más de quinientos pasos. ¿A dónde los llevará el sendero? Si siguen descendiendo, al infierno, sin duda.

El camino gira y gira, se tuerce, se endereza, se vuelve aún más empinado y resbaladizo. Las estalactitas y las estalagmitas son cada vez más numerosas y las que cuelgan del techo parecen a punto de caer para atravesarlos como si fueran lanzas de piedra. De tanto en tanto, el suelo se quiebra y tropiezan, se hieren las manos y las rodillas al caer; otras, sus pies se hunden en charcos de agua helada acumulada allí por la suma de infinitas gotas que, como lágrimas, resbalan desde las rocas por las que se filtran.

Entonces, por el rabillo del ojo, Dámaso cree advertir algo en la húmeda pared que tiene a su izquierda y se detiene bruscamente.

—¡Toma tú la antorcha! —ordena al hombre que va tras él para tener libres las dos manos.

Ansioso, palpa con las dos manos la pared y dibuja con los trémulos dedos las difusas líneas de una suerte de árbol de la vida toscamente grabado en la roca: le parece una señal de que, al fin, está en la gruta correcta.

—Deberíamos salir de aquí.

Dámaso se vuelve hacia el hombre de la antorcha, que es el que ha hablado con voz temblorosa. El pobre, muerto de miedo, le muestra su rostro desencajado; a la escasa luz de la tea que sostiene parece muy pálido.

—¿De verdad?

—Este sendero no parece tener fin... —se explica, protestando tímidamente al verse taladrado por la mirada implacable de su jefe.

—Dame la antorcha —es lo único que Dámaso le da por respuesta y sin cuidarse lo más mínimo de atemperar los temores que embargan al desgraciado y que son los mismos que apresan al resto.

El hombre obedece y el sacerdote, alzando exageradamente la luminaria y atrayendo hacia ella la atención de todos, desenvaina a la par y con un rápido movimiento un brutal cuchillo que hunde hasta la empuñadura en el pubis del desdichado para luego rajarle el vientre hacia arriba hasta toparse con el esternón.

La herida es enorme: los intestinos, liberados, se derraman sobre la roca tintada de cambiantes sombras animadas por la luz de la antorcha, y el pobre hombre, temblando agónicamente y sin saber si sujetarse las entrañas o gritar de puro horror, termina por desplomarse y morir a los pies de Dámaso.

—¡Quién más quiere salir de aquí! —grita con voz amenazante, hecho que provoca que los ocho rufianes que lo siguen retrocedan involuntariamente unos pasos.

No muchos, pues a todos les da también mucho miedo la infinita negrura que se extiende más allá del escaso resguardo que les da la antorcha.

—¡El que quiera salir tiene dos caminos: volver solo y sin luz por donde hemos venido o salir por donde este imbécil lo ha hecho, por la puerta que siempre tiene abierta la jodida muerte!

Eso les grita y ninguno de ellos quiere salir ni por un sitio ni por otro. Así que retoman la marcha por aquel sendero oscuro y frío que parece llevar a las estancias del supremo mal. Y dan otros quinientos pasos en aquella pesadilla oscura de estalactitas y estalagmitas, de paredes empañadas, de suelos de resbaladiza roca, de opresiva oscuridad y aire frío y saturado de mineral humedad.

—¡Dadme otro puñado de ramas! —exige Dámaso, y con lo que le queda de tea enciende un segundo haz de ramas secas; apretando los dientes, retoma el camino estrecho y sinuoso que sigue hurgando en las entrañas de la montaña.

Entonces el hombre que va detrás tropieza, grita y cae al suelo empujándolo con violencia y haciéndole caer dolorosamente sobre las piedras del suelo. Dámaso consigue que no se le apague la antorcha y así ver algo que le congela el rostro y el ánimo: al hombre que cayó sobre su espalda, que le muestra la destrozada cabeza atravesada, de parte a parte, por una oxidada punta de hierro.

Es el momento para gritar de horror. Sí, y todos lo hacen. Incluido Dámaso. Ocho hombres asustados, rodeados de roca, negrura y muerte.

El eco de sus gritos los ensordece y algunos, sin poder contener el pánico que se apodera de ellos, echan a correr, sendero arriba y se pierden en la oscuridad, donde tropiezan con las estalactitas, se golpean con las estalagmitas, y gritan y gritan, presos ya de una locura suicida e ingobernable.

—¡Callad todos os digo!

Quien chilla es Dámaso que, al cabo, ha logrado recuperar suficiente dominio de sí mismo como para imponerse al terror que lo dominaba.

—¡Silencio! —vuelve a gritar.

Y callan. A lo lejos se siguen oyendo los alaridos de uno de los dos hombres que echaron a correr hacia los oscuros abismos que dejaron atrás; el otro, ahora lo advierten, está tirado a pocos pasos de ellos y se ha roto el cuello al golpearse la cabeza contra una de las estalactitas que cuelgan del techo.

—¡Estaos callados y quietos! —ordena Dámaso, y a cada orden que da, a cada grito, va recuperando el buen sentido.

Con la antorcha temblándole en la mano, examina al muerto y lo que hay en derredor: el desgraciado tiene, efectivamente, una estaca de hierro atravesándole la cabeza y la punta parece haber sido proyectada desde una de las paredes. Sí, pero ¿cómo?

Arrastrándose sobre el cadáver, con sumo cuidado y muy despacio, inspecciona cada palmo del suelo y las paredes y, cortando el tobillo izquierdo del muerto, enganchado aún, halla un hilo fino de oro cuyo extremo va a la misma pared de donde salió proyectada la punta de oxidado hierro que mató al desgraciado.

—Un mecanismo —murmura Dámaso—. El hilo fue dispuesto para activarlo —dice más para sí que para los cinco que permanecen a su lado temblando de terror.

—¿Y por qué es de oro? —se atreve a preguntar uno de ellos.

—Porque no se oxida ni se corrompe —le contesta—. Si fuera de cualquier otro metal o de cuerda, o de tendón o cuero, aquí, con la humedad y los años, se habría desgastado, corrompido, roto, sin poder activar entonces el mecanismo de la pared encargado de proyectar la punta de hierro —les aclara como si fuera un maestro desvelador de secretos horrores.

Aunque aún tiene mucho miedo, también siente una ola de satisfacción: si alguien se tomó la molestia de disponer allí el trabajo y el ingenio necesarios para tan sofisticada trampa es porque tenía que proteger algo muy valioso.

—Animaos un poco, hombres. Este es el lugar que buscábamos. Habrá oro, mucho oro para el que mantenga el valor y la cordura —los alienta, pues aún los necesita.

Así retoman la marcha. Paso a paso, examinando cada uno de ellos con atención y contando otros doscientos y, tras ellos, doscientos más, en un viaje aparentemente interminable hacia el corazón de la oscuridad.

Y sin previo aviso, el camino termina y la luz de la tercera antorcha vacila y casi se apaga al recibir un fuerte soplo de viento: han salido del estrecho camino y desembocado en una enorme sala de roca.

Dámaso se queda sin aliento, pues, aunque la luz de la tea no pueda mostrarla por entero, se encuentran ahora en el umbral de una vasta sala abovedada, más grande que ninguna iglesia o palacio que los hombres hayan construido con sus manos.

—¡Prended otros cuatro haces más de leña! —ordena a sus hombres preso de la emoción.

Y conforme se van sumando luces, la vastedad de la gran sala se les revela en toda su colosal esplendor. Arriba, muy arriba, la roca cuelga del pétreo techo como si formara geológicos paños y, por todas partes, los minerales, revelando sus colores y sus brillos al luminoso influjo de las vacilantes antorchas, muestran blancos brillantes, negros profundos, ocres, pardos, grises, marrones... Sobre sus cabezas, la bóveda está tan alta que no pueden verla, pero su altura es de casi ciento cincuenta codos y el ancho de la sala pasa de los ciento veinte.

Se adentran en aquel lugar mágico y sus pasos resuenan como si fueran de gigantes y hasta su entrecortada respiración se multiplica en ecos infinitos.

—¡Cristo bendito! —se atreve a susurrar uno de los hombres de Dámaso y el eco los ensordece.

Si quisieran llegar al final de la inmensa sala, tendrían que dar ciento sesenta pasos y, conforme avanzan, calculan que allí, fácilmente, podrían reunirse más de cuatro mil personas.*

A unos cincuenta pasos de la entrada, de repente, ante ellos se muestra un túmulo de roca que, alzándose hasta la cintura de un hombre, tiene las dimensiones adecuadas para ser el catafalco o el féretro de una reina, y cuya losa, al despertar con la luz que ellos traen, brilla en un despliegue de maravilla, se desgrana en hechiceras iridiscencias, se multiplica, salta, estalla en un sinfín de chispas minerales que parecen simular una delgada película de agua sagrada convocada por el fuego que traen los hombres. Contemplan todos ellos, asombrados, la tumba de Pyrene, princesa de los íberos y amada de Hércules.

---

*Las dimensiones de la gran sala de la cueva de Lombrives, llamada «la Catedral», y que está situada a 1200 metros, aproximadamente, de la entrada, son colosales: 70 metros de alto, 60 de ancho y 130 de fondo.

XVIII

El caballo rueda por el suelo y ellos saltan por los aires. La pobre bestia ha ido a meter una de las patas delanteras en una topera, rompiéndosela y precipitándose ladera abajo. Quiere la fortuna que Hartz logre asirse al delgado tronco de un pino joven y que Umm Hakim, al caer sobre un tupido matorral, quede también en él detenida.

Mientras la mujer se recupera de la conmoción, el astur se levanta a toda prisa e, ignorando el agónico relinchar de la pobre bestia, que yace unos metros por debajo de él, corre a auxiliar a su compañera.

¿Qué por qué tanta prisa? Porque traen tras ellos a una treintena de jinetes moros que, sin duda, estarían muy felices si pudieran cobrarse sus cabezas y adornar con ellas las puntas de sus lanzas.

Hartz toma entre sus brazos a Umm Hakim y retoma la huida en el momento justo en que sus perseguidores coronan la cima que habían dejado atrás y los avistan de nuevo con exclamaciones de triunfo y gritos guerreros, pues ahora que sus presas no cuentan con un caballo les darán caza con facilidad.

Pero fácil es un término que no suele corresponderse con ninguna acción que implique cazar, pelear, capturar o matar a Hartz, y el guerrero astur lo demuestra una vez más bajando a saltos, deslizándose, resbalando por la pendiente sin perder el equilibrio y sin dejar caer de sus fuertes brazos a la aún medio atontada mujer a la que se le ha metido en la sesera salvar y proteger, como si fuera un nuevo Hércules dispuesto a enmendar su falta con Pyrene.

Y esa idea, la de que un nuevo Hércules se ha encaprichado de ella, es la que aparece en la nublada mente de Umm Hakim al recuperar la conciencia y encontrarse allí, entre los brazos de aquel hombre guapo de músculos de toro que parece correr con ella en brazos con tanta facilidad como si en lugar de una mujer de carne y hueso llevara un ser inmaterial.

—Déjame en el suelo, por favor —le ruega—. ¡Ya estoy bien y puedo correr!

Pero él no le hace caso, sigue corriendo. Ahora lo hace por una vaguada y tras ella emprende el ascenso por la otra ladera y un nuevo descenso que los precipita a un valle.

—¡No puedes llevarme todo el rato en brazos! —protesta ella de nuevo.

Y tiene razón. Se detienen y la deja en el suelo al tiempo que gira la cabeza para ver cuán cerca tienen ya a sus perseguidores. Muy cerca. Demasiado. Los moros han coronado la última loma y descienden ya hacia ellos como una ola fatal de bestias y hombres. Pues aunque el abrupto terreno por el que echó a correr Hartz los ha retrasado un tanto, la ventaja que les otorgan los caballos termina imponiéndose.

—¡Vamos, tenemos que buscar un sitio a propósito para hacerles frente! —ordena el gigante, echando a correr de nuevo, tirando con fuerza de ella sin soltarla de la mano.

¿Un lugar donde hacerles frente? ¿Uno contra treinta? Pues ella, sin su bolsa de prodigios, poco podrá ayudar.

Pero el hércules que tira de su mano debe de ser un desastre con los números, pues, al avistar una formación rocosa que se eleva un poco sobre el nivelado suelo del valle, se dirige a ella, la alza sobre la piedra como si fuera una niña pequeña y, a continuación, se encarama él también al precario refugio, volviéndose hacia sus perseguidores espada en mano y con la espalda protegida por una de las grandes piedras que conforman aquel afloramiento rocoso.

Justo a tiempo: los jinetes moros ya estaban sobre ellos y, al ver cómo se aprestan a encararlos, refrenan sus monturas o pasan por los flancos de las rocas aullando como demonios y rodeándolas para impedir que puedan volver a escapar.

Umm Hakim se percata entonces de algo extraño: los moros, pese a llevar haces de venablos en las manos o sujetos a las perillas de sus sillas de montar, no hacen uso de ellos, sino que se limitan a gritar, a amenazarlos y a exigirles que bajen y se entreguen. Hartz también lo ha advertido. Evidentemente, quieren cogerlos como cautivos.

—¡Al infierno con vosotros! —les grita presa de furia guerrera.

Pues si hay algo que tiene claro es que nunca renunciará a la libertad. Él es un hombre de Pelayo, no se rinde, y al primero de los jinetes que trate de trepar a la roca lo privará para siempre de la posibilidad de tener un dolor de cabeza.

Entonces, escoltada por cuatro moros y acompañada por un viejo monje, Hartz ve cómo se les aproxima una mujer. Cuando la tienen lo bastante cerca como para reconocer su rostro, se le abre involuntariamente la boca: Marina, la hermana de Pelayo y, a su lado, con cara de idiota, Opiano, el antiguo ermitaño de la Cova Dominica.

—¿La conoces? —le pregunta Umm Hakim.

—Sí, delante de ti tienes al diablo —le contesta—. Y yo dejé pasar la oportunidad de cortarle la cabeza —concluye lamentándose y sin apartar la mirada de Marina, que, triunfante, detiene su montura a seis pasos del afloramiento rocoso y le dedica la más perversa de sus sonrisas.

XIX

Ocultos tras las estalagmitas, metidos de lleno en la oscuridad, Addi y Favila ven pasar a los godos de Septimania bien provistos de improvisadas antorchas y encabezados por un alto guerrero y por un hombrecillo con pinta de hebreo.

—¿A dónde van, Addi?

La pregunta de Favila es la misma que también a él le ronda la cabeza desde hace un buen rato: ¿por qué todo el mundo en este olvidado rincón de las fronteras de Septimania parece deseoso de meterse en esta cueva inmensa y oscura? Aquí pasa algo... Sin duda, pero al niño y a él no les compete. No, a ellos lo único que debe ya interesarles es hacerse con un buen caballo y escapar, lo antes y lo más lejos posible, de la tía del pequeño. ¿Y luego? Luego irán a Asturia y entregará a Favila a sus padres. Lo tiene decidido y eso es lo que hará aunque le cueste la cabeza.

—Buscan algo —responde al fin al niño, pues lo conoce demasiado bien como para saber que se conformará con el silencio como respuesta.

Favila tampoco se conforma con una respuesta tan escueta.

—A lo mejor buscan un tesoro —dice en un tono en el que inocencia, curiosidad y emoción parecen lograr desterrar algo del miedo que le inspira la negrura opresiva que reina en el interior de la gran cueva.

—Quizá, pequeño león, pero no vamos a quedarnos a averiguarlo.

Y cuando ya no es posible distinguir ni las voces, ni las luminarias que portan los guerreros godos capitaneados por Teyas, hermano del rey Ardón, Addi, con sumo cuidado, tanteando con una mano y con la otra aferrando fuertemente la del pequeño, inicia el regreso a la boca de la cueva.

No estaban muy lejos de ella; sin antorcha que los guiara habría sido locura. Así que pronto pueden respirar aliviados al llenárseles los ojos con la bendita luz del día.

Se detienen en seco, agazapándose con prisa entre las sombras, pues, evidentemente, los godos han dejado centinelas en la entrada de la gruta: dos hombres y, con toda seguridad, también habrá alguno más apostado afuera, al pie de la ladera, guardando los caballos.

—Esta lección nunca la olvides, pequeño león —le susurra al niño mientras observa con detenimiento a los guardias.

—¿Qué lección, Addi?

—Desconfía siempre de lo que parece fácil. Seguir vivo es siempre un asunto difícil.

Favila asiente poniendo cara de entender, pero tiene seis años y a esa edad uno es inmortal.

Entonces, cuando Addi se convence a sí mismo de que ya tiene un plan trazado para sorprender a los guardias y abrirse paso entre ellos, llega al interior de la caverna el inconfundible estruendo de un combate: caballos que relinchan, hombres que gritan, entrechocar de armas...

Los dos guardias apostados en la entrada de la gruta corren hacia el saliente y miran desde él hacia abajo; tras gritar como posesos, se dan la vuelta hacia el interior y con esa precipitación que te provoca el pánico a morir apuñalado por el inmisericorde hierro, toman una de las dos antorchas que allí tenían dispuestas y echan a correr hacia el sendero que lleva a las entrañas de la tierra pasando junto al escondite de Addi y Favila como si los persiguiera el diablo.

Y, en efecto, al poco tiempo, el diablo entra en la cueva luciendo una sonrisa triunfal.

—¡Mi tía! —exclama Favila en un susurro de incontenible sorpresa.

Y no es para menos, pues Marina, contra toda razón y lógica, está allí, ante ellos y rodeada por una veintena larga de guerreros moros de la guarnición de Libica. Para terminar de colmar el pasmo que los embarga, detrás de ella ven a Hartz, maniatado y con señales evidentes de haber recibido una buena paliza, y a su diestra, una mujer morena y de gran belleza que examina con ojos tan intensos como inquietos la cavernosa entrada.

—¿Así que esta es la cueva de Pyrene? —pregunta Marina volviéndose hacia Umm Hakim.

—Esta es. Pero el lugar que buscamos debe de estar muy adentro de la montaña.

Marina se la queda mirando como esperando algo más y, como ese algo más no llega, asiente y se vuelve hacia el tembloroso Opiano.

—¿Opinas tú lo mismo?

El pobre monje de mente rota se retuerce las manos tratando de sujetarse los temblores. Un hilillo de baba se le escapa por la comisura de los labios mientras, como si se aferrara a una oración salvadora, repite el enigma que los ha llevado hasta allí: «Siete letras son agua que fluye y que llevan al lugar donde Hércules se lamentó. Allí, dentro del ojo del cíclope, quedó olvidada la tumba de la dama. Acaricia su rostro y las profundas lágrimas te revelarán la entrada al infierno. Si no te retiene, regresarás de él portando el grial».

El eco de su vacilante voz resuena con fuerza y Marina, exasperada, se divide entre abofetearlo o patearlo; termina por poner los ojos en blanco: ¿cuántas veces más le va a recitar el condenado enigma? Cada vez que pregunta algo al idiota le responde con los malditos versos del acertijo.

Pero no se puede hacer nada con Opiano. El pobre tiene la mente y el alma rotas por la horrible tortura a la que lo sometieron por culpa de su maldito hermano. Sí, por culpa de Pelayo. ¿Cuándo podrá vengarse de él? Pronto, pronto, debe tener paciencia. Antes o después dará con el pequeño Favila y ese será el comienzo de su venganza. Pero primero se hará con el tesoro. La fortuna le ha puesto en las manos a la mujer morena que afirma estar en posesión de su secreto y que le ha jurado entregárselo a cambio de que respete su vida y la del gigante. ¡Necia! ¿Cómo puede creer que va a cumplir semejante juramento? Bueno, por lo pronto, le es útil que así lo crea.

—No te preocupes, buen Opiano —dice al fin tratando de calmar al ermitaño, endulzando la voz, comprensiva—. Siento mucho el daño que te hizo mi maligno hermano. De veras... —Le acaricia el enjuto rostro, pasándole los largos dedos por las hundidas mejillas y por los labios que, sin dientes que los retengan, están horriblemente retraídos.

Opiano, que ya no recordaba lo que es una caricia, vierte lágrimas, conmovido como un niño y bendice la mano de Marina sin poder retener un sollozo. Sí, bendice la hermosa mano que lo acaricia; la otra, la que no ve, lo mata. La puñalada es profunda, dolorosa y el eremita abre mucho la desdentada boca, como para gritar. Pero no puede. Ante sus ojos, la mujer, sin dejar de acariciarle el rostro, a la par que con la otra mano le remueve el cuchillo entre las desgarradas entrañas, sonríe con gozo profundo.

—Ya no te necesito, insoportable imbécil —le espeta, marcando cada palabra y pronunciándola muy lentamente, como si las paladeara una a una.

Así muere Opiano. Un hombre que buscaba la santidad, que quería ganar el martirio y al que el miedo, el dolor y la amargura privaron de la razón y le arruinaron la mente.

—Ya no lo necesitaba —vuelve a decir Marina sin alterarse lo más mínimo, pues esta es la lección que quería dejar clara a todos los que la siguen: es implacable y no consentirá errores ni faltas.

Ante todo, la lección que acaba de dar despachando al idiota de Opiano va dirigida a la mujer morena. Volviéndose hacia ella, la enfoca con la mejor de sus perversas sonrisas.

—No lo necesitaba. Por eso lo maté —insiste, clavando los ojos en Umm Hakim—. Procura, mujer, que te siga necesitando a ti.

Ella no responde. Tampoco aparta la mirada. En su vida ha visto mucho mal, pero pocas veces tan concentrado, tan puro como lo está en esa mujer.

—En cuanto a ti, Hartz, hijo de Silo, tu destino será la cruz si no hallamos lo que busco. No sé por qué esta mujer te protege, pero si deja de serme útil, si trata de engañarme, si no encontramos lo que busco, os mataré a ambos con la misma facilidad con la que he matado al idiota. ¿Entendido?

Hartz tampoco responde ni aparta la mirada. En su interior se maldice, por enésima vez, por haber dejado que lo capturasen vivo. Pero esta perra rabiosa de Marina es astuta: cuando sus hombres comenzaron a trepar a las rocas que les habían ofrecido refugio y ya varios de ellos se dejaban la vida en el empeño, les ordenó que se contuvieran y que, a distancia segura, lo abatieran a tiros de honda, pero teniendo cuidado de no matarlo, pues se quería dar el gusto de clavarlo en una cruz.

Así que lo derribaron a pedradas y, cuando lo tenían aturdido, se abalanzaron sobre él y lo arrastraron hacia la improvisada cruz que, cortando dos pinos jóvenes, se apresuraron a disponer.

En ese momento intervino Umm Hakim: advirtiendo que el pobre Opiano no paraba de repetir unas enigmáticas palabras, alzó la mano y llamó la atención de Marina recitando en voz alta los versos, a la par que revelaba su secreto. La hermana de Pelayo, desconcertada, se volvió hacia ella y la hechicera le ofreció un trato: sus vidas a cambio de guiarla hasta el lugar donde se escondía el tesoro y ayudarla a apoderarse de él.

Y aquí están: maniatados, en manos de un demonio con cara de mujer y a punto de meterse en las entrañas del infierno. ¿Qué otra cosa puede ser esta cueva?

—¡Antorchas y adelante! —ordena Marina echando a andar tras una Umm Hakim a la que empujan hacia delante poniéndole un cuchillo en los riñones para que, a su vez, siga al moro que, antorcha en alto, encabeza la marcha hacia las profundidades. Tras ellos, en larga fila, van los demás, con un Hartz que magullado, atado fuertemente, tropieza de tanto en tanto bajo la implacable mirada del guerrero amazig que lo vigila de cerca.

Delante, a la cabeza de la fila, Umm Hakim camina pisando con cuidado el resbaladizo suelo, taladra con los oscuros ojos la negrura en busca de señales y trampas mientras piensa cómo escapar de las garras de la diablesa. De una cosa está segura: Marina los matará en cuanto encuentren el grial.

Pasan uno por uno, en larga fila, iluminados por vacilantes antorchas, junto al escondite de Favila y Addi, que, en completo silencio, inmóviles entre las estalagmitas, son testigos de una nueva y extraña expedición al centro de la Tierra.

El niño, acurrucado junto a su protector, no puede quitar los ojos del corpachón de Hartz. Este tropieza, está a punto de irse al suelo y, como castigo, recibe en la espalda un fuerte golpe de asta de venablo.

—Tenemos que ayudarlos.

Addi se vuelve hacia el niño como si no diera crédito a lo que oye.

—¿Ayudarlos?

—Mi padre quiere mucho a Hartz. Además, mi tía es muy mala y estoy seguro de que le hará mucho daño por habernos ayudado a escapar. ¿Recuerdas? Nos ayudó.

Todo eso es cierto. ¿Por qué los niños suelen tener razón? Porque dicen la verdad cuando menos conviene: sin la ayuda del gigante, no hubiera podido rescatar con vida al niño. Sí, y además, además tiene una segunda y más antigua deuda pendiente con el guerrero astur.

—Vida por vida —murmura más para sí que para Favila—. La tuya por la de tu padre —dice, aunque sabe que Hartz no puede oírlo y que, seguramente, nunca lo oirá.

—¿Qué dices, Addi?

—Que vamos a intentar rescatar a tu amigo.

—¡Sabía que eras bueno! —Y lo abraza.

Y ese abrazo le aplaca la razón que, en profundo desacuerdo con él, no para de repetirle que es un loco.

—¡Cállate!

—¿Qué dices?

—No es contigo, pequeño león.

—¿Con quién entonces?

—Con una cosa que los hombres llamamos cordura y que a menudo solo sirve para estorbar —le responde con una sonrisa cargada de sarcasmo.

Aunque Favila no entiende nada, sí entiende lo que ve. Y lo que ve es que Addi se dirige a la entrada, echa un rápido y furtivo vistazo hacia abajo, comprueba que, efectivamente, al pie de la misma permanecen seis moros guardando caballos y asistiendo a heridos y luego, con decisión, toma la segunda antorcha que los hombres de Marina habían dispuesto allí y, sin soltarla, se apresura a juntar ramas y musgo seco. Luego, agachándose junto a Opiano, corta de las vestiduras del muerto largos jirones de tela y con todo ello prepara una segunda antorcha.

—Creo que esta cueva debe de ser muy profunda —le explica a Favila—. Seguro que necesitamos una segunda luminaria. ¡Toma, lleva tú la de repuesto!

El niño toma la apagada tea y, al encarar de nuevo la oscuridad, no puede evitar el fugaz, egoísta, infantil pensamiento de que, a lo mejor, no es tan buena idea rescatar a Hartz. De todas maneras, se dice, es un gruñón, y seguro que cuando Addi lo libere, en lugar de dar las gracias, se pone otra vez a gritar como un energúmeno.

—¡Vamos! Detrás de mí. Hay que intentarlo. Si la cosa se pone fea, nos damos la vuelta y esperamos a la noche para salir de aquí. ¿Entendido?

Favila asiente. Addi le devuelve el valor y en su pequeño pecho el orgullo que siente por su héroe casi le impide hablar.

—Eres valiente. Muy valiente. ¿Y sabes qué, Addi? Aunque no te lo creas, también eres bueno. Te quiero.

Y eso es mucho. Mucho más de lo que el moro ha tenido a lo largo de años y años. Y con todo eso llenándole el corazón, echa a andar hacia la oscuridad mientras trata de desatar el nudo que se le ha hecho en la garganta y de retener las lágrimas que le colman los ojos.

¿Tanta fuerza pueden tener las sencillas, infantiles palabras de un niño? Por supuesto, pues son las únicas que tienen la fuerza y el poder de limpiarle el alma que creía muerta y que resucitó cuando este niño lo miró con sus ojos limpios.

XX

Dámaso toca con manos nerviosas la gran losa de piedra que hace de tapa del geológico sarcófago de Pyrene. La luz de la antorcha que sostiene despierta los brillos que habitan en los minerales que la componen y provocan el efecto de aparentar una delgada película de cristalina agua de tornasolados resplandores.

Un hombre más sensible se hubiera conmovido por la belleza de aquel prodigio de la naturaleza, pero a él solo le conmueve la ambición. Y tiene mucha bulléndole en el pecho y bailándole en los labios mientras musita los versos del enigma.

Ha seguido fielmente la oculta senda que marcaba el enigma y allí está. Pero ahora viene la parte más oscura: «Acaricia su rostro y las profundas lágrimas te revelarán la entrada al infierno. Si no te retiene, regresarás de él portando el grial».

Reflexivo, desgarrado entre la prisa, la codicia y la necesidad de pensar con claridad, el antiguo obispo de Ilerda no deja de pasar la mano por encima de la gran losa del sarcófago allí donde debería estar el rostro de la mítica princesa íbera. Detrás de él, apelotonados bajo la luz de las antorchas, sobrecogidos por la vastedad y la magia del lugar donde se hallan están sus rufianes. Ellos, las tinieblas y el silencio.

Entonces sus dedos se detienen. Dámaso acerca la antorcha y gracias a su luz advierte que allí, sobre la losa, hay inscripciones y símbolos. Algunos, desgastados por los siglos, la humedad y a saber el roce de qué manos, no son legibles, pero sí puede ver con claridad un símbolo en forma de cáliz y una frase garabateada en latín: «*Audi lacrima*».

—Escucha las lágrimas —murmura recitando la traducción y provocando de nuevo el ensordecedor eco que se apodera de hasta el más mínimo sonido en aquella gigantesca sala de piedra más grande que la catedral más enorme.

—¡Silencio todos! —ordena a sus hombres con ira, aunque ha sido él quien ha pronunciado las palabras que ahora reverberan, una y otra vez, en aquella inmensa cavidad.

«Escucha las lágrimas, escucha las lágrimas, escucha las...», repite el eco una, cinco, diez veces. Apagándose, deshaciéndose, confundiéndose al cabo con la oscuridad, las rocas y con... ¡Agua! Sí, agua. Eso es lo que ahora escucha: gotas que caen de las estalactitas sobre las estalagmitas para hacerlas crecer de forma imperceptible, gota a gota, siglo tras siglo; gotas que se precipitan sobre el húmedo suelo y gotas que caen sobre agua: agua golpeando agua. «Acaricia su rostro y las profundas lágrimas te revelarán la entrada al infierno». Y, en efecto, desde donde él se encuentra, en el silencio, si uno está atento, se distingue el leve sonido de las gotas deslizándose por las húmedas estalactitas para ir a caer sobre un lugar colmado de agua.

—¡Venid aquí con esas antorchas! —ordena a sus hombres para que sumen la luz que portan a la que él empuña.

Luego, esperando con impaciencia a que los ecos vuelvan a apagarse, con pasos lentos, cuidadosos, intentando no despertar nuevas reverberaciones sonoras que confundan a sus oídos, se encamina hacia lo más oscuro siguiendo el leve, hipnótico sonido de las gotas de agua, de las lágrimas cayendo sobre acuáticas profundidades. Y tras cincuenta o sesenta pasos penetrando en las sombras, las antorchas revelan la maravilla: un lago subterráneo de pétreas orillas, sobre cuyas límpidas, cristalinas aguas, se reflejan una infinidad de estalactitas que cuelgan del techo, en aquel punto notoriamente más bajo, y que al sumar sus reflejos a los que proyectan las cavernosas paredes, crea una ilusión óptica mareante, dando la impresión de que aquella subterránea masa lacustre es infinita.

No lo es. Dámaso, arrebatado por la emoción, se lanza con precipitado paso por el estrecho pasillo de piedra que conduce a las orillas del lago y comprueba que, pese al turbador efecto que provocan en la prístina superficie las gotas que a ella se precipitan y que dibujan ondas que continuamente alteran, rehacen, confunden los geológicos reflejos, el lago, aunque de dimensiones respetables, tiene límites: quizá treinta y tantos pasos de largo por algo menos de veinte de ancho.*

Allí, al pie de las aguas, el aire es más denso, más mineral y el silencio, la negrura, el miedo que convocan, más presentes.

—Las profundas lágrimas te revelarán la entrada al infierno —se atreve a susurrar Dámaso sin poder apartar los ojos del oscuro lago.

¿Tendrá el valor de sumergirse en el infierno? Pues no le cabe duda de que eso es a lo que lo insta el enigma: a meterse en aquellas aguas negras y, aparentemente, muertas. ¿Lo estarán realmente? ¿O las habitará un mal incomprensible que le robará la mente y el alma? ¿O acaso, y como ocurrió en el sendero que los llevó hasta ese extraño lago, no ocultarán sus aguas alguna trampa dispuesta por el rey bastardo Gesaleico y sus hombres cuando escondieron el grial?

Valor, necesita reunir valor...

—¡Tú, métete en el agua! —ordena a uno de sus hombres, pues al parecer eso de reunir valor no es tan fácil.

El hombre que recibe la orden no puede tragar saliva ni acertar a decir nada. Tiene los ojos clavados en las oscuras

---

* El lago subterráneo de la cueva de Lombrives tiene, aproximadamente, treinta por quince metros.

aguas, cuya profundidad es imposible de adivinar, y en las que danzan de continuo acuáticas ondas con pétreos reflejos, que atraen, fijan, extravían la mirada. Y puede que también le extravíen la vida. Así que, aunque el miedo no le deja hablar, niega con la cabeza.

—¡Maldito seas! —clama Dámaso furioso y se va a por él cuchillo en mano.

En ese momento se queda helado, imponiéndose a los enloquecedores ecos de su maldición irrumpen otros aún más fuertes y temibles, los de una partida de guerra al penetrar en la gran sala de piedra.

Antorchas, antorchas y guerreros godos revestidos de hierro y rojo cuero y encabezados por un señor de hombres y por un judío al que Dámaso, con sorpresa, reconoce: el cambista de Narbona al que sobornó para pedirle información sobre la región del Ariscia y las viejas leyendas que fijaban allí la tumba de Pyrene.

—¡Hijo de puta! —se le escapa al reconocerlo.

Pero «el hijo de puta» no tiene nada que responder, sino que, con una sonrisa, se apresura a señalarlo para que Teyas, hermano de Ardón, lo pueda vislumbrar mejor entre las sombras.

—¡A ellos y sin cuartel! —les ordena a sus hombres.

Pues ya están donde querían estar y por eso, quizá un poco apresuradamente, ha llegado a la conclusión de que no necesita ningún prisionero.

—¡Apostaos aquí conmigo! —ordena Dámaso a su vez.

El sendero que lleva desde la tumba de Pyrene al lago es sumamente estrecho y quebrado; en él, si sus rufianes se sostienen, podrán enfrentarse a cinco veces más hombres de los que ellos suman.

Inútil. Los hombres de Teyas son guerreros provistos de buenas armaduras y adiestrados desde niños en la disciplina del acero mientras que los suyos solo son asesinos y bandidos. La muerte les llega. Gozando de los estruendosos ecos, de la oscuridad, de la opresiva atmósfera saturada de piedra y agua, el infierno, el que siempre llevan los hombres consigo está, ahora sí y verdaderamente, en aquel lugar.

Teyas es un hombre valiente y fuerte. Sí, y un consumado espadachín que no tiene mayor dificultad en destrozar de dos mandobles al primero de los villanos de Dámaso que se le opone. El desgraciado, casi partido en dos, cae a las puras aguas del lago sumando su oscura sangre a las sombras y a la calma eternidad que las habitan.

Es hermano de Ardón, un rey acorralado al que en breve, si nadie lo impide, derrotarán y matarán los árabes y moros que conduce contra él el valí al-Sam, pues su pueblo y sus guerreros están desmoralizados y por ello han sido vencidos antes de combatir. Pero ante la visión de la copa que, según dicen algunos, usó Cristo en la última cena, muchos recuperarían el valor y resistirían con brío al ejército del califa, pues ¿acaso no estarían combatiendo por un rey al que el mismísimo Dios señala como a su elegido al entregarle la posesión de tan santa reliquia? Por eso está allí, se recuerda: en el centro de la oscura Tierra, matando con saña y abriéndose paso hasta el jefe de los bandidos que, con los ojos muy abiertos por el pánico, se está dividiendo entre dos horrores: enfrentarse a él o arrojarse a las oscuras aguas.

Teyas suelta un alarido de puro gozo guerrero al despachar a otro de los asesinos de sirven a Dámaso y se permite entonces una carcajada de victoria.

No te permitas esas cosas; la fortuna, voluble, suele arruinártelas.

Entonces, tan inadvertidos como antes lo fueron ellos e igualmente atronadores, a la gran sala llegan los moros de Marina portando antorchas y acero afilado mientras se desparraman por las sombras inmensas de aquel templo de piedra al que Hércules fue a sepultar a su amada.

XXI

El camino hasta la gran sala no fue fácil. Primero fueron los cadáveres de los hombres de Dámaso, con los que se toparon conforme penetraban en la descomunal cueva: el que el sacerdote asesinó con sus propias manos, el que mataron los hombres de Teyas cuando lo encontraron, acurrucado en el suelo, temblando de terror y extraviado en la insondable oscuridad; el del que se reventó la cabeza al golpearse con una estalactita durante su loca huida y el del que cayó al suelo con la cabeza atravesada por la punta del maléfico ingenio.

Eso, ir encontrándote cadáveres en un túnel oscuro que se va adentrando más y más en las entrañas de la Tierra como si por él fueras derecho al infierno es, lo quieras o no, muy, muy inquietante. De hecho, ¿para qué negarlo?, da mucho miedo.

Los hombres de Marina lo tienen, es puro terror lo que se les ha metido en el ánimo. Miedo, horror, pánico... Los efectos son los mismos: manos temblorosas, bocas secas, ojos muy abiertos, tripas a punto de soltarse, vejigas que piden vaciarse. Pero su señora les produce casi tanto terror como aquella maldita cueva, así que siguen avanzando, paso a paso, hasta que el que va delante se detiene. Y es que pisa lo que parecía uno más de los muchos charcos someros que están por todos lados. Sí, pero este es especial, pues oculta un abismo. Uno sobre el que colocaron una ligera plancha de madera que, cubierta de agua, año tras año, se ha ido pudriendo y cede ante el peso del hombre, que, gritando, se precipita a un vacío negro, insondable.

El eco de su alarido se oye largo rato y en el silencio oscuro que los rodea, todos se quedan aguardando, expectantes, el ronco, seco sonido del cuerpo al estamparse contra el suelo. Pero no llega. No se oye nada más. De nuevo, silencio y negrura, y el miedo se alza un grado más. Otro. ¿Cuántos más soportarán?

Marina también tiembla. Es cruel pero no valiente. Siente que va a mearse encima. Quizá lo haga... No, no puede permitirse eso: sus hombres están como ella, al borde del pánico, y si pierde el control hasta ese punto, se darán la vuelta y huirán sendero oscuro arriba en busca de la luz y la cordura.

—¡Tú, desgraciada, ve delante! —ordena a la prisionera.

Umm Hakim no se mueve ni responde. Simplemente, se la queda mirando con sus ojos oscuros y penetrantes y una sonrisa burlona en los labios.

A una señal de Marina, el guardia que tiene delante a Umm Hakim le pincha con la daga en los riñones, pero ella, ignorándolo, se limita a alargar las atadas manos hacia Marina.

—Suéltame. Mal guía seré si no puedo usarlas para sortear otras trampas del camino. —Ella niega con la cabeza. No se fía de esta mujer misteriosa y que transmite tanto aplomo—. Ya has visto el cadáver con la cabeza atravesada por una estaca de hierro y ahora, ante tus ojos, uno de tus hombres ha caído en un oculto agujero. ¿Cuántos más peligros nos acechan ahí delante? —insiste Umm Hakim, persuasiva, serena—. Como ves, las trampas están aleatoriamente dispuestas: puedes pasar junto a una y ser tan afortunada como para que no te mate, o puedes ir directa hacia ella y dejarte la vida antes de que te des cuenta, así que el hecho de que vaya por delante no te preservará a ti. Yo puedo pasar sin activar la siguiente trampa y, a continuación, tú, que me sigues, pisar o tocar donde no debías y terminar como el infortunado que acaba de despeñarse. Por tanto será mejor que me liberes para que pueda inspeccionar cada paso, cada palmo de este sendero y abriros camino. Entiendo de estas cosas y tú, por el contrario, no.

Marina no las tiene todas consigo. ¿Qué hacer? No lo sabe, pero sí sabe lo que no va a hacer: ir delante arriesgándose. Está decidido: dejará que sea esta loca quien lo haga, y si para lograrlo tiene que soltarla, lo hará. De todos modos, ¿qué podrá hacer desarmada?

Con su propia daga corta las sogas que atan las muñecas de Umm Hakim, que, tras masajeárselas para reactivar la circulación sanguínea, dedica una sonrisa desafiante a su captora, como diciéndole: «Ahora eres tú quien obedece».

—Dame la antorcha —le exige a uno de los soldados y, sin mirar atrás, empujando con el hombro, ligeramente, a una atemorizada Marina, se abre paso y se pone en cabeza para avanzar con resolución.

Y caminan. Cien, doscientos, cuatrocientos, setecientos pasos...

En dos ocasiones, Umm Hakim observa extrañas marcas en la pared, símbolos en forma de árbol de la vida, y en una advierte una trampa que señala a los que vienen detrás: un delgado y tensado hilo de oro que, sin duda, activa una trampa y que ella esquiva alzando con cuidado los pies. Entonces, medio centenar de pasos más adelante, su adiestrada nariz percibe una corriente de aire más libre, más frío, que solo podría proceder de un ensanchamiento singular, quizá a cien o doscientos pasos.

Se detiene y aguza el oído. Poco después percibe un sordo, lejano rumor: combate.

Durante un instante se queda paralizada buscando a toda prisa la respuesta a la pregunta que acaba de aparecerle en la mente: si ya hay gente en el lugar donde, sin duda, está la tumba de Pyrene, quizá los que ahora se matan entre sí allí delante ya hayan dado con el grial y en ese caso no será ya cuestión de buscarlo, sino de luchar por él. Entonces, ¿para qué le servirán a Marina el gigante y ella? Para nada. Solo serán una molestia que será mejor eliminar. Por tanto solo tiene unos segundos antes de que los demás también perciban el vago rumor del combate que, flotando sobre la fría corriente de aire, llega hasta sus finos oídos.

A veces tu vida pende de un instante. A veces, como le ocurre ahora a Umm Hakim, eres consciente de ello. A veces debes abrir algo más que los ojos para salir con vida de ese instante en el que te la juegas. La educaron como cristiana y los cristianos creen que, a veces, los ángeles y los santos se encarnan en animales para advertir o ayudar a los seres humanos a los que deben proteger.* Quizá sea verdad, o quizá solo una de esas muchas tonterías que la gente cree cuando tiene que enfrentarse, cada día, cada noche, a un mundo que siempre es peligroso. Pero sea cierto o leyenda, los ojos de la mujer han ido a posarse en el techo del túnel y han advertido que, colgado bocabajo, hay un murciélago. No debería estar allí: los murciélagos forman bandadas y buscan refugios menos abiertos a las corrientes que aquel del que cuelga la pequeña bestia.

Los negros ojos del murciélago se abren justo en ese instante y la enfocan. Aunque se haya dicho mil veces, no es cierto que las pequeñas bestezuelas sean ciegas. Esta, por lo pronto, la mira fijamente, como advirtiéndole de algo, y ella, con un escalofrío recorriéndole la espalda, se ve impulsada a apartar la mirada y a posarla, como por casualidad, esa que

---

*Esta creencia estaba muy arraigada entre los cristianos de la Antigüedad y la Edad Media. Por ejemplo, Santiago Apóstol se encarnó en un lobo para salvar a un peregrino; san Cristóbal es representado con cabeza de perro mientras porta al niño Jesús, y tres de los evangelistas con rostros de águila, león y toro.

no existe, sobre el irregular suelo que tiene justo delante. Allí, disimulada por un socavón, advierte una piedra aparentemente suelta.

Nunca te fíes de las apariencias. Umm Hakim nunca lo ha hecho y presiente que ha llegado el momento de las despedidas. Así que se gira y busca con la mirada a Hartz. No conoce realmente al gigante. No sabe quién es, ni siquiera han tenido tiempo de darse sus nombres. Solo sabe que ese hombre grande que va unos pasos por detrás y al que apenas distingue entre las sombras se ha jugado la vida, una y otra vez, por salvar la suya.

Hartz advierte la intensidad de la mirada de la mujer a la que salvó en Tarax de morir azotada. ¿Quién es esta belleza arrebatadora y de sumo misterio? No lo sabe. Pero sí sabe, no, siente, porque esas cosas no se saben, se sienten, que hay una fuerza que los une. Se deja llevar por el instinto y tensa los músculos; sea lo que sea, allí, en esa mirada hay advertencia y algo más...

Umm Hakim ya ha hecho lo que podía hacer: avisar a su compañero de cautiverio y despedirse de él. Entonces se vuelve a girar ante la mirada extrañada, alarmada, de Marina y, antes de que la diablesa pueda decir algo, avanza sorteando la piedra suelta con disimulo. Tras ella pasa el soldado que le apoya la daga en los riñones y que tampoco pisa sobre la trampa; a continuación, Marina, que también esquiva, por puro azar, el oculto peligro y así, uno tras otro, dos, tres, cuatro, cinco, seis, siete, ocho, nueve, diez, once, doce, trece y este último, los números son así de despiadados, pisa sobre la piedra suelta que cede y con ella, con un tremendo chasquido, toda una sección del suelo.

Tres hombres se van al vacío entre cascotes y alaridos de terror y muerte. Se alza una polvareda y los gritos de los que no se han ido al infierno parecen reventar las paredes.

Cuando el polvo se está asentando, las miradas de Umm Hakim y Hartz vuelven a encontrarse y el gigante comprende que eso era lo que ella le quería advertir y que con esa advertencia se despedía para siempre y que lo hacía con un regalo: darle la oportunidad de sobrevivir y liberarse.

Él decide que va a aprovecharlo. Antes de que los hombres que lo rodean puedan salir de su estupor, echa la cabeza hacia atrás y le revienta la cara al moro que lo sigue de un testarazo. ¿Uno? No, da dos, tres, quiebra huesos, salta dientes, mata. Y mientras acaba así con uno, ya está pateando la rodilla de otro para quebrársela como si fuera una rama seca y dando un empellón a un tercero para precipitarlo al abismo por el que han ido a despeñarse los infortunados que, un instante antes, tenían delante.

Todo es caos y muerte. Al otro lado del gran y oscuro agujero que ahora corta el sendero, Umm Hakim, Marina y los guerreros que han pasado con ellas han reemprendido la marcha y se pierden tras una revuelta del oscuro sendero mientras Hartz, peleando como un toro acorralado por una jauría de lobos, trata de escapar. No lo va a lograr. Con las manos atadas, rodeado por hombres armados que, poco a poco, se recuperan de la sorpresa, vive sus últimos instantes de vida como siempre ha querido: como un guerrero.

Herido por una puñalada mal dirigida que, sin embargo, le ha rasgado las costillas, se apoya contra una columna formada por la unión de una estalactita con una estalagmita y respira pesadamente mientras lanza una feroz mirada a sus acosadores.

—¿Quién será el primero en morir? —pregunta con una sonrisa de loco en los labios y mirada desafiante.

Hartz es grande como un oso y allí, entre las sombras, sonriendo de esa manera tan inquietante a sus enemigos, da mucho miedo. Pero quedan siete hombres. Demasiados. Los números nunca se equivocan y, cuando estos siete recuperen un poco de aliento y valor, él estará muerto.

Los números no se equivocan, es cierto, pero pueden cambiar. Desde la oscuridad surge Addi como un demonio. Uno que tiene espada y nervios de hierro pulido, y unos ojos que, de tan azules, parecen de otro mundo.

Y sabe matar. Sí, como pocos hombres saben. Con habilidad, con rapidez, con efectiva brutalidad. Antes de que se den cuenta, tres de los siete han muerto y Hartz se lanza sobre un cuarto dándole un cabezazo y aferrándole la garganta con los dientes. La sangre le llena la boca y el desgraciado grita de pánico y dolor, pero él, pese a los golpes desesperados que recibe, no suelta la presa; cuando retira los dientes, el hombre se desploma y ante él, acosado por tres guerreros, tiene a Addi.

Como una centella, Hartz se agacha sobre el moribundo al que ha destrozado la garganta y logra coger su espada para clavarla en la pared más cercana: apoya la empuñadura en su estómago, pone las manos sobre el filo y corta las ligaduras sin atender a las heridas que se hace en el empeño.

Ahora está libre y tiene una espada. Y al girarse ve cómo Addi ha logrado dar muerte a otro de sus enemigos, pero, tras otro giro, da la espalda al abismo demasiado cerca, sin duda. Y Hartz ataca. Derriba a uno de los oponentes del moro, y con tanto ímpetu que el otro, empujado por el que cae, va a clavarse en la espada del lobo de los banu ifran con tanta fuerza que desequilibra al amazig de ojos azul imposible. Con un alarido, enredado con su enemigo, Addi se va al vacío.

Pero no del todo. De algún modo, ha logrado sujetarse al borde con una mano. Hartz se aproxima y mira hacia abajo. Los ojos de los dos, del astur y del moro, se encuentran y se anudan en una intensa, larga mirada.

—Gracias —dice al fin Hartz.

Addi no puede responderle, pero logra asirse también con la otra mano al borde y aguarda a que el astur lo auxilie.

En el suelo, abandonadas, hay varias antorchas que prestan su luz al momento: dos hombres, dos viejos enemigos que de nuevo son aliados, que de nuevo se han salvado la vida mutuamente. La vida siempre juega con estas cosas. A veces te pone frente a tu amigo y lo transforma en enemigo; a veces toma a tu enemigo y lo convierte en tu aliado.

Pero a veces no es la vida la que decide, sino el hombre: Hartz, lenta, deliberadamente, sin apartar sus ojos de los de Addi, le pisa las manos. El amazig aguanta el dolor, sostiene la dura mirada del astur y luego, incapaz de aguantar más, se precipita al abismo. Va a la muerte. No grita, no hace más ruido que el del aire frío que atraviesa su cuerpo en una caída infinita que lo lleva al más bárbaro y oscuro vacío.

—Mataste a mi padre, le cortaste la cabeza. Nunca te habría podido perdonar —susurra con rencor Hartz, como si hablara a las sombras impenetrables que se han tragado al jefe de exploradores.

Silencio y negrura. Hartz no se siente bien. No le gusta lo que ha hecho. Simplemente, cree que era lo que tenía que hacer. Esas cosas pasan: a veces, haces cosas horribles porque te convences de que tenías que hacerlas. Sacude la cabeza como para librarse de la mala conciencia y se pregunta dónde está Favila.

—¡Favila! —llama con fuerte voz—. ¿Estás ahí?

El silencio es la respuesta.

Entonces, desde lejos, desde el otro lado del abismo, allí donde el sendero se pierde, llegan confusos ruidos de batalla y entre el bélico estruendo distingue, claro, nítido, un grito de dolor y terror prorrumpido por la mujer morena.

Durante un momento, Hartz se debate entre retroceder y buscar a Favila o ir primero a auxiliar a la mujer de los oscuros ojos que, al advertirlo, le ha salvado la vida.

Dos obligaciones, dos deberes y una decisión.

Y decide: tomando impulso, salta sobre el vacío y cae al otro lado y, recuperando el equilibrio, toma del suelo la única antorcha que allí permanecía abandonada y echa a correr sendero abajo en dirección a donde se libra una batalla y siguen oyéndose los angustiosos gritos de dolor y horror de la extraña mujer que el destino, por lo visto, está empeñado en poner en su camino.

Y entonces, cuando Hartz desaparece, de detrás de unas estalagmitas, lentamente, llorando en silencio, aparece Favila.

El niño tiene el rostro demudado, la mirada perdida, y así, paso a paso, se acerca al abismo por donde cayó su amigo, su héroe, el padre adoptivo que ha estado a su lado durante meses y meses. El hombre que se quitaba de la boca el alimento para dárselo a él; el que le enseñaba cómo rastrear a una presa, cómo evitar a un enemigo, cómo acechar al ciervo, al oso, al caballo salvaje...

—¿Addi? —llama en voz muy baja, muy triste.

La voz de un niño de seis años que, por segunda vez en su corta vida, se siente privado de aquellos a quienes ama, que está solo en la oscuridad y que ha visto cómo el hombre en el que confiaba ha sido asesinado por aquel al que él se empeñó en ir a salvar.

—Si yo no te hubiera pedido que lo salvaras... —se reprocha al borde del oscuro vacío que tiene a sus pies.

El reproche le suelta el llanto. Uno inconsolable, espasmódico, profundo. Durante un segundo, Favila piensa en arrojarse al pozo oscuro, pues sabe que la culpa de la muerte de Addi es suya. Luego, quebrado, abatido, llorando, se sienta al borde y se abraza las rodillas mientras sigue derramando lágrimas.

—¡Te odio, Hartz, te odio! Te vi, vi cómo pisabas sus manos para que cayera al pozo... Te vi y nunca olvidaré lo que has hecho... ¡Te odio!

Y eso es todo: un niño abandonado en la oscuridad, llorando por su amigo. Simplemente, otro ser inocente que nunca volverá a ver el mundo con ojos limpios.

XXII

Muy lejos de allí, en las montañas de Asturia, Pelayo siente una punzada en el corazón. Detiene el caballo, dolorido, sorprendido por la invisible puñalada que le atraviesa el pecho. A su lado, Alfonso se percata y mira, entre preocupado y extrañado, a su futuro suegro, que tiene el rostro demudado, pálido.

—¿Te encuentras bien, mi señor? —pregunta alarmado a la par que alarga la mano para sujetarlo.

Dos pasos por detrás, el viejo Claudio Emeritense también se percata y, tironeando de las riendas, pone a su montura a la par de la del rey.

—Estoy bien... —murmura él recuperando el ánimo.

—¿Qué ha pasado? —pregunta el ingeniero sumando arrugas de preocupación a las de sus muchos años.

—Sentí algo extraño..., un presentimiento oscuro... Favila está vivo y en peligro.

Alfonso y Claudio intercambian miradas. Llevan días recorriendo los montes, pasando frío, sin el descanso adecuado. En semejantes circunstancias cosas como estas pueden pasar.

—Ahí delante, en el valle del río Negro, junto a la cascada de Xurbeo,* hay un lugar apropiado para descansar —señala

---

*El valle del río Negro está en el Consejo asturiano de Aller y la cascada de Xurbeo, un salto de agua de aproximadamente veinte metros, y una de las más bonitas de España, se halla muy cerca del pueblo de Murias, situado en el citado valle.

entonces uno de los guardias que, tan preocupado como el resto de la partida, cree llegado el momento de que su rey descanse a resguardo.

Y se encaminan hacia el paraje a través de un sendero encajonado entre bosques frondosos de exuberante follaje, y al salir de una revuelta, ante ellos, precipitándose a un remanso del río desde más de cuarenta codos de altura, ven la cascada; no lejos de ella, en un claro abierto entre hayas, robles y castaños medio velado por la niebla, localizan el refugio del que ha mencionado el guardia y que no es sino una choza miserable a cuyo costado hay un precario aprisco donde se guardan media docena larga de ovejas.

Los recibe una vieja marchita y desgreñada, que, sin decir nada, aparta la cortina de cuero que sirve de puerta a su casa y los invita a sentarse junto al fuego.

Una vez junto al reparo que les ofrece la hoguera, Pelayo recupera el color y sonríe tristemente a las llamas: su niño, su pequeño..., ¿volverá algún día a verlo? Presentimientos..., a eso ha quedado reducido todo. A sentir cosas que solo pueden ser el hálito del vacío que en el corazón le dejó su niño cuando se lo llevaron... para siempre.

Y la sonrisa triste se torna lágrimas.

A su lado, Alfonso lo mira de reojo y se compadece de él. Ahora ha aprendido otra lección: los reyes son, ante todo, hombres. Algunos, los peores, lo olvidan; otros, los mejores, nunca lo hacen, y por eso pueden seguir llorando como ahora Pelayo.

XXIII

Hamaraz el herrero golpea sin descanso el hierro candente. Martillo que cae y alza chispas y en cada una de ellas un fugaz misterio, un mundo, un sueño...

Fuego, canto, martillo y yunque, y los ojos del herrero se extravían, y la espada que forja y que tiene como dueño a un rey, aunque él aún no lo sepa, le ofrece visiones y le aferra con garra de fiera la garganta.

Por eso, cuando se vuelve hacia la entrada y en ella ve recortada la figura de Gaudiosa, no le extraña ver la pregunta en los ojos azules y profundos de la reina.

—¿Tú también lo has sentido? —le pregunta.

Hamaraz detiene el martillo, asiente con la cabeza y sumerge en el balde de agua fría que tiene junto a él la roja hoja de la espada que está forjando para Pelayo y que ahora es como un tizón ardiente. Entonces, las nubes de vapor lo envuelven como si en lugar de hombre fuera espíritu.

—Mi hijo está vivo y solo. Solo frente a la muerte —se oye decir a sí misma Gaudiosa. Su voz quebrada, plena de desesperación, es ascua de rojo dolor.

Hamaraz reaparece entre las nubes de vapor y la enfoca con ojos teñidos con el resplandor del fuego que arde en la fragua.

—Tu hijo no está solo, tiene a su lado al lobo.

Y es una profecía. Pues Hamaraz es herrero y el fuego somete a la mente de los hombres a extraños sortilegios.

XXIV

El infierno es frío. Oscuro, helado, húmedo. El infierno no tiene forma, ni aire, ni sonido. El infierno te sujeta, te asfixia, te hunde en su seno.

Sus pies tocan el suelo y asciende. ¿Hacia el cielo? No, él no es un hombre bueno y nunca iría al paraíso.

Aun así, asciende mientras los pulmones le estallan y el frío lo consume.

¿Te puede consumir el frío? El del infierno sí.

Sale del agua negra y helada, el aire retorna a sus pulmones y tose, imparable, ruidosamente.

Los muertos no tosen.

Addi tose aturdido, bracea torpemente para mantenerse a flote y palpa un cadáver: el de alguno de los desdichados que se precipitaron antes que él al abismo. Luego, sus manos tocan roca y trata de aferrarse a ella. Ansioso, se hiere las manos y, con un esfuerzo titánico, se domina y respira más lentamente: está vivo. El pozo, el abismo, tenía agua al fondo. Eso es todo. Y no es poco. De hecho, es una maldición: ¿cómo va a salir de allí?

Favila escucha la tos y se queda helado. Lo primero que se le pasa por la cabeza, allí sentado, llorando al borde del vacío e iluminado solo por dos antorchas tiradas en el suelo y que se van extinguiendo lentamente, es que se trata de fantasmas, de los espíritus de los muertos. ¿Estará también ahí abajo el fantasma de Addi? Fantasma o no, él es bueno y lo protegerá.

—¡Addi! —grita con todas sus fuerzas—. ¡Addi!

Abajo, en el agua, en la oscuridad que nada deja ver, el mauri escucha a Favila y respira aliviado: sigue sin saber cómo saldrá del abismo, pero ya tiene una razón para hacerlo.

—¡Quédate quieto ahí arriba, pequeño león!

—¿Estás muerto?

Al hombre, pese al frío y al miedo, casi le da un ataque de risa y ternura.

—¡No, ya sabes que el viejo Addi nunca tiene miedo, ni pasa frío, ni tiene hambre, así que no puede morir!

—¡Me he asustado mucho! —confiesa el pequeño.

—¡Ya no tienes que tener miedo, Favila, estaré contigo en un momento!

Qué fácil es gritar eso y qué difícil va a ser conseguirlo.

Sus manos de guerrero siguen palpando la piedra y al fin, en uno de los lados del agujero, encuentran un asidero. No es mucho y en aquella oscuridad completa es imposible saber si hallará otro, pero un comienzo es un comienzo.

Y trepa. Tanteando, apoyando, aferrándose con fuerza a cada grieta, saliente, hueco...

Y vuelve a caer al agua.

—¿Qué ha pasado? —grita Favila.

Addi tarda en responder y cuando lo hace, vuelve a toser pues ha tragado agua y el frío, cada vez más intenso, le está agarrotando los músculos: o sale de allí enseguida, o morirá y dejará solo al niño en la oscuridad, así que vuelve a intentarlo.

Favila está tendido sobre el suelo, asomado al abismo, aguzando el oído, tratando de escuchar a su amigo o de penetrar la insondable oscuridad con sus ojos. Cree oír algo y de tanto en tanto grita animando a Addi. Pero su héroe no contesta y el silencio y la oscuridad no ceden a su infantil deseo de tener junto a él a aquel a quien quiere y en quien confía.

Y entonces, una mano pesada lo agarra por los cabellos y lo alza como un muñeco zarandeándolo y arrojándolo duramente contra el suelo. Con ojos espantados, Favila mira al desconocido: es uno de los hombres de su tía Marina. Uno de los que pelearon contra Hartz y Addi y al que dieron por muerto. Pero no lo está. Tiene una cuchillada en el pecho y de la boca, abierta en un gesto feroz, le sale un hilillo de sangre rosada, levemente espumosa, pues la cuchillada le afectó al pulmón.

No está muerto y avanza hacia el niño espada en mano y odio en los ojos. El soldado tiene miedo, como todos allí abajo, en aquel infierno oscuro y lóbrego, y le duele el pecho cada vez que toma aire o lo expulsa, y todo eso, junto y a la par, lo ha enrabietado, pero sabe cómo serenarse: matando. Sí, aunque sea a un niño.

Sin embargo, hay otras formas de apagar la rabia: muriendo.

El hombre se derrumba y tras él está Addi, empapado, temblando de frío, con las manos ensangrentadas de tanto herírselas en las rocas por las que ha trepado. A punto de desmayarse, sonríe a Favila y deja caer la espada que recogió del suelo y con la que atravesó el corazón del soldado.

—El viejo Addi nunca te dejará solo ante el peligro, pequeño león.

Eso le dice, le tiende la mano, lo levanta del suelo y lo abraza con fuerza.

—Salgamos de aquí.

—¿A dónde iremos ahora, Addi?

—A casa, Favila, volvemos a casa, a tu casa.

XXV

Más abajo, en el interior de la gran sala donde se halla la tumba de Pyrene, los hombres se matan con arrebato y sin piedad. Es un todos contra todos en el que nadie da tregua ni cuartel: godos de Septimania matando a los últimos rufianes de Dámaso; moros de la guarnición de Libica dando muerte a godos, y envolviéndolos a todos en oscura pesadilla, las sombras que apenas rasgan las antorchas y el eco atronador que repiten, casi hasta el infinito, las rocas que cierran la gran cavidad.

Marina se queda atrás, apoyando en la garganta de Umm Hakim el filo de su daga y escoltada por uno de los guerreros de su esposo, que junto a ellas sostiene una antorcha mientras no quita ojo del combate que se libra ante ellos y en el que sus camaradas, contando con la sorpresa, pero no con el número, han caído sobre la desprotegida retaguardia de los godos de Teyas.

—¡Matadlos a todos! —anima Marina a sus soldados con ese cruel entusiasmo que siempre la habita cuando ante sus ojos se desata la violencia que otros sufren.

Y su perverso gozo al ver morir a los hombres es tan intenso que sus manos, trémulas, aprietan más de lo debido la daga rasgando la piel morena de Umm Hakim, que nota como un hilillo de sangre le corre ya hacia los senos. Se tensa: de un momento a otro, esta loca rabiosa la degollará. Debe hacer algo.

—Este es el lugar, pero el tesoro permanece oculto y solo quien conozca su secreto lo hallará —murmura en un tono tan tranquilo, tan falto de emoción que, en lugar de estar con una daga al cuello, pareciera que se encontrase tendida, cómodamente, sobre cojines de seda.

Sí, ha hablado con todo el aplomo posible, pero también cuidando de moverse lo indispensable para hacerlo. Pues la daga de Marina es afilada y la mano que la empuña, lo nota, está deseando matar.

Marina alivia la presión del cuchillo y durante un instante su atención se separa de la dantesca batalla que se libra ante sus ojos entre las sombras, para fijarse en lo que acaba de oír.

—Me necesitas —insiste Umm Hakim.

La mujer de Munuza tiembla de ira: no le gusta que la obliguen a renunciar al placer y esperaba gozar mucho abriéndole la garganta a esta mujer. Pero quizá pueda gozar con ella de otra manera.

—¡Acércale la antorcha al pie! —le ordena al soldado que tiene junto a ella a la vez que presiona de nuevo con la daga la garganta de su cautiva para inmovilizarla.

El guardia vacila, pero ante la fulgurante mirada que le dedica la esposa de su emir se decide a obedecer y aproxima la llama al pie izquierdo de la prisionera. El dolor es insoportable y, pese al acero apoyado en su cuello, Umm Hakim grita y se remueve, pero Marina no afloja. Tiene los labios separados en un gesto de puro placer y sigue apretando el filo sobre la garganta de su cautiva para que sepa quién manda realmente.

—¡Vuelve a quemarla! —exige con la voz quebrada por algo parecido a un demoniaco orgasmo.

Y el guardia vuelve a obedecer y Umm Hakim grita de nuevo, y esta vez no solo hay dolor en su grito, sino también terror. Marina está disfrutando. Sí, pero se imponen su codicia y su razón, por ese orden, y retira la daga.

—¡Está bien, te libero, pero si haces el más mínimo intento de engañarme o de huir, ordenaré de nuevo al guardia que te queme y esta vez le pediré que te achicharre la cara! —aúlla amenazadora.

Umm Hakim respira aliviada y, para dominar el dolor que siente por las quemaduras, entretiene la mente enfocando el combate: cogidos por la espalda, los guerreros godos cubiertos de hierro y cuero rojo han sufrido muchas bajas en los primeros compases del ataque de los moros de Marina, pero ahora, lenta, inexorablemente, su mayor número va equilibrando la salvaje batalla.

Dámaso no da crédito a su fortuna: ante él, vacilando, Teyas retrocede un paso y se gira para dar órdenes a sus hombres. Es el momento que el antiguo obispo de Ilerda necesitaba: salta hacia delante blandiendo su arma y buscando con ella la espalda de su enemigo. Pero la cuchillada resbala sobre las bien dispuestas escamas de metal y él, como un rayo, se vuelve a girar y golpea con el codo en la cara de Dámaso. Este, con la nariz rota y varios dientes de menos, retrocede de nuevo y, trastabillando, va a caer a las oscuras aguas del lago subterráneo.

Sin embargo, emerge de ellas. Asustado pero indemne, y con el agua llegándole solo hasta el pecho.

No ve nada alrededor, hasta que la luz de las antorchas que sostienen algunos de los que luchan en la orilla le da un punto de referencia y se encamina hacia ella.

De repente, una brutal mordedura le abrasa la pantorrilla y se la desgarra haciéndolo vacilar y caer. Bajo las aguas, el gran siluro de ciegos ojos* ha probado su carne y está ham-

---

*Quizá una subespecie del siluro europeo que bien podría haber habitado en el lago subterráneo de Lombrives: el *Silurus glanis troglo-*

briento. Así que vuelve a morder. Quizá sea el último de su especie y tiene mucha hambre, y ahora el alimento se agita, se retuerce entre sus mandíbulas y lo escita y enfurece, espoleando su ansia de sangre y provocando que lance más y más dentelladas.

El gran pez ciego es una fiera de piel fría y escamosa que habita en las galerías inundadas que conectan el lago de la cueva de Pyrene con pozos y otros lagos enclavados en profundidades aún más negras y frías.

De ellas, atraído por el olor de la sangre, ha emergido el monstruoso siluro, tan pesado como dos hombres y con casi siete codos de longitud, y que ahora, feroz, ansioso, no suelta la presa. Dámaso, que jamás imaginó una pesadilla como esa, cree comprender al fin el significado de los últimos versos del enigma: «Las profundas lágrimas te revelarán la entrada al infierno. Si no te retiene, regresarás de él portando el grial». Pero él nunca regresará portando el grial. Él está en el infierno y el diablo, uno de cuerpo alargado y recubierto de escamas, de largos y afilados dientes, de ojos prominentes y ciegos lo ha atrapado y nunca lo soltará.

—¡Noo, nooo! —grita mientras el monstruoso siluro muerde su carne una y otra vez, le abre espantosas heridas, lo desangra y lo devora vivo.

Y así muere. Mientras se le va la vida en las aguas oscuras, en su mente aterrorizada vuelve a ver los ojos de Lorenzo de Osca, al que allá lejos, en Damasco, degolló sin piedad ni remordimiento alguno.

Pues no solo los ángeles y los santos se encarnan en animales para ayudar a los hombres, sino que, a veces, también los demonios toman su forma para castigarlos.

---

dia, que alcanza tres metros de longitud y un peso de más de 150 kilogramos y es extremadamente voraz y agresivo.

Fuera del agua los hombres siguen matándose con saña. Teyas, señor de hombres, dispensa muerte con salvaje determinación y los moros de Marina, perdiendo la iniciativa que les dio la sorpresa, reculan.

—¡No retrocedáis, cobardes! —les grita su señora.

Qué fácil es gritar. Demasiado. Lo que no es fácil es aguantar frente a hombres bien armados y decididos que, bien mandados y superando todavía en número a quienes los atacaron por la espalda, han logrado sostenerse y ven ahora recompensados su valor y su disciplina.

Marina se percata de que va a perder, envaina su codicia y su rabia y recuerda que, después de todo, realmente solo le importa una cosa: su vida. Entonces se gira, arranca de las manos del soldado junto a ella la antorcha y echa a correr por el sendero que lleva al exterior.

Oh, sorpresa: se topa con Hartz. Es la segunda vez en pocos días que está frente a frente con aquel gigante. La segunda en que los ojos de loco enfurecido la taladran. La segunda en que se le mete tanto miedo en el cuerpo que se orina encima.

Sí, y la primera y la última en que le destrozarán las entrañas.

La espada de Hartz le abre el vientre, le rompe el estómago, le destroza las vértebras y sale por la espalda acompañada de un estallido rojo. Ensartada, cara a cara con Hartz, Marina trata de decir algo antes de morir. Pero no puede y quien habla es él.

—¡Esto es, loba, por mi padre, por Pelayo y por todos aquellos a los que asesinaste! —le dice en un feroz e inmisericorde susurro.

Extrae la espada y Marina cae al suelo, y allí, en la oscuridad, termina de morir.

Umm Hakim ha aprovechado el desconcierto del guardia ante la huida de su señora para hacerse a un lado y buscar refugio entre las sombras. Desde ellas, silenciosa, dominando las oleadas de dolor que le suben desde el lastimado pie, contempla la locura que la rodea: la gran sala está colmada de ecos atronadores de lucha y las antorchas que aún sostienen los supervivientes apenas si la iluminan con fantasmagóricas luces que vacilan ante tanta tiniebla. Ante sus ojos, poco a poco, los godos de Septimania van matando a los moros y en ese momento decide que se quedará allí, oculta, aguardando su oportunidad.

Pero entonces ve a Hartz. El gigante ha irrumpido como si fuera un ciclón y grita como un poseso, llamándola, buscándola. Y ante su furia todos vacilan, pues es como si un oso de las cavernas retornase de la noche de los tiempos.

Hombres que caen destrozados; hombres que se revuelcan sobre su propia sangre; hombres que huyen ante aquella colosal maldición humana que se abate sobre ellos.

Pero maldición u hombre, Hartz está solo y pronto los godos de Teyas, victoriosos ya sobre los últimos moros, lo cercan para darle muerte. Umm Hakim sabe que no tiene mucho tiempo. ¿Cuándo se lo dan a una en semejantes circunstancias? Nunca, pero tenga el que tenga, va a aprovecharlo: en la penumbra, apenas avivada por la tenue luz de las lejanas antorchas, sus ojos se posan sobre una leve fosforescencia. Alarga hacia ella la mano, se agacha, palpa y encuentra lo que busca: hongos que crecen en todas las cuevas allí donde la humedad les proporciona nutrientes y que, expuestos a la luz, emiten una ligera luminosidad.*

Un plan surge en su cabeza para dar uso a los hongos: los machacará mezclándolos con barro y usará la pasta resultante para ponérsela sobre la piel y así emitir una leve luminiscencia. A toda prisa, usando como mano de mortero dos pie-

---

* Hongos bioluminiscentes cavernícolas de la especie *Mycena chlorophos*, que crecen en el interior de las cuevas, en lugares húmedos, y que emiten una leve luz fosforescente verde y azulada.

dras, maja un puñado de hongos y, mezclándolos con el húmedo barrillo que cubre el suelo de la cueva, consigue una pasta que, tras desnudarse a toda prisa, se unta por el cuerpo y el rostro.

Hartz apoya la espalda contra la pared de roca y se dispone a morir. Como una manada de lobos, los hombres de Teyas se preparan para saltar sobre él y acabar con aquel último combate que se interpone entre ellos y su propósito de lograr apoderarse del tesoro que desea obtener su rey y que, sin duda, debe de estar escondido en algún rincón de aquella desmesurada sala de lóbrega piedra. El astur lamenta morir antes de haber cumplido del todo con la misión que le encomendó Pelayo: rescatar a Favila. Pero al menos, se consuela, dio muerte a su raptor y, de paso, vengó la muerte de su padre. Además, ha librado también a su señor de su maligna hermana, que tan peligrosa ha demostrado ser. También lamenta no haber visto por última vez a la mujer morena en cuyo socorro corría. ¿Seguirá viva? Seguramente ha perecido. Ha fracasado también en eso...

Entonces, en su último momento de vida, Hartz fija sus ojos en la negrura que se extiende más allá de los guerreros que lo cercan y que se disponen a matarlo y ve algo que le congela el ánimo: una fantasmal figura que surge de la profunda oscuridad envuelta en un sobrenatural brillo verdeazulado. Su cara de espanto es tan explícita, tan inquietante, que los guerreros de Teyas se dan la vuelta para ver qué nuevo horror se les echa encima.

Y la ven: una mujer desnuda que brilla en la oscuridad y cuyos ojos no son de este mundo, sino de un blanco aterrador, y que les habla con una voz sibilante, como de serpiente.

Si ves algo así en el interior de una profunda cueva oscura, tras haber sobrevivido a diabólicas trampas y a combates a muerte, se te rompen del todo los nervios y solo piensas en una cosa: en correr. Y eso hacen gritando de puro pavor, olvidándose de todo excepto de escapar de aquella mujer fantasmal cuyo cuerpo brilla con una pálida luz verdeazulada y que avanza hacia ellos con los ojos en blanco y pronunciando palabras que, sin duda, son un terrible hechizo.

Así se quedan solos: el espíritu desnudo y femenino que brilla entre las sombras y que lo mira con ojos blancos como la luna y el guerrero astur que, temblando de los pies a la cabeza, apenas logra sostener la espada.

Los ojos de Umm Hakim vuelven a enfocarse, mostrando de nuevo la pupila y, acompañándolos, aparece una traviesa sonrisa en sus fosforescentes labios.

—¿Nunca habías visto un fantasma? —le pregunta con tono burlón y atrevido.

A Hartz se le cae la espada al suelo y luego, al fallarle también las piernas, se derrumba.

XXVI

Fuera, escondidos en la entrada de la cueva, Addi y Favila vigilan a la media docena de guardias moros que Marina dejó al cuidado de los caballos y los heridos.

—Tenemos un problema, pequeño león —anuncia el moro sin apartar los penetrantes ojos de los caballos y de los soldados que, pendiente abajo, a unos doscientos pasos de donde ellos están, permanecen montando guardia.

—¿Esperamos a que se haga de noche? —sugiere el pequeño.

—Vas aprendiendo, por Dios clemente y misericordioso que vas aprendiendo —le responde Addi satisfecho—. Pero no tenemos tiempo. Antes o después, del interior de la cueva comenzarán a salir guerreros: los godos de espléndidas armaduras cuya llegada nos obligó a meternos aquí dentro, o bien los soldados que sirven a tu tía. Salgan los que salgan, no nos tratarán bien. Así que debemos escapar de inmediato y para eso tenemos que robar uno de esos caballos de ahí abajo.

Todo propósito es fácil de formular y algunos, como el que acaba de expresar Addi, es casi imposible de concretar. ¿Cómo van a bajar desde la boca de la cueva, perfectamente visible desde donde se hallan los guardias con los caballos, sin que los descubran?

—Haz lo que yo haga —le ordena al pequeño.

Comienza a reptar muy lentamente cuesta abajo, de un arbusto a otro, arrastrándose con el impulso de los codos y de las puntas de los pies y sin despegar del suelo ni la más mínima parte de su cuerpo. Progresan así en un lento, desesperante avance que, sin embargo, los torna casi invisibles a ojos que no estén por completo concentrados en ellos.

Y no lo están. Los soldados están ocupados y nerviosos: atareados en vigilar y atender a los caballos, en no quitar el ojo a los pocos cautivos que han hecho y en dar agua y consuelo a sus propios heridos; y nerviosos, pues hace ya mucho rato que el grueso de su fuerza se metió en la cueva y de ella no sale nadie.

Al menos nadie que ellos hayan podido ver.

Y así, palmo a palmo, Addi y Favila recortan distancias hasta situarse a cuarenta pasos de donde está el grupo. Desde allí, entre los arbustos, observan a uno de los soldados montando guardia junto a los caballos. Las bridas sujetas al bocado de los animales han sido atadas a una larga cuerda y esta, a su vez, a una segunda que han anudado al grueso tronco de un achaparrado roble.

Addi guiña un ojo azul metálico a su pequeño discípulo, le indica con un gesto que no se mueva y toma una piedra del suelo que lanza hacia el extremo contrario de la cuerda de caballos donde monta guardia el soldado. Advertido por el ruido y la inquietud de los caballos situados en el extremo opuesto que ha sido alcanzado por la pedrada, el hombre acude allí a toda prisa y examina primero a las bestias y luego, al no hallar en ellas señal alguna que explique su nerviosismo, el terreno alrededor.

Es por lo que Addi aguardaba: poniéndose en pie como una exhalación y tan silencioso como un espíritu del bosque, echa a correr hacia los caballos situados en el lado contrario al que ahora examina el guardia que, con la vista estorbada por los animales, jamás podría apreciar cómo la rápida y sigilosa figura alcanza la reata. Entonces se mete entre las patas de los caballos, a la par que les susurra palabras tranquilizadoras, se agazapa allí, inmóvil y oculto entre las bestias.

Entonces regresa el soldado a su puesto, pues tras inspeccionarlo todo nada ha encontrado que justifique la súbita inquietud de aquellos caballos. Quizá, piensa, fuera el paso de un lagarto o una víbora arrastrándose entre los matorrales.

A treinta o cuarenta pasos de donde el hombre vuelve a montar guardia están sus compañeros vigilando a los cautivos y atendiendo a los heridos. Addi, entre las patas de los caballos, los observa detenidamente y se prepara. Llega el momento: cuando cree que el soldado que monta guardia a tres pasos de donde él se oculta se ha relajado, surge de debajo del vientre de la bestia más próxima, lo aferra tapándole la boca y le corta el cuello limpiamente. Y lo sostiene mientras muere. Luego, con cuidado, tratando de que los caballos no se espanten ante el repentino y ominoso olor a sangre humana, suelta al desdichado en el suelo y con varios cortes rápidos de cuchillo libera a varios animales y monta de un salto en el que le parece más fuerte; profiere entonces un agudo alarido que, ahora sí, provoca la estampida de los caballos sueltos en una confusión de relinchos y galopes que levanta polvo y que alarma al resto de la tropa. Pero ya es tarde: Addi, controlando a su nueva montura, la encara hacia donde está Favila.

—¡Ahora, pequeño león! —grita el lobo de los banu ifran y el niño, feliz, orgulloso, salta del arbusto donde se hallaba escondido y corre en dirección a su héroe.

—¡Dame la mano! —le grita el guerrero amazig y el pequeño no duda: la tiende y es alzado de un tirón al lomo del rápido corcel, que, ante el asombro de los guardias, es como un rayo inesperado que se pierde ya ladera abajo.

Y en buen momento, pues de la cueva salen, todavía descompuestos y gritando, los godos de Teyas, que, al ver cómo los miembros del retén de guardia que dejaron atrás han sido eliminados o capturados por la tropa mora, caen sobre los restos de esta última para arrebatarles los caballos y liberar a sus compañeros.

Addi y Favila no se quedan a ver el resultado del encuentro: galopan como el viento, libres y juntos, como siempre desde que el destino los unió.

Cae la tarde y a seis o siete millas de allí, como el país entero parece seguir siendo un matadero por el que es prudente no cabalgar en la noche para no toparse con inesperados enemigos, el moro conduce al caballo hacia un estrecho valle en busca de un lugar donde ocultarse y esperar a que se aquiete el caos que los diferentes grupos de exploradores de aquitanos, árabes y godos han creado en aquellas tierras fronterizas.

El valle tiene laderas empinadas y, en una quebrada, Addi oculta a su montura, la deja atada a resguardo y explora el terreno del entorno llevando siempre a su lado al niño. Al cabo, dan con una cueva a la que es difícil acceder, pero en la que comprueban que no es complicado adentrarse, pues el suelo está nivelado.

—Este es un buen escondite —dice Addi.

—No me gustan las cuevas —protesta Favila.

—Las cuevas son como los hombres: no hay dos iguales. La que dejamos atrás era mala, esta puede ser buena —le replica con una sonrisa que tranquiliza al niño.

Media hora más tarde, con el caballo escondido tan cerca de la gruta como han podido, los dos están dentro de la caverna al amor de una lumbre que han encendido en un punto en que su resplandor es invisible para cualquiera que se halle en el exterior.

Addi, agotado por completo, se duerme, pues hasta los hombres de hierro quedan extenuados tras una jornada como la que él ha tenido que afrontar. Pero el niño, inquieto, aún con el miedo a las cuevas dentro de él, mira de continuo a las sombras que lo rodean.

Un niño asustado es, a menudo, un niño curioso. A veces, lo que más miedo te da es lo que más te atrae. Favila es de ese tipo de niños y, al poco, sin atreverse a despertar a Addi, toma un leño del fuego y con la precaria tea se adentra un poco en la caverna para decirse a sí mismo que no es un cobardica y que puede ser tan valiente como Addi.

Pasos infantiles, inocentes; pasos de niño indefenso en una caverna oscura; pasos que llevan a una sala tan negra como los pozos siderales en los que se ahogan las estrellas; pasos entre las sombras caminando hacia el horror que puede aguardarte en ellas.

Favila se detiene y alza un poco más la inconstante tea para alumbrar las paredes de roca que lo rodean y se queda congelado, con la boca muy abierta, paralizado por la sorpresa y el espanto: ante él, dibujados en las paredes de la sala negra, ve bisontes que reconoce como extraños, grandes, fieros toros salvajes y que antaño, aunque eso él nunca lo sabrá, habitaron también en su tierra, en Asturia. Fascinado, los cuenta: uno, dos, tres... Cincuenta y cuatro bisontes pintados con gran maestría con negros trazos de carbón vegetal y dióxido de manganeso y con ellos, representados con la misma vivacidad y acierto, veintinueve caballos salvajes, quince bucardos, algunos peces, una comadreja...

¿Quién los pintó? ¿Cómo explicarle que, hace doce mil años, unos cazadores invocaron allí a los espíritus del bisonte, del caballo, del bucardo y del ciervo?

Pero nada de eso importa. Lo único que realmente importa, lo que siempre importará, aunque se sucedan incontables milenios, es lo que el chamán, el pintor paleolítico puso en los trazos negros que delinean bisontes y caballos: magia.

Frente a un bisonte* que parece girarse para poder mirarlo con retadora fijeza, Favila se detiene para sostenerle la mirada.

Y las manos le tiemblan de pura emoción y de algo más que lleva a su mente, a su espíritu, junto a los que quiere.

---

* Un bucardo era una cabra montés pirenaica que, desgraciadamente, se extinguió en la década de 1990. Las pinturas son las de la cueva de Niaux, en concreto las de su famoso Salón Negro. El bisonte que mira Favila es una de las grandes obras de arte del Paleolítico y fue pintado, como el resto de los animales, hace unos 13. 000 años. La cueva se encuentra a unos diez kilómetros de la de Lombrives y era conocida desde antiguo como refugio y como lugar sagrado.

XXVII

Muy lejos de allí, en las montañas de Asturia, en la choza de la anciana, junto a la cascada de Xurbeo, donde el río Negro se precipita cargando de húmeda neblina el bosque que lo acuna, Pelayo duerme y en su sueño ve a Favila. Lo ve frente a un gran toro salvaje que se vuelve para mirar al niño. En la visión, el rey siente la emoción de su hijo: su asombro, su miedo, su vitalidad... ¡Favila está, ciertamente, vivo!

Al menos en sus sueños.

Despierta sobresaltado. A su lado, tumbados en el suelo de la humilde choza, están Alfonso y Claudio, y afuera, pues la mísera vivienda no puede alojarlos a todos, se encuentran sus guardias arrimados a una gran lumbre. Enfrente, mirándolo con ojos tan negros como el óxido de manganeso con el que el chamán paleolítico pintó el bisonte que su hijo contempla en ese preciso instante, tiene a la vieja de la choza.

—Lo has visto, ¿verdad? —le pregunta.

Pelayo no tiene que preguntar a quién, así que asiente muy despacio y se queda mirando a las ascuas de la lumbre, tratando de saber qué le está pasando mientras la anciana, sin quitarle los ojos de encima, arroja unas hierbas secas a la hoguera, como para reavivarla, e, inclinándose sobre ellas, aspira el humo antes de que se torne llama.

—Mañana tu hijo iniciará el regreso. Será un largo viaje el suyo y la senda por la que marchará será peligrosa, pero volverá a ti. Lo que viste en tu sueño es una señal. Un mensaje que te ha sido enviado para que nunca olvides una lección, una que te será muy valiosa en el futuro.

—¿Una lección? —pregunta Pelayo, intrigado e inquieto.

—Sí, una lección: nunca nunca desesperes.

—¿Eso es todo? —responde un poco decepcionado.

—Eso es mucho y harás bien en recordarlo cuando llegue el momento.

—¿Eres una hechicera?

—Soy una vieja. Nada más. Pero te haré una profecía, pues en ocho días estaré muerta. La cercanía de la parca me abre los ojos del alma y con ellos veo lo que ahora debes escuchar: llegará un momento en la batalla en que deberás recordar lo que aquí, esta noche, has escuchado y visto. Entonces sabrás que no has de desesperar, aunque todo parezca perdido.

Al amanecer la vieja no está, ha salido temprano al monte para apacentar a las ovejas. O eso le dicen a Pelayo sus guardias.

Montaron a caballo y se fueron, dejando atrás el canto de la cascada, galopando entre bosques de ensueño en los que todo era posible. Colgada de la viga central del techo de la cabaña le dejaron a la vieja una bolsa con una moneda de plata y algunos víveres como pago por su hospitalidad. Pelayo, que le debía algo más, añadió un viejo anillo que, en otro mundo, en otra época, le regaló su tío, el rey Rodrigo.

Lejos ya de la cabaña, en el bosque, galopando junto al rey, Alfonso, todavía intrigado sobre el porqué de ese espléndido presente a una pobre anciana, se atreve al fin a preguntarle por el motivo.

—En verdad, el anillo no era pago suficiente para compensar lo que esa vieja me regaló anoche —le contesta.

—¿Qué os entregó? —pregunta el muchacho todavía más intrigado si cabe.

—Esperanza —responde Pelayo con una sonrisa tan plena, salida de tan adentro, que deslumbra a su futuro yerno.

XXVIII

En ese momento, en Canicas, Ermesinda sueña junto a su madre. Es un sueño hermoso: ella es mujer y a su lado Alfonso, tan guapo, tan serio como siempre, la galantea. La toma por la breve cintura, la sube al lomo de una espléndida yegua blanca y luego, montando sobre un brioso garañón de batalla, se pone a su diestra y cabalgan juntos entre una multitud de hombres que los aclaman como reyes. Ellos, enamorados, se miran y se sonríen, y avanzan hasta una bonita iglesia de piedra donde un hombre viejo, uno que se parece mucho a Asterio, los espera vestido con ropas episcopales. Desmontan y entran en la pequeña iglesia y allí dentro, Asterio, ahora obispo, los conmina a arrodillarse junto al altar y derrama sobre sus cabezas el óleo sagrado que los consagra como reyes.

Y mientras Ermesinda sueña, a su lado, su madre, la reina Gaudiosa, despierta con una sonrisa en los labios. Entonces, Ermesinda también abre los ojos y, al ver la serena y profunda sonrisa en el rostro de su madre, se inquieta.

—¿Qué ocurre, mamá? —pregunta con una voz aún medio adormilada.

—Tu hermano regresa a casa —le responde con una voz que no parece suya.

Ermesinda se termina de despertar entonces con un sobresalto y mira como si esperara ver entrar a su hermano en la estancia. Luego, saltando de la cama, corre hacia la ventana y abre los postigos para mirar afuera.

Allí está lo que conoce: las casas y chozas de Canicas, los prados, los campos, los dos ríos, la niebla de la mañana y, asomando entre bosques y brumas, las montañas. Pero no ve a su hermano y, aunque quisiera remediarlo, no puede impedir sentir muy dentro algo horrible: que no quiere volver a verlo.

XXIX

Muy lejos de allí, ante el lago subterráneo, Hartz y Umm Hakim permanecen muy quietos observando el agua oscura que, de nuevo, está calmada, y sobre la que caen las lágrimas que desde las estalactitas se precipitan para llorar eternamente a Pyrene.

Pero ahora, además de reflejos infinitos de roca y círculos de ondas acuáticas, el lago también acoge varios cadáveres y uno de ellos, horriblemente mutilado, es el de Dámaso.

—¿Qué pudo provocarle eso? —se atreve a preguntar Hartz en un susurro que termina transformándose en sonoros ecos.

—Supongo que un gran pez —contesta ella sin apartar la mirada del cadáver de su antiguo torturador.

—No hay peces tan grandes —replica él señalando así lo absurdo de lo que acaba de oír.

—Siempre hay peces más grandes que aquellos que logras imaginar —argumenta ella en tono enigmático y burlón.

Hartz, tan grande, tan fuerte, es muy joven, o al menos a ella se lo parece. Ahora mismo, con dos antorchas en las manos, siente, nota como el muchacho, pues pese a su descomunal fuerza, a su valor y a su tamaño es un muchacho, está tan nervioso como un cachorro al tenerla a ella, desnuda y aún cubierta de fosforescencia, tan próxima.

—¿Qué buscas aquí? —le pregunta él, más por tratar de no mirarla de reojo que por otra cosa.

—Algo que no tiene precio y que no puedes comprender.

—¿Tan bárbaro te parezco?

—No, pero lo que busco desconcierta hasta a los hombres más sabios del mundo.

Hartz enarca una ceja y sopesa si la mujer, tan bella, tan tentadora, tan segura de sí misma, será algo más que eso, una mujer. ¿Y si es un hada? ¿O un demonio? ¿O una hechicera? Le ha explicado ya cómo ha logrado que su cuerpo brille en la oscuridad, desde luego. ¿Acaso eso no es hechicería? Pero ya sea una simple mujer, o un hada, o un demonio, o una bruja, nunca ha tenido junto a él a ninguna tan deseable ni tan misteriosa.

—¿Y crees que el tesoro está ahí, bajo las aguas del lago? —le pregunta mientras tiene el íntimo convencimiento de que ningún tesoro le parecería a él tan precioso como rozar los labios de la tentadora boca de esta mujer morena que brilla a su lado entre las sombras.

—Sí —responde ella sin apartar la mirada de las aguas.

—¿Y el pez monstruoso?

—Quizá haya vuelto ya a su oscura guarida, o quizá tenga la barriga tan llena de carne humana que no tenga apetito —contesta en un tono equívoco que deja en el aire si lo dicho es especulación o ironía.

—Eso solo lo sabremos entrando en el agua —replica él, vacilando. Pues no se ve con ánimo de meterse en aquel líquido oscuro repleto de inquietantes misterios y bajo el cual puede seguir nadando un pez voraz y gigantesco.

Pero ella no le hace caso. Está concentrada, repitiéndose, una y otra vez, las palabras del enigma en su mente: «Acaricia su rostro y las profundas lágrimas te revelarán la entrada al infierno».

—¡No está en el lago! —grita de repente.

Entonces, corre desnuda sobre las piedras y regresa con su antorcha a la tumba de Pyrene. Allí, seguida por un asombrado y turbado Hartz, se detiene junto al lugar de la gran losa que debería ocupar el rostro de la mujer y presta, emocionada, acerca la antorcha: ve el grial grabado, ve las palabras en latín: «*Audi lacrima*», esto es, «escucha las lágrimas». Se aparta un tanto y aguarda para ver si, en efecto, ha resuelto el enigma.

Y cae la gota sobre el difuso, casi borrado grial, como si quisiera llenar el cáliz. Y en el silencio sepulcral, la pequeña gota que cae sobre la tumba resuena levemente; su ligero eco queda por debajo del que despiertan aquellas otras que se precipitan sobre el lago, sobre las estalagmitas, sobre el suelo...

—*Audi lacrima*... —murmura Umm Hakim.

Sí, pero son estas, las que caen sobre la tumba de Pyrene, las que «llenan» el grial y por tanto las que hay que escuchar.

—¡Empuja esta gran losa! —le ordena a Hartz.

El joven está desconcertado: ¿mover aquella losa? No parece realmente la tapa de un sarcófago, sino que, si uno se fija, la primera impresión desaparece y comprende que lo que realmente tiene ante sí es una única y gigantesca roca que, por algún capricho de la naturaleza, tiene una forma similar a la de un sepulcro de maciza piedra.

Umm Hakim, emocionada, vuelve a instarlo a probar sus fuerzas moviendo la pretendida losa sepulcral, y si algo tiene Hartz es fuerza de sobra que poner a prueba. Apoya las grandes manos sobre la piedra y tensa los músculos de los brazos, de la espalda, de las piernas, hasta que se hinchan como montañas y los tendones, resaltando como cuerdas de acero, parecen dispuestos a estallar.

Y empuja. Resoplando como un toro, gruñendo como un oso, haciendo que las venas de su cuello y sus sienes parezcan dispuestas a romperse y, de paso, demostrando, una vez más, que no hay hombre más fuerte que Hartz, hijo de Silo.

Umm Hakim lo mira fascinada. Incluso el gigantesco Amra, el coloso negro que la acompañó a Roma cedería en fuerza ante este joven hércules que parece hecho de hierro. Para su asombro, la losa cede poco a poco y deja apenas un espacio para introducir por el hueco medio dedo, pero cede. Hartz, que también se percata de ello, se anima y redobla sus esfuerzos, permitiéndose una sonrisa de triunfo y de masculina vanidad.

—¡Detente y aléjate! —le grita entonces ella, súbitamente alarmada y borrándole de golpe la sonrisa.

Él suelta la losa y da un precipitado paso atrás, alarmado, confuso y como aguardando que, de un momento a otro, surja del sarcófago un monstruo terrible. Umm Hakim, que estaba tan emocionada como una niña al ver que la losa cedía, ha recordado a tiempo algo vital: que el desafío aún no ha terminado. Aunque el enigma ha sido descifrado, aún contiene peligro: «Las profundas lágrimas te revelarán la entrada al infierno. Si no te retiene, regresarás de él portando el grial».

Desnuda, brillando a la luz de las antorchas, se acerca a la entreabierta tumba de Pyrene para ver qué hay dentro. Y se detiene, pues ¿qué olfatea ahora su sensible nariz? Almendras amargas.

—¡Atrás, aléjate cuanto puedas! —le grita al muchacho mientras echa ella también a correr. Ahora sabe qué clase de infierno sembraron en la tumba de Pyrene para que retuviera a quien osara violarla: «aliento de diablo».*

—¡Malditos sean todos los demonios! —clama Umm Hakim mientras corre para retirarse más y más en dirección al fondo de la gran gruta y alzar la antorcha para detectar con la oscilación de la llama por dónde corre una corriente de aire.

---

*En la Antigüedad era conocido el venenoso efecto que se podía obtener de las almendras amargas, ricas en amigdalina; en condiciones anaeróbicas y húmedas, liberan gas repleto de anhídrido de ácido. Basta respirar unos momentos este gas para sufrir una muerte por asfixia química.

Si le da la espalda, el aire se llevará lejos de su boca y de su nariz los vapores tóxicos.

—¿Qué ocurre? —pregunta su desconcertado compañero situándose a su lado.

—Ese bastardo de Gesaleico metió en el sarcófago de Pyrene una sustancia pulverulenta obtenida a base de almendras amargas que, tras siglos de fermentación sin que el aire la tocara, ahora, en contacto con la humedad que colma esta condenada caverna, está liberando un aliento mortífero.

Ante estas palabras, Hartz retiene el aliento en una reacción inocente, casi infantil, para sortear la invisible muerte. No es necesario: se han retirado a tiempo y la corriente de aire que les enfría la espalda aleja el veneno de ellos. O eso quiere creer Umm Hakim.

—Aguardaremos aquí —le dice ahora al gigante—. No podemos hacer otra cosa. Esta sala es inmensa y está repleta de corrientes de aire. En unos minutos, el peligro debería pasar al ser aventada la venenosa miasma.

Esto no tranquiliza mucho a Hartz: una cosa es enfrentarse a hombres armados o a fieras, a eso no tiene miedo, pero a la magia, a la muerte invisible, a Dios sabe qué monstruos...

Pasan los minutos y, mientras tanto, Umm Hakim, con cuidado y manteniéndose siempre al reparo de corrientes de aire, regresa a donde dejó sus ropas y se viste de nuevo con ellas. Después vuelve junto al gigante y le ordena cortar tiras del manto de un par de guerreros godos que yacen muertos en el suelo, para fabricar con ellas una suerte de pañuelos que unta con el barro arcilloso que hay junto a las orillas del lago subterráneo.

—Esto nos protegerá —explica al guerrero astur mientras se asegura de extender muy bien la delgada película de arcilla sobre las telas.

Al fin, pasado otro largo rato y cuando lo cree prudente, se tapa la nariz y la boca con el paño cubierto con la película de barro arcilloso y se aproxima, antorcha en mano, al sarcófago de Pyrene. A su lado va un nervioso Hartz, también con la nariz y la boca tapadas con un trapo embarrado, con la antorcha en la mano izquierda y sujetando la espada con la derecha mientras se pregunta para qué puede servirle contra el venenoso aliento del diablo.

A un paso y medio de la pequeña apertura que él logró abrir empujando la losa, Umm Hakim se detiene y extiende la mano para posar la antorcha sobre el estrecho resquicio por donde se escapó el aliento del diablo. La llama no se aviva ni cambia de color, sino que permanece serena, ardiendo con un hermoso color azul pálido.

—¡Se ha dispersado! —anuncia triunfante—. Vuelve a empujar la losa, pero mantén sobre tu rostro el trapo empapado con arcilla.

Y Hartz, que sigue sin tenerlas todas consigo, se aplica a ello.

¿Para qué retrasarlo más? La losa, ante la fuerza del astur, cede y cede. Al cabo, ella, con la nariz y la boca bien cubiertas, asoma la cabeza y extrae un pequeño bulto envuelto en fieltro encerado.

Lo tiene. Por Dios que lo tiene. El corazón le golpea el pecho como si fuera un tambor desbocado y se ha de obligar a sí misma a controlarse, a no desenvolver de inmediato el preciado objeto.

Con paso tranquilo, con movimientos metódicos y controlados, camina hasta el borde del lago y retira allí la tela encerada: ante sus ojos, hermoso, perfecto, oscuro, se muestra el cáliz de ónice, la parte superior y más preciada del grial, que los sabios del mundo creyeron perdida para siempre durante largos siglos. Lava la pieza en el agua pura con delicadeza y reverencia, y después la coloca sobre la roca, se lava las manos y torna a bañar en las aguas frías el grial. Más tarde se quita la máscara de tela y arcilla, se lava el rostro y, segura ya de que no queda ningún rastro de veneno, toma el cuenco de ónice, se alza y se gira, triunfal, hacia Hartz, con los ojos llenos de lágrimas de emoción.

—Este es el tesoro. Esta es una de las dos partes que componen el grial, el elixir alquímico, la piedra filosofal —anuncia, aunque sabe que él no puede entender lo que dice.

No le importa. Tiene los húmedos y oscuros ojos posados con devoción en la pulida piedra y allí se reflejan, como si se miraran en un espejo hecho con la sustancia oscura que se extiende entre las estrellas. Y aunque mira al grial, lo que ve realmente es a su Táriq, a su amado y llorado esposo, y a su hijo, retenido tan lejos de ella, en Damasco.

Entre las lágrimas se permite una sonrisa triste, a la par que victoriosa. Ahora puede iniciar el regreso a casa y liberarlos a ambos: al espíritu atormentado y al niño privado de madre.

XXX

Tres meses más tarde el mundo ha vuelto a cambiar. ¿Alguna vez ha dejado de hacerlo?

Al final de ese verano de 719, el gran ejército musulmán del valiato de al-Ándalus, capitaneado por al-Sam, derrotó al último rey de los godos, Ardón y, tras duro asedio, logró rendir la capital de la Galia goda: Narbona. Fue una matanza espantosa: los hombres, pasados a espada, y las mujeres y los niños llevados a Hispania y vendidos allí como esclavos.

En Asturia, Pelayo recibió estas noticias con pesar, pues no eran sino la confirmación de sus temores condensados en el caer de una de las dos o tres gotas que contenía la imaginaria clepsidra que señalaba el tiempo concedido a su reino. Sin embargo, no se desalentó, sino que se esforzó al máximo en poner en marcha su estrategia: convertir Asturia en un bastión inexpugnable.

Yendo y viniendo de continuo a los pasos de la Mesa y de la Carisa, se aseguró de que los centenares de hombres que allí trabajaban bajo las órdenes de Claudio Emeritense se esforzaran al máximo y que nada, ni alimento, ni ropa, ni materiales les era negado o regateado por los señores de las comarcas próximas. Muchos de estos últimos se quejaron: Pelayo les pedía mucho y eran gente orgullosa, acostumbrada a hacer lo que les placía. Pero él se mantuvo inflexible y dio un escarmiento general que a todos impresionó cuando, informado de que Witerico, el airado y avaricioso señor que había exprimido al pastor Elipando, aquel que acogiera en su chozo a Pelayo y Alfonso cuando visitaron por primera vez el Homón de Faro en el paso de la vía Carisia, se negaba a proporcionar cuero, madera y víveres a los que trabajaban en la construcción de las fortificaciones, cabalgó hasta su residencia a la cabeza de treinta hombres y se plantó ante su puerta.

Ver al rey allí, sobre su gran caballo de batalla, con su yelmo coronado de roja cimera y revestido de toda su gloria guerrera, gritando, exigiendo, espada en mano, que Witerico saliera descompuso a este último, señor de aquellas tierras, al que todos pudieron ver entonces salir de su pequeño castro fortificado a pie, vestido de saco y con la cabeza descubierta para arrodillarse a los pies del caballo de Pelayo e implorar perdón. El rey se mantuvo en silencio, orgulloso, inalcanzable, amenazante. El aire podía cortarse y pareció partirse en dos cuando desenvainó la larga espada, que, maliciosa, siseó como serpiente de acero.

Witerico, temiendo por su cabeza, comenzó a lloriquear, pues de frente no tenía a un desvalido pastor ni a unos pobres campesinos, sino al rey. Y ese rey era, a la par, el guerrero más fuerte y diestro que la belicosa tierra de Asturia hubiera visto jamás.

—El triple, Witerico. Ahora darás el triple de lo que se te pidió. Y añado una cosa que debes oír muy bien: si de lo que ahora te exijo tomaras aunque fuera una sola migaja de pan de lo que pertenece a la gente sencilla de esta tierra a la que tanto has oprimido, volveré y ya solo podrás pagar con una cosa: tu cabeza —dijo Pelayo sin alzar la voz: no tenía que gritar para que su amenaza hiciera temblar.

Y no tuvo que volver: Witerico pagó el triple y se cuidó muy mucho de seguir oprimiendo a los pastores y a los campesinos que le debían renta o le estaban sujetos, pues el rey había hablado y todos sabían ya que lo hacía con voz de acero bien templado.

Aquello acabó con las excusas de los nobles y los señores de Asturia y Cantabria, y fue así como aquel verano se trabajó mucho en la fortificación de los pasos de montaña, en donde, día tras día, se disponían fosos, muros, terraplenes... desde la primera luz a la última que el día entregaba.

Pelayo contaba los días. Sabía que su tiempo era escaso y que la tormenta, la tempestad de fuego y sangre que aguardaba, más pronto que tarde, se desencadenaría.

Y llegaron el otoño y el invierno, y los pasos quedaron abandonados a los lobos, a las águilas y al cortante hielo. Por su parte, Pelayo, en Canicas, recibía los informes de sus espías y por las noches, junto a su esposa, deseaba que Favila, como ocurriera en sus sueños, regresara al fin a casa.

Llegó el nuevo año, el año 758 de la era hispánica, 720 desde el nacimiento de Cristo, y Favila seguía sin regresar.

En mayo, cuando las nieves se retiraron del todo, el rey volvió a la montaña y se reanudaron allí los trabajos de fortificación de los pasos bajo su inspección atenta y la de su ingeniero, el viejo Claudio de Emerita.

Y al poco, llegaron extrañas noticias: lejos, muy lejos, en Damasco, el califa Omar había muerto y, según se decía, a causa de veneno o magia. Pelayo sopesó aquello: le habían dicho que aquel hombre, su enemigo más grande, era un hombre bueno y justo. Sí, a veces el destino se complace en esas cosas: en que aquel a quien más temes y duramente combates sea para su pueblo justo, bondadoso y santo, y para el tuyo, motivo de terror y aniquilación. En cualquier caso, Omar había tenido el proyecto de retirar de Hispania a sus tropas y eso, tras su extraña muerte, jamás ocurriría.

—Ahora dependeremos solo de nuestro valor, del acero y de estas murallas —comentó Pelayo a Alfonso y Fruela; ahora, casi siempre, cabalgaban juntos a su lado pese al disgusto creciente de su padre, el viejo y osco Pedro de Cantabria.

Los jóvenes sabían que su señor rey tenía razón y que ante ellos, en aquel lugar salvaje de la montaña, donde trescientos hombres se afanaban de continuo picando piedra, colocando sillares, acarreando tierra, cargando maderos, barro y pesadas piedras, se jugaba el destino de su mundo.

Y si eso no les había quedado todavía lo bastante claro, las siguientes nuevas que los alcanzaron fueron para ellos funesto pronóstico confirmado: en julio, un gran ejército musulmán obligó a la libre y altiva ciudad de Osca a capitular. La ciudad, que llevaba siete años resistiendo a los ejércitos del califa, no pudo aguantar al que capitaneaba el valí al-Sam y abrió sus puertas a cambio de que se le concediera un trato justo.

Lo tuvo, y sus habitantes conservaron bienes y religión, pero ahora rendían tributo a los árabes y en toda Hispania ya solo Pelayo se mantenía independiente y rebelde al poder del califato.

XXXI

En Roma, Hartz arroja lejos la pequeña ánfora de vino y esta se quiebra contra lo que, siglos atrás, fue la arena del anfiteatro Flavio. Está sentado en las gradas del Coliseo y trata de imaginar lo que Umm Hakim le ha contado: que allí, en otros tiempos, cuando la vieja urbe era grande y gobernaba el mundo entero, se sentaban ochenta mil romanos a disfrutar de increíbles y sangrientos espectáculos.

Quizá sea cierto, no lo sabe. Ahora todo es desolación y ruina: abajo, donde antaño lidiaran los gladiadores o se diera muerte a exóticas fieras, se elevan las lápidas y cruces de un cementerio cristiano mientras que en los accesos al enorme edificio se han dispuesto panaderías, tabernas, tiendas, talleres... Y a su derecha, a cuarenta o cincuenta pasos, si tuviera ganas de saltar entre pilas de cascajo y abrirse paso entre arbustos que resquebrajan las viejas piedras, podría ir a rezar a una diminuta iglesia donde se honra a los mártires que perecieron entre las fauces de las fieras para diversión de los paganos.

Pero no tiene ganas... Ni de orar, ni de nada. Su humor es sombrío y, si alguien buscara ahora pelea con él, sería lo último que encontraría en la vida. ¿Quién sería tan necio como para buscar pendencia con un gigante mal encarado? Nadie. Así que sigue mirando a la arena donde rugieron los leones y combatieron los gladiadores y que ahora es solar de tumbas y matojos, y sigue lamentando su suerte. ¿Qué le pasa? Que la mujer a la que ama con toda su alma, la misma por la que ha renunciado al honor y al deber para poder seguirla hasta esta ciudad arruinada, por la que se ha jugado cien veces la vida, le ha dicho que no lo ama y que nunca podrá hacerlo.

Eso no sabe encajarlo..., y si supiera hacerlo, Dios sabe que no se atrevería. ¿Puede atreverse un hombre a desgarrarse el alma?

Cuando salieron de la cueva de Pyrene, se encontraron ante el escenario de una batalla: cuerpos de moros y godos yacían dispersos en un paisaje gobernado por el silencio y un sol que agonizaba tiñendo de naranja las colinas y las cumbres. Era como si solo ellos dos, surgiendo de las entrañas de los abismos, hubieran quedado con vida sobre la faz de la tierra.

Vivos y desamparados. Pero el azar consintió en entregarles un caballo: uno que, enredadas las bridas en un espeso zarzal, no pudo huir y había quedado atrás.

Fue el inicio de un largo viaje: primero fueron hacia la fuerte Carcasona y allí, con el dinero que hallaron en las bolsas de los muertos, compraron otro caballo y se encaminaron a Masilia, en cuyo puerto, mientras buscaban pasaje, recibieron la noticia de que el ejército de los árabes ya asediaba Narbona. La última noche en la ciudad portuaria hicieron el amor por primera vez: ella era misterio y seducción. Su piel morena era canto de rosas y, entre sus manos, la seda de sus senos se tornaba sueño.

Fue una noche de luna brillante aunque no le era necesaria ni habría notado su ausencia, pues si el astro no hubiera salido, ella, desnuda, alzada sobre sus caderas mientras lo cabalgaba, la habría sustituido con la luz oscura de sus ojos y con el blanco azahar de sus dientes, que, asomando entre sus entreabiertos labios, parecían anunciar el cegador rayo de su clímax.

Esa noche, la primera entre muchas, le preguntó su verdadero nombre y ella, como siempre, se negó a dárselo.

—Ese nombre —le dijo con infinita tristeza— pertenece a otro.

Al día siguiente partió su barco: una galea neapolitana* que levó anclas hacia Roma a través de un mar infectado de corsarios y piratas, y que, tras larga singladura, alcanzó Porto, en la desembocadura del Tíber.

—¿Por qué te empeñas en estar a mi lado? —le preguntó ella una noche en que las estrellas se reflejaban sobre un mar tan tranquilo, tan sereno que el silencio se imponía a las aguas, en las que brillaba una leve fosforescencia hecha de vida.

Él no supo qué contestarle, así que guardó silencio, clavó los ojos en la noche y se dio cuenta de que su desdicha era conocer al único ser que podía dar sentido a lo que sentía y nunca imaginó que sentiría. A veces es mejor ignorar tales cosas para siempre.

Ciertamente, se maldecía cada día por haber traicionado a Pelayo abandonando a Favila. ¿Qué podía hacer? El niño había desaparecido sin dejar rastro y él, sencillamente, no podía vivir ya sin ella. Así que se engañó a sí mismo diciéndose que debía protegerla y ahora la sigue a través de tierras y mares que cada vez lo llevan más lejos de su deber y de su honor.

Así llegaron a Roma. Ella aún lo necesitaba y eso, aunque le duele, también lo consuela.

—¿Por qué no puedes amarme? —le había preguntado hacía tres noches.

Ella tardó en contestar. Luego lo besó suavemente y se quedó mirándolo con esa intensidad tan suya, tan llena de luz en la oscuridad.

—Nunca podré amar a otro que no sea Táriq —le confesó vertiendo unas lágrimas que, lentas, dulces, rodaron por sus mejillas.

---

* De Neápolis, Nápoles.

—¡Él está muerto! —le replicó exasperado.

—Sí, pero no yo. Yo sigo viva y no sé vivir sin amarlo.

—Eso no tiene sentido...

—Por eso es amor.

Y eso fue todo. Desde esa noche, ella no duerme con él.

—No quiero seguir haciéndote daño —le dijo cuando fue a buscarla—. Debes aceptar lo inevitable... Nunca podré darte lo que quieres ni podré perdonarme el daño que ya te he hecho.

—¡Es tu rechazo el que me daña! —protestó él con desesperación.

—No, es la esperanza: no puedo amarte, Hartz. Te juro que te mereces que lo haga, pero no puedo y nunca podré.

Todas esas palabras, las suyas y las de ella, giran en su cabeza. Son palabras que queman, que cortan, que hieren...

Se hace tarde y ella lo espera. Debe prestarle un último servicio antes de la despedida.

Lentamente, como si le pesara el corazón, Hartz se pone en pie y atraviesa las pilas de escombros para alcanzar el diminuto umbral de la pequeña iglesia del Coliseo, a la que, al cabo, ha decidido ir a orar para pedir perdón y auxilio. Se queda allí, ante la puerta, dudando si entrar o no. Pero se siente sucio y, sobre todo, sabe que Dios no atenderá su súplica.

—Solo soy un idiota que se ha deshonrado a sí mismo —musita para castigarse—. Si te pidiera perdón, no deberías otorgármelo —murmura ahora como si le hablara a Dios y se siente mal. No porque crea que Él no lo escucha, sino porque sabe que lo está haciendo y que, además, está de acuerdo con él.

Y se va. Y aunque nunca podrá entenderlo, sigue amándola y, aunque se esforzará mucho en hacerlo, nunca dejará de amarla.

XXXII

Umm Hakim está llorando. ¿Por qué tuvo que morir su esposo? Sabe que esa pregunta no tiene respuesta y que no es bueno que se la siga haciendo, pero sabe también que nunca dejará de hacérsela. Aunque, ahora, al menos, tiene el consuelo de saber que, teniendo el cuenco de ónice en su poder, ha podido liberar su alma y que, en algún lugar, uno donde ella podrá reunirse con él algún día, Táriq, al fin, descansa.

Ahora su pensamiento gira hacia Hartz: ¿por qué cedió al deseo y se acostó con él? Esas cosas, bien lo sabe, no tienen respuesta. Pero prueba a dársela: meses y meses de soledad, la certeza de que nunca podrá recuperar a su amor, el vacío que siente en el corazón... Sí, y también el impulso de corresponder al hombre fuerte, guapo, valiente que se jugó la vida por liberarla del suplicio y que, audaz como un león y fiel como un ángel de la guarda, la sigue, la protege, la auxilia en una empresa que aún no ha terminado y que a él nada debería importarle.

«Mañana lo liberaré. No tengo derecho a seguir recibiendo un amor que no puedo corresponder del todo», se dice a sí misma con una tristeza infinita. No obstante, le gustaría que fuera de otro modo, que volviera a latirle el corazón como a la mujer de treinta años que realmente es y no como a un ser que nada espera ya del amor. Sí, o como a alguien que sabe que es amado con toda la intensidad y la verdad que uno pueda soñar.

—No voy a hacerte más daño —se reafirma ahora, como si le hablara a él.

Luego se asoma a la ventana de la casucha que han alquilado en el barrio de los extranjeros y ve entre el gentío, destacando como un coloso entre enanos, a Hartz, que va a buscarla.

XXXIII

Esa noche son dos sombras bajo la luz de la luna. En silencio, caminando sobre los tejados del *Palatium Laterani*, con el rostro y los brazos pintados con surcos negros y portando dagas envainadas, pero listas para ser usadas, encuentran el acceso que buscaban: un patio secundario a donde van a dar los cubículos de los sirvientes y donde se descuelgan usando una cara pero resistente cuerda de seda negra.

Sin decir una sola palabra, tal y como han convenido, se despiden y se encaminan en direcciones opuestas: Hartz debe encontrar las celdas y rescatar a Amra, y ella entrará en el palacio y tratará de acceder a las habitaciones privadas del obispo Sinderedo para apoderarse del segundo grial, el de ágata.

Saben a dónde van, pues no en vano se han pasado largas semanas en Roma pagando jugosos sobornos a sacerdotes, soldados, criados...; a cualquiera que tuviera necesidad de dinero y algo que decir a cambio de él. Por tanto no dudan y, tras intercambiar una larga mirada, se encaminan a cumplir su parte del plan.

Han de ir por separado y hacerlo a la par, porque si se apoderasen primero del grial, Sinderedo usaría a Amra como rehén y amenazaría con someterlo a tortura hasta recuperar el cuenco, y si, por el contrario, rescatasen primero a Amra, Sinderedo estaría sobre aviso y pondría fuera de su alcance el cáliz de ágata.

Así que tendrán que lograr sus dos propósitos en una sola noche.

Umm Hakim entra en el *palatium*. Largas son las galerías, muchos los rincones, estancias, salas, pasillos de aquel gran palacio que, cuatrocientos años antes, el emperador Constantino el Grande cediera a los obispos de Roma. Una podría extraviarse allí con facilidad, más aún en la noche, cuando las luces han sido apagadas y todos duermen.

Todos menos los guardias. La hechicera se detiene en una esquina y aguarda a que pase el soldado: un enorme mercenario sajón que, lanza en mano, pasea pasillo arriba y abajo. No le gustan los sajones, no al menos desde que uno con ojos de gato la acusara de hechicera en Tarax para que la sometieran al tormento de recibir doscientos latigazos.

Cuando el hombre pasa junto a ella, surge de la sombra y él solo ve un rostro pintado de negro y una daga certera que relampaguea para posarse en su garganta.

—Puedes elegir —le susurra mientras le aprieta con fuerza el filo en la carótida y le tapa con la otra mano la boca.

El hombre, que demuestra poseer una gran sensatez, concede con la cabeza y ella le expone su propuesta.

—Puedes morir aquí, ahora, degollado. Aunque eres dos veces más grande que yo, sé cómo usar esta daga y bastaría un poco de presión para que te abriera la arteria y te desangraras a mis pies. ¿Comprendes? —De nuevo afirma con la cabeza con el entusiasmo de quien pone mucha atención y comprende a la primera—. O puedo dejarte en algún rincón oscuro atado de pies y manos, pero vivo, si a cambio me dices dónde duerme exactamente el obispo Sinderedo.

Propuestas así no son nunca rechazadas. Diez minutos más tarde el sajón está amordazado y atado de pies y manos, pero vivo, y ella, rápida y sigilosa, a pocos pasos de las puertas que cierran las estancias privadas del obispo.

En ellas montan guardia dos hombres. Umm Hakim lo esperaba y ya pensó en ello: de su bolsa extrae polvo de beleño negro, la planta de hojas pegajosas y flores amarillas surcadas por alarmantes venas color púrpura, que ha secado y molido hasta reducirla a un polvo finísimo que ahora proyectará con una caña hueca para provocar una nube narcótica; al ser respirada, paralizará y dejará sumidos en un profundo sueño a los guardias.*

Estos se percatan, desde luego, pero no saben qué pasa y no ven a enemigo alguno, sino que tan solo sienten una leve molestia al respirar, perciben un ligero olor que no reconocen; y, de inmediato, un extraño sopor, una pesadez en los miembros, y cuando a eso se suma el repentino pánico al comprobar que no pueden mantenerse en pie ni gritar, ya es tarde y Umm Hakim, con un pañuelo empapado en vinagre envolviéndole el rostro, está junto a ellos y los aparta para que caigan sin estorbarle el paso.

Entonces entra en las habitaciones de Sinderedo. Paso a paso, daga en mano, en busca del viejo cruel que la obligó a emprender una misión imposible.

Sin embargo, el lobo la detiene, pues allí está Rómulo. Sí, y le muestra los blancos colmillos.

—Tranquilo, perrito, tranquilo —susurra ella sintiendo como el miedo le agarra cada miembro, cada partícula que compone su ser.

El enorme lobo sigue aproximándose a ella y sus ojos amarillos parecen salidos del infierno.

—¿Qué ocurre, Rómulo? ¿Tienes hambre? ¡Otra vez se me olvidó darte de comer! ¡Ven aquí, muchacho, ven aquí!

Es la cascada voz de Sinderedo, que, por lo visto, no ama a los hombres, pero sí a los animales. Y, al oírla, el lobo, obediente como un mastín, se detiene y se da la vuelta para acudir junto a su amo.

---

* El beleño negro era muy conocido en la farmacopea romana, griega y árabe como potente narcótico, pues contiene varios alcaloides. Proyectado en forma de polvo fino y en las cantidades adecuadas, provoca parálisis, sueño y pérdida de conciencia.

Ella respira aliviada y se arma de valor para seguir adelante, como un fantasma, avanzando entre muebles y tapices, y así, sin emitir sonido alguno, es como llega donde Sinderedo, ajeno a su presencia, alimenta al lobo con carne fresca.

Es su oportunidad: extrae un pequeño dardo con la punta hueca saturada de veneno de acónito* y lo lanza al cuello del animal, que da un respingo y se gira para enfrentarse a ella. Sinderedo también da un respingo y se la queda mirando con la boca desdentada muy abierta.

—¡Ataca! —ordena al lobo y este salta con las fauces abiertas y listas para desgarrarle la garganta.

Lo esquiva y el animal, al recuperar el equilibrio, se prepara para un nuevo salto mientras ella esgrime la daga y Sinderedo, fascinado, se los queda mirando en espera de lo inevitable: ver cómo su amado lobo se da un festín de carne de mujer. No obstante, el veneno está ya circulando por las venas del gran animal y le paraliza las patas traseras primero, y luego, en apenas unos instantes, el corazón.

Sinderedo grita de terror y llama a sus guardias, que duermen bajo los efectos del beleño negro, y allí, ante él, triunfadora, está la extraña mujer que vino de Damasco y a la que él envió en busca de la parte superior del grial. Sabe que va a morir y, aunque es muy viejo, tiene miedo. ¿A dónde irá entonces? Lo tiene claro: al infierno.

—¿Lo encontraste? —pregunta tratando de ganar tiempo.

—Lo encontré —le contesta sin apartar la mirada oscura, que ahora a Sinderedo no le parece la de una mujer, sino la de una loba.

—¡Perdóname la vida y te entregaré el otro cuenco!

—No hace falta que me lo des, ya lo cogeré yo —le replica señalando con la barbilla la pequeña mesa que hay junto a la cama

---

* *Aconitum napellus*, usado por griegos y romanos para envenenar flechas y dardos.

del obispo de Toletum, sobre la cual, iluminado por una solitaria vela, el cuenco de ágata despliega su tornasolada magia.

—Perdóname... —implora el viejo con voz quebrada.

—¿Del mismo modo en que tú has perdonado a tantos a los que arrojaste a tu lobo o sometiste a tormento?

—A veces, por el bien de este mundo, debemos hacer cosas horribles —se excusa.

—¿Por el bien de este mundo? Tú no sabes lo que es el bien porque nunca lo has hecho. Te consumen la ambición y la codicia. ¿De qué te servirán ahora? Mírate, la vida se te escapa y lo sabes. Por eso duermes con el cuenco de ágata junto a tu cama: sabes que alarga la vida y preserva la salud. Sin él, ya estarías muerto y en el infierno —le dice con despiadada claridad.

Sinderedo, viejo, arrugado, consumido, se echa a llorar como un chiquillo. Como todos los poderosos de este mundo que se creen por encima del bien y del mal, en el fondo es un cobarde pretencioso devorado por sus deseos de poder, riqueza y gloria.

A Umm Hakim no le inspira pena, sino asco. Sin soltar la daga, pasa junto al anciano que, echado en el suelo, llora y pide clemencia. Sin perderlo de vista, se acerca a la mesa y toma el cuenco de ágata para meterlo en su bolsa, y luego, sin decir una sola palabra, sale de la habitación.

Sinderedo está asombrado. ¿Por qué no lo ha matado? ¡Necia! Se levanta con dificultad y trata de apresurarse para dar la alarma, pero al llegar a la puerta tropieza con los cuerpos de sus guardias privados de sentido. Cuando se dispone a gritar pidiendo ayuda, parece que todo el palacio ha tenido ya esa idea y los gritos de alarma recorren hasta el último rincón del *Palatium Laterani*.

Entonces, Sinderedo lanza un alarido de frustración que resuena en la noche y que anticipa el que gritará cuando muera y empujen su alma al interior de la sala más ardiente de los infiernos.

XXXIV

Dos noches más tarde, escondida en la habitación de una casa del Quirinal, Umm Hakim se arrodilla ante el grial: ha unido las dos piezas que lo conforman usando lo que los alquimistas llaman un «nudo de oro», dejando así fluir la energía que atesoran los cálices, y ahora trata de dirigirlas recitando las fórmulas precisas.

Lo está logrando. Siente el poder que emana de las gemas y su mente se abre a cosas que nunca supo; bajo una luz que no podrá ver con sus ojos mortales comprende cosas inimaginables y atisba futuros infinitos que podrían concretarse o perderse en laberintos de posibilidades. Y ve el poder. ¿Se puede ver el poder? Cuando es como este, sí. Y lo veas o no, tanto poder siempre es terrible.

Angustiada, sofocada, deshace el áureo nudo y separa los dos cuencos. Lenta, muy lentamente su pulso regresa a un ritmo normal y su mente se aclara. ¿Qué ha pasado? Lo que tenía que pasar: el elixir alquímico se le ha manifestado en toda su fuerza. ¿Podría dominarla? Sí, podría. Pero entonces..., lo que ha visto regresa a su mente y se ve ahora como sería cuando dominara el último secreto: poderosa, avasalladora, dueña de muchos años, y tan sabia que podría hacer lo que se propusiera.

Si ella se atreviera... Entonces, no se lo entregaría al califa, ni a Flegetanis, sino que los sometería a su voluntad. ¿Para qué dar algo tan precioso a hombres en extremo ambiciosos?

Lo usarían solo en provecho propio. Lo destinarían a cosas fútiles, a minucias: a engrandecer un imperio, a dominar a los hombres, a acumular años y años ostentando la corona de los pueblos. ¡Necios! Ella haría cosas más provechosas... Desvelaría todos los enigmas, abordaría todos los problemas, obtendría todas las respuestas, sería tan sabia como la diosa Atenea de los antiguos.

¿Como una diosa? Sí, como una diosa, pero ella, aún lo recuerda y no quiere olvidarlo, es humana. No, no lo olvidará. Pues en el momento decisivo, cuando la tentación ha sido más fuerte, ha recordado con claridad los ansiosos y arrugados ojos de Sinderedo y también los de Flegetanis, el astrólogo del califa. ¿Quiere ver eso en su mirada?

Duda un último instante y luego, afortunadamente, recuerda también a su padre y comprende, aterrada, que terminaría siendo como él.

Eso la decide: no llevará los dos cuencos a Damasco. Al califa y a Flegetanis deberá bastarles con uno. Si los dos se reúnen bajo una sola mano ambiciosa, el poder devastará la tierra. Ahora comprende el gran secreto de los dos griales: por separado, son bendición que otorga reparación y sabiduría; juntos son como el relámpago en la noche, pues incluso algo tan bueno, tan limpio como la luz, ciega y quema.

A la mañana siguiente, en el patio de la casa del Quirinal, se despide de Hartz. El joven guerrero astur tiene el rostro como de piedra y ella, acercándose, se alza sobre las puntas de los pies y lo besa suavemente en los labios.

—Perdóname —le dice en un triste susurro.

Él no contesta, no puede. ¿Se puede hablar con un nudo en la garganta y otro en el corazón? Ella derrama las últimas lágrimas que le regalará y le acaricia el rostro con ternura infinita. Luego, extrae de la bolsa un paño de fieltro y se lo entrega.

—Quédatelo. Solo un hombre de corazón recio puede custodiarlo. No se lo entregues a nadie. Ni siquiera a tu rey, pues podrías destruirlo mientras piensas que le das un valioso presente. Es fuente de sabiduría y de reparación. Guárdalo y, cuando seas viejo y lo mires, recuerda que a Umm Hakim le habría gustado poder amarte.

Hartz deja de retener las lágrimas y un sollozo se le escapa del pecho como si fuera un niño en vez de un guerrero implacable.

Pero ella se va... Se va y nunca la volverá a ver.

Cuando se queda solo, retira el paño y toma entre sus manos el grial de ágata. El maravilloso objeto hace danzar para sus ojos los suaves tonos castaños, rojos y dorados que atesora en su interior. Es hermoso, como lo que ella le dio, durante el tiempo que pudo dárselo. Se consuela con este pensamiento y se jura que va a dejar de llorar. Es un hombre fuerte y cumplirá lo que ha jurado.

Entonces, ¿por qué se está llenando el cáliz con sus lágrimas?

XXXV

En otoño, mediado el mes de octubre, Claudio Emeritense, tan arrugado como siempre, pero mucho más viejo tras dos temporadas de trabajo extenuante en las montañas, se presenta en Canicas.

Se baja con dificultad del caballo y, tras flanquearle el paso los guardias, se va derecho a la sala que las gentes del reino de Asturia se empeñan en llamar Aula Regia, aunque solo sea una estancia de paredes de madera y piedra basta, techada con gavillas de paja de centeno e iluminada por un hogar y por dos pequeñas ventanas. Pero allí recibe Pelayo, y por muy pobre y pequeño que sea su reino, es, en verdad, rey.

Nadie lo duda, pues allí, sobre su rústico solio de roble, con la espada sobre las rodillas, con los largos cabellos dorados cayéndole sobre los anchos hombros es la viva estampa del poder verdadero: ese que algunos hombres poseen, aunque no porten costosas coronas ni luzcan mantos teñidos de púrpura sobre los hombros; aunque no se sienten sobre un trono de marfil y oro.

Pelayo lo recibe con una cálida sonrisa y le indica que tome asiento. Claudio, que no está para ceremonias, no se hace de rogar y, con esos lentos y oxidados movimientos de quien ya es presa de la artrosis, se sienta y suspira de alivio.

—¿Y bien? —se impacienta el rey, usando un tono que delata que Claudio no es solo su ingeniero, sino también su amigo.

—Está hecho —se limita a responder el viejo tratando de no romper su adusto e impostado gesto, que no logra ocultar sus enormes orgullo y satisfacción.

Pelayo no se esfuerza lo más mínimo en mantener compostura alguna: saltando del solio de roble apoya sus fuertes manos en los hombros de Claudio y le entrega la más agradecida de sus sonrisas.

—Gracias. Sé que te has dejado los huesos trabajando allí arriba, pero era necesario.

—¿Has oído las nuevas? —pregunta entonces Claudio.

—Las he oído y por eso me alegra tanto saber que las defensas están listas.

—Sin embargo, deberíais estar tranquilo. Las noticias confirman que la próxima primavera el valí al-Sam tampoco marchará contra Asturia, sino contra Aquitania.

—Puede que sea una trampa —replica Pelayo.

—¿De verdad?

—Algunos de los hombres que tengo a sueldo en Corduba así lo sostienen. Según dicen ellos, al-Sam aún no ha tomado la decisión sobre contra quién dirigirá de nuevo su gran ejército.

—Si viene, se dejará la piel en las rocas del Homón de Faro. Ese paso, el de la vieja vía romana Carisia, es ahora inexpugnable si lo defiende un número suficiente de hombres valientes.

Eso dice Claudio y tiene razón: con hombres bastantes defendiendo los pasos, su reino podrá sobrevivir. Pero ¿contará con ellos cuando llegue el momento que teme? Ese es el problema que le quita el sueño: el viejo duque Pedro vuelve a exigir que se le envíe auxilio a su pariente, el duque Eudón de Aquitania. Pero, si así lo hacen, no contarán con suficientes guerreros para guarnecer todas las defensas que bloquean los pasos de montaña. ¿Qué pasaría entonces si al-Sam los está engañando y, de súbito, cuando esté en el alto valle del

Iberus, en lugar de encaminarse a Aquitania, lo hace hacia Asturia? Además, al-Sam dispone de suficientes tropas como para lanzar dos ataques a la par.

No, no cederá ante las nuevas exigencias de Pedro que, por enésima vez, le ha dado a entender que quizá, si se siguen denegando sus ruegos, Cantabria vuelva a ocuparse solo de sí misma.

—¿Cuántos hombres crees tú que serían necesarios para defender con éxito los pasos de la Mesa y la Carisa? —pregunta ahora Pelayo.

Claudio se tira de la barba pensativo y vuelve a repasar los números que ya han hecho juntos, el rey y él, diez veces o más.

—Las fortificaciones del Homón son las más formidables. He construido los muros de tal suerte que el enemigo quedará expuesto por completo a los tiros de fustíbalo y honda desde toda la línea de nuestras defensas y a lo largo de trescientos o más pasos antes de que roce siquiera nuestras posiciones —reflexiona en voz alta—. Si contamos con cuatrocientos hombres en primera línea y con una fuerte reserva, no habrá ejército en este mundo que pueda pasar por allí.

—¿Seiscientos entonces?

—Mejor setecientos. Pero sí, bastarían seiscientos o incluso quinientos, siempre y cuando el enemigo perdiera pronto el ánimo.

—¿Y el muro de la Mesa?

—Es menos fuerte, pero también menos extenso. Con poco más de un centenar de hombres ocupando la línea y otros tantos en reserva, podríamos defenderlo.

—Eso da unos novecientos guerreros, más o menos, y a ellos deberíamos sumar una fuerza de enlace compuesta por buenos jinetes y un pequeño cuerpo de soldados bien armados que permaneciera aquí, en Canicas, y situar otro en Praviana* para interceptar cualquier intento de flanqueo —expone el rey con ojos brillantes, en los que relumbran la pasión del estratega consumado y la desesperación del general que debe contar y recontar hasta al último de sus escasos soldados.

—¿Y Cantabria? —pregunta Claudio poniendo el dedo sobre una cuestión que, más que pregunta, parece una herida abierta.

—Pedro me negará sus lanzas, pero exigirá que yo le envíe las mías —se lamenta Pelayo, confesando algo que no diría en voz alta ante cualquiera y por eso lo hace con amargura.

—¿Cuántas le enviarías?

—Trescientas, y eso a cambio de dejar por completo desguarnecida la costa y buena parte de los valles de Asturia.

—Entonces, rey, tendréis que poner en pie de guerra a, como poco, dos mil hombres y mantenerlos en armas durante toda la estación de campaña.

Pelayo asiente. Dos mil son muchos. Serán bocas que habrá que alimentar, manos que habrá que armar y no ayudarán con la cosecha o con el ganado, cuerpos que habrá que vestir... Y todo eso sin contar caballos, mulos, bastimentos, municiones para fustíbalos y hondas, flechas, dardos, venablos...

—Deberíais instar a Alfonso o a Fruela a que apartaran del poder a su padre. Así podríais contar con Cantabria sin tener que temer a cada instante que os traicione o que os apuñale por la espalda.

La sincera, brutal declaración de Claudio lo sobresalta. Los dos hombres, antaño compañeros de armas en la asediada Emerita, intercambian una larga mirada: Claudio tiene razón, pero Pelayo nunca pediría eso a Alfonso. El joven es demasiado íntegro, demasiado recto como para enfrentarse a su

---

*Pravia.

padre, desobedecerlo y, peor aún, arrebatarle el mando mediante la violencia. De otra manera, está seguro de ello, Pedro no dejaría el poder.

Claudio mantiene la mirada fija y Pelayo, aunque no le agrada, sabe en qué está pensando y lo sabe porque él también lo ha pensado muchas veces: Fruela. Sí, el más joven de los dos hermanos es distinto: realista, duro, inflexible, hecho para la guerra y para dirigir ejércitos. Esa es su mayor ambición: combatir al mando de una gran hueste y su padre..., su padre nunca dejará que haga tal cosa, pues querrá que se mantenga a su lado, sin ir a la batalla, dejando en la estacada a Pelayo.

¿Soportará eso el impetuoso Fruela? No, no aguantará semejante deshonor si él, más viejo, más astuto, tira de las palancas de su joven alma que deben ser movidas: las del honor, las del agrio reproche por la cobardía de Cantabria y las que le mostrarán que será a su lado, junto a un rey guerrero, y no languideciendo junto a su viejo padre, como se cubrirá con esa gloria guerrera que tanto ansia su corazón salvaje.

Un rey se debe a su pueblo... Un rey sacrifica muchas cosas por servir a los suyos. ¿Puede un hombre ser buen rey usando la mentira, sembrando cizaña, urdiendo conjuras contra aquellos que le han jurado obediencia por muy tibios que ahora sean? ¿Estará haciendo lo correcto como hombre enfrentando a un hijo con su padre?

—Ser rey no es fácil —señala Claudio, y así, de forma tan sutil, le indica que eso que le repugna es lo que debe hacer.

Los dos veteranos guardan silencio de nuevo. En el hogar, un tronco se derrumba y las chispas saltan como ígneas luciérnagas. Canicas sigue siendo lo que siempre ha sido: una gran aldea donde las casas, las chozas, los prados y los sembrados se alternan sin orden ni concierto, y en la que la vida gira entorno al ganado y el comercio.

Son gente sencilla. Gente que ha puesto su vida en sus manos y que confía en él para seguir viviéndola así: simple y libremente.

Ese pensamiento quiebra sus últimas dudas y Pelayo toma una decisión con el corazón en la mano. Ahora, día a día, de forma constante pero sutil, forjará un arma que no será de metal y que por eso mismo será más mortal que el hierro.

XXXVI

En Canicas, en primavera, Ermesinda ha cumplido nueve años. Es una niña guapa y despierta que sueña con ser mujer y que ahora, sobre el prado verde donde se encuentra, recoge flores con esa alegría desbordante, casi dolorosa de tan perfecta, que se apodera de algunos seres especialmente sensibles cuando se exponen a la magia de la belleza escondida en las pequeñas cosas.

Ante sus ojos azules, entre el verde soleado de la hierba del prado y en la penumbra de los umbríos linderos del bosque que lo delinean, brillan el cambiante amarillo de los narcisos, el azul intenso de las verónicas y el violáceo de los jacintos del bosque, el blanco perfecto de las margaritas y de las anémonas, el rosa intenso de la hierba de San Roberto y el morado de las dulces violetas.

Con las faldas repletas de flores nuevas, junto a su aya, se sienta sobre la hierba a tejer coronas. Ermesinda elige para ella las verónicas, pues su intenso azul es idéntico al que lucen sus grandes ojos de niña y, cuando se coloca la diadema floral, sonríe al horizonte de bosques y montes.

De pronto deja de sonreír, pues, coronando una colina, surgiendo entre los robles y las hayas como lo haría un fantasma ve a Hartz.

Viene solo, sobre un caballo cansado, sucio de días y días de viaje interminable, con la barba crecida, desgreñada, y los largos cabellos castaños enredados, pero ha vuelto. Cuando detiene su agotada montura a unos pasos de donde se hallan las dos asombradas muchachas, siente un nudo en la garganta, pues contra toda esperanza ha vuelto a casa, sí, pero fracasado y culpable.

Ermesinda ve en los ojos enrojecidos de Hartz mucho dolor, mucha amargura, mucha culpa, y siente piedad como la sienten los niños: sin medida, sin más razón que la que da el corazón, y corre hacia su amigo, hacia el hombre grande y fuerte que jugaba con ella y que siempre le hacía reír.

Hartz baja del caballo y recoge el abrazo de la niña. Aquello, la cálida bienvenida de Ermesinda, le inunda el alma. Lleva meses en el camino, desconfiando de todos, peleando por sobrevivir, ansiando y temiendo a un tiempo el final del viaje. Y ahora es el cariño gratuito de un niño lo que recibe y le rompe todas las barreras.

Un niño..., como el que abandonó en la cueva de Pyrene..., como el que nunca devolverá a sus padres..., a su rey, a su hermana, que ahora lo abraza con imparable gozo y emoción.

—No he podido traer de vuelta a Favila. Os he fallado, Ermesinda. A ti, a tu madre y al rey, tu padre —termina por decir y el nudo en la garganta se deshace y un llanto hondo se le desata.

Ermesinda se separa un poco de él, pues jamás hubiera imaginado que un gigante, un guerrero invencible como Hartz pudiera llorar. Él malinterpreta el gesto de la niña y baja la cabeza, avergonzado por su fracaso, por su traición...

—No vuelvas a decir eso, Hartz —le dice muy seria—. No vuelvas a decir que me has fallado. —Y vuelve a abrazarlo y a besarle la sucia cara y él, mientras sigue llorando, se jura en silencio que jamás volverá a fallar a esta niña que le ofrece perdón y redención.

Como en los buenos tiempos, la coge en volandas y la sube al caballo y ella libera la risa y, ante su entusiasmo de niña coronada de flores azules, el astur cree oír un pájaro cantando en su alma y sabe que, pese a todo, se puede vivir sin ella, sin Umm Hakim y, aun así, volver a sonreír.

Cabalgan hasta Canicas y cruzan el vado donde ya no hay puente, pues lo derribaron tras quedar terriblemente dañado durante la gran batalla que se coronó de victoria a los pies de la Cova Dominica. Cuando el caballo levanta mil diamantes de agua al echarse al río, Ermesinda grita de entusiasmo y él, al fin, rompe cadenas y grita de júbilo, pues tras treinta meses de búsquedas y batallas vuelve a casa.

Se detienen frente a la gran casa que sirve de rústico *palatium* y Ermesinda, rápida como un ratoncillo, salta del caballo y pasa entre los guardias gritando y llamando a sus padres. Sin embargo, él, sin saber qué hacer, siente de nuevo la vergüenza y la culpa en el alma en cuanto se ha ido la niña, así que decide desmontar y quedar cabizbajo junto a su cansado caballo.

Pelayo oye gritar a su hija, deja de ser rey para ser solo padre, y cuando la niña, coronada de flores, salta a sus brazos, y entre risas, palabras apresuradas y besos le dice que Hartz está esperando ahí fuera, en el prado que se extiende ante su puerta, corre con un miedo y una esperanza como nunca ha sentido, pues Ermesinda, atribulada, emocionada, no acierta a aclararle si ha vuelto solo o con Favila.

Y sale del *palatium* sin soltar a Ermesinda, que sigue riendo, parloteando, gritando, y ve a Hartz y el corazón se le hiela: está solo.

Suelta a su hija y avanza con gesto demudado hacia el alto guerrero que, tantos meses atrás, envió tras el rastro de su hijo. Hartz levanta los ojos y ve el terrible dolor, la desesperanza, la decepción en los de Pelayo, y la culpa, enorme, poderosa, le estruja el corazón. Sin embargo, el rey lo abraza como lo haría un padre, un amigo, y el Oso vuelve a llorar. Entonces la desazón lo aprieta y aprieta, implacable, imparable. Es a este hombre bueno y grande a quien ha fallado, a quien traicionó... Sí, a quien traicionó, pues en lugar de salvar a su hijo, al pequeño Favila, se dejó llevar por el rencor, por la venganza y, sobre todo, por el deseo, por el amor.

Venganza y amor. La primera hizo que asesinara a Addi y perdiera así la oportunidad de encontrar en aquella inmensa cueva al niño; el segundo lo llevó a seguir a la mujer que le hechizó el corazón y a abandonar la búsqueda hasta que fue imposible retomarla.

¿Qué siente ahora mientras lo abrazan Pelayo y Ermesinda? ¿Consuelo? ¿Liberación? Un poco de todo eso, pero no lo suficiente como para extirparle la culpa. De esa, lo comprende ahora, nunca se librará ya.

Entonces llega Gaudiosa, la reina. Tan bella, tan serena como él la recordaba. Avanza hacia ellos con los ojos tristes bordados con cristalinas lágrimas y Hartz, al verla, se echa a llorar. ¿Por qué? Porque perdió a su madre cuando era muy niño y ahora, ante él, tiene a otra madre, y sabe que él llora porque le ha fallado.

—No llores, Hartz, no llores —le dice Ermesinda, dulce, compasiva, mientras Pelayo le aprieta fuerte el hombro y Gaudiosa, que a través de las lágrimas ve más de lo que ellos pueden ver, se mantiene callada, distante.

XXXVII

Favila despierta. Está en una cama y todo huele a limpio. Feliz, se incorpora, baja del lecho y corre hasta la pequeña puerta que da acceso a la estancia y que se abre a un pequeño patio perfumado por un naranjo.

Addi se vuelve a mirarlo y una gran sonrisa acude a sus labios, deja el apero de labranza que estaba reparando, se pone en pie y corre a abrazarlo.

—¿Te apetecen tortas con miel, pequeño león? Azercan ya las está horneando —le pregunta ensanchando aún más la sonrisa al ver el brillo de entusiasmo que sus palabras han despertado en los ojos castaños del niño.

Los meses que han pasado desde que Favila miró a los ojos del gran toro salvaje de la Sala Negra no han sido fáciles. Septimania se hallaba metida por completo en una pesadilla, ya que el gran ejército del valí al-Sam cubría la tierra como una maldición, devastando, talando, incendiando, matando... Aldeas, ciudades, *castra*, sucumbían bajo el fuego y la espada y los campos, repletos de bandas de saqueadores y cazadores de esclavos, eran tan peligrosos como los caminos.

Así que Addi optó por adentrarse en lo más bravío de las montañas y esperar. Fue así como marcharon hacia el sur, hacia las más altas cumbres de los Pirineos. Una vez allí, construyeron un chozo de pastor y se dedicaron a poner trampas para conejos, a cazar bucardos y ciervos, a recoger frutos silvestres. Fueron los mejores meses de la vida de Favila y siempre los recordaría con nostalgia: su amigo y él, solos en las montañas, como si la creación hubiera comenzado de nuevo y la maldad de los hombres aún no hubiera tenido tiempo de mancillarla.

Cuando llegó el otoño, Addi creyó llegado el momento de partir y reemprender el viaje de regreso a Asturia. Estaba decidido, aun a riesgo de perder la cabeza, a devolver a su hijo al rey Pelayo. Favila, por su parte, se preguntaba a menudo si deseaba tal cosa. Desde luego que quería a sus padres y a su hermana, bueno a esta la quería un poco menos, pues siempre había sido un incordio, pero también temía el momento de reencontrarse con ellos, pues sabía que conllevaría una despedida. Y eso, decirle adiós a Addi, lo inquietaba sobremanera y no le gustaba.

—Cuando volvamos a Canicas, Addi, le pediré a mi padre que te nombre jefe de sus guerreros —le dijo una noche junto al fuego, buscando en su anhelo infantil un sueño que pudiera hacerse realidad.

Él lo miró un largo rato y sonrió con un poco de tristeza antes de contestar.

—Tu padre, pequeño león, tiene buenas razones para desear mi muerte.

—¡Eso era antes, cuando no sabía que eras bueno y que cuidas de mí! —protestó.

—¿Y ahora lo sabe?

—¡Lo sabrá, yo se lo diré!

—Soy enemigo de tu padre, de tu pueblo. A veces, en verdad, creo que soy enemigo del mundo entero y que solo cuento contigo para no acabar de convertirme en un animal salvaje y feroz.

Favila no supo qué responder a eso. Tiene siete años recién cumplidos y a esa edad hay cosas que no se comprenden y a las que no se puede contestar... Pero a esa edad sí hay algo que siempre se puede entregar al otro: sinceridad.

Se echó en los brazos de Addi y lo abrazó. ¿Quién necesita palabras?

Bajaron de los Altos Pirineos en octubre. Los bosques eran rojas y doradas llamas y los osos, previsores, se afanaban en juntar grasa comiendo frutos silvestres y dándose algún ocasional festín de carne de ciervo.

En un lugar bravío en extremo, muy cerca de la cabecera del Ariscia, se toparon con una manada de caballos salvajes que robaron el aliento al pequeño Favila; entre los arbustos y con el viento en contra, se pudo permitir observarlos largo rato: eran veinte espléndidos animales idénticos a los que había visto pintados en la Sala Negra de la gran cueva. Le pareció que las pinturas rupestres habían cobrado vida por medio de algún sortilegio. De cuerpos compactos y musculosos, cabeza pequeña y orejas puntiagudas, eran de color negro intenso y ya tenían el pelo grueso y lanudo que necesitarían para pasar el invierno.*

—¿Quieres uno? —le susurró al oído Addi y creyó que se burlaba de él. Pero al volverse vio que lo miraba con una extraña intensidad—. Será mi regalo —añadió, y Favila supo que lo que realmente quería decir era «será mi regalo de despedida».

—No quiero. Gracias, me gusta verlos así: libres —le respondió y él asintió. Supo que Favila ya no era tan pequeño y que comprendía cosas, cosas importantes que no había que explicar.

Cruzaron hacia el sur los Pirineos justo cuando las primeras nieves blanquearon las cumbres y las colinas, así que volvieron a extremar el cuidado. Aunque la campaña contra el

* Caballos de Mérens o de los Pirineos, una raza de caballos salvajes o asilvestrados que lleva viviendo en las montañas de Ariège desde la prehistoria.

rey Ardón de los godos de Septimania había terminado, los ejércitos del califa estaban empeñados en rendir Osca, y partidas de guerreros moros y árabes iban de un lado a otro para forrajear, explorar y atacar a cuantos se atrevían a llevar socorro o alimento a la ciudad asediada.

De repente, un día, Favila cayó enfermo. Primero fue la fiebre y luego la tos, que se hacía más y más profunda y que Addi trató de cortar acudiendo a lo que hierbas, raíces y hojas del bosque ofrecían para tales casos. Pero ni la fiebre ni la tos remitían y temió por la vida del pequeño.

Eso fue lo que lo empujó a salir de los bosques y las colinas y acudir a los campos y los caminos en busca de ayuda. Y la hallaron: en una aldea encontraron fuego, comida y curación. No lejos de ella vivían cinco monjes en un rocoso monasterio que no era otra cosa que una cueva con puerta, pero en el que el hermano Miguel tenía merecida fama de médico.

Durante dos semanas, Favila estuvo luchando por dejar atrás la fiebre, así que, cuando el monje triunfó sobre ella, recomendó a Addi que no reemprendieran el viaje, pues el invierno era recio y el frío podía volver a llamar a la enfermedad que casi había matado al niño. El moro siguió su consejo y ese invierno se quedaron allí, en una aldea sin nombre, a la vera de un monasterio al que sus habitantes llamaban de San Juan.

En primavera retomaron el largo viaje, alejándose de la asediada Osca y tratando de alcanzar Pompaelo, en donde Addi esperaba tener noticias de la familia de Garmul, el hombre que los había acogido en su casa y que murió a manos de Hartz por haberle dado hospitalidad, y con cuya viuda y huérfanas tenía por tanto una deuda de honor. No llevaba mucha plata en la bolsa, pero sabía que la vida de una viuda no es fácil y se sentía obligado a seguir compensando en lo que pudiera el infortunio que le había causado.

Llegaron a Pompaelo a finales de marzo y comprobaron que Ziri no se había casado de nuevo y que sus dos hijas, Amel y Azercan, la muchachita que había cuidado de Favila y que lo había fascinado con sus dientes limados como blancos triángulos, seguían viviendo allí, pero la vida no les había sonreído: la mujer de Garmul era demasiado mayor para conseguir un nuevo esposo que cuidara de ellas y las niñas, ahora en la pobreza, lo tendrían difícil para conseguir un buen marido.

Addi les entregó todo lo que tenía y podía darles y pasaron con ellas una larga temporada, viviendo, para que nadie se escandalizara, en una pequeña casita, antaño medio taller, medio establo, situada al otro lado del patio y de la diminuta huerta de la casa del infortunado Garmul.

Entonces, el mauri se sintió obligado a sembrar los campos de la familia, que, sin un hombre que los arara, estaban cubiertos de maleza. Como la primavera ya había comenzado, después de limpiarlos y ararlos unciendo el yugo a su caballo, plantó cebada de primavera, habas y lentejas.

Y claro, una cosa llevó a otra: haría falta un hombre para segar y trillar la cebada y también para segar las habas y cosechar las lentejas. Eran buenas razones, desde luego, pero Favila observó que había otra más sólida: los ojos de Azercan. Y es que Addi, sin saber cómo, se había enamorado. ¿Y por qué no? La muchacha era guapa y despierta, dulce y alegre, hacía reír a Favila y se sentía atraída por el austero y enjuto guerrero de los banu ifran.

—Cuando te lleve con tu padre —le dijo una noche, tendidos en la yacija y a punto de dormirse tras un duro día de trabajo en los campos—, volveré a Pompaelo y la tomaré como esposa.

A Favila le gustó la idea: sabía que las fronteras de Asturia no quedaban muy lejos y quizá, cuando fuera mayor para cabalgar solo, podría ir a visitarlos. Además, Azercan, al contrario que su hermana Ermesinda, era divertida y, sobre todo, no quería que, cuando se separasen, su amigo se quedara solo.

—Creo que me has curado el alma, pequeño león —le dijo Addi antes de quedarse dormido.

Aunque Favila tardó años enteros en comprender qué quería, aquellas palabras fueron un tesoro del que siempre se sintió orgulloso.

XXXVIII

La noticia de la muerte del califa Omar II tardó mucho en alcanzar a Umm Hakim. El soberano del más grande imperio que hasta entonces hubiera visto la Tierra murió el 20 del mes de Rajab del año 101 de la Hégira,* y en esas fechas, en pleno invierno, el mar estaba cerrado: nadie en su sano juicio navegaba y mucho menos lo hacían las naves mercantes, bastante tenían con escapar de los corsarios y los piratas como para también enfrentarse a tormentas y tempestades. Así que no fue sino hasta octubre de ese año, en Alejandría, cuando Umm Hakim conoció la infausta nueva: en Damasco, el más bueno, el más justo de los califas había sido asesinado con veneno.

¿Por quién? Algunos apuntaban a la fuerte mano del implacable emperador romano, León el Isaurio, pero eran muchos más los que señalaban, entre susurros y mirando a un lado y a otro antes de hablar, a la propia familia del califa, los Omeyas y entre ellos, y muy particularmente, a su hermano Maslama, el poderoso general que había sido derrotado ante Constantinopla y que no veía con buenos ojos la política de Omar de justicia y equidad para todos: para árabes y para los que no lo eran; para musulmanes y también para cristianos,

* 6 de febrero de 720.

judíos, zoroastrianos y demás *dhimmis*,* y que tanto menguaba los impuestos y, por ende, los recursos disponibles para el ejército, que era lo único que le importaba al belicoso Maslama.

Umm Hakim recordó la mirada bondadosa de Omar y su deseo de poseer el grial para preservarse de los venenos y negros conjuros que sus enemigos, camuflados entre sus familiares y colaboradores más cercanos, usaban contra él con el objetivo de que no pudiera llevar a buen término sus reformas y quedaran así privados de sus privilegios y de la posibilidad de seguir extorsionando a las gentes sencillas, malversando los caudales de los impuestos y enriqueciéndose mediante la corrupción y la opresión más desatadas y despiadadas.

Pero el califa jamás pudo sostener el grial entre sus manos y, al cabo, sin su protección, el veneno había logrado sortear los esfuerzos y los desvelos de su médico cristiano, Ibn Uthal, los guardias dispuestos a su alrededor por su primer visir, el musulmán Raja ibn Haywa, y las predicciones de su astrólogo, el judío Flegetanis.

¿Qué habría sido de esos tres cuando el pobre Omar fue sepultado y al trono de los árabes llegó su sucesor? Nada

---

*Término que se aplicaba a cristianos, judíos, zoroastrianos, mandeos, etcétera; es decir, gentes a las que se permitía seguir practicando su religión a cambio de pagar un impuesto personal, *yizia*, amén del que se abonaba por la tierra y otras propiedades, denominado *jaray*. El *yizia* los obligaba a no hacer proselitismo, a aceptar la superioridad social de los verdaderos creyentes, a no construir nuevas iglesias, sinagogas o templos y a no militar en los ejércitos del califa ni llevar armas. En la práctica, algunos de esos preceptos no se cumplían: por ejemplo, sabemos de la construcción de muchas nuevas iglesias y sinagogas bajo dominio musulmán y, aunque los autores árabes intentan no explicitarlo, en los primeros ciento cincuenta años del islam muchos *dhimmis* formaban parte de los ejércitos del califato: dailamitas y savaran persas, caballeros armenios, jinetes turcos, etcétera.

pudo averiguar al respecto en Alejandría durante los largos meses de invierno en los que el mal tiempo y la prudencia de los capitanes de naves mercantes le impidieron continuar viaje. Y eso la angustiaba, pues su hijo, su pequeño Jalid, lo único que realmente le quedaba en el mundo, el último presente de Táriq, de su gran amor, había quedado en manos del viejo e inquietante Flegetanis como prenda que le sería devuelta cuando entregara el grial, si es que llegaba a rescatarlo de manos de Dámaso, quien acabó, en buena parte, en el vientre de un siluro monstruoso. Ella había tenido no uno, sino los dos griales en las manos mientras en Damasco el hombre bueno que reinaba como califa y que tanto temía por su vida yacía bajo la tierra fría. Flegetanis bien podía haber perdido el favor del nuevo soberano y con él a su pequeño Jalid.

Ese era su miedo, su angustia..., el temor que no la dejaba dormir y que le hacía caminar día tras día, escoltada por Amra, hasta el gran faro para subir por las empinadas rampas que giraban y giraban en su pétreo interior hasta alcanzar su luminosa coronación, en la que una gran hoguera y un formidable espejo señalaban con su luz los marinos senderos a las naves que se atrevían a surcarlos.

Pero, día tras día, el mal tiempo continuaba, y ella, aunque se le cansaran los ojos, no lograba atisbar ningún barco que la llevara hasta Beritos, Tiro o cualquier otro puerto de la costa siria, y por eso, cuando la angustia la consumía, se volvía hacia el noreste y miraba hacia Damasco, como si fuera capaz de ver a su pequeño o de entrever el temible futuro que los aguardaba a ambos.

Desesperada, trató de sumarse a alguna caravana que cruzara los desiertos del Sinaí para alcanzar Palestina y desde allí seguir camino hasta Damasco. Pero al igual que los senderos de las olas marinas, también los de las arenas estaban cerrados: las tribus beduinas que apacentaban sus rebaños en los desiertos del Sinaí y Edom,* disgustadas con el nuevo califa, asaltaban a los viajeros que se adentraban en su territorio. Por tanto, hasta que los soldados del imperio no restaurasen allí el orden, era imposible atravesar el desierto.

Para no volverse loca, Umm Hakim se aplicó en preparar su peligroso regreso a Damasco. De una cosa estaba segura: no podría fiarse allí de nadie y mucho menos del viejo Flegetanis. Al fin y al cabo, llevaba con ella la parte más preciada que componía la totalidad del elixir alquímico, una maravilla por la que en el pasado tantos y tantos hombres poderosos habían ordenado asesinar o entregar a cambio enormes fortunas, y que en el presente volvían a hacerlo con el mismo frenesí despiadado. Así que debía estar preparada para cualquier giro inesperado. Para cualquiera...

Quizá por ello, a menudo, sacaba el grial de su funda de tela encerada y lo miraba fijamente, como si buscara en él las líneas maestras del peligroso plan que debería poner en marcha si, como sospechaba, regresar a Damasco podía suponer una prueba tan arriesgada como las que ya había superado. Entonces, el pulido ónice, la preciosa piedra con la que había sido fabricado el maravilloso y sencillo cáliz que encerraba en sus líneas y tonos la perfección, le reveló algo importante que guardó en su corazón y que, en su momento, quizá pudiera salvarle la vida.

En cuanto al nuevo califa, Yazid II, se contaba que era un hombre culto, amante de la música y la poesía, pero, a la par, pragmático y dispuesto a no estorbar ni los intereses de la ambiciosa nobleza árabe, ni los del ejército por los que tanto abogaba el poderoso Maslama y por los que, probablemente, habían envenenado al bueno de Omar.

---

* Edom es aproximadamente el sur del actual Israel.

Al fin, en los últimos días de marzo de 721, una nave de Tiro se atrevió a afrontar las tormentas de primavera y partió llevando con ella a Umm Hakim y a su fiel coloso negro, Amra.

Fue una travesía sin contratiempos, durante la que fueron tocando los principales puertos de la costa sirio-palestina: Gaza, Ascalón, Acre, Sidón y Tiro, donde los astilleros del califa seguían trabajando sin descanso para construir más y más naves de guerra con las que enfrentarse a la flota dotada de fuego griego del emperador León el Isaurio.

Desde Tiro, con los mejores caballos que pudieron comprar, se dirigieron a Damasco cruzando el alto monte Líbano y el no menos agreste Antilíbano para luego descender al desierto y al fin alcanzar el gran oasis de Damasco.

Entraron en la ciudad de noche y embozados, pues Umm Hakim no quería que nadie supiese de su regreso y arriesgarse así a revelar su presencia hasta saber qué podía esperar del nuevo califa y de los hombres poderosos que lo rodeaban, y hasta averiguar si su hijo seguía o no bajo la vigilancia del viejo Flegetanis. Por tanto, no regresó a su casa, sino que se perdió en aquel dédalo de calles burbujeantes de vida y actividad que era Damasco.

Seguía siendo el centro del mundo, desde luego, pero en los dos años y medio que habían pasado desde que la dejó aún se había vuelto más populosa, sofisticada y cosmopolita si cabe. Ni siquiera la noche la detenía, y no eran pocos los comerciantes y tenderos que mantenían sus puestos y tiendas abiertos, ni los curiosos y los compradores que los frecuentaban.

El mundo entero estaba en las calles de Damasco: griegos, egipcios, sirios, árabes, persas, judíos, armenios, abisinios, bereberes, jázaros, indios, turcos, sogdianos... Umm Hakim hasta pudo ver a un grupo de animados comerciantes chinos que regateaban ante el puesto de un orfebre por una partida de las llamadas «piedras que brillan durante la noche». Ella conocía el secreto de tales gemas: en realidad, eran rubíes y granates frotados con bilis de tortuga para que emitieran una extraña fosforescencia en la oscuridad. Los chinos pagaban fortunas enteras por una de esas gemas y también pagaban con seda, jade y oro otra de las maravillas que les ofrecía el, para ellos, Lejano Occidente: «telas que no arden». No eran otra cosa que asbesto, que, en efecto, es resistente al fuego. Pero los chinos creían que eran telas tejidas con pelo de salamandra y sus emperadores, príncipes y nobles no podían resistirse a poseer un guante o cualquier otra prenda fabricada con tan prodigiosa materia.*

Pero todas esas cosas eran naderías que palidecían ante el maravilloso objeto que ella llevaba oculto en su sencilla bolsa de fieltro encerado: el grial principal. El cuenco de ónice que encerraba el secreto del elixir alquímico era el rescate que entregaría por su hijo y su libertad. ¿Bastaría? No lo sabía. Pero por si acaso se había preparado a conciencia para el duelo de ingenio que tuviera que librar.

Ha tardado toda una noche y un día en esclarecer dónde tiene Flegetanis a su hijo. Ha averiguado también más cosas: Ibn Uthal, el médico del difunto califa Omar, ha caído en desgracia y ha sido alejado de la corte, como también ha sido momentáneamente exiliado el primer visir, Raja ibn Haywa al-Kindi, que ya no es el hombre más poderoso del imperio detrás del trono. Por el contrario, Flegetanis, el viejo astrólogo judío, se las ha compuesto para seguir gozando del favor

* Tanto las gemas fosforescentes al ser untadas con bilis de tortuga marina como la tela ignífuga que los chinos pagaban a precio de oro son objetos reales.

del nuevo califa y de su mano derecha, el general Maslama, probable inductor del asesinato de Omar II. De hecho, en los mercados de Damasco se dice que Yazid II, el nuevo soberano, no da un paso sin consultárselo antes al astrólogo judío.

Todo esto ha inquietado sobremanera a Umm Hakim, pues no es lo mismo negociar la entrega del grial y el rescate de su hijo con un hombre sin poder y caído en desgracia que con uno que sigue poseyendo una gran influencia sobre el califa reinante. Por eso había meditado tanto en Alejandría, por eso se ha preparado a conciencia y también por eso no se ha limitado a presentarse abiertamente ante el astrólogo judío ni acudido de forma directa a la corte del califa. Tampoco ha revelado su presencia en Damasco a nadie, absolutamente a nadie. Todo allí señala en una dirección, la del peligro, que puede estar en cualquier parte.

Y en eso piensa, de hecho, no ha pensado en otra cosa desde que se enteró, ahora que, vestida de sombras nocturnas, se cuela en la nueva y palacial residencia de Flegetanis.

XXXIX

Es su segunda noche en Damasco y ya se está jugando la vida. Flegetanis es un hombre viejo, desde luego, pero también tremendamente rico y no le faltan guardias que custodien su casa.

Salta y sus pies caen sobre la tierra húmeda, recién regada, de los extensos huertos de la nueva gran propiedad del astrólogo. Ha logrado sortear el primer cordón de guardias y afuera, al otro lado del alto muro que circunda los jardines y las huertas de la residencia, la aguarda Amra con dos excelentes monturas por si fuera necesario salir huyendo de la ciudad a uña de caballo.

Camina sigilosa, alerta, deprisa, por los huertos y jardines en dirección al edificio principal donde, sin duda, dormirá el viejo y, si Dios quiere, estará también su pequeño.

Entonces, entre los árboles, alzándose por encima de ellos, ve una extraña plataforma de madera, una suerte de pequeña torre hacia la que la dirigen sus pasos, y cuando se cobija a sus pies, se da un momento para volver a controlar el pulso, serenar la respiración, aguzar oídos y olfato y afinar ojos, para tratar de averiguar si Flegetanis también ha dispuesto guardias a la entrada de sus dependencias privadas, o si los únicos centinelas con los que cuenta son los que ya ha sorteado.

Así que todo su ser se haya concentrado y la noche, que envuelve su piel con el frescor que también arroja sobre el desierto, parece un lago de oscuro silencio en el que hasta el más mínimo ruido provocará ondas alarmantes.

—¿Por qué no subes aquí y acabamos de una vez?

Umm Hakim se queda helada. La pregunta que la ha sobresaltado y que al parecer procede de la torre de madera que ella creía vacía ha llegado por medio de la voz chirriante, cascada, de Flegetanis.

—¿Quieres dejar de hacer tonterías? ¡Vamos, niña, sube a la torre de observación, que tengo preguntas que hacerte! —insiste el anciano astrólogo.

Ella se percata entonces de algo evidente: la torre es la plataforma de observación desde la que Flegetanis mide la altura y el movimiento de las estrellas. ¿Y dónde si no iba a estar un maldito astrólogo durante la noche sino en su observatorio? Se siente un poco estúpida por no haber pensado en eso y, sin tenerlas todas consigo, inicia el ascenso.

Flegetanis la recibe con una arrugada sonrisa. Aunque, claro, a sus ciento once años, no, a sus ciento trece, se corrige Umm Hakim de inmediato, todo está arrugado.

—Has tardado mucho, niña. No, no me refiero en subir hasta aquí, sino en encontrar y traerme el grial. ¿Lo tienes ahora contigo?

Y en la pregunta del astrólogo brillan más la ambición y la codicia que la curiosidad.

Ella sabe que el viejo es peligroso, muy peligroso. ¿Acaso no conoció a su padre y sobrevivió para contarlo? Un hombre capaz de hacer eso es, ciertamente, un hombre temible.

Con cuidado, manteniendo la distancia, ella se sitúa ante Flegetanis y lo mira a los ojos. ¿Qué ve? Dos pozos profundos que parecen atesorar la luz de las estrellas que, año tras año, a lo largo de más de noventa, ha escrutado.

—Las estrellas me anunciaron tu regreso. Por eso estaba aquí, esperándote. Bueno, también porque, aunque lo has intentado, tu regreso a Damasco no ha pasado inadvertido para mis hombres, que, claro está, te han seguido y ahora mismo vigilan a ese enorme negro que te acompaña a todas partes y que te aguarda ahí fuera, nervioso y con dos caballos listos para salir al galope. En cuanto les dé a mis hombres la señal convenida, caerán sobre ese gigante de ébano que tan fiel te es.

Umm Hakim, pese al sobresalto que le producen las palabras del anciano, sigue sin responder y sin mostrar la más mínima emoción. Este condenado viejo es astuto como un lobo hambriento y, sin duda, más despiadado.

—El califa fue envenenado —dice al fin. Es una declaración, por supuesto, no una pregunta y, sin serlo, ante todo, exige, paradójicamente, una respuesta.

Flegetanis así lo entiende. Suspira profundamente y aparta los ojos de los de Umm Hakim para volver a dirigirlos al cielo estrellado de Damasco.

—En efecto, niña, ese tonto de Ibn Uthal no pudo impedir que envenenaran a Omar —dice con voz fría refiriéndose al médico del califa—. He de decir en su descargo que ese galeno cristiano es el mejor con el que podía contarse y que, cuando no pudo impedir la muerte de nuestro señor el califa, se sumió en la más negra desesperación. Fue, ¿cómo decirlo?, conmovedor.

—No para ti, ¿verdad? —pregunta ella, que está viendo ya lo que ocultan las palabras del anciano.

Él se gira y le sonríe con picardía antes de hacer regresar sus ojillos a la contemplación de los astros.

—No, no para mí. A mi edad uno no se conmueve por esas cosas. Los hombres van y vienen y los califas no dejan de ser eso, hombres. Todo es pasajero, breve, débil... Hasta esas —señala a las estrellas— mueren y desaparecen.

—Ibn Uthal, el médico del califa, vigilaba de continuo la comida y la bebida. No pudo ser fácil envenenarlo. Solo alguien muy diestro y muy cercano pudo hacerlo —desliza ella sintiendo que un escalofrío la recorre cuando el viejo, ante su pregunta, se vuelve de nuevo hacia ella y la taladra con sus ojos cargados de estrellas.

—Eres lista, muy lista. Tanto o más que tu padre —murmura Flegetanis con una sonrisa que ella no sabe si interpretar como cruel o sarcástica.

—No sé cómo lo hiciste, pero sí sé que lo hiciste. ¿Por qué si no sigues contando con el favor de Maslama y del nuevo califa, Yazid, mientras que el visir principal y el médico han sido alejados? —concluye, y sabe que su vida pende de un delgado hilo por decir algo así.

Pero el viejo asiente y sonríe, como si aplaudiera el ingenio de la mujer que tiene ante sí, o como si celebrara que, al fin, alguien ha sido tan astuto como para descubrir su gran obra.

—Al califa le gustaba la astrología. Muchas noches me llamaba y observábamos juntos las constelaciones. Siempre usábamos mi viejo astrolabio. Precisamente este que tengo aquí, ¿lo ves? —Umm Hakim mira un viejo instrumento, con el metal blanquecino y desgastado por el uso, pero de buena factura—. ¿Quieres probarlo? ¡Mira Orión el Cazador se alza en el horizonte! —exclama señalando a la constelación y ofreciéndole el astrolabio.

Ella niega con la cabeza. Está muy seria, decepcionada, pues siempre había mantenido cierta esperanza de que, en el fondo, el anciano no tuviera un corazón tan negro... Es triste, muy triste, acertar siempre con estas cosas y, sobre todo, está alarmada: ¿ante qué clase de malvado se encuentra realmente? La respuesta es desoladora: sea de la clase que sea dejó a su hijo en sus manos.

—Pues como te decía, niña —retoma Flegetanis—, al califa, al igual que a mí, le gustaban las estrellas y a menudo hacía uso de mi viejo astrolabio para medir su posición. Así que fue fácil burlar a Ibn Uthal: me limité a preparar un ungüento de extracto de acónito y a untar con él mi astrolabio. Lo hice así noche tras noche. Seguro que tú también sabes que el extracto de acónito es incoloro y que apenas deja olor o sabor, o al menos no que sean fácilmente detectables. Además, es altamente tóxico por contacto continuado con la piel y las mucosas. Por supuesto, yo no lo tocaba. No con las manos desnudas. ¿Ves? Ahora siempre llevo guantes —concluye alzando las manos enfundadas en finas coberteras*. Umm Hakim mira sus manos y, en efecto, el astrólogo las lleva enfundadas en guantes de suave piel de gacela neonata—. La artritis, niña, la artritis. Los guantes me las mantienen calentitas para que me duelan menos. ¿Sabes? Fue divertido que fuera el propio Ibn Uthal quien me los recetara. ¿No lo crees tú también? —le explica con un deje sarcástico que ya no puede evitar que asome su despiadada naturaleza—. Pero me disperso... Volvamos al asunto principal: estaba contándote cómo usé el acónito. ¿Te imaginas? Noche tras noche, el califa usando mi astrolabio, llevándose luego las manos a los ojos, a la boca, a la nariz... Y pasó lo que tenía que pasar: enfermó. Mareos, debilitamiento general, colapsos, fallos continuados y cada vez más graves de sus órganos...** En fin, esas cosas que te ocurren cuando envenenas lentamente sin que nadie se dé cuenta o pueda entender cómo está pasando. Por supuesto, Ibn Uthal se alarmó, pero como inspeccionaba, una y otra vez, cuanto comía o bebía el califa sin poder descubrir rastro alguno de tóxicos..., digamos que su atención se hallaba puesta en otro sitio.

—¿Por qué lo hiciste? —lo interrumpe Umm Hakim, que no quiere seguir escuchando tanta fría maldad hecha palabras.

---

*Coberteras de manos, un término que se usaba en la Antigüedad y en la Edad Media para denominar a los guantes.

**El acónito, tan conocido y usado en la Antigüedad y en la Edad Media, puede envenenar por contacto y es incoloro, inodoro e insípido si su extracto se prepara adecuadamente.

—Es una buena pregunta y veo que tienes prisa —concede el viejo—. Verás, Omar era un buen hombre. De hecho, lo confieso, el mejor de cuantos he conocido a lo largo de mi larga vida. Pero tenía un defecto.

—¿Cuál? ¿Qué clase de defecto justifica el asesinato de un hombre bueno? —le replica ella mientras ruega por que sus planes puedan sacarla de esa trampa mortal y permitirle recuperar a su hijo. Pues, sin duda, si el viejo le ha confesado su participación en el asesinato del califa es porque a continuación tiene pensado cerrarle para siempre los labios.

—Omar creía en lo que hacía. Eso, te lo aseguro, es tan peligroso como infrecuente en un soberano y él, para colmo, lo llevaba al extremo.

—No lo entiendo...

—No te preocupes por eso, niña, nadie puede entender esas cosas excepto nosotros, los viejos despiadados. Pero, ay, ¿qué haría el mundo sin nosotros? Te lo explicaré: Omar quería reinar en un mundo imposible. Uno en el que la justicia y el bien imperaran. Eso sería arrebatarle a Dios su gloria. Eso, niña, sería blasfemo y, sobre todo, peligroso, muy peligroso para algunas personas... poderosas. —Ella sigue sin entender y menea la cabeza, como si no diera crédito a lo que oye—. Los judíos creemos en el Mesías. Creemos que algún día vendrá a nosotros para establecer un reino de justicia, paz y abundancia. Vosotros, los cristianos, creéis en la segunda venida de Cristo y en el juicio final que restaurará el bien sobre la faz del universo. Los musulmanes, por su parte, tienen a su Mahdi, que traerá un régimen de justicia a este mundo corrupto. De hecho, y esto era imperdonable, Omar, en cuanto le tirabas de la lengua, confesaba que se creía el Mahdi. ¡Asombroso que pueda alojarse tanta vanidad en el corazón de un hombre! ¿Comprendes lo que hubiera supuesto para el imperio? ¿Lo que hubieran dicho los imanes, y los conflictos, las guerras civiles que se habrían desencadenado en el califato cuando se atreviera a anunciar públicamente semejante locura? Por eso era necesario que muriera. Si hubiera logrado llevar a cabo sus reformas y con ellas extender la justicia por todo el imperio, hubieran sido muchos los que habrían creído que, en efecto, él era el Mahdi. ¡Blasfemia! ¡Eso hubiera sido blasfemia! Sí, y, además, algo muy inconveniente. Pues en un imperio donde reinasen el orden y la justicia ¿qué harían los que medran con la corrupción, el engaño y el soborno? Y fueron estos últimos, encabezados por su hermano Maslama, los que acudieron a mí en busca de una solución.

—Y tú se la diste a cambio de oro —completa ella haciendo un amplio gesto con la mano que abarca la espléndida propiedad donde ahora vive el astrólogo.

Flegetanis, como pillado en una pequeña falta, se encoge de hombros y sonríe como un niño travieso.

—Sí, a cambio de oro. La vida de un viejo astrólogo es una fuente de gastos desmesurados y continuos. Además, lo confieso, el modelo de sabio austero nunca fue de mi agrado.

—Pero ya contabas con una vida cómoda. Omar te pagaba espléndidamente... ¿Para qué quieres tanto oro? —pregunta intrigada, pues no acaba de comprender que el judío tenga una sed de riquezas tan insaciable como para asesinar por ella a alguien que lo consideraba su amigo.

—¿Para qué lo quiere un viejo tan viejo como yo quieres decir? Supongo que a tus treinta años alguien como yo solo tiene que hacer una cosa: morirse. ¿Verdad? ¡Pues te equivocas, niña!

Y al decir aquello se echa a reír y, conforme lo hace, se yergue y se lleva las manos al rostro; al retirarlas, ya no parece tan arrugado ni su cuerpo tan marchito. Ante los ojos desorbitados de Umm Hakim, se obra una transformación: la de un centenario que, de repente, se muestra como lo que realmente es, un hombre viejo, sin duda, pero que no debe de pasar con mucho de los setenta años.

—Como ves, quizá tenga todavía algo de tiempo para gastar el oro que me dio Maslama a cambio de eliminar a su hermano. Ese médico cristiano del finado Omar, Ibn Uthal, siempre sospechó de la veracidad de mi supuesta edad y jamás creyó realmente que tenía más de cien años, pero nunca pudo demostrarlo. Para mí fue fácil engañar al califa, al bobo de su primer visir y, en realidad, a todo Damasco. Pues hace más de treinta años que interpreto este papel y el verdadero Flegetanis yace bajo las arenas que cubren las ruinas de Babilonia la Pecadora, donde tu padre y yo lo enterramos antes de que tú nacieras. Tu padre fue mi maestro, ¿sabes?, y por respeto a su memoria todavía no te he matado. Todavía... —Y su última palabra es como el siseo de una cobra a punto de atacar.

Así que Umm Hakim da un paso atrás. Ahora sabe que quizá no podrá vencer a este anciano diabólico. Todo lo que conoce, sus malas artes, las aprendió con su padre, y su padre, ella nunca se ha engañado al respecto, era Satán encarnado.

—¿A dónde vas? Espera, no tengas tanta prisa. ¿Acaso no quieres saber qué he hecho con tu niño? —Hay tanta maldad en esa pregunta que ella no puede ni moverse ni respirar—. Está aquí, aquí mismo, ¡mira! —exclama señalando un bulto enrollado en una manta—. Le encantan las estrellas y me gusta traerlo aquí para que las contemple conmigo. ¿Sabes? Le he cogido mucho cariño y él a mí también. Me llama abuelo y me gusta que lo haga... —afirma con un deje de cruel sarcasmo—. Pero, mira, el pobrecillo está profundamente dormido... ¿O quizá no duerme y su sueño es el descanso eterno de los muertos?

Ella se alarma, ¿qué madre no lo haría?, y siente el irrefrenable impulso de correr hacia su pequeño y estrecharlo entre sus brazos para comprobar que está dormido y no muerto. Pero se retiene temiendo la trampa que, sin duda, el falso Flegetanis le tiene preparada.

—Es un niño muy listo —dice ahora—. Como lo fue su diabólico abuelo y como lo es su angelical madre. ¿Quieres llevarte a tu hijo?

Ella asiente muy despacio mientras exige a su cerebro repasar hasta los últimos detalles y movimientos que le exigirá salir airosa de esa ratonera.

—¡Dame el grial! —le exige el maligno viejo, súbita, imperiosamente, y tendiéndole unas enguantadas y trémulas manos repletas de codicia.

En ese momento, Umm Hakim sabe que puede que todo haya terminado, porque a veces, simplemente, no tienes opciones. A veces hay que rendirse y confiar en que la hiena que te aferra con sus dientes esté ya lo bastante ahíta de carne como para que no le merezca la pena seguir mordiendo.

—Tómalo —contesta al fin con tono cansado, vencida, y sin poder evitar unas lágrimas, lo extrae de su bolsa y se lo ofrece envuelto en un paño encerado.

El falso Flegetanis lo desenvuelve con prisa codiciosa. Sí, con tanta emocionada y ambiciosa premura que da un respingo y casi se le cae de las manos. Se queda extasiado al verlo. Sí, y confundido, pues no es el cuenco de ágata, sino el de ónice el que tiene en sus manos. El viejo la taladra con la mirada, con las cejas enarcadas y un brillo de cólera a punto de estallar.

—¿Qué es esto? —pregunta con rabia, con impaciencia—. ¿Pretendes engañarme?

—El primer grial —contesta ella con más aplomo del que creía tener—. La parte superior y la más preciada de las dos que componen el elixir alquímico.

El rostro del implacable anciano se suaviza y la boca se le abre en un impúdico gesto de éxtasis y lujuriosa ambición.

—¿Es este en verdad?

—Lo es —le asegura ella.

—¿Y el cuenco de ágata? —inquiere sin dejar de acariciar el cáliz de ónice.

—No pude recuperarlo —miente ella.

El viejo la mira y luego, lenta, malignamente, sonríe con complicidad y maldad.

—Te pasó lo mismo que ya te ocurrió con el anillo de Salomón, ¿verdad? Te dio miedo el poder que podía obtenerse poseyendo las dos partes y decidiste que era mejor que nunca nadie pudiera reunirlas —concluye con un gesto de suficiencia en el que aletea un poco de desprecio por lo que él, sin duda, considera cobardía.

Ella asiente muy despacio y se muerde el labio inferior, como una niña descubierta en una falta.

—Solo logré rescatar este —insiste tozuda—. De todos modos, ya tienes un grial, uno más poderoso que aquel por cuya causa realmente mataste al califa, ¿verdad?

El asesino se queda muy quieto y, sin poder evitarlo, le aflora una pícara sonrisa a los labios.

—Qué lista eres, niña, qué lista eres.

—¿Creías que me iba a creer que mataste al califa Omar solo porque se creía el Mahdi o porque Maslama te colmó de oro? Esas razones, no lo dudo, pudieron pesar en tu decisión, pero no inclinaron la balanza... El grial sí.

El falso Flegetanis aplaude, pero el bulto de mantas enrolladas que se supone que es el pequeño Jalid no se mueve mientras ella sigue rogando a Dios para que solo esté dormido.

—Eres increíble, niña. En efecto, fue el grial el que inclinó la balanza. ¿Adivinas por qué?

—Porque pertenecía al califa y, si yo volvía con él, sería Omar quien lo tendría y no tú.

—Así es. Ahora bien, ¿quién sabía que el grial había estado en Damasco y había sido robado? Solo nosotros: el califa, el primer visir, el médico, tú y yo. Así que, si eliminaba a Omar, y si tras hacer eso lograba que el primer visir y el médico cayeran en desgracia y fueran desterrados de la corte, solo quedaría yo para recibirte y entonces...

—Te lo quedarías.

—Sí, voy a quedármelo. Ya sabes que alarga la vida, fortalece la salud y la inteligencia. Todas esas cosas son muy convenientes para un hombre viejo. ¿No crees? Además, si se sabe usar, otorga dominio sobre otros hombres y, de nuevo, mira tú por dónde, yo tengo un califa muy muy cerca: Yazid, que gobierna la mayor parte del mundo conocido. ¿Sabes quién va a gobernar ahora sin que nadie lo advierta?

Ella asiente y él ensancha la sonrisa y, sin apartar la mirada de Umm Hakim, con delectación, se inclina para destapar un poco al niño dormido. Ella exhala un suspiro de alivio cuando ve la cabecita de su hijo y el viejo, por su parte, acaricia los cabellos del pequeño con un gesto que indica que también podría hacer otra cosa si le placiera.

—Le he cogido mucho cariño a este niño —insiste—. Será mi discípulo. Con un poco de suerte, haré de él alguien digno de su abuelo.

Umm Hakim, horrorizada, da un involuntario respingo: ¿convertir a su pequeño en un ser demoniaco como lo fue su padre? No puede consentir eso.

—¡Dame a mi hijo! —exige—. Ese fue el trato: el grial por el niño. Yo he cumplido mi parte. Cumple tú con la tuya.

—¿Por qué no te acercas a cogerlo? ¡Mira! Duerme profundamente. Solo tienes que inclinarte y cogerlo entre tus brazos. ¿Qué clase de madre eres que no lo estrechas tras tan larga ausencia? —pregunta sin dejar de mirarla con sus ojos cargados de maldad y su sonrisa de diablo.

¿Qué puede hacer ella? No puede huir porque dejaría a su hijo allí, en manos de este viejo malvado, y porque entonces nunca sabría a ciencia cierta si Jalid vive o si, por el contrario, lo que está envuelto en aquellas mantas es su pequeño cadáver; tampoco puede acercarse a cogerlo, pues sabe que el maligno anciano aguarda ese momento para darse el gusto de matarla con sus propias manos mediante algún artificio o engaño.

¿Qué puede hacer? Lo que lleva haciendo desde que subió a la torre y le entregó el grial de ónice: ganar tiempo. Que va dando sus frutos.

—¿Qué es esto? —pregunta el viejo súbitamente alarmado.

La pregunta de Flegetanis ha sido formulada en voz muy alta: la de alguien que descubre algo que no debería estar allí. Ella se gira hacia el viejo y aguarda concentrada.

—¿Qué es esta pequeña fractura que tiene el grial? No la advertí con los guantes —insiste él cada vez más preocupado.

—Lo encontré así. Sin duda, en alguno de sus seculares avatares, debió de caerse o alguien lo rompió a propósito —contesta ella con ese tono que se escucha en la voz de una persona que no tiene nada que ocultar—. De todos modos, eso no mengua su poder y apenas si se trata de una minúscula esquirla de piedra que, si te molesta, puedes terminar de separar del resto del cuenco sin que afecte a su belleza o a sus propiedades.

Ambos miran el cáliz y se concentran en la pequeña y puntiaguda esquirla que apenas sobresale. Sí, tan diminuta, tan aguzada, tan sumamente afilada como las que se obtienen de la obsidiana. Pues el ónice, al igual que esta, es un mineral criptocristalino y una esquirla obtenida mediante un ligero y preciso golpe propinado a un cuenco es mucho más punzante y afilada de lo que nunca podría llegar a serlo la cuchilla de un barbero o el bisturí de un médico.

El falso Flegetanis comprende y a toda prisa se quita el guante de la mano izquierda y recuerda el respingo que dio cuando cogió el cuenco y cómo casi se le cayó. Entiende que no se le fue de las manos por precipitación, sino porque aquella esquirla, aquella suerte de aguja de cristal de roca, le infligió una diminuta, microscópica herida que, con la ansiedad, con la emoción, no percibió.

Entonces, ante su desconcierto, ante su súbito miedo, es ella la que sonríe con fiereza.

—¿Crees que eres el único que conoce los secretos de la hierba de lobo? —le espeta usando el significado del nombre del venenoso acónito.

—¡Maldita seas! —replica él dando un paso adelante que ya no es el de un viejo de un centenar de años, sino el de un anciano vigoroso que conoce los arcanos de la magia negra y los secretos del veneno y la muerte silenciosa.

Ella esquiva la primera arremetida del viejo que, sin que pueda saber de dónde, ha sacado un cuchillo que blande con habilidad y que, sin duda, tiene la hoja impregnada de veneno.

—¡Te mataré, perra, y luego mataré al niño! —ruge de rabia.

Sin embargo, Umm Hakim es rápida y logra ponerse a salvo de las puñaladas.

Sí, pero el viejo grita y grita y, si sigue haciéndolo, de un momento a otro, acudirán sus guardias.

—¡Tengo el antídoto! —le suelta tras esquivar una nueva cuchillada.

Él, que sabe de venenos y que, por tanto, tiene la certeza de que le quedan apenas unos instantes de vida, se detiene en seco.

—Eres tan perversa como tu padre... —sisea—. ¡Dámelo y te dejaré salir de aquí con vida y con tu hijo!

Ella vacila. Jalid, en el suelo, sigue inmóvil, aparentemente dormido bajo los efectos de un potente narcótico o... No, mejor no pensar en eso ahora. Ya esté dormido o muerto, ella tiene que mantener el control si quiere tener una oportunidad de salir de allí viva con su niño y victoriosa.

—Está bien —concede. Y en el rostro arrugado de Flegetanis se asienta el alivio—. Pero también tendrás que darme el grial —añade entonces ella, mostrando todas sus cartas y cortando en seco el momentáneo alivio del despiadado anciano.

—¡Zorra, nunca te lo daré!

—Como quieras, pero te quedan unos instantes de vida y, de todas maneras, vas a morir y yo lo tomaré entonces. A tu viejo cadáver le servirá de poco, ¿no crees?

El viejo, que ya no se siente el hombre astuto, sin piedad, poderoso y que lo controla todo, tiembla de puro miedo y deja caer el cuchillo.

—Te encontraré y te mataré —se permite una última y vana amenaza.

—Yo no le hablaría así a quien está a punto de darte un antídoto —le replica ella con una sonrisa descarada.

Mientras lo hace, manteniendo la distancia, rebusca en su bolsa y extrae de ella una ampollita de vidrio egipcio que le arroja al viejo. El falso Flegetanis la coge al vuelo, la abre con la precipitación de quien sabe que solo le quedan unos instantes para contrarrestar la acción de un poderoso veneno y bebe su contenido de un largo trago.

Ella le sonríe complacida, triunfante.

—Acabas de beber cantárida,* el veneno de la mosca de Hispania. Lo conoces, ¿verdad? Yo estuve allí hace mucho tiempo. Cuando mi esposo, mi amado Táriq, conquistó esa tierra. —El falso Flegetanis se queda demudado, mirándola con los ojos muy abiertos y paralizado por el terror—. ¿Sabes, viejo? Soy una niña muy mala: yo nunca hubiera dañado el grial. Esa diminuta esquirla ya estaba ahí cuando lo encontré. Pero su existencia me dio una idea: si llegaba la ocasión,

---

*La cantárida se obtenía de la llamada mosca hispana o española y era ampliamente conocida como veneno y afrodisiaco. Procedía de un coleóptero que contiene cantaridina, un potentísimo tóxico y que, una vez secado, molido y reducido a polvo, podía mezclarse con alimentos o bebida. Era casi imposible de detectar y tenía unos efectos devastadores y casi inmediatos, al lograr una terrible inflamación del sistema digestivo y urinario, con hemorragias, fallo renal, convulsiones, etcétera. Y todo ello con una dosis mínima de 0,03 gramos.

podría fingir que había sido la causante y que la había untado con acónito y luego ofrecer el antídoto. Pero, ya ves, el antídoto ha resultado ser el veneno: esa esquirla no te había hecho más daño que un minúsculo pinchazo. Así que tú mismo te has dado muerte al dejarte engañar. Ahora solo te queda morir y lo harás rápido, muy rápido, pero entre horribles convulsiones, privado de habla, sin poder llamar a gritos a tus guardias, tirado en el suelo, revolcándote de dolor sobre tus propias heces, vómitos y sangre.

Ni siquiera ha terminado de hablar cuando el viejo se contrae en un tremendo espasmo de dolor que lo dobla en dos y lo arroja al suelo.

—Eres un viejo con suerte —le dice mientras agoniza—. En su dosis habitual, la cantárida provoca efectos inmediatos, aunque tardaría hasta una hora en matarte entre horribles padecimientos; como, al contrario que mi padre, yo soy persona piadosa, he triplicado la cantidad del veneno que puse en la ampolla y tu tortura apenas durará unos minutos. Así que sé bueno, falso Flegetanis, y dame las gracias por haberte envenenado con tanto cariño y mientras te vas al infierno recuerda al califa Omar, que tanto confiaba en ti y que te tenía por su fiel amigo.

El anciano no puede ya hablar, solo retorcerse espasmódicamente en el suelo entre vómitos, diarreas y meados rojos de sangre.

—Sé bueno, dame las gracias —repite ella—, ¡y vete al infierno!

Recoge el grial, se acerca a su hijo, lo toma en brazos y comprueba, aliviada, que tiene pulso y que solo está narcotizado.

Y se va. Lo último que el viejo ve antes de morir es a Umm Hakim con su hijo en brazos corriendo hacia su nueva vida.

XL

En primavera, al-Sam, valí de Hispania, salió de nuevo de Qurtuba a la cabeza de su gran ejército: veinticinco mil jinetes e infantes montados enfilaron los caminos que llevaban al norte. Cuando la noticia llegó a Asturia, la alarma se extendió por ella como el fuego en un seco matorral.

En Canicas, Pelayo convocó a sus huestes de guerreros y llamó también a las armas a cuantos hombres tuvieran edad y fuerza para empuñarlas. A todos les dio una misma orden: acudir a toda prisa a defender los pasos de montaña donde, gracias a su previsión y a los colosales trabajos que había ordenado hacer, ahora podrían enfrentarse, con posibilidades de éxito, al gran ejército musulmán.

La mañana en que el rey se dispone a abandonar Canicas para cabalgar hasta el paso de la vía Carisia y ponerse allí al mando de las tropas que lo defenderán desde las fortificaciones del Homón de Faro, cuando ya se apresta a saltar sobre el lomo de León, su caballo de batalla, la reina sale del *palatium* llevando un largo bulto envuelto en un paño rojo que entrega a su esposo.

—Tómalo, es mi regalo, esperaba un momento como este para entregártelo —le dice Gaudiosa con una mirada tan azul, tan intensa, que Pelayo se sobrecoge.

Emocionado, desenvuelve el fardo y ante sus ojos aparece una larga espada de excelente y bella factura. La punta es cruel como pico de águila y la hoja, de tan bruñida, relampaguea, y en su alma de hierro muestra su nombre, Cataclismos, rodeado por grises volutas y espirales que parecen el aliento congelado en acero de un dragón. Afilados son los filos y profunda la acanaladura que recorre su centro como senda de sangre, y que fue hecha para equilibrarla y aligerarla. La guardia, de bronce pulido sembrado de reluciente oro, tiene forma de cruz con los extremos levemente inclinados hacia abajo y terminados en sendas cabezas de león, en cuyos diminutos ojos, con diestro arte, han sido engastados dos pequeños granates de oscuro fuego, mientras que la empuñadura, envuelta en rojo cuero con el que han sido entrelazados hilos de oro, muestra también, incrustados en cada uno de sus lados, dos pulidos colmillos de bestia feroz, para acabar en un potente y pesado pomo dorado en el que reluce una piedra roja y brillante donde han sido grabadas las palabras *Rex Pelagius*, rey Pelayo.

—Le pedí a Hamaraz que la forjara para ti y que pusiera en ella todo el arcano poder que un herrero puede exigir al acero —le dice ella con voz tocada por el funesto presagio de la batalla que se avecina y en la que Cataclismos será bautizada con sangre humana—. La he llamado así porque recordé que me dijiste que solo un cataclismo frenaría a nuestros enemigos. Ahora, Pelayo, empuñarás uno de afilado hierro bien templado e invencible.

Él sigue sin saber qué decir. Sus manos de guerrero, cruzadas por innúmeras cicatrices, sostienen la formidable espada como si fuera un prodigio.

Y lo es. Pues ha sido forjada con martillo pesado y fuego ardiente, una y otra vez, plegando innúmeras veces sobre sí mismo el rojo acero, mientras se le cantaban secretas fórmulas que se han mezclado con el metal para tornarlo ferocidad y muerte.

—Los colmillos de fiera que luce en la empuñadura pertenecieron a un león que habitó antaño en estas montañas —le explica ahora Gaudiosa—. Hamaraz halló su cráneo en la profunda oscuridad insondable de una cueva a donde lo llevó un sueño. Tomó los cuatro colmillos de la gran bestia y arrojó dos de ellos entre los carbones de la forja para que se sumaran al hierro de la espada y los otros dos, como ves, engalanan el arma.

Pelayo tiene lágrimas en los ojos mientras escucha a su esposa. Mañana en la batalla, cuando la empuñe, será tormenta de desdicha para sus enemigos y el valor de la bestia que le entregó sus colmillos prenderá en su corazón mientras los combate. Sí, y luchará por la victoria. Pero si no la logra, si es la muerte y no el triunfo quien se enseñorea de su cuerpo mortal, seguirá quedándole algo más fuerte que el acero, más perdurable que su propia vida: el amor de esta mujer de la montaña que, aun cuando nadie pudiera saberlo, ya era reina cuando la parió su madre.

Alza la espada al cielo y recoge en ella fulgores que son profecía de duelo para las mujeres de los árabes y, al ver aquello, los hombres de guerra que los rodean estallan en vítores. Y Pelayo, clavando la larga espada entre la verde hierba, toma entre sus brazos a Gaudiosa. Aunque un rey no debe hacer esas cosas delante de su comitiva armada, él es, antes que soberano, su hombre, y la besa.

Asterio, que quizá pronto sea obispo, sonríe. Pues no es uno de esos sacerdotes que exigen al hombre lo que el hombre no puede dar, sino de los que aman y abrazan su realidad; y alzando la cruz sujeta a la lanza, muestra así a todos el austero estandarte del rey. Cuando Pelayo se despide y monta, es tras esa cruz enmangada en guerrera lanza tras la que marchan los hombres de Asturia a la batalla.

Y cabalgan, bajo el sol, sobre la tierra verde; cabalgan y a su paso, en cada aldea, en cada villa, en cada castro, los hombres se les suman y un bélico estruendo hace temblar los viejos bosques.

Suben, trepan a las altas cumbres donde el hielo esculpió la roca para tornarla inconquistable y allí, avanzando entre cielos grises, alcanzan las colosales defensas que Claudio Emeritense talló sobre la piedra o alzó sobre ella en forma de muro infranqueable.

Lleva consigo trescientos hombres y, de inmediato, los distribuye por los largos muros y bastiones mientras que él, con sus treinta irreductibles, los que siempre le han permanecido fieles, ocupa la torre de piedra y roble que domina la calzada y su paso.

Esa noche velan armas y aguardan nuevas: las que puedan venir del sur y les lleven promesa de combate y muerte, y las que procedan del este, de Cantabria, y los refuercen anunciándoles que Alfonso y Fruela, a la cabeza de sus mejores jinetes, acuden a su llamado.

Pero amanece y de Cantabria solo llega vacío y silencio. Cuando la tarde declina lejos, en el horizonte del meridión, se ven estandartes moros y Pelayo comprende que, una vez más, luchará solo.

XLI

En ese momento, en Cantabria, frente al fuego del hogar, el duque Pedro mira fijamente las llamas. No se siente cómodo, pero ha hecho lo correcto: si debe enviar hombres de guerra fuera de su territorio lo hará para auxiliar a su pariente Eudón, duque de Aquitania, y no a Pelayo que, por muy rey suyo que sea, no se ha guardado de humillarlo ante el Consejo desatendiendo, una y otra vez, sus propuestas y sus ruegos. Además, Cantabria necesita hasta el último de sus hombres para defender los pasos que, desde las Fontes Iberis, conducen hasta el corazón de la Cantabria Transmontana.

Alfonso y Fruela han protestado, por supuesto, y le han rogado, suplicado incluso, que atendiera el llamado de Pelayo. ¿Qué sabrán los muchachos de cómo se debe gobernar? Él siempre ha estado ahí, velando por ellos y apartando el peligro de su camino. Al contrario que ellos, quedó huérfano de padre en su primera juventud y tuvo que abrirse paso, solo y sin protección, en un mundo de conjuras, ambición y rivalidad, cuya ferocidad ni tan siquiera pueden imaginar: el mundo de los últimos reyes godos de Hispania. Él sí que sabe de política, que es de lo que realmente se trata, pues medró en ese mundo y alcanzó sus más altas cimas. ¿Acaso no lo nombraron los reyes Egica y Witiza *princeps militae* y duque de Cantabria?

Sí, eso hicieron y ahora, humillación insoportable que le ha impuesto el aciago destino, se ve obligado a prestar obediencia y reconocimiento a Pelayo. ¡Un simple conde de los espatarios que tan solo unos años atrás, en los buenos tiempos del reino de los godos, no se habría atrevido ni a hablar en su presencia sin pedirle antes permiso para poder hacerlo!

No puede quitarse eso de la cabeza... No puede sacarse la espina de la humillación que se le ha clavado muy adentro, en lo más profundo del orgullo.

Tampoco teme las consecuencias de su negativa. ¿Qué puede hacer el rey contra él? ¿Iniciar una guerra civil en el momento justo en que los enemigos tantean ya las fronteras del reino? ¡Ja! Eso sería locura y el rey no va a cometerla, por mucho que se hinche en vanas amenazas. Además, ha aducido buenas razones para su negativa: no le sobra ni un solo guerrero y su obligación, como señor de Cantabria, es atender primero a la defensa de los suyos. Pelayo tendrá que aceptar lo que ahora le impone y, de paso, se llevará un escarmiento, y en el siguiente Consejo que se convoque en Canicas, se mostrará más dócil, más solícito a sus consejos y a sus demandas.

Sí, y humillando un poco a Pelayo, mostrando cuán débil queda si él, Pedro, duque de Cantabria, no lo asiste, lo mostrará a sus hijos, a esos inocentes tontos de Alfonso y Fruela, bajo una luz, ¿cómo decirlo?, menos heroica.

¿Tiene celos de Pelayo? No, se tranquiliza, simplemente se esfuerza en terminar de educar a sus hijos y esto, acabar con estúpidos ideales y mostrarles el descarnado mundo del poder tal y como es forma parte de sus enseñanzas: en este juego, el juego de los reyes y los poderosos, no se puede entregar por completo y para siempre tu fidelidad a un hombre por muy heroico y noble que te parezca.

Intereses, primero los intereses y luego los ideales. Está harto de repetírselo a los muchachos. Ahora, escarmentando a Pelayo, aprenderán.

—A veces hay que castigar un poco a los niños —musita con una agria sonrisa en los labios mientras el fuego crepita con fuerza.

Afuera, bajo un roble, Alfonso y Fruela miran a poniente. Fruela está tenso, nervioso, hasta el punto de que apenas puede sujetar la rabia y la impotencia que lo consumen; Alfonso, por el contrario, solo está abatido, desilusionado.

—¿Qué estará pensando de nosotros Pelayo? —pregunta, por enésima vez, Fruela.

Es una pregunta que hace para los dos: para él y para su hermano mayor, que, silencioso, contenido, le da la misma respuesta que ya le dio antes: silencio.

—¿Es qué no tienes sangre en las venas? —estalla contra la controlada calma de Alfonso.

Su hermano se vuelve, lo mira con comprensivo cariño y le aprieta el hombro con cercanía en un gesto de hombres que afrontan juntos un mal trago.

—Ardo de vergüenza del mismo modo que tú, hermano. Pero ¿qué puede hacer un hijo contra la voluntad de su padre?

Fruela hierve de ira. Está cansado..., cansado de obedecer a un padre que siempre les ofrece lo mismo: prudencia, cálculo, vanidad y ambición.

Sí, siempre lo mismo... Pero su corazón ansía otras cosas. Él está hecho para pelear por los suyos, para cabalgar llevando lamentación a las gargantas del enemigo; para espantarlo con el látigo centelleante de su acero; él cree en el honor, en la camaradería, no está hecho para la intriga, sino para ir de frente por la vida y no tiene más ambición que la de permanecer en la memoria de los hombres como el incontenible, impetuoso, invencible Fruela, el de corazón bravo y firme.

—¡No voy a seguir obedeciendo a padre! —estalla al fin—. ¡Ya soy un hombre! ¡El mismo que cabalgó junto a Pelayo en la batalla de las Fontes Iberis! ¿Dónde estará mi hombría cuando los demás me miren a la cara y me recuerden que combatieron sin mí? ¿Dónde cuando Pelayo me reproche mi traición y mi cobardía?

—El rey no hará eso, hermano. Es sabio y comprensivo y sabe que, si no acudimos, no es porque nos falte valor o porque no lo queramos servir, pues antes que guerreros, somos hijos, y nuestro padre nos impone obediencia.

—¡Al infierno con eso, Alfonso! ¡Si Pelayo no me señala por abandonarlo cuando más necesita de mi espada, seré yo quien me lo reproche hasta el último día de mi vida! ¡Quédate tú junto a padre, al abrigo de la lumbre, yo me voy al monte a pelear por mi rey y por mi gente!

Como una furia, Fruela echa a andar y dando grandes voces llama a sus hombres para que le traigan armas y caballo.

Pronto, ante su ira y su arrojo, son muchos los que se congregan para verlo partir, pues es la viva imagen del valor y de la guerra: alto, de largos cabellos negros y ojos de verde fuego, cubierto de hierro y cuero, blandiendo una oscura lanza de fresno y punta de afilado acero, con la corta espada de un solo filo envainada y sujeta al costado derecho y la larga de dos filos al siniestro. Así armado, se coloca un yelmo negro de alta cimera adornado con plumas de halcón, para, de seguido, embrazar el escudo y hacer patear y girar sobre sí mismo a su caballo de batalla y mirarlos a todos a los ojos.

Ante su feroz mirada, la mayoría bajan, avergonzados, la cabeza. Alfonso no lo hace, le devuelve la mirada, pero con profunda tristeza.

—¿A dónde crees que vas, hijo?

Quien pregunta con voz dura y firme es su padre, que lo interpela desde la puerta de la fuerte torre que le sirve de residencia.

Fruela tira con fuerza de las riendas para girar al caballo y enfrentarse a él, y lo ve allí, de pie, con los hombros envueltos en un pesado manto, los largos cabellos canosos y los ojos de pedernal taladrándolo.

—¿Acaso eres un niño malcriado?

Fruela no responde a la pulla. Sabe que su padre quiere escarmentarlo ante todos los que ahora los miran y la furia le bulle en el pecho como tormenta en lo más recio del invierno.

—Anda, baja de ese caballo y no me avergüences más —vuelve a reconvenirlo.

Fruela sigue sin responder. En cambio, busca a su hermano y este, cabizbajo, lamenta todo aquello: que los dos a los que más quiere, su padre y su hermano, estén enfrentados y alejándose para siempre.

—¡Yo soy un hombre, un guerrero! ¿Qué sois vosotros? —clama al fin Fruela.

Sí, pero no a su padre ni como este hubiera esperado, sino dirigiéndose a los guerreros que los miran y que, pasando de su estampa guerrera a la del viejo duque, se están haciendo preguntas que, un momento antes, no se habrían planteado.

—¡Eres un jodido niño grande, eso eres! —estalla su padre.

—¡No soy un niño, soy Fruela, y los moros que maté en las Fontes Iberis supieron por mi espada que soy un hombre! ¿Y sabes junto a quién cabalgué ese día en que demostré mi hombría? ¡Junto a Pelayo, el mismo a quien ahora dejas en la estacada para alimentar tu orgullo!

Pedro echa chispas por los ojos. Su cara surcada de profundas arrugas está muy pálida y sus manos grandes de hombre de armas están apretadas en puños que se crispan de ira.

—¡Te maldigo, a Dios pongo por testigo de que te maldigo! —ruge el duque con furia.

—¿Quién viene conmigo a servir al rey? ¿Quién quiere ser hombre y no traidor? ¿Quién quiere pelear a mi lado y quién quiere quedarse junto a las mujeres y los niños? —pregunta Fruela ignorando a su padre y lanzando palabras que son como golpes de martillo sobre el yunque de la conciencia y el orgullo guerrero de cuantos lo contemplan, mientras su caballo, una bestia enorme de pálidas crines y capa rojiza, relincha desafiante y gira sobre sí mismo, impaciente, como si ya olfateara la sangre y los quebrados huesos de los enemigos que pisoteará.

Y con una última mirada de encendido desafío, Fruela talonea a su montura y la lanza a galope hacia poniente en busca de Pelayo.

Se hace el silencio. Uno de esos que traen el estupor y la vergüenza. Alfonso se acerca a su padre y lo mira a los ojos, que son como ascuas buscando carne que lacerar. Observa que, en la comisura de los labios, el duque tiene una espumilla blanca, espesa: pura rabia e impotencia. Se apiada del anciano desairado y vencido que ahora tiene en frente, lo abraza y lo lleva de vuelta al interior de la torre de piedra y madera que les sirve de casa.

Es la señal: mientras Pedro, con un creciente dolor en el brazo izquierdo, es ayudado a volver a sentarse ante el fuego, sus guerreros, afuera, se miran unos a otros y luego, ansiosos, se fijan en el horizonte occidental, donde la figura de Fruela se va empequeñeciendo ante sus ojos a la par que crece en sus corazones.

—¡Fruela! —grita uno de los guerreros mientras monta de un salto y galopa tras el belicoso hijo menor del viejo duque.

Y es como si se rompiera un dique: uno tras otro, como una corriente incontenible, primero un centenar y luego otro, corren tras el hombre que lleva la guerra dentro y que no quiere fallarle a Pelayo.

XLII

Amanece en el Homón de Faro. Ante sus ojos, la vieja calzada romana viene arando la cima de los altos montes y el sol, enrojeciendo las heladas piedras, es heraldo de muerte.

Viene el enemigo: estandartes al viento, lanzas apuntando al cielo, cascos de caballos batiendo el suelo y hombres de pesadas botas que quiebran la escarcha mientras gritan su desafío y claman que Dios es grande.

Pelayo los ve venir desde lo alto de la solitaria torre que ancla las defensas y cierra el viejo camino romano, vigilándolo como mastín de piedra y madera. Sus ojos de señor de hombres que lleva combatiendo sin cesar durante diez años examinan las señales, escudriñan los montes, evalúan números y posibilidades.

Y se sorprende, pues no es una gran hueste la que viene, sino, a lo sumo, una fuerza respetable que pasará de los dos millares de lanzas y que puede, incluso, que sume tres mil, pero que en modo alguno es el gran ejército del valí al-Sam que salió de Corduba y que sumaba veinticinco mil. ¿Es una trampa? ¿Una finta? ¿Será un ataque de distracción y el verdadero, el que propine el gran ejército, caerá sobre el muro del paso de la Mesa?

Siente el vértigo que en las entrañas produce el desconcierto ante el movimiento de los enemigos cuando estos saben esconder su verdadero propósito con acierto y maldice a los espías y exploradores que le informaron de que un gran ejército árabe subía hacia el paso de la Carisa.

¿Acaso no saben contar? Por supuesto, para los hombres de Asturia, la fuerza que avanza por el cordal que lleva al paso fortificado es un gran ejército: tres mil hombres son más de los que él ha podido juntar y suman diez veces los que ahora manda allí, en los largos muros que cortan la montaña como colmillos de piedra dispuestos a devorar a quienes se atrevan a enfrentarse a ellos, pero si este fuera el gran ejército del valí al-Sam, su columna de marcha se extendería por más de diez millas y la tierra temblaría al ritmo del ronco bramido de los grandes tambores de piel de hipopótamo que, cargados sobre el lomo de fuertes mulos, llevan a la batalla para romper el ánimo de quienes se les opongan.

Pero nada de eso ve: lo que se les echa encima es una fuerza de moros y árabes destacada para tentarlos, quizá para entretenerlos, o para, en el mejor de los casos, cogerlos por sorpresa y sobrepasarlos.

Pero están preparados. Aguardando, y aunque los que vienen no sean los guerreros del gran ejército del valí al-Sam, son diez veces más que ellos y traen ganas de matar.

—¡Fustibularios y honderos, a vuestros puestos! —ordena a grandes voces y un centenar de ellos se apresta a tomar posiciones de tiro a lo largo de toda la línea de defensa y sobre la torre en que esta concluye por aquel lado.

Los fustibularios montan sus ingenios de guerra sujetando un extremo de las eslingas de cuero de sus hondas a una de las puntas del fuerte palo de tres codos de largo que servirá de poderoso brazo para impulsar con fuerza colosal los grandes cantos que en los muros han acumulado como proyectiles y que pesan hasta una libra y media de redondeada piedra.

Pelayo vuelve a mirar hacia la columna enemiga que se aproxima y cuya vanguardia, en poco tiempo, se les pondrá a tiro.

Son gente fiera: moros armados a la ligera y que a una seca orden de sus oficiales se despliegan por las quebradas laderas, saltan entre el brezo y los amarillos y espinosos arbustos de cotoya, se suben a las rocas sorteándolas con agilidad felina, como si fueran leopardos humanos, y muestran su bárbaro valor yendo casi desnudos hacia el enemigo, enseñándole los blancos dientes en una mueca depredadora que realza sus cabezas afeitadas, mientras cargan con venablos y cortas espadas, y lanzan largos alaridos que parieron los montes y desiertos del África infinita.

Por otro lado, en la calzada, estrecha, tentada de abismos y enfilada hacia el paso que defienden los cristianos, los lanceros árabes, que ya desmontan de sus mulas para formar en densa columna de infantería pesada, alzan escudos y empuñan sus largas armas de madera de morera y temible y acerada moharra, parecen dispuestos a lanzar un asalto directo y derribar las puertas de roble que ahora cierran la vieja vía romana por la que progresan sin perder el paso, luciendo fría disciplina y roja determinación. Hombres que aguardan a otros hombres para matarlos en una mañana de cielos enrojecidos tendidos sobre un lugar olvidado y un canto de gesta, el de Pelayo, que añade un nuevo verso sangriento a su indomable tonada.

—¡Cebad las armas! —brama el rey.

Y cincuenta fustibularios y otros tantos honderos cargan sus ingenios con cantos de río y glandes de plomo. Así, Pelayo, contando pasos, midiendo tiempos, mira de frente al enemigo con sus ojos de glauco relámpago y lo fulmina.

—¡Disparad! —ordena con un grito fiero que se alza como cortante hielo.

Y una tempestad de piedra y plomo es lanzada desde los largos muros y cruza el aire frío de aquellas alturas para segar vidas, reventar vísceras y quebrar huesos.

¿Se puede imaginar lo que es el impacto de una piedra de libra y medio de peso impactando en el cráneo? ¿Se puede explicar el dolor que produce el perforante impacto de un glande de plomo que te astilla un codo, que te destroza una rodilla? No, no se puede. Tan solo se puede cantar la ruina y la muerte.

Y es un canto desolador: hombres que mueren, hombres que caen revolcándose de puro dolor sobre el duro suelo, oscura sangre, huesos astillados y asomando blancos entre el rojo cruel, cabezas reventadas, aullidos de miedo y agonía... Confusión, caos, batalla en suma.

La primera andanada de piedra y plomo es devastadora, pues llega desde toda la línea de muros, fosos y terraplenes, barriendo la columna de lanceros árabes a lo largo de más de doscientos pasos. Pero la disciplina legendaria de los *muqātila*, de los soldados de los ejércitos del califa, es tan soberbia como siempre y aguantan: aprietan los dientes, mantienen el paso, alzan escudos, bajan cabezas y se aproximan más y más a su objetivo, la recia puerta que, desde el paño que parte de la torre, enlaza con los largos muros para cerrar la Carisa a los invasores.

—¡Disparad! —vuelve a rugir Pelayo desde lo alto de la torre, y una segunda andanada de tiros de fustíbalo y honda barre la columna árabe y, ahora sí, la frena en seco en un turbión de piedra, plomo, sangre y muerte.

—¡Disparad! —repite por tercera vez, y el propulsado diluvio de destrucción que se precipita desde los muros quiebra, aniquila, el último jirón de disciplina al que se aferraban los *muqātila* que, paso a paso, retroceden tratando de arrastrar a sus heridos y cubriéndose con los escudos.

Mientras tanto, en las pendientes que desafían a los abismos y que trepan hasta la larga muralla, los moros son también detenidos por el foso cavado en la roca, por los empinados taludes, los recios muros y por los hombres de guerra de Pelayo, que, alzados sobre aquellas defensas inexpugnables, los rechazan a base de lanza y coraje.

Un rey exaltado cree que ha llegado su momento: el del rayo que castiga y golpea sin misericordia. Bajando de la alta torre, pide a gritos su caballo y manda abrir las puertas.

Entonces, asombrados, los árabes miran hacia las pesadas puertas y ven cómo por ellas sale un guerrero fiero empuñando fulgurante acero que porta en su nombre funesto presagio: Cataclismos. Y a la cabeza de treinta jinetes cubiertos de hierro y cuero carga por el camino romano espantando a los últimos que resisten.

Es un vendaval de caballos; un fuego frío y descontrolado que habita a hombres que crecieron para ser lo que ahora son: seres de destrucción.

Cataclismos se alza y cae, se alza y cae... Y Pelayo no cuenta los golpes, ni ofrece piedad, ni da tregua. Su brazo se debe a una horrísona tarea y la cumple con salvaje delectación.

Pero son tres mil los enemigos que vinieron y ellos, los de Pelayo, son trescientos, y de estos solo treinta cargan ahora, a caballo y como locos, sobre la masa de desorganizados infantes árabes, que, rota su formación en columna, son barridos, arrojados a los abismos, empujados por la calzada..., sí, pero que al cabo imponen una cosa con la que es difícil lidiar: su número.

Además, los amazig, los moros, tras retirarse de la muralla que los rechaza con frío hierro y dura piedra, se repliegan también sobre el camino en el que ahora se combate con saña; llegan por los flancos, asedian a los treinta de Pelayo, los descabalgan, los alancean, los acuchillan en una orgía de loco valor y roja ira.

El rey hace girar a León para que derribe a los que tratan de acuchillarlo, lo hace brincar para que pisotee a un lancero que lo enfila con su arma. Pelayo descarga un tajo de espada sobre la mano morena que trata de aferrarlo. Y, gritando como un loco, se abre paso sin mirar atrás, presa de ese oscuro delirio que a veces turba la mente del guerrero cuando ya no ve la batalla ante sí, sino tan solo una niebla carmesí.

Habría caído, sin duda, si no fuera porque este día, tras años de ausencia, con él cabalga Hartz, hijo de Silo, el oso astur, blandiendo un hacha pesada que no ofrece compasión, que parte escudos, que destroza yelmos, que cercena miembros. Con ella se abre paso hasta su señor y los enemigos, moros y árabes por igual, retroceden, jadeantes, feroces, formando un círculo en torno a ellos, separándolos del resto para poder así cobrarse sus cabezas: la del rey y la de su más valiente guerrero.

Todo es como un sueño. O, mejor dicho, como una pesadilla. Pelayo, al que acude un último pensamiento claro antes de que todo sea vorágine, caída y gloria, intercambia con Hartz una orgullosa mirada de despedida.

—¡Tu padre, Hartz, allí arriba —dice señalando a los cielos—, nos mira con orgullo!

Y él, contento de morir así, junto a su señor, ruge como el oso en el que se transforma cuando mata con furia suicida. Son dos que no se rinden y son asaltados por una muchedumbre de enemigos que, con manos codiciosas de sus vidas, tratan de desmontarlos, de acuchillarlos, de destrozarlos a lanzadas.

De repente, se alza un grito entre los redondeados montes:

—¡Fruela, Fruela, vienen Fruela y sus cántabros! —gritan los astures desde los largos muros del Cerrón y el camino encharcado de negra sangre.

Y Pelayo, entre la tormenta de muerte que lo envuelve, puede ver a Fruela, joven, impetuoso, imparable, cargando al borde del abismo. Al verlo, todos huyen, pues es la guerra hecha hombre.

Y, sumando un nuevo infortunio a las tropas sarracenas, desde el sendero secreto que rodea el monte del viejo campamento romano, a pie por el largo camino que sube desde el valle del río Negro, llegan montañeses de pies ligeros e implacables haces de venablos que caen, por sorpresa, sobre el expuesto flanco del enemigo. De esta manera termina la primera batalla del Homón de Faro.

Muchos años después, un monje de manos blandas que nunca miró al rostro de la batalla concluyó que aquello fue una escaramuza y decidirá no anotarla en la crónica. Pero para Pelayo y los suyos fue delirio de victoria.

Aunque solo se había tratado de un tanteo, de un ataque de distracción que entretuviera a Asturia mientras el gran ejército del valí al-San invadía Aquitania, les demostró que los fortificados pasos podían ser una barrera inconquistable si los defendían hombres decididos que fueran mandados por un rey con corazón de león fiero.

Y Pelayo, ciertamente, lo tenía.

XLIII

La noche llega. Al otro lado de los anchos muros, en las laderas, entre el brezo y la cotoya, yacen cadáveres enemigos y se lamentan heridos que fueron olvidados y que ahora, aferrándose las heridas, se arrastran en busca de agua, de abrigo o de una mano amiga que la oscuridad les esquiva. En la vía Carisia, amontonados, también yacen cuerpos destrozados de hombres y caballos velados por una luna llena que impone su plata a las nubes que se dispersan.

Pelayo, de nuevo en lo más alto de la torre, tiene a su lado a Fruela y a Hartz y, entre sus cansadas manos, un tazón de vino caliente endulzado con miel de castaño.

—Volverás a Cantabria, Fruela —dice con voz decidida pero agotada—. Tu padre debe aceptar que el mundo ha cambiado. Yo lo acepté en su momento: ya no importa lo que fuimos en el viejo reino de los godos, el que quedó sepultado bajo los montones de cadáveres junto a mi tío, el rey Rodrigo, a la sombra de los Montes Transductinos, sino lo que ahora somos. Y aquí, en esta tierra acosada, solo podemos ser una cosa: supervivientes. Y gente de esa especie no vive mucho tiempo si se divide.

Entonces guarda silencio. Deja que la noche preste fuerza a sus palabras y ruega que todo aquello sirva para acabar de una vez por todas con la herida abierta que es para su reino tener que desconfiar de Cantabria.

—Sé que Alfonso y tú lo comprendéis y por eso me atrevo a pediros esto.

Fruela, que lleva vendado el muslo de la pierna derecha y que, a la luz de Selene, luce una cicatriz que le cruza la cara fiera, asiente. Ama a su padre, desde luego, pero lo que él y Pelayo han forjado con sus espadas y su sangre es algo que no se explica, pero que no se quiebra.

—La próxima vez, mi señor y rey, no serán doscientas lanzas las que traeré conmigo, sino cuatrocientas —afirma, y con ello deja claro que, por mucho que Pedro vuelva a intentarlo, el reino no se enfrentará de nuevo a un ataque enemigo estando dividido.

—Cuando vuelvas junto a tu hermano, quiero que le digas que mi compromiso sigue en pie y que comprendo su ausencia, de la misma manera que valoro y aplaudo tu presencia. Sin ti, Fruela, hoy estaría muerto. —Y con estas palabras alza el cuenco de vino caliente en honor del joven.

—Sin vos, mi señor y rey, todos estaríamos ya muertos o seríamos siervos —responde Fruela por su parte.

Tras ellos, silencioso, perdido en sus pensamientos, Hartz palpa el precioso objeto que lleva en el interior de una gruesa bolsa de fieltro encerado y del que, como juró, nunca se separa, y cree sentir cierto alivio del dolor de sus heridas.

¿Dónde estará ella? Una pregunta no tiene por qué tener respuesta.

Por un momento, al ver a su rey, a su héroe, arrugar la frente por un latigazo de dolor, pues también él ha sufrido heridas, tiene la tentación de ofrecerle el grial. Pero recuerda de inmediato las advertencias de Umm Hakim y detiene su impulso.

En ese momento, un hombre corre apresurado y, tras intercambiar rápidas palabras con los guardias apostados al pie de la torre, entra en ella y sube a grandes saltos las estrechas y empinadas escaleras.

Alertados, se vuelven para recibirlo. Al irrumpir en el adarve, el hombre, un mensajero, uno de los espías que Pelayo tiene infiltrados entre los árabes que dominan la Asturia Cismontana, dobla la rodilla y aguarda el permiso del rey para hablar.

—Habla y luego come algo y descansa. Pues en tu rostro veo el agotamiento de una larga y peligrosa jornada.

—La fuerza que nos atacó, mi señor rey, procedía de Asturica, Legio y Lucus Augusta y, siguiendo órdenes del valí al-Sam, tenía como propósito invadir Asturia para impedir que enviásemos auxilio a Aquitania. Es contra esta última contra la que marcha el gran ejército.

Pelayo asiente. Ya había llegado por sí mismo a esa conclusión, pero ahora, una vez confirmada, podrán comenzar a prepararse para el diluvio de fuego y sangre que caerá sobre ellos dentro de un año: le toca a Aquitania pues; si cae, ya solo quedará un objetivo para el valí: Asturia.

—Retírate, come y duerme. Gracias por haberte atrevido a cruzar las líneas enemigas para traerme esta noticia. Serás recompensado.

El espía se alza, mira fugazmente, asombrado, al hombre alto y fuerte, amable pero firme, que es su rey, pues nunca antes lo había visto en persona.

Cuando se vuelven a quedar solos, Pelayo mira directamente a Fruela y a Hartz con gesto preocupado.

—Un año. Ese es el tiempo que nos ha sido dado —dice, y no durmió en toda la noche.

XLIV

El valí al-Sam era un gran hombre. Fuerte, valiente, buen gobernante. Reconstruyó el viejo puente de Qurtuba, revisó los impuestos, vigiló que la justicia se aplicara conforme a la ley y llevó la guerra santa con más acierto y brío que ningún otro desde los días de los conquistadores Musa y Táriq.

Sometida en su mayor parte Septimania, rendida Osca, atacada Asturia para que no lo estorbara, condujo a su gran ejército a las Galias e invadió Aquitania.

Y la victoria lo saludaba: imparables eran sus innúmeras huestes y a su frente batió a Eudón, duque de Aquitania, y lo puso en fuga. Luego, siguió abriéndose paso, a fuego y sangre, hasta los muros de Tolosa, la capital de la extensa y rica Aquitania. La cercó con hierro y fuego. Los ingenieros árabes levantaron campamentos, cavaron trincheras, armaron máquinas de guerra con las que castigaron las murallas y arietes para embestir las grandes puertas de la ciudad. Pero la ciudad, pese a tan esforzados ataques, resistía. Y un día, a comienzos de junio de 721, cuando el valí al-Sam menos lo esperaba, Eudón regresó del norte a la cabeza de un gran ejército y, sorprendiendo a los árabes, cayó sobre ellos como fuego del cielo y les causó gran mortandad y espantosa derrota. Sí, una tan grande, tan completa, que miles de cadáveres quedaron sobre la tierra aquitana y, entre ellos, traspasado por una lanzada, el del valí.

En su retirada, los supervivientes del desastre nombraron uno provisional hasta que les fuera enviado otro: Abd al-

Rahman ibn Abd Allah al-Ghafiqi, un veterano curtido y hábil que logró sacar a lo que quedaba del ejército musulmán de las Galias.

Cuando las noticias del desastre del valí al-Sam ante Tolosa llegaron a Canicas, hubo alegría desbordante: desde que los árabes invadieran Hispania, diez años atrás, jamás habían sufrido una derrota de tal magnitud en Occidente.

Al calor de esas nuevas de victoria, Pedro de Cantabria volvió a recordar que era pariente del ahora triunfante Eudón y Pelayo tuvo que pedir a Fruela y a Alfonso que lo vigilaran con cuidado, pues seguía sin fiarse del duque.

Aunque eran muchos los que creían que con la victoria lograda en Tolosa se acababa el ímpetu de conquista de los ejércitos del califa de Damasco, él no confiaba en tal cosa: unos pocos miles de soldados musulmanes habían muerto en una lejana frontera del imperio. Eso era todo: un rasguño en la piel de un elefante. Y el elefante no se detendría por algo así. Sus fronteras se extendían hasta la India y China, hasta el Cáucaso y el Sudán, y la derrota de un ejército en la lejana Aquitania solo era un molesto eco que apenas si era escuchado en Damasco.

Así fue: antes de que 721 terminara, un nuevo valí, Anbasa, tomó posesión del gobierno de al-Ándalus y, de inmediato, para demostrar que el califato solo entendía Tolosa como un momentáneo tropiezo, comenzó a reunir nuevas tropas y a preparar una campaña que devolviera los laureles a los ejércitos del islam.

Cuando el verano se acercó a su fin, el objetivo que el nuevo ejército musulmán tendría al año siguiente, cuando sus fuerzas hubieran sido restauradas, fue declarado por los espías que Pelayo tenía en Corduba: Asturia.

La noche en que le fue confirmada tan infausta y esperada nueva, el rey se quedó frente al fuego, con Gaudiosa y Ermesinda dormidas a su vera. Mirando a las llamas, se preguntó si esta vez podría triunfar. Tenía claro que, a la primavera siguiente, no vendrían tres mil, sino veinte mil o más enemigos.

Lo dudaba. Ciertamente, no confiaba en poder salir victorioso de semejante prueba. Pero, con duda o sin ella, contando con la esperanza o sin aguardarla, y como siempre había hecho a lo largo de su vida, lucharía.

Era su naturaleza: la del que no puede rendirse porque no se entiende, no se acepta si a otro se somete. Y él, Pelayo, viviría o moriría siendo libre.

XLV

Es el final de septiembre y los bosques se van vistiendo de carmesí y oro, y el brezal, impaciente, florece y cobra tonos morados para avergonzar a los monótonos colores de las rocas, entre las que, tozudo, crece.

Pelayo está recorriendo con Hartz y Alfonso los accesos a la vía Carisia. Sabe que los moros no vendrán hasta la primavera, pero quiere conocer hasta el último palmo del terreno que tendrán que atravesar hasta que choquen con los fosos, taludes, terraplenes, muros y la solitaria torre que constituyen las recias defensas alzadas en Homón de Faro, a las que, según le han dicho y tras la batalla que libraron allí en primavera, los árabes llaman ahora la Roca de Pelayo.

Es un día luminoso, fresco, pero no frío y completamente despejado. De modo que, cuando regresen a la redondeada cima del gran cerro, desde ella verán con claridad el azul del mar de los cántabros.

Entonces, cuando ha decidido dar por terminada la jornada de exploración, detrás de ellos oyen cascos de caballo y, refrenando los suyos, los hacen darse la vuelta para enfrentarse al peligro. A su lado, tensos, atentos, Hartz y Alfonso, y con ellos los treinta fieles que forman su comitiva guerrera más cercana y fiel, a la que siempre confía su custodia y con la que se adentra en la batalla.

Y aguardan. Cascos de caballo resonando sobre las piedras del viejo camino romano que sube desde los altos llanos a las cumbres.

—Un solo caballo —informa Hartz, que tiene oído fino y es el mejor cazador del reino.

—Quizá sea uno de nuestros espías, que sube desde Asturica o Legio a rendir informe —especula Alfonso.

—O quizá sea un explorador enemigo —aventura Pelayo.

Sea quien sea, no se guarda de ellos y sigue avanzando a buen ritmo y, por lo visto, sin ningún miedo.

Y de entre la floresta cubierta de verde y oro, un jinete moro envuelto en un manto amplio, parecido a unas desmañadas alas de cuero, surge; al avistarlos, detiene a su ágil caballo y alza su venablo.

Pelayo lo mira a los ojos: son tan azules y metálicos como un sortilegio y le sostienen la mirada sin titubeo alguno. Hartz también mira al moro y se le demuda el semblante: de frente tiene a un hombre al que asesinó dos años atrás: Addi.

El lobo de ojos imposibles y fieros se abre el manto y ven entonces que lleva, en la cruz del caballo, entre su pecho y el cuello de la bestia, a un niño de nueve años. Hartz grita sin poder evitarlo y Pelayo, que tiene la boca seca y los ojos súbitamente colmados de lágrimas, no puede dejar de mirar al niño, su hijo. Tanto tiempo perdido y ahora, inesperadamente, encontrado.

En verdad, lo que vio en su sueño y le profetizó la vieja, que su hijo estaba vivo, es cierto.

—¡Hijo! —logra al fin gritar con voz ronca y rota. Sin pensarlo, adelanta su gran caballo hacia el moro y Favila.

—Ven tú solo, rey de los cristianos —le dice el guerrero amazig en tono bajo y apuntando con el venablo a Hartz—. Ese hombre que tienes contigo tiene una larga disputa conmigo y hoy no es buen día para saldarla.

Pelayo, temiendo que algo quiebre la oportunidad de recuperar a su niño, alza las manos y ordena con rudeza a todos que se queden atrás y lo dejen solo. Y avanza así, sin dejar de mirar al niño, que le devuelve la mirada con curiosidad, pero muy serio.

A dos pasos del guerrero y Favila, detiene a su caballo y aguarda haciendo un esfuerzo titánico por no lanzarse sobre su hijo y abrazarlo.

—Te lo traigo porque lo quiero —le dice el nervudo moro de largos músculos, como de cuerda de hierro—. Debe estar con vosotros, con sus padres.

Pelayo está tan sorprendido, tan confundido, que no acierta a decir nada y, además, su hijo, su pequeño, al que lleva tres años sin ver, sigue ahí, a dos pasos de él, callado, atento, serio. ¿Qué podía esperar? En la vida de un hombre, tres años no son nada; en la de un niño tan pequeño, tres años es un tercio de su existencia. Un tercio de vida que no ha vivido junto a sus padres, sino al lado de un desconocido.

—Fuiste tú quien se lo llevó, ¿verdad?

Addi asiente muy despacio sin dejar de mirar al alto y poderoso guerrero que tiene de frente y que es el padre de su pequeño león. Le gusta. Este hombre es un buen enemigo y sin duda será también un buen padre.

—También eres el que mató y decapitó a Silo, el padre de Hartz y mi amigo.

El moro vuelve a asentir despacio, sereno, sin miedo, pero el niño, alarmado, abre la boca como para decir algo.

—Fue en la vorágine de la batalla y lo hice para sobrevivir. Tu amigo fue valiente y luchó con honor, y yo no habría ultrajado su cadáver si no me hubiera sido necesario para salir de un trance apurado —dice frenando la lengua del pequeño.

—¡Addi es mi amigo! —grita ahora Favila, al que no se le puede sujetar mucho rato.

Son palabras de niño que mira angustiado a un padre revestido de hierro y cuero, que lo mira a su vez a él desde las sombras del yelmo que le cubre la cabeza y buena parte del rostro y al que no ha visto desde hace tres años.

—Yo también me he visto a veces obligado a cometer crueldades para seguir viviendo o para que sobrevivan los míos —concede—. En otro tiempo, en otras circunstancias, te habría dado muerte sin que mediara entre nosotros palabra alguna. Puede que lo haga en otra tarde como esta..., no lo sé, el destino juega con nosotros y lo que traigan los días futuros a dos enemigos como somos nadie puede saberlo. Pero sí sé una cosa: te has jugado la cabeza para traerme a mi niño y, aunque una deuda de sangre exige pago, tú ya la has saldado.

Addi asiente. Verdaderamente, Favila crecerá bien junto a este hombre.

—Ahora te pediré algo más, rey.

Pelayo se tensa ante esas palabras de demanda justo en el momento en que parecía que le iban a entregar a su niño.

—Pide lo que quieras. Supongo que será oro. No lo escatimaré.

El otro niega con la cabeza y acerca un paso su caballo bereber para poder estar más cerca de Pelayo. Tan cerca que podría tocarlo... O matarlo.

Ante ese movimiento, detrás del rey, Hartz y Alfonso llevan las manos a las empuñaduras de sus armas y los treinta de Pelayo aprestan sus lanzas. Sin embargo, el rey no se mueve, no se alarma.

—Si no es oro, ¿qué es lo que quieres? —pregunta de nuevo al bereber.

—Quiero tu perdón y el de tu esposa. Os he causado mucho dolor. Solo diré una cosa más: yo tenía el corazón muerto y tan solo vivía para la guerra y la matanza. Tu hijo me sanó. Me devolvió lo que había perdido. Ahora tengo esperanza. Ahora vivo como un hombre y no como una fiera. Tienes un gran hijo. Yo lo llamo pequeño león. Hemos vivido mucho: viajado por tierras inmensas, escapado de la muerte, combatido en batallas, pasado hambre y frío juntos y durante mucho tiempo. Ha visto más de lo que muchos hombres ven a lo largo de una larga vida y, sin embargo, sigue teniendo el corazón puro. Ahora te lo devuelvo.

Y diciendo aquello, abraza a Favila, le besa los castaños cabellos, lo baja del caballo y aguarda. Pelayo tiende la mano y Favila, sin tenerlas todas consigo, duda un instante. Casi no recordaba a su padre y ahora, allí, a punto de despedirse de Addi, su corazón está confuso.

Pero es un instante, solo eso. Cuando su mano toca la de su padre, el milagro que se esconde en la sangre acontece y el niño, al fin, le sonríe. Pelayo se quita el yelmo, deja ver sus lágrimas y devuelve la sonrisa a este niño guapo que, contra toda esperanza, ha vuelto y es, de nuevo, su hijo. Así lo alza a su caballo y lo abraza con fuerza; cuando se serenan un tanto, mira a Addi, que sonríe y también llora.

Porque hasta tus enemigos aman y vierten lágrimas si les das oportunidad de que te abran su alma.

Addi, al que antaño llamaban matador de infieles, tiende entonces su mano y Pelayo, matador de moros, hace otro tanto y ambos se las aferran con fuerza sincera.

—Fuimos enemigos. Lo que seamos mañana Dios lo dirá. Pero hoy somos amigos y siempre que vengas a nosotros sin hierro en las manos, como a alguien muy querido te recibiremos —confirma Pelayo.

Y así fue como Addi devolvió a Favila a su padre.

Cuando se fue, el niño vertió lágrimas y no quiso apartar los ojos de la figura de su amigo, que, inexorable, se empequeñecía hasta que se volvió invisible entre los naranjas que prendieron los cielos cuando cayó la tarde.

Fue entonces cuando Hartz se acercó al niño con una sonrisa. Favila no se la devolvió.

XLVI

Gaudiosa lleva una sencilla túnica verde y los cabellos de oro, en los que ya brilla alguna hebra de plata, recogidos en una larga trenza. Despacio, sin prisa, acompañada de Ermesinda y de dos muchachas, camina por la orilla del Salia. Se detienen junto al sendero que viene del oeste y entre los árboles buscan moras, arándanos y grosellas. Es una tarde de fines de septiembre y el mundo se muestra amable.

De súbito llegan hombres a caballo. Hombres que encabeza el rey. ¿Cómo no reconocer a su Pelayo? A sus treinta y seis años sigue siendo el hombre más apuesto, más fuerte y más guapo que ella haya visto. Y ese pensamiento, tan propio de una mujer enamorada, le dibuja una divertida sonrisa en los labios.

Se le borra de inmediato, pues, montando un greñudo poni de las montañas, a la diestra de su esposo aparece una pequeña figura de largos cabellos castaños y ojos vivaces.

Han pasado tres años. Tres... Pero una madre reconocería a su hijo aunque pasaran cien.

La cesta de frutos silvestres se le cae de las manos y, echando a correr como una chiquilla, va al encuentro de su niño gritando, llorando, riendo como una loca que no pudiera retener lo que siente.

Favila ve a su madre y se le conmueve lo más hondo que tiene en su pecho de niño y galopa hacia ella. Refrena al poni, salta de su lomo y, sin pensar, se arroja a sus brazos y todo todo vuelve a estar en su sitio.

Pelayo también llega. Desmonta y se suma al abrazo. Entonces se opera un sortilegio: el mundo vuelve a ser un lugar perfecto, porque ellos, de nuevo, están juntos.

A unos pasos por detrás, Ermesinda se detiene, los mira y se queda muy seria para luego echarse a llorar.

Sin embargo, sus lágrimas nadie supo entenderlas aquel día.

XLVII

En la primavera de 722, Anbasa, valí de al-Ándalus, dio la orden: Asturia, el reino de Pelayo, debía ser arrasado y sometido a sangre y fuego. Era necesario para que todos en Hispania y las Galias supieran que, aunque el año anterior los árabes hubiesen sido derrotados, su fuerza no había menguado y que, renovados sus bríos guerreros, retomaban sus imparables conquistas.

Sí, pero mejor hacerlo empezando por un enemigo pequeño.

Y por eso, porque era un hombre inteligente y paciente, Anbasa decidió que su primera campaña militar la dirigiría contra Pelayo y no contra Eudón de Aquitania. Sus hombres, tras la amarga experiencia sufrida ante los muros de Tolosa, necesitaban recuperar confianza y ánimo de victoria. ¿Y dónde encontrarla mejor que ante un puñado de desharrapados bárbaros montañeses?

La noticia le llega al rey en mayo: quince mil guerreros se estaban reuniendo en Asturica procedentes de Corduba, Toletum, Emerita... y de todas las ciudades y fortalezas que los musulmanes tenían en el vasto noroeste de Hispania.

—Ha llegado la gran prueba —le anuncia a Alfonso, que acaba de volver de un viaje a Cantabria y se halla a su lado.

El muchacho asiente despacio y mientras Pelayo se mantiene callado, en honda reflexión, él sopesa con cuidado lo que se les viene encima: un gran ejército tan fuerte al que nunca hubieran osado combatir antes de que Pelayo los mandara y les devolviera el ánimo y el orgullo. Piensa en lo que el rey ha hecho en aquellos escasos años, poco más de cuatro, desde que lo eligieron *princeps* y derrotara a los ismaelitas por primera vez en Canicas, a la sombra del monte Aseuua, a los pies de la Cova Dominica.

¿Podrá salvaguardar su obra? El hierro, como siempre, lo decidirá, y a ellos, los hombres que sirven al rey, les tocará empuñarlo y someterse a su juicio inflexible.

—Ordena que se apreste la hueste, Alfonso, y manda emisarios a Fruela.

El muchacho se pone en pie, pero antes de salir a cumplir con lo que se le pide, hace una pregunta:

—¿Por dónde vendrán esta vez?

Pelayo no tiene duda al respecto.

—Les podrá el orgullo y por eso querrán demostrar que pueden vencernos allí donde los detuvimos el año pasado.

—¿Será pues en las fortificaciones del paso de la vía Carisia?

—Es el camino más directo, el que los llevará de vuelta a Gigia, desde donde gobernaron esta tierra antes de que los expulsáramos de ella. Cuando se dispone de tanta fuerza como la que ellos tienen ahora, no se dan rodeos, Alfonso: se golpea con fuerza y donde más duele.

Sonaron cuernos en Canicas y Asterio llegó corriendo desde su cochambrosa iglesia con el estandarte de la cruz y la lanza. Pelayo ya estaba listo: junto a su gran caballo de batalla, llevaba puesta la armadura y solo le quedaba calarse el yelmo, tomar la lanza y embrazar el escudo. Al ver llegar al sacerdote con la Cruz de la Victoria, se juró a sí mismo, por enésima vez, que si seguía vivo, que era lo mismo que decir victorioso, construiría una iglesia de piedra como las de los viejos días y la dedicaría a la Santa Cruz.

—Vuelve —le dice Gaudiosa.

Se miran largo rato. ¡Han vivido tantas cosas juntos! Esta mujer lo siguió al hambre y al frío, a la guerra y al miedo constantes, y aquí sigue, a su lado, inconmovible, como raíz de firme montaña.

—Volveré —contesta él.

Y lo cree, porque aunque la derrota y la muerte los separe, ni las puertas de hierro del infierno le impedirían tornar a ella.

—Quédate junto a tu madre, Favila. Debes protegerla. A ella y a tu hermana —dice ahora el rey volviéndose a su hijo, que lo mira con orgullo y lo abraza con fuerza en la despedida.

Ermesinda, un paso atrás, se adelanta también y se suma al abrazo. Pelayo los estrecha a ambos y se conmueve al verlos juntos.

Y con un último adiós se despide de los suyos, se cala el yelmo, embraza el escudo y aferra la lanza.

—¡Vamos a darles de comer a los lobos! —grita con fiereza.

Y sus hombres lo aclaman: levantan las lanzas, desenvainan las espadas, golpean con ellas los escudos.

Abandonan Canicas siguiendo a la Cruz. Una tropa de hombres que van a combatir contra toda esperanza. Hombres así, en verdad, no pueden ser vencidos, aunque sus cuerpos muertos queden esparcidos sobre la fría tierra.

Dos días y medio más tarde, en largas columnas que subían desde los valles, en el redondeado Homón de Faro, Pelayo reunía a setecientos hombres. Cuando la tarde del tercero se consumió en celeste fuego, Fruela el guerrero llegó con otros cuatrocientos.

—Esta vez no bastará con rechazarlos desde los muros y la torre, ni con hacer una salida a la cabeza de unos pocos jinetes —les dice Pelayo a los jefes del ejército al cuarto día tras haberlos reunido en el adarve de la torre.

Es un buen día. Uno de esos en que los poetas sueñan con batallas que nunca se atreverían a librar, pero sobre las que componen versos que creen ciertos. El sol está bien alto en un cielo azul, pues las nieblas no gustan de las cumbres que ellos

pisan, sino que prefieren los valles del Lena, del Aller, del Negro y de los demás ríos cercanos al paso fortificado.

—¿Qué haremos entonces? —pregunta Fruela, que respira con pasión el aire helado de la guerra.

Pelayo le sonríe. «Este muchacho —se dice para sí— es como acero bien templado».

—Volveré a situar fustibularios y honderos en toda la línea de la larga muralla, amén de en la torre, y los reforzaré con lanceros y con gente armada a la ligera que pueda pelear desde lo alto de los muros, detrás de las bermas y en las pendientes. Claudio dispuso el trazado de las defensas de modo que el enemigo que se nos acercara se expusiera desde lejos a nuestros tiros de fustíbalo y honda, y esa ventaja es nuestra mejor baza y debemos aprovecharla al máximo.

—Pero ya experimentaron la fuerza devastadora de nuestros disparos. ¿Creéis que se expondrán de nuevo a semejante castigo?

Pelayo se vuelve a Alfonso y asiente satisfecho: el joven es sensato y siempre piensa que el enemigo al menos es tan inteligente como uno mismo y ese principio es un buen comienzo si uno quiere vencerlo.

—No, no se expondrán... —dice, pensativo, y desconcierta a los que lo rodean—. A menos que les pongamos un cebo.

—¿Un cebo? —pregunta Hartz que, como conoce a Pelayo desde niño, se teme lo peor.

—Un rey a caballo con treinta locos a su lado —le contesta con una sonrisa atrevida que, poco a poco, va también apareciendo en el semblante de los demás.

—No bastará —dice al poco Fruela.

—Por supuesto que no bastará —le concede Pelayo—. Son demasiados. Les causaremos bajas, les haremos daño, pero no los detendremos.

—¿A menos qué? —lo anima Fruela, que sabe que el rey tiene una última sorpresa que mostrar.

—A menos que, además de un cebo, les ofrezcamos un bonito engaño. —Como se da cuenta de que nadie termina de adivinarlo, se lo explica—. Tú, Fruela, te llevarás a un centenar de hombres diestros en andar por los montes y rodearás los cerros que se extienden al sur para flanquear al enemigo. Cuando yo dé la señal, una almenara humeante, atacarás. Eso, por supuesto, tampoco bastará. Así que añadiremos más: en el valle del río Negro dejaremos otros cien hombres para que enciendan allí hogueras. Muchas hogueras. Cuando los árabes lleguen aquí, podrán ver a lo lejos el humo y pensarán que allí, en reserva, se halla acampado un fuerte ejército. Para reforzar esa impresión, Hartz subirá por el camino que lleva al campamento romano desde el río Negro y hará ondear estandartes por ese lado, sonar cuernos de guerra y, además, añadiendo más fuerza a la impresión que causarán estas cosas en el enemigo, se descolgará con otros cien hombres desde el monte para lanzar otro ataque de flanco.

Todos callan. ¿Qué se puede hacer cuando te acaban de explicar un plan de batalla que tanto puede ser la obra de un genio como la de un loco? Nada sino callar y esperar que el genio, además de loco, sea Pelayo.

XLVIII

La batalla va a librarse en un día claro. Combatir así, bajo un sol radiante, añade ironía a la muerte. Pero nadie piensa en esas cosas en este momento. Será más tarde, en el recuerdo, cuando el sol, el cielo azul, la belleza del mundo parezcan un sueño metido a martillazos en una pesadilla: algo incongruente, cruel por lo que de burla contiene, que se desmoronará cuando toda esa beldad y su memoria se cubran de horror y sangre.

El ejército del califa enviado al norte a someter Asturia es grande: quince mil hombres. La mayoría son bereberes de pies ligeros y fuertes miembros: gente de la montaña acostumbrada a pelear en las cumbres y, por ende, la más adecuada para este tipo de campaña. Se les ha reforzado con un fuerte contingente de lanceros, seiscientos hombres, y con otro de caballeros, cuatrocientos más, y a esa tropa escogida se ha añadido un centenar de arqueros y doscientos expertos honderos.

El emir principal del ejército no ha querido cargarse con máquinas de sitio ni con materiales para construirlas. ¿Para qué? Allí arriba, en los cerros y tras ellos, no hay ciudades, y en cuanto a las fortificaciones de los pasos montañosos de las que tanto le han hablado, con quince mil hombres se basta y sobra para sobrepasarlas a las bravas y sin tener que arrastrar un pesado tren de asedio ni una impedimenta que solo serán un estorbo en la montaña.

Y avanzan, por aquel viejo camino romano que desde Asturica Augusta y Legio sube a los cielos. Y lo hacen en alargada y estrecha columna bajo un cielo azul, caminando por los montes, dejando abajo, muy abajo, los hondos valles para enfilar el paso que los llevará hasta el mar verde del que tanto les han hablado.

Pelayo los ve venir. Son tantos... No va a decirlo, desde luego, ni dejará que le asome al gesto, pero esta vez, sin duda, son demasiados.

Es un momento sin esperanza. Un momento en que sus ojos se quedan preñados de la ruina que se le acerca hecha a base de miles de hombres de guerra que marchan alzando voces, ondeando estandartes, tocando tambores que marcan el paso a la pálida muerte que, sin duda, camina entre ellos con su codiciosa guadaña. No hay esperanza. ¿Acaso no es evidente? Pero lucharán. ¡Por Dios que lucharán incluso sin ella!

Y se echa a reír. Una carcajada fiera que le sale de lo más hondo. Pues se sabe muerto y un muerto, claro está, no tiene miedo.

—¡Traed mi caballo, que es hora de poner el cebo! —ordena con gozo guerrero.

Y montado en León, seguido de Alfonso y de sus treinta locos, pide a gritos que abran las puertas que cierran el paso y, como si a la vez se burlaran de quince mil hombres, cabalgan hacia fuera, alzan las lanzas y desafían a quienes se aproximan.

—¿Qué hacen esos? —pregunta el emir principal del ejército.

—Es extraño... —susurra a su lado uno de los jefes de millar.

—Extraño o no, los vamos a aplastar —concluye el emir principal, sin casi emoción, como quien pasea sin prisa.

—Pronto, nuestra vanguardia quedará a tiro de sus fustíbalos —le advierte un veterano que, un año atrás, peleó allí.

—¡Va! —contesta desdeñoso—. No digo que no vayan a causarnos bajas, pero esta vez somos como una inundación: imparables.

Y lo son. Sí, pues constituyen una muchedumbre que comienza a desplegarse como buenamente puede, pero que colma cualquier ladera, cualquier ruta de aproximación a las defensas que se les oponen.

Así comienza la danza que tanto gusta a la muerte: tiros de fustíbalo que destrozan hombres; aullidos de terror de la vanguardia árabe ante el granizo inmisericorde que cae sobre ellos; confusión terrible que se impone en todas partes.

—¡Arqueros y honderos, desplegaos y cubrid a los nuestros! —ordena el emir principal.

Y trescientos hombres toman posiciones y comienzan a batir los muros desde donde tiran los fustibularios.

El aire se carga de zumbidos de dardos y silbidos de plomo. Y aquí y allá, entre los astures, un fustibulario o un hondero caen heridos de muerte y ruedan por las pendientes o van a llenar los fosos con su ensangrentada y muerta carne.

—¡Barred a esos locos que nos desafían a las puertas! —ordena a continuación el emir principal señalando con su espada a Pelayo y a sus treinta—. ¡Traedme la cabeza del rey y de esos treinta bárbaros! —anima con un rugido, disfrutando de lo que parece un triunfo seguro.

Pelayo no vacila. Sabe que ha llegado lo que esperaba: el momento en que el enemigo debe morder el cebo, así que pronto sentirá sus dientes. Dientes, colmillos transformados en lanzas que ya corren hacia ellos.

—¡Encended la almenara! —ordena antes de que la ola de gente salvaje que se le echa encima se lo lleve por delante.

Y una negra columna de humo se alza hacia el cielo.

—¡Emir principal! —grita un explorador que regresa a toda carrera hasta el puesto de mando de la hueste árabe.

Y el emir, fastidiado por tener que retirar los ojos del espectáculo que estaba disfrutando, atiende al que llega gritando.

—¡Habla!

—¡Se ve el humo de cientos de hogueras en el valle que se abre detrás y a la derecha de esas dos grandes peñas! —advierte señalando a las redondeadas cumbres del Faro y del campamento romano, apuntando tras ellas al invisible valle del río Negro.

Aunque el valle no se ve desde allí, el humo de las hogueras sí es bien visible y su número solo puede indicar una cosa: una hueste. Un ejército de reserva que aguarda allí a entrar en liza.

Y mientras el emir principal comienza a dudar, Pelayo comienza a matar.

Sobre él y sus treinta indomables caen centenares de árabes y moros en una confusión violenta, vociferante, imparable. Es como si el mar, o un río desbordado, hubieran transformado sus aguas en hombres de guerra. Y se parten lanzas, se mellan espadas, se mata y se muere, sin freno ni reserva. Y el rey muestra de nuevo lo que es suyo: el espíritu insaciable del combate.

Pero, oleada tras oleada, los empujan, los sobrepasan, los hacen rodar, los acuchillan, y aunque desde los largos muros los fustibularios y honderos siguen disparando para cubrirlos, ya no atinan ni distinguen entre amigos y enemigos. Y las pesadas piedras, los redondeados cantos de río vuelan entre ellos y, de tanto en tanto, en lugar de acertar en un moro o en un lancero árabe, le revientan la cabeza a uno de los de Pelayo.

—¡Aguantad, aguantad! —grita, brama el rey.

Lo más extraño es que lo hacen: resbalan sobre la sangre, se alzan sobre cadáveres, gritan como dementes o aprietan los dientes hasta hacerse daño, y aguantan.

Atraído por el humo de la almenara que Pelayo ordenó encender, Fruela, a la cabeza de sus cien hombres de monte, aparece de súbito por el flanco de los árabes y cae sobre ellos con presa de lobo.

—¡Cubrid ese flanco! —advierte un oficial de los *muqātila* árabes.

Pero ya es tarde, pues saltando desde las rocas, ascendiendo por ellas, saliendo de detrás del brezo, los hombres de Fruela, los montañeses que conocen cada sendero, cada palmo de aquellas cumbres se arrojan sobre sus enemigos sin más deseo que el de dar muerte y sin miedo a recibirla.

—¡Fruela llega! —grita Alfonso junto a Pelayo, con la espada roja de sangre, señalando a su hermano.

El rey recuerda entonces, en aquel momento de esperanza nacido de la desesperación, las palabras que años atrás, en la choza de una vieja, escuchó: «Llegará un momento en la batalla en que deberás recordar lo que aquí, esta noche, has escuchado y visto. Entonces sabrás que no has de desesperar aunque todo parezca perdido».

Llega Hartz con su centenar por el empinado sendero, rodeando el cerro del viejo campamento romano, y se arroja sobre los desconcertados enemigos justo cuando comenzaban a recuperarse de la sorpresa que les había provocado el ataque de Fruela.

—¡Hartz, Hartz, el oso astur llega! —gritan los hombres en torno a Pelayo y el rey siente que la marea del combate ha cambiado y que, aunque parezca prodigio, se puede ganar esta batalla.

El emir principal también siente el cambio de la bélica marea. No quiere presentar una derrota aplastante ante sus superiores y sabe cuándo y cómo retirarse.

—¡Atrás, atrás, no merece la pena seguir peleando hoy aquí! —grita y, como algunos de sus oficiales muestran asombro ante aquel repentino cambio de opinión, el emir añade—: ¿Qué importancia tienen un puñado de bárbaros encaramados a unas cumbres estériles? ¡Dejad a este tal Pelayo con su roca, ya le hemos dado un buen escarmiento!

Los hombres suelen creer sus mentiras. Este lo hizo. Y su mentira, repetida miles de veces, fue anotada por muchos sabios de al-Ándalus. Pero mientras el ejército de los árabes comenzaba a retirarse, Pelayo, sobre su caballo, anotaba futuro para su reino escribiendo con su espada letras de bruñido acero que destrozaban carne y hueso. Cataclismos, que no se saciaba, era desgracia afilada y la acanaladura que Hamaraz el herrero trazó en su centro chorreaba sangre que ni la tierra podía ya tragar.

Habían triunfado. Una vez más, los que no se rinden, los hombres de Pelayo, los que morirían siendo libres, de nuevo habían combatido y logrado lo imposible. Sí, y lo hicieron siguiendo a un rey que nunca desesperó y que se hizo leyenda con un canto fiero de hierro y sangre que siempre recordarán aquellos que nunca se rindieron.

Epílogo

Es abril de 783 en un monasterio de los Pirineos. Ya nadie me llama Hartz. Los viejos usos, los viejos nombres se están olvidando. Ahora todos me dicen García. ¿Qué importa eso? Es el mismo nombre, pues significa lo mismo, «oso», y sigue siendo el del mismo hombre: el mismo que traicionó a su señor, al rey Pelayo.

Pelayo... Nunca hubo rey como él y nunca lo habrá. Otros fueron más grandes, más poderosos, sin duda, pero ninguno edificó un reino con tan poco y frente a un enemigo tan grande. Solo él pudo obrar semejante milagro, tamaña gesta. Pues solo él poseía la fuerza, el gusto por la batalla, el hambre de libertad, el carisma, la cabal idea de justicia necesarios para coronar semejante empresa.

El rey entabló otras muchas batallas desesperadas después de la que ganamos en su roca, en la Roca de Pelayo. Pero hoy solo se recuerda una, la primera, la que libró, la que libramos en Canicas y que consumamos en el monte Aseuua, a los pies de la cueva sagrada en donde un ermitaño entronizó a la Virgen María justo antes de que comenzara la refriega.

Se cuentan muchas leyendas sobre esa batalla... A mí, lo confieso, me mueven a risa: que si matamos a ciento ochenta y cuatro mil moros, que si los tiros de catapulta rebotaban milagrosamente contra la cueva en donde nos cobijábamos, que si apresamos allí al traidor obispo Opas... A los hombres les gustan esas cosas. ¿Por qué? Porque no les gusta conformarse con la verdad.

Y la verdad es que pocos combatimos contra muchos y que un reino diminuto terminó resistiendo los ataques del más grande de los imperios.

Hecho mucho de menos a Pelayo. Siempre lo tengo presente y siempre, a todas horas, me siento culpable de haberlo traicionado. No obstante, toda historia debe tener un final y, si es una buena historia, debería acabar con verdad.

Os la contaré pues.

Pelayo murió tras diecinueve años de reinado, en el año 775 de la era hispana, el 737 de la de Cristo, si lo preferís. Yo estuve junto a su lecho de muerte. Gaudiosa, la bondadosa y fuerte reina, había muerto un año antes y Ermesinda, tan buena, tan cariñosa con su padre y conmigo, había salido un momento de la habitación, de modo que nos encontramos solos.

—Ha sido un largo camino el que hemos andado juntos, mi señor y rey —le dije—. Pero aún nos queda trecho por recorrer —lo animé, aunque en su rostro las marcas de la muerte ya la anunciaban.

—Siempre luchaste a mi lado. Siempre... —me contestó en un susurro—. Ahora te pediré una última cosa... Sí, te encomendaré una última batalla.

—Pide, mi señor y rey. Aún puedo cabalgar a donde desees.

Él sonrió con cariño, pues yo no lo había entendido.

—Lo que te encomiendo, el último combate que quiero que libres por mí, no será con la espada, sino con el recuerdo. Lo que te pido es que nuestra gesta no caiga en el olvido. Tú vivirás muchos años. Es como si no envejecieras y nunca caes enfermo. Hasta las heridas te sanan antes que al resto... Hay un prodigioso vigor en ti y serás tú, sin duda, el último de los que no se rinden, el último de los treinta de Pelayo que sobrevivirá y, por tanto, a ti te tocará recordar. Los hombres tienen frágil la memoria y olvidarán, siempre lo hacen. Dirán que fue un cuento, que fuimos leyenda, que era imposible triunfar... ¡Pero lo hicimos! ¡Por Cristo que prevalecimos contra toda esperanza! Así que encárgate de que nadie olvide que aquí, en las montañas, con valor y combate, salvamos una semilla de Hispania. ¿Quién sabe? Quizá algún día crezca con fuerza... Quizá vuelvan los tiempos en que toda Hispania pertenecía a nuestro pueblo.

Eso dijo. Los hombres, cuando se mueren, abren mucho los ojos y algunos dicen que es entonces cuando se rasga el velo del futuro y pueden atisbarlo y profetizar. Yo no lo sé... No sé si su profecía al cabo se cumplirá. Pero han pasado muchos años desde su muerte y el poder de los árabes sigue rigiendo la mayor parte de Hispania.

Y ahora que os he contado su muerte, os relataré mi pecado. El que no puedo llevarme a la tumba y el que ha hecho que, además de escribir esta historia para cumplir con lo que le prometí a Pelayo, que sería custodio de su gesta y memoria, la haya redactado para que se conozca la verdad sobre una injusticia que me llevará al infierno.

A Pelayo lo sucedió Favila. Dos años reinó. Era fuerte, bueno, noble... y no me quería. Pues nunca olvidó aquel día, cuando entre las sombras horrendas de la cueva de Pyrene, pisé las manos de Addi para que se precipitara al abismo.

Su rechazo me dolía y habría abandonado el reino si no hubiera sido por su hermana, por Ermesinda. Ella había florecido en belleza, incluso más que su madre, y Alfonso, su esposo, bebía de sus labios. Fue ella la que sanó mis heridas del alma. Desde niña me había querido, desde niña me había ofrecido su risa, su amor puro sin precio ni condición.

A cada rechazo de su hermano, ella oponía su sonrisa y, a cada desprecio, su abrazo. Para alguien como yo, que envejecía solo, sin esposa ni hijos, ella se convirtió en mi única familia y consuelo. Solo a ella le abrí mi alma dañada. Solo a ella le hablé de Umm Hakim y del amor que por ella sentí y que no podía arrancarme del corazón ni del recuerdo.

Ella también me abrió su corazón y sus deseos: Ermesinda soñaba con ser reina.

A menudo, cuando estábamos solos, me desvelaba sus pensamientos y anhelos: Favila era blando y no dirigiría la guerra contra los musulmanes. ¿Acaso no hablaba sus lenguas y no tenía por amigo a uno de ellos? Alfonso, Alfonso, tan bueno, tan noble, tan fuerte, debería ser rey y ella, a su lado, llevaría a Asturia a la conquista y la gloria.

Eso me decía con ojos brillantes y azules. Luego, se echaba a llorar y yo sentía que el alma se me hacía añicos. Pues aquella mujer que para mí siempre sería niña era lo único que tenía.

Y un día me lo pidió.

Estaba muy triste, tanto que había enfermado. Alfonso, junto a Favila, había salido de caza y yo fui a verla para ver cómo estaba. La encontré postrada, muy delgada, y esta vez no me ofreció ni tan siquiera una sonrisa cansada. Cuando le supliqué que comiera, que descansara, que dejara de consumirse en su deseo de ser reina, me miró con una dureza que no le conocía.

—Si me amaras, lo matarías por mí y entonces yo podría ser reina y sanar de este mal.

Ese mal se llama ambición. Y ella, mi hermosa Ermesinda, lo padecía en grado sumo.

¿Qué podía hacer yo? La amaba como a una hija y solo a ella tenía en este mundo, y Favila solo me ofrecía una cosa: desprecio y rechazo.

Así que lo maté. Sí, ya sé que os han contado que lo mató un oso durante una cacería... No os mintieron, o no del todo al menos... ¿Recordáis mi nombre y lo que significa? «Oso», Hartz, García si preferís, significa eso, «oso». Y en verdad, además, yo era célebre entre los hombre fuertes y todos me llamaban «el oso astur». Fue fácil matarlo.

Fue fácil. Era un diestro cazador, pero impulsivo en exceso. Se separó de sus compañeros siguiendo las huellas de un gran oso. Yo lo acechaba. Llevaba las manos enfundadas en cuero y a ese cuero Ermesinda había cosido con mimo unas largas garras de oso.

Lo demás ya no es necesario contarlo.

Y así fue cómo Alfonso y Ermesinda fueron reyes. Los hijos de Favila fueron apartados del trono y el linaje de Pelayo fue sustituido por el de Pedro de Cantabria. El viejo duque debe de estar regocijándose en la tumba...

Y Pelayo... Pelayo debe estar aguardándome en las puertas del infierno para arrojar allí dentro mi alma y hallar, al fin, descanso.

Ahora, aquí, terminando de escribir todo esto, rozo con los dedos cansados el grial e invoco el nombre de la mujer que amé. Quizá ella me salve.

Nota histórica y reflexión del autor

Pocos personajes de nuestra historia son tan fascinantes y a la par tan desconocidos como Pelayo. Él es, para no pocos historiadores, el germen, el inicio de la Reconquista, y con ella y al mismo tiempo el de la monarquía que, tras siglos, cambios y evoluciones, terminaría rigiendo España; para otros, los menos, es una suerte de neblinoso personaje a caballo entre la leyenda y la realidad; en fin, para la mayoría, un enigma sobre el que apresurarse a escribir unas pocas líneas para no comprometerse en exceso.

Hoy ningún historiador serio ni especializado en el periodo pone en duda ni la existencia de Pelayo ni lo sustancial de lo que realmente logró: erigir un pequeño reino que desafió con éxito la autoridad del más grande imperio que hasta entonces hubieran contemplado los siglos: el califato omeya de Damasco.

Sí, eso hizo nuestro héroe. Pero para entender la magnitud de su loca empresa hay que acompañar estas palabras con números. Es entonces cuando el personaje cobra proporción y cuando debería asombrarnos lo que logró: en el mejor de los casos, Pelayo gobernó al final de sus días sobre un área que rondaba los 21 000 kilómetros cuadrados y que contaba con entre 150 000 y 200 000 habitantes y con esos recursos osó desafiar al califato omeya, que se extendía sobre más de 10 000 000 kilómetros cuadrados y pasaba de los 50 000 000 habitantes. Esto es, Pelayo se atrevió a enfrentarse a un Estado imperial que contaba con 476 veces más territorio y 333 veces más población que aquellos que él podía oponerle.

Pocas veces en la historia de la humanidad se ha dado tal disparidad de recursos y fuerzas. En suma, pocas veces tan pocos se atrevieron a enfrentarse con éxito a tantos. Esa y no otra es la gesta de Pelayo.

El propósito de esta novela es rescatarla de la forma más veraz y emocionante posible. Pues la historia es vida y la vida, que nadie lo dude, si se cuenta bien, debe ser apasionante. Además, ¿por qué se debe hurtar al lector algo tan interesante e importante como la epopeya de Pelayo?

Pelayo es el «rebelde» más célebre e importante de la historia de España. Ningún otro se rebeló contra un poder tan grande y ningún otro logró prevalecer con tanto valor y tan escasos medios y, sobre todo, sin amoldarse, sin ceder, sin avenirse a componenda alguna.

Cuando los árabes invadieron y sometieron la Hispania visigoda, la mayor parte de sus élites, tanto laicas como religiosas, optaron por pactar e integrarse en el nuevo mundo creado por las lanzas de los conquistadores. De modo que personajes como los familiares del rey Witiza, que vieron confirmadas sus enormes posesiones, como el duque Teodomiro, que logró que se le reconociera una amplísima autonomía, o como el conde Casio, que se integró en la nueva élite dominante sin «despeinarse», fueron la norma y Pelayo, con su rebeldía y resistencia a ultranza, la excepción.

Lo fácil para Pelayo en 718 hubiera sido aceptar lo inevitable y, como noble que era, someterse y disfrutar de unos privilegios que el nuevo régimen islámico le reconocía y respetaba en no menor medida.

Pero no. Pelayo prefirió no someterse, perder así sus privilegios y verse obligado a echarse al monte, literalmente, para dar inicio a un alzamiento en el que todo parecía jugar en contra y en el que, contra toda esperanza, logró triunfar.

Todo lo que se cuenta en esta novela sobre Pelayo es, en esencia, cierto: su alto linaje hispano-godo, su difícil alianza con Pedro de Cantabria, sus victorias sobre los ejércitos musulmanes, etcétera.

También es cierto que «el elixir alquímico estuvo en el famosísimo tesoro de los godos. Sí, tan famoso que hasta aparece en *Las mil y una noches.* El término en la tradición persa y árabe medieval desarrollada por alquimistas y místicos es sinónimo e intercambiable con los de grial y piedra filosofal, tal y como muestra, de forma brillante y contundente, el doctor Ahmed Shafik en su trabajo «El Islam y la literatura del grial en perspectiva comparada», *Al-Andalus Magreb. Estudios árabes e islámicos* (2018), n.º 25, pp. 123-161. La noticia la recoge el historiador árabe del siglo XIII Ibn Idari en su al-Bayan al-Maghrib [Libro de la increíble historia de los reyes de al-Ándalus y del Magreb], volumen I, página 45 del texto árabe, quien lo menciona junto con el resto de maravillas del tesoro: la Mesa de Salomón, las veinticuatro coronas reales, el libro de páginas áureas de los Salmos del rey David, etcétera. El término con el que Idari acompaña al elixir puede ser interpretado, de forma alegórica, no solo como «estancia», sino también como «recipiente», y apunta a lo que los cristianos llamaban ya entonces *lapis exilis*.

Ahora bien, en España se verifican dos griales: el que originalmente estuvo en el monasterio de San Juan de la Peña y que hoy se custodia en Valencia, y cuya existencia está constatada desde fines del siglo XI, y el que se guarda en León y que también puede retrotraerse a esa misma época. El primero fue fabricado en época de Cristo y, antes de ser adornado con oro y pedrería, era un sencillo pero preciosísimo cuenco de ágata; el segundo, que en origen y antes de ser dotado de un espectacular ornato, era un austero pero preciado cuenco de ónice, también procede de época helenística y podría fecharse en el siglo I d. C.

No sabemos cómo llegaron a Hispania tales objetos. Eran muy valiosos y fueron fabricados en Oriente, probablemente en Egipto, pero las leyendas que se tejieron en derredor para vincularlos con Cristo y con determinados santos y mártires como, por ejemplo, san Lorenzo, no tienen base histórica alguna, todo lo contrario que el testimonio de Ibn Idari. Eso me ha permitido integrar los dos cálices en la trama de la novela y ligarlos a los personajes que aparecen en ella. Por cierto, la esquirla del cáliz de ónice con la que se hiere la mano Flegetanis es real: en 2010, cuando el orfebre granadino Rafael Moreno desmontó y estudió el Cáliz de León, corroboró su existencia.

Otro tanto ocurre con la cueva de Pyrene, la actual cueva de Lombrives, en el Ariège occitano. En ella se buscó, desde la Edad Media y hasta nuestros días, el grial. Entre otros célebres buscadores, allí estuvo Otto Rahn, el famoso escritor y coronel de las SS que exploró la caverna, una de las más grandes de Europa, de 1931 a 1933 y en 1937, y cuyos libros tanto fascinaron a Himmler y a Adolf Hitler. El coronel no iba desencaminado, pues desde al menos el siglo XI el grial se ubicaba en algún lugar oculto en las montañas de los Pirineos y poetas medievales como Wolfram von Eschenbach, el autor de *Parzival,* señalaba a Aragón y a Occitania, esto es, y en este último caso, a la región donde se halla Lombrives, como las zonas en cuyas montañas había que buscarlo. También señala que el origen último de sus informaciones sobre el grial procedía de un sabio judío llamado Flegetanis. Así que su aparición en la novela no es, en modo alguno, gratuita, como tampoco la de Sinderedo que, en efecto, fue el obispo de Toledo que, ante la invasión árabe, huyó dejando abandonado a su rebaño para llevar una vida regalada en Roma y que, como primado de Hispania, tuvo que conocer la existencia del elixir alquímico en el tesoro de los godos que señala Ibn Idari.

De la misma manera, y aunque parezca sorprendente, los venenos, las trampas y las hechicerías que aparecen en estas páginas son también rigurosamente históricos en el sentido en que eran conocidos y usados en el siglo VIII, y otro tanto podemos decir de las descripciones de personajes, batallas, ciudades, paisajes, costumbres, etcétera.

Pero volvamos a Pelayo. ¿Qué sabemos de cierto sobre él? Mucho más de lo que se suele contar, y por eso he querido desvelárselo al gran público en esta novela y también en forma de ensayo y de publicaciones científicas.

Baste aquí decir que no fue un astur no romanizado, eso no existía en la Asturias real del siglo VIII, que había sido por completo romanizada, y también, desde la época de Sisebuto y Suintila, esto es, desde el primer tercio del siglo VII, visigotizada por completo, sino que fue un noble godo de alto linaje, emparentado con el rey Rodrigo y con el anciano e implacable rey Chindasvinto. Tras muchas aventuras, se refugió en el norte y allí, después de ser elegido *princeps*, esto es, rey, se alzó contra los musulmanes y fundó un reino, el de Asturia, en singular, porque el plural no aparecería sino mucho después, que logró preservar mucho de lo que había sido la Hispania visigoda, tal y como demuestran los trabajos de grandes historiadores como Armando Besga Marroquín, Amancio Isla Frez, Alberto González García, Luis Agustín García Moreno, Yeyo Balbás, Francisco Aguado, Luis Ramón Menéndez Bueyes y otros muchos que no puedo nombrar aquí, pero de cuyos trabajos tanto me he beneficiado.

Una de las cuestiones más intrigantes de la historia de Pelayo es su alianza con Pedro de Cantabria: Ermesinda, su hija, fue comprometida con Alfonso, hijo de Pedro. Ahora bien, Pedro, en principio, estaba muy por encima de Pelayo, pues este último era conde de los espatarios, a lo sumo, y su linaje, aunque encumbrado, no podía compararse con el del cántabro, quien, además de descender de los grandes reyes

Leovigildo y Recaredo, había sido nombrado duque de Cantabria y también, en tiempos de Egica y Witiza, *princeps militie*, esto es, una suerte de jefe supremo del ejército. Sin embargo, pese a estos precedentes tan importantes en el mundo visigodo, Pedro se somete a Pelayo y una muestra de ello es que no es Ermesinda quien acude a Cantabria, sino quien tiene que ir a Cangas de Onís para servirle, algo que contravenía la costumbre: era la novia la que iba a la casa del novio y no viceversa. Que yo sepa, solo con Leovigildo y Gosvinta se infringió esa costumbre, y si así se hizo fue porque ella era, al principio, lo bastante poderosa como para imponer tal cosa a su futuro esposo y a su hermano, Liuva. Por eso, que Alfonso, hijo de Pedro, fuera a Cangas es una señal de que Pelayo, pese a estar por debajo del duque en el antiguo sistema de poder del reino visigodo, podía imponerse, pues se había labrado una posición incuestionable y superior. Tenía algo que Pedro no tenía: éxito militar. Ese éxito no es otro que el que logró en Covadonga.

Algunos lectores habrán leído u oído que es una batalla legendaria y que nunca tuvo lugar. Quienes afirmen eso lo hacen ignorando o retorciendo los principios básicos de la ciencia histórica, pues no se puede poner en duda que Pelayo obtuvo una victoria relevante y que estuvo ligada a un fuerte simbolismo religioso. La inscripción que en octubre de 737, a apenas unos meses o semanas de la muerte de Pelayo, nos legó su hijo Favila en la iglesia de la Santa Cruz de Cangas de Onís no deja lugar a dudas en mi opinión y en la de otros muchos especialistas. El trabajo genial de Amancio Isla Frez sobre esta cuestión así lo apunta con claridad.

Ahora bien, después de visitar el terreno, de estudiar durante horas la orografía, los caminos y las formas de combatir de musulmanes y godos, y tras muchos debates con mis amigos, el doctor Francisco Aguado y el historiador Yeyo Balbás, tengo claro que la batalla que libró y ganó Pelayo no se entabló a los pies de la santa cueva de Covadonga, sino que, como mucho, concluyó allí.

¿Dónde se libró entonces? En Cangas de Onís y, probablemente, sobre el solar que hoy ocupa la iglesia de la Santa Cruz, en la que, diecinueve años más tarde, Favila, hijo de Pelayo, ordenó colocar una inscripción que exalta el triunfo de la Santa Cruz haciendo un guiño, permítaseme la expresión, a Constantino I el Grande y su triunfo sobre el pagano Majencio en la batalla del Puente Milvio. Esto es: se hizo una simbólica comparación entre Pelayo y Constantino y no estaba «mal tirado», como dicen hoy los jóvenes, pues los autores godos, como Juan de Biclaro, ya habían echado mano de Constantino para compararlo con reyes godos defensores de la iglesia como Recaredo.

Otra cuestión relevante en la novela es el papel de Favila. Los historiadores nos mostramos desconcertados con lo que ocurre con el segundo rey de la monarquía astur: sabemos que sucedió a su padre, sabemos que tenía hijos en 737, sabemos que muere en extrañas circunstancias, supuestamente bajo las garras de un oso; y con todo esto sobre la mesa, no nos explicamos por qué su linaje fue excluido para siempre del trono en favor del de su hermana, Ermesinda, casada con Alfonso de Cantabria.

Para explicarlo, algunos echan mano del hecho de que los hijos de Favila eran pequeños y que, por ende, se necesitaba de un rey fuerte que gobernara un reino amenazado como el de Asturia, y que fuera capaz de mandar a su ejército en batalla. Pero eso no explica por qué, tras el reinado de Alfonso I, la Corona no volvió al linaje de Pelayo en la cabeza de alguno de los hijos de Favila, o, si estos eran todos mujeres, por qué no tenemos noticia de ninguna de ellas, siendo como eran de sangre real y, por ende, valiosas piezas en el tablero del juego del poder.

Es como si un denso velo de silencio hubiera caído sobre Favila y su linaje y todo ello nos lleva a sospechar que Ermesinda y Alfonso eliminaron o expulsaron para siempre su linaje, es decir, el de Pelayo, para sustituirlo por el de Cantabria.

Alfonso fue un gran rey: obtuvo grandes victorias y sabemos que, antes de ser soberano, ya combatió al lado de Pelayo junto con su hermano, el belicoso Fruela. Ahora bien, como esos combates acontecieron tras Covadonga, debemos preguntarnos cuáles serían. Para mí no hay duda de que lo que suele aparecer en las fuentes asturianas e islámicas con los nombres de Covadonga y Roca de Pelayo no son el mismo lugar ni la misma batalla, sino dos lugares distintos y varias batallas.

Me explico. Covadonga fue, por así decir, la batalla fundacional sin la que Pelayo jamás hubiera logrado que se le sumaran los restos de la nobleza hispanogoda del norte de Hispania no dispuestos a someterse y, muy particularmente, el poderoso Pedro de Cantabria y su encumbrado linaje. La batalla se libró, sin duda y en mi opinión, en 718, y no debe confundirse con la que se entabló cuatro años más tarde, gobernando el valí Anbasa, en 722, y que se vincula a un lugar llamado Roca de Pelayo. Tengo claro que son dos lugares y dos batallas distintas y me atrevo a asegurar, como hace el gran erudito García Moreno, que aún se libraría otra batalla decisiva más en 734, que, sin embargo y en mi opinión, no sería la de Covadonga.

Ya en el siglo XIX, el erudito Emilio Lafuente Alcántara se percató de lo que acabo de decir: que había que distinguir varias fases o campañas militares en la vida de Pelayo y que debían de girar en torno a tres fechas fundamentales: 718, 721-722 y 734. El acierto está en entender que no se trata de diferentes fechas para un mismo hecho, sino de tres acontecimientos distintos que terminaron por fundirse en uno solo.

Ahora bien, si Covadonga no es la Roca de Pelayo, ¿a qué lugar se refiere esta segunda designación? El gran arqueólogo Jorge Camino apunta la respuesta: la Roca de Pelayo es el actual lugar arqueológico conocido como el Homón de Faro.

Un paraje situado a 1650 metros que domina una de las vías de acceso principales desde la meseta a Asturias y en donde, en el primer tercio del siglo VIII, se construyeron unas imponentes defensas.

En esta novela se describen estas defensas que no pocos de los especialistas, vinculamos ya con Pelayo y en las que, sin duda, tuvo que combatir a los ejércitos musulmanes hasta que, probablemente en 734, se vio obligado a evacuarlas, inutilizadas ya por los árabes en buena medida. Además, en un trabajo científico futuro, aportaremos en favor de esta hipótesis del profesor Camino una prueba extraída de las fuentes primarias que arrojará nueva luz sobre la cuestión.

La vinculación de la casa de Pedro de Cantabria con Eudón, el poderoso duque de Aquitania, ha sido sostenida con fuerza y brillantez por uno de nuestros mejores historiadores, Alberto González García, quien también explica, con total acierto, el origen noble de Pelayo y soluciona con brillantez la aparente contradicción en las *Crónicas asturianas* sobre el nombre de su padre: Beremundo/Favila.

Ahora unas palabras sobre Munuza. Aunque estas mismas crónicas dicen que el personaje, gobernador en Gijón y casado con la hermana de Pelayo, fue muerto por este último, lo cierto es que la más cercana y fiable *Crónica mozárabe del 754* nos deja bien claro que, aunque vencido y expulsado de Asturia, el emir sobrevivió y fue destinado a los Pirineos, a Llivia, y que allí tuvo un papel equívoco que, al cabo, y aunque eso no se cuenta en esta novela, lo llevaría a la muerte en 731.

Omar II, en efecto, pensó en retirar sus tropas de Hispania y, de haber vivido más, probablemente lo habría hecho. Pero murió y todo apunta, así lo sostienen varios relatos árabes de los siglos IX-XIII, a que fue envenenado.

En fin, para no extenderme, diré que las notas a pie de página constatan la veracidad de lo que se cuenta en la novela y me eximen de seguir alargándome aquí.

Avisaré de otra cuestión antes de despedirme: escribir sobre Pelayo en nuestro país suele ser para un historiador una actividad de alto riesgo. No me importa. Yo me dedico a la historia y a la novela y los que, dejando estas de lado, quieran criticarme, se dedican a otras cosas. Añadiré, eso sí, que la historia de España es una de las más complejas y ricas de cuantas existen y que me siento orgulloso de toda ella: de Pelayo, de Alfonso, de Rodrigo y Egilona, de Favila... Pero también de Táriq ibn Ziyad y de Abderramán I... La historia real no es un relato de buenos y malos, de nosotros y ellos, sino de personas similares a nosotros y que con sus vidas forjaron las nuestras. Así que querer excluir o estigmatizar una parte de nuestro pasado es solo una forma de engañarnos y de engañar a los demás y siempre tiene como objeto una sola cosa: manipular.

Lo cierto es que el pasado es incómodo y si no les genera esa sensación, preocúpense. Cuando algunos se empeñan en adecuar el pasado a su presente, a su ideología y a su visión del mundo, su propósito real no es hablar de historia.

Pero esto es una novela histórica, así que disfruten de esta epopeya que es su historia, la de usted, la de todos nosotros, y que nunca debieron hurtarnos: la gesta de los que no se rindieron, la gesta de Pelayo.

Agradecimientos

Esta novela ha sido un gran desafío, desde la primera página hasta la última. Eso está bien, pues Pelayo siempre fue eso para sus contemporáneos: un desafío. Y si te acercas a su figura con ojos limpios, sin prejuicios, sigue siéndolo en nuestros días.

Pero las incontables horas de trabajo y biblioteca a que me obligó afrontar su desafío, el de Pelayo, obligaron a las maravillosas personas con las que convivo y que trabajan conmigo a armarse de dosis infinitas de paciencia. Y es que durante todo un año, este que escribe ha pasado más tiempo con Pelayo que con cualquier otro ser vivo. Y no es que no se lo merezca, pero seguirle los pasos por las montañas de Asturias y Cantabria solo fue posible gracias al apoyo y al cariño incondicionales de los mejores: los míos.

Así que comienzo por dar las gracias a mi editora, Rosa Pérez Alcalde, por su confianza, su aliento y su paciencia. Pocas veces tiene uno la suerte de tener al otro lado un profesional tan eficaz como cordial y humano. Trabajar con Rosa es la mezcla perfecta entre libertad creativa, supervisión cuidadosa y gusto por mimar hasta el último detalle, y el resultado es esta novela de la que tan orgulloso me siento y que tanto le debe.

He de darle también las gracias a nuestro cartógrafo e ilustrador Andrés Aguirre por el magnífico mapa ilustrado que acompaña a esta novela. Su habilidad, buen hacer y preciosismo se advierten a poco que uno lo mire y se manifiesta tanto en su contenido histórico-geográfico, tan preciso como apoyado en lo que verdaderamente podemos extraer de un cuidadoso análisis de las fuentes primarias, como en el elegante ornato que lo acompaña, en el que los ojos avezados hallarán deliciosos guiños al arte medieval y al contenido de la novela.

Tengo también que agradecer la gran ayuda de tres grandes amigos con algunas cuestiones referentes a los campos de batalla en los que Pelayo lidió con sus enemigos: Francisco Aguado, Francisco Jiménez Espejo y Yeyo Balbás.

El primero de ellos me llevó a visitar algunos de los maravillosos escenarios donde acontece esta novela: Covadonga, Cangas de Onís, el Piloña, el Sella, Gijón, etcétera. Sus descripciones, sus precisiones históricas y geográficas, y su mirada de militar me ahorraron muchos errores y me convencieron de su hipótesis de que la batalla de Covadonga no pudo librarse al pie de la santa cueva, sino que debió de iniciarse en Cangas de Onís, más o menos donde hoy se alza la iglesia de la Santa Cruz. Hipótesis que defendemos en el ensayo que juntos publicamos. Paco y su esposa, Ana Cadena, son dos ángeles que Asturias alberga y que no han parado de regalarme cariño, amistad y ayuda. Gracias.

Francisco Jiménez Espejo, geólogo químico y uno de los mayores expertos mundiales en paleoclimatología, con el que me honro de trabajar desde hace años en varios proyectos, y con el que alumbro otro ensayo, me hizo ver, prestándome sus ojos, las defensas imponentes del Homón de Faro y el abrupto terreno que las rodea, y me señaló la importancia que pudo tener el cercano valle del río Negro en la estrategia de defensa que pudo armar Pelayo. Gracias.

Yeyo Balbás, uno de los mejores historiadores del periodo y una gran persona, de corazón fuerte y leal, me aportó muchas reflexiones interesantes, debatió conmigo algunos aspectos cruciales de los inicios del reino de Pelayo y me ofreció mucha información relevante. Además, en una noche deliciosa en casa de Paco Aguado, los tres examinamos y debatimos cómo pudo ser realmente la batalla de Covadonga. Yeyo está revolucionando nuestra visión de la conquista árabe de Hispania y de los primeros compases del reino de Asturias y al-Ándalus. Si yo fuera usted, leería con avidez sus ensayos y sus novelas. Gracias.

Isaac Moreno Gallo, uno de los mayores expertos en ingeniería antigua y una persona de nobleza y sencillez maravillosas, me ilustró sobre cuestiones relativas a calzadas y puentes en el norte hispano, desterró de mi mente varios errores al respecto y, sin saberlo, despertó en mí la idea de que, aunque en Cangas de Onís no pudo haber un puente romano, quizá sí pudiera haber en uno de sus vados un viejo y destartalado puente de madera que precediera al actual.

Mi sobrino, el doctor Jorge Juan Soto, el mago de la informática, los mapas y mil cosas más, y que siempre me asiste en todos y cada uno de mis libros, tampoco ha faltado en este. Me ayudó a analizar en detalle los terrenos y cursos de agua de Cangas de Onís, Covadonga, etcétera. Y a comprender mejor la disposición de las defensas del Homón de Faro.

Mi amigo Asier, montañero, apasionado de la historia y corazón leal, echó mano de sus contactos en Asturias para ofrecerme descripciones de la cordillera y muy particularmente, de la zona del Homón de Faro.

Un grupo de osados amigos volvieron a exponerse al aluvión de mis constantes borradores para darme su opinión: Mercedes García Esteo, Miguel Jerónimo Navarro Torrente, Inmaculada Rueda Martín, Lola Márquez, Ana María Berenjeno y Francisco Cabello.

Tres amigas, Rosa Ángela, Inma e Irene, y un amigo, Robi, me dieron apoyo y serenidad en momentos difíciles. Ellos los conocen. Gracias.

En fin, como siempre, dejo para el final a los primeros, a los imprescindibles: a mi mujer, Kenza, y a mi hijo, Ciro Alejandro

Aníbal Soto, tanto monta, monta tanto. Los dos, en realidad, son ángeles que me hacen la vida fácil, hermosa y plena.

Kenza, siempre a los mandos de la agenda, la logística, los números, la traducción de textos árabes y mil cosas más que me permiten centrarme en escribir, me aporta, además, dosis enormes de cariño, seguridad y equilibrio. Gracias, amor.

Ciro, compañero de biblioteca y escritura, es un regalo de los dioses: ¿cómo si no expresar la fortuna de tener otro escritor en casa? Poder comentar con él sus textos y los míos me ha ayudado mucho. Además, Ciro me aportó algunas ideas geniales para la narración y le copié el nombre de la espada de Pelayo, Cataclismos, de su maravillosa saga de fantasía épica *Crónicas del hijo pródigo*, que ya tiene dos volúmenes publicados: *El lenguaje de la guerra* y *Metafísica de la victoria*, y un tercero, ya preparado, que se titulará *Los días del diablo.*

¿Y los gatos? ¿De verdad creían que me iba a olvidar de ellos? Aquí los tienen: Wendy y Kira, mis tigres de compañía, han estado siempre a mi lado, dándome motivos para sonreír y susurrándome felinos hechizos que, en no pocas ocasiones, me ayudaron a desenredar misterios.

REINO DE ASTURIA
Octaviolca/
Cabezón de la Sal
Gigia/Gijón
Lucus Asturum/
Lugo de Llanera
Batalla de
Canicas-Covadonga
718 d.C.
DUCADO DE
CANTABRIA
Lucus/Lugo
Batallas de
El Homón de Faro
721, 722 y 734 d.C.
Batalla de
Fontes Iberis
719 d.C.
Legio/León
GALLAECIA
Asturica/Astorga
Auca/Oca
Monasterio de Santo
Toribio de la Liébana
Bracara/Braga
CARPETANIA
CARTAGINENSE
Portucale/Oporto
OCÉANO
ATLÁNTICO
VALIATO DE AL-ÁNDALUS
Toletum/Toledo
LUSITANIA
Emerita/Mérida
Olísipo/Lisboa
BAETICA
Beatia/Baeza
Batalla de
Astigi/Écija
711 d.C.
Corduba/Córdoba
Hispalis/Sevilla
Egabro/Cabra
Iliberri/Granada
Malaca/Málaga
Asidona/Medina Sidonia
Batalla de los
Transductinos
711 d.C.
Transducta/Algeciras
Septem/Ceuta
Tingis/Tánger